GOLDMANN

Die Engländerin Rosie Thomas arbeitete zehn Jahre im Verlagswesen, ehe sie, nach der Geburt ihres ersten Kindes, diese Tätigkeit aufgab und Romane zu schreiben begann, die internationale Bestseller wurden. Außer dem vorliegenden sind von ihnen als Goldmann-Taschenbücher erschienen:

Die Dornen des Erfolgs (9988)
Das Haus in der Woodstock Road (41478)

ROSIE THOMAS

EIN EINFACHES LEBEN

ROMAN

Aus dem Englischen
von Susanne Althoetmar-Smarczyk

GOLDMANN VERLAG

Deutsche Erstveröffentlichung

Titel der Originalausgabe:
A Simple Life
Originalverlag:
William Heinemann Ltd., London

Umwelthinweis:
Alle bedruckten Materialien dieses Taschenbuches
sind chlorfrei und umweltschonend.
Das Papier enthält Recycling-Anteile.

Der Goldmann Verlag
ist ein Unternehmen der Verlagsgruppe Bertelsmann

Genehmigte Taschenbuchausgabe 12/96

Umschlagentwurf: Design Team München
Umschlagfoto: AGE/Mauritius, Mittenwald
Satz: deutsch-türkischer fotosatz, Berlin
Druck: Elsnerdruck, Berlin
Verlagsnummer: 43364
Redaktion: Ilse Wagner
MV · Herstellung: Sebastian Strohmaier
Made in Germany
ISBN 3-442-43364-9

1 3 5 7 9 10 8 6 4 2

Für Paul und Jane Barry

1

Es war eine hübsche Straße in einer guten Gegend. Die Stewards hatten das sofort bemerkt, als sie von der Pleasant in die Kendrick Street einbogen, zu Beginn ihres ersten Jahres in Neuengland. Die Häuser standen in großzügigem Abstand zur Straße, der Rasen war gepflegt, und die Bäume waren akkurat beschnitten. Über den Garagentoren hingen Basketballreifen, auf den Auffahrten standen Kinderräder.

»Sieht okay aus«, sagte Jack auf dem Rücksitz. »Sieht in der Tat gut aus.«

In der Tat war eine seiner bevorzugten Redewendungen. *Weißt du* war eine andere, und beide hatte er von seinem Vater übernommen. Jack benutzte sie, wenn er seinem jüngeren Bruder die Welt erklärte.

»Das weiß ich doch längst, das brauchst du mir nicht zu sagen«, erwiderte Merlin dann, dem wie immer nur zu bewußt war, daß er das jüngste und am wenigsten gut informierte Familienmitglied war.

»Es sieht irgendwie adrett aus«, lautete Merlins Urteil über das Haus, als sie davor anhielten. Von Anfang an war er wild entschlossen, in diese neue Welt hineinzupassen.

»Also, was meinst du?« fragte Matthew Steward seine Frau, nachdem sie sich umgesehen hatten. Es lag ihm daran, daß es ihr gefiel. Sie brauchten ein Zuhause, um sich in Franklin niederzulassen, ein wirkliches Zuhause – nicht nur eine gemietete Wohnung, und Matthew wollte diese Sache erledigen, damit er sich in Ruhe auf seine Arbeit konzentrieren konnte.

»Ja. Ich glaube, das ist vermutlich das Beste, das wir finden werden«, antwortete Dinah.

Erst vor einer Woche waren sie aus England in diese würdevolle baumbestandene Universitätsstadt in Massachusetts gezogen. Matthew war Wissenschaftler, Molekularbiologe. Er war von der Universität eingeladen worden, um hier eine neue Abteilung aufzubauen, und seine Frau und seine Kinder waren mit ihm gekommen, noch ganz verblüfft über seinen jüngsten Erfolg.

Dinah stand auf den Stufen des Hauses in der Kendrick Street. Sie hatte den Kopf in den Nacken gelegt und blinzelte nach oben. Ihr Blick fiel auf dicht schließende Fensterrahmen und solides Holz. Plötzlich verschwamm das Haus vor ihren Augen, und als sie genauer hinsah, erschien es unwirklich, zweidimensional, als ob es ein Haus für Filmaufnahmen vortäuschen sollte.

Jack sah von seiner Mutter zu seinem Vater. »Mir gefällt es. Ich mag es wirklich. Es ist Platz für alles, unser ganzes Zeug.«

»Ich auch.« Ausnahmsweise versuchte Merlin nicht, sich für das Gegenteil einzusetzen. Die Jungen wollten auch, daß eine endgültige Entscheidung getroffen wurde, damit sie Wurzeln schlagen konnten an einem Ort, wo auch sie wie jene anderen, noch unbekannten Kinder ihre Räder und Skateboards auf der Auffahrt liegen lassen konnten.

Befriedigt nickte Matthew. »Gut. Das wäre also erledigt.«

Sie fuhren quer durch Franklin zurück zum Büro des Immobilienmaklers. Dinah ließ den Arm aus dem Fenster baumeln und spürte die intensive Sonne heiß auf ihrer Haut. Die Stadt machte einen erschöpften Ende-des-Sommers-Eindruck, Autos und Geschäfte waren in eine helle Staubschicht gehüllt.

Das Haus *war* nett. Es hatte weiße Schindeln, grüne Fensterläden und eine erhöhte Veranda, die sich ums Haus zog. Der Boden drinnen war aus breiten Kiefernholzpaneelen, und im Wohnraum gab es einen offenen Kamin. Sie konnten ihr Hab und Gut aus der Lagerhalle holen, und ihre englischen Möbel würden in dem Haus gut aussehen.

Die Stewards wurden die neue Familie in der Kendrick Street.

Die Kerrigans von nebenan gaben eine Willkommensparty für die Stewards, und alle aus der Straße kamen, selbst der alte Mr. Dershowitz aus dem Eckhaus und die vier Studenten, die das Haus gemietet hatten, während die Berkmanns für ein Jahr in Frankreich waren.

Matthew wurde immer wieder als der neue Professor an der Universität vorgestellt.

»Was machen Sie denn genau?« fragte ihn Dee Kerrigan.

»Ich bin Molekularbiologe. Mein Spezialgebiet ist der Aufbau von Proteinen.«

Matt lächelte, wie er es immer tat. Er redete mit Todd Pinkham von der anderen Straßenseite und mit George Kuznik, ihrem Nachbarn auf der anderen Seite, über seine Arbeit und erklärte ihnen, welche Ehre es für ihn sei, ein Forschungsprogramm für die Universität zu entwickeln.

Dinah aß von dem Hühnchen mit schwarzen Bohnen, das Linda Kuznik mitgebracht hatte, hörte zu und lächelte. Sie mußte viel lächeln und spürte, wie ihr Innerstes sich in dieser Schale von Höflichkeit umdrehte. Diese Leute waren so freundlich mit ihren warmherzigen Fragen und Erklärungen, mit denen sie willkommen geheißen wurden, und sie fühlte sich trotzdem isoliert und fremd. Ihr Zuhause war weit weg.

Nein, ermahnte sie sich, das sah ihr doch gar nicht ähnlich: *dies* war ihr Zuhause. Sie konnte es dazu machen.

Sie bemühte sich, interessierter zu wirken. Es mußte doch einen Weg geben, in dieser Strömung guten Willens, auf der alle fröhlich dahinsegelten, mitzuschwimmen.

»In England hatte ich einen Job«, beantwortete sie Lindas Frage. »Im Werbegeschäft. Ich weiß noch nicht, was ich hier tun werde. Das Haus einrichten, dafür sorgen, daß die Jungen in die Schule gehen, für den Rest der Familie alles auskundschaften. Matt ist dazu zu beschäftigt.«

»Wie ich höre, soll Ihr Mann ja brillant sein.«

Sie blickten quer durch den Raum zu Matthew hinüber. Er beschrieb den Studenten gerade etwas und vollführte dabei entschlossene, hackende Handbewegungen. Gelächter ertönte. Dann bemerkte Dinah, wie eine Gruppe von Kindern, die vom ältesten Kind der Kerrigans angeführt wurde, hereinströmte. Jack stand ein wenig an der Seite und beobachtete sie und rieb an seinem Brillengestell.

»Ja«, stimmte Dinah zu. »Das ist er.«

Brillant war das Wort, das immer wieder im Zusammenhang mit Matthew fiel.

»Matthew Steward ist außergewöhnlich«, sagten die Leute – Kollegen, der Doktorvater und andere Professoren. »Er ist ein ungewöhnlich brillanter, junger Wissenschaftler.«

Dinah hatte früher einmal großen Wert darauf gelegt, dieses Lob zu hören, und hatte es wie einen Schatz gehütet, Fünkchen um Fünkchen hatte sie es auf den Gluthaufen ihrer Liebe und Bewunderung für ihn getürmt. Sie blickte auf ihr leeres Glas.

»Habt ihr genug zu trinken hier?« erkundigte sich Nancy Pinkham. Ohne eine Antwort abzuwarten, schenkte sie Weißwein aus der Flasche ein und füllte dann ihr eigenes Glas. Sie blinzelte Dinah über den Rand zu, während sie trank.

»Na. Gewöhnen Sie sich ein?«

Auch ohne allzu scharf hinzuschauen, konnte Dinah feststellen, daß Nancy betrunken wurde. Nancys entspannter Umgang mit der Flasche erheiterte sie.

»Ja, danke. Den Weg zum Einkaufszentrum habe ich gefunden, und ich weiß, wo man Kaffee und das beste Gebäck kaufen kann.«

»Und Ihre Kinder?« fragte Nancy.

Merlin war an Matthews Seite aufgetaucht. Die Hand seines Vaters ruhte auf seiner Schulter, während er redete, aber Merlin hielt nach Jack Ausschau.

»Wenn sie erst in die Schule kommen, geht es ihnen gut.« Das war nächste Woche. Dinah und Matthew hatten den Rektor der Grundschule und die Klassenlehrer der beiden Jungen bereits kennengelernt.

»Sicher. Hören Sie, kommen Sie doch morgens einmal zu mir herüber, dann trinken wir etwas zusammen. Auch Kaffee.«

»Ich würde gerne kommen.«

»Hm. Wissen Sie was?« Nancy kam näher, so daß Dinah ihr Parfüm und den Wein in ihrem Atem riechen konnte. »Einer der Studenten sagte mir, Sie sähen *erstaunlich aus … für die Frau eines Professors.*«

Diese Enthüllung unterstellte eine mögliche Vertrautheit zwischen Nancy und Dinah, die ihr nur willkommen war. Der Raum schien seine Form zu verändern, er wurde vertrauter, umschloß sie mit all diesen wohlmeinenden Fremden. Sie vergaß ihr Gefühl des Getrenntseins und merkte, daß sie lachte.

»Sie meinen, keinen Kneifer auf der Nase oder dauergewellte graue Haare?«

Nancy schürzte die Lippen. »Offensichtlich.«

»Welcher Student?«

»Tut mir leid, nicht der schnuckelige. Einer von den anderen.«

»Mein übliches Pech.«

Nancy betrachtete sie. Sie hielt ihr Glas auf verwegene Weise schief.

»Ich vermute, daß Sie selbst für Ihr Glück sorgen, stimmt's?«

»Ich glaube schon.« Dinah lenkte ihre Gedanken ins Leere, und nachdem sie sich neutralisiert hatten, ließ sie sie langsam in die Gegenwart zurückkehren. Das war eine langgeübte Technik.

»Möchten Sie etwas von diesem Karottenkuchen, Dinah?« fragte Dee Kerrigan.

»Oh, Dees Karottenkuchen ist *berühmt.*« Nancy schwankte auf ihren hohen Absätzen hin und her.

Die Party ging langsam zu Ende. Mr. Dershowitz war mit offenem Mund eingeschlafen, seine knotigen Hände waren über die Sessellehnen gespreizt. Es ließ nichts Gutes ahnen, daß alle Kinder – außer den Stewardjungen – abwesend waren. Jack saß in einer Ecke und las ein Buch.

Matthew kam zu Dinah. Er legte ihr die Hand auf die Hüfte und übermittelte ihr so das Signal unter Partnern: *Zeit zu gehen, findest du nicht auch? Ich bin bereit, wenn du möchtest …*

Dinah spürte ihre körperliche Verbundenheit mit ihm. In diesem Augenblick war er vollkommen vertraut, zuverlässig und verständlich. Ihr Mann. Er war ihr Anker, ihre Kompaßnadel, die beständig den magnetischen Nordpol anzeigte. Ihre Signale gingen an ihn zurück: *Ja, wir sollten jetzt gehen. Nach Hause in unser sehr, sehr nettes Haus in der Kendrick Street …*

Sie riefen die Jungen und sagten gemeinsam auf Wiedersehen. Die Gastfreundschaft der Kerrigans folgte ihnen zur Haustür hinaus in den milden Nachmittag mit Angeboten von Babysittern, Rezepten und Telefonnummern. Als die Stewards die paar Schritte über den Rasen unter dem Zuckerahorn zu ihrer eigenen Tür gingen, dachte Dinah, daß sie aussehen mußten wie eine adrette, strahlende Familie in einem Werbespot. Für was? Etwas Sicheres – eine Krankenversicherung, Cornflakes, eine Bausparkasse? Sie spielte in Gedanken mit Werbetexten: *ein kleiner Schritt, ein großer Sprung, wie viele Meilen, Meilen zu gehn, bevor wir ruhn, tam tam titam.* Dann erinnerte sie sich unvermittelt daran, daß sie das ja nicht mehr tat, keine Werbetexte mehr, keine Nische für sich selbst. Sie war Matts Frau, Jacks und Merlins Mutter, sie waren hier in Franklin, Massachusetts. Nicht in London. Nicht in Sheldon, dem Dorf in Hertfordshire, in dem sie gelebt hatten.

Die Hitze war allmählich aus der Luft gewichen. Das Ende des Sommers. Der Nachmittag war kühl mit einem verführerischen, harzigen Duft nach Herbst.

»Hast du dich gut amüsiert?« fragte Matthew sie.

»Ja. Ja, das habe ich. Ich mag Nancy Pinkham.«

»Joey Kerrigan ist ein fieser Kerl«, sagte Merlin.

»Tatsächlich? Wieso? Was genau meinst du damit?«

»Dad, er ist es einfach, das weiß ich genau.«

Merlin konnte besser sehen als sein Bruder, aber sonst waren die beiden sich sehr ähnlich. Beide Jungen waren klein für ihr Alter, innerlich selbstbewußt, äußerlich vorsichtig, wißbegierig und kritisch. Sie waren intelligent wie ihr Vater, aber noch ohne dessen routinierten Charme. Ihr Haar hatte oben auf dem Kopf denselben Wirbel. Ihre starke Ähnlichkeit und ihre Verletzlichkeit rührten Dinah, und ihr Herz krampfte sich zusammen, weil sie entschlossen war, daß alles gut werden sollte für ihre Kinder.

Die Haustür knallte zu. Sie hatte ein lästiges Schnappschloß, das Matthew reparieren mußte. Der Flur stand voller Umzugskartons und -kisten.

»Können wir einen Hund haben?« Jack, der mitten auf der Treppe stand, fragte das.

»Nein«, erwiderte Dinah, und Matthew antwortete gleichzeitig: »Ich denke schon. Warum nicht?«

Weil ein Hund etwas Dauerhaftes ist. Ein Hund bedeutet: Hier bleiben wir. Ich will das nicht, so weit weg zu sein. Wir haben darüber geredet und auch wieder nicht, und Matthew weicht mir immer aus.

»Jaaa!« Triumphierend boxte Jack in die Luft. »Hast du das gehört, Mer? Dad sagt, wir können einen Hund haben.«

Nur ein Hund, welchen Unterschied macht das schon? Wir sind jetzt hier, in diesem Haus, mit den Nachbarn, der Schule für die Jungen, Matts tollem Job. Was hatte ich mir gesagt, drüben bei den Kerrigans? Daß er mein Anker ist, meine Kompaßnadel …

Oder nicht?

»Ich gehe nicht mit ihm spazieren. Nicht ein Mal. Keinen einzigen verdammten Schritt. Und ich wische auch nicht hinter ihm her. Ist das klar?«

Matthew beugte sich nach vorne und küßte Dinah zärtlich hinter das Ohr.

»Vollkommen klar, meine Hundeliebhaberin.« Dann schlenderte er davon und nahm einen Stapel Fachzeitschriften aus einer der halbleeren Kisten mit.

Dinah ging in die Küche. Die Sonne schien herein, und vom Fenster hinter dem Kieferntisch hatte man einen Blick die Straße hinunter bis zu Mr. Dershowitz' Haus. Die Schritte der Jungen klapperten auf den rohen Dielen über ihrem Kopf.

Dinah stand am Fenster, die Hände auf das Fensterbrett gestützt, und sah auf die Kendrick Street hinaus. Matthews Arbeit hatte ihn hierhergeführt, und sie und die Jungen waren natürlich bei ihm. Tatsächlich machte es doch gar keinen Unterschied, wo immer sie auch lebten, oder?

In vertrauter Manier redete sie sich selbst ein, daß sie einen Ehemann und zwei Kinder habe und sich ihr der lockende Reiz des Neuen und die Möglichkeit neuer Freundschaften biete. Kisten mußten ausgepackt werden, Bücher, Bilder und vertraute Möbelstücke in den Zimmern, die im Laufe der Zeit ihre Erinnerungen anhäufen würden, arrangiert werden.

Möglicherweise würde es sich sogar herausstellen, daß Matthew und sie nicht davonrannten, daß ihre Wege parallel verliefen und nicht auseinander, daß sie nicht in eine Zukunft führten, die sie nicht entschlüsseln konnte.

Das akademische Jahr wechselte mit den Jahreszeiten vom Herbst und dem langen Winter in Neuengland zum Frühjahr und schließlich zur Hitze des Sommers. Rhythmus und Regeln des Universitätslebens um Matthew herum waren jedem Mitglied der Stewardfamilie vertraut. Matthew benannte sein Team und begann mit seinem ehrgeizigen Forschungsprogramm. Wie auch in England beanspruchte die Arbeit einen großen Teil seiner Zeit. Die Jungen lebten sich in ihrer Schule ein. Sie akzeptierten die verschiedenartigen Bräuche dieser neuen Schule oder lehnten sie mit ihrer üblichen Entschiedenheit ab. Nur Dinah, die – abgesehen von Haus und Familie – keinen eigenen Platz im Leben hatte, fühlte sich, während die Monate vergingen, immer noch als Außenseiterin. Mit einem schiefen Blick auf sich selbst, der ihr gutes Aussehen und ihren Humor nicht berücksichtigte, sah sie sich als hochgewachsene, schlanke und eigenartig reservierte Engländerin, die sich mit der falschen Tarnung durch das auf keiner Karte verzeichnete Dickicht und Unterholz von Franklin bewegte, ängstlich darum bemüht, sich überall anzupassen, ohne es je ganz zu schaffen.

Und dann fand exakt zwölf Monate, nachdem sie das Haus in der Kendrick Street gekauft hatten – nach den Sommerferien, aber bevor im Herbst das Semester begann –, eine weitere Party statt.

Die Berkmanns waren von ihrem Jahr im Ausland zurückgekehrt, und die Pinkhams veranstalteten ein Grillfest, um sie zu Hause willkommen zu heißen. Dinah hatte Nancy angeboten, einige Desserts vorzubereiten. Am Morgen fuhr sie zum Supermarkt und streifte dort durch die Gänge, und absichtlich bewegte sie sich nicht im Takt der gnadenlosen Musik, die sie wie Übelkeit überrollte. Von Zeit zu Zeit dankte ihr eine körperlose Stimme, daß sie in diesem Supermarkt einkaufte, und bat sie, die Supersparangebote der Woche zu prüfen. Dinah las die Reklame an den Regalen und die Plakate, und plötzlich bemerkte sie, daß sie an Werbekampagnen für Lebensmittelketten dachte, an denen sie mitgearbeitet hatte. Es erschien ihr sehr lange her, entfernt und exotisch. Als sie an der Kasse stand, fragte sie sich, ob sie denselben benommenen Gesichtsausdruck wie die anderen Käufer hatte.

Zu Hause spielten die Jungen im Garten Ball, während sie für Nancy die Limonentartes und Baisers machte.

Außer dem Hund, Ape, war alles ruhig im Haus. Matthew und die Jungen hatten ein Geschöpf mit faßartigem Körper, zotteligem Fell und Knopfaugen ausgesucht. Seine Fußnägel klapperten auf den Kiefernpaneelen, wenn er durch das Haus stöberte, und hin und wieder klopfte er mit dem Schwanz gegen die Tür. Dinah wußte, daß er erwartungsvoll ihren Rücken anstarrte, wenn sie arbeitete.

»Nein«, sagte sie zu ihm, ohne sich umzudrehen. »Geh weg.«

Ihre Stimme durchbrach die Stille. Die Einsamkeit war bedrückend. Sie sah sich um: Die Küche war ordentlich aufgeräumt, ihre Arbeitsutensilien stapelten sich in der Spüle, die fertigen Desserts standen für den Abend bereit. Dinah sehnte sich nach Gesellschaft, nach dem Trost eines Gespräches, mit einer Sehnsucht, die ihr wie Durst die Kehle trocken werden ließ. Aber Nancy war sicherlich mit ihren beiden kleinen Mädchen beschäftigt, und auch Dee würde sich um Kinder kümmern. Alle Kinder der Nachbarschaft schwärmten zu den Kerrigans, selbst Jack und Merlin. Dinah kannte jetzt viele andere Leute in Franklin, aber es gab niemanden, auf den sie in diesem Augenblick der Not zählen konnte.

Es war halb vier.

Sie könnte hinüberfahren und Matt im Labor besuchen. Sie lächelte bei dem Gedanken, ihn zu überraschen. Es war eine Weile her, daß sie dort vorbeigeschaut hatte. Sie hörte zu, wenn er berichtete, welche Fortschritte seine Forschung machte, aber sie wußte nicht genau, wie der neueste Stand der Dinge war.

Die Idee setzte sich in ihr fest. Sie könnte dem Team, das sie zum größten Teil kannte, guten Tag sagen, und vielleicht könnten Matt und sie dann sogar einen Kaffee trinken gehen. Vor Jahren, bevor die Kinder kamen, hatte sie ihn manchmal in seinem Labor in London besucht. Durch eines der Fenster in den Schwingtüren erblickte sie seinen Hinterkopf und sah, wie seine Schultern über einen Ständer mit Reagenzgläsern mit einem Satz DNS-Sequenzen gebeugt waren. Er sah sie und winkte sie zu sich herüber. Dann gingen sie nach unten in eine Kantine, lachten und tranken Tee an einem Tisch mit einer angeschlagenen Resopalplatte, der mit einem verbogenen Blechaschenbecher dekoriert war.

Draußen rief Dinah den Jungen zu: »Ich fahre für eine Stunde hinüber, um Daddy zu sehen. Verlaßt die Straße nicht, hört ihr?«

Sie waren jetzt alt genug. Jack war zehn und Merlin fast neun.

Sie fuhr mit dem Jeep die Pleasant Street entlang, überquerte an der Ampel die Main Street und bog dann auf den Hauptplatz ein. Die große Grünfläche mit stattlichen Bäumen war umschlossen von soliden rötlichen Ziegelbauten. Franklin war stolz auf seine Geschichte, und in der Grünanlage gab es eine Reihe von geschmackvollen Geschäften, die Souvenirs und Broschüren über die ersten Siedler und berühmten Söhne der Stadt verkauften. Der Campus der Universität von Massachusetts in Franklin erstreckte sich von der gegenüberliegenden Seite der Grünanlage aus, jenseits eines Paares hoher Steinsäulen und einer massigen Statue des Gründers. Die Gebäude waren eindrucksvoll mit ihren Steintreppen und massiven Türen und Giebelfeldern mit Uhren, deren goldene Scheiben die Sonne reflektierten. Büchereien und Kapellen und Gedenkstätten, die einander gegenüberlagen, mit dem unvermeidlichen Rasen dazwischen; diese Ansicht der Universität wurde auf den Fotografien der Prospekte herausgestellt.

Matthews Arbeitsbereich war in einem Haus einer Reihe großer, verglaster Häuserblocks untergebracht, die von den fotogenen alten Gebäuden durch einen Baumgürtel getrennt waren. Diese neueren Einrichtungen waren himmelweit entfernt von dem Treppenlabyrinth und den antiquierten Mauselöchern, in denen Matthew in London gearbeitet hatte, obwohl er den Unterschied kaum wahrzunehmen schien.

Trotzig ließ sie den Cherokee auf einem Parkplatz stehen, der nur für Fakultätsmitglieder bestimmt war, und schlenderte über den Rasen auf die Häuserblocks zu, in denen die Naturwissenschaftler untergebracht waren. Treppen, Rasenflächen und Studentenparkplätze lagen verlassen und schläfrig in der Sonne, denn erst in einer Woche würden die Studenten zur Rückmeldung zurückströmen. Hinter ihr schlug die Uhr an der James-Randall-Hallett-Bücherei vier und löste eine Reihe von Assoziationen aus: die Kirchenuhr zu Hause im

Dorf, Pfarrhäuser und englischer Tee, Gärten mit Rosen und Geißblatt, Felder mit Gatter und weißblühenden Weißdornhecken.

Dinah ging schneller und vergrub ihre Hände tiefer in den Taschen ihres Rockes. Ihr Haar war in einem dicken Zopf zurückgebunden, der sich in ihrem Genick schwer und heiß anfühlte.

Die Straße schlängelte sich durch den Schatten der Bäume – riesige elegante Nadelbäume mit Ästen wie Schleppen, die im hellen Licht schwarz aussahen.

Vor den neuen Gebäuden war eine weitere Rasenfläche, eine geschwungene Böschung, und über den Rasen verteilt sah man einzelne Leute. Die Dozenten der verschiedenen Fakultäten gingen das ganze Jahr über ihren Forschungen nach, daher waren hier mehr Autos geparkt, und die Türen zum Speisesaal standen offen.

Dinah lief quer über den Rasen. Vor Matthews Gebäude spielten einige Leute Frisbee. Sie beobachtete, wie ein Junge in einem sackartigen weißen Hemd hochsprang und sich in der Luft drehte, um die Scheibe zu fangen, und dann glitt die Scheibe in einem sanften Bogen aus seiner Hand. Jetzt sprangen die anderen hoch, und Dinah stellte sich vor, wie ein Regisseur diese Bilderfolge anhalten würde, um einen einzigen Eindruck einzufangen, ein verwischtes lächelndes Gesicht mit fliegenden Haaren und eine ausgestreckte Hand, die – ja, was denn, jugendliche Hingabe, Vertrauen, Freiheit – bedeuten sollte.

Für das Leben, das *du* lebst.

Parfüm, Turnschuhe – *Sneakers* – oder kalorienreduzierter Joghurt?

Beim Anblick der Frisbeespieler lächelte sie vor Vergnügen, als ihr plötzlich klar wurde, daß Matthew einer von ihnen war.

Er trug eine Khakihose, ein blaues Hemd, das aus dem Hosenbund heraushing, und eine Baseballkappe, die sie noch nie zuvor gesehen hatte. Er hatte sie tief in die Stirn gezogen, um die Augen vor der Sonne zu schützen. Er hob die Hand wie zum Gruß, als er rief: »Sean! Hier drüben, schau her.«

Sean Rader hatte schon zu Matthews altem Team in London gehört. Teil der Vereinbarung, die Matt getroffen hatte, war es, zwei seiner wichtigsten Leute nach Neuengland mitzubringen. Dinah hatte Sean früher in London schon oft gesehen. Er war ein kleiner, nervöser Mann mit finster gerunzelter Stirn. Und jetzt war er um vier Uhr nachmittags draußen, spielte im Sonnenschein Frisbee und rief laut. All diese Leute arbeiteten mit Matthew zusammen. Der Junge im weißen Hemd war ein Techniker, außerdem waren da noch eine kleine, dunkelhaarige Dr. phil. und Jon Liu, Matts Stellvertreter, und ein halbes Dutzend anderer Leute.

Die Frisbeescheibe glitt wieder in einer langen Kurve auf Matt zu. Er fing sie, und als er triumphierend hochsprang, erschien er Dinah so schwungvoll und voller Spannkraft, und er fühlte sich ohne jede Frage wohl in seiner Haut, daß er ihr ein wenig fremd vorkam.

Dieses entblößte Bild ihres Mannes ließ sie in der Nachmittagshitze zittern.

Wie kam es, daß sie quer durch die Stadt gefahren war, um mit genau diesem Mann und nicht irgendeinem anderen zu reden? Sie erblickte einen Fremden, einen Mann, den sie nicht kannte, der ein Leben lebte, das ihr nicht vertraut war.

Verwirrung ergriff sie; sie streckte eine Hand aus, um das Gleichgewicht wiederzufinden.

Jemand hatte die Scheibe auf einer verkehrten Flugbahn davonwirbeln lassen. Hohngelächter ertönte, und die Spieler rannten in einer eifrigen Meute hinterher. Die weibliche Dr. phil. stolperte auf der Böschung, landete auf ihren ausgestreckten Händen, stieß sich aber wieder hoch und rannte weiter, ängstlich bemüht, nicht zurückgelassen zu werden. Der Schatten des Schirms von Matts Kappe fiel scharf auf sein Gesicht.

Dinah wollte nicht, daß er sie hier sah. Sie konnte nur noch daran denken wegzulaufen, bevor jemand sie bemerkte. Sie machte zwei oder drei Schritte zurück, dann drehte sie sich um und floh in den Schutz der Bäume.

»Es war doch nur ein Frisbeespiel«, sagte Nancy. »Warum bist du so wütend?«

Sie waren bei den Pinkhams im Garten und deckten den Tisch mit Besteck und Papierservietten. Nancy hatte ihr Haar im Sommer schneiden lassen, und jetzt stand es wie ein weicher Flaum um ihr Gesicht. Es ließ sie nicht viel älter aussehen als ihre kleinen Mädchen. »Sogar Todd spielt es.«

»Es war nicht das Spiel. Ich bin nicht wütend.« Dinah konnte Nancy nicht klarmachen, daß es ihr nicht gelungen war, ihn wiederzuerkennen, und wie verwirrt sie darüber war und daß sie sich verloren fühlte, weil sie ausgeschlossen war aus dem Kreis gemeinsamer Interessen und Ziele, ein lächerliches Abbild dessen, was aus ihrer Ehe geworden war.

Matt war hier glücklich.

Wie war ihr diese offensichtliche Tatsache nur entgangen? Sie war einsam; Matthew behandelte sie behutsam und umsichtig, fast als sei sie eine Invalide, aber er selbst war glücklich.

»Verdammt noch mal. Ich höre mich ja an wie eine armselige Xanthippe, nicht wahr?«

»Hm-hm. Du verdienst ihn nicht. Meine Güte, du bist ja auch ein schrecklicher Miesepeter. Nie kommst du herüber und bringst mich zum Lachen, wenn ich drauf und dran bin loszuschreien. Du bist auch nicht witzig oder intelligent oder eine tolle Mutter oder irgendwas.«

»Ja, nicht wahr?«

»Verdammt noch mal, Dinah, was ist los mit dir? Du weißt doch, daß du all das bist.«

Es war ganz einfach, oberflächlich betrachtet.

Dinah schüttelte eines der gemusterten Baumwolltischtücher aus und wirbelte es herum wie die Capa eines Matadors. Die Jungen waren in die Bäume geklettert und hängten Laternen in die Zweige. Todd hatte den Grill angezündet, und der Geruch von Holzkohle lag in der Luft. Später würde der Vollmond aufgehen.

»Ich vermisse mein Zuhause.« Mit diesem Satz versuchte sie, etwas wegzuerklären. Sie breitete das Tuch auf einem Tisch aus und strich die Falten glatt.

»Natürlich tust du das. Jeder würde das.«

»Weißt du, wegen Matt. Immer dieses Gerede, wie fleißig er ist, und die Forschung und all die andere Verwaltungsarbeit, die er zu erledigen hat, daß er zu Vorträgen und Konferenzen reisen und Gelder aufbringen muß. Und dann gehe ich dorthin, und sie spielen dieses verdammte Frisbee.«

»Hör mal, so ist das eben. Du mußt ihnen dieses Gefühl von Wichtigkeit lassen. Bei Todd ist es dasselbe. Die Arbeitszeiten im Krankenhaus und die Krisen, und er ist der einzige, der etwas richtig machen kann. Sie müssen uns zeigen, daß sie da draußen jagen und sammeln. Schließlich sind es Männer, nicht wahr?« Todd arbeitete als Assistenzarzt im örtlichen Krankenhaus.

Nancys pausbäckiges Gesicht war glatt und leuchtete unter dem Heiligenschein ihrer Haare. Dinah verspürte eine Welle von Zuneigung für sie und schämte sich, daß sie ihre freundliche Anteilnahme abgetan und ihr nur ein Fünkchen der Wahrheit anvertraut hatte.

Sie waren keine engen Freundinnen geworden. Bei Nancy fühlte Dinah sich zynisch, voreingenommen und fremd. Sie verbrachten eine Menge Zeit zusammen, und Dinah sprühte in ihrer Gesellschaft vor Witz und Ironie, aber es war, als ob sie mit ihrer Kleidung, ihren Manieren und exzentrischen Vorstellungen über Mutterschaft die Rolle einer bestimmten Art von Engländerin spielte, um Nancys Erwartungen zu erfüllen.

»Du hast recht, Darling. Männer sind Männer und allzuleicht zu durchschauen, und Frauen sind überlegene Wesen voller Intelligenz, Scharfblick und Schönheit. Also, wo sollen wir all dieses Brot hintun?«

»Baguettes, wenn du gestattest. Maria Berkmann ist erst seit vier Tagen wieder zurück, aber wenn ich mir noch mehr über Lyon, Côtes-du-Rhone und TGV anhören muß, fange ich an zu schreien.«

»Danke für die Warnung. Sonst hätte ich den Lärm auf einen hoffnungslos ungallischen, kalifornischen Chardonnay zurückgeführt.«

Die beiden Frauen lachten und deckten die Tische weiter mit Tellern und Messern.

Als sie fertig waren, meinte Nancy: »Du solltest dir keine Sorgen machen wegen Matt. Laß ihn einfach tun, was er will, weil er das auf jeden Fall ja doch tun wird.«

Das stimmte. Matt bekam immer, was er wollte. Auf seine methodisch präzise Art erarbeitete er sich das, was er wollte. Nie war er unklar, übereilt oder unbedacht bei seinen Vorstellungen. Dinah kannte ihn so gut, und dennoch brachte er es fertig, sich immer wieder als völlig Fremder herauszustellen.

»Wahrscheinlich hast du recht.«

»Ich weiß, daß ich recht habe.« Zufrieden mit sich selbst, nickte Nancy noch einmal zur Bestätigung. »Ich sage dir eines. Du solltest etwas für dich selbst tun statt nur für deinen Mann und die Kinder. Du solltest dir einen Job suchen.«

»Genau. Hillary Clinton braucht wahrscheinlich ein bißchen Hilfe. Ich werde sie anrufen.«

»Ich meine es ernst.«

»Das weiß ich, Nancy. Danke.«

Todd erschien in einem zitronengelben Ralph-Lauren-Polohemd. Nancy drehte sich sofort zu ihm um.

»Todd, hast du vor, heute noch zu grillen, oder muß ich alles selbst machen?«

Dinah ging nach Hause, um sich umzuziehen und dafür zu sorgen, daß die Jungen ordentlich aussahen.

»Zieh ein sauberes T-Shirt an, Jack.«

»Ich will mich nicht umziehen. Ich finde, das ist wirklich nicht nötig. Dieses ist gut genug.«

»In Ordnung.«

»Wenn er sich nicht umziehen muß, dann muß ich das eigentlich auch nicht.«

»*In Ordnung.*«

»Wann kommt Daddy nach Hause?«

Einen Augenblick später hörten sie, wie Matthews Toyota vorfuhr, und er ließ krachend die Haustür zufallen. Das Schnappschloß war immer noch nicht repariert. Er hatte sein blaues Hemd wieder in die Hose gestopft und war barhäuptig. Die Jungen sprangen auf ihn zu, und über deren Köpfe hinweg sah er Dinah an.

»Dieses Kleid gefällt mir.«

Sie glättete mit einer Hand das leuchtendgelbe Leinen. Sie hatte sich sorgfältig angezogen, aber Matt hatte dieses Kleid schon ein dutzendmal gesehen.

»Viel zu tun heute?« fragte sie.

»Ja, war ganz schön was los. Das Übliche.«

»Du hast noch Zeit, dich vor der Party zu duschen.«

Wir gehen sehr vorsichtig miteinander um, dachte Dinah, besorgt, als ob eine Krankheit zwischen uns stünde, die nie erwähnt wird, obwohl der Schmerz an uns nagt.

Matt stöhnte. »Die Party hatte ich ganz vergessen.«

Er lief die Treppe hinauf, und zu beiden Seiten hopsten die Kinder mit. Während Dinah ihn beobachtete, fiel ihr auf, daß seine Schultern gebeugt waren und sich in seinen Haaren eine Spur von Grau zeigte. Sie erinnerte sich an den Mann, der geschmeidig über den Rasen gelaufen und ihr als völlig Fremder erschienen war, und versuchte, diese beiden Bilder zu verbinden. Wir sind Matts Verantwortung, dachte sie unbehaglich. Pflichtbewußt nimmt er die Last auf seine Schultern. Die Arbeit ist seine Zuflucht und sein Trost. Wann ist das geschehen, dieses Umschalten?

Unwillkürlich dachte sie zurück, bremste sich dann aber selbst und würgte den Strom der Erinnerungen ab.

Die Gäste trafen ein, angeführt von den Berkmanns. Max Berkmann trug einen französischen Arbeiteroverall. Mr. Dershowitz fehlte, weil er im Krankenhaus war, und die vier Studenten waren bereits ausgezogen. Dinahs Bekanntschaft mit dem gutaussehenden Mann war nie weiter gediehen als bis zum Austausch eines freundlichen Nickens über die Straße.

»Das war wohl ein Flop«, hatte sie Nancy gegenüber gescherzt.

»Matt sieht sowieso besser aus, und er hat außerdem einen Lehrstuhl.«

Es war eine schöne Party. Der orangegetönte Mond hing schwer über den Bäumen, und die Laternen der Kinder leuchteten zwischen den trockenen Blättern. Die Nachbarn aus der Kendrick Street freuten sich, einander nach den langen Ferien wiederzusehen, und es gab viele Neuigkeiten auszutauschen.

Jack und Merlin gingen mit Tim Kerrigan fort. Dinah erhaschte einen Blick auf sie in einem der Kinderzimmer. Sie saßen mit ausgestreckten Beinen in einer Reihe da, das Kinn auf die Brust gesenkt, und sahen ein Video an. Erst vor kurzem hatten ihre Kinder aufgehört, unvorteilhafte Vergleiche zwischen Franklin und dem alten

Zuhause anzustellen. Sie schienen aufgehört zu haben, an England zu denken.

Dinah flatterte von Gruppe zu Gruppe, lachte und redete. Sie hatte mit Nancy in der Küche zwei Gläser Wein getrunken. Einige Leute sagten ihr, sie sähe gut aus, die Sommerbräune stünde ihr gut. Jetzt hörte sie zu, wie Max Berkmann das idyllische Jahr in Frankreich beschrieb.

»Ich sage euch, wir wären in Mâcon geblieben, wenn ich die Möglichkeit dazu gehabt hätte.«

»Hier, Dinah.« George Kuznik hatte eine Schwäche für Dinah, und er rückte ein wenig, um ihr neben sich auf dem Gartenstuhl Platz zu machen. Die Dunkelheit war warm und wohlriechend, und die Laternen warfen ovale Flecke verschwommenen goldenen Lichtes.

Georges Stimme dröhnte an ihr Ohr. »Ein kaltes Bier und du. Was kann ein Kerl noch mehr verlangen? Weißt du, ich finde immer, dies ist die beste Zeit des Jahres. Nach der Hitze auf den Herbst zu warten, bevor die Kälte kommt.«

Dinah antwortete, ohne recht zuzuhören, was sie selbst sagte, daß sie sich nicht besonders auf einen weiteren neuenglischen Winter freue. Sie wurde überwältigt von dem Gefühl, daß dieser Ort ihr immer noch gänzlich fremd war, und davon, wie geheimnisvoll und unerklärlich die Leute um sie herum waren, sogar ihr Mann. Ihre Orientierungspunkte Gewohnheit, Logik und Gewißheit lösten sich auf. Sie stand außerhalb dieser Unterhaltung, war von der realen Welt losgelöst, selbst als George Kuzniks Bein sich gegen ihren Schenkel preßte, und sie verlor die Fähigkeit, die Botschaften, die ihr zugefunkt wurden, zu entziffern.

Sie hatte Angst, die anderen würden es bemerken; jeder würde ihr eigenartiges Verhalten bemerken.

In einem Anfall von Panik fragte sich Dinah, ob sie möglicherweise verrückt wurde.

Sie drehte sich plötzlich zu George um und ergriff seine Hand. Verankerte sich. Seine Hand war feucht und überraschend weich. Auf Georges gewölbter Stirn spiegelte sich die Laterne. Er beugte sich vor, und einen Augenblick lang glaubte sie, er würde sie küssen.

Ein Schwall von Gelächter stieg in ihr hoch, aber George fragte nur ernst und blinzelte dabei ein wenig:

»Geht es dir gut, Dinah?«

Der Garten begann wieder, um sie herum zusammenzuwachsen. Die schreckliche Verschiebung aller Dinge ging vorüber. Jetzt lachte Dinah, und das Gelächter erleichterte ihre Kehle und entspannte ihr Gesicht. Sie ließ Georges Hand los und legte sie in seinen Schoß zurück. Dabei bemerkte sie die Enttäuschung auf seinem Gesicht. Sie sah, wie hinter ihm ein großer, dicker Mann aus dem Haus trat und mit den Händen auf den Hüften auf den Verandastufen stand und den Blick über den Garten schweifen ließ.

»Wieviel habe ich getrunken?« fragte sie lächelnd.

»Ach, und ich dachte, mein Charme sei so betörend.«

Dinah küßte George auf die Wange, dann lehnte sie sich zurück und trennte sich so von ihm. »Du bist ein sehr guter Nachbar«, sagte sie wahrheitsgemäß. Sie tranken beide und überbrückten die kleine Peinlichkeit.

»Wer ist das?« Sie deutete auf den großen Mann, der jetzt zwischen den Gruppen von Leuten dahinschlenderte. Seine Größe und seine beherrschende Art gaben ihm das Flair eines Herren.

»Ein Freund von Max. Todd muß ihn herübergebeten haben. Er heißt Ed Parkes. Hast du von ihm gehört? Er schreibt Thriller. Selbstgefällig, aber ein anständiger Kerl. Seine Frau ist Britin, fällt mir gerade ein.«

Später am Abend, als sich die Partygäste nach drinnen verzogen hatten und die Kinder auftauchten und nach übriggebliebenem Essen suchten, lernte Dinah die Parkes' kennen. Ed hatte einen gewaltigen Händedruck, und sein Gesicht verzog sich in leutselige Falten, während seine klugen, hellblauen Augen sie musterten. Er erzählte ihr, daß er ursprünglich aus Detroit stammte und er und seine Frau ein Haus in den Wäldern außerhalb von Franklin und ein weiteres in London besaßen, wo sie einen Teil des Jahres verbrachten, und ein Chalet in Zermatt. Er plauderte locker und amüsant, aber auf die arrogante Weise eines Mannes, der es gewöhnt ist, im Mittelpunkt zu stehen. Schließlich lenkte er das Gespräch auf Dinah, aber man hatte den Eindruck, daß es eher aus Höflichkeit als aus wirklichem Interesse geschah.

»Hier habe ich keinen Job«, erzählte sie ihm. »In London war ich in der Werbung tätig.«

»Und jetzt kümmern Sie sich eine Weile um Heim und Familie?« Er versuchte sie einzuschätzen.

»Das stimmt.« Sie war für seine Formulierung dankbar.

»Ihr Mann ist Wissenschaftler, nicht wahr? Ich muß mich mal mit ihm unterhalten. Besondere Fachkenntnisse kann ich immer gebrauchen.«

Dinah amüsierte die Vorstellung, daß Matts Arbeit zu nichts weiter gut sein sollte, als einem von Ed Parkes' Flughafenreißern einen zusätzlichen Farbfleck zu verleihen. Sie biß sich auf die Lippe und bemerkte, daß Ed ihrem Gedankengang gefolgt war, als hätte sie ihn laut ausgesprochen. Er grinste sie an.

»Sie glauben, ich sei ein Arschloch?«

»Ganz und gar nicht.«

»Nur ein kleines. He, ich möchte, daß Sie Sandra kennenlernen. Hier ist sie. Sandy, das ist Dinah Steward. Ihr werdet euch mögen, und nicht nur, weil ihr dieselbe Sprache sprecht.«

Sandra Parkes war Mitte bis Ende Vierzig, groß, blaß, schlank und sehr schön. Sie hatte diese makellosen feinen Züge, die dafür sorgten, daß Make-up-Künstler und Fotografen sich in sie verliebten. Dinah wagte es nicht, ihre Hand zu drücken, damit die blasse Haut keine blauen Flecken bekam.

»Was hat er gesagt?« fragte Sandra.

»Nichts, dem du nicht widersprechen könntest, wenn du willst, Liebling.« Ed schlenderte davon. Sein maßgeschneidertes Hemd saß bequem auf den massigen Schultern.

»Nichts, bei dem es sich lohnte, zu widersprechen«, entgegnete Dinah kühl.

Sandra trug ein kompliziertes Outfit aus Schichten von hauchdünner feiner Schurwolle, Chiffon und glattem Satin. Dinah hatte sich schon oft gefragt, als sie Modejournale durchblätterte, was »greige« wohl für eine Farbe sein mochte. Jetzt kam ihr der Gedanke, daß es diese sein mußte. Sie wirkte so fein und kultiviert, daß ihr fröhlich gelbes Leinen im Vergleich dazu wie die Blüten eines schwer auszurottenden Unkrauts aussah.

»Es lohnt sich nie, Ed zu widersprechen«, murmelte seine Frau. »Er glaubt, er habe ständig recht, und hat es fast immer auch. Das kommt, glaube ich, daher, daß er selbst daran glaubt.«

Dinah lächelte. Zu ihrer Überraschung spürte sie, daß ihr Interesse für Sandra Parkes wuchs. Es war nicht ihre Kleidung oder ihr Aussehen, nicht einmal das, was sie sagte. Es war der Klang ihrer englischen Stimme und die halbverschluckten, fallenden Halbtöne voller Ironie und Geringschätzung.

Ed Parkes sah vielleicht wie ein Elefantenbulle aus und hörte sich wie ein Bauer an, aber er war unheimlich scharfsichtig. Ihr Mitgefühl für Sandra wurde nicht durch etwas so Offensichtliches wie die gemeinsame Sprache geweckt. Einfach aufgrund der Bewegungen ihrer Lippen und der blitzschnellen kleinen Gesten ihrer Finger wußte Dinah, wo Sandra herkam. Sie konnte Sandras Hintergrund genauso sicher entziffern wie diese den ihren.

Binnen weniger Augenblicke hockten die beiden Frauen nebeneinander auf Nancys geschrubbtem Küchentisch aus Kiefernholz und tauschten ihre Geschichten auf eine Art und Weise aus, wie sie es nie zu Hause in England, nicht einmal in New York oder Los Angeles getan hätten. Dort wäre die Verbindung zwischen ihnen als selbstverständlich hingenommen worden, wogegen sie hier überraschend und bemerkenswert erschien. Beide waren in an London angrenzenden Grafschaften aufgewachsen als einzige Kinder von Karrieresoldaten. Sandras Vater war bei der Marine gewesen, Dinahs bei der Armee, beide waren im Ausland stationiert gewesen. Ab dem Alter von elf Jahren besuchten die Mädchen gute zuverlässige Internate innerhalb eines vernünftigen Umkreises von London. Nach dem Internat folgten lange Phasen der Rebellion. Und danach heirateten beide Männer, deren Hintergrund sich völlig von ihrem eigenen unterschied.

Die Parkes' lebten einen Teil des Jahres in London, erklärte Sandra. Ed war gerne dort, wenn er schrieb. In Zermatt waren sie für einen Monat oder sechs Wochen über Weihnachten, und in Franklin, so behauptete er, fühle er sich am meisten zu Hause.

»Aber Ed langweilt sich schnell. Nach einem Monat wird er unruhig und arbeitet eine Reise irgendwohin aus.«

»Und Sie?« fragte Dinah.

Sandra seufzte und blickte Dinah von der Seite durch den Schleier ihres hellen, seidigen Haars an. »Ich hätte gerne das Gefühl«, ihre eleganten Finger formten in der Luft ein Kästchen, »an einen Ort zu gehören.«

So wie ich, dachte Dinah. An den richtigen Ort gehören. Es mußte dieses Bedürfnis bei ihnen beiden gewesen sein, das Ed Parkes erkannt hatte. Das Gespräch mit Sandra hatte hundert Assoziationen in ihr geweckt. Durch ihre englische Art hatte sie die unwesentlichen Einzelheiten ihres Zuhauses und ihrer Geschichte wachgerufen, aber nicht von diesen Kleinigkeiten fühlte Dinah sich abgetrennt – nur von dem, was sie enthielten. Ein Geheimnis, das in England eingebettet lag wie eine Fliege im Bernstein. Dieses Gefühl der Trennung konnte sie weder Nancy noch Dee noch George Kuznik noch sonst irgend jemandem erklären, nicht einmal mit Matthew konnte sie darüber reden.

Am allerwenigsten mit Matthew.

Sie konnte nicht einmal darüber nachdenken. All diese miteinander verbundenen Fäden mußte sie versiegelt halten, oder sie würden sich befreien und um sie herum peitschen und pfeifen.

»Haben Sie Kinder?« fragte Sandra.

Ja.

»Ja, zwei Jungen. Sie sind hier irgendwo.«

»Natürlich. Ich habe sie vorhin kennengelernt. Einer von ihnen sagte mir: ›Wissen Sie, Dinosaurier hatten im Verhältnis zu ihren Körpern winzige Gehirne.‹«

»Jack. Merlin ist der jüngere. Und Sie?«

Sandra zupfte an der glänzenden obersten Schicht ihrer Draperien. Ein seltsam vorsichtiger Ton klang in ihrem Gespräch an. Beide hörten es und interpretierten es für sich, ohne sich zu fragen, ob die andere das auch tat.

Sandra sagte: »Eines. Ein Mädchen. Sie ist jetzt vierzehn.«

Vierzehn.

Dinah versetzte es einen Schock, und ihre Aufmerksamkeit zerstreute sich wie Perlen in einem Kaleidoskop. Sie zwang sich dazu, gelassen zu erwidern: »Sie müssen sie einmal mitbringen, die Jungen würden sich freuen.«

Sandra zog ihre schmalen Schultern hoch. »Ich weiß nicht. Vielleicht. Sie ist ziemlich schwierig ...«

Impulsiv legte Dinah ihre Hand auf Sandras Arm. »Sind sie das nicht alle? Warum kommen Sie mich nicht einmal besuchen? Irgendwann nächste Woche. Wir essen zusammen zu Mittag, nur wir beide. Hätten Sie Lust?«

Zwischen ihnen bestand eine Verbindung, die noch nicht genau zu benennen war und die über die bloße Ähnlichkeit ihrer Lebensläufe hinausging.

»Ja, gerne. Ich komme, wenn Milly bei ihrem Privatlehrer ist. Sie geht im Augenblick nicht zur Schule. Ed reist so viel, und ich möchte, daß wir beide bei ihm sind ...«

Einen Augenblick blickten Sandras helle Augen Dinah flehend an.

Von der anderen Seite des Zimmers aus beobachtete Matthew sie. Er sah, wie Dinah Sandras Arm berührte. Das ist in Ordnung, dachte er. Gut. Dinah brauchte hier drüben eine Freundin, und die nervöse Frau des Schriftstellers war vielleicht die richtige. Er selbst mochte den Autor, auch wenn er Scheiß redete. Aber für Dinah empfand er eine Spur von Ungeduld. Sie brauchte Hilfe, und sie war einmal so stark gewesen. Natürlich hatte er aus ihrer Kraft geschöpft, es mit ihrer Hilfe geschafft.

Das Gleichgewicht war jetzt anders verteilt. Er war besorgt um sie, um Dinah, und auch um sie beide. Aber da war auch diese aus Wut wundgescheuerte Stelle, die wunde Kante der überstrapazierten Geduld, die die Reibungslosigkeit zwischen ihnen aufrauhte.

Die Jungen waren im Bett und schliefen endlich. Selbst Ape hatte sein Winseln und Schnaufen aufgegeben und sich in seinem Korb in der Waschküche niedergelassen. Dinah saß im Morgenmantel vor dem Schlafzimmerspiegel und bürstete ihr Haar. Als sie ein kleines Mädchen war, hatte ihre Nanny ihr beigebracht, sich jeden Abend die Haare zu kämmen und dabei die Striche zu zählen. Nicht daß sie das getan hätte, damals oder jetzt. Warum also heute abend? Weil die Erinnerungen auf sie einströmten? Dinah erinnerte sich daran, wie ihre Eltern in ihr Zimmer kamen, während sie am Toilettentisch saß, ihre Mutter in einem Cocktailkleid mit einer Stola um die nackten Schultern, ihr Vater in seiner prächtigen Uniform. Ein Kuß oben auf ihren gebürsteten Kopf. Eine Wolke von Arpège, und die Hände ihrer Mutter ruhten auf ihren Pyjamaschultern. Ihre beiden Gesichter, die sich gegenseitig widerspiegelten, eine verzerrte halbfertige Version unter dem ausgewogenen Gesicht mit Lippenstift. Eleanor war immer so perfekt. Und doch waren sie sich ähnlich, Haar und Augen und Haut.

Dieses Band zwischen Mutter und Tochter war zerbrochen. Eleanor, lange verwitwet, lebte in England in einem Bungalow an der Südküste. Elegant, Bridge spielend, wahrscheinlich einsam. Sie selbst mit den beiden Jungen. Haare wie ihr Vater, mit einem seltsamen Wirbel am Hinterkopf.

»Kommst du ins Bett?«

Matthew war bereits dort, halbaufgerichtet mit der unvermeidlichen Fachzeitschrift.

Dinah knotete ihren Morgenmantel auf und schlüpfte unter die Decke. Matthew legte seine Lektüre beiseite und machte das Licht aus.

In der Dunkelheit fragte er: »Geht es dir gut?«

»Ja. Natürlich.«

Das Frisbeespiel hatte sie nicht erwähnt. Frauen von Wissenschaftlern fühlen sich oft ausgeschlossen. Jemand hatte sie gewarnt, ganz zu Beginn. Die Frau des Professors, damals an der Uni in London war es gewesen.

Es ist wie ein sehr exklusiver Klub. Der Austausch von Ideen, der Anreiz, der schiere Nervenkitzel des Ganzen. Die meisten von ihnen genießen es mehr als Sex, meine Liebe.

Nicht, daß sie offensichtlich aus diesem Klub ausgeschlossen war, hatte sie jedoch verletzt, es war der Anblick von Matthews ungetrübtem Glück. Und als sie daran dachte, spürte Dinah einen Stich der Selbstverachtung, der ihr wie ein Dorn in den Hals getrieben wurde.

Jetzt streckte er die Hand nach ihr aus. Sie wußte, daß sie sich lieben würden, und das taten sie auch auf ihre sanfte und rücksichtsvolle Art, die andere Gefühle maskierte, die nichts mit Zärtlichkeit oder Rücksicht zu tun hatten.

Hinterher murmelte Matthew verschlafen: »Weißt du, ich liebe dich.«

»Ich liebe dich auch«, antwortete sie. Und dachte, daß die Trennlinie zwischen Liebe und Haß sehr schmal und zerbrechlich war.

Dinah träumte von England. Es war zu einem Ort mit steilen Hügeln geworden, jeder Hügel enthüllte einen weiteren dahinter, an allen wanden sich verlassene Wege zu den abgerundeten Gipfeln hinauf wie Illustrationen in einem Bilderbuch.

2

Die Straße stieg an, als sie tiefer in den Wald führte. Zwischen den Bäumen waren keine weiteren Häuser mehr zu erkennen, und es standen auch keine Briefkästen an der Straße.

»Haben wir es verpaßt?« fragte Dinah, während sie fuhr und nach vorne spähte, wo Sonnenstrahlen schräg durch die Zweige fielen. Die Blätter zeigten erste Spuren von Goldgelb und Karmesinrot. Noch zwei Wochen, und der Herbst war in vollem Gange.

Auf dem Rücksitz blickte Merlin von seinem Gameboy auf. »Hunderteins war schon vor Kilometern.«

Sie suchten nach Nummer 102, dem Haus der Parkes'.

»Wie komme ich hier auf die nächste Ebene, Jack?«

»Gib es her. Du bist zu dämlich, ich hab' dir das doch schon mal gezeigt. Seht mal, da ist wieder ein Schild.«

Ein gelber Pfeil mit der aufgemalten Ziffer 102 deutete vorwärts.

»Ich würde nicht hier draußen wohnen wollen«, meinte Jack.

»Ah, ist das zu gruselig für dich? Der tiefe dunkle Wald voller Monster?«

»Nein, zu langweilig, Merlin. So wie du.«

»Hört auf zu zanken«, fuhr Dinah sie an.

»Mum, wir zanken nicht. Erkennst du denn nicht den Unterschied zwischen einem Streit und einer Unterhaltung?«

Die Opposition ihr gegenüber war das einzige, was die beiden verband, dachte Dinah. Es gab nichts Neues.

»Sandra Parkes klagt darüber, daß Camilla schwierig ist. So schlimm wie ihr beide kann sie gar nicht sein.«

»*Camilla,* was für ein total öder Name.«

»Wie irgendein gräßlicher Pudding. Camilla und Vanillesoße.«

»Rosa und wabbelig. Ich wette, sie ist richtig fett.«

Die Jungen schnaubten verächtlich und würgten. Auch in ihrem Widerwillen, die Parkes' zu besuchen, waren sie sich einig.

Matthew schien nichts von alledem zu hören. Er war fast den ganzen Weg über still gewesen. Er saß da, den Blick auf den Wald gerichtet.

Er dachte über seine Arbeit nach. Seit dem Sommer, als sich ihm der Weg der Versuche, denen er jetzt nachging, eröffnet hatte, war ihm dieser Gedanke nie aus dem Kopf gegangen. Selbst wenn er aus dem Schlaf auftauchte, bemerkte er, wie der Gedanke erneut durch die Membranen des Unterbewußtseins aufstieg.

Er dachte über sein manipuliertes Molekül nach, sein inneres Auge drehte es so, daß es elegant herumwirbelte, dreidimensional, ein dichtes Netz von Atomen, die frei im schwarzen Computerraum schwebten. Welche Gruppe sollte er verändern, um das Molekül noch aktiver zu machen?

Frustration und Erregung prickelten gleichzeitig in ihm.

Die ersten Tests waren ermutigend. Seine Techniker hatten demonstriert, daß das von ihm zusammengestellte Enzymmaterial allmählich so funktionierte, wie es sollte, und sich zum Teil an die Oberfläche von IM-9-Lymphozyten band. Das wies darauf hin, daß es sich auch bis zu einem gewissen Grad mit Insulinrezeptoren an der Oberfläche von Zellen binden würde. Die Frage war jetzt, welches Teil der wundervollen Struktur er ändern sollte, damit es noch besser funktionierte, damit es perfekt wurde?

Er hatte seinen Blick nicht darauf konzentriert, sah das Schild aber als erster, und den Briefkasten. Matthew zeigte darauf.

»Schau mal da. Ich dachte, es wäre irgendwo auf dem Gipfel dieses Hügels.«

Die Straße neigte sich vor ihnen abwärts. Dinah preßte die Lippen zusammen, sagte aber nichts, als sie den Jeep scharf um die Ecke in die Einfahrt lenkte. Dort standen noch mehr Bäume – Nadelbäume und Birken, die von luftigen Säulen aus Sonnenlicht durchdrungen wurden. Dann gelangten sie auf einen weiten Platz auf dem Gipfel des Hügels. Das Haus der Parkes' erhob sich eindrucksvoll in Stufen aus Stein und Holz gegen einen düsteren Gürtel von Tannen.

Bevor Dinah neben Eds Porsche geparkt hatte, öffnete sich eine Tür, und Ed selbst kam heraus.

»Toll, ihr habt uns also ohne Probleme gefunden? Kommt, kommt herein. Sandy freut sich schon.«

Gehorsam folgten sie ihm durch einen Flur in das Herzstück des Hauses. Der riesige Raum erhob sich durch mehrere komplizierte Ebenen, seine Kühle umschlossen Quadrate und Rechtecke aus Holz, unbehauenem Stein und schimmerndem Glas. Hinter dem Glas erblickte man den blauen Himmel und die verwegenen Farben der Bäume.

»Cool«, murmelte Jack.

»Das ist ein erstaunliches Haus, Ed.«

»Es gefällt euch? Ich habe es selbst entworfen, mit ein bißchen Hilfe eines Architekten.«

Matthew sah sich um, die Hände in die Taschen seiner schäbigen Khakihose gesteckt.

»Deine Talente nehmen wohl kein Ende?«

Ed wandte sich ihm lächelnd und scharfsichtig zu.

»Lautet die Zeile nicht: Deine Neuanfänge ... ?«

Matthew fühlte sich wohl in der Gesellschaft anderer Männer, besonders Männer, die auf ihrem Gebiet so erfolgreich waren wie er auf seinem eigenen. Jetzt lachte er, wirklich amüsiert über Eds entwaffnende Selbstzufriedenheit.

»Das habe ich nicht gesagt und auch nicht beabsichtigt. Hallo, Sandra.«

Sandra erschien auf einem der Balkone, die über ihren Köpfen hervorragten, und flatterte dann einige Stufen zu ihnen herunter. Ihr Haar trug sie in einem Knoten eng an ihrem kleinen Kopf, ihre lose cremefarbene Tunika enthüllte die Konturen unterhalb ihres

Halses. Sie küßte Matt und Dinah, und dabei legte sie ihre Hand einen Augenblick auf Dinahs Handgelenk.

Dinah und sie waren in der vorigen Woche zusammen zum Lunch gegangen.

Auf Sandras Vorschlag hin hatten sie sich in einer der Cafébars mit Farnkübeln und gescheuerten Tischen, die in Franklin so populär waren, getroffen. Sie saßen an einem Fensterplatz mit Blick über die Grünfläche auf den Campus. Studenten strömten auf ihrem Weg zwischen Vormittags- und Nachmittagsveranstaltungen in Paaren und Gruppen vorüber.

»Wärst du gerne noch einmal so alt?« fragte Sandra.

Ohne darüber nachzudenken, gab Dinah die übliche Antwort. »Nur, wenn ich nicht dieselben Fehler noch einmal machen müßte.«

»Hast du so viele gemacht?«

Dinah konnte sie nicht ansehen. Sie spürte in einem Augenblick der Angst, daß diese Frau eine Bedrohung war. Sie könnte ihr zu nahe kommen, und Dinah wäre dann nicht mehr in der Lage, sie abzuwehren, so wie sie Nancy und Dee Kerrigan und die anderen in Schach halten konnte. Sie hörte, wie sie lachte und es mit viel zu hoher Stimme abstritt.

»Nein, nicht wirklich. Wie ist es mit dir?«

Sandra drehte ihr Weinglas am Stiel hin und her. Ein vergossener Tropfen zersprang auf der polierten Tischplatte. Dinahs Reaktion auf ihre Frage war zu scharf gewesen. Sie zögerte, war drauf und dran, ihr etwas anzuvertrauen, überlegte es sich dann aber wieder. Sie sahen einander an und spürten beide, eine Gelegenheit verpaßt zu haben, bevor sie sich dessen überhaupt bewußt geworden waren.

Sandra sagte: »Fehler? Ich kann nicht behaupten, allzu viele gemacht zu haben. Ed ist ein guter Mann, auch ein sehr erfolgreicher. Ich habe alles, was ich will. Einen Ehemann, eine Tochter, die ich anbete …«

Familie, Reichtum, Reisen, Bequemlichkeit, Luxus fügte Dinah im stillen hinzu. Nur daß Sandra offensichtlich doch nicht alles hatte, was sie wollte. Vielleicht nicht die Freiheit vom Diktat ihres Mannes. Dinah wollte sie fragen, warum sie nur ein Kind hatte, aber sie konnte es nicht. Die Wellen, die diese Frage aufwerfen würde, könnten vielleicht zurückströmen und ihr eigenes kostbares Gleichgewicht erschüttern.

»Wie ist deine Tochter denn?« versuchte sie es statt dessen. Sandra hatte gesagt, das Kind sei schwierig. *Vierzehn* ...

Sandra trank ihren Wein. »Milly ist ganz ungewöhnlich. Sehr eigensinnig, sehr entschieden in ihren Ansichten. Und wahrscheinlich haben wir sie verwöhnt. Aber ich vermute, die Schwierigkeiten haben größtenteils mit ihrem Alter zu tun, meinst du nicht auch?«

»Ich glaube schon«, murmelte Dinah. »Ich wage nicht, daran zu denken, was passiert, wenn Jack erst soweit ist.«

Das war alles. Das Gespenst der Vertraulichkeit war zwischen Dinah und Sandra hin und her gesprungen, und dann stellten sie fest, daß sie es irgendwie verscheucht hatten. Danach redeten sie darüber, wie sehr sie England vermißten und wohin Ed und Sandra überall gereist waren, als Camilla noch kleiner und folgsamer war.

Jetzt, eine Woche später, waren sie alle im glänzenden Glasschloß der Parkes im Wald, und Ed trieb sie den Drinks entgegen.

»Also, Liebling, was darf's denn sein? Sind alle mit Bloody Marys einverstanden? Ich halte nichts von diesen Brunches mit Orangensaft. Nimm dieses Glas, und ich schenke dir dann ein. Hört mal zu, Jungs, der Poolbillardtisch ist dort hinten. Ihr müßt hier nicht bei uns herumhängen, wenn ihr etwas Besseres zu tun habt.«

Jack und Merlin schlichen sich davon, das brauchte man ihnen nicht zweimal zu sagen. Dinah und Matt wurden von Eds Gastfreundschaft ergriffen und mitgerissen wie Zweige in einer Flut.

»Na, wollt ihr die Hausbesichtigung machen? Erst draußen oder drinnen? Vielleicht sehen wir uns draußen um, nachdem wir gegessen haben, wir könnten ja eine Art Spaziergang machen. Der Besitz erstreckt sich über ein ganzes Stück bis zu einer Senke hinunter, die man von hier aus gar nicht mehr sehen kann. Matt, ich möchte dich mit in mein Arbeitszimmer nehmen und dir zeigen, wie ich dort ausgestattet bin. Vielleicht kannst du mir ja etwas über Computersimulation erzählen. Dinah, was hältst du von diesem Badezimmer?«

Er führte sie durch sein Haus, drehte Wasserhähne auf und zu, knipste Fernbedienungen für Licht, Jalousien und Leinwände in einer choreographierten Darbietung ein. Es gab zwei Arbeitszimmer, ein riesiges cremefarbenes Schlafzimmer mit zwei Badezimmern, einen Fitneßraum mit jeder denkbaren Ausrüstung und ein Deck von Schiffsgröße mit einem Mineralbrunnen, von dem aus man das abfallende Panorama der Bäume übersehen konnte. Überall hingen Bilder und bedeckten die begrenzten Wandflächen – ausgezeichnete moderne Bilder. Ed hatte ein gutes Auge.

Matt und Dinah bemühten sich, einander nicht anzusehen, weil sie befürchteten, kichern zu müssen. Plötzlich fühlten sie sich wie Kinder, eingeschüchtert, aber respektlos angesichts solcher Kaufkraft. Das Haus war wunderschön, in seiner schieren Üppigkeit und Fülle aber auch komisch.

Dennoch war es unmöglich, Ed nicht zu mögen. Seine Energie war ansteckend.

»Das ist schon ein Haus«, murmelte Matt. Mehr schien Ed auch nicht zu erwarten.

Ein Korridor an der Nordseite des Hauses wurde nicht erforscht. Dinah erspähte an seinem Ende eine Tür, die fest geschlossen war, und vermutete, daß dies Camillas Gebiet sein müsse. Weil jeder andere Winkel, jede Nische so freizügig zur Schau gestellt und vorgeführt worden war, hatte sie das Gefühl, daß sich dort etwas beinahe Unheimliches in der offenen Geometrie des Hauses verbarg.

Ed führte sie ohne Kommentar von diesem Korridor weg, zurück in den großen Raum. Sandra stellte in einem Anbau mit Schieferboden gerade das Essen auf einen riesigen Refektoriumstisch.

»Wie sieht's aus mit euren Drinks? Komm, Matt, ich schenke dir nach. Was für eine Hardware habt ihr in eurer Abteilung? Ist das Essen fertig, Schätzchen? Die Jungen sind sicher schon am Verhungern.«

»Ja, alles ist fertig«, antwortete Sandra.

Die Jungen kamen sofort, als sie aufgefordert wurden, vom Billardtisch herüber.

»Wo ist sie?« knurrte Ed. Die Falten in seinem Gesicht waren nicht länger freundlich.

Sandra nahm den Hörer der Haussprechanlage hoch und drückte auf einen Knopf.

»Milly? Der Brunch ist fertig, Liebling.« Sie legte den Hörer wieder auf. »Sie kommt«, sagte sie.

Sie standen alle hinter ihren Stühlen, als warteten sie darauf, das Tischgebet zu sprechen.

In einem anderen Stockwerk knallte eine Tür zu. Einen Augenblick später erschien ein Mädchen, eingerahmt von einem der Fenster oben, und starrte auf sie herunter. Erst war es völlig still, dann hörte man ein verlegenes Geklapper, als alle ihre Stühle zurückzogen und sich schnell hinsetzten. Das Mädchen kam langsam die Treppe herunter.

An Camilla Parkes war nichts rosig oder wabbelig oder pausbäckig, nichts Vertrautes oder Erklärliches.

Sie war dünn und dunkelhaarig, ihr schmales spitzes Gesicht leichenblaß. Ihr glanzloses Haar war verfilzt und in Rastasträhnen zusammengedreht, die ihr um die Wangen und den dünnen Hals hingen. Ihre Augen waren mit dicken schwarzen Strichen angemalt, ihre Lippen von einem scheußlichen Stift umrahmt. Ihre Kleidung bestand aus Schichten zerfetzter Stricksachen und zerrissener und ausgeblichener schwarzer Tücher. Ihre spindeldürren Beine wurden etwas dicker durch eine schwarze Wollstrumpfhose mit Löchern an den Knien. An den Füßen trug sie Doc Marten Boots mit Stahlkappen. Ihr rechter Nasenflügel war von zwei kleinen Silberringen durchbohrt.

Camilla sah keinen von ihnen an und beachtete auch Sandras Rühreier, den Räucherlachs und Körbe mit kunstvoll aufgetürmtem Gebäck, Rosinenbrot und Croissants nicht. Sie ging zum Kühlschrank und holte ein kleines Schälchen heraus, das mit Frischhaltefolie bedeckt war, riß die Folie ab, knüllte sie zu einem Ball zusammen und zielte damit auf die Spüle. Dann setzte sie sich ans entfernte Ende des Tisches und begann zu essen. Sie löffelte eine schleimige Mischung aus Reis und Bohnen, ohne die Augen von ihrer Schale zu heben.

»Camilla ist Vegetarierin«, erklärte Sandra. »Milly, bitte sag Professor und Mrs. Steward guten Tag.«

Sie hob kurz den Kopf. Ihre Augen blickten voller Wut.

»Und das sind Jack und Merlin. Gesellschaft für dich.«

Milly würdigte die Jungen nicht einmal eines flüchtigen Blickes.

»Wo gehst du zur Schule?« fragte Jack, der sich weigerte, sich einschüchtern zu lassen.

»Milly geht im Augenblick nicht zur Schule. Ein Assistent aus der Uni kommt hierher, um sie zu unterrichten.«

Milly legte den Löffel hin. An jedem Finger ihrer Hände steckten schmutzige Silberringe, ihre Nägel waren schwarz lackiert. Sie warf ihrer Mutter einen glühenden Blick zu.

»Warum beantwortest du alles für mich, als sei ich ein Vollidiot? Warum glaubst du, ich könnte nicht selbst reden?«

Sie sprach mit dem kehligen Akzent Nordlondons.

»Wenn du reden kannst, warum tust du es dann nicht?« Es war Ed, der sie überraschend nachsichtig fragte. Ein jähes Erröten ließ Sandras hübsches Gesicht fleckig erscheinen.

Dinah hatte Milly mit einer schrecklichen Faszination halb gierig und halb ängstlich beobachtet. Aber sobald das Kind seinen Mund öffnete, spürte Dinah eine Vertrautheit, und sie lächelte, ohne nachzudenken.

»Du läßt mich an London denken. Es ist, als hörte ich ein Stück Zuhause.«

Oh, wie konnte sie nur etwas so Beschissenes sagen, wies sie sich selbst zurecht, sobald die Worte heraus waren.

Aber Milly richtete ihren Blick auf sie.

»Wo kommen Sie her?«

»Aus London.«

»Ja. London ist okay.«

»Bist du dort zur Schule gegangen?«

»Camden. Ich bin rausgeschmissen worden.«

Dinah und Milly sahen einander an. Dinah erkannte am Gesicht des Kindes, als es prahlte, daß es aus Gewohnheit trotzig und aggressiv war. Die sanfte, unkontrolliert vorgeschobene Unterlippe verriet ihr aber auch, daß es verletzlich war und tief unglücklich. Milly war noch sehr jung, sosehr sie auch versuchte, etwas anderes vorzutäuschen.

»Hart«, sagte Dinah.

Aber ihr wurde bereits bewußt, daß Milly und ihre Verkleidung –

zum Teil Punkerin, Vandalin und Dickenssche Straßengöre – einen hungrigen Instinkt ansprachen, der erfolglos in ihr begraben war. Sie wurde zu diesem Kind hingezogen, und sie spürte, wie sich angesichts der Heftigkeit dieses Gefühls kalte Furcht in ihr regte.

Merlin legte seinen Hefekringel hin. »Ben Bernham wurde aus meiner alten Schule verwiesen. Er hat einmal vom Sekretariat aus die Feuerwehr angerufen. Er sagte ihnen, der Chemieraum stünde in Flammen, und dann kamen zwei Feuerwehrautos mit Leitern und Schläuchen und ungefähr zwanzig Feuerwehrleuten.«

Die Erwachsenen lachten, und Jack seufzte, aber Milly gab nicht zu erkennen, ob sie die Geschichte gehört hatte. Sie aß die letzten Reiskörner aus ihrer Schüssel und verließ dann den Tisch so schweigend, wie sie gekommen war. Die Zipfel ihrer Tücher flatterten hinter ihr her, als sie die Treppe hinaufstieg und verschwand.

»Siehst du, was ich meine?« flüsterte Sandra Dinah zu. »Irgendwie ist es einfacher, sie zu lassen ...«

Ed zuckte die Achseln und fuhr mit den Fingern durch sein Haar, bis es in einer verwegenen Mähne auf seinem großen runden Kopf hochstand.

»Sie sind doch auch Eltern, Liebling. Wartet nur ab, Leute«, warnte er Dinah und Matthew. »Wenn sie zwölf Jahre erst hinter sich haben, ist der Teufel los.«

»Ich bin fast elf ...«, sagte Jack bedeutungsvoll.

Die Erwachsenen lachten erneut, und die Jungen erhielten die Erlaubnis, wieder zum Billardtisch zurückzugehen. Der Kaffee wurde eingeschenkt und die Körbe mit den Croissants herumgereicht, man nahm das seichte Sonntagmorgengespräch wieder auf. Dinah ertappte sich dabei, wie sie von Zeit zu Zeit zu dem Fensterrahmen hochlinste, in dem Milly zuerst aufgetaucht war, in der Hoffnung, daß sie sich dort erneut materialisieren möge. Aber das tat sie nicht. Kein Laut, keine Bewegung deutete darauf hin, daß sie überhaupt im Haus war.

Nach der Mahlzeit schlug Ed vor spazierenzugehen. Er wollte den Stewards zeigen, wie groß sein Besitz war und wo in seinem Waldgelände im Moment ausgedünnt und aufgeforstet wurde. Ed arbeitete gerne körperlich, und zu dieser Expedition kam er in einer Holzfällerjacke mit einer Säge über der Schulter und Stiefeln heraus. Sandra hatte bereits verkündet, daß sie keine große Spaziergängerin sei und zu Hause bleiben wolle, um ein Nickerchen zu machen.

Ed ging ihnen durch seinen Garten voran, als eine Außentür des Hauses zuknallte. Alle drehten sich um. Milly hatte über ihre Klamotten einen langen Herrentweedmantel gezogen. Der Nachmittag war mild, aber sie trug Handschuhe, deren Finger abgeschnitten worden waren, und einen formlosen Strickhut. Der Eindruck einer Straßengöre von Dickens war vollkommen.

»Prima«, rief Ed ihr zu. »Ich freue mich, daß du mitkommst. Welchen Weg sollen wir gehen, den Hirschpfad oder an der Loipe entlang?«

»Weiß *ich* doch nicht.« Milly zuckte die Achseln. Der Weg interessierte sie nicht. Offenkundig wartete sie, bis ihr Vater, Matt und die Jungen weitergegangen waren. Sie sah Dinah nicht direkt an, aber fast. Dinah unterdrückte das dringende Bedürfnis, sich umzudrehen und zu schauen, was da war – fünfzehn Zentimeter links neben ihrem Kopf. Eds Stimme verhallte in der Ferne. Er erklärte gerade etwas über Skilanglauf. Die Jungen rannten los, jagten einander, ihre Schritte in den gefallenen Blättern des Jahres hörten sich an wie brechende Wellen.

»Sollen wir ihnen nachgehen?« fragte Dinah.

»Das müssen wir, sonst finde ich den Weg nämlich nicht.«

Absichtlich war ihr das eigene Grundstück nicht vertraut, dachte Dinah, Milly wollte diesen Ort nicht kennen.

Sie begannen, nicht direkt Seite an Seite, einen breiten Pfad durch die Bäume entlangzugehen. Die Luft roch nach Harz und Kompost. Dinah stellte sich vor, wie es wäre, wenn sie über die Baumwipfel emporgehoben würde und den wogenden Wald, der sich in alle Richtungen erstreckte, sehen könnte. Sie hatte einmal ein Muster aus Blättern gesehen, einen Teppich, der diesen Farben täuschend ähnlich war, irgendwo, vor langer Zeit …

Nein.

Sie fragte Milly, ohne sich Zeit zu lassen, über diese Worte nachzudenken: »Du lebst einen Teil des Jahres in London, nicht wahr?«

»Ja.«

Ich werde sie nicht zum Reden bringen, wenn sie es nicht will. Vielleicht möchte sie nur gerne spazierengehen, nicht einmal unbedingt mit mir. Ich bin froh, daß sie herausgekommen ist. Diese Gedanken jagten Dinah durch den Kopf. Sie wollte, daß Milly neben ihr blieb, sie wollte sie nicht verscheuchen.

Vielleicht hundert Meter gingen sie schweigend weiter. Vögel sangen, die Blätter der Birken mit ihrer silbernen Rinde wurden buttergelb.

»Es ist sehr schön hier«, sagte Dinah ruhig.

»Ich hasse es.« Millys Stimme war so leise, daß man sie kaum verstehen konnte.

Dinah wartete. Mit gebeugtem Kopf ging sie weiter, den Blick auf den Pfad gerichtet, um sich Milly nicht aufzudrängen.

»Ich hasse es«, wiederholte Milly nach einer Minute lauter.

»Warum?« wagte Dinah zu fragen.

Milly blieb stehen. Sie wandte sich halb um, und in einer sprechenden Geste breitete sie ihre Hände einige Zentimeter weit aus, öffnete ihre gebeugten Schultern und verdrehte den Kopf vor dem Hintergrund der vergoldeten Bäume und des kobaltblauen Himmels. Augenblicklich hatte Dinah ein Gefühl für ihre Isoliertheit in dieser Bilderbuchlandschaft, mürrisch und sonderbar, dem Schicksal preisgegeben ohne die Reihen der gesunden High-School-Kids, die sie aus den altmodischen gelben State-of-Massachusetts-Schulbussen mit den langgestreckten Kühlern aussteigen sah. Milly wild und unberechenbar. Verloren und sich danach sehnend, gefunden zu werden. Dennoch unterschied sie sich nicht sehr von Hunderten von Kids in London. Nur hier war sie so anders.

Zu Dinahs Überraschung lächelte Milly plötzlich.

Ihre Zähne waren weiß und ebenmäßig, sogar verblüffend weiß, als sie zwischen den dunkel geschminkten Lippen auftauchten. Sie warf einen Blick nach oben, was ihr einen völlig neuen Ausdruck skeptischer Belustigung verlieh.

»Verstehen Sie?« fragte Milly.

Dinah nickte. »Ja. Ich glaube schon.«

Ihr kam der Gedanke, daß sie Milly an die Vertrautheit Londons und ihres Zuhauses erinnerte, genau wie Milly es bei ihr tat. Eine erkannte bei der anderen, daß sie sich im Exil befand. Sie gingen weiter, und die Distanz zwischen ihnen war sichtbar geringer geworden.

»Bald wird es anfangen zu schneien«, meinte Milly.

»Nicht so bald. Noch zwei, vielleicht drei Monate.«

»Dann werden alle ihre Skianzüge anziehen und diese Loipen entlangstaken wie diese Uhrwerkmenschen, Arme hoch und runter, zwei, drei, und die Beine bewegen sich wie dämliche Maschinen.«

Millys spinnenartige Gliedmaßen ruckten in einer grausamen Imitation hin und her, und Dinah lachte über das Bild, das sie heraufbeschwor.

»Skilanglauf ist doch ganz harmlos«, protestierte sie sanft.

»Es ist nicht nur das. Es ist der Wald und die frische Luft und die *Freundlichkeit* und die *Gesundheit* und der beschissene Frieden und die Schönheit des Ganzen.«

»Was wäre dir denn lieber?«

Millys zweites Achselzucken war genauso ausdrucksstark wie das erste.

»Verfall«, murmelte sie.

Merlin tauchte vor ihnen auf. Er schlurfte rückwärts durch die Blätter auf sie zu und stand dann mitten auf dem Weg.

»Worüber redet ihr?« Er blickte von seiner Mutter zu Milly mit einem Anflug von eifersüchtiger Anklage. Sein rundes Gesicht hatte sich verdunkelt. Milly beachtete ihn nicht, sondern wartete einfach darauf, daß Dinah sich um diese Störung kümmerte, damit sie in ihrer Unterhaltung fortfahren konnten. Sie konzentrierte sich ganz auf das, was sie interessierte, und was sie nicht interessierte, existierte einfach nicht für sie. Dinah dachte darüber nach, als sie sich um Merlin kümmerte, und ermutigte ihn schuldbewußt, wieder loszurennen und die Männer zu suchen. Sie wollte dieses Gespräch fortführen.

Sobald er außer Hörweite war, beanspruchte Milly ihre Aufmerksamkeit erneut gierig für sich. »Warum gefällt es *Ihnen* hier nicht?«

»Woher weißt du das?«

»Das tut es doch nicht, oder?«

Dinah seufzte. »Ich vermisse … Verbindungen, Beziehungen. Nichts Bestimmtes.« Sie konnte es nicht erklären, besonders nicht diesem Kind. Assoziationen stauten sich in ihr auf wie Nervenimpulse hinter den blockierten Synapsen der Verleugnung.

»Ganz einfach Heimweh«, bot sie ihr lahm als Erklärung an.

Milly ging mit den Händen in den Taschen ihres langen Mantels weiter. Ihre Unterlippe war vorgeschoben; ihr Gesichtsausdruck war eine jung-alte Mischung aus Enttäuschung und Verachtung. Dinah sah, daß sie eine unzureichende Antwort gegeben hatte. »Was vermißt *du* denn?«

»Nichts. Also gut, alles. Leute, wissen Sie. Kumpel. Mit denen man zusammensein kann und denen man nicht die halbe Zeit vormachen muß, man sei jemand anders, weil sie glauben, du solltest anders sein, als du bist. Ich habe Freunde in London, in Camden, die mich durch und durch kennen. Besser als Sandra und Ed es je werden. Ich wäre lieber dort bei ihnen, als hier festzuhängen.«

Der Ton ihrer Stimme war vernichtend.

»Schulfreunde?« fragte Dinah. Milly, die in ihrem Glasschloß abgeschnitten war von Kindern ihres Alters und nur ihren Privatlehrer von der Uni zur Gesellschaft hatte, tat ihr leid.

»Mein Gott. Ich habe es Ihnen doch erzählt. Ich bin aus der verdammten Schule in Camden rausgeflogen.«

»Warum?«

Milly schniefte wütend. »Der übliche Scheiß. Rauchen. Ausdrucksweise. Verunstalten von Schuleigentum. Blaumachen. Gewalt gegen ein Mitglied des Lehrkörpers. Dabei war es nur ein Lineal, mit dem ich ihr eine geknallt habe. Hätte besser eine Eisenstange sein sollen. Nur hatte ich keine in meinem Mäppchen.« Bei dieser Aufzählung klang eindeutig Stolz durch.

Dinah nickte. »Ich verstehe«, sagte sie sanft.

Millys Stimme wurde weicher. »Nein, meine Kumpel haben nichts mit der Schule zu tun. Die habe ich unten an der Schleuse kennengelernt. Dort habe ich tagsüber herumgehangen, wenn ich nicht zur Schule ging. Sie machen Sachen einfach auf ihre Weise. In der Nähe von Chalk Farm haben sie ein Haus, in dem sie leben. Caz, das ist einer von ihnen, hat alles wieder hergerichtet, da gibt es Wasser und Heizung und alles, nicht wie in irgendeinem stinkenden besetzten Haus. Da werde ich einziehen, sobald ich alt genug bin.«

»Noch bist du nicht alt genug.«

»Ja. Vielen Dank für den Hinweis. Ich bin nur alt genug, um entweder mit herumgeschleppt zu werden, wenn Ed für seine Scheißbücher Nachforschungen anstellt, oder mit irgendeinem Brechmittel von Haushälterin zurückgelassen zu werden. Es ist wirklich kein Wunder, daß in der Schule nichts geklappt hat. Ich bin wieder herausgenommen worden, um woanders hinzugehen, so wie sie das wollten.«

Dinah dachte über diese widrigen Umstände in Millys Leben nach.

»Ich verstehe, daß das schwierig war.«

Milly zuckte die Achseln. Sie stopfte die Hände tiefer in die Taschen und ging weiter. Dabei blickte sie stur geradeaus, als habe sie bereits zuviel preisgegeben.

Dinah versuchte ein- oder zweimal, wieder ins Gespräch zu kommen, aber Milly reagierte nicht darauf. Schweigend gingen sie den Rest des Weges, aber es war ein kameradschaftliches Schweigen.

Als sie zum Haus zurückkamen, winkte Ed ihnen bereits zu, die Säge hing jetzt über dem anderen Arm. Auch Sandra beobachtete sie. Ihr Blick huschte zwischen Milly zu Dinah hin und her. Milly wandte sich von Dinah ab.

»Wir sehen uns«, murmelte sie.

Das konnte eine Drohung oder ein Versprechen sein. Ihr Gesicht war wieder verschlossen, gewährte keinen Einblick. Sie ging die Treppe hinauf, sah dabei niemanden an und verschwand im Haus.

Die Stewards waren zur Abfahrt bereit. Die Jungen saßen bereits im Toyota, und die Erwachsenen hatten sich neben dem Wagen versammelt, um sich voneinander zu verabschieden. Sandra stand neben Dinah.

»Danke, daß du dir soviel Mühe mit Milly gemacht hast.« Der Dank hörte sich seltsam förmlich an.

»Ich mag sie«, sagte Dinah.

»Wirklich?«

Das war weniger als die Wahrheit, aber selbst diese gelinde Versicherung schien Sandra zu mißfallen.

»Sie geht nicht oft spazieren. Das war eine besondere Ehre für dich«, teilte Sandra ihr mit.

»Toll, das müssen wir machen«, sagte Ed gerade zu Matthew. »Ich rufe dich an, und wir machen es dann fest.« Er lief vor dem Toyota herum zu Dinahs Seite hinüber und nahm etwas aus seiner Brieftasche. Dinah beobachtete ihn und stellte dabei fest, wie der Kopf auf seinen Schultern saß und wie Brust und Schultern nach vorne gebogen waren. Er ist ein Tyrann, dachte sie. Liebenswürdig, aber dennoch ein Tyrann. Sie fragte sich, wie die Parkes' miteinander auskamen, wenn die Politur der Gastfreundschaft nicht erforderlich war.

Ed sprach mit ihr. »Di, du sagtest doch, daß du daran denkst, dir irgendeinen Job zu suchen? Das hörte sich doch nach einer guten Idee an ...«

Sie hatten während des Essens darüber gesprochen, allerdings sehr kurz.

»Tja ...«

Ed hatte eine Karte herausgenommen. Er reichte sie ihr jetzt durch das offene Fenster. »Diese Frau ist eine gute Freundin von mir, eine Arbeitsvermittlerin. Nun, mach nicht so ein Gesicht. Sie ist die beste, und ich werde sie wegen dir anrufen. Geh mal zu ihr. Kann ja nicht schaden.«

»Nein, schaden kann es nicht«, pflichtete Dinah ihm bei. Es war nicht leicht, Ed etwas abzuschlagen.

Das Auto rollte die Einfahrt hinunter und ließ die Parkes', die die Arme umeinander gelegt hatten, winkend vor dem Hintergrund ihres Waldschlosses zurück. Dinah fragte sich, ob Milly sie stumm von irgendeinem Fenster aus beobachtete.

»Ich mag Ed«, sagte Matthew. »All diese Energie hat etwas an sich.«

Matt mochte Ed, weil er ihn widerspiegelte, dachte Dinah. Matt war selbst voller Energie, und er war ebenso imstande, sich in etwas zu vertiefen.

»Seltsames Kind, nicht wahr? Warum lassen sie zu, daß sie sich so benimmt? Fast hat es den Anschein, als hätten sie Angst vor ihr, davor, was sie vielleicht sagt oder tut.«

»Camilla und Vanillesoße«, murmelte einer der Jungen vom Rücksitz des Autos.

»Oder die wilde Hexe aus den Wäldern.«

Dinah dachte an die Hülle, die von Erfahrung mit dem Leben auf der Straße zeugte, und den verletzlichen Kern, den sie unter dem Panzer aus Kleidung und Kosmetik erspäht hatte, und unterdrückte den Impuls, Milly zu verteidigen.

»Worüber habt ihr auf dem Spaziergang geredet?«

»Zu Hause«, antwortete Dinah.

Matt seufzte. Er führte die Unterhaltung nicht fort, und das Schweigen warnte sie beide. Dinah starrte nach vorne auf die Bäume und die abschüssige Straße und dann auf die Tankstellen und Parkplätze, als sie wieder durch Franklin fuhren.

Ein wenig später, als die Jungen wieder zur Schule gingen und ihre Tage nicht länger ausgefüllt waren mit ihren Bedürfnissen und Forderungen, fuhr Dinah mit dem Jeep durch die Stadt zu einem Termin bei Eds Arbeitsvermittlerin. Dinah hatte beschlossen, daß es nichts schaden könne, sie zu treffen. Und am Telefon hatte die Frau sich angenehm und geschäftsmäßig angehört. Dinahs Lebenslauf und einige Arbeitsproben steckten in der Aktentasche auf dem Beifahrersitz neben ihr.

Die Stadt lag still da unter einem bleichen, sonnenlosen Himmel. Die Bäume, die die Main Street säumten, schwangen in ihren Herbstfarben drohend hin und her. Vor dem Hintergrund der würdevollen Schindelhäuser und der rötlichen Ziegelfassaden jenseits der Grünfläche fiel dies jedoch nicht auf. In den Fenstern einiger der altmodischeren Geschäfte waren bereits Halloweenmasken und -kostüme ausgestellt. Auf den breiten Straßen herrschte wenig Verkehr, und so kam sie zu früh für ihren Termin an. Sie parkte den Jeep, saß wartend da und dachte nach.

Ein unbehaglicher Druck lastete auf ihr, und dieses Gefühl ließ die Farben des Tages kränklich erscheinen und führte dazu, daß der reine Harzgeruch der Luft ihr im Hals kratzte. Dinah spürte, wie die Kluft zwischen der tüchtigen lachenden Ehefrau und der Mutter, die sie vorgab zu sein, und der wirklichen Frau, die sie in sich herumschleppte, immer weiter wuchs.

Matt spürte das ebenfalls, aber mit Matt konnte sie sowieso kaum noch reden.

Sie schaute wieder auf ihre Uhr. Immer noch einige Minuten zu früh, aber sie mußte aus dem Jeep aussteigen. Sie fühlte sich eingeschlossen und panisch beängstigt von den zwei Frauen, die in ihrem Körper unkontrollierbar auseinanderglitten.

Sie raffte ihre Sachen zusammen und trat in die kühle Luft hinaus. Sie ließ ihre Geldbörse fallen, bückte sich, um sie aufzuheben, und als sie sich wieder aufrichtete, erfaßte sie ein Schwindelgefühl.

Dinah zwang sich, gleichmäßig zu atmen, und ging die flachen Stufen zur Tür des Gebäudes hinauf. Es war ein moderner Flachbau mit Glaswänden, in denen sich der weißliche Himmel spiegelte. Zwei Männer kamen zur Tür heraus, als sie versuchte, hineinzugehen, und sahen sie neugierig an, während sie sich an ihnen vorbeidrängte.

Das Gebäude wurde auf vielfältige Weise genutzt, eine lange Liste von Mietern hing in der kleinen Eingangshalle. Dinah suchte nach dem Namen der Beraterin und mußte die Liste zweimal lesen, bevor sie ihn entdeckte.

Es war das Eckbüro im ersten Stock. In dem kleinen Vorraum standen zwei Stühle und ein Tisch mit akkurat arrangierten Wirtschaftszeitschriften.

»Jenny braucht sicher nur noch ein oder zwei Minuten«, meinte die Sekretärin lächelnd. Dinah öffnete ihre Aktentasche und starrte auf den getippten Lebenslauf auf ihrem Schoß. Wer war diese Frau? War das diejenige, die sie einmal gewesen war, charakterisiert und an ihrem Platz gehalten durch diese Qualifikationen und all die Arbeit, die sie geleistet hatte?

Ihr wurde klar, daß sie an den Papieren vorbei auf ihre eigenen Knie blickte, die knochige Erhöhungen unter dem mattschwarzen Material ihrer Leggings bildeten. Solide genug. Dennoch hatte sie Angst, sie zu berühren, falls ihre Finger ins Leere greifen sollten. Die Furcht davor dehnte sich in ihrer Brust aus wie Übelkeit.

Dinahs Kopf ruckte wieder hoch, und sie konzentrierte sich auf die Aussicht aus dem Fenster, auf die Gebäude des Häuserblocks gegenüber, einen Zuckerahorn mit feuerfarbenen Blättern. In der Kendrick Street war Dee Kerrigan gerade dabei, Brot und Kekse für die Kinder in der Küche auf den Tisch zu stellen. Nancy hob gerade ihre kleinen Mädchen hinten aus dem Kombi und überlegte sich vermutlich, ob es noch zu früh sei für ein Glas Wein. Da sie nicht wußte, daß Dinah ausgegangen war, kam sie vielleicht herüber, um zu sehen, ob sie nicht auch einen Schluck trinken wollte.

Normale Dinge.

Waren sie normal, und kamen sie ihr nur seltsam vor, weil sie sich von ihnen entfernt hatte?

Dinah streckte die Beine aus. Ihre Füße sahen eigenartig aus, wie abgetrennt.

Werde ich verrückt?

»Hallo. Ich bin Jenny Abraham.«

Die Beraterin war aus ihrem Büro gekommen und hielt Dinah die Tür auf. Sie gaben sich die Hände, und Dinah folgte ihr gehorsam. Sie setzte sich auf den Stuhl gegenüber dem Schreibtisch und breitete ihre Papiere fächerförmig aus, bevor sie sie ihr zur Durchsicht reichte.

»Danke. Das sieht alles sehr professionell aus. Ich schaue mir das gleich an, aber erst sollten wir uns ein bißchen unterhalten. Es ist hilfreich, wenn ich ein Gefühl dafür bekomme, was für ein Mensch Sie sind.«

Ms. Abraham lächelte aufmunternd. Sie begannen darüber zu reden, was für eine Art Arbeit Dinah übernehmen könnte. Dinah wußte, daß ihre Körpersprache völlig verkehrt war, aber sie konnte Arme und Beine einfach nicht öffnen. Sie bezweifelte, daß es außerhalb New Yorks und Bostons viele Werbefirmen gab, und selbst wenn es welche gab, konnten sie sicher auf einheimische Talente zurückgreifen. Wer würde es schon riskieren, eine Engländerin zu engagieren? Sie fragte sich, ob sie unterrichten könnte. Fast jeder in Franklin schien irgendeine Art von Lehrer zu sein.

»Gut. Das ist sehr interessant.« Jenny Abraham brachte es fertig, gleichzeitig ihre Lippen zu schürzen und den Kopf zu schütteln. Eifrig füllte sie ein langes Formular aus. Die kleinen Stiche ihres Füllers schienen scharf genug zu sein, um Dinahs Haut zu durchlöchern. An der Wand hinter dem Schreibtisch der Frau hing ein großes buntes Peanutsposter.

Dinah dachte bereits, daß es ein großer Fehler gewesen war hierherzukommen. Warum hatte sie sich von Ed Parkes drangsalieren lassen, das zu tun?

»Wir wollen uns einmal ein wenig über Ihr wirkliches Ich unterhalten, Dinah.«

Ms. Abraham lehnte sich in ihrem Drehstuhl zurück und legte die Fingerspitzen gegeneinander.

»Sagen Sie mir, auf welche Ihrer Leistungen Sie am stolzesten sind.«

Dinah fing an, viel zu schnell zu reden, um diese Frau abzuwehren. Ihre Worte stürzten wirr hervor. Sie sagte etwas über eine Werbekampagne für eine wohltätige Einrichtung für Kinder, bei der sie mitgewirkt hatte, dann widersprach sie sich selbst, erwähnte ihre Jungen, ihre Familie.

»Und worüber haben Sie sich am meisten geschämt?«

Nein.

Ich hätte es bereits hören sollen, bevor sie es aussprach. Ich hätte ahnen sollen, daß das käme, und ihr zuvorkommen sollen.

Wer ist sie eigentlich, daß sie in ihrem Sessel dasitzt mit einem Lächeln und Augen wie Glassplitter und mir Fragen stellt über Scham? Ich wollte doch nur einen Job. Irgendeine Beschäftigung, um mich abzulenken. Die mir vielleicht das Gefühl geben würde, Fuß zu fassen wie Matt und sogar Jack und Merlin, statt über eine riesige, feindliche, polierte Oberfläche ohne Markierungen und ohne Zufluchtsort zu schlittern.

Nur gibt es keine Ablenkung. Wie hatte ich mir so etwas nur vorstellen können? Als erstes muß ich von hier weg. Dann kann ich nachdenken.

Als Antwort lächelte Dinah, indem sie einfach ihre starren Lippen dehnte. Sie beugte sich vor und nahm ihre Papiere vom Schreibtisch der Frau, legte sie sorgfältig aufeinander und ließ sie zurück in ihre Aktentasche gleiten.

Sie sagte: »Es tut mir leid. Ich befürchte, ich habe nur Ihre Zeit verschwendet. Ich brauche gar keinen Job. Das ist mir gerade klargeworden.«

Irgendwie stand sie auf. Auf Ms. Abrahams Gesicht zeigte sich ein echter Ausdruck, nämlich Überraschung. Verlegen klemmte Dinah ihre Habseligkeiten unter den Arm. Ihre Wut trug sie aus dem Zimmer hinaus, an der Sekretärin vorbei und mit dem Aufzug in die Eingangshalle zurück. Der Cherokee stand noch dort, wo sie ihn geparkt hatte, auf der anderen Seite der Straße.

Sie fuhr los und folgte blindlings der Straße, die quer durch die Stadt führte, bevor die Wut, die sie gestärkt hatte, versickerte. Schwach und desorientiert blieb sie zurück. Sie blinzelte durch die Windschutzscheibe auf die weißen Schindeln des Franklin-Hotels an der Südseite der Grünanlage und auf die Reihe von Autos, die darauf warteten, an der Ampel abzubiegen. Der Fahrer des Kombi hinter ihr hupte, und Dinah fuhr den Jeep in eine Parklücke. Jetzt zitterte sie.

Aus einem finsteren Ort, den sie im Wachen immer verschlossen hielt, tauchte eine schwarze Woge des Schmerzes auf.

Wessen schämte sie sich? Das hatte die Frau gefragt. Natürlich war das nicht die Schuld der Frau. Das war nur eine beschissene Frage aus einem Persönlichkeitstest, die jeden glauben ließ, er bekäme mit der Antwort ein Stück der wirklichen Person.

Dinah umklammerte das Steuerrad mit den Händen, bis sich zwischen den Knöcheln ihrer Fingergelenke rötliche Streifen zeigten. Scham- und Schuldgefühle waren ihre ständigen Begleiter. Manchmal verbargen sie ihr Antlitz und heuchelten so geschickt wie sie selbst, aber dennoch waren sie immer bei ihr.

Sie sah das ländliche Franklin-Inn-Zeichen nicht, das vor ihren Augen hin und her schwankte. Statt dessen dachte Dinah an zu Hause, malte sich die regenverschmierten Straßen einer Kleinstadt in Norfolk aus. Sie war nie dort gewesen, aber wenn sie ihren Namen hörte oder geschrieben sah, mußte sie die Luft anhalten.

Ich muß nach Hause, sagte sie laut und wußte genau, daß sie aussehen mußte wie eine Verrückte, die in der Zuflucht ihres Autos Worte aussprach. *Ich muß nach Hause und anfangen zu suchen.*

Matthew saß am Ende des großen Küchentisches. Vor ihm waren einige Papiere ausgebreitet. Die Jungen lagen im Bett, und das Haus war ruhig bis auf Ape, der in seinem Korb unter dem Fenster schnarchte und zuckte.

Matt mochte diese Zeit des Abends. Der Tag schleppte in einer Heckwelle hinter ihm her, aber noch gab es einige Stunden, die ihn lockten, unterirdische Kammern unter der behauenen Oberfläche des Arbeitstages, bevor er daran denken mußte, ins Bett zu gehen. Matthew schlief nie vor Mitternacht. Es gab soviel zu tun und nachzudenken, statt die Zeit mit Schlafen zu vergeuden. Dinah war anders, war es immer gewesen. Sie brauchte acht Stunden Schlaf und glaubte wie ihre Mutter fest daran, daß eine Stunde vor Mitternacht soviel wert war wie zwei danach.

Matthew las gerade Zahlenkolonnen, die einem bestimmten Muster folgten, das für ihn so anschaulich war wie ein Bild. Er hörte nicht, wie Dinah hereinkam, aber er sah auf, als sie sich auf dem Stuhl ihm gegenüber hinsetzte. Sie trug ihren Morgenmantel, ein toller roter Druck auf weißem Hintergrund.

»Hallo.« Er trank ein Glas Wein, ein kalifornischer Cabernet, den Todd Pinkham ihm empfohlen hatte. »Möchtest du auch was?«

Dinah schüttelte den Kopf.

Resigniert nahm Matt die Lesebrille ab. »Erzähl mir, wie es heute war. Was war denn los bei dieser Jobfrau?«

Er hatte sie schon früher danach gefragt, aber sie hatte die Frage beiseite geschoben und die Lippen zu einer schmalen Leidenslinie zusammengepreßt.

»Nichts ist passiert. Ich habe einfach entschieden, daß es eine schlechte Idee war.«

»In Ordnung, also reden wir nicht darüber.«

Irritiert, obwohl er die Absicht gehabt hatte, es nicht zu sein, setzte Matt die Brille wieder auf und las weiter. Er wollte Dinah und dem Problem, zu dem sie geworden war, entrinnen und wieder den kühlen erhabenen Ort betreten, an dem sie ihn gestört hatte.

Dinah saß schweigend da. Sie war sich bewußt, wie gemütlich ihr Heim war, angefüllt mit Bildern und Möbeln und ihrem sonstigen gemeinsamen Besitz, der sie gegen andere abschloß. Wie viele Dinge, fragte sie sich, wenn sie sich an die Umzugskisten erinnerte, die nach Franklin verschifft worden waren, wie viele Tassen und Schals und Bücher und Teekannen?

Matthew blätterte eine Seite um. Sie beobachtete, wie er – ohne hinzusehen – nach dem Glas griff. Seine Finger zitterten ein wenig, bis sie den Stiel berührten.

Dinah sah ihren Mann an und fragte sich: Liebe ich ihn, oder hasse ich ihn? Habe ich das von allein getan, oder habe ich es getan, weil Matt es wollte?

»Matthew?«

Er rieb die inneren Augenwinkel, seufzte und bewegte die Mittelfinger unter den Brillengläsern hin und her, so daß der Rahmen auf der Nase auf und ab tanzte.

»Ja.«

»Ich bin hier völlig wurzellos. Ich möchte nach Hause zurück, um sie zu suchen.«

Sein Gesicht wurde hart. Seine Wangen und die Stirn wurden eckig, der Mund zu einem Schlitz.

»Das kannst du nicht tun, Dinah. Warum willst du dich selbst quälen?«

»Warum bin ich nicht wie du, meinst du? Gleichgültig?« Ihre Stimme war eine Ohrfeige für ihn.

»Ich bin nicht gleichgültig.«

Das Telefon klingelte. Drei- oder viermal klingelte es, und keiner von ihnen rührte sich. Dann erhob sich Dinah langsam und nahm den Hörer ab. Selbst von seinem Platz aus hörte Matt Sandra Parkes' hohe durchdringende Stimme. Dinah hörte zu, sagte ja, ja, in Ordnung, und nickte, während sie sprach.

»Natürlich können wir das«, fügte sie schließlich hinzu. »Wenn Milly damit zufrieden ist, freuen wir uns, sie hier zu haben.«

Ein weiterer Wortschwall mit hoher Stimme folgte. Und dann sagte Dinah: »Bis Freitag dann. Ja, ja, das ist in Ordnung.« Sie legte den Hörer wieder auf.

»Ed und Sandra müssen für drei Tage an die Westküste fahren. Hat etwas zu tun mit einer Verfilmung von einem von Eds Büchern. Sandra fragte, ob Milly zu uns kommen könnte.«

»Ich nehme am Wochenende die Jungen mit in die Hütte in Vermont. Hast du das vergessen?«

Max Berkmann hatte versprochen, ihnen seine Sommerhütte zur Verfügung zu stellen. Matt wollte mit den Jungen fischen und wandern, obwohl sie beide nicht besonders begeistert waren über diese Aussicht.

»Ja«, gab Dinah zu. »Das macht aber nichts. Milly und ich kommen hier schon klar.«

Sie zögerte einen Augenblick, aber Matt schob seine Papiere zurecht und war bereit, sich wieder in sie zu vertiefen. Er hatte sich ihrer Bitte durch sein hartes Gesicht verschlossen. Nicht jetzt, sagte sie sich. Versuch nicht, jetzt darüber zu reden.

»Ich gehe hinauf ins Bett«, sagte sie schließlich.

»Ich komme auch bald hoch«, erwiderte er, obwohl sie wußte, daß er das nicht tun würde.

3

Dinah stellte sich vor, Milly zwei oder drei Tage im Haus zu haben, das bedeutete, eine Gefährtin zu haben.

Nach ihrem Besuch bei Jenny Abraham, als Dinah sehr niedergeschlagen war, plante sie, wie Milly und sie gemeinsam kochen und reden und fernsehen, vielleicht sogar einen Einkaufsbummel machen würden. Aufgrund der kurzen Verbundenheit, die zwischen ihnen aufgeflackert war, hatte sie in ihrem Kopf eine zeitweilige Tochter konstruiert und sich selbst unbeholfenen, vagen Vorstellungen hingegeben, in denen Milly ihr auf irgendeine Weise vertraute und sie ihr Rat und Trost bieten konnte.

Dinah freute sich auf den Wochenendbesuch. Als es soweit war, winkte sie voller Zuversicht Matt und den Jungen zum Abschied zu, als sie nach Vermont abfuhren.

»Wirst du auch nicht einsam sein?« fragte Matt, als er auf halbem Wege zu dem beladenen Toyota war. »Du könntest immer noch mitkommen. Nimm das Parkes-Mädchen doch auch mit.«

»Milly. Sie heißt Milly. Nein, wir bleiben hier und machen ein Frauenwochenende.«

Matthew packte ihr Kinn mit der Hand und blickte ihr in die Augen. Nach einer Weile sagte er: »Gut. Du siehst aus, als seist du in Ordnung.«

»Natürlich. Warum auch nicht?«

Nachdem sie weggefahren waren, ging Dinah ins Haus zurück mit dem Gefühl, daß sie jemand geworden sei, der manchmal aussah, als sei nicht alles in Ordnung, als ob das Gesicht einer anderen Person über ihr Gesicht gelegt worden sei.

Ed und Sandra kamen mit Milly später an jenem Freitag abend. Milly faltete sich aus dem Rücksitz des Porsche und schulterte einen sehr kleinen und schäbigen schwarzen Leinwandrucksack. Sie schien dieselben Sachen zu tragen wie das letzte Mal, als Dinah sie gesehen hatte.

Die Erwachsenen gingen ins Haus, Milly trottete mit ein wenig Abstand hinter ihnen her. Die Parkes' waren das erste Mal in Dinahs Haus. Nach einem Blick auf die Uhr schlug Ed ihre Einladung zu einem Tee oder einem Drink aus.

»Wir müssen zum Flughafen«, sagte er. Aus dem Augenwinkel sah Dinah, wie Milly den Kopf abwandte und ausdruckslos aus dem Fenster blickte.

Sie hatte ihren Rucksack nicht abgelegt.

»Dinah, das ist so nett von dir«, murmelte Sandra leise, aber diese Worte standen im Widerspruch zu ihrem Gesichtsausdruck. Sie stand verlegen zwischen Ed und Milly, außerstande, sich einem von ihnen zu nähern. Es war ganz klar, wie wichtig es für sie war, mit Ed zu fahren, um ihm, welchen Dienst er auch verlangte, diesen zu leisten, aber genauso klar war es, daß sie Milly nicht bei Dinah lassen wollte. Hin und her gerissen zwischen den beiden Hälften ihrer Familie, kristallisierte sich Sandras Verwirrung in Feindseligkeit Dinah gegenüber. Sie drehte die Silberreife an ihrem Handgelenk, als rücke sie ihre Rüstung zurecht. Ihr Gesicht war vor Eifersucht verkrampft. »Ich wollte natürlich, daß Milly mit uns nach LA kommt. Aber das will sie absolut nicht.«

Milly starrte weiter in die entgegengesetzte Richtung, den Rucksack preßte sie gegen ihre Brust. Dinah vermutete, daß Milly genau wußte, wie sie zu Hause Entsetzen auslösen und Zwietracht säen konnte. Sie fragte sich, wofür das Kind seine Eltern bestrafen wollte.

Aber sie sagte nur: »Ich habe mich darauf gefreut. Wir beide werden uns eine schöne Zeit machen.«

»Sicher werdet ihr das«, meinte Ed herzlich. »Komm jetzt, Liebling. Du kennst den Freitagsverkehr.«

Sie gingen wieder hinaus auf die Straße, Milly trottete in ihren schweren Stiefeln hinterher – die Verkörperung trotzigen Widerstrebens. Dinah unterdrückte ein plötzliches Bedürfnis, sich umzudrehen und sie zu schütteln. Offensichtlich bekam dieses Kind, was es wollte.

Ed und Sandra küßten Milly, die ihre Umarmung nicht erwiderte. Der Porsche räusperte sich überlaut in der Stille der Straße und fuhr in Richtung Boston und Flughafen.

Milly bog den Kopf nach hinten, die schwarzen, geknoteten Strähnen ihres Haares fielen zurück, und man sah ihren weißen Hals.

»Ihr Haus ist genau wie alle anderen.«

Ohne hinzuschauen, sah Dinah die verschiedenen weißen Holzhäuser mit grüngestrichenen Fensterläden, Veranden und Treppen, das vom alten Mr. Dershowitz ein wenig schäbiger als die anderen, und Rasen, auf den Büsche und Bäume getüpfelt waren. Sie fühlte sich nicht verwurzelter in dieser ruhigen und friedlichen Vorstadt als vor einem Jahr.

»Ähnlich. Wir können nicht alle in Phantasieschlössern im Wald leben, nicht wahr? Auf jeden Fall bist du hier willkommen.«

»Ja«, sagte Milly.

»Ist das dein ganzes Zeug in dieser einen Tasche?«

»Zeug?«

»Alles, was du für das Wochenende brauchst. Kleidung zum Wechseln, Waschbeutel, Buch, Kosmetika. Mittelalterliches Gepäck, Scheiß, würdest du es so nennen?«

Ein Achselzucken. »Ja.«

Milly folgte ihr ins Haus. Dinah führte sie durch die Zimmer, zeigte ihr, wo sie schlafen würde, das Spielzimmer der Jungen, das Badezimmer. Milly ließ ihre kleine Tasche auf ihr Bett fallen und setzte sich hin; dabei kräuselte sie kaum die glatte weiße Bettdecke. Sie starrte aus dem Fenster in das stahlblaue Zwielicht.

»Ich lasse dich jetzt allein, damit du dich einrichten kannst«, sagte Dinah. »Ich bin unten und mache das Abendessen zurecht, bis du soweit bist.«

Wenig später tauchte Milly wieder auf. Sie lehnte am Küchentürrahmen, ihre dünnen Arme waren abwehrend vor der Brust gefaltet.

»Es gibt keinen Fernseher.«

»Doch, dort im Zimmer. Ich habe ihn dir gezeigt.«

»In meinem Zimmer.«

Dinah hatte ihre kurze Irritation vergessen. Sie dachte über ihren momentanen Drang nach, dieses Kind zu besänftigen, Fernseher hin und her zu schleppen und das Haus umzugestalten, damit sie lächelte und redete und sie als eine Freundin ansah.

»Nein. Wir lassen Jack und Merlin nicht in ihren Zimmern fernsehen. Wenn wir das erlaubten, würden sie überhaupt nichts anderes mehr tun. Mach dir das Fernsehen im Zimmer an, wenn du möchtest. Hast du Lust zu essen? Es gibt Pizza.«

»Ich esse keine Pizza.«

»Vier Sorten Käse und Tomate. Ich weiß, daß du Vegetarierin bist.«

»Veganerin.«

Um Gottes willen, dachte Dinah. »Also, was ißt du?«

»Reis. Hülsenfrüchte. Obst. Tofu.«

In der Ferne hörte man ein klapperndes Geräusch und dann ein stürmisches Schlittern, als Ape aus seinem Versteck im Arbeitsraum auftauchte. Er blieb abrupt stehen, als er Milly sah, seine Beine wurden steif, und er brach in lautes Gebell aus. Ein dünner Speichelfaden lief von seinem wütenden Kiefer herab. Milly rannte weg von ihm, fiel dabei beinahe hin und zwängte sich hinter den Tisch. Ihre Lippen wurden ganz weiß, dadurch trat die dunkle Umrandung noch krasser hervor.

Sie hat Angst vor dem Hund, dachte Dinah. Sie ist ein ängstliches kleines Mädchen.

»Ruhig, Ape, sitz, Platz. Er ist in Ordnung, Milly. Häßlich, aber harmlos, sieh nur.«

Der Hund gehorchte, seufzend und schnaufend. Dinah ging zu Milly, legte ihr die Hand auf die Schulter, um sie zu beruhigen, und zog sie in einer halben Umarmung näher zu sich. Durch die Schichten von verfilzter Wolle spürten ihre Finger vorstehende Knochen.

»Ich hasse Hunde«, fauchte Milly.

»So ging es mir auch. Ape gehört den Jungen. Soll ich dir etwas Vollkornreis kochen? Wenn das alles ist, was du ißt, wundert es mich nicht, daß du so dünn bist, aber ...«

Milly wand sich aus ihrer Umarmung. Ihre Augen blitzten zwischen den Haarsträhnen hervor. »Wieso glauben Sie eigentlich, Sie könnten mich berühren? Was gibt Ihnen das Recht, persönliche Bemerkungen über mich zu machen?«

Als Reaktion darauf stieg einen Augenblick lang Wut in Dinah auf. Sie blickten einander ausdruckslos und abwartend an.

»Es tut mir leid«, sagte Dinah. Sie zerrte Ape am Halsband und sperrte ihn in den Arbeitsraum. Milly verzog sich ins Fernsehzimmer und sah eine Gameshow an, während Dinah für sie kochte. Durch die offene Tür konnte sie sehen, daß sie sich mit den Stiefeln auf den Kissen zusammengerollt hatte.

Als das Essen fertig war, aß sie den trockenen Reis und hinterher eine Banane, aber allen Versuchen Dinahs, während des Essens ein Gespräch anzufangen, wich sie aus. Schweigend beendeten sie ihre Mahlzeit.

»Sollen wir ins Kino gehen?« schlug Dinah vor, als sie die Teller weggeräumt hatte.

Millys schwarzer Mund zuckte in einem Anflug von sarkastischem Amüsement. »Nein, danke. Sie können ja gehen, wenn Sie möchten.«

»Ich kann doch wohl kaum gehen und dich hier allein lassen?«

Sie starrte sie an. Um die Augen hatte sie schwarzes Make-up und auf den Wimpern eine dicke Schicht Mascara. Zum ersten Mal bemerkte Dinah die Farbe ihrer Augen, ein blasses grünliches Haselnußbraun. »Warum nicht?«

»Weil ich Sandra gesagt habe, daß ich auf dich aufpassen werde.«

Ein weiteres Achselzucken, das sie entließ. »In Ordnung. Das geht nur euch beide an. Ich gehe nach oben.«

Sie ging und schloß die Tür mit einem Knall. Dinah saß am Küchentisch und hörte, wie Ape in dem engen Raum zwischen Waschmaschine und Boiler herumpolterte. Sie stellte sich vor, wie Milly mit den Armen um die Knie auf dem fremden Bett saß. Sie wäre gerne hinaufgegangen, hätte an die Tür geklopft, sie geöffnet und wäre ins Zimmer geschlüpft, um sich neben ihr aufs Bett zu hocken, und sie hätte gerne eine Klinge zwischen die geschlossenen Hälften von Millys Schale gestoßen und sie aufgebrochen, damit sie an das Kind herankam.

Eine andere Stimme, die kältere ihres inneren Monologs, warnte sie: Nicht Milly braucht das, sondern du.

Dinah preßte die Fingerknöchel gegen den Mund. Ihre Gedanken schweiften ab. Thetford. England. Ein Haus, wahrscheinlich irgendwo in einer Siedlung. Ein anderes Kinderzimmer mit Tierpostern und Familienfotografien. Nicht ihre Familie.

Das Telefon klingelte. Dinah hob ab und hörte Nancys Stimme.

»Hallo. Hör mal, Linda und Maria kommen auf einen Drink und ein Sandwich herüber. Wir dachten, wir könnten ein bißchen Poker spielen oder irgend etwas Verrücktes. Hast du nicht Lust mitzumachen, da du doch eine freie Frau bist?«

»Ich kann nicht. Milly Parkes ist übers Wochenende bei mir. Ed und Sandra sind nach LA gefahren.«

»Großer Gott, besser du als ich.«

Ist es das, was ich eigentlich möchte? fragte sich Dinah, als sie aufgelegt hatte: Einen unbeholfenen Versuch machen, mich an das Kind einer anderen Frau zu binden, das mich ansieht, als verachte es mich?

Als sie ins Bett hinaufging, stand sie auf einmal vor der geschlossenen Tür von Millys Zimmer. Sie zögerte kurz und öffnete sie dann vorsichtig. Milly schlief. Sie lag auf der Seite und hatte die Bettdecke fest um sich gezogen. Ihr Gesicht sah jünger aus, geglättet durch den Schlaf. Auf dem weißen Kissenbezug waren Streifen ihres schwarzen Augen-Make-up.

Am Morgen war Dinah früh unten. Sie belud die Waschmaschine, fütterte Ape und versprach ihm, später mit ihm vernünftig spazierenzugehen. Vielleicht würde Milly ja mitkommen, sie könnten dann einen der Wege nehmen, die durch den Wald den Franklin River entlang führten. Es war wieder so ein Tag mit weißem Himmel, aber merklich kälter als zuvor. Im Farbenrausch des Herbstes zeigten sich langsam nackte Äste, und unter den Bäumen sammelten sich Wogen verwelkter Blätter.

Der Vormittag kroch dahin, während Dinah all ihre üblichen Hausarbeiten erledigte und noch einige zusätzliche fand. Als sie auf die Kendrick Street hinaussah, bemerkte sie, daß die meisten Auffahrten leer waren; alle gingen ihren Samstagmorgen-Verpflichtungen nach. Von oben hörte man keinen Laut. Die Stille des Hauses begann sie zu bedrücken. Sie fühlte sich eingeengt; dann klickte es in ihrem Kopf, und sie hatte plötzlich Angst um Milly. Sie konnte doch nicht die ganze Zeit schlafen. Irgend etwas stimmte da nicht.

Sie rannte die Treppe hinauf, nahm zwei Stufen auf einmal, und rüttelte an der geschlossenen Tür.

»Ja.«

Milly saß angezogen auf dem Bett. Offensichtlich hatte sie geistesabwesend aus dem Fenster gestarrt. Dinah fragte sich, wie lange schon. Sie hatte es also vorgezogen, allein in einem leeren Gästezimmer zu sitzen, als hinunterzukommen und Dinahs Gesellschaft zu suchen.

Als ihre Angst verflog, entbrannte erneut ihre Wut und loderte stärker als am vorigen Abend.

»Warum bist du nicht heruntergekommen? Möchtest du nicht frühstücken?«

Milly betrachtete sie und schätzte die Wirkung ihres Benehmens ab.

»Was gibt es denn? Pizza?«

»Deinen verdammten Vollkornreis und Bananen, wenn du das möchtest.«

»Nein, danke.«

»Milly, was ist los? Du mußt doch etwas essen. Ich möchte dich zu nichts zwingen ...«

»Das können Sie auch nicht. Versuchen Sie es nur ja nicht.«

»... aber du bist nun einmal hier, und für diese Zeit bin ich für dich verantwortlich, und es wäre angenehmer für uns beide, wenn du kooperativer wärst.« *Ich höre mich an wie die Mutter in irgendeinem Hörspiel aus den fünfziger Jahren. Wir haben keine gemeinsame Sprache.*

Keine Antwort. Millys Blick wanderte zurück zum Fenster. Dinah machte einen letzten Versuch und atmete tief durch, während erneut Irritation in ihr aufstieg.

»Komm nach unten. Iß etwas zum Frühstück, und dann gehen wir los und kaufen Tofu und Mungobohnen. Wir können mit Ape einen Spaziergang am Fluß machen, oder wir fahren nach Northampton hinüber. Dort gibt es ein Geschäft ...«

Milly beugte sich auf dem Bett nach vorne. Ein Knie ragte durch ein Loch in ihren schwarzen gestrickten Leggings. Sie schob das Kinn vor, als ihr Blick wieder auf Dinah fiel.

»Was *wollen* Sie? Brauchen Sie eine Art Puppe, die Sie spazierenführen können, der Sie Kleidchen anziehen können und die Sie umkippen können, damit sie *Mama* sagt?«

Dinahs Herz klopfte, und sie konnte kaum noch atmen. »Warum bist du so unhöflich?«

»Ist es unhöflich, zu sagen, was man denkt?«

»Ja. Weißt du das nicht?«

Sie drehte sich um und verließ das Zimmer. Ihr war bewußt, daß Milly etwas an ihr ausprobierte und daß sie kläglich versagte.

Nach einer weiteren Stunde kam Milly herunter. Sie schlug einen Bogen um Ape und ging in die Küche. Sie fand das Brot und schnitt sich zwei fingerdicke Scheiben ab, dann bestrich sie sie üppig mit Himbeergelee. Sie wollte nicht reden, obwohl Dinah ihr einen unverfänglichen Gesprächseinstieg lieferte. Sie schaltete den Fernseher ein und saß davor, ihre Augen waren starr auf den Bildschirm gerichtet, als ob sie Verletzlichkeit verraten würde, wenn sie ihre Blicke anderswohin schweifen ließe. Dinah konnte sie nicht überreden, das Haus zu verlassen, und Apes Forderung nach Bewegung ließ sich nicht länger ignorieren. Schließlich führte Dinah den Hund spazieren und ließ sie allein.

Es war ein frischer Nachmittag mit einem Hauch von Frost in der Luft. Ape pflügte durch das Unterholz neben dem Weg am Fluß, während Dinah zitterte und in das grauweiße, dahinschießende Wasser starrte. Sie war froh, als sie wieder in die Kendrick Street zurückkehren konnte. Auf der hinteren Veranda lag eine Menge Brennholz, und wenn sie ein Feuer entfachte, hatte Milly vielleicht auf etwas so Unwahrscheinliches Lust, wie Marshmallows zu rösten.

Sobald sie ins Haus kam, spürte sie, daß Millys Stimmung sich verändert hatte.

Sie wartete in der Küche und hielt mit einer Hand die Haarsträhnen zurück, so daß ihr Gesicht vollständig entblößt war. Es war schmal, dreieckig, beinahe hübsch unter der entstellenden Farbe. Die Silberringe in ihrer Nase blitzten.

»Sie waren lange weg.«

»Nur eine Stunde.«

» Kam mir länger vor.« Millys Augen glänzten.

»Ich freue mich, daß du mich vermißt hast. Möchtest du Tee?« Irgend etwas in der Küche war anders, eine Kleinigkeit, die Dinah nicht so recht ausmachen konnte.

»Nee. Ich glaube, ich gehe mal ein bißchen aus.«

»Aus?«

»Genau. Freunde besuchen. Verstehen Sie? Bin später wieder zurück.«

»Milly, das kann ich nicht gestatten. Du bist nicht alt genug, um allein in der Dunkelheit durch die Gegend zu wandern. Warte. Ich fahre dich, wenn du jemanden besuchen möchtest, wenn du mir sagst, wer es ist, damit ich erst die Eltern anrufen kann ...«

Milly grinste. »Nein, danke. Ich brauche keine Anstandsdame. Ich kann auf mich selbst aufpassen. Ehrenwort.«

»Das ist nicht der Punkt. Ich habe Sandra versprochen, daß ich auf dich aufpassen würde.«

Milly stellte sich taub. Sie hatte ihr Bündel über die Schulter geschlungen und ging auf die Tür zu. Dinah hastete hinter ihr her. Ihr wurde klar, daß das Mädchen einfach hinausmarschieren würde. Sie packte sie am Arm und versuchte, sie zurückzuziehen. Zur gleichen Zeit wurde ihr klar, welche Kleinigkeit in ihrem Unterbewußtsein gebohrt hatte. Am Ende der Arbeitsplatte hatte Matthew auf einem kleinen Holztablett drei Flaschen stehen, eine mit Gin, eine mit Whisky und eine mit Wodka. Die Wodkaflasche fehlte.

»Hast du getrunken?«

Das Achselzucken brachte Dinah zur Weißglut. Sie packte Milly noch fester, und das Mädchen begann, sich gegen ihren Griff zu wehren. Ihre Arme fühlten sich wie Stöcke an, aber sie war überraschend stark.

»Sie können mich nicht zwingen hierzubleiben.«

Sie rangen jetzt ernsthaft miteinander, Dinahs Hände klammerten sich um Millys Handgelenke. Es war absurd und unangebracht, mit ihr zu kämpfen, aber Dinahs Sinn für Verhältnismäßigkeit hatte sie in einer Anwandlung von Panik verlassen. Im Kampf taumelten sie rückwärts.

Als Milly mit ihrem ganzen Gewicht auf sie fiel, bohrte sich Dinah die Ecke der Arbeitsplatte in die Seite und ließ sie nach Luft schnappen.

Viel länger würde sie sie nicht festhalten können. Milly würde sich losreißen; sie würde verschwinden. Diese Erkenntnis war schrecklich, und die Furcht davor rührte von irgendwoher aus längst vergangener Zeit, uneingestanden und daher noch furchteinflößender.

Dinah spürte, daß sie würgen mußte. Sie bemerkte, daß sie weinte.

»Das tut verdammt weh«, fauchte Milly sie wutentbrannt an. Sie machte ein Bein frei, holte aus und trat Dinah mit der Stahlkappe ihres Stiefels voll gegen das Schienbein.

Dinah schrie vor Schmerz auf, zur gleichen Zeit duckte sich Milly und biß Dinah fest in den Handrücken. Dinah riß die Hand zum Mund und holte mit der anderen aus. Sie schlug Milly heftig quer übers Gesicht und wurde dafür mit einem verblüfften, respektvollen Aufblitzen in den hellen Augen belohnt, bevor die Wut alles andere auslöschte.

»Sie haben mich geschlagen.«

»Milly, es tut mir leid, das hätte ich nicht tun sollen …«

Milly war außer Reichweite und rannte davon, während Dinah noch zögerte. Die Küchentür knallte zu, einen Augenblick später schwang die Haustür auf und fiel in dieses ärgerliche Schnappschloß. Ape bellte Milly hinterher.

Langsam ging Dinah durch den Flur zur Haustür. Sie schien immer noch von der Heftigkeit des Knalls zu vibrieren. Draußen war es dunkel, die Kendrick Street lag verlassen da. Milly war verschwunden. Ich sollte ihr nachlaufen, dachte Dinah. Ich sollte sie einfangen und zurückbringen.

Aber sie kontrollierte nur die Tür und vergewisserte sich, daß Milly das Schnappschloß aufdrücken konnte, wenn sie zurückkam. Dinah konnte jetzt nicht hinter ihr herjagen, denn selbst wenn sie sie einholte, würde sie sie nicht zwingen können zurückzukommen. Für einen Tag war sie ungeschickt genug gewesen.

Im Fernsehzimmer auf einem Couchtisch neben den eingedrückten Sofakissen fand Dinah die Wodkaflasche. Der Pegel war, soweit sie sich erinnern konnte, kaum gesunken. Angeberei, dachte Dinah. Das herausfordernde Benehmen eines Kindes. Sie setzte sich hin und lehnte ihren Kopf gegen die Kissen. Auf ihrem rechten Handrücken sah man einen entzündeten Ring feuerroter Zahnabdrücke.

Ape sprang neben ihr auf das Sofa, und Dinah zwirbelte sein zotteliges Fell mit den Fingern. Sie saß da und wartete darauf, daß Milly zurückkam.

Während die Zeit weiterschlich, ließ sich Dinah ihren Streit immer wieder durch den Kopf gehen. Die Tatsache, daß sie alles falsch gemacht hatte, beschämte sie. Sie hatte zugelassen, daß ihre eigenen Bedürfnisse und Ängste beeinflußten, wie sie mit Milly umging. Wo sie distanziert hätte sein sollen, stellte sie Forderungen. Statt mit einem gelassenen, leidenschaftslosen Erwachsenen hatte Milly es mit einem Geschöpf zu tun gehabt, das genauso labil war wie sie selbst.

Zitternd vor Angst wurde Dinah klar, daß das Siegel, das ihre Vergangenheit verschlossen hielt, aufzubrechen drohte. Zu Hause in England war sie in der Lage gewesen, sich mit Vertrautheit und Routine zu beschwichtigen. Aber in Franklin war sie fehl am Platz und wurzellos, und im Laufe der Zeit verstärkte sich dieses Gefühl eher noch, als schwächer zu werden.

Dann war Milly gekommen, und ihr Alter, ihre Wut und ihre Zerbrechlichkeit hatten in Dinah eine wunde Stelle und eine Sehnsucht berührt, die furchteinflößend waren, ständig wuchsen und sie jetzt zu überwältigen drohten.

Vom Sitzen wurde Dinah steif und kalt. Sie stand auf und ging im Raum hin und her. Der Hund hob den Kopf und schaute sie irritiert an. Es war zwei, beinahe drei Stunden her, seit Milly aus dem Haus gerannt war. Die Nacht war bitterkalt, und sie hatte nur die üblichen Sachen aus zerrissenem Wollzeug getragen. Wo war sie hingegangen? War sie draußen in der Dunkelheit und wanderte allein umher, oder war sie an einem warmen, gefährlichen Ort eingeschlossen und in noch größerer Gefahr?

Sie war erst vierzehn. Ein Kind, ein junges Mädchen, in ihrer Verantwortung, ihr anvertraut.

Dinah rannte zur Haustür und riß sie auf. Kalte Luft schlug ihr entgegen und der Geruch von Holzfeuern. Sie sah die gemütlichen Fenster mit Vorhängen an den Häusern ihrer Nachbarn. Der Wind trug ihr das ungleichmäßige Summen entfernten Verkehrs entgegen.

Sie schloß die Tür wieder und schob so die Nacht davor beiseite. Bilder, die sie lange verleugnet hatte, stiegen vor ihrem inneren Auge empor, so daß sie den Kopf schüttelte, um sie zu vertreiben. Keine ihrer alten Methoden, um sich abzulenken, funktionierte, weil Milly einen versiegelten Ort aufgeschlossen hatte.

Dinah streifte durch das Haus und suchte nach einer Stelle, wo sie sich verstecken und sammeln konnte, aber es gab keine. Die ordentlichen Verteidigungsanlagen aus Besitztümern, Bildern und einem geordneten Leben schienen ihr jetzt bedeutungslos. Schuld, so greifbar wie ein anderes menschliches Wesen, kroch aus ihrem Versteck, bis sie glaubte, sie könne sie atmen hören und ihren Schweiß riechen.

Sie konnte unmöglich länger im Haus bleiben, sie mußte fort aus diesem personifizierten Fetus. Sie nahm einen Mantel und zog ihn an. Sie rief Ape, und er kam eifrig auf sie zugesprungen. Bei seinem Anblick hatte sie eine Idee, sie rannte die Treppe hinauf in Millys Zimmer. Zuerst sah es so aus, als sei keines ihrer wenigen Besitztümer hier, aber dann erblickte sie ein abgetragenes, formloses Kleidungsstück, das auf einen Stuhl geworfen worden war. Dinah trug es nach unten und gab es Ape zum Schnüffeln.

»Such sie«, befahl sie. »Such! Du bist ein guter Junge.«

Als sie ihm die Tür öffnete, sauste er die Kendrick Street entlang, daß sein Schwanz wie eine Feder wehte. Dinah rannte hinter ihm her.

Der Hund hielt es für ein tolles Spiel. In einer diagonalen Linie rannte er über die Pleasant Street und stürzte sich in das Dunkel zwischen zwei Häusern. Verwelkte Blätter knisterten unter Dinahs Füßen, als sie ihm folgte. Sie kamen vorbei an Garagentoren mit Basketballreifen darüber, Zäunen, gepflasterten Vorgärten und schweigenden Veranden. Ape ließ sie rennen, bis sie nach Luft schnappte, dann kam er in einem Kreis zu ihr zurück und wand sich keuchend und sabbernd zwischen ihren Beinen hindurch. Sie hätte ihn wegen seiner liebenswürdigen Dummheit treten können. Milly war nirgendwo in diesen ruhigen Straßen, warum sollte sie auch? Die friedliche Dunkelheit der Vorstadt verstärkte nur ihre Ängste. Aber dennoch ging sie mit dem Hund an ihrer Seite weiter. Sie lief alle angrenzenden Straßen auf und ab, spähte zu jedem Haus hin, dabei eilte ihr ihr Schatten voraus und fiel dann in den blauweißen Lichterkränzen der Straßenlaternen wieder hinter sie zurück.

Dinah wußte, daß sie die ganze Nacht weitergehen konnte ohne die geringste Hoffnung, Milly zu entdecken.

Das Bedürfnis, nach Hause zurückzukehren, ergriff sie jetzt genauso dringend wie das, das sie hinausgetrieben hatte. Sie drehte sich um und lief schneller und schneller, bis sie fast rannte, in die Kendrick Street, quer über den Rasen, die Stufen zu ihrem Haus hinauf. Die Tür war nur eingeklinkt, so wie sie sie verlassen hatte. Sobald sie hineingestolpert war, wußte sie, daß Milly nicht zurückgekehrt war.

Es war Mitternacht.

Dinah nahm den Telefonhörer ab und wählte die Privatnummer der Parkes'. Am Anrufbeantworter meldete sich Eds selbstsichere Stimme. Falls Milly dort war, würde sie nicht ans Telefon gehen. Dinah legte rasch auf.

Wen sollte sie anrufen? Die Parkes' wohnten im Bel Air Hotel; Ed hatte ihr das zweimal, Sandra einmal gesagt. Noch nicht. Sie konnte sie noch nicht anrufen.

Die Polizei? Was sollte sie sagen? Daß ein schwieriger Teenager aus dem Haus gerannt und die Tür zugeknallt hatte, um ein paar Stunden zu schmollen?

Matthew?

Nein, nicht Matt. Auf keinen Fall Matt.

Dinah ging in die Küche und machte sich langsam und bedächtig eine Tasse Tee. Ihr kam der Gedanke, einen Schuß Scotch hineinzugießen. Sie stand am Fenster und starrte in die Dunkelheit des Gartens hinaus, während sie den torfig schmeckenden Tee trank. Sie begann – außer ihrem eigenen, das sich im schwarzen Glas spiegelte – Gesichter zu sehen.

Um ein Uhr rief sie Nancy Pinkham an. Sie kam ans Telefon, nachdem es zweimal geklingelt hatte, aber ihre Stimme klang belegt und vom Schlaf verwirrt.

»Ich weiß, daß ich dich geweckt habe«, sagte Dinah.

»Ich komme sofort rüber«, antwortete Nancy, als sie ihr alles erklärt hatte.

Zehn Minuten später saß sie in ihrem blauen Frotteebademantel in Dinahs Küche. Sie trank den Whisky, den Dinah ihr eingoß, und rieb sich die verschmierten Augen.

»Hör zu, mach dir keine Sorgen. Noch nicht, jedenfalls. Ich bin sicher, das Kind kommt zurück, wenn es soweit ist, wenn es glaubt, es hat genug angerichtet. Glaubst du nicht auch?«

Dinah nickte. Nancys gesunder Menschenverstand war eine Boje, an der man Halt suchte, wenn mehrere Strömungen gegeneinander kämpften.

»Ja, ich glaube schon. Aber ich habe solche Angst, daß ihr etwas passiert ist, daß es mein Fehler ist ...«

»Natürlich. Wer hätte das nicht, wenn man nur ein bißchen Phantasie hat? Aber es ist nicht dein Fehler. Dieses Kind ist ein Monster. Wie kannst du dafür verantwortlich sein?«

»Das ist sie nicht ...«

Nancy packte sie am Arm, nahm die Whiskyflasche und zog sie in den Fernsehraum.

»Wir machen es uns hier einfach gemütlich und warten darauf, daß Madame zurückkommt.« Als sie sich hinsetzten, sah sie Dinah scharfsichtig an. »Ich mache mir mehr Sorgen um dich als um sie.«

Sie tranken etwas Whisky. Nancy knipste auf der Fernbedienung herum und fand einen alten Clint-Eastwood-Film, der gerade erst begonnen hatte. Sie sahen ihn bis zum Ende an und dösten dann ein wenig im grauen Licht des Bildschirms.

Dinah erwachte mit einem Schaudern. Hereinbrechendes Tageslicht ersetzte das Licht des Fernsehers, und Nancy stand vor ihr.

»Sie ist zurück. Kommt gerade in voller Lebensgröße die Straße herunter.«

Dinah sprang auf. Durch das Fenster sah sie, wie Milly den Weg zur Verandatreppe entlangmarschierte. Sie sah nicht zerzauster aus als sonst auch.

»Wo bist du gewesen? Weißt du, daß wir die ganze Nacht aufgewesen sind, du gedankenloser kleiner Herumtreiber?«

Nancy fing an, sie anzuschreien, sobald sich die Tür öffnete. Dinah hatte sie noch nie so wütend erlebt. »Was glaubst du, wie Dinah sich gefühlt hat? Ich kann dir sagen, wenn du mein Kind wärst, würde ich dir den Hintern versohlen.«

Milly marschierte an ihr vorbei in die Küche.

»Mist. Ich überlasse das jetzt dir«, murmelte Nancy. »Wenn ich sonst nichts mehr für dich tun kann?«

»Nein. Danke. Du bist eine gute Freundin.«

»Tu einmal dasselbe für mich. Obwohl, Allmächtiger, wenn sich eines Tages herausstellen sollte, daß Laura und Brooke sich so aufführen wie sie ...«

Milly blickte finster drein, als Dinah erschöpft in die Küche kam.

»Also. Machen Sie weiter.«

»Weiter womit?«

»Sagen Sie Ihr Verslein auf, wie diese bescheuerte Alte da draußen.«

Erleichterung hüllte Dinah weich ein. Die Küche mit ihren alltäglichen Geräten sah im heller werdenden Licht freundlich und nützlich aus.

»Ich wollte gar nichts sagen. Nur daß ich mich darüber freue, daß du zurückgekommen bist.«

Milly lächelte plötzlich ihr fröhliches schiefes Lächeln, das ihr Gesicht veränderte. Sie ließ die Schultern sinken und hob den Kopf hoch. »Toll. Ja. Danke.«

Dinah wollte sie umarmen, erinnerte sich aber rechtzeitig daran, daß Milly nicht gerne berührt wurde. Statt dessen fragte sie sie, ob sie hungrig sei.

»Ich sterbe vor Hunger.«

»Ich habe noch einige englische Muffins.«

»Warum heißen sie englische Muffins? Sie sind nicht *englisch*, sie sind, verdammt noch mal, amerikanisch.«

Dinah toastete die Muffins und bestrich sie mit Gelee. Sie machte Hagebuttentee und gab Milly einen Becher, und Milly schloß ihre schwarzlackierten Finger gierig um die Wärme. Zum ersten Mal bemerkte Dinah eine ungeschickt tätowierte Blume in dem V zwischen Daumen und Zeigefinger.

»Hast du Freunde besucht?« fragte sie schließlich, als Milly zwei Becher Tee getrunken und die Muffins gegessen hatte.

»Was?«

»Du sagtest, daß du einige Freunde besuchen wolltest. Gestern abend, bevor du ausgegangen bist.«

»Ich habe keine Freunde hier.«

Sie sagte das kühl, ohne Mitgefühl zu erwarten, aber Dinahs Herz krampfte sich zusammen.

»Wohin bist du denn gegangen?«

»Ich bin ein bißchen herumgelaufen. Dann habe ich mich an einige Bekannte von Sandra und Ed erinnert, auf der anderen Seite der Main Street. Die haben an der Seite ihres Hauses so ein Ding wie eine große Scheune. Da drin haben sie ihre Gartenmöbel und so ein Zeug. Die Tür war nicht abgeschlossen, da bin ich einfach reingegangen und habe auf so 'ner Art Polstersitz geschlafen. Das war prima. Ich kann auf mich aufpassen.«

»Ja, ich glaube, das kannst du.«

Milly betrachtete eingehend ihre Tätowierung.

»Tut mir leid wegen letzter Nacht.«

»Mir tut es leid, daß ich dich geschlagen habe. Das hätte ich nicht tun sollen.«

Milly lachte. Dinah hörte ihr Lachen zum ersten Mal, und es war genauso attraktiv wie ihr Lächeln.

»Das war ja wirklich irgendwie komisch. Wie zwei Kinder, die miteinander kämpfen. Lassen Sie mich mal sehen.«

Dinah begriff, daß sie den Biß an ihrer Hand meinte. Entgegenkommend streckte sie sie aus und zeigte ihr die roten Bißspuren. Milly seufzte.

»Vielleicht sollten Sie sich eine Tetanusspritze geben lassen. Wissen Sie, ich habe Sandra gefragt, ob sie nicht vereinbaren könnte, daß ich über das Wochenende hierherkomme. Als ich Sie kennengelernt hatte, fand ich Sie ganz okay, und ich mochte Sie. Nur kann ich, wenn ich Leute mag, nicht glauben, daß sie mich auch mögen oder so, weil ich so beschissen bin. Und dann muß ich auch so sein, wirklich so schlimm, wie ich kann, damit sie mich nicht mögen, und dann steht alles irgendwie fest, damit ich nicht mehr spekulieren muß.«

Das Wort »spekulieren« berührte Dinah. Sie bemühte sich, mit angemessen neutraler Stimme zu sprechen. »Ich glaube, ich verstehe dich. Aber warum warst du so entschlossen, nicht mit deinen Eltern nach LA zu fahren?«

»Weil sie das immer so machen. Oder was er immer so macht und sie zuläßt. Er verkündet einfach, daß wir irgendwohin fahren, weil es ihm so paßt, und schon geht es los. Franklin, Zermatt, London, wieder zurück in das verdammte Franklin. Wegen seiner Schreiberei. Als ob es irgendeine Art von Kunst sei, und nicht nur beschissene Taschenbücher mit Hakenkreuzen vorne drauf.«

Milly machte eine Pause und versuchte, ihre Worte zu ordnen. »Und es ist genau, wie sie es haben möchte. Er soll sich so verhalten, daß sie ihm, ich weiß nicht, Gefälligkeiten erweisen kann. Es ist wie ein Abkommen zwischen ihnen.«

Ja, dachte Dinah, genau das ist es. Wir alle haben unsere Abkommen.

»Auf jeden Fall wollte ich nicht wie irgendein Paket mitgenommen und dann im Hotel sitzengelassen werden. Dann dachte ich daran zu bitten, hierherzukommen. Wie ich gesagt habe. Ich mag Sie.«

Und ihre Zuneigung, wenn auch widerwillig, zu zeigen war eine weitere Möglichkeit, Sandra anzugreifen. Milly war keine Närrin.

»Danke«, sagte Dinah. Sie würde nicht den Fehler begehen, gerade jetzt ihrerseits unbeholfene Versicherungen abzugeben. Bei dem Gespräch drehte es sich darum, was Milly dachte und fühlte.

»Ist noch Tee da?«

»Ich kann noch welchen machen.«

Während Dinah ihr den Rücken zuwandte, sprudelten Millys Worte hervor, als wolle sie etwas loswerden, solange niemand sie ansah.

»Ich bin adoptiert. Sie konnten selbst keine Kinder bekommen, da haben sie mich gekriegt.«

Dinah bewegte sich vorsichtig, um sich ihre Überraschung nicht anmerken zu lassen. Sie stellte die frisch gefüllte Teekanne hin und setzte sich wieder Milly gegenüber an den Tisch.

»Das wußte ich nicht.«

Sandra hätte es ihr sagen können, damals im Café. Aber irgendwie hatte die noch nicht geschlossene Freundschaft einen Makel erhalten, wie ein Muster mit einem Fehler. Sie mißtrauten einander, statt sich zu vertrauen.

Sie dachte an Ed und Sandra und ihr Schloß im Wald, aber durch einen anderen Blickwinkel sahen sie kleiner, entfernter aus, während neue Fragen und Assoziationen zwischen Milly und ihr in der Luft hingen, sie plagten, ihr unter die Haut gingen.

»Tja. Als ich ein Kind war, haben sie mir den ganzen Scheiß erzählt, die ganze Zeit redeten sie salbungsvoll davon, daß ich etwas ganz Besonderes sei. Sie hatten mich von der Adoptionsvermittlungsstelle in London bekommen. Besonders ausgesucht, sie wollten mich so sehr haben, wissen Sie? Davon habe ich nie ein Wort geglaubt. Ich glaube, sie tun das heute auch nicht mehr. Wie können sie auch, wo sie sehen, wohin das mit mir schließlich geführt hat?«

Das schmale, blasse Gesicht mit dem wütenden Make-up, das von der Nacht in der Scheune verwischt war. Die vorgeschobene Unterlippe, die zur gleichen Zeit aggressiv war und zitterte. Augen, die auf Dinahs Gesicht gerichtet waren und nach Aufmerksamkeit, Zuneigung und Trost gierten, aber auch wie immer trotzig dreinblickten. Das Kind einer anderen Frau, ihre Geschichte in ihr zusammengedrängt. Gott vergebe mir, dachte Dinah.

»Ich hatte auch eine Tochter.«

Milly starrte sie an, war ausnahmsweise einmal still.

»Sie ist vierzehn, genau wie du. Ich habe sie nicht mehr gesehen, seit sie ein kleines Baby war. Ich habe sie zur Adoption freigegeben.«

Eine lange Pause folgte. Milly zupfte nachdenklich an dem kleineren ihrer Nasenringe und drehte ihn an dem geröteten Durchstich. Dinah konnte beinahe ihre Gedanken auf ihrem zögerlichen Weg durch die Gehirnwindungen verfolgen. Schließlich flüsterte sie die Frage: »Wollen Sie damit sagen, *ich* könnte Ihre Tochter sein?«

»Nein. Ich weiß, daß du das nicht sein könntest.«

»Woher wissen Sie das? Warum haben Sie sie adoptieren lassen? War sie von jemandem, von dem sie nicht sein sollte?«

»Nein. Sie war auch Matthews Baby.«

Es war lange her, schon so lange, daß Dinah sich den Luxus von Worten geleistet hatte, um den Druck abzulassen. Schweigen hatte alles eingeschlossen wie eine erkaltete Kruste über einer geschmolzenen Flüssigkeit. Sie spürte, wie der Druck wuchs, die Kruste sprengte und ihr die Worte in den Mund drängte. Sie waren drauf und dran, aus ihr herauszustürzen. Es war falsch, daß Milly sie hören sollte, Milly mit ihren eigenen drängenden Bedürfnissen, falsch, aber auch wieder richtig.

»Warum also?«

Dinah wandte den Kopf. Durch das Fenster sah sie, wie die Berkmanns zu ihrem sonntagmorgendlichen Tennisspiel fuhren. Die Kendrick Street in Franklin, Massachusetts, erwachte wieder zum Leben.

»Ich erzähle es dir, wenn du möchtest.«

»Ja, gerne. Wär mal 'ne Abwechslung, nicht immer über mich zu reden.«

Zunächst verlegen, dann jedoch immer flüssiger, begann Dinah zu reden.

4

»Als Matthew und ich frisch verheiratet waren, wohnten wir in einer Wohnung, einer Mietwohnung über einem Gemüseladen«, begann Dinah.

Wie hatte er sich seit jener Zeit verändert? Was hatte sie beide hierhergebracht?

Damals war er natürlich schlanker gewesen, mit Schultern wie ein Kleiderbügel und einer Minimal-Garderobe aus Jeans und zerschlissenen Hemden, über denen er stets eine Lederjacke trug. Sie hatte ihn lachend in Erinnerung; er bog den Kopf zurück, schob die Fäuste in die Hosentaschen, und sein Mund klappte auf, wenn er mit einem verblüffenden Lärmausbruch losplatzte. Die Leute in der Kneipe sahen sich um, wenn Matthew lachte.

Worüber hatten sie sich damals so sehr amüsiert?

Über Verschrobenheiten; ihre eigenen und die anderer Leute. Die kleinen Komödien des alltäglichen Lebens. Erleichterung nach einer drohenden Krise.

Einmal hatten die beiden Frauen in der Wohnung über ihnen ihre Badewanne überfließen lassen. Das Wasser strömte durch die Decke, ein großer Placken durchnäßter Gips platschte auf Matthews und Dinahs Bett. Matthew tobte wegen ihrer verdreckten Bettwäsche und brüllte wütend das vor Nässe schwarze Lattengerüst und die freiliegenden Dielenbretter über ihnen an, bis sein Blick auf sein hochrotes Gesicht im Kleiderschrankspiegel fiel und ihm die Flüche im Hals steckenblieben.

»Ihr beiden verrückten Schlampen«, schrie er gerade, »ihr dämlichen, hohlköpfigen Krüppel ... wißt ihr denn nicht, wie ein Wasserhahn funktioniert? Ihr dreht ihn, verdammt noch mal, zu, dann hört das nasse Zeug auf herauszuströmen, bevor es mein ganzes verdammtes Bett vollpinkelt ...«

Dinah lachte bereits. Matthew brachte vor Wut kein Wort mehr hervor und boxte schwach auf das Kissen in seiner Hand, dann ließ er sich rückwärts auf den Dreck auf den Laken fallen. Gipsklumpen klebten an seinem Pullover, als er sich herumrollte und dabei vor Lachen hustete und nach Luft schnappte.

Als sie sich ein wenig erholt hatten, hoben sie die Matratze vom Bett und lehnten sie zum Trocknen gegen die Wand. Dann marschierte Matthew mit Dinah zu einem Hotel zwei Straßen weiter. Es machte einen sehr luxuriösen Eindruck, weil es dort flauschige weiße Bademäntel und eine mit kleinen Flaschen wohlbestückte Minibar gab. Sie wußten, daß sie sich so etwas eigentlich gar nicht leisten konnten.

»Schau dir diese Minibar bloß nicht an«, hatte Matthew befohlen. »Siehst du das hier?«

Was sie zum Übernachten brauchten, hatte er in zwei Supermarkt-Plastikbeutel gestopft, und aus dem einen zog er zwei Flaschen Rioja hervor.

In dem todschicken verspiegelten Badezimmer ließen sie die Wanne mit parfümiertem Wasser vollaufen und legten sich hinein, um den Wein zu trinken. Danach gingen sie ins Bett und beobachteten ihr Spiegelbild.

Dinah erinnerte sich daran, daß ihre Haut sehr blaß, jung und makellos aussah, beinahe grünlich in diesem schwachen Licht.

Später war es Matthew gelungen, die Hotelkosten für jene und die folgende Nacht von ihrer Versicherung zurückzuverlangen. Das sah Matthew ähnlich: Auf ein anfängliches kühnes Manöver folgte eine Phase kühler Berechnung.

In jenen Tagen schien die Welt ein freundlicher und sonniger Ort zu sein. Die Stewards lebten fast ohne Geld in ihrer engen Wohnung und blickten nach vorne auf ungeahnte Möglichkeiten.

Seit damals, dachte Dinah, zwischen damals und heute hatte eine Verengung und Verhärtung stattgefunden. Die Aussicht war ihnen verstellt worden, als ob sie beide in den weit offenen Eingang eines Tunnels gegangen wären. Dann wurde der Tunnel langsam, aber stetig enger und dunkler, bis sie diesen Punkt, die Gegenwart, erreicht hatten.

Die Gegenwart, in die die Vergangenheit und ihre Abmachungen so tief eingebettet waren, daß das Narbengewebe der Normalität sich lange zuvor bereits darüber geschlossen hatte. Dinah mußte an die dünne rote Linie eines chirurgischen Eingriffs denken und daran, wie das rohe Fleisch zu sehen war.

»Nur zwei Räume«, sagte sie und nahm den Faden wieder auf, bevor sie sich in ihren Gedanken verlor und diese ihr die Kehle austrockneten. Sie würde reden, die Worte einfach herauskommen lassen.

Milly beobachtete sie, ohne mit dem Messer zu kratzen, eine Haarsträhne zu drehen oder an ihren Nasenringen herumzuzupfen. Sie saß still da und hörte zu.

Die Wohnung war eng und voll. In der Straße unten herrschte bei Tag und Nacht Verkehr. Abends, wenn der Gemüsehändler seinen Laden schloß, rollten mit melancholischem Rumpeln die Metallfensterläden herunter. Auf dem Bürgersteig vor der Tür lag oft Abfall aus Kohlstrünken und nassen Fetzen königsblauen Seidenpapiers, in das Satsumas und Golden-Delicious-Äpfel eingebettet gewesen waren. Manchmal kam die traurig aussehende Frau des griechischen Ladenbesitzers mit einem Besen heraus und fegte.

Abends konnte Matthew nur an dem Tisch arbeiten, an dem sie zuvor zu Abend gegessen hatten. Sie räumten den Tisch ab, und dann konnte er seine Papiere ausbreiten. Wenn er sich besonders stark konzentrieren wollte, zog Dinah sich ins Schlafzimmer zurück und setzte sich mit hochgezogenen Knien aufs Bett, um in ihrem Schwarzweißfernseher eine Sendung zu sehen oder ein Buch zu lesen.

Wenn Dinah aus dem Schlafzimmer kam und Matthew immer noch bei der Arbeit vorfand, legte sie ihm die Hände auf die knochigen Schultern und beugte sich über ihn, um zu sehen, was er gerade tat. Wenn sie ihre Wange gegen seinen Kopf lehnte, dachte sie: *Wir haben alles, wir können tun, was wir wollen. Alles ist möglich.*

Sie liebte ihn ganz und gar, und sie wußte, daß er sie genauso liebte.

Geistesabwesend sagte er dann meistens: »Ich möchte das noch eben erledigen.«

Damals konnte man ihm seinen Manchesterakzent noch anhören. Jetzt war er fast verschwunden, unbewußt ausgelöscht durch Jahre im Süden, den jahrelangen Umgang mit Leuten, die einen anderen Hintergrund hatten als er. Die charakteristischen Vokale kamen nur noch durch, wenn er müde war – oder wütend.

Dinah nickte dann und klopfte ihm auf die Schulter. Sie überließ ihn sich selbst und ging in die Küche, um sich einen Tee zu kochen. Matthew arbeitete immer hart; nie war er anders gewesen. Er besaß die Gabe, sich, wenn er wollte, so zu konzentrieren, daß nichts ihn stören konnte.

Stetig war er seinen Weg durch die Schule – die Gesamtschule in Salford – gegangen, hatte seine Hausaufgaben auf dem Küchentisch der Doppelhaushälfte seiner Eltern erledigt und war sich seiner Umgebung dabei gar nicht bewußt, genau wie er jetzt arbeitete, während Dinah in ihrem Schlafzimmer fernsah. Dann machte er an der Universität Manchester ein erstklassiges Examen, darauf folgte Forschungstätigkeit als Graduierter. Nachdem er promoviert hatte, verbrachte er drei Jahre im Labor für Molekularbiologie in Cambridge; er arbeitete dort unter der Leitung von Sanger über DNS-Sequenzen. Dinah lernte ihn kennen, als er nach London kam, aber sie hatte das Gefühl, den eifrigen, gedankenversunkenen Matthew jener Tage genausogut zu kennen wie seine späteren Versionen. Oft sprach er von Cambridge als der anregendsten Zeit seiner Berufstätigkeit. Sie konnte sich vorstellen, wie fieberhaft er gearbeitet hatte, wie es ihn erregte, über seine Gedanken an einem Ort zu reden, wo sogar im Speisesaal Schreibtafeln hingen, um Geistesblitze hinzukritzeln.

Nach Cambridge kam das University College in London. Matthew und Dinah trafen sich in seiner ersten Woche dort. Auf einer wenig verheißungsvollen Party eines seiner Cousins, der in Dinahs Werbeagentur arbeitete, wurden sie einander vorgestellt.

Aufgrund seiner eigenen Forschung und umfangreicher Lehrtätigkeit arbeitete Matthew soviel wie niemand, den Dinah je zuvor kennengelernt hatte. Sie war an ihre eigene Branche gewöhnt, in der in den siebziger Jahren Arbeit oft bedeutete, essen zu gehen. Nach kurzer Zeit leitete Matthew sein eigenes Forschungsteam am UCL.

Aber es wäre ein Fehler, eine Unterschätzung, wenn man annähme, daß Matthew seine Erfolge einfach durch Fleiß erreichte. Bei Matthew war nie eine Mühe verschwendet, und er verlor im Nebel der Einzelheiten auch nie seine Hauptziele aus den Augen. Er konnte über den bekannten Horizont hinausblicken und durch seine Vorstellungskraft Sprünge vollziehen, die in wunderbaren Bögen von Vermutungen die Fakten zu kühnen Theorien verbanden. Seine Vorstellungskraft machte ihn als wissenschaftlicher Forscher zu etwas Besonderem. Dinah liebte ihn für diese Gabe und für seine intellektuelle Kühnheit und seine Zielstrebigkeit. Matthew duldete nie, daß ihm etwas im Wege stand.

Als sie binnen eines Jahres, nachdem sie sich kennengelernt hatten, heirateten, arbeitete Dinah als Werbetexterin. Seit ihrer ersten Verabredung führten die Unterschiede in ihren Arbeitswelten häufig zu Gelächter. Matthew versuchte, ihr seine neuesten Ergebnisse zu erklären, seine Suche nach nicht zufälligen Verbindungen, die möglicherweise ein Muster ergaben und dann die Lösung zu irgendeinem biochemischen Rätsel bildeten. Dinah ergötzte ihn dann ihrerseits mit dem Kampf ihres Teams, eine spannende Werbekampagne für Kloreiniger oder Exportbier auf die Beine zu stellen. Es amüsierte sie, Unverständnis für den Beruf des anderen vorzugeben, weil diese willkürliche Distanz ihre Nähe nur verstärkte. Sie waren sich sicher, daß sie gut zueinander paßten.

Es war Dinahs Einkommen aus Bier- und Tamponwerbung, mit dem sie ihr erstes Haus kaufen konnten. Damals verdiente sie mehr Geld als Matthew.

Sie waren sich einig, daß sie mehr Platz brauchten als in der Wohnung über dem Gemüsegeschäft, und es dauerte nicht lange, bis sie das fanden, was sie sich leisten konnten. Das zweigeschossige Haus mit vier Zimmern stand mitten in einer Zeile von ziegelroten Reihenhäusern in Finsbury Park, nicht weit vom Arsenal-Spielfeld. Samstag nachmittags hörten sie, wie das gewaltige, tiefe Brüllen der Menge wie aus einem Mund losbrach und verhallte wie die Stimme eines Tieres in seiner Höhle. Hinterher füllten sich die Straßen zu beiden Enden ihrer kleinen Straße mit rotgekleideten Fans, die singend nach Hause zogen. Matthew und Dinah mochten das Flair, das diese Nachbarschaft der tristen Gegend verlieh. Wenn Manchester United ein Auswärtsspiel bei Arsenal hatte, ging auch Matthew hin.

Für den Rest der Woche lagen Haus und Straße ruhig da. Die Nachbarn waren entweder alte Leute, die schon lange dort lebten und sich an die Luftangriffe erinnerten und daran, wie sie in der U-Bahn Schutz gesucht und in den Kneipen zum Klavier gesungen hatten, oder junge Paare wie sie selbst, die tagsüber ihrer Arbeit nachgingen und abends und an den Wochenenden das Haus renovierten.

Auch Dinah und Matthew arbeiteten an ihrem Haus. Sie rissen die Rauhfasertapeten von den Wänden, damit der rissige Verputz darunter wieder zum Vorschein kam, und schliffen klumpige Lackfarbe von Türen und Fensterrahmen ab. Matthew war überraschend geschickt mit Hobel und Säge. Seine Schwalbenschwanzwinkel waren paßgenau, und seine Schraubenköpfe waren versenkt. Er arbeitete in Hemdsärmeln und pfiff dabei. Manchmal stellte Dinah überrascht fest, daß er aussah und sich anhörte wie sein Vater zu Hause in Salford.

Stück für Stück wurden Kommoden und Regale für ihre Bücher, Kleidung und Töpfe konstruiert, sie strichen die Wände und arrangierten Secondhand- oder Trödelmöbel in den Zimmern.

Das Haus füllte sich mit Leuten. Damals schienen sie Hunderte von Freunden zu haben. Manchmal war nicht mehr als ein lustiger Abend in der Kneipe oder bei jemandem zu Hause nötig, damit jemand aus der sich unendlich ausdehnenden Gruppe von Leuten die zufällige Grenze zwischen Bekanntschaft und Freundschaft überschritt. Sie waren sehr tolerant, aufgeweckt und neugierig, und sie hatten Zeit übrig für die verschlungenen Wege, die zur Vertraulichkeit führten.

Jeder gab und ging zu Parties, bei denen irgendwelche Flaschen billigen Weines in den Ecken herumstanden und die Zimmer voller Haschischrauch waren. Es gab Spaghettiessen, nach denen die Leute die Nacht auf Polstern verbrachten, hektische Wochenenden in unbeheizten Landhäusern und billige Ferien in Italien und Griechenland. Und die ganze Zeit wußten Matthew und Dinah, wo immer sie waren, ohne auch nur darüber zu reden, daß ihre Partnerschaft die Grundlage für ihr Vergnügen bildete. Es war einfach. Alles andere, die zahlreichen Freundschaften, der Zeitvertreib und die Vergnügungen, entsprang diesem fruchtbaren Boden.

Für Dinah war Matthew Teil ihrer selbst. Für ihre Freunde, jeden, der ihn kannte, war er witzig und charmant, aber auch ein wenig distanziert. Sein kalter Verstand trennte ihn von anderen. Aber für Dinah war er völlig präsent, und es verschaffte ihr ein wohliges Gefühl der Befriedigung, daß nur sie ihn ganz und gar kannte. Sie kannte seinen Ehrgeiz und seine Wut genau wie seine Zärtlichkeit. Sie verstand ihn und bewunderte ihn, und sie spürte, daß sie sich im Gleichklang bewegten, daß einer den anderen mit Leben erfüllte.

Dinah teilte Milly all dies nur in groben Umrissen mit.

Wie konnte aus dieser Entfernung die Erinnerung an ein Glück, das jetzt verlegt worden war, wichtig sein, außer für diejenigen, die es erlebt hatten?

Bedeutsam war der nächste Zeitabschnitt, und über ihn wurde nie gesprochen. Nicht mit Matthew – und wenn nicht mit Matthew, mit wem sonst?

Die überraschende Antwort schien bei diesem mürrischen Teenager zu liegen, der sich ihr gegenüber auf den Tisch lümmelte.

Die Küche war jetzt von der Sonne erleuchtet, und das Licht vergoldete die Arbeitsplatten und eine papiergefiederte Pinnwand und den silbernen Bogen des Wasserkrans.

»Ja?« soufflierte Milly ihr.

Genau genommen entschieden die Stewards sich nicht dafür, ein Baby zu bekommen. Dafür hatten sie ihr Leben noch nicht gut genug im Griff.

Es geschah einfach, daß Dinah schwanger wurde.

Erst brachte es sie aus der Fassung, dann freuten sie sich. Sie waren nicht die ersten unter ihren verheirateten Freunden, die ein Kind bekamen. Bei manchen Parties und Essen wurden jetzt Babykörbchen in den Schlafzimmern oben geparkt.

»Ohne es auch nur versucht zu haben«, sagte Matthew, als sie die Neuigkeit verkündeten. »Peng. Einfach so.«

»Pengpeng«, fügte Dinah hinzu.

»Ein weiteres Genie wächst heran«, lachten ihre Freunde. »Aufsichtsratsvorsitzender von J. Walter Thompson oder Nobelpreisträger?«

Matthew zog die Augenbrauen hoch. »Seit wann schließt das eine das andere aus?«

Die Wochen vergingen, und Dinah dachte mehr und mehr an den Zellkringel, der sich in ihr entwickelte. Anhand von Büchern verfolgte sie seine Fortschritte, das Heranreifen von Fingern und Zehen aus formlosen Knoten, die Entfaltung von Ohren, Augenlidern und Lippen. In ihrer Vorstellung konnte sie es so klar sehen, als seien die Wände aus Muskeln und Gewebe, die das Baby verdeckten, transparente Membranen. Dieses Vertieftsein in sich selbst konnte sie natürlich nicht mit Matthew teilen. Es war ihr eigenes Geheimnis, und diese Heimlichkeit bedeutete, daß sie sich dessen ein wenig, ein ganz klein wenig schämte.

Es war ein ruhiger Fetus, der sich nur selten deutlich erkennbar bewegte. Aber manchmal ergriff Dinah Matthews Hand und legte sie auf ihren Bauch, damit er den unverkennbaren Druck eines winzigen Füßchens, das unter den gedehnten Schichten aus Haut und Muskeln stupste, spüren konnte.

»Da«, sagte Dinah dann mit strahlendem Gesicht. »Hast du es gefühlt?«

»Ja«, antwortete Matthew beim ersten Mal staunend. »Ich habe es gefühlt. Es windet sich da drin.«

Der Rest des Babys war um den ausgestreckten Fuß herum gefaltet, nur Zentimeter außerhalb ihrer Reichweite.

Dinah sah, wie Matthew erstaunt begriff, daß ihr Baby eine Realität war, keine Theorie. Sie sah in seinen Augen auch, daß auf dieses Begreifen plötzlich Ehrfurcht und Liebe folgten. Sie beugte sich zu ihm vor, so daß ihr Mund den seinen berührte.

»Ich liebe dich«, sagte sie. Soviel Glück schien unglaublich, und abergläubisch klopfte sie auf Holz.

Die Stewards besuchten Vorbereitungskurse für eine natürliche Geburt. Nach den Sitzungen lachten sie über die anderen Paare – vom Hippypaar, das seinen eigenen Patchwork-Sitzsack hereinzerrte, um darauf das Atmen zu üben, bis zu dem verlegenen Ehemann, der sprachlos war, bis er in einer Diskussion darüber, wie man in einem VW-Passat Sicherheitsgurte befestigt, plötzlich auftaute. Aber trotz all des Spaßes waren die Stewards entschlossen, daß es eine natürliche Geburt werden sollte. Ihr Baby sollte einen so perfekten Start ins Leben bekommen wie nur möglich.

Dinah erinnerte sich an die letzten drei Wochen als eine goldene Zeit. Es war September, und das Wetter war makellos. Die Sonnenstrahlen fielen in einem niedrigeren Winkel ein, milderten den Anblick der vom Sommer erschöpften Natur und brachten die eingetrockneten Ränder der Blätter zum Vorschein. Über die rötlichen, von Mehltau befallenen Astern im vernachlässigten Garten der Stewards waren Spinnweben drapiert, die im Tau des frühen Morgens schimmerten. Dinah arbeitete nicht länger, sie bewegte sich schwerfällig durchs Haus, öffnete und schloß Schubladen, hörte sich das Gerede des nachmittäglichen Programms im Radio an. Die Zimmer erfüllte ein sanftes weiches Herbstlicht.

Matthew verbrachte soviel Zeit wie möglich zu Hause mit ihr. Sie ruhten sich auf dem Bett aus, er legte seinen Kopf auf ihren Bauch und versuchte, den Herzschlag des Babys zu hören. Dinahs Finger wickelten sich träge in sein Haar.

»Glaubst du, es ist unanständig, sich so glücklich zu fühlen?« fragte sie ihn.

»Am Glück ist nichts Unanständiges«, antwortete er sofort.

Matthew war sich immer sicher, was richtig war, selbst in abstrakten Dingen. Seine Sicherheit rief in ihr eine Vorsicht hervor, die im Gegensatz dazu stand, aber sie beruhigte sie auch.

Immer wenn Dinah einschlief, träumte sie wild. Übervölkerte Träume mit bedrohlichen Gesichtern, die sie halb erkannte, und Stimmen mit vertrautem Tonfall, die sehr nah unter der Oberfläche des Bewußtseins zu sein schienen. Ein- oder zweimal erwachte sie, blinzelte und sah sich nach diesen Gesichtern um, die zu vertraut schienen, um wieder in die Welt des Unterbewußten zurückgleiten zu dürfen.

Eines frühen Morgens setzten die Wehen ein. Matthew brachte ihr Tee ans Bett, und sie trank ihn, während sie bei den ersten schwachen Wehen die Zeit nahmen.

»Was ist das denn? Niemand hat mir gesagt, daß es weh tun würde«, versuchte sie zu scherzen, als die Wehen stärker wurden.

Matthew fuhr sie ins Krankenhaus, so wie sie es geplant hatten.

Der Kreißsaal hatte grüngestrichene Wände und eine Uhr mit weißem Ziffernblatt und vorstehenden schwarzen Zahlen, die bei den heftigen Wehen vor ihren Augen verschwammen und wieder klar wurden.

Matthew und Dinah versuchten das Lied zu singen, auf das sie sich im Unterricht konzentriert hatten, und keuchten entsprechend den Atemübungen, soweit sie sich noch an sie erinnern konnten. Mit wachsender Panik wurde Dinah jedoch klar, daß sie schwitzte und japste, immer wieder überrollte sie der Schmerz, hielt sie fest im Griff und schüttelte sie. Er ließ sich nicht vertreiben, wie man sie hatte glauben lassen. Das gehörte nicht zu ihrem Plan. Die Sicherheiten wurden einfach weggewischt.

Eine chinesische Hebamme untersuchte sie.

»Noch ein langer Weg«, verkündete sie.

»Wie lang?«

»Sie haben erst fünf Zentimeter.«

Die Schmerzen drohten sie zu verzehren. Sie ließen sich nicht vertreiben, die gesegneten Abstände dazwischen wurden kürzer und kürzer. Sie fühlte sich, als würde ihr Innerstes nach außen gekehrt. Sie dachte an einen rosa Küchenhandschuh und versuchte, etwas Witziges darüber zu sagen. Sie konnte das käsige Innere des Handschuhs riechen, als würde es ihr über Mund und Nase gehalten, und mit der nächsten Wehe stieg Übelkeit in ihr auf. Matthew und die Hebamme starrten sie verständnislos an. Sie versuchte, tapfer und witzig zu sein, aber sie konnte sich nicht einmal verständlich machen. Sie kämpfte gegen den Schmerz an, verlor aber den Halt und wurde von ihm hinweggetragen. Sie begann erst leise, dann immer lauter zu schreien.

Die Hebamme blickte auf sie nieder, ihre Finger schlossen sich um Dinahs Handgelenk. Ihr Gesicht schien sehr weit weg zu sein. Es gab doch irgendeine Verbindung. Ach ja, ihre Träume. Sie hatte dies geträumt – wie die Gesichter auf sie herunterschauten.

»Jetzt wollen wir so etwas aber nicht mehr hören«, ermahnte die Hebamme sie. »Was will die Dame denn jetzt tun?«

Matthew saß neben ihr, hielt ihre Hand und streichelte ihr Haar. Sie war ein wenig wütend auf ihn, wie er da so gemütlich saß und seine Besorgnis zur Schau stellte. Er tätschelte und streichelte an der Peripherie herum, während sie von innen nach außen gedreht wurde. Es war nicht fair.

»Ich möchte etwas haben«, sagte Dinah zu der Hebamme, als sie wieder sprechen konnte. »Eine PDA.«

Matthew beugte sich vor. Sein Gesicht tauchte undeutlich vor ihr auf. »Bist du sicher?« fragte er sanft.

Er tat nur, worauf sie sich vorher geeinigt hatten Dinah hatte ihm gesagt, daß er dafür sorgen solle, daß sie nicht ins Schwanken geriet, daß die Schwestern ihr keine Schmerzmittel aufschwatzten, die sie gar nicht wollte.

»Ja.« Sie schaffte es nicht ohne. »Ich kann nicht.«

Dinah sah Matthews Gesicht. Er war enttäuscht. Sie hatten geplant, das Kind mit Atmen und Gesang zur Welt zu bringen, und sie hatte ihn im Stich gelassen und das Baby.

Ein Anästhesist kam und drückte und piekste schmerzhaft an ihr herum, um die Periduralanästhesie zu legen. Schließlich wirkte das Mittel, der Schmerz verzog sich grollend, und sie fühlte sich betäubt und erschöpft.

Matthew setzte sich wieder neben sie und hielt ihre Hand locker in seiner.

»Es tut mir leid«, sagte Dinah. »Ich liebe dich«, erwiderte er. »Ich habe mich so nutzlos gefühlt, als ich sah, welche Schmerzen du hattest. Schließlich ist es egal, wie wir dies hier machen, Hauptsache, wir machen es richtig. Ja?«

»Ja.«

Seine Liebe und sein Mitgefühl trösteten sie, aber den Anflug von Enttäuschung konnte sie nicht vergessen.

Erst spät am Abend war das Baby soweit, zur Welt zu kommen. Dinah fiel es schwer zu pressen, weil sie die Wehen nicht spürte. Die chinesische Hebamme hatte Dienstschluß, und jetzt war eine ältere, mütterlichere Frau da. Sie legte ihre Hand auf Dinahs Bauch, und Matthew beobachtete den Monitor.

»Achtung«, sagten sie ihr immer wieder, »jetzt kommt sie, eins, zwei, *pressen.*«

»Genausogut könnte man dicken Nebel mit einem Tennisschläger umrühren«, protestierte Dinah.

Das Baby, ein Mädchen, wurde um zehn Minuten vor Mitternacht geboren.

Matthew wischte Dinah das Gesicht ab und küßte sie auf den Mund. Sie sah, daß er weinte. Die Hebamme gab ihnen ihre Tochter, eingewickelt in eine Papierdecke, und Dinah hielt sie fest. Auf dem winzigen Gesichtchen des Babys waren Streifen von Blut und Schleim.

»Ist sie in Ordnung?«

»Sie ist wundervoll, meine Liebe.«

Dinah fühlte sich gleichzeitig benommen und frohlockte. Matthew bedeckte die Augen und legte die Stirn in seine Hände. Seine eigenen Tränen schockierten ihn.

»So etwas habe ich noch nie gesehen«, sagte er. »Ich hatte keine Vorstellung davon. Und dennoch kommt jeder von uns auf die gleiche Weise.«

»Es ist immer wieder ein Wunder«, bestätigte die Hebamme.

Die Köpfe der neuen Eltern beugten sich über das grüneingepackte Baby. Staunend berührten sie seine zusammengeballten Fäustchen, den nassen, schwarzen Kopf.

»Darf ich sie jetzt haben, um sie zu wiegen und sauberzumachen?«

Mit geübten Händen hob die Hebamme das Baby aus Dinahs Armen.

Matthew ging weg, um Dinahs Mutter und seine Eltern anzurufen. Die Schwestern machten es Dinah gemütlich und brachten ihr eine Tasse Tee. Die Tür zum Entbindungsraum öffnete und schloß sich, als Leute kamen und gingen. Das Baby schrie, ein kleiner schwacher Schrei, eine junge Kinderärztin in weißem Kittel untersuchte das Kind und wandte dabei dem Raum den Rücken zu. Dinah konnte sehen, wie sie sich mit der Hebamme besprach.

Einige Augenblicke später kam die Ärztin und stand am Fußende des Bettes. Dinah balancierte noch immer ihre Teetasse. Die Ärztin lächelte sie an. Sie trug ein wenig Make-up, adrette Perlenstecker in den Ohren, ihr Haar wurde von einem Samtband zurückgehalten.

»Haben Sie sich schon einen Namen überlegt?«

»Sarah . Ich glaube, wir werden sie Sarah nennen.«

»Das ist hübsch.«

»Ist sie in Ordnung?«

»Sie scheint gesund zu sein.«

Diese vorsichtigen Worte lösten Angst in Dinah aus.

Die Wöchnerinnenstation war dämmrig und ruhig, als Dinah schließlich nach oben gefahren wurde. Sie legten sie in einen kleinen Schlafraum neben dem Hauptkrankensaal. Matthew war nach Hause gegangen, und das Baby war im Kinderzimmer bei den anderen Neugeborenen, aber Dinah konnte nicht schlafen. Sie lehnte sich mit geöffneten Augen gegen die Kissen und horchte auf das Quietschen von Schritten auf dem Gang draußen.

Am Morgen bekam sie das Baby wieder, hob das eingewickelte Paket aus dem Krankenhauskörbchen und hielt es in der Armbeuge, um es zu untersuchen. Das rote runzelige Gesichtchen war undurchdringlich, die Augenlider fest geschlossen, als wollten sie sich gegen ihre eindringliche Betrachtung wehren.

Aus der Entfernung beobachteten die Krankenschwestern, wie Dinah ihr Baby betrachtete.

Die ersten Blumensträuße trafen ein, in knisterndem Zellophan, mit rosa Schleifen geschmückt. Eine Lernschwester baute sie für sie auf und stellte die Karten auf den Nachttisch. Später am Morgen kam Matthew. Er nahm Sarah und hielt sie unbeholfen fest. Dinah war ruhig, aber er dachte, das sei nach der langen Geburt nur natürlich. So saßen sie schweigend da, als eine Ärztin kam, um mit ihnen zu sprechen, eine andere Kinderärztin. Sie war älter und erfahrener als diejenige, die Sarah in der vergangenen Nacht untersucht hatte. Sie schloß die Tür hinter sich und schirmte Dinahs Raum von den anderen Müttern ab.

»Dürfte ich mit Ihnen beiden sprechen?« fragte sie freundlich und nahm Matthew gegenüber Platz.

Sie warteten einen Augenblick, in Hörweite, aber isoliert vom Betrieb der Station.

»Ist etwas nicht in Ordnung?« Matthew sprach. Dinah starrte vor sich hin. Die geblümten Vorhänge am Fenster verschwammen vor ihren Augen.

»Wir sind ein wenig besorgt. Wir würden gerne einige Tests bei dem Baby durchführen.«

»Tests auf was?«

»Auf Down-Syndrom.«

»Dinah?«

Matthews Stuhl quietschte, als er sich herumdrehte, um sie anzusehen. Er wollte, daß Dinah der Ärztin widersprach, dies abstritt. Er hielt Sarah immer noch fest und klammerte sich jetzt an sie.

Dinah flüsterte: »Ich wußte, daß da etwas war.«

Mit dem Ausatmen kamen die Worte aus ihr heraus. Matthews Schock schien schwerer zu wiegen als ihre eigene Angst. Sein Kummer ballte sich zu einer Bedrohung zusammen, die über ihr schwebte.

»Welches Etwas?«

»Einfach ... die Form ihres Kopfes. Ihre Augen. Sie scheint so ... verschlossen zu sein.«

Klarer konnte Dinah es nicht ausdrücken. Sie hatte nur die Überzeugung gewonnen, daß Sarah versiegelt war, ein Paket, das anders war als die anderen Babys auf der Station. Jetzt bargen alle ihre eigenen Geheimnisse, aber Zeit und Vertrautheit würden sie enthüllen. Dinah wußte, daß Sarah nicht wie sie war.

Die Ärztin stand auf und stellte sich vor Matthew.

»Darf ich?« fragte sie.

Vorsichtig griff sie in Sarahs Deckenhülle. Der dünne rote Arm des Babys kam zum Vorschein.

»Sehen Sie.«

Mit den Fingern entfaltete sie Sarahs Fäustchen, damit sie die winzige Handfläche sehen konnte. Das Fleisch war durch eine einzige tiefe Falte geteilt.

»Dies nennt man die Affenlinie. Sie ist ein fast sicherer Hinweis. Dann ist hier diese Hautfalte über den Augen, Form und Größe von Kopf und Ohren und die mangelnde Muskelspannung. Zusammengenommen sind diese Hinweise, fürchte ich, unverkennbar. – Wir würden gerne etwas Blut abnehmen, um einen Chromosomentest durchzuführen. Es dauert fünf Tage, bis uns die Ergebnisse vorliegen. Menschen mit Down-Syndrom haben ein zusätzliches Chromosom, wie Sie wahrscheinlich wissen ...«

»Ich weiß allerdings, daß Sie keine Vermutungen äußern sollten, bis Sie die Tests durchgeführt haben und uns den Beweis vorlegen können.« Durch den Schock klang Matthews Stimme laut und barsch.

»Natürlich. Aber alle Anzeichen sind da, Mr., Entschuldigung, Dr. Steward. Ich habe noch nie einen Fall erlebt, in dem diese Anzeichen vorlagen und die Trisomie nicht durch den Chromosomentest bestätigt worden ist.«

Matthew wurde weiß im Gesicht. Sein Mund war in einer Weise verzerrt, wie Dinah es noch nie gesehen hatte.

»Vergangene Nacht wurde uns gesagt, sie sei gesund.«

»Ja, der Ansicht sind wir auch. Mißverstehen Sie mich nicht. Etwa fünfzig Prozent dieser Kinder kommen mit Geburtsfehlern zur Welt, meistens am Herzen. Aber soweit wir das in diesem frühen Stadium sagen können, hat Ihre Tochter keine solchen Probleme.«

»Außer dem eigentlichen Problem.«

»Ja, das stimmt.«

Wörter, dachte Dinah wild. All diese Worte, die hervorgezaubert und aneinandergereiht wurden, um ihr Baby zu beschreiben.

Sie wartete darauf, daß Matthew sich wieder ihr zuwandte, damit sie sich dem gemeinsam stellen konnten. Die ganze Nacht und den langen Morgen hindurch hatte sie durch ihre Gedanken an ihre Einheit ihre übertriebenen Ängste in Schach gehalten, und jetzt zitterte sie vor Sehnsucht nach ihm. Aber Matthew sah sie nicht an. Er starrte auf das Baby in seinen Armen. Er wiegte es, aber die Bewegung war nicht tröstlich. Es war mehr so, als ob sein Körper vibrierte, als ob seine Arme aus einem plötzlichen Drang heraus, den er kaum unterdrücken konnte, zuckten.

Dinah wollte sie beide festhalten, ihren Mann und ihr Kind, wollte sie an den tröstlichen Rhythmus ihres eigenen Herzens ziehen, aber sie kam nicht an sie heran. Matthew saß ein Stück entfernt von ihr mit gebeugtem Kopf auf einem Krankenhausstuhl, seine Arme zuckten mechanisch hin und her. Sie wußte, daß sein Verstand arbeitete, dem ihren vorauseilte. Zum ersten Mal nahm sie dies als Bedrohung wahr.

»Was werden die Tests zeigen?«

Matthew war Wissenschaftler. Ergebnisse, Zahlen – dies war seine Sprache.

Die Ärztin schaute unbehaglich drein. Matthews Art war zu herausfordernd. Mit Kummer konnte sie mitfühlender umgehen.

»Ich fürchte, nicht viel mehr, als ich Ihnen bereits gesagt habe.«
»Es gibt doch, glaube ich, verschiedene Grade der Behinderung?«
»Dieser Zustand ... Kinder mit Down-Syndrom bilden eine eigene kleine Bevölkerungsgruppe. Sie unterscheiden sich von der Gesamtbevölkerung, sie unterscheiden sich aber auch untereinander.«
Die Kinderärztin fühlte sich auf ihrem eigenen Gebiet sicher, sprach sogar fließend. Matthew beobachtete sie abschätzend.
Dinah dachte, er hat recht. Jetzt sofort alles in Erfahrung bringen, auch wenn das Wissen schwer zu ertragen ist. Ihr eigener Instinkt riet ihr, zurückzuschrecken, Fragen zu vermeiden und so eine unsichere Zuflucht zu suchen. In ihre Traurigkeit mischte sich heftige Liebe zu Matthew, und die Fäden von alter Liebe und neuer Verantwortung verdrehten ihr die Eingeweide wie ein erneuter Geburtsschmerz.
»Die Spannbreite des IQ ist recht groß, dies zeigt sich aber erst im Laufe der natürlichen Entwicklung wie bei einem normalen Kind. Manchmal gibt es bei diesem Zustand Hör-, häufiger noch Sehprobleme. Aber es besteht durchaus die Möglichkeit, daß Ihre Tochter in eine Regelschule gehen kann und ein Leben innerhalb ...«
»Nein.«
Matthew stand auf. Die hölzerne Lehne seines Stuhls knallte gegen den Heizkörper, und er stolperte beinahe. Er legte Sarah in das Körbchen, seine leeren Hände hingen an den Seiten herunter, als er sich aufrecht hinstellte.
»Nein«, wiederholte er. »Nicht gewöhnlich, nicht normal. Wie könnte das passieren?«
Dann kam er zu Dinah. Er stand neben dem Bett und legte eine Hand auf ihre Schulter, während er ihr mit der anderen übers Haar streichelte. Sie hatte sich nach diesem Trost gesehnt, aber jetzt stellte sie fest, daß sie keinen Bezug dazu fand. Ihr war nur wie eine Vorahnung bewußt, daß diese Gruppierung unnatürlich war. Sie wollte nicht bei Matthew, aber getrennt von ihrem Baby sein.
»Ich weiß, wie schwierig das ist«, begann die Ärztin. »Ich möchte Ihnen beiden versichern ...«
»Danke«, sagte Matthew.
»Mrs. Steward ...«

Er unterbrach sie. »Dürfen meine Frau und ich jetzt etwas Zeit für uns allein haben?«

»Aber natürlich. Später, wenn Sie soweit sind, kann ich Ihnen Informationen geben ... Und alles, das Sie wissen müssen ...«

»Danke.«

Die Ärztin ging, die Schöße ihres weißen Kittels flatterten hinter ihr her.

Als die Zimmertür sich mit einem Klicken geschlossen hatte, hievte Dinah sich hoch und schwang die Beine aus dem Bett. Die Nachwirkungen des Betäubungsmittels machten ihre Beine zittrig, aber sie hob Sarah aus der Wiege. Das Baby gab keinen Ton von sich, war scheinbar unbeeindruckt davon, daß es hin und her gereicht wurde, oder es bemerkte es gar nicht. Dinah hielt sie fest im Arm und sank auf die Bettkante zurück.

Als sie sie jetzt mit wissenden Augen betrachtete, waren die charakteristischen Züge unverkennbar.

Die Hebammen und die Krankenschwestern mußten es sofort erkannt haben. Die Kinderärztin vergangene Nacht, deshalb war sie so schnell in den Entbindungsraum gekommen.

»Sie ist *hier*«, sagte Dinah. Sie meinte damit, daß Sarah sie selbst war, ein Individuum, ganz gleich, welche Fähigkeiten sie einmal entwickeln sollte. Eine Träne fiel auf die Decke des Babys.

»Sieh nur. Sie ist wunderschön ...«

Matthew hatte sich nicht gerührt. Linkisch ließ er die Hand sinken. Er sah nicht her, obwohl sie ihn darum gebeten hatte.

»Down-Syndrom«, wiederholte er ungläubig.

Dinah erinnerte sich an den Anflug von Enttäuschung, den er im Kreißsaal gezeigt hatte. Jetzt erschien dies erst die erste Ankündigung des Versagens. Sie hielt Sarah fest, suchte wortlos Kontakt zu ihr. *Irgendwie werden wir gemeinsam, du, dein Vater und ich ...*

»Was sollen wir tun?« fragte Matthew. Sie glaubte nicht, daß sie jemals gehört hatte, daß er solch eine Frage stellte.

»Alles, was wir tun müssen.« Durch dieses Bekenntnis von Stärke fühlte sie sich auch stärker. »Setz dich her.«

Zu ihrer Erleichterung kam er, die vertraute Gestalt ließ sich vorsichtig neben ihr nieder. Der Metallbettrahmen quietschte unter seinem Gewicht, und dies ließ Erinnerungen anklingen, die hier und jetzt nicht ganz bis zur Oberfläche drangen. Sie bildeten eine Familie, so wie sie es auch in der vergangenen Nacht in den Minuten nach der Geburt getan hatten. Ein wenig von der Freude, die sie verspürt hatte, flackerte wieder in Dinah auf und schien auszuströmen und den nickenden Köpfen der rosa Rosen und weißen Nelken in den Krankenhausvasen Glanz zu verleihen.

Matthew sagte: »Ich weiß noch nicht einmal, wie ich anfangen soll, dies zu deuten. Alles, was ich von einem Kind, von unserem Kind, erwartet habe ...«

Dinahs Zuversicht schwand dahin. Sie begriff, daß Matthew keine Verbindung zu dem Baby und zu ihr herstellte, ganz gleich, wo er saß oder welche unbewußten Assoziationen dies in ihr hervorrief.

»Wir werden Hilfe bekommen, wir können nicht erwarten ...«

»Ich will keine medizinischen Euphemismen und das Gerede von Sozialarbeitern. Nichts davon ändert die Realität.«

Hart. Das war so hart, aber so war dieser Mann eben.

»Sie ist auch mein Baby«, sagte Dinah.

»Deines – und meines.«

Da war sie wieder, die *Enttäuschung*. Matthew hatte etwas anderes erwartet.

Dinah dachte, daß sie beide während der ganzen Zeit, in der sie zusammen waren, damit beschäftigt gewesen waren, eine komplizierte Pyramide zu errichten. Sie paßten die Blöcke behutsam ein, so daß die Konstruktion wuchs und wuchs, immer größer und fester wurde, und jetzt ...

Sie versuchte sich auszumalen, wie es für Matthew sein mußte. Die Geometrie stimmte nicht mehr, die Struktur war aus dem Gleichgewicht geraten. Einige der Blöcke fielen herunter, wurden beiseite geschleudert ...

Sie redeten nicht weiter. Später fragte Dinah sich, ob es anders gewesen wäre, wenn sie das getan hätten. Vielleicht hätte sie seine Absichten in eine andere Richtung gelenkt, bevor sie voll ausgeprägt waren. Aber jetzt klopfte eine Krankenschwester an die Zimmertür.

»Mrs. Steward? Ihre Mutter ist hier.«

Dinahs Mutter hatte in der vergangenen Nacht versprochen, daß sie mit dem Zug von Northamptonshire herkommen würde, um ihre Tochter und ihre Enkelin zu sehen.

»Ich muß mit dir reden«, sagte Matthew drängend. Er machte eine ungeschickte Armbewegung und versuchte so, alles unter Kontrolle zu behalten. »Dinah, wir müssen uns erst verständigen, bevor irgend etwas ...«

Aber jetzt war Eleanor da, in einem schicken Tweedkostüm mit Samtkragen. Sie trug einen Strauß Chrysanthemen und ein Päckchen, das ohne jeden Zweifel eine handgestrickte Ausfahrgarnitur enthielt. Ihre Mundwinkel waren ein wenig zusammengezogen, immer ein Zeichen von Angst. Beim Anblick ihrer Mutter fühlte Dinah sich wieder wie ein Kind. Sie wünschte sich, von Eleanor getröstet zu werden, und daß sie noch wie früher die Fähigkeit hätte, alles wieder gutzumachen.

Hastig sagte Eleanor: »Ich habe mit der Schwester gesprochen. Sie sagte mir ...«

»Schau, Mum, hier ist sie.« Dinah hielt Sarah in ihren Armen hoch.

Eleanor legte ihre Geschenke beiseite. »Oh, das kleine Ding. Die kleine Süße, laß sie mich einmal sehen.«

Erleichterung durchströmte Dinah. Ihre Mutter war gekommen. Hier gab es eine Verbindung, endlich. Eleanor nahm das Baby.

»Oh, Liebling, sind sie sicher? Sie sieht entzückend aus, so hübsch.«

Dinah berührte mit den Fingern dieselben Stellen wie die Ärztin, und auch ihre Mutter streckte die Hand aus und streichelte Sarahs Köpfchen. Die Frauen flüsterten miteinander und schlossen Matthew aus.

»Sie sieht aus wie du, als du klein warst. Ich kann mich so gut daran erinnern, wie sie mir dich das erste Mal gaben, um dich festzuhalten.«

In Eleanors Augen standen Tränen.

»Was bedeutet das? Was sagen die Ärzte? Diese Schwester war sehr freundlich, aber sie konnte mir nicht viel sagen.«

»Mummy, ich weiß nicht. Sie hat das Down-Syndrom. Wir haben gerade selbst erst mit der Ärztin gesprochen ...«

»Ich bin wohl zum falschen Zeitpunkt gekommen.«

»Nein, nein, ich möchte dich hier haben.«

Dinah war erschöpft. Ihre Mutter hielt das Baby, und mit ihrer freien Hand streichelte sie Dinah übers Haar.

»Es ist alles in Ordnung, Liebling, es ist alles in Ordnung. Sie ist wunderschön.«

Um die drei schlang sich ein festes Band.

Ja, dachte Dinah.

Eine Bewegung ließ sie aufblicken. Matthew hatte sie beobachtet. Er saß da und hatte seine leeren Hände linkisch in den Schoß gelegt. Jetzt stand er wieder auf.

»Findest du nicht auch, Matthew?« fragte Eleanor.

Sein Gesicht flößte ihnen beiden Furcht ein. Es war nur noch Haut und Knochen, als ob das Fleisch vom Schädel gewichen wäre.

»Tut es nicht«, sagte er. Und dann wurde seine Stimme immer lauter, bis er schrie. »Seht sie nicht an, nicht so. Es ist nicht richtig, begreift ihr das denn nicht?«

Während sie ihn anstarrten, griff er nach unten und nahm Sarah Eleanor aus den Händen. Er schwenkte das Baby herum, daß es außerhalb ihrer Reichweite war. Der dünne kurze Schrei des Babys verlor sich fast sofort.

Matthew hob das Baby gegen seine Schulter und stürmte zur Tür heraus.

Eleanor wollte ihm folgen, aber Dinah hielt sie fest.

»Nein, warte, laß ihn. Er wird … er braucht …« Sie konnte den Satz nicht beenden. Instinktiv wollte sie ihn verteidigen, aber sie konnte nicht genau sagen, was er brauchte. Eleanor riß sich los und marschierte zur Tür. Matthew war bereits im Gewirr der Korridore verschwunden.

»Ich werde die Schwester rufen«, sagte Eleanor. Sie drückte den Rufknopf neben dem Bett. Als eine Schwester den Kopf zur Tür hereinsteckte, flüsterte Eleanor ihr etwas zu, während Dinah, den Kopf gegen die Kissen gelehnt, dalag und zu erschöpft war, um einzuschreiten.

»Sie werden ihn finden«, sagte Eleanor, als die Schwester sich wieder zurückzog.

Die beiden Frauen saßen beieinander.

»Für Matt ist es härter«, wisperte Dinah.

»Er sollte dir helfen«, entgegnete Eleanor. Ihr erster Gedanke galt Dinah, jetzt und immer.

»Ich weiß, was er empfindet«, log Dinah. In Wirklichkeit wußte sie das nicht, und sie hatte Angst davor, wie die Wahrheit aussehen könnte. Sie hatte seine Enttäuschung gesehen und flüchtig auch die Unnachgiebigkeit dahinter wahrgenommen. »Ich weiß, was er braucht. Etwas Zeit, nur ein bißchen Zeit, das ist alles.«

Und wie immer empfand sie die Notwendigkeit, ihren Mann und ihre Mutter voreinander zu schützen. Zu viele Barrieren trennten sie – Alter, Klasse, Erfahrung –, um sich jemals nahezukommen. Ihre Aufgabe und nicht länger Eleanors war es, zu beschwichtigen und zu beschützen, überlegte Dinah müde. Sie hatten die Plätze getauscht.

»Setz dich her zu mir«, bat sie ihre Mutter. »Halt mich fest.«

Eleanor legte Dinah den Arm um die Schulter, und Dinah lehnte ihre Wange gegen den weichen Tweed ihres Jacketts.

»Ich bin hier«, murmelte Eleanor, wie sie es getan hatte, als Dinah noch ein kleines Mädchen war und aus einem schlechten Traum aufwachte. Sie saßen ruhig da.

Dinahs Augen waren auf die Tür geheftet, sie wartete auf Matthew und das Baby.

Nach etwa einer halben Stunde kam Matthew zurück. Er sah erschöpft aus.

Dinah setzte sich auf. »Wo ist sie?«

»Ihr geht es gut«, erwiderte Matt sofort und nahm ihre Hand. »Sie haben sie ins Babyzimmer gebracht. Sie wollen einige Tests durchführen.«

Eleanor murmelte: »Ich glaube, ich sollte besser gehen. Morgen komme ich wieder, Liebling.«

»Vielleicht lassen sie uns morgen nachmittag nach Hause gehen«, meinte Dinah.

Matthew drückte warnend ihre Finger.

Eleanor zögerte und sah die beiden an. »Hört mal. Jeder wird es euch sagen, da kann ich genausogut die erste sein. Sie ist ein wunderbares kleines Ding. Diese Babys sind etwas Besonderes. Sie können einem große Freude bringen.«

Kalt starrte Matthew zurück. »Woher weißt du das? Du hattest nicht so eines, oder? Du hattest Dinah.«

Eleanor hatte bereits den Mantel an. Schnell sagte Dinah: »Ich rufe dich morgen früh an, Mummy. Danke, daß du gekommen bist. Mach dir nicht zuviel Sorgen.«

»Das tue ich aber«, erwiderte Eleanor. »Ich bin deine Mutter.«

Nachdem sie gegangen war, fragte Dinah Matthew:

»Wohin bist du gegangen?«

»Nirgendwohin. Ich bin einfach herumgelaufen. Habe mich dann mit ihr hingesetzt und versucht nachzudenken. Dann haben eine Schwester und ein Pförtner mich aufgespürt und sie mir weggenommen. Sehr freundlich, aber entschieden.«

»Und was hast du gedacht?«

Er konnte sie nicht beruhigen. Sie konnte seine kalten Berechnungen beinahe hören, das reibungslose Funktionieren der Maschine hinter dem Schleier aus Schmerz und Schock.

»Ich liebe dich. Du weißt das, und du weißt auch, daß ich will, daß sich das nie ändert.«

»Ich weiß.«

»Das hier habe ich nicht erwartet. Es ... spottet jeglicher Vernunft.«

Wieder seine Enttäuschung. Und war *Vernunft* das einzige Prinzip, das sie leiten konnte?

Er würde nicht mehr sagen, noch nicht.

»Die Kinderärztin möchte noch einmal mit uns sprechen«, teilte Dinah ihm müde mit.

Matthew fügte sich. Es fand ein langes Gespräch mit der Ärztin statt. Mechanisch stellte er Fragen, und die Tatsachen ergaben das Bild einer düsteren Sackgasse.

Nach der Ärztin kam eine Hebamme mit Sarah. Das Baby war schwierig zu stillen: seine Muskelspannung war sehr gering, und es konnte daher nicht richtig saugen. Dinah kämpfte, unbeholfen versuchte sie, ihre Brustwarze in den Mund des Babys zu bringen. Vor

Anstrengung brach ihr der Schweiß aus, aber das Baby schnappte nicht zu.

»Sie haben viel Zeit. Ich nehme sie jetzt mit zurück ins Babyzimmer und versuche erst einmal, ihr ein Fläschchen zu geben«, beruhigte die Hebamme sie.

Dinah lag gegen die Kissen gelehnt da, das Gesicht hatte sie zur Seite gewandt. In ihren Augen standen Tränen.

»Ich möchte das aber, sie stillen.«

»Das weiß ich.«

Matthew ermunterte sie dazu, etwas vom Krankenhausabendessen zu essen, und aß selbst die Reste auf. Er rief die Freunde an, die ihnen am nächsten standen, erklärte ihnen, was geschehen war, und übermittelte Dinah dann ihr Mitgefühl.

»Ich habe ihnen gesagt, daß du wunderbar bist«, sagte er.

Es war ein langer Tag, der sich anscheinend immer weiter in die Länge zog und so ihr Leiden bis aufs Äußerste ausdehnte.

Draußen war es dunkel, eine Lampe schien auf Dinahs Bett. Das Personal hatte sie endlich allein gelassen. Dinah lag mit geschlossenen Augen da.

»Bist du wach?« fragte Matt.

Nach einer Minute rührte sie sich.

»Ja. Ich möchte gerne schlafen, aber ich kann nicht.«

»Morgen nehme ich dich mit nach Hause. In unserem Bett, bei mir, wirst du schlafen können.«

Du, sagte er. Das Baby erwähnte er nicht.

»Matt?«

»Ich bin da.«

»Also los. Sag es.«

Sie wappnete sich. Sie hörte, wie er Luft holte, bevor er anfing.

»Mein Liebling, das Ganze tut mir leid. Ich wünschte, es könnte anders sein. Aber dieses Baby kann ich nicht mit nach Hause nehmen und lieben.

Ich will nicht jeden Tag Kompromisse schließen. Ich will nicht nur kleine Siege feiern, Kleinigkeiten, die man widrigen Umständen zum Trotz erreicht hat.

Ich weiß, zu was mich das macht, und ich schäme mich dessen. Es ist, als ob ein Teil von mir fehlte – Mitleid und Demut. Ich wollte, es wäre anders, ich wäre jemand anders, aber ich weiß auch, daß das, was ich dir sage, schlicht und einfach die Wahrheit ist. Wenn ich versuche, dies zu ignorieren, macht es alles nur schlimmer. Wenn ich vorgebe, anders zu empfinden, würde ich damit im Endeffekt mehr Schaden für uns anrichten.

Du und ich, wir haben bis jetzt perfekt zueinander gepaßt. Das kann ich nicht völlig zerstören, ich kann nicht einmal zulassen, daß es bedroht wird.

Ich kann sie nicht mitnehmen, Dinah. Es tut mir so leid. Aber ich kann nicht.«

Schweigen breitete sich zwischen ihnen aus.

Natürlich hatte Dinah befürchtet, daß genau das passieren würde, aber sie war getroffen. Beherrscht fragte sie ihn: »Was willst du tun?«

»Ich will sie bei einer Familie unterbringen, die sie so liebt, wie ich es nicht kann.«

»Und wenn ich unser Kind nicht weggeben will? Sie wie irgendein dunkles Geheimnis in der Versenkung verschwinden lassen?«

Sie sprach hart, und Matthew akzeptierte das. Es gab keinen Grund, ihn zu schonen. Die Basis zwischen ihnen hatte sich verschoben. Ungewollt waren sie anscheinend im Laufe von einigen Stunden zu uneingestandenen Feinden geworden.

»Ich mache kein Geheimnis aus ihr. Ich versuche nur, das, was geschehen ist, in Beziehung zu uns zu setzen, und zu begreifen, was es bedeutet.«

»Wir können sie doch lieben, Matt. Sie wird ein Teil von uns werden, und wir werden stolz sein auf alles, was sie kann.«

Solche beschränkten Horizonte, solche kleinen und schmerzlichen Triumphe im Vergleich zu dem, was hätte sein können?

Er sprach die Worte nicht aus, aber sie hörten sie beide.

»Und wenn ich dir sagen würde, daß ich sie behalten werde, ganz gleich, ob du sie willst oder nicht?«

Das könnte sie tun. Dinah wußte, daß sie das könnte.

Er sagte ihr die Wahrheit, wie er sie sah, wie sie einen Vorwurf für ihn darstellte.

»Ich glaube, daß ihre Behinderung sich zwischen uns stellen wird.«

Seine Überzeugung glitt – kalt, tödlich und scharf wie eine Klinge – schweigend zwischen sie.

Dinah begriff, daß sie vor der Wahl stand. Ihr Mann oder ihr Kind. Welch unverblümte, tragische und unvorstellbare Wahl.

»Sag doch etwas«, bat Matthew sie, als das Schweigen zwischen ihnen sich zu lange auszudehnen schien.

»Was soll ich denn sagen? Daß mir die Wahl leichtfällt, daß wir sie gehen lassen oder daß ich sie liebe und allein für sie sorge? Daß ich dich nicht brauche, daß ich mich nicht nach dir sehne? Ich habe sie erst vor vierundzwanzig Stunden zur Welt gebracht. Das ist keine sehr lange Mutterschaft, nicht wahr?«

»Bitte, nicht ...« Matthew preßte die Fäuste auf die Augen, so daß er nichts sah. »Wir werden andere Kinder haben, die Kinder, die wir ...«

»*Sag es nicht.* Wage es ja nie, das noch einmal auszusprechen, mir andere Babys zu versprechen, die ein Inbild der Vollkommenheit sind, während dieses ... O Gott.«

Da nahm er sie in die Arme und ließ sie weinen. Sie wehrte ihn nicht ab.

Nachdem Matthew an jenem Abend nach Hause gegangen war – sie hatte ihm gesagt, er solle gehen, und er gehorchte ihr –, lag Dinah im kreisförmigen Lichtschein der Lampe. Ihre Augen waren jetzt trocken, sie war erschöpft, aber die Müdigkeit verlieh ihren Gedanken eine kristallene Schärfe. War das die Art und Weise, in der Matthew immer dachte, fragte sie sich, mit einem klaren, scharfen Verstand, der nicht durch die endlosen Schatten der Ungewißheit gemildert wurde?

In den frühen Morgenstunden verließ sie ihr Bett und ging zum Babyzimmer, wo Sarah neben dem Schwesternzimmer ruhig in ihrem Körbchen lag. Dinah schälte sie aus ihren Decken und betrachtete ihre winzigen roten Hände und Füße mit ihren seltsamen tiefen Falten.

Eine junge Schwester kam zu ihr.

»Sie macht sich ganz gut«, berichtete sie ihr. »Sie ist wirklich ein süßes kleines Ding.«

»Fürchterlich«, flüsterte Milly, als Dinah schließlich aufhörte zu reden. »Also, ich weiß einfach nicht, was ich sagen soll.«

»Das wäre das erste Mal, seit wir uns kennen.«

»Sind Sie sauer auf mich?«

»Milly, wie kommst du darauf? Ich habe dir gerade Dinge erzählt, die ich noch nie jemandem erzählt habe.«

»Okay, ich weiß. Tut mir leid. Was haben Sie also getan?«

Dinah drehte ihre leeren Hände nach oben.

»Du weißt, was ich getan habe.«

»Stimmt.«

Milly legte ihre Hände mit den schwarzlackierten Fingernägeln und der amateurhaften blauen Tätowierung an einem Daumen in ihre. Sie hielten einander fest.

»Wissen Sie«, sagte Milly, »als ich klein war und Sandra und Ed mir erzählten, daß sie mich adoptiert hatten und wie vernünftig und verständnisvoll und all so was sie sein wollten. Also, als ich mir das alles angehört habe, habe ich mir immer gesagt, daß meine wirkliche Mutter berühmt sein müßte. Oder irgendein Genie, das verrückt geworden ist, oder so 'n Scheiß. Das glaube ich nicht mehr; ich mache mir noch nicht mal mehr was draus, darüber rumzuspinnen. Wahrscheinlich ist es irgend 'ne gräßlich gewöhnliche, schmutzige Geschichte. Aber, wissen Sie, ich wünschte, Sie könnten es sein.«

Dinah hielt ihre Hand. Sie fühlte sich jetzt ruhig. Der ganze Aufruhr war verebbt, zurückgeblieben war nur eine klare Gewißheit.

Sie wußte, was sie tun mußte.

»Danke. Danke, Milly. Ich glaube, das ist das Beste, das mir jemals irgend jemand gesagt hat.«

5

»Und dann?« fragte Milly.

Es war wie das Erzählen einer Geschichte, und das machte es leichter.

Milly hatte gefrühstückt, etwas, das sie sich selbst aus Haferflocken und Bergen von braunem Zucker zusammengerührt hatte. Dinah hatte Rühreier gegessen. Sie war überrascht, wie hungrig sie war.

»Eine Kette von Ereignissen folgte. Eins führte zum nächsten in einer Abfolge, die logisch war, zur gleichen Zeit aber verrückt erschien. Ärzte, Berater, alle möglichen Fachleute suchten uns auf. Für Matthew war es genauso schmerzlich wie für mich, aber er war sich von Anfang an sicher, was wir tun sollten. Er wußte, daß er Sarah nicht akzeptieren konnte. Er war sich sicher, und ich war mir bei gar nichts sicher, außer daß ich ihn liebte.«

Dinah ließ den Kopf sinken. »Am Ende verschaffte seine Stimme sich Gehör, als ob er für uns beide spräche.«

Sie bedeckte ihre Augen mit einer Hand. Ihr war bewußt, daß Milly aufmerksam zuhörte.

»Das hört sich so an, als ob ich Matthew die Schuld dafür gäbe, was wir getan haben. Das tue ich nicht. Die einzige Schuld – das einzige Urteil – kann ich nur mir selbst zuweisen. Ich hätte schreien sollen, ich hätte kämpfen sollen, um sie zu behalten, wenn ich wußte, daß ich recht hatte. Aber das tat ich nicht. Ich *wußte* einfach nicht, was geschehen sollte, so wie Matthew das anscheinend tat. Ich begriff nur, daß ich eine Wahl zu treffen hatte. Mann oder Kind.«

Bitter wiederholte Dinah die Worte. *Mann oder Kind.*

Oder vielleicht schien das nur die Wahl zu sein, zu der man sie zwingen wollte. Wenn sie tapferer oder entschlossener gewesen wäre, hätte sie Sarah behalten können. Möglicherweise hätte Matthew sie akzeptiert und sie im Laufe der Zeit geliebt, genau wie er Jack und Merlin liebte.

Oder vielleicht hätte der tägliche Verschleiß durch Sarahs Anwesenheit sie getrennt, nur auf eine etwas andere Art und Weise wie jetzt.

Dinah würde es nie erfahren. Diese Ungewißheit war ein Teil des Schadens, mit dem sie leben mußte.

»Wir haben sie gar nicht mit nach Hause genommen. Sarah kam direkt aus dem Krankenhaus zu Pflegeeltern.«

Milly dachte darüber nach.

»Sie haben sie gehen lassen. Haben sie *weg*gegeben«, sagte sie, als ob sich plötzlich in ihr ein Funke der Erkenntnis entzündet hätte.

Dinah blickte wieder auf. Sie zwang sich, Milly in die Augen zu schauen.

»Ja. Das war falsch. Es war schwach und schlimm, so etwas zu tun. Seither ist kein Tag meines Lebens vergangen, an dem ich mich nicht selbst dafür verurteilt habe.«

Es war so lange her, seit Dinah ihre Schuld eingestanden hatte. So viele Schichten von Tünche waren über die Wahrheit gepinselt worden, ohne sie je erfolgreich auslöschen zu können. Dieses Schweigen warf sie Matthew vor. Das Versagen, zuzugeben, daß ein Schaden eingetreten war. Er hatte sein Gesicht unversöhnlich abgewandt und sie in die Falle des Schweigens gelockt – und sie hatte es zugelassen. Das war ihr Abkommen. Sie hatten ihre eigene Version eines Ehevertrages, genau wie Ed und Sandra die ihre hatten. Und die Pinkhams und die Kerrigans und alle anderen auch.

»Ich bin froh, daß ich es dir erzählt habe«, sagte Dinah nach einem Augenblick. Es stimmte. Der Raum schien wärmer zu sein, das Tageslicht sanfter und heller.

»Ich glaube nicht, daß es schlimm war«, sagte Milly nachdenklich. »Weil Sie es waren, weil es das war, von dem Sie glaubten, daß Sie es tun mußten.«

Mit einem Ruck fuhr ihre Hand zum Mund, und sie knabberte am ausgefransten Fleisch um den Daumennagel herum. Die primitive Tätowierung wurde blaß und dehnte sich mit der dünnen Haut.

»War es für meine Mutter auch so? Bis jetzt habe ich immer gedacht, wie *konnte* sie nur?«

Wie gebannt hörte Milly die andere Hälfte der Geschichte, die ihre eigene hätte sein können. Sie saß so still, als ob sie Gefahr liefe, eine Einzelheit zu verpassen, wenn sie sich rührte.

»Ich gehörte *ihr.* Warum mußte sie mich jemand anderem geben?«

Dinah wurde von Zärtlichkeit und Mitgefühl für sie durchflutet. Sie begann die Wurzeln von Millys Wut gegen Sandra und Ed und die Welt als solche zu begreifen.

»Sie muß denselben Verlust, dieselbe Trauer gespürt haben.«

»Sie mußte mich doch nicht weggeben. *Ich* war nicht behindert.«

»Es kann viele andere Gründe geben, aus denen sie dich nicht behalten konnte.«

Milly wollte sie jetzt nicht anschauen. Dinah wußte, daß Tränen in ihren Augen standen, die sie verbergen wollte.

Wütend platzte Milly heraus: »O ja. Sie war sehr jung, unverheiratet. Ihr Freund, mein *Vater,* hatte sie verlassen. Ed und Sandra haben mir das erzählt, und daß sie das Beste für mich wollte. Oder ist das nur eine Erfindung, die Art von beschissener Glückssoße, mit der sie alles beschönigen, damit man sich auch bestimmt besser fühlt?«

Dinah sagte: »Wie könnte sie nicht das Beste für dich wollen? Spricht die Tatsache, daß sie dich zur Adoption freigegeben hat, als sie wußte, daß sie es dir selbst nicht geben konnte, nicht dafür?«

»Meinen Sie? Vielleicht war es einfach leichter für sie, mit ihrem Leben zu Rande zu kommen ohne ein rotznäsiges Baby.«

»Keiner von beiden Wegen war leicht gewesen, Milly.«

Milly seufzte. »Bei Ihnen hört sich das so vernünftig an. Erzählen Sie mir doch weiter von Ihrem Baby. Seit ich weiß, daß Sie es auch getan haben, erscheint mir das, was meine Mutter getan hat, weniger verrückt.«

Dinah nahm die Rüge hin.

»Sarah kam zu sehr erfahrenen Pflegeeltern. Sie hatten bereits andere Pflegekinder gehabt, und sie wußten, was sie zu tun hatten, und machten es sehr gut.«

Malcolm und Pauline Green lebten in einem Teil von London, in dem sie noch nie zuvor gewesen war. Malcolm war Maschinist in einer Fabrik, die Chemikalien für den Haushalt produzierte. Sie lebten in einem adretten Haus mit Netzgardinen an den Fenstern. Die Greens hatten ein eigenes Kind, eine Tochter von dreizehn oder vierzehn Jahren.

Das zweite Treffen zwischen den beiden Familien und dem Sozialarbeiter fand im Hause der Greens statt. Dinah hatte darum gebeten, obwohl es nicht üblich war. Sarah schlief unter handgestrickten Decken in einem hohen altmodischen Kinderwagen.

Dinah hatte das Zimmer immer noch so deutlich vor Augen, als trage sie einen Schnappschuß davon in ihrem Portemonnaie mit sich herum. Ein gekachelter Kamin mit glänzenden Messingnippes, viele gerahmte Kinderfotografien, eine dreiteilige Couchgarnitur mit samtartigen Bezügen und ein Teppich mit Blättermuster. Sie erinnerte sich jetzt an das Herbstlaub, da die Bäume in Franklin ihre verschwenderischen Farben vergossen.

Mit einer Teetasse auf dem Schoß saß sie auf dem Sofa der Greens, hörte zu, wie Pauline über Pflegeelternschaft sprach, und wußte die ganze Zeit, daß sie ihr Kind einer Welt überreichen würde, die ganz anders war als diejenige, die sie bei ihren Eltern kennengelernt hätte. Nicht besser oder schlechter, sie hätte sich nicht angemaßt, ein solches Urteil zu fällen. Aber weit entfernt – und deshalb viel schwerer zu begreifen.

Später, als Matthew mit ihr wegfuhr, mußte sie ihren Impuls unterdrücken, ihn am Arm zu ziehen, damit er wieder umkehrte. Er erschien starr, von ihr zurückgezogen, und sie erinnerte sich, wie seine Hände am Steuerrad ausgesehen hatten. Sie waren zu groß für seine Handgelenke, schwer, fest zusammengeballt, mit hervorstehenden Knöcheln.

»So ist es am besten«, sagte Matthew immer wieder, damals und auch später, als ob Dinah es leichter glauben könnte, wenn er es ständig wiederholte.

Dinah weinte den ganzen Weg zurück zu dem kleinen Haus in der Nähe des Fußballplatzes Tränen, die ihr keine Erleichterung verschafften.

»Ich frage mich, ob meine Mutter auch um mich geweint hat«, sagte Milly.

»Ja«, erwiderte Dinah. »Und sie wird sich fast jeden Tag deines Lebens Sorgen gemacht und sich gefragt haben, wie es dir geht.«

»Ppp.«

Es war ein kleiner ungläubiger Laut, der vom charakteristischen

Achselzucken begleitet war, und er verriet Sehnsucht und eine Traurigkeit, die Dinah unmittelbar berührte. Sie stand auf und ging um den Tisch herum zu Milly, legte einen Arm um ihre Schultern und ihren Kopf gegen Millys.

»Ich weiß, daß du nicht gerne angefaßt wirst«, kam sie ihr zuvor, und einen Augenblick lang hielt Milly still.

In den ersten Monaten, nachdem Dinah das Kind in Pflege gegeben hatte, stattete sie den Greens und Sarah Besuche ab. Ihr Berater und der Sozialarbeiter rieten ihr, den Kontakt aufrechtzuerhalten, aber Dinah hatte das Gefühl, daß beide an einer komplizierten Maskerade teilnahmen, um den Eindruck zu erwecken, es gäbe hinsichtlich Sarahs Zukunft noch eine Wahlmöglichkeit. Obwohl Dinah die ganze Zeit über die Wahrheit kannte, daß die Wahl bereits getroffen war und jeder Besuch sie nur unendlich schmerzhaft an ihre eigene Schuld, Feigheit und Unzulänglichkeit erinnerte.

Sarah blühte in Paulines Obhut auf. Und gleichzeitig schwankte Dinahs Willensstärke und wurde immer geringer. Jeder Besuch machte Sarah weniger zu ihrem eigenen, mehr zu Paulines Kind.

Nach dem ersten Mal machte sie die Fahrt immer allein. Matthew bot ihr nie an, sie zu begleiten, und sie drängte auch nie darauf, daß er es tat. Sarahs Existenz wurde zur Ruhe gebettet, das Fehlen eines Eingeständnisses war der einzige Hinweis darauf.

Während dieser ganzen Zeit versuchte Dinah, ihren Mann neu zu sehen. Es verwirrte sie, daß sie, sosehr sie sich auch bemühte, keine Veränderung bei ihm feststellen konnte. Er war immer noch der ehrgeizige, scharfsichtige Mann, in den sie sich verliebt hatte. Der Unterschied bestand darin, daß sie umeinander besorgt, zärtlich und aufmerksam waren, als hätten sie in der Vergangenheit eine schwere Krankheit durchgestanden, über die man jetzt nicht mehr sprach. Und Tag für Tag wurde durch das Schweigen der Raum zwischen ihnen größer.

Wenn es Zeit war für einen Besuch, fuhr Dinah allein zum Haus der Greens. Pauline erwartete sie dann im Wohnzimmer, Sarah trug Babysachen in Rosa, die ihre Pflegemutter bevorzugte. Pauline erzählte Dinah, was Sarah tat, welche Fortschritte sie machte und wie erfreut der Kinderarzt nach den letzten Tests gewesen war.

Dinah beugte sich dann auf der Ecke des Samtsofas vor, hörte begierig zu und versuchte gleichzeitig, sich von der Sehnsucht, die sie angesichts dieses wohlverpackten rosigen Babys, das sein verschwommenes, zahnloses Lächeln nur einer anderen Frau schenkte, aufwühlte, zu trennen.

Dinah schaffte es nicht, für Pauline Green mehr zu empfinden als Respekt. Von Anfang an spürte sie, daß Sarah Pauline mehr bedeutete als die anderen Kinder, die sie gepflegt hatte. Pauline ergriff Besitz von diesem Baby und war schnell dabei, es zu verteidigen oder ihre eigene Wichtigkeit für sein Leben zu betonen. Sie überschüttete Sarah mit Liebe, so daß Dinah sie nur beneiden und staunen konnte, wie bereitwillig diese Liebe verfügbar war, wenn sie und Matthew nichts empfinden konnten. Auch blieb ihr nicht verborgen, daß Pauline sie streng verurteilte, weil sie Sarah aufgegeben hatte.

Die schmerzliche Formalität dieser Besuche wurde nie durch wechselseitiges Verständnis gemildert. Nach einer Stunde fuhr Dinah dann ab, und in ihren Augen brannten Tränen.

Aber sie ließ nicht zu, daß sie weinte, weil diese neue Version ihres Lebens darauf aufbaute, den Grund für ihren Kummer zu leugnen.

Den letzten Besuch machte Dinah, als Sarah etwas mehr als zwölf Monate alt war.

Eleanor war bei ihr zu Besuch, und auf Dinahs Vorschlag hin fuhr ihre Mutter sie in ihrem Auto quer durch London. Dinah hatte das Gefühl, die schmerzlichen Besuche nicht länger allein ertragen zu können, aber Eleanors Besorgnis bedrückte sie und vergrößerte so ihren Schmerz. Eleanor hatte sich nie darüber beklagt, aber Sarah war auch ihre Enkelin, und sie hätten sie gemeinsam im Park ausfahren sollen, statt sich durch den Straßenverkehr zu schlängeln, um sie bei irgendeiner anderen Frau zu besuchen.

Als sie dort ankamen, führte Pauline sie ins Wohnzimmer.

Zu ihrer Überraschung saß Sarah aufrecht in einem Wall von Kissen. Ihr rundes Gesicht strahlte vor Glück und Staunen über diese neue Fertigkeit. In diesen Augenblick begriff Dinah, daß sie kein

Baby war, das man von Hand zu Hand weiterreichen konnte, sondern ein Individuum mit eigenen Freuden und Triumphen. Die Augen dieser eigenständigen Person suchten nach der kurzen Abwesenheit Pauline und weiteten sich vor Entzücken, als sie sie gefunden hatten.

Es war Eleanor, die sich auf den Teppich kniete und mit Sarah in Babysprache redete, die sich Paulines stolzen Bericht ihrer jüngsten Erfolge anhörte. Es war Eleanor, die sie auf den Arm nahm, nachdem ihr Pauline ihr Einverständnis zugenickt hatte, und mit ihr die paar Schritte durch den Raum hin und her marschierte.

»Im Krankenhaus haben sie gesagt, daß sie erst mit drei laufen kann. Aber wir glauben etwas anderes, nicht wahr, Sarah?« sagte Pauline laut.

Dinah konnte kaum ein Wort sprechen. Sie saß auf dem Samtsofa, beobachtete ihre Mutter, ihre Tochter und Pauline, und ihre zusammengeballten Fäuste lagen steif auf ihrem Schoß.

Später, als der Besuch vorüber war, wendete Eleanor das Auto und begann, den Weg, den sie gekommen waren, zurückzufahren. Sie war eine vorsichtige Fahrerin, hockte vorgebeugt über dem Lenkrad und spähte mißtrauisch auf das, was vor ihr lag. Während ihres Ehelebens war immer ihr Mann gefahren. Es kostete sie einige Anstrengung, eine Hand vom Steuer zu nehmen und sie auf Dinahs Hand zu legen.

»Was willst du tun?« fragte Eleanor.

Dinah starrte durch die Regentropfen, mit denen das Seitenfenster übersät war. London sah grau und schmierig aus, so hoffnungslos, farblos und ausgelöscht, wie sie sich selbst fühlte.

Die Antwort war immer dieselbe. »Nichts. Ich kann nichts tun. Jedesmal, wenn ich sie sehe, gehört sie weniger uns und mehr ihnen. Ich kann sie nicht zurücknehmen. Ich kann sie nicht zu Matthew zurücknehmen, und ohne ihn will ich nirgendwohin gehen.«

Eleanor preßte ihre mit blaßrosa Lippenstift geschminkten Lippen zusammen, äußerte aber keine Kritik an ihrem Schwiegersohn. Vom ersten Augenblick dieser Bekanntschaft an hatte Eleanor erkannt, daß sie sich auch gegen Dinah stellen würde, wenn sie sich gegen Matthew stellte.

Zwischen ihnen herrschte Schweigen.

»Dann mußt du sie loslassen«, meinte Eleanor schließlich. »Du mußt akzeptieren, was es wirklich bedeutet, sie gehen zu lassen. Sonst wirst du dich selbst zerstören.«

Dinah wiederholte die Worte: »Sie gehen lassen? Aber sie ist auch von uns. Sorgst du dich nicht um sie?«

»Am meisten sorge ich mich um dich. Sarah ist sicher und glücklich dort, wo sie ist. Laß es dabei bewenden. Du mußt es tun.«

Dinah schloß die Augen.

»Ich weiß«, flüsterte sie.

Nach jenem Mal weinte Dinah doch.

Einen Tag lang, bis Eleanor wieder nach Hause gefahren war, nahm sie sich zusammen und machte ihrer Mutter vor, daß sie es resigniert hinnahm. Dann kroch sie wie ein gequältes Tier nach oben und lag eine Woche lang im Bett. Matthew pflegte sie voller zärtlicher Besorgnis. Die rettende Erklärung, die sie einander anboten, lautete, daß sie an einer heftigen Grippe litt.

Ein Jahr später stellten die Greens einen Antrag, Sarah zu adoptieren.

Dinah wußte, daß dieser letzte Schritt nicht nur logisch, sondern auch unvermeidlich war.

Es fand eine weitere Beratung statt, und die Fachleute bemerkten, daß Mrs. Steward sich jetzt ihrer Motive und Absichten, ihr Kind wegzugeben, sicherer sei. Mit voller Zustimmung aller beteiligten Parteien wurden die Papiere vorbereitet. Sie wurden unterzeichnet, und die Adoption fand ohne jegliche Komplikation statt.

Einige Zeit später hörte Dinah, daß die Greens nach Thetford in Norfolk umgezogen seien, wo Malcolm einen besseren Job gefunden hatte. Ihre neue Adresse prägte sich in Dinahs Gedächtnis ein, aber sie unternahm nie wieder einen Versuch, Sarah zu sehen oder mit Pauline und Malcolm in Kontakt zu treten.

Ihr Leben mit Matthew schien wieder nach seinem alten Muster abzulaufen, und ständig wurden Schichten von Tünche aufgetragen, um die klaffende Wunde zu bedecken.

Die Stewards verkauften ihr Reihenhaus in der Nähe des Arsenal-Fußballplatzes und kauften drei halb zerfallene, für einen Umbau aber gut geeignete Landarbeiterhäuser in einem Dorf direkt außerhalb Londons. Sheldon war ein attraktives Dorf, immer noch fast ländlich, und die Menschen, die dort lebten, verfügten über ein starkes Gemeinschaftsgefühl.

In ihrer Freizeit stürzte Dinah sich in die Überwachung des Umbaus und die Inneneinrichtung des neuen Hauses. Sie wurde in das dörfliche Leben einbezogen, widmete viel Energie der Laienspielgruppe, der Beschaffung von Geldmitteln für Gemeindezwecke und Naturschutzprojekten und fand unter den Bewohnern von Sheldon neue Freunde. Die Stewards waren eine beliebte Bereicherung des Dorflebens, obwohl Matthew weniger Zeit dem Dorfleben widmen konnte als Dinah. Er lehrte und betrieb auch seine eigenen Forschungen über Proteine; viele, viele Stunden arbeitete er in Labors und in Hörsälen.

Als nach dem Umzug die Wochen und Monate dahingingen, stellten Dinah und Matthew fest, daß sie ihre Freunde aus der zwanglosen, unbeschwerten Zeit vor Sarahs Geburt immer weniger sahen. Die Entfernung von London, das ermüdende Pendeln, ihre Beschäftigung mit dem Hausbau und neue Freundschaften boten gute Gründe dafür.

Aber dennoch – es war, als hätten sie sich unabhängig voneinander entschlossen, diesen Teil ihrer Geschichte wegzuschneiden, keinen Hinweis mehr übrigzulassen, der sie daran erinnerte, was wirklich geschehen war.

Dinah gefiel ihr neues Leben recht gut.

Ihre Arbeit, das Locken und Jonglieren mit Wörter und Bildern, genoß sie immer noch, obwohl sie ein wenig von ihrer Schärfe, die sie so gut gemacht hatte, verloren hatte.

Sie mochte Sheldon, weil es keine schmerzlichen Erinnerungen barg, und in ihrem uneingestandenen Kummer fühlte sie sich durch die unspektakulären Rituale des Dorflebens unterstützt und bestätigt. Es war sicherlich keine Leistung von weltbewegender Bedeutung, wenn Dinah half, Geld für die neue Bühne des Gemeindehauses aufzutreiben, aber sie dachte, sie könne genausogut das tun, da es nichts anderes gab, was sie tun wollte oder zu dem sie sich imstande sah.

Sie wußte, daß Matthew sie liebte wie eh und je. Aber sie begriff auch, daß seine Liebe eine tiefere, dunklere Dimension voller Schuld und Unbehagen erhalten hatte.

Zeitweilig glaubte sie, daß er immer noch ihr bester Freund und wahrer Partner sei. Meistens konnte sie ihn anschauen und dachte, ja, ich verstehe ihn, ich weiß, warum wir tun mußten, was wir getan haben, und ich liebe ihn.

Aber es gab auch andere Zeiten. Sie wußte, daß Matt unnachgiebig und skrupellos war, wenn er etwas wollte und an etwas glaubte, und daß seine Selbstsucht seiner Brillanz in nichts nachstand. Ihre Bewunderung für ihn war verblaßt, als sie diese Schwäche erkannte.

Ihre eigene Schwäche war ihr nichts Neues, aber die Tatsache, daß auch Matt eine Schwäche hatte, schockierte sie. Stets erinnerte sie sich: *So habe ich mich entschieden. Wie kann ich Matthew denn nicht lieben? Zumindest das bin ich Sarah schuldig ...*

Es verging kein Tag, an dem sie nicht an sie dachte.

Dinah erzählte Matt nie davon. Daß sie ihre Gedanken und ihre Vorstellungen von Sarah unterdrückte, bildete nur eine weitere Facette des Schweigens, das wie eine Klinge zwischen ihnen lag.

Falls Matt und Dinah wußten, daß sie über das Leben und über sich selbst viel weniger lachten als früher, hätte ihre Erklärung gelautet, daß die Welt ein ernster Ort ist und daß sie jetzt erwachsen waren.

Vier Jahre nach Sarahs Geburt ließ Dinah endlich zu, daß sie wieder schwanger wurde. Lange Zeit erschien ihr der Gedanke an ein weiteres Kind gleichzeitig furchteinflößend, aber auch eine Belohnung zu sein, die sie nicht verdient hatte. Aber die Jahre trennten sie allmählich von Sarah, und ihre Furcht und das Gefühl, unwürdig zu sein, wurden geringer, während die Sehnsucht nach einem weiteren Baby wuchs. Dinahs Erinnerung an Sarah und ihr Schuldgefühl blieben so lebhaft wie eh und je, aber jetzt schien auch Platz zu sein, darüber hinauszublicken. Das war es, was Matt wollte.

Dieses Mal blieb nichts dem Zufall überlassen. Sie unterwarf sich Tests, ob der Fetus Anomalien aufwies, und bewegte sich damit in

Matthews hellerleuchteter Sphäre nüchterner Untersuchungen statt in ihrer eigenen unordentlichen, hormongesteuerten, weiblichen.

Das Baby, das sie erwartete, war ein Junge, und er war normal.

Es war eine unkomplizierte Schwangerschaft, aber Dinah hatte das Gefühl, daß die Tests und die MTAs für dieses neue Kind verantwortlich waren und nicht ihr Körper. Nichts von der staunenden Faszination, die sie beim ersten Mal ergriffen hatte.

Jack kam zum ausgerechneten Termin zur Welt, schnell und leicht. Aus seinem verschrumpelten tomatenroten Gesicht starrten Dinah die Augen seines Vaters an.

Als Dinah ihn nach Sheldon nach Hause brachte, bemerkte sie, wie sie in eine innere Dorfwelt hineingezogen wurde, die von jungen Müttern und ihren kleinen Kindern bevölkert war. Es gab eine Krippe und eine Krabbelgruppe, eine Turngruppe und einen Babysitterkreis. Obwohl sie weiterhin freiberuflich arbeitete, wenn es ihr möglich war, bemerkte Dinah, daß sie einen Großteil ihrer Zeit in ihrer oder einer anderen Küche verbrachte, wo die jungen Mütter sich gegenseitig unterstützten, während die Babys und Kleinkinder schliefen oder um sie herum spielten.

Dinah entdeckte, daß sie alle üblichen Fähigkeiten einer Mutter besaß. Die Gesellschaft der anderen jungen Mütter bestärkte sie darin, daß das, was sie tat, normal und natürlich, ja sogar bewundernswert war. Aber gerade die Richtigkeit und Normalität von so viel Mütterlichkeit machte es für sie um so schwerer, die Existenz und Abwesenheit von Sarah einzuordnen.

Keine ihrer neuen Freundinnen wußte, daß sie bereits ein Baby bekommen hatte.

Das Geheimnis blieb weiterhin bestehen, eingefroren zwischen Matt und ihr, und die Kälte, die ihm entströmte, war wie ein eisiger Wind, der an einem Sommertag über ein offenes Gewässer blies.

Zwei Jahre später wurde eine fast exakte Kopie seines Bruders geboren: Merlin. Die beiden Jungen sahen sich sehr ähnlich, sie kamen auf beide Seiten der Familie, aber in ihrem Temperament und ihrer Frühreife glichen sie ihrem Vater.

Matthew war ein guter Vater. Wie Dinah hätte vorhersagen können, war er ein Meister darin, seine Kinder mit Abzählreimen, Magneten und Drachen zu belustigen und anzuregen. Auch wenn sie Forderungen stellten, blieb er zärtlich und geduldig. Er war glühend stolz auf die beiden. Jack und Merlin waren immer die ersten unter ihren Altersgenossen, die etwas Neues konnten. Sie bauten Türme aus Holzklötzen, setzten farbige Becher in der richtigen Reihenfolge aufeinander, erkannten Buchstaben und konnten Farben unterscheiden. Jack konnte mit dreieinhalb Jahren lesen.

Sie waren Kinder nach Matthews Herzen. In den Momenten geheimer Bitterkeit sagte Dinah sich, daß dies die Kinder waren, die er sicher war, verdient zu haben.

Und Sarah mit ihrem zahnlosen Lächeln für Pauline konnte und würde das nie sein.

Dinah bewahrte die Erinnerung an sie auf wie eine Wunde, die zur Berührung herausforderte, der sie dann aber wegen der Schmerzen auswich.

Die Stewards lebten zehn Jahre lang in Sheldon.

Ohne Mühe begannen und blieben die Jungen an der Spitze ihrer Schulklassen. Körperlich waren sie klein, kurzsichtig und uninteressiert an Wettkampfsport, aber wegen ihrer schnellen Auffassungsgabe, ihrer Originalität und ihrer Geschicklichkeit bei Computerspielen waren sie beliebt. Wenn sie sich langweilten oder unterfordert waren, wurden sie schwierig, aber Dinah und Matthew begriffen das früh. Das Haus füllte sich mit Spielen, Musik, Computern und Regalen voller Bücher.

Während der Woche war Matthew fast nie zu Hause. Beruflicher Erfolg und die Anerkennung, die damit einherging, begannen ihn mit zunehmender Geschwindigkeit vorwärtszutragen. Er wurde zum Leiter einer Forschungsgruppe, und unter seiner Führung erforschte das Team den Aufbau und die Synthese von Enzymen in bezug auf Insulinrezeptoren. In informierten Kreisen flüsterte man sich zu, daß Stewards Arbeitsgruppe am University College London an etwa Neuem und Wichtigem forsche. Matthew begann zu Konferenzen zu reisen, um Vorträge zu halten, und seine Ergebnisse in Fachzeitschriften zu veröffentlichen. Er wurde in zunehmendem Maße als einer der kommenden Männer gehandelt.

Dinah war stolz auf seine Erfolge. Sie entschädigte sich selbst für seine immer länger währende Abwesenheit mit den Kindern und ihrer Arbeit, den Freunden im Ort und den banalen Vorkommnissen in Sheldon. Sie begriff, daß das Leben in allen Einzelheiten vorausgeplant vor ihr lag und daß sie geduldig der vorgezeichneten Route folgte, ohne je einen Blick auf die Landschaft, die sich auf beiden Seiten erstreckte, zu werfen. Die Erinnerung an Sarah lag in ihr eingebettet, dunkel und glattgerieben, da sie ständig an sie dachte, aber nie kam sie ans Licht des Tages.

Gegen Ende seiner Zeit am University College London wurde Matthew zunehmend angespannt und müde. Er war überlastet durch Verwaltungsaufgaben, durch den nie enden wollenden Kampf, seine Projekte zu finanzieren, und durch die sinkende Motivation in seinem Team angesichts dahinschwindender Zuschüsse und immer geringer werdender Forschungsmöglichkeiten. Welche Vorstellungen seiner eigentlichen Arbeit zugrunde lagen, konnte Dinah nicht verstehen, aber sie konnte und wollte zuhören, wenn er über seine Ängste bei der Verwaltung des Fachbereiches und dessen sinnvolle Zukunft sprach.

Sie wußte es nicht genau, aber sie vermutete, daß Matthews größtes Talent als Wissenschaftler – die Fähigkeit, große und kühne Sprünge in das Reich der schieren Spekulation zu wagen und dann erdgebundenere Talente zu motivieren, seine Theorien zu beweisen – durch Mangel an Geld, Mangel an Zeit zum Nachdenken und Mangel an Unterstützung ausgehöhlt werden könnte.

»Ist es Zeit weiterzuziehen?« fragte sie ihn eines Abends, als sie gemeinsam eine Flasche Wein getrunken hatten und ihre Füße in Matthews Schoß lagen, der sie geistesabwesend massierte.

»Vielleicht«, erwiderte er. Dinah dachte, das könnte möglicherweise wieder Cambridge bedeuten oder sogar einen Lehrstuhl in Manchester oder an einer der anderen neueren Universitäten.

»Vielleicht«, wiederholte Matthew.

Im beginnenden Frühling des Jahres, als Jack zehn war, fuhr Matthew nach Stamford, um bei einer internationalen Konferenz einen wichtigen Vortrag zu halten.

Auf dem anschließenden Empfang sprach ihn ein Dekan der University of Massachusetts in Franklin an.

»Es ist ein tolles Angebot«, erzählte Matthew Dinah. »Sie möchten, daß ich hinüberkomme und ihnen einen neuen Fachbereich aufbaue. Hör zu, ich bekomme eine feste Garantie auf alle finanziellen Mittel, die ich für die ersten drei Jahre benötige. Danach muß ich mich selbst um die Finanzierung kümmern, aber bis dahin sollten wenigstens einige gute Projekte richtig laufen. Ich kriege ein Labor von fünfeinhalbtausend Quadratmetern und so um die zwanzig Mitarbeiter. Ich kann ein oder zwei der wichtigsten Leute von hier mitnehmen, also verliere ich Sean Rader nicht an jemand anders. Für den Anfang rekrutiere ich sechs oder acht promovierte Leute, besorge mir die graduierten Studenten und die Techniker, die ich brauche, und dann läuft die Sache. Keiner mischt sich ein, weder der Kanzler der Universität noch sonst jemand. Sie wollen einfach eine Abteilung von internationalem Rang, die hochklassige Forschung betreibt. Was glaubst du, was sie mir dafür für ein Gehalt bieten?«

Als er ihr die Summe nannte, pfiff Dinah.

»Nicht schlecht, was? Franklin ist nicht erstklassig. Es ist nicht das Massachusetts Institute of Technology oder Harvard, aber es ist auch keine obskure kleine Uni.«

Dinah wartete. Der alte Matt sah sie an. Sie hätte sich freuen sollen, ihn zu sehen, aber statt dessen spürte sie, wie die selbstsüchtige Angst in ihr aufflackerte, ihre gleichbleibende, überschaubare kleine Welt könnte über den Haufen gestoßen werden, und sie hatte eine Vorahnung, daß diese Störung ihre schlimme Narbe in einer Weise aufdecken könnte, die sie alle beeinflussen würde.

»Ich will es«, sagte Matthew. Sein Gesicht brannte vor neuentfachtem Ehrgeiz.

»Dann mußt du es dir holen«, erwiderte Dinah.

Sechs Monate später waren sie in Franklin, und ein paar Wochen später hatten sie sich im Haus in der Kendrick Street eingerichtet.

Und jetzt hatte Matt seine Abteilung und sein begeistertes Team, den menschenfeindlichen Sean Rader, den zwergenhaften Jon Liu, die hübsche promovierte Mitarbeiterin und all die anderen, und die

Arbeit hatte begonnen. Ihr Ziel war es, das Peptidmolekül, Insulin, so umzugestalten, daß es oral eingenommen werden konnte. Keine Spritzen mehr für Diabetiker, nur noch einen Löffel voll oder eine Pille schlucken. Sie kamen der Sache näher, wie Matt unverbindlich sagen würde.

Alle waren begeistert von ihm.

Es war eine gute, eine nobelpreisverdächtige Arbeit, tuschelten sich diejenigen zu, die Ahnung hatten.

Als Dinah aufhörte zu erzählen, wartete Milly einen Augenblick, ob sie noch mehr sagen wollte. Beide blickten wieder zum Fenster hinaus, auf die samstägliche Apple-Pie-Normalität in der Kendrick Street. Eines der Kerrigankinder sauste auf einen Skateboard vorbei, und Milly schnaufte heftig.

»Wenn ich an zu Hause denke, habe ich all diese trügerischen Bilder von Kirchtürmen und Kricketspielen und langen Schatten auf gemähte Wiesen im Kopf. Wie in einer Fremdenverkehrswerbung«, sagte Dinah.

»Scheiße. Und ich denke an London, an naßgepinkelte Hauseingänge und den Geruch von Curry zum Mitnehmen und den Markt in der Inverness Street. In Camden herumzuhängen und zu tun, was man will, das liebe ich. Ich mag es einfach, wie man dort sein kann, daß man dort irgendwie aussieht, und niemanden stört es. Niemand starrt dich an so wie hier alle. Ich habe Kumpel in London, richtig gute Kumpel. Die vermisse ich wie verrückt. Die führen dieses echt einfache Leben. Ein Platz zum Schlafen, gerade genug zum Essen. Das ist alles, was die brauchen, und alles andere ist Freiheit. Caz – das ist einer von denen –, der könnte alles machen, aber er hat sich entschlossen, alles total einfach zu halten. Einfach Spaß zu haben, nicht dazuzugehören so wie hier, wo man mit allem immer weitermachen muß.«

Abschätzig deutete Milly durch das Küchenfenster auf die ordentliche Kendrick Street und das ganze Franklin dahinter. Und schloß Ed und Sandra im Bel Air Hotel mit ein.

Dinah lächelte. »Ist es das, was du möchtest? Glaubst du, das ist ein einfaches Leben?«

»So werde ich leben, wenn ich von Ed und Sandra fortgehe. Nicht nach LA fliegen und *unterrichtet* werden und *angeglotzt* werden, weil ich so aussehe, sondern einfach so sein, wie ich bin.«

»Wieviel Zeit im Jahr verbringst du in London?«

Ihr Achselzucken. »Bevor ich von der Schule flog, zumindest die Schulzeit. Ja, ich weiß, war mein eigener Fehler. Jetzt habe ich einen beschissenen Privatlehrer, und alles hängt nur davon ab, was Ed in den Kram paßt.«

»Wo in London wohnt ihr denn?«

Milly runzelte die Stirn: »Hampstead.«

Dinah wandte den Kopf ab, um ihr Lächeln zu verbergen. Millys romantische Träume über Camden Town waren aus der seidigen Faser höchster Privilegien gesponnen.

Schnell erwiderte Dinah: »Ich glaube, meine Träume von zu Hause sind trügerisch. Denn was ich wirklich vermisse, ist, auf demselben Boden zu stehen wie Sarah. Ich habe immer geglaubt, daß ich es irgendwie spüren würde, wie Schwingungen der Erde, wenn ihr etwas zustieße. Aber jetzt, wo ich hier bin, ist die letzte Verbindung zu ihr abgerissen. Milly?«

»Ja.«

»Ich habe noch nie jemandem davon erzählt.«

»Okay. Ich werde es niemandem weitersagen. Wem sollte ich es auch schon erzählen?«

»Das habe ich nicht gemeint.«

Das Gesicht des Mädchens wurde undurchdringlich, um die unwillkommene Verantwortung erwachsener Geheimnisse und Kritik abzuwehren. Milly hatte ihre eigenen Geheimnisse.

»Was passiert jetzt?«

»Ich werde nach Hause fahren, um sie zu suchen. Nur um sie zu sehen, das ist alles.«

Zum ersten Mal sprach Dinah ihre Absicht aus. Dies einfach auszusprechen gab ihr ein Gefühl von Triumph.

Hindernisse türmten sich vor ihr auf, aber sie dachte um sie herum, stellte sich Sarahs Gesicht vor, versuchte, die Züge eines heranwachsenden Mädchens aus denen des Babys, das sie zuletzt gesehen hatte, zu formen.

Milly nickte. »Wenn ich sie wäre, würde ich wollen, daß Sie das tun.«

»Möchtest du das auch?«

»Ich glaube schon. Ja, das möchte ich. Daß meine Mutter käme und mich fände. Das kann nur nie passieren, nicht wahr? Deshalb muß ich sie suchen. Wenn die Zeit gekommen ist. Wenn ich alt genug bin. Es ist nicht so, daß Ed und Sandra auf ihre Weise nicht in Ordnung sind. Aber es ist irgendwas, was Sie sagten über den Boden, daß man sich verbunden fühlt. Da draußen ist jemand, der zu *mir* gehört.«

Dinah begriff. Die Haare, die Kleidung, die wütende Verdrossenheit und der traurige Kern waren erklärlich. Milly ließ die verfilzten schwarzen Strähnen nach vorne fallen, um ihr Gesicht zu verbergen.

»Meine *Mutter*, nicht wahr? Ich will einfach nur hören, warum sie mich weggegeben hat.«

»Natürlich willst du das wissen.«

Dinah sprach sanft. Milly würde ihre leibliche Mutter wahrscheinlich im Laufe der Zeit finden. Die Teile würden sich für sie zusammenfügen, ob sie nun das gewünschte Bild ergaben oder nicht.

Bei Sarah war es etwas anderes. Dinah konnte nicht abschätzen, was Sarah wollte.

»In Ordnung.« Abrupt stand Milly auf. Die Vertraulichkeiten begannen sie zu langweilen und wurden ihr peinlich. »Ich gehe nach oben, um zu schlafen oder irgendwas.«

Ohne sich noch einmal nach Dinah umzuschauen, schlenderte sie davon. Um Ape schlug sie einen großen Bogen, als sie an ihm vorbeikam. Dinah ließ sie gehen. Sie setzte sich an den Küchentisch, starrte vor sich hin und dachte nach.

Am Sonntag abend kamen Matthew und die Jungen nach Hause. Da Dinah nicht genau wußte, wann sie sie zurückerwarten konnte, war sie mit Milly ins Kino gegangen. Insgeheim fühlte sie sich geschmeichelt, daß Milly überhaupt zugestimmt hatte, mit ihr auszugehen, und nahm es als eine notwendige Maßnahme, um das Gesicht zu wahren, hin, daß sie hinterher über die kranke Gefühlsduselei von Tom Hanks und Meg Ryan und das »gräßliche Balg, das wirklich zum Kotzen war«, lästerte.

Als sie zurückkamen, parkte der Toyota neben dem Haus.

»Hallo«, rief Dinah fröhlich, als die Haustür aufsprang. Ape bellte. Sie spürte, wie Milly sich hinter sie drängte und ihr über die Schulter spähte. Dinah wurde plötzlich klar, daß seit Freitag abend sehr viel Zeit vergangen war.

Die drei tauchten gemeinsam aus der Küche auf.

»Wo bist du gewesen?«

Jack sagte das – vorwurfsvoll, aber er sprach für sie alle.

»Nur im Kino.«

Du hättest nicht ausgehen sollen. Du hättest hier sein und auf uns warten sollen. Unausgesprochen hingen die Worte in der Luft. Einen Augenblick lang schienen sie zwei Linien zu bilden: auf der einen Seite sie und Milly, aufgedreht vom Kino und noch draußen im Dunkeln, auf der anderen Seite die Jungen und Matthew.

»Ich war nur zwei Stunden fort. Habt ihr eine schöne Zeit miteinander verbracht? Etwas gefangen? Seid ihr hungrig?« Sie ging zu Matt, und er gab ihr einen flüchtigen Kuß.

»Hallo. Hallo, Milly. Wir haben uns nur gefragt, wo ihr steckt. Es war toll, abgelegen, wunderschöne Landschaft, so ruhig und friedlich. Wir hatten eine tolle Zeit miteinander, nicht wahr, Kinder?«

Merlin legte die Arme um Dinahs Taille, und Jack zog an ihrem Arm, beide redeten auf sie ein. Sie wollten sie wieder in Besitz nehmen. Ihre Antennen waren so feinfühlig, daß sie spürten, wenn auch nur die geringste Gefahr bestand, daß sie überlief.

Milly ging quer durch den Flur und dann die Treppe hinauf, ohne sie zu beachten. Dinah wußte, daß sie nicht wieder auftauchen würde. *Verdammt. Scheiße,* dachte sie plötzlich grimmig.

Sobald sie außer Hörweite war, fragte Matt: »Was ist los mit dem Mädchen? Sie hat ja nicht einmal ›hallo‹ gesagt.«

»Sie ist prima«, antwortete Dinah knapp.

Sie ging in die Küche. Auf einer nassen Zeitung auf dem Küchentisch lagen vier große silbrige Fische mit matten Schuppen und trüben Augen. Apes zerfetzte mit den Vorderpfoten das Papier, als er an ihnen schnüffelte. Feuchte und verdreckte Sachen lagen überall verstreut.

»Schön, daß ihr wieder da seid.«

Dinah begann die Kleidungsstücke zum Waschen einzusammeln.

»Um Himmels willen«, murmelte Matthew. Als Dinah sich wieder nach ihm umschaute, sah sie, daß er im Fernsehzimmer auf der Kante eines Sessels saß und völlig vertieft etwas auf einen Notizblock kritzelte, der Jack gehörte.

Später, nachdem sie den Fisch zubereitet, die Waschmaschine gefüllt und die Stiefel und Anoraks weggeräumt hatte, ging Dinah nach oben, um noch einmal nach den Jungen im Bett zu sehen, nach Merlin zuerst.

Er lag bis zur Nasenspitze zugedeckt da, aber als sie die Tür öffnete, streckte er die Arme heraus, um sie zu sich herunterzuziehen. Dinah setzte sich neben ihn. Sein Haar war feucht, und er roch nach Seife und Zahnpasta.

»Hast dich ordentlich saubergemacht, nicht wahr?«

»Dad hat das nicht von uns verlangt. Mum, ich habe dich so lieb. Ich habe dich vermißt.«

Er wollte von ihr beruhigt werden, und sie tat es bereitwillig. »Ich habe dich auch vermißt. Es war so ruhig ohne euch. Hat es dir nicht gefallen?«

»Im Bett war es kalt. Dad hat viel nachgedacht.«

»Tatsächlich?« Dinah spürte einen Hauch von Angst. »Das tut er nun einmal, weißt du.«

Sie umarmte ihn und rieb mit ihrer Hand über seinen feuchten Kopf.

»Schlaf jetzt. Alles ist in Ordnung.« Eine notwendige Lüge.

Eine Tür weiter lag Jack in einem Chaos aus Zeitschriften und Disketten und las. Das Licht seiner gebogenen Nachttischlampe spiegelte sich in seiner Brille. Er legte sein Buch ein wenig zögernd beiseite. Dinah plauderte munter über das Wochenende und den Film, aber dann unterbrach er sie.

»Mum, ist alles in Ordnung?«

Er war zwei Jahre älter als Merlin, und seine Antennen waren bereits viel empfindlicher. Genau wie Milly wollte er getröstet werden und war nicht bereit, dies zuzugeben. Dinah nahm seine Hand und stellte wie immer fest, daß sie die gleiche Form hatte wie Matthews Hand.

»Warum?«

»Ich wollte, du wärst mit uns in die Hütte gekommen.«

»Das war doch ein Männerwochenende, oder nicht?«

»Ja, ich glaube schon. Mir hätte es aber besser gefallen, wenn du dagewesen wärst. Dad auch.«

Diese Feststellung freute sie. Sie spürte, wie Wärme durch ihre Adern strömte, wie die Muskeln im Rücken und in den Beinen sich entspannten.

»Tatsächlich? Nächstes Mal komme ich mit.«

»Wie lange bleibt *sie* hier?«

»Jack. Sei nicht so unfreundlich. Bis morgen abend, wenn Ed und Sandra von der Westküste zurückkommen.«

Er war eifersüchtig. Er hatte eine Verbindung zwischen ihr und Milly gespürt, die ihn ausschloß. Und wenn er schon eifersüchtig auf Milly war, um wieviel mehr würden die beiden Jungen Sarah eifersüchtig und ohne Verständnis gegenüberstehen?

Dinah drehte ihre ineinander verschlungenen Hände um. Jacks Bettbezug war mit einer Weltkarte bedruckt, und ihre Fäuste lagen nun auf der Insel Borneo.

»Was hältst du davon, nach Hause nach England zu reisen, um Oma zu besuchen? Vielleicht zu Weihnachten.«

»Cool. Dad würde doch mitkommen?«

Diese Frage spiegelte seine Ängste wider. Die Jungen hatten Angst vor dem, was sie nicht verstanden.

Es ist besser für uns alle, die Wahrheit einzugestehen. Selbst in diesem späten Stadium.

Dinah lächelte und stand auf. Das lange Gespräch mit Milly hatte ihr neue Wege eröffnet und ihr ein Gefühl von Sicherheit und Optimismus verliehen, das sie lange Zeit vermißt hatte.

»O ja. Ich hoffe doch.«

Jack betrachtete sie. »Du siehst nett aus«, sagte er. »Hübsch.«

»Danke. Zeit zum Schlafen, in Ordnung?«

Dinah gab ihm einen Gutenachtkuß.

Auf dem Weg nach unten summte sie und lächelte noch immer. Gemeinsam würden sie einen Weg finden. Matt würde zuhören, und sie könnte ihn dann dazu bringen, zu verstehen, warum sie die Wahrheit nicht länger leugnen wollte.

Er war nicht mehr im Fernsehzimmer, wo sie ihn zurückgelassen hatte. Das Wohnzimmer war leer und die Küche, abgesehen von Ape, auch. Dinah ging wieder zurück und fand Matthew hinten in ihrem Schlafzimmer, wo er mit dem Rücken zur Tür an dem Schreibtisch saß, den er benutzte, wenn er zu Hause arbeitete. Jacks Notizblock lag aufgeschlagen neben Matthew, seine Schultern waren nach vorne gebeugt.

Erst als sie direkt neben ihm stand, blickte er auf.

»Schlafen alle?«

»Bald.«

Dinah hatte an Millys Tür geklopft. Die Antwort war ruhig und sicher. »Gute Nacht, okay?« Dinah dachte, daß Milly recht hatte, als sie ihr versicherte, sie könne auf sich selbst aufpassen. Dinah war beeindruckt und voller Bewunderung.

»Gut. Das ist gut so.«

Matt kritzelte noch immer Formelketten vor sich hin. Es hatte Zeiten gegeben, da hielt Dinah diese spinnenartigen Markierungen für einen Code, dessen undurchdringliche Botschaften einen Teil ihres Mannes enthielten, den sie nie würde entschlüsseln können.

Jetzt wartete sie darauf, daß er aufhörte und sie ansah. Als er sich nicht rührte, bewegte sie sich voller Absicht hinter seinem Rücken hin und her, sie hängte ein Jackett von einer Rückenlehne auf einen Kleiderbügel, trug einen Stapel Zeitschriften von einer Ecke in die andere, schlug dann die Tagesdecke auf dem Bett zurück und strich das Laken mit der Handfläche energisch glatt.

Sie konnte spüren, wie die Irritation in Wellen von ihm ausströmte. Aber sie hatte zu viele Jahre damit verbracht, auf Zehenspitzen vor Matthews geheiligter Konzentration davonzuschleichen. Er hatte die ganze Woche Zeit, sich zu konzentrieren, und sein Gefolge von Promovierten, graduierten Studenten und Technikern, die ihn dafür verehrten. Ihr Beitrag war überflüssig geworden.

»Merlin sagte, daß du oben in Vermont viel nachgedacht hast.«

Matthew seufzte. Dann schob er das Blatt beiseite und klickte die Spitze zurück in den Drehbleistift.

Als er sich auf seinem Sessel herumschwang, um sie anzusehen, war sein Gesicht wieder gefaßt.

»Gestern nachmittag waren wie da draußen auf dem See. Es war schon spät, und das Licht verblaßte. Die Bäume waren bereits schwarz, und der Himmel war in ein fahles phosphoreszierendes Grün getaucht. Den Jungen wurde langsam kalt. Ich stand vorsichtig auf, um mich ins Heck hinüberzuschieben und den Außenbordmotor zu starten.

Das Boot schwankte und erzeugte eine Reihe von kleinen Wellen, die sich kreisförmig ausbreiteten und die Farbe der Wasseroberfläche veränderten. Von einem spiegelnden Grau in ein öliges Schwarzgrün. Als ob etwas Harmloses abgeschält worden wäre und eine bedrohliche Unterseite zum Vorschein käme.

Plötzlich hatte ich Angst hineinzufallen.«

Tatsächlich war er mitten in der Bewegung vor Angst erstarrt. Seine Beine erstarrten, als er sich vorstellte, wie es sein würde, wenn das Boot kenterte und sie drei hineinfielen. Dann gewann das rationale Denken wieder die Oberhand. Die Jungen trugen Schwimmwesten, ins Wasser zu fallen wäre kalt und unangenehm und die Fahrt zurück zur Hütte ungemütlich. Aber sie würden nicht ertrinken. Es bestand keine wirkliche Gefahr.

Die Furcht verschwand so schnell, wie sie gekommen war, und es war, als ließe sie ein Vakuum zurück. Und dieses Vakuum füllte sich mit einer Idee. In einer Minute war da noch das Entsetzen, dann eine Leere und unmittelbar darauf eine präzise, mögliche Lösung des Problems, das ihn seit Wochen beschäftigte.

Matt beugte sich vor, seine gefalteten Hände zwischen den Knien.

»Ach ... und plötzlich dachte ich an eine Möglichkeit, dieses bestimmte Peptid, mit dem wir uns beschäftigen, an einer aktiven Stelle des Moleküls einzupassen, damit wir es leichter synthetisieren können ...«

Sein Gesicht lag in Falten, weil er sich bemühte, seine abstrusen Ideen in eine Sprache zu übersetzen, die Dinah möglicherweise verstehen konnte. Unwissenheit über den Beruf des anderen schien nicht länger ihre Nähe in allen übrigen Dingen zu betonen.

»Es ging so schnell, daß ich immer noch halbgebückt ins Wasser starrte und das Boot unter uns schaukelte. Aber ich wußte, ich hatte etwas. Es war ... recht aufregend.«

Er sah wieder wie ein Junge aus im Getümmel des Frisbeespiels. *Recht aufregend* war eine seltsame Untertreibung. Aber da begriff Dinah, daß er ihr gegenüber vorsichtig war. Er wollte nicht betonen, wie wichtig seine Arbeit oder sein Engagement war, weil er wußte, daß sie nichts dafür übrig hatte.

Wie lange empfand er schon so?

Es machte sie traurig, daran zu denken, daß der Augenblick des Entsetzens ihm seine Idee geschenkt hatte, wogegen er früher seine Ideen aus Leidenschaft, Glück und Vertrauen geschöpft hatte.

Auch Matt hatte Angst. Genau wie sie vollzog er eine Gratwanderung, hielt sich durch Arbeit, Verantwortung und behutsame Zärtlichkeit, die die Stelle der Liebe eingenommen hatte, unter Kontrolle.

Dinah streckte die Hand aus, um seinen Kopf zu berühren, wie sie es bei Merlin getan hatte.

»Ich fürchte, danach war ich ziemlich in diese Idee versunken. Ich wollte nachdenken, und die Jungen brauchten mich zu Kartenspielen oder so etwas. Ich war kurz angebunden mit ihnen.«

Sie konnte sich vorstellen, wie es gewesen war. Wenn Matt sich in etwas vertiefte, mußte man ihn daran erinnern, zu essen und sich zu waschen und anzuziehen. Normalerweise war sie da, um diese Funktion zu erfüllen.

»Sie scheinen sich auf jeden Fall amüsiert zu haben.«

»Hm. Ich kann mir nicht sicher sein, bevor ich nicht im Labor gewesen bin und Sam am Computer einen Blick auf das Modell geworfen hat. Aber ich bin mir sicher, daß da etwas ist.«

»Prima. Das sind wirklich gute Neuigkeiten.«

Matthew löste seine Hände voneinander und legte sie auf ihre Hüften. Seine Art, sie zu berühren, war irgendwie indirekt, als hätte er es mit einer Schaufensterpuppe zu tun. Dinah blickte an ihm vorbei auf die gekritzelten Formeln. Ein Code, der ihn mit etwas verband, ihn woandershin beförderte und sie ausschloß. Nie zuvor war sie eifersüchtig auf seine Arbeit gewesen – aber jetzt. Verschüttete Erinnerungen nagten irgendwo unter der Oberfläche ihres Bewußtseins und gaben ihr das beunruhigende Gefühl, alles nur halb zu verstehen.

»Kommst du ins Bett?« fragte sie ihn.

»Ja, ich glaube schon. Heute abend kann ich nichts mehr tun.«

Am liebsten wäre er jetzt ins Labor gefahren.

Dinah stellte sich vor, wie er ungeduldig die gebohnerten Gänge entlangeilte und die Lampen anknipste. Am Computerraum hing ein Hinweisschild: »Die Ausrüstung muß kühl gehalten werden. Wenn Ihnen kalt ist, tragen Sie bitte einen Mantel.« Einmal war sie dort drinnen herumgeführt worden. Auf den großen eckigen Bildschirmen waren rote, blaue, grüne und gelbe Elemente in einem komplizierten blauen Gitterwerk gefangen, modellierte Proteinatome in der Aminosäurekette, die wie Fische in einem Netz hingen. Die Techniker manipulierten die Fische und die Netze, indem sie sie durch die Tiefen der schwarzen Computermeere drehten und zogen.

Dinah hatte eine Weile dagestanden und einem Mädchen im Trikot der Footballmannschaft der University of Massachusetts über die Schulter geschaut. Dann war Matt gekommen und hatte sie weggeführt.

Als sie im Dunkeln im Bett lagen, glitt ihre Hand über seinen Oberarm, hinab über den spürbaren Wulst um seine Taille. Sie hatte das Bedürfnis, sich ihm verbunden zu fühlen. Sie streichelte ihn und wartete. Nach einem Augenblick reagierte er. Auf ihrem Gesicht spürte sie die warme Luft, die er mit einem unhörbaren Seufzer ausatmete, als er seine Finger über ihre Haut gleiten ließ, außen über den Schenkel zur Innenseite des Schenkels und dann zwischen ihre Beine.

Er war entgegenkommend. Folgte dem Erfolg tausend früherer Gelegenheiten. Nur indirekt jetzt, als ginge er mit einer Frau um, die nicht ganz sie selbst war, oder als stünde das Bild einer anderen zwischen ihnen.

Sein Penis blieb schlaff in ihrer Hand.

Gab es da jemanden?

Dinah blieb ruhig. Er hatte die Zeit und die Gelegenheit, er war so oft weg: Vorlesungen, Konferenzen und all die Stunden im Labor. Aber die Möglichkeit war ihr nie zuvor in den Sinn gekommen. Wie naiv. Oder hatte nur ihre Unfähigkeit, miteinander zu kommunizieren, ihr Vertrauen erschüttert?

»Es tut mir leid«, flüsterte Matthew. »Vermutlich bin ich müde.«

»Macht nichts.« Sie schob ihren Verdacht beiseite. Sie schlangen ihre Arme umeinander und lagen da, ihre Gesichter nur einen Zentimeter voneinander entfernt.

Dinah dachte daran, ihm die Sache mit Milly zu erklären und welche neuen Wege ihr Gespräch eröffnet hatte.

Nach Hause, Suchen, Sarah. Endlich die Wahrheit für die Jungen und für sie selbst.

Die Worte formten sich in ihrem Kopf, wurden aber gleich wieder verworfen.

Nicht jetzt, aber sie würde einen Weg finden, um zu bekommen, was sie wollte.

Matthew und sie hatten einen Fehler gemacht, und jetzt war es nur noch wichtig, ihn zu korrigieren.

Das höfliche Schweigen konnte nicht länger andauern, sie würde es nicht zulassen.

Falls das verrückt und gefährlich war – dann war sie es eben. Aber Dinah glaubte nicht, daß das der Fall war. Sie fühlte sich im Recht.

»Gute Nacht«, sagte Matthew. Er wandte sich ein wenig von ihr ab und war bereit einzuschlafen.

Sie wiederholte seine Worte und entließ ihn.

6

Es war am Tag vor Thanksgiving. Das Gebäude lag fast verlassen da. Matthew war bei einer zweitägigen Konferenz in Washington gewesen, und auf dem Weg nach Hause waren die Flüge und Flughäfen voller Feiertagsreisender. Dinah erwartete ihn am frühen Abend zu Hause, aber er war direkt vom Flughafen ins Labor gefahren.

Er schloß sein Büro auf und stellte sein Gepäck und seinen Aktenkoffer neben den Schreibtisch auf den Boden. Seine Sekretärin war bereits gegangen, aber sie hatte seine Briefe in akkuraten Stapeln mit einer Reihe Nachrichten auf farbigen Klebezetteln auf der Schreibunterlage zurückgelassen. Matthew nahm einen Sonderdruck eines Zeitschriftenartikels zur Hand, den Jon Liu ihm hingelegt hatte, und warf einen Blick auf die Inhaltsangabe. Es war ein vorläufiger Bericht über einige Ergebnisse des Teams des California Institute of Technology, das auf dem gleichen Gebiet arbeitete wie er. Dennoch konnte er sich nicht richtig auf die Zahlen konzentrieren. Er lauschte, ob er das Schließen einer Tür, ein Radio oder irgend etwas anderes hörte, das ihm verriet, daß noch jemand bei der Arbeit war.

Einen Augenblick später ließ er den Sonderdruck auf den Papierstapel auf seinem Schreibtisch fallen. Er zog sein Jackett aus und hängte es über die Sessellehne, dann ging er auf den Korridor hinaus. Niemand war zu sehen. Sean Raders Tür stand offen, aber das Licht war aus, und seine alte Jacke hing nicht am Haken. Matthew hatte keine Ahnung, wo er Thanksgiving verbrachte. Sean hatte keine Familie und keine Interessen außer seiner Arbeit.

Der Computerraum war verschlossen, aber einige Doppeltüren weiter hinten standen offen. Matthew sah es voller Befriedigung, aber er steckte die Hände in die Hosentaschen und zwang sich, langsam zu gehen, als ob er aufmerksam seinen Bereich kontrollierte, bevor er sich zur Familienfeier nach Hause auf den Weg machte.

Der Korridor im Labor war auch leer, aber jetzt war er sich sicher, daß noch jemand da war. Er konnte hören, wonach er gelauscht hatte – das fröhliche Dröhnen des Basses der Rockmusik aus dem Radio.

Das Labor war hell erleuchtet. Die Helligkeit verdichtete den Spätnachmittag hinter den staubigen Scheiben, den Kakteen und den wuchernden Grünlilien auf dem hohen Fensterbrett zu vorzeitiger Dunkelheit.

Matt mochte diese Zeit, wenn die Welt draußen sich zurückzog und die Arbeitstische und Hocker und Spülbecken und die vertraute Ausrüstung ein quietschendes, nach Staub riechendes Universum bildeten, zum Arbeiten.

Kathrin stand mit dem Rücken zu ihm am anderen Ende des Raumes. Ihr roter Strickmantel hing in einem wirren Knäuel am Ende des Arbeitstisches, als hätte sie ihn in aller Eile ausgezogen, um zu arbeiten. Ihr kleiner dunkler Kopf war über einen Ständer mit Reagenzgläsern gebeugt, ein etwas lädiertes Transistorradio klemmte zwischen den Flaschen auf dem Brett über ihr. Sie hatte ihm erzählt, daß sie es mochte, wenn der lokale Rocksender lief, weil es ihr half, sich zu konzentrieren.

Matt stand im Türrahmen. Als er sie sah, bekam er vor Freude weiche Knie. Einen Moment lang zögerte er, genoß das Vorrecht, sie unbemerkt zu beobachten. Sie machte kleine akkurate Bewegungen mit der Glaspipette in ihren Fingern, in jedes Reagenzglas ließ sie einen einzigen Tropfen einer farblosen Flüssigkeit fallen. Daß sie so vertieft war in ihre Arbeit, weckte in Matthew ein Gefühl von Vertrautheit, das noch stärker wirkte als seine körperliche Begierde nach ihr.

Es tat ihm beinahe leid, als sie seine Blicke spürte und den Kopf drehte. Ihr dunkles Haar breitete sich für einen kurzen Augenblick fächerförmig um ihr Gesicht aus.

»Hallo.«

Sie sprang auf und errötete.

»Du hast mich erschreckt.« Sie lächelte. Sofort wußte er, daß ihr sein Auftauchen aus der Feiertagsstille willkommen war.

»Das war nicht meine Absicht.«

Er durchquerte das Labor, und Kathrin leerte die Pipette sorgsam in den Becher neben ihrem Ellenbogen.

»Diesen Satz habe ich fast fertig«, murmelte sie und strich eine Haarsträhne hinters Ohr. Sie war zart gebaut, ihre Hände erschienen klein und zerbrechlich.

Matthew blickte auf die Ziffern auf den Etiketten. Kathrin führte eine Reihe von Tests mit minimal chemisch veränderten Varianten des neuesten Insulinmaterials durch. Die Idee, die ihm auf dem See in Vermont gekommen war, zeigte bereits Wirkungen.

»Es sieht gut aus«, sagte Kathrin. »Wirklich gut. Ich wollte sie durchlaufen lassen, bevor ich gehe ...«

Sie blickte zu ihm auf und gab damit stillschweigend zu, daß es einen noch viel wichtigeren Grund für sie gab, so lange im Labor zu bleiben, obwohl alle anderen bereits den Feiertag genossen.

Matthew zögerte. Er war ganz begierig darauf, die neuesten Ergebnisse zu sehen, und wurde in seinem Eifer noch dadurch angestachelt, daß Kathrin so vertieft war in das, was sie tat. Sein Gefühl, daß ihre Verbindung unausweichlich war, wurde immer stärker. Sie war hier, Teil seines Denkens, ihm so nahe, wie jemand es nur sein konnte.

»Ich hatte befürchtet, du wärst schon gegangen«, flüsterte er.

Erneut veränderte sich ihr Gesicht und zeigte, daß sie durch Matthews Worte die Grenzen eines neutralen Arbeitsgesprächs hinter sich gelassen hatten. Kathrin hatte auf diesen Augenblick gewartet.

»Ich fahre nicht nach Hause. Der weite Weg bis nach Fort Worth, und außerdem hat meine Mama meinen Bruder und seine Familie dort. Ich bin ganz froh, einfach hier zu sein und weiterzuarbeiten. Sieh dir nur diese Meßergebnisse an ...«

Sie gab ihm einen Ausdruck in die Hand. Matthew überflog die Zahlenkolonnen.

Ja, dachte er.

Das Gefühl des Triumphes war wie eine Faust, die seine Rippen nach oben und auseinanderdrückte. Es würde funktionieren. Zum ersten Mal wußte er sicher, daß sie zum gewünschten Ergebnis gelangen würden. Wie bald, ob es vor Korners Team am California Institute of Technology sein würde, das war jetzt die Frage ...

Als er wieder auf sie niederblickte, glänzten Kathrins schwarze Augen unter dem dunklen Bogen ihrer Wimpern. Ihre glatte Olivenhaut dehnte sich über die Wangenknochen. Matthews Freude über die neuen Ergebnisse und über ihre Nähe fühlte sich an wie ein warmer Löffel, der in Honig getaucht wird, in eine Aushöhlung irgendwo in ihm selbst, in die seit langer Zeit niemand mehr hineingefaßt hatte.

Er drehte den Kommentar, der mit schwacher Stimme in seinem Kopf ablief, einfach ab. Er legte seine Hände um ihr Gesicht und zog sie zu sich her. Sie rückte näher an ihn heran, als er sie küßte, so daß er an seinen Schenkeln und seiner Brust den Druck ihres Körpers spürte.

Es hatte nur ein anderes Mal gegeben, obwohl Matthew sich in der Zeit seit jener Nacht unzählige Variationen vorgestellt hatte. Ein- oder zweimal hatte er sie zufällig am anderen Ende des Ganges oder im Speisesaal zusammen mit Jon und Fraser und ihren anderen Kollegen gesehen, und er konnte nicht glauben, daß diese zufälligen Zusammentreffen nur das Produkt der Phantasie eines Mannes in mittleren Jahren waren. Kathrin schien immer zu wissen, wann er sie beobachtete. Sie benahm sich nie taktlos, was einen von ihnen hätte belasten können, aber sie bog als Reaktion ihren Kopf leicht zurück und verzog die Lippen zum Hauch eines Lächelns, bevor sie wegschaute.

Ihr seidiges Haar ergoß sich zwischen Matts Fingern, als er sie jetzt küßte. Er vergaß das Labor, die Wirklichkeit des grellen Lichts, der Arbeitstische, den Geruch nach Chemikalien, das Geplänkel aus dem Radio, das in seinem Kopf herumspukte, und verlor sich in Kathrin.

Das erste Mal hatte nach einem Essen stattgefunden, an einem jener geselligen Abende, die Matts Team nach der guten Arbeit einer Woche miteinander verbrachte. Matthew war stolz auf diese gemeinsamen Feiern wie auch auf die Frisbeespiele. Sie waren Anzeichen dafür, daß sie gut miteinander arbeiteten. Am Ende eines lebhaften Abends in einer Pizzeria hatte Matthew plötzlich zwei Passagiere in seinem Toyota, der eine war Jon Liu, die andere Kathrin Pang.

Matt und Kathrin hatten Jon gemeinsam nach Hause gebracht. Gesellschaft wirkte sehr anregend auf Jon, und bekanntermaßen konnte er keinen Alkohol vertragen. Gemeinsam hievten sie ihn ins Bett und ließen ihn schnarchend zurück.

»Ich fahre Sie nach Hause«, bot Matt Kathrin an, als sie auf dem Weg vor Jons Haus standen.

»Es ist ein bißchen außerhalb der Stadt.«

»Das macht nichts.«

Sie hatte mit den Knöpfen am Radio herumgespielt, während er fuhr, und sich dann mit einem Seufzer der Befriedigung zurückgelehnt, als sie gefunden hatte, was sie hören wollte. Rockmusik. Er drehte den Kopf, um ihr einen Blick zuzuwerfen, und war erstaunt darüber, wie klein sie war. Der Autositz schien sie beinahe zu verschlingen.

Kathrin lebte in einem Fachwerkhaus in einer Siedlung draußen an der Northampton Road. Matthew fuhr in die Auffahrt, die

Scheinwerfer des Camry beleuchteten kurz die abblätternde Farbe an der Haustür.

»Möchten Sie hereinkommen?«

Er spähte durch die Windschutzscheibe. Hinter dem Haus standen drei Bäume, rundherum wuchs hohes Gras. Kathrin schien zu jung, um an solch einem einsamen Ort zu leben.

»Nur einen Augenblick.«

Jon ins Bett zu bringen hatte eine Vertrautheit zwischen ihnen geschaffen, die jetzt leicht zu mehr werden konnte. Matthew war sich bewußt, daß er eine Menge Wein getrunken hatte. Er hätte nicht fahren sollen, auch das wußte er, und ihm kam der Gedanke, daß schwarzer Kaffee jetzt gut tun würde.

Er folgte ihr ins Haus und stolperte halb über die Schwelle. Im engen Flur roch es nach Räucherstäbchen und Mädchenparfüm.

»Hier entlang.«

Kathrin machte das Licht an.

Ihr Zimmer erinnerte ihn an eine Studentenbude in einem Wohnheim. In einer Nische stand ein Schreibtisch, die Wände an den drei Seiten der Nische waren mit Kunstpostkarten und Schnappschüssen bedeckt. Er sah sich schnell, halb schuldbewußt, um, aber die wenigen Kleidungsstücke, die über die Rücklehne eines Sessels drapiert waren, waren unverfängliche Oberbekleidung. Ein niedriges Diwanbett, ordentlich gemacht, mit einer Steppdecke nahm die Länge einer Wand ein. Kathrin zog eine CD aus einem Ständer und steckte sie in den CD-Player.

Matthew stand unbehaglich da. Dies war ein unschuldiger Ort, der ihn an andere Zimmer erinnerte, die Fragmente seiner eigenen Geschichte festhielten, daher war es für ihn aufregend und ein wenig irritierend.

»Ich sollte gehen, wirklich. Es ist schon spät.«

»Wollen Sie keinen letzten Drink?«

Sie verließ das Zimmer und kam mit Weingläsern und einer Flasche zurück. Sie redete, erklärte ihm, daß ihre Wohngenossin übers Wochenende nach New York gefahren war, daß sie nach einer Wohnung näher an der Uni suchte, daß ihr altes Auto bald seinen Geist aufgab. Sie setzte sich auf ihr Bett mit der Patchworkdecke und zog die Knie an.

Die Unterhaltung verselbständigte sich, sie plauderten angeregt, während sie sich die ganze Zeit über wortlos austauschten. Kathrin beugte sich nach vorne und füllte sein Glas nach. Dabei schob sich ihre Manschette nach oben und enthüllte eine dünne Goldkette um das Handgelenk.

Matthew hatte keine Ahnung, wie lange sie schon miteinander redeten.

Ihr Körper bestand aus einer ansehnlichen Anzahl von Kurven. Matthew wußte, daß er dem Augenblick, der bald herannahte, nicht entrinnen konnte, als er einen weiteren Schluck Wein getrunken hatte und als sie aufgestanden war, um eine andere CD in den Player zu schieben.

Kathrin machte den entscheidenden Zug. Sie stellte ihr Glas ab und kam zu ihm. Sie beugte sich über ihn, so daß sie für einen Augenblick riesengroß erschien und das Licht verdunkelte.

»Ich wollte, daß du heute nacht hierherkommst.«

»Tatsächlich?«

Sie beugte sich näher zu ihm, die Hände auf seinen Schultern, die Hüften vorgeschoben. Dann setzte sie sich schnell rittlings auf ihn und legte ihre Arme um seinen Hals.

Ihr Gesicht wurde unscharf. Sie küßte ihn, und er hob die Hände, um sie ein Stück zurückzuschieben, umfaßte ihren schmalen Oberkörper, hielt sie dort fest, wo er sie haben wollte. Sie schaukelte sanft gegen ihn.

Danach kam es zu der erwarteten Folge von Ereignissen, vertraut und doch völlig neu.

Wenn er zurückdachte, konnte Matthew keinen Zeitpunkt festmachen, an dem er sich hätte entziehen können, selbst wenn er es gewollt hätte.

Ihr Geruch und die Erinnerung daran, wie sich ihre Haut anfühlte, verließen ihn in den Tagen danach nicht. Es war ihm nicht peinlich, wie er gedacht hatte – sondern er bemerkte, daß er sie im Labor suchte, Gründe erfand, um in ihrem Büro, das sie mit zwei anderen teilte, vorbeizuschauen.

In der Öffentlichkeit verriet Kathrin durch keinerlei Anzeichen, daß sie irgend etwas von ihm erwartete. Aber er wußte, daß sie wartete. Deshalb arbeitete sie am Abend vor Thanksgiving immer noch, als bereits alle anderen zu ihren Familien nach Hause gegangen waren. Da er sich dieser Tatsache bewußt war – das gab er jetzt selbst zu –, war er hierhergekommen, um sie zu suchen.

Ihre Finger erkundeten sein Gesicht, als versuchte sie, die Konturen auswendig zu lernen.

»Ich habe gehofft, daß du kommen würdest. Ich habe es geglaubt.« Sie lächelte ihn an, und Matthew fragte sich, ob er so berechenbar war.

»Sollen wir nach Hause fahren?« flüsterte sie. Das war nicht seine Absicht gewesen, doch genau wußte er nicht, was er eigentlich vorgehabt hatte. Dennoch folgte er den Rücklichtern ihres VW aus Franklin hinaus zu dem Fachwerkhaus und dem unschuldigen Schlafzimmer. Die Wohngenossin war wieder weg.

»Ich kann nicht lange bleiben«, sagte Matthew, als er auf ihrem Bett saß. Kathrin löste seine Krawatte, knöpfte ihm die Manschetten des hellblauen, gestärkten Hemdes auf.

»Ängstlich?«

Sie neckte ihn ein wenig, selbst als sie den Reißverschluß hinunterzog und sich vorbeugte.

Ich werde das nicht wieder tun, dachte Matthew.

Es war spät, und Dinah und die Jungen warteten auf ihn. Dieses Mädchen war eine Kollegin, und er ließ sich auf Vertraulichkeiten mit ihr ein, die auf falschen Voraussetzungen basierten.

Und dennoch.

Dinah war wütend, und ihre Wut hatte begonnen, Flecke von Gleichgültigkeit in ihm zu reiben. Oft war es leichter, von ihr getrennt zu sein, im Labor oder auf Reisen oder irgendwo dazwischen.

Es war lange her, seit sie zusammen so etwas getan hatten.

Matthews Hand umschloß Kathrins Hinterkopf. Er kam schnell in ihrem Mund, erregt und beschämt über sich selbst.

Kathrin lehnte sich auf ihre Fersen zurück, legte die Hände auf seine Oberschenkel. Triumphierend blickte sie zu ihm auf.

»Ich liebe dich«, sagte sie.

Benommen entgegnete er: »Nein, das tust du nicht. Du kennst mich nicht, weißt überhaupt nicht, wie ich wirklich bin.«

»Doch. Ich weiß, was du leisten kannst, wozu du in der Lage bist. Deine Ideen, die Art, wie du Anweisungen gibst. Meinst du, ich handele nur nach dem Klischee, daß ich mich in den Chef verliebe? Den Professor? Glaubst du das?«

»Natürlich nicht.«

»Gut. Weil ich nämlich weiß, was ich fühle und brauche. Ich bin nicht dumm.«

»Das bist du ganz bestimmt nicht.«

Es stimmte. Sie war eine begabte Wissenschaftlerin, tüchtig und akkurat in ihren Methoden, ein richtiges Arbeitstier. Außerdem war sie, dachte er jetzt, ein klein wenig beängstigend.

»Leg dich mit mir hin.«

Sie streckte ihre Arme aus und zog ihn zu sich herunter. Er machte es sich gemütlich und hielt sie fest. Fünf Minuten, dachte er. Kathrin war fügsam, sobald sie bekam, was sie wollte. Sie seufzte vor Vergnügen, und er atmete ihren Duft ein. Seine Besorgnis ließ er davonfliegen. So hätte er gut dösen können, aber statt dessen redeten sie über das neue Molekül und die Schwierigkeiten, ausreichende Mengen davon synthetisch herzustellen. Es war anregend, sich körperlich so nahe zu sein und sie auch seinen Gedanken folgen zu lassen.

Das vermißte er bei Dinah. Früher einmal hatte die Unwissenheit über die Arbeit des anderen ihre Vertrautheit in allen anderen Dingen nur verstärkt.

Nach einer Weile spürte Matthew, wie er in Kathrins Hand wieder hart wurde.

Sie schwang sich auf ihn. Ihre Wirbelsäule bog sich, als er in sie eindrang, ihr Hals, die kleinen Brüste und der flache Bauch bildeten einen Bogen über ihm.

»Du bist wunderschön«, sagte Matt wahrheitsgemäß.

Aber in ihrer Hingabe war etwas, das seine Ängste ebenso weckte wie seine Lust.

Nachdem sie gekommen war, lag sie wie ein Frosch auf ihm, ihr heißer Mund an seinem Hals. Matthew zog sein Handgelenk behutsam zur Seite, so daß er auf die Uhr schauen konnte.

Sehr spät.

Sanft flüsterte er ihr zu: »Ich muß jetzt nach Hause gehen.«

»*Jetzt?*«

Sie saß wieder aufrecht. Ihre Ergebenheit verschwand.

»Ich werde erwartet und habe nicht einmal angerufen, um ...«

»Was ist mit mir?«

Er wollte sie trösten und sein Überlaufen weniger brutal erscheinen lassen. Er streichelte ihre Wange mit den Fingerspitzen.

»Ich wünschte, ich müßte nicht gehen.«

»Das mußt du auch nicht.«

»Kathrin, du weißt, wer ich bin. Du hast mir vorhin gesagt, du wüßtest, wie ich denke. Deshalb mußt du auch die offensichtlichen Dinge wissen. Ich bin verheiratet, ich habe Kinder.«

Tränen stiegen ihr in die Augen, und Matthew dachte: *Das bedeutet Ärger.*

»Was ist mit mir? Es ist Thanksgiving, und ich bin hier ganz allein.«

»Du hast doch Freunde, kennst viele Leute in Franklin.«

Auf ihren Wangen sah man Tränen, aber ihre Stimme blieb fest. »Ich liebe *dich.* Was ist denn hiermit, hat es dir nichts bedeutet?«

»Doch.« Das war die Wahrheit, und gegen ihren Willen war sie überzeugt davon. »Aber dennoch muß ich jetzt nach Hause gehen.«

Matthew stand auf und zog sich hastig an. Kathrin starrte ihn stumm an, und plötzlich fühlte er sich sehr alt. Als er bereit war zu gehen, krabbelte sie aus dem Bett, hüllte sich in einen Kimono und folgte ihm zur Tür.

»Wann können wir uns wiedersehen?« fragte sie.

»Am Montag, im Institut.«

»Ich meine so.« Ihre Finger berührten das Revers seines verknautschten Jacketts.

»Ich weiß es nicht. Wenn ich dich verletzt habe, Kathrin, oder in die Irre geleitet habe, tut es mir aufrichtig leid. Ich kann dir nichts anderes sagen.«

Er verließ sie und fuhr den Toyota aus der Einfahrt des kleinen Hauses zurück. Auf der Straße zurück nach Franklin war fast überhaupt kein Verkehr, denn alle anderen hatten ihr Ziel bereits erreicht.

Matthew fuhr, ohne irgend etwas wahrzunehmen. Er war wütend

auf sich, und Ekel verursachte ihm einen sauren Geschmack im Mund. Im Hinterkopf klopfte sein Puls die bohrende Mahnung: *Ärger.*

Dinah saß am Küchentisch und las. Seit kurzem trug sie eine Brille, die Gläser schienen ihre Augen vor ihm zu schützen. Am entgegengesetzten Ende des Tisches war ein Platz gedeckt, ein abgedeckter Teller stand daneben.

Matthew beugte sich herunter und küßte sie auf den Kopf, aber sie reagierte nicht. »Es tut mir leid, daß ich so spät komme. Wo sind die Jungen?«

»Im Bett natürlich. Seit Stunden. Was hat dich aufgehalten?«

»Ich habe zufällig einen Typen aus Dartmouth getroffen und habe ein Bier mit ihm getrunken. Dann hatte das Flugzeug Verspätung.«

»Ich habe in Logan angerufen. Sie sagten mir, es sei pünktlich gewesen.«

»Ich sagte doch, ich habe jemanden getroffen und dann eine Maschine später genommen.«

»Aha.«

»Und dann war schrecklicher Verkehr in Boston.«

»Warum hast du nicht angerufen?«

»Hatte keine Gelegenheit. Ist das für mich?« Er hob den Deckel vom Geschirr und nahm mit Daumen und Zeigefinger eine kalte Kartoffel.

»Für wen sollte es sonst sein? Ich erwarte niemanden. Du vielleicht.«

»Di, sei doch nicht so.«

»Dann sei du nicht so.«

Dinah stand auf, und als sie sich aus dem Lichtkreis über dem Tisch bewegte, schaute Matthew sie an, als sähe er sie zum allerersten Mal. In seinem Kopf war ein lachendes Mädchen mit einem lebhaften Gesicht. Diese ältere Dinah, die auf ihren Platz geglitten war, hatte dasselbe bemerkenswerte Gesicht, aber es war schmaler geworden, und sie bewegte sich müder, ohne die sprunghafte Energie, die sie einst besessen hatte. Die Fülle ihre dunklen Haares war achtlos zu einem Knoten gedreht, ihr Gesichtsausdruck erschöpft und traurig, ihre Lippen farblos und zu einer dünnen Linie zusammengepreßt.

Matthew verspürte brennende Reue. Er legte ihr die Arme um die Taille, aber sie hielt sich aufrecht.

»Wir wollen uns ein schönes Wochenende machen«, schmeichelte er.

»Erinnerst du dich daran, daß wir zu den Parkes' gehen?«

»Ja, ich weiß.« Es würde eine Überfülle der erlesensten Speisen und Getränke geben, und es bestand die Aussicht, daß jeder sich in direktem Verhältnis dazu amüsieren würde.

»Gut«, meinte Dinah. Sie entfernte sich von ihm und nahm ihr Buch mit. »Ich gehe jetzt, da ich weiß, daß du keinen Autounfall oder einen Herzinfarkt oder so etwas gehabt hast, ins Bett.«

War es das, was sie wollte?

Matthew setzte sich an den Tisch und aß die Reste des Abendessens, ohne etwas zu schmecken.

»Hereinspaziert«, rief Ed ihnen zu. Er legte Matthew den Arm um die Schulter und zog ihn zwischen die Leute. In dem großen Raum war es heiß, er war voller Menschen, die lachten und redeten.

Dinah sah, wie die Jungen sich zwischen den Gästen hindurchschlängelten, um zu den Berkmannkindern am Billardtisch zu kommen. Von Milly war nirgends eine Spur, aber Sandra war in der Küche. Wohlriechende Düfte vermischten sich dort miteinander. Sandra begoß gerade einen gewaltigen Truthahn. Sie stellte Dinah eine hochgewachsene weißhaarige Frau als Eds Mutter vor.

»Dreißig Leute zu Thanksgiving«, sagte Sandra. »Bin ich eigentlich verrückt?«

Mrs. Parkes faltete Servietten. »In den alten Zeiten, als Milton noch lebte, gaben wir jedes Jahr eine große Party, und ich habe immer alles selbst gemacht.«

»Kann ich helfen?« fragte Dinah Sandra. Sie hatten sich seit der Rückkehr der Parkes' von der Westküste nicht oft gesehen. Milly war mit ihrem Rucksack nach Hause gegangen und hatte offenbar auf Sandras Anweisung hin Dinah einen gestelzten Dankesbrief für ihre Gastfreundschaft geschrieben. Angesichts des Gegensatzes zwischen diesem Brief und Millys tatsächlichem Benehmen mußte Dinah lächeln. Sie hatte das Blatt gefaltet und in die Schublade ihres Schreibtisches gelegt.

»Die hier könntest du hacken.« Sandra reichte ihr eine Handvoll Schalotten.

Eine Horde Kleinkinder schwärmte durch die Küche und verteilte überall Bonbonpapierchen.

»Das sind Richies Kinder«, strahlte Rene Parkes. »Eds jüngerer Bruder.«

»Seine dritte Portion. Die beiden ältesten von seiner ersten Frau sind auch hier. Der Junge ist an der Columbia University, und das Mädchen arbeitet als Verlagsassistentin.« Sandra knallte die Ofentür hinter dem Puter zu, und sie und Dinah wechselten Blicke.

»Richie mochte Kinder schon immer«, gluckste seine Mutter. »Wo ist denn Camilla? Ich habe sie noch nicht gesehen.«

»In ihrem Zimmer. Laß sie erst einmal in Ruhe. Mein Gott, ist es heiß hier drin. Ich brauche etwas frische Luft. Nimm deinen Drink mit nach draußen, Dinah.«

Sie gingen durch die Glastür nach draußen. Es war ein kalter, klarer Tag, und es roch nach Holzrauch. Sandra spreizte ihre Finger auf dem Geländer, während sie über die Baumwipfel blickte, und in den Diamanten an ihren Händen brach sich das Sonnenlicht.

»Geht es dir gut?« fragte Dinah.

»Abgesehen davon, daß Thanksgiving ist, meinst du? Nein, nicht besonders. Milly ist sehr schwierig. In letzter Zeit spricht sie kaum, außer um uns zu verhöhnen. Gelegenheiten wie diese hier machen alles nur noch schlimmer. Schau dir das hier an. Eds Mutter und ihre älteste Freundin. Richie und seine dritte Frau und ihre Kinder. Die Schwester und die Mutter seiner zweiten Frau, ob du es glaubst oder nicht. Die Kinder von seiner ersten Frau. Die jüngere Schwester von Eds Vater und ihr Sohn, der Zahnarzt. Hast du ihn kennengelernt?«

»Noch nicht. Und das ist nur die Familie. Dann hast du da noch die Berkmanns und uns und wen noch?« Dinah lachte. »Du kannst Milly wirklich keine Vorwürfe machen. *Ich* würde mich auch am liebsten in meinem Zimmer verstecken ...«

»Ich finde das nicht so komisch.«

»Ich weiß. Tut mir leid.«

Sandra drehte sich um und verschränkte ihre Arme vor der Schürze, die ihre Kaschmirtunika bedeckte. Ihr Gesicht hatte einen gelblichen Farbton, der sie älter und erschöpft erscheinen ließ. Dinah sah, wie unglücklich sie war. Sie fragte sich, wie die speziellen Bedingungen des Vertrages der Parkes' lauteten.

»Es tut mir leid ...«, begann sie wieder, aber Sandra unterbrach sie.

»Milly mag dich«, sagte sie. Wie eine Anklage kam es heraus. Sandra zog einen Mundwinkel zwischen die Zähne und begann von neuem.

»Nach dem Wochenende erzählte sie mir, du hättest mit ihr geredet, wie niemand sonst es jemals tut. Nicht, daß ich nicht versuchen würde, mit ihr zu reden, um sie zu verstehen. Gott weiß, wie sehr ich das möchte. Aber sie will nichts hören, was von mir kommt oder von Ed. Was *hast* du ihr denn gesagt?«

Dinah wich ein wenig zurück. All ihre Instinkte warnten sie davor, jetzt in Gegenwart aufdringlicher Verwandter und Kinder darüber zu reden. Sie fürchtete, Sandra könnte ihrem Geheimnis zu nahe kommen, fürchtete, es könnte sich zu nahe an der Oberfläche ihrer eigenen Gedanken befinden. In Gedanken wälzte sie ständig ihre Absicht, nach Hause zu fahren und Sarah zu suchen, hin und her. Jetzt war es keine Frage mehr, ob sie es tun würde, sondern, wann und wie.

Dinah zögerte. »Ich habe ... hauptsächlich über mich selbst geredet. Und Milly hat zugehört.«

Sandra merkte, daß Dinah ihr auswich.

Barsch fragte sie: »Hat sie dir erzählt, daß sie adoptiert worden ist?«

»Ja.«

Sandras Finger gruben sich noch tiefer in die verschränkten Arme. Es war kalt hier draußen.

»Und du glaubst also, ich hätte alles falsch gemacht?«

Die Aggressivität in ihrem Ton, die ihre Eifersucht und Unsicherheit überlagerte, führte dazu, daß Dinah zu rasch erwiderte: »Nein, überhaupt nicht. Es war kein einfaches Wochenende, aber ich glaube,

Milly ist in vielerlei Hinsicht bewunderungswürdig. Ich halte sie für recht bemerkenswert.«

»Du hältst sie für bemerkenswert?«

Sandras Wut und Bitterkeit waren klar zu hören. Dinah begriff, daß sie äußerst verletzlich war, was Milly betraf. Sie verübelte Dinah sogar die zaghafte Freundschaft, die sie mit Milly begonnen hatte.

»Ja, das tue ich«, antwortete Dinah freundlich. Sie wollte Sandra keinen Anlaß zur Eifersucht geben, sie wollte aber auch für Milly sprechen.

Sandra wandte sich ab und starrte hinunter auf die reliefartige Karte der Bäume.

»Ich weiß nicht, was ich tun soll«, meinte sie achselzuckend. Ihre Wut verblaßte zu Hilflosigkeit. Dinah streckte die Hand aus und ergriff Sandras Hand. Die Diamanten an Sandras Fingern fühlten sich wie kleine Felsen an.

Die Glastür hinter ihnen wurde geöffnet, und Ed tauchte auf.

»Liebling? Wann ist das Essen fertig? Die Leute da drinnen werden langsam hungrig.«

Kurz schloß sie die Augen.

»Ich komme sofort.«

Dinah sagte leise: »Laß sie einfach noch ein bißchen älter werden. Nicht, daß ich irgendeine Ahnung davon hätte.«

»Da hast du recht, das hast du nämlich nicht. Trotzdem vielen Dank. Jetzt wollen wir mal hineingehen und nach diesem verdammten Puter sehen.«

Mittlerweile schienen noch mehr Leute durch das Haus zu schwärmen. Eine lange Tafel beherrschte den Eßbereich. Rene und ihre Freundin falteten kunstvoll die Servietten auf jedem Gedeck, und Richies Jüngster saß heulend in einem Hochstuhl. Dinah konnte hören, wie Max Berkmann mit erhobener Stimme dem Studenten von der Columbia University erklärte, daß er den besten französischen Burgunder, den er je gekostet hatte, auf der Domaine selbst, in der Nähe von Beaune, getrunken hätte. In der Küche holte Maria Berkmann Platten aus dem Schrank, und Ed ließ direkt neben ihrem Ellenbogen ein Tranchiermesser an einem Wetzstahl vorbeisausen.

»Ich werde den Puter jetzt herausnehmen. Laß ihn noch ruhen, während wir den ersten Gang essen«, wies Sandra ihn an. »Bringst du bitte alle dazu, sich hinzusetzen?«

Sie wurden zu ihren Plätzen dirigiert. Vierarmige Leuchter mit brennenden Kerzen wurden über die Tafel verteilt. Max, Richie und der Zahnarzt hatten witzigerweise völlig verschiedene Vorstellungen über die Sitzordnung, bis Ed kam und alle umsetzte. Die älteren Kinder rannten zu ihren Plätzen und schnitten einander Grimassen.

»Wie herrlich, wieder zusammenzusein«, sang Rene. »Wo ist Camilla?«

Sandra nahm den Hörer des Haustelefons und murmelte etwas hinein.

Es herrschte viel zuviel Lärm und Durcheinander für einen ihrer Auftritte. Dinah hielt nach ihr Ausschau und bemerkte, wie sie oben an der Treppe zögerte und dann langsam herunterschlenderte. Der einzige freie Stuhl war am entgegengesetzten Ende der Tafel, nahe dem Durchgang zur Küche, zwischen Merlin und Richies Tochter, die in einem Verlag arbeitete.

Ungewöhnlicherweise trug Milly nicht ihre zerrissene schwarze Kleidung, obwohl ihre Haare zum Ausgleich noch verfilzter waren und lebloser aussahen als sonst. Sie war in ein riesiges weißes T-Shirt gehüllt, auf dem in rabenschwarzen Lettern stand: »KEIN Schlachten mehr.«

Sie trug ihren kleinen Rucksack, den sie sehr vorsichtig über die Lehne ihres Stuhles hängte, bevor sie sich setzte. Sie würdigte niemanden eines Blickes, obwohl ihre Cousine sie freundlich anlächelte und sie mit einem »Hallo!« begrüßte.

»Was ist das, Milly?« rief Richie vom anderen Ende des Tisches. Er sah beinahe aus und hörte sich fast so an wie sein Bruder, nur in einer kleineren und weniger luxuriösen Ausgabe. »Antikriegs-Protest heute?«

»Ja. Genau.«

Millys beißende Verachtung für die Frage, für die Tafel und dieses ganze Thanksgiving war offensichtlich. Dinah spürte sie von ihrem Platz aus, und sie mußte den Kopf senken, um ihr Lächeln voll amüsierten Mitgefühls zu verbergen.

»Wir wollen essen«, rief Ed. Erleichtert wandten sich die Gäste von Milly ab und Essen, Wein und der allgemeinen Unterhaltung zu. Dinah begann sich mit Eds überraschend netter Tante über ihr Heim in Connecticut zu unterhalten. Die Kerzen teilten die Tafel mit sechzehn goldenen Lichtpunkten in vier Bereiche, als das Tageslicht draußen langsam verblaßte. Dinah fing nur einmal Matthews Blick auf. Er lächelte sie in einer Weise an, die jeden anderen ausschloß, sogar die Jungen, und sie an eine Vertrautheit erinnerte, die sie einst genossen hatten. Jetzt konnte sie sich nicht einmal mehr vorstellen, wie diese Vertrautheit sich angefühlt hatte.

Ed redete noch immer, erklärte am oberen Ende des Tisches gerade etwas. Sandra hatte die Suppenteller abgeräumt, und vollbeladene Platten mit Gemüse und Maisbrot wurden aus der anderen Richtung gereicht. Die Lautstärke stieg ständig, dennoch war es irgendwann einen Augenblick lang relativ ruhig, und Milly sagte: »Ich hole den Puter für dich herein.«

Sie stand auf.

»Er wird dir viel zu schwer sein«, meinte Sandra.

»Ich möchte es gern.«

»Laß es sie doch machen«, rief Ed zu ihnen herüber. Milly ging in die Küche und erschien einen Augenblick später mit dem phantastisch goldbraun schimmernden Vogel, den sie auf einer ovalen Platte vor sich hertrug. Ein gutgelaunter Chor von Komplimenten ertönte.

»Das ist ja wirklich ein Prachtexemplar«, meinte Rene.

Milly stellte den Puter auf einen Seitentisch, wo Eds gewetztes Tranchiermesser bereitlag. Sandra war mit dem Gemüse beschäftigt, und Ed erzählte gerade seine Anekdote zu Ende.

Dinah sah, wie Milly gemächlich zu ihrer Tasche, die um die Rückenlehne ihres Stuhles geschlungen war, ging und etwas herausholte.

Es war eine Literdose mit einem farbigen Etikett.

Milly stellte sie auf den Seitentisch neben den Puter und benutzte die Spitze des Tranchiermessers, um den Deckel aufzustemmen. Dann hob sie die Dose in Kopfhöhe hoch, als bringe sie irgendeiner Gottheit ein Opfer dar.

Die Gespräche rund um den Tisch gerieten ins Stocken und verstummten. Alle Blicke wandten sich Milly zu.

Dinah hörte, wie Ed herausplatzte: »Was gerade *tust* du denn da?«

Im selben Augenblick kippte Milly ihr Handgelenk, und etwas leuchtend Scharlachrotes, viel leuchtender als Blut, blitzte auf.

»Mein Gott.«

Ed sprang von seinem Stuhl auf, sein Bruder ebenfalls, aber es war zu spät.

Milly hatte eine ganze Dose scharlachroter Farbe ausgegossen – ekelhafte Spuren einer leuchtendroten Antisauce auf dem Thanksgiving-Puter. Über den Chor der entsetzten Stimmen kreischte Rene: »Was hat das Mädchen denn jetzt schon wieder angestellt?«

Milly ließ die Dose fallen und wandte ihrem Werk den Rücken zu. Ihre Blicke suchten Dinah in der Reihe der Gesichter mit offenstehenden Mündern.

»Fleisch ist Mord«, sagte Milly. Aber so schnell und oberflächlich, daß Dinah wußte, sie hatte es mehr aus purem Trotz gegenüber Ed und Sandra und der üblichen Thanksgiving-Feier getan als aus *veganischem* Protest.

Sandra stürzte sich auf den Vogel und tupfte ihn mit Küchenpapier ab. Scharlachrote Tropfen und Spritzer waren überall an der Wand, auf den Möbeln und auf ihrer Kleidung. Aber Milly hatte es fertiggebracht, sauber zu bleiben, weiß wie ein puterrächender Engel.

Ed war beim Seitentisch angekommen und packte ihre Arme. Einen Augenblick lang glaubte Dinah, daß er die Absicht hätte, das Kind zu Boden zu ringen.

»Du kommst mit mir. Raus hier. Sofort.«

Er trieb sie vor sich her die Treppe hoch, über den Balkon, außer Sichtweite. Milly ging willig mit, ohne einen Blick zurück.

Die Frauen scharten sich um Sandra.

»Hat keinen Zweck«, meinte eine. Man nahm Sandra das Küchenpapier aus der Hand.

»Ich fürchte, du hast recht«, stimmte sie zu. Ihr Gesicht versteinerte, ihre Augen blitzten.

Fast alle hatten die Tafel verlassen. Die Leute, die die Farbe wegwischten, und diejenigen, die den ruinierten Puter wegschaffen wollten, drängelten durcheinander. Ed mußte kommen und die Ordnung wiederherstellen.

»Milly hat mich gebeten, sie bei allen zu entschuldigen«, rief er vom Balkon herab, und dann kam er die Treppe herunter. »Sie setzt sich sehr für die Rechte der Tiere ein. Nicht daß ihr das das Recht geben würde, zu tun, was sie getan hat. Also, Sandy, was haben wir denn noch?«

Es gab Kastanienfüllung, Süßkartoffeln und Bratensoße, Preiselbeersauce, Berge von Gemüse und hinterher eine ausgezeichnete Kürbispie, und das aßen sie dann auch. Ein Menü, das Milly gebilligt hätte, dachte Dinah. Überraschung, Enttäuschung und eine Art düsterer Reiz verliehen der Unterhaltung zusätzliche Würze und ließen den Wein freigiebiger fließen. Ed und Sandra wurden auf heldenmütige Weise vergnügt und noch gastfreundlicher, und jeder wußte, daß dieses Puter-und-Farbe-Thanksgiving eines Tages in die Familienmythologie eingehen würde. Noch nicht, aber im Laufe der Zeit.

Als Dinah Matt ansah, erkannte sie plötzlich, daß er sich vor unterdrücktem Lachen, das sie ebenso empfand, krümmte. Ich erinnere mich doch wieder, dachte sie, und ihre Wut auf ihn legte sich ein wenig.

Im Auto auf dem Nachhauseweg fragte Jack: »Was hättet ihr getan, wenn ich das getan hätte?«

»Oh, ich schätze, in den Müll geworfen.«

»Dich vom Dach gekugelt.«

»Dich in den Mixer gesteckt und Püree aus dir gemacht«, rief Merlin triumphierend.

Sie rezitierten ein Familienmantra. Als Merlin geboren wurde, war Jack so eifersüchtig gewesen, daß sie drei Stunden damit verbracht hatten, sich die schlimmsten Dinge auszudenken, die man dem Baby antun konnte. Als Matt den Vorschlag mit dem Püree machte, hatte Jack schließlich protestiert: »O nein, das ist *grausam.*«

»Nein, ich meine, wirklich. Was hättet ihr getan?«

»Ich wäre sehr, sehr wütend auf dich«, antwortete Dinah schlicht.

»Ja«, fügte Jack hinzu und holte tief Luft. »Das kann ich mir vorstellen.«

Ich liebe die beiden so sehr, dachte Dinah. Der Toyota rollte zügig in Richtung Franklin. Ihre Liebe zu den Jungen war einen Moment lang greifbar, ein fester glatter Körper, der ihr die Luft nahm; die Liebe umhüllte sie aber auch und war getränkt mit den Irritationen von Nähe und Vertrautheit. Manchmal machten sie sie auch wütend und ungeduldig, genau wie Matt. Und die ganze Zeit über waren die Liebe und die Sehnsucht nach Sarah da – Gefühle, die sie nicht leben konnte.

Ich muß sie finden, was immer das bedeuten wird.

Matthew nahm eine Hand vom Steuer und griff nach ihrer. Als er ihre Finger ineinanderwob, spürte sie seine Wärme und ließ ihre Hand liegen.

Vielleicht könnten wir ja gemeinsam nach ihr suchen, dachte sie. Vielleicht kann ich ihn ja dazu bringen, zu verstehen, warum ich das so sehr brauche.

Am folgenden Nachmittag spielten die Jungen mit einigen anderen Kindern am Ende der Kendrick Street. Es war ein naßkalter Nachmittag, dünner Nebel hing über dem Waldrand und dem Flußufer. Matt und Dinah saßen lieber drinnen am Feuer. Dinah las ein Buch, Matt seine Zeitungen und Zeitschriften. Ape lag auf dem Kaminvorleger zwischen ihnen und streckte den Bauch genüßlich der Wärme entgegen.

»Das ist gut so«, seufzte Matt und streckte seine Beine aus. »Thanksgiving hat auch seine guten Seiten.«

In einem Funkenregen fiel ein Holzscheit im Kamin herunter, so daß Dinah aufsprang. Ihr war unbehaglich zumute bei dieser Zurschaustellung häuslichen Friedens, da doch das Geflecht der Zwietracht nur zeitweilig unter der Oberfläche verschwand. Die Sätze, die sie zu lesen versuchte, entglitten ihr; wieder und wieder zwang sie sich, sich zu konzentrieren. Sie mußte mit Matt über die Reise nach England reden. Heute abend vielleicht, wenn die Jungen schliefen.

Ihre Versuche, zu lesen, hatte sie aufgegeben und war in die Küche gegangen, um Tee zu machen, als das Telefon klingelte.

Eine Frau meldete sich mit Dr. Kathrin Pang und fragte nach Professor Steward.

»Matt? Es ist für dich. Dr. Pang.«

Ein Stapel Manuskriptseiten glitt ihm vom Schoß und rutschte fächerförmig über den Boden, als er den Hörer nahm. Die Türen standen alle offen. Dinah versuchte nicht, ihn zu belauschen, aber sie konnte es nicht verhindern. Sie erinnerte sich, daß Kathrin Pang die kleine dunkle, orientalisch wirkende Wissenschaftlerin war. Das Frisbeespiel. An jenem Tag hatte sie sie mit all den anderen Frisbee spielen sehen, sie war an der Böschung gestolpert und dann hinter den anderen hergerannt, bemüht, nicht zurückgelassen zu werden.

Matthew antwortete: »Ja?«

»Ich wollte mir dir sprechen.«

Es war Kathrins Stimme, kein Irrtum war möglich. Obwohl er zuerst gehofft hatte, er hätte sich irgendwie verhört.

»Ja?« wiederholte er.

»Ich bin im Labor. Ich bin hier ganz allein. Gestern habe ich auch allein verbracht.«

Matthew wechselte den Hörer in die andere Hand, ein paar Zentimeter weiter weg von Dinah. Das Haus um ihn herum wurde zu einer riesigen Muschel, ein lauschendes Ohr, das dieses Geflüster aufnahm und verstärkte, bis es um sie herum dröhnte.

»Gibt es ein Problem?«

»Nur daß du nicht da bist. Komm doch her, sag, du müßtest arbeiten oder irgendwas.«

»Im Augenblick ist es nicht sehr günstig.«

»Am Mittwoch abend hast du nicht daran gedacht, ob es günstig ist. Ich möchte dich sehen. Ist das verkehrt? Ich bitte dich nur um ein klein wenig deiner Zeit. Ich könnte auch zu dir kommen, wenn dir das lieber ist. Ich kann zu euch hinüberkommen, wäre das besser?«

»Nein.«

Sie neckte ihn und bedrohte ihn gleichzeitig. Sie war nicht verrückt, dazu konnte er keine Zuflucht nehmen. Kathrin war völlig normal, und sie wußte, was sie wollte.

»Also was dann?«

Matthew konnte nicht nachdenken. Er hatte vermutet, daß dieses Problem auf ihn zukam, und dennoch hatte es ihn unvorbereitet erwischt.

»Einen Augenblick. Hören Sie zu, ich komme hinüber, sobald ich kann. Lassen Sie bis dahin alles, wie es ist, und ich werde dann versuchen, es herauszufinden.«

Hörte er sich an, als gäbe es ein dringendes Computerproblem? In seinen eigenen Ohren klang seine Stimme schrill und verzweifelt.

»Ich bin hier. Es tut mir leid, okay? Ich mußte dich einfach anrufen.«

Matthew bückte sich und sammelte die verstreuten Seiten ein. Als er sich wieder aufrichtete, stand Dinah im Türrahmen.

»Sie ist es also.«

Natürlich wußte sie es.

»Was meinst du?«

Müde begann er mit den obligatorischen Dementi, ohne die geringste Lust dazu zu haben.

»Matt, lüg mich nicht an. Warum solltest du glauben, daß ich nichts bemerke? Wie lange geht das schon?«

Er hielt eine Hand hoch und wehrte dadurch ihre Wut und ihren Kummer ab.

»Ich muß für eine Stunde ins Labor.«

»Ja, ich verstehe. Kommst du zurück?«

»Natürlich.«

Sie trat beiseite, um ihn vorbeizulassen.

»Dinah ...«

»Geh einfach.«

Er ging nach draußen und stieg in den Toyota. Im Rückspiegel sah er noch, bevor er in die Pleasant Street einbog, wie Merlin in hohem Tempo auf einem geliehenen Fahrrad durch einen komplizierten Slalomparcours aus Coladosen fuhr.

Dinah ging durch das Haus und betrat jedes Zimmer, als wolle sie eine Inventur von allem machen, das sie mit Matthew geteilt hatte. Ihr Herz klopfte unbehaglich, aber sie war nicht sehr schockiert. Zu sehen und zu hören, wie Matthew am Telefon mit seiner Dr. Pang sprach, bestätigte nur, was sie bereits gewußt hatte.

In Jacks Zimmer türmte sie die Disketten, die auf seinem Schreibtisch verstreut lagen, zu einem ordentlichen Stapel auf. Auf Merlins

Fensterbank standen noch die Kuscheltiere, ein Elch mit Filzschaufeln und ein lächelnder Dinosaurier. Im Elternschlafzimmer hob sie Kleidungsstücke auf, die auf einem Stuhl liegen geblieben waren, und faltete sie, eine Kette und ein Armband vom Vortag raffte sie zusammen und legte sie in die Schatulle, in der sie ihren Schmuck aufbewahrte. Sonst war alles ordentlich, das Bett gemacht, der Deckel auf dem Wäschekorb an seinem Platz.

Schließlich war sie zu einer logischen Schlußfolgerung gelangt. Es war die traurigste Schlußfolgerung, die nur möglich war, aber es hatte keinen Zweck, zu bestreiten, daß sie unvermeidlich war.

Wenn es die Wahrheit war, daß sie und Matthew einander im Stich gelassen hatten – und sie wußte das noch nicht sicher, aber es hatte den Anschein –, dann war es entscheidend, nicht noch jemanden im Stich zu lassen. Sie mußte bei Jack und Merlin alles richtig machen, und es richtig zu machen bedeutete, zum Anfang zurückzugehen, zu Sarah, und alle Fehler, die sie seither gemacht hatte, aufzulösen.

Dinah sagte laut: »Sarah.«

Fremd klang ihr Name in diesem warmen Raum, der so gut eingerichtet war mit all den Dingen, die Matthew und sie gemeinsam ausgewählt hatten.

Seit dem Wochenende, an dem Milly sie besucht hatte, wußte sie, daß sie Sarah suchen mußte, aber sie hatte es vor sich hergeschoben, einen Tag auszusuchen und ihre Entscheidung zu verkünden, weil es eine Wahl zwischen Matthew und allem anderen zu bedeuten schien.

Und jetzt war für sie die Wahl getroffen worden. Matthew war untreu. Wie wenig sie über diese Entdeckung überrascht war, schockierte sie viel mehr als die Tatsache als solche, aber sie hatte nicht länger das Gefühl, daß seine Bedürfnisse stärker ins Gewicht fielen als ihre eigenen.

Die Jungen kamen hungrig und verschmutzt ins Haus.

Jack sah sie an und fragte: »Mum, was ist los?«

»Nichts ist los. Dad ist ins Labor gefahren. Kommt her zu mir. Möchtet ihr jetzt etwas essen?«

Dinah drückte sie an sich, zu fest, mit dem Druck der Liebe, die ihre Brust sprengte. Sie sah, wie sie ihre Köpfe verrenkten und verwirrt versuchten, ihr ins Gesicht zu blicken.

Sie ließ sie los, beruhigte sie so unbefangen wie möglich und versuchte, die Unsicherheit mit trockener Kleidung und warmem Essen zu vertreiben. Sie wußte noch nicht genau, was sie ihnen sagen sollte.

Als Matthew sie fand, arbeitete Kathrin an ihrem Platz, das Radio lief, genau wie zwei Tage zuvor.

Zunächst war sie kleinlaut, dann wütend auf ihn, schließlich weinte sie. Er stand da, hielt sie in seinen Armen, während sie weinte, und war sich seiner Hilflosigkeit und Nutzlosigkeit bitter bewußt.

»Hattest du das nicht verstanden?« schluchzte Kathrin. »Ich liebe dich, und ich dachte, du wüßtest das. Ich dachte, du würdest so ähnlich empfinden und wärst nur zu loyal, um es zu sagen.«

»Nein«, entgegnete Matthew traurig. Er fragte sich, was er diesem Mädchen vermittelt hatte, um sie das glauben zu lassen. »Du bist wundervoll, aber ich hätte dem widerstehen sollen, was geschehen ist. Es tut mir leid, daß ich das nicht getan habe, und es tut mir leid, daß dich dies alles so sehr verletzt. Aber weißt du, ich liebe Dinah, meine Familie ... und ich möchte nicht riskieren, sie zu verlieren.«

Wie pathetisch sich das anhört, dachte Matthew. Wie selbstsüchtig. Und stimmte es überhaupt? Dinah wich zur Seite, damit er sie nicht berührte, wenn er vorbeiging. Wütend. Und dann seine eigene Entschlossenheit, Kontrollen, Arbeit, Labor, lange Arbeitszeiten, sein Team, seine Ersatzfamilie.

»Es tut mir leid«, wiederholte er.

Schließlich wandte sich Kathrin von ihm ab. »Was ist damit?« fragte sie. Sie meinte den Arbeitstisch, das Glas, die Ausdrucke, ihre Bedeutung in dieser Hierarchie.

Matt verspürte Erleichterung und einen Optimismus, der ihn überraschte.

»Das wird immer dasein, Arbeit, die getan werden muß, gute Arbeit. Schau nur, wir sind fast am Ziel.«

Es stimmte, nur noch zwei, drei Wochen. Monatelange klinische Tests würden folgen müssen, aber sie hatten das neue Insulin in seiner Rohform beinahe fertiggestellt. Vor Weihnachten. Vielleicht vor Weihnachten. Matthew spürte, wie der Ehrgeiz ihn wieder packte.

»Fast«, wiederholte Kathrin. Wütend rieb sie sich Augen und Nase mit dem Handrücken.

Matthew fuhr die vertraute Strecke wieder nach Hause. Beinahe zwei Stunden lang war er weg gewesen.

Dinah und die Jungen spielten Karten. Sobald Jack seinen Vater erblickte, ballte er die Hand zusammen.

»Dad?«

»Ich bin wieder da. Tut mir leid, daß ich fortmußte.« Dinah sah ihn nicht an. »Hört mal zu, ihr beiden. Ich möchte mit eurer Mutter reden. Geht ihr bitte und seht fern oder macht irgendwas – für eine halbe Stunde?«

Sie sahen einander an, dann schauten sie auf Matthew und Dinah.

»Nur eine halbe Stunde«, bat Dinah lächelnd.

Sie gehorchten ohne Widerspruch und gingen nah nebeneinander hinaus, als ob sie sich gegenseitig stützen müßten.

Matthew kam um den Tisch herum. Er wollte Dinahs Hand ergreifen, er wollte sie aber auch anschreien. Er zwang sich, langsam zu sprechen.

»Ich werde dir die Wahrheit sagen. Bitte glaube mir. Es ist zweimal passiert, und ich bedaure es sehr. Kathrin ist eine gute Kollegin und eine brauchbare Wissenschaftlerin, aber mehr als das empfinde ich nicht für sie. Ich habe gerade versucht, ihr das zu erklären.«

»War sie sehr bestürzt?«

»Ja. Aber das muß ich akzeptieren, nicht wahr?«

Dinah nickte beinahe geistesabwesend. Er fragte sich, ob sie überhaupt richtig zuhörte.

»Ich habe einen Flug nach London gebucht«, sagte sie. »Für Montag.«

»Dinah.«

»Laß uns nicht darüber streiten. Ich will es tun und werde es tun.«

Es entstand eine Pause. Jetzt schaute sie ihn mit einem abschätzenden Blick direkt an. »Natürlich könntest du mitkommen.«

»Nach England? Auf eine wilde Jagd nach Sarah?«

Kaum je sprach er ihren Namen aus. Ihn von ihm zu hören war beinahe ein Triumph. Dinah nickte.

Matthew schrie sie an: »Ich kann nicht. Ich kann die Arbeit jetzt nicht liegen lassen, ich kann nicht alles genau in dem Augenblick, wo wir dabei sind ...«

»Dann laß es.« Sie strahlte absolute Kälte aus. »Ich werde fahren. Und die Jungen kommen mit mir.«

»Dinah ...«

»*Mit mir*«, wiederholte sie. Diese stahlharte Bestimmtheit hatte er noch nie zuvor bei ihr erlebt.

»Und was, wenn du sie findest? Was geschieht dann?«

Dinah atmete langsam aus. »Ich weiß es nicht«, antwortete sie wahrheitsgemäß. »Aber ich habe sie wenigstens gefunden, nicht wahr?«

7

Dinah saß bei ihrer Mutter auf der Bettkante und hielt ihre Hand. Sie war hereingekommen, um gute Nacht zu sagen.

Gemeinsam hatten sie die Zehn-Uhr-Nachrichten gesehen, und jetzt lehnte sich Eleanor in ihrem cremefarbenen Bettjäckchen in ihre Kissen zurück. Ihre Brille lag in einem Petit-Point-Etui bei ihrem Buch auf dem Nachttisch, und daneben stand eine gerahmte Fotografie ihres Mannes in Uniform. Ein weiteres Foto von Dinah und Matthew mit den Jungen, die noch viel kleiner waren als jetzt, stand dort, aufgenommen in ihrem Garten in Hertfordshire.

Alles im Schlafzimmer war poliert, geordnet, auf begrenztem Raum aufbewahrt. Im Rest des Bungalows war es dasselbe, alles war der Routine eines einzelnen Menschen angepaßt. Eleanors Leben hatte sich neu strukturiert. Dinah wußte, ihre Mutter war glücklich darüber, daß sie und die Kinder hier waren, sie war sich aber auch des Lärms, der Unordnung und der Störung bewußt, die sie verursachten.

»Ich finde es schön, wenn du und die Jungen bei mir seid«, sagte Eleanor plötzlich und schien Dinahs Gedanken zu lesen. »Warum müßt ihr so bald wieder fahren?«

»Ich habe dir doch gesagt, warum«, antwortete Dinah.

Eleanor hatte sich ihre Erklärung angehört. Sie hatte nicht versucht, Dinah davon abzubringen, ihre Suche zu beginnen, aber sie hatte auch nicht versucht, ihre eigenen Befürchtungen zu verhehlen.

»Aber wo genau fährst du hin? Ist das kein Fehler, mein Liebling, nach all der Zeit? Was hast du den Jungen gesagt?«

Dinah schüttelte den Kopf. »Ich will nur wissen, ob es ihr gutgeht, ob sie glücklich ist. Ist das ein Fehler? Daß ich einfach nur ihr Gesicht sehen will? Ich fahre nach Thetford, zu der letzten Adresse. Jack und Merlin glauben, wir machen eine Urlaubsreise. Es ist ja nicht so, daß ich dich nicht sehen wollte, das weißt du.«

Eleanors Hand war schmal und blaugeädert, obwohl ihre Fingernägel so makellos manikürt waren wie eh und je. In einer ihrer frühesten Erinnerungen lag Dinah mit Masern im Bett, und ihre Mutter brachte ihr eine Puppe. Ihre rotlackierten glänzenden Fingernägel waren im bunten Netz der Puppenröcke aufgefallen. Jetzt war der Lack ein blasses silbriges Rosa. Die Halbmonde an den Fingernägeln waren immer noch dieselben, obwohl sie breiter und größer zu sein schienen als früher.

»Das weiß ich doch, mein Liebling. Kannst du mir sagen, was mit dir und Matthew los ist?«

Zum ersten Mal seit der Hochzeit ihrer Tochter spürte Eleanor eine Distanz zwischen Dinah und Matthew. Sie hatte immer geglaubt, daß die Krise um Sarah sie einander nähergebracht hatte, aber jetzt bezweifelte sie ihr eigenes Urteil.

Dinah wandte den Kopf ein wenig zur Seite. Der ovale Spiegel des altmodischen Frisiertisches reflektierte sie beide. Als Kind hatte sie oft gedacht, das Gesicht ihrer Mutter sei eine perfekte, vollendete Version ihrer eigenen unfertigen Züge. Sie erinnerte sich daran, wie sie ihre Nase gegen Eleanors Nase drückte und es genoß, wie ähnlich sie sich waren und daß ihre Verbindung dadurch für alle Welt sichtbar wurde.

Ich weiß, wessen kleines Mädchen du bist, pflegten die Leute zu sagen.

Weit weg in Franklin hatte Dinah die Befürchtung beschlichen, daß die Verbindung durch die Entfernung zerbrochen worden sei. Jetzt begriff sie, daß die Veränderung einfach eine Umkehrung war. Ihr eigenes Gesicht war die fertige Version geworden – seit wann eigentlich –, und die Flächen und Kanten verrieten Alter und Erfahrung. Und Eleanors Gesicht war geschrumpft, das Fleisch wurde lockerer und die Haut durchsichtiger, als sei sie das Kind, als ob die Kindheit sie wieder für sich beanspruche. Eine übernahm die Rolle der anderen.

Dinah war voller Liebe und Zärtlichkeit für ihre Mutter, aber auf der anderen Seite, wo ihre eigene heranwachsende Tochter das Gegengewicht hätte bilden sollen, war nur ein leerer Platz.

Dort war die Verbindung zerbrochen – zwischen ihr und Sarah. Mit Eleanor hielt sie sie fest. Was konnte sie ihr jetzt erzählen über den kalten Bruch zwischen ihr und Matthew?

»Matthew glaubt, das, was wir taten, als wir sie aufgaben, sei endgültig. Richtig oder falsch, es gehört der Vergangenheit an. Nur kann ich es nicht dort lassen. Jeden Tag erscheint sie in meinem Kopf, in tausend verschiedenen Formen. Macht mir Vorwürfe, beschuldigt mich. Ich habe Angst davor, was ich finden werde, und auf der anderen Seite bin ich ganz krank vor Sehnsucht danach.

Die einzige Antwort, die ich mir geben kann, ist, sie einfach zu sehen. Sobald ich das verstanden hatte, konnte ich den Gedanken nicht mehr loswerden. Ich werde niemanden verletzen, weder Sarah noch ihre Eltern. Ich habe nur Angst, wenn ich es nicht tue …« Dinah spreizte ihre Hände und war erstaunt, wie ruhig sie waren trotz all der Aufregung und der Furcht in ihr. »… Wenn ich es nicht tue, wird etwas zerbrechen. Nur kann Matt das nicht begreifen. Will es vielleicht auch nicht. Und das verursacht einen solchen Schmerz zwischen uns.«

Dinah erwähnte Kathrin Pang nicht. Sie wollte nicht, daß ihre Mutter das von Matthew wußte.

Eleanor nahm sie in die Arme. Sie roch mehr nach alter Dame als nach Arpège, nach Wolle und Gesichtspuder und Aufenthalt im

Haus. Mutter-Tochter, dachte Dinah, als sie sich von ihr umarmen ließ. Das Gleichgewicht zwischen Mutter und Kind pendelte zwischen ihnen, und ihr eigenes Erwachsenenbedürfnis in dieser Beziehung war verletzt wie das eines Kindes. Nicht ganz gestillt dadurch, daß sie Merlin und Jack eine Mutter war, wie sehr sie sie auch liebte.

»Ich denke so oft an den Tag, als wir sie das letzte Mal besucht haben. Wie sie da in all diesen Kissen saß und vor Freude strahlte. Ich hatte immer Angst, ich könnte deine Entscheidung beeinflußt haben. Ich sagte dir, du solltest sie ihnen überlassen, nicht wahr?«

Dinah lehnte den Kopf an die Schulter ihrer Mutter.

»Nein, du hast mich nicht beeinflußt. Ich habe es selbst entschieden. Für dich muß es fast so hart gewesen sein wie für mich, das einzige Enkelkind aufzugeben.«

In all den vergangenen Jahren hatten sie fast nie darüber gesprochen. Der Abschied war so endgültig gewesen, und die Tünche wurde dick aufgetragen.

»Dir galt mein erster Gedanke.«

»Und jetzt?«

»Immer noch.«

Ohne Vorwarnung begann Dinah zu weinen. Eleanor ließ sie, hielt sie fest und wartete, bis sie aufhörte.

»Ich glaube, ich verstehe, was du willst«, meinte Eleanor schließlich. »Aber versprichst du mir, daß du vorsichtig sein wirst?«

Dinah setzte sich auf. »Ja. Nein. Was meinst du mit vorsichtig?«

Jetzt schaute ihre Mutter auf ihr gemeinsames Spiegelbild. Sie seufzte. »Ich weiß es nicht einmal genau. Was Mütter eben so sagen. Tu dir nicht weh, setz dich keiner Gefahr aus, wenn ich dich nicht verteidigen kann.«

»Bring mich nicht wieder zum Weinen. Bist du sehr dagegen? Matt hält mich für verrückt. Ich kann nicht mehr mit ihm reden.«

Eleanor schüttelte den Kopf. »Es tut mir leid, das zu hören. Nicht daß ich es mißbilligte, Dinah, ich habe nur Angst, daß es Schmerz verursachen könnte. Aber wenn du sie so schrecklich gerne sehen möchtest, wenn es wirklich darauf hinausläuft und auf nichts anderes, dann mußt du es tun. Wie könntest du anders?«

»Danke«, sagte Dinah.

Am Morgen winkte Eleanor ihnen zum Abschied zu.

»Eine schöne Reise, meine Lieben. Macht viele Spaziergänge. Norfolk ist sehr flach, Merlin. Da mußt du nicht bergauf klettern.«

»Das weiß ich, Granny.«

Sie stand in der Tür, als der Wagen anfuhr, und lächelte strahlend für ihre Enkel. Dinah kämpfte sich in ihrem ungewohnten, gemieteten Cavalier – bei der Gangschaltung war sie unsicher – durch die Vorstadtstraßen von Eastbourne. In vielen der breiten Panoramafenster standen bereits Weihnachtsbäume, und in einigen Kirschbäumen mit ihren nackten Zweigen und in Nadelbäumen entlang der Straße hingen Lichterketten.

Ihr war unbehaglich zumute, an die herannahenden Feiertage erinnert zu werden, und sie war froh, als sie die Außenbezirke der Stadt hinter sich ließen.

Die Landschaft mit den braungefleckten Feldern und buckeligen Hecken, durchzogen von Straßen, war heimisch, sanft und vertraut. Die Umrisse der kleinen Hügel und lichten Wäldchen, die sich gegen den bleiernen Himmel abzeichneten, waren wunderbar verschnörkelt und abwechslungsreich nach den riesigen bewaldeten Landstrichen um Franklin.

Dinahs Laune besserte sich. Sie war glücklich, zu Hause zu sein, durch eine Landschaft zu fahren, die sie verstand. Es war eine Erleichterung, nicht daran denken zu müssen, die Signale einer anderen Kultur zu entschlüsseln. Ohne Matt zu reisen war seltsam, aber die Tatsache, daß sie dies allein in Angriff genommen hatte, gab ihr das Gefühl, stärker zu sein als seit Monaten. Selbst der Gedanke an Kathrin Pang war weniger irritierend als zuvor. Vielleicht stimmte es sogar, worauf Matthew beharrt hatte – daß sie ihm nichts bedeutete.

Dinah schob diese Spekulationen jetzt beiseite. Sie war auf dem Weg, Sarah zu finden, das allein zählte. Aufregung und Befürchtungen in ihr verringerten die Bedeutung von allem anderen.

Die Jungen saßen mit ihren Walkmen auf den Ohren da, die Gesichter in entgegengesetzte Richtungen gewandt, als sie die Landschaft betrachteten. Dinah sang ihr eigenes Lied, während sie stetig Richtung Nordosten fuhr.

Mittags hielten sie an einem Little Chef an der Straße. Die Jungen beschwerten sich, daß die Burger genau wie die Fritten im Vergleich zu denen in Franklin schrecklich seien. Beinahe hätte Merlin »zu Hause« gesagt, aber er schluckte es hinunter, bevor Jack ihn stoßen konnte. Die Verwirrung stand ihm ins Gesicht geschrieben. Dinah versuchte, mit einem Scherz darüber hinwegzugehen, und hielt gleichzeitig seine Hand. Sie war sich nicht sicher, ob es nicht besser wäre, ihnen zu erzählen, was dieser hastige Besuch in England eigentlich bedeutete. Sie hatte nur gesagt, daß sie Granny sehen wollte und dachte, es sei eine gute Idee, wenn sie zusammen einen kleinen Urlaub machen würden. Matt hatte ihnen erklärt, daß er im Moment zuviel im Labor zu tun hatte, um auch nur daran denken zu können mitzukommen.

Sie beendeten ihre wenig appetitliche Mahlzeit, und Dinah beschloß, nichts zu sagen, bis sie nach Thetford kamen und sie entdeckt hatte, was es dort zu finden gab. Sonst, so überlegte sie, erzählte sie ihnen womöglich, sie hätten eine Schwester, und mit dem nächsten Atemzug, sie hätten keine, weil man sie nicht finden konnte.

Mitten am Nachmittag kamen sie in Thetford an.

Dinah fand ein Hotel und meldete sie an. Als das Tageslicht draußen versickerte, saßen sie auf den Betten mit den grünen Chenilletagesdecken und sahen hinaus auf einen Parkplatz und die trostlose Rückseite eines Supermarktes.

»Und was machen wir jetzt?« fragte Jack aufsässig.

»Wir gehen aus zum Tee«, schlug Dinah vor.

Derby Road, Nummer 11 Derby Road. Sie hatte die Adresse so lange im Gedächtnis behalten. Wie weit weg war das von hier?

Sie konnten keine gemütliche Teestube finden. Es gab nur ein einziges stickiges Café mit beschmierten Spiegeln, Melamintischplatten und einigen Flipperautomaten in der Ecke. Eine Frau in mittleren Jahren kam hinter dem hohen Tresen hervor und brachte ihnen Tee in dicken Tassen und zuckrige Doughnuts. Sie waren die einzigen Gäste.

»Ruhig heute, für Thetford«, meinte die Frau zu Dinah. Die Jungen verschlangen ihre Doughnuts und baten dann um Kleingeld für die Spielautomaten.

Während sie beschäftigt waren, plauderte Dinah mit der Kellnerin.

»Sind Sie von hier?« fragte sie.

»Ich wohne hier seit neun Jahren. Komme ursprünglich aus Norwich.«

»Wissen Sie zufällig, wo die Derby Road ist?«

Das Kondenswasser auf den Spiegeln schien zu gefrieren, das Klicken und Klingeln der Flipper sich in ein lautloses Vakuum aufzulösen. Die Frau stützte sich mit einer Hand auf die Tischplatte.

»O ja. Derby Road ist direkt da unten. An der Kreuzung dort geradeaus, und dann ist es, warten Sie mal, die zweite links.«

Neugierig hielt sie inne, wartete darauf, daß Dinah ihr erzählte, warum sie das wissen wollte.

»Danke. Jack? Können wir gehen?«

»Ich bin noch nicht fertig.«

»Ich will noch ein Spiel machen.«

Sie gab jedem eine Pfundmünze und lächelte die Kellnerin hoffnungsvoll an. Die Worte blieben ihr beinahe im Halse stecken: »Kann ich sie fünf Minuten hierlassen?«

Sie könnte wenigstens einen Blick auf das Haus werfen.

Die Frau zuckte enttäuscht die Achseln. »Ja, ich denke schon.«

»Marschiert mir nicht davon, ihr beiden. In einer Minute bin ich wieder zurück.«

Dinah schlüpfte hinaus. Die Straße war ruhig, glitschig von der Feuchtigkeit. Im kalten Nieselregen bildeten sich verwischte farbige Lichtringe um die Weihnachtsbeleuchtung im Schaufenster einer Eisenwarenhandlung. Eine fluoreszierende Karte in schiefer Sternform mit der Aufschrift »Das ideale Geschenk« steckte oben auf einem Satz Schraubenzieher.

Die orangefarbenen Kugellampen an einem Ampelübergang blinkten im trüben Licht. Dinah eilte darauf zu, und hundert Meter weiter fand sie die Derby Road.

Es war eine ganz gewöhnliche Wohnstraße. Doppelhäuser mit einem einzigen spitzen Giebel, der durch unterschiedliche Dekorationen in zwei Hälften geteilt wurde. Auf jeder Seite waren ein Erkerfenster und ein überdachter Vorbau unter einem Rundbogen.

Dinah ging den Bürgersteig auf der linken Seite entlang und zählte. Eins und zwei, drei und vier …

Nummer elf hatte einen kleinen Weihnachtsbaum im Fenster, und das Fenster selbst war umrahmt von einer Lichterkette, die blinkte.

Am schmiedeeisernen Tor blieb sie stehen. Ohne sich länger Zeit zum Nachdenken zu lassen, ging sie auf das Haus zu und klingelte.

Wenn Sarah ihr nun die Tür öffnen würde. Eleanors Gesicht, ihr eigenes. Oder ein Gesicht, das keinem von ihnen glich, ein Vorwurf oder ein leeres Gesicht …

Eine Frau Ende Zwanzig öffnete die Tür.

Sie war blond, trug eine Offiziershose und flauschige Slipper. Man hörte Kinder spielen.

Dinah brachte es fertig zu sagen: »Es tut mir leid. Ich glaube, das ist das falsche Haus.«

Die Frau warf einen Blick an ihr vorbei, und als sie sah, daß sie nicht gefährlich wirkte, fragte sie hilfsbereit: »Zu wem wollten Sie denn? Ich kenne fast jeden hier in der Gegend.«

»Die Greens«, platzte Dinah heraus. Sie war zu weit gegangen, um jetzt noch auszuweichen. »Pauline.«

»O je, das ist das richtige Haus, aber sie sind weg. Wir haben das Haus vor drei Jahren von ihnen gekauft. Im Frühjahr sind es vier Jahre.«

»Haben Sie … haben Sie eine Nachsendeadresse?«

»Also, die Sache war so. Sie wollten ein Haus mieten, bis sie wieder klarkamen. Er hatte seinen Job verloren, wissen Sie, daher mußten sie verkaufen. Sie sind nach Cromer gezogen, sie wollte in einem Altersheim arbeiten. Ich hatte eine Adresse, um ihnen die Post und alles nachzusenden, aber seit einer ganzen Weile ist nichts mehr gekommen außer irgendwelcher Werbung und so was.«

»Könnten Sie … können Sie sich an die Adresse erinnern?«

Die Frau starrte in die Ferne und verzog ihr Gesicht, um zu zeigen, wie sehr sie sich konzentrierte. Ein oder zwei Sekunden später seufzte sie: »Nein. Nein, es ist völlig weg. Tut mir wirklich leid.«

»Haben Sie sie vielleicht irgendwo aufgeschrieben?«

Die Frau hatte das Interesse verloren. Irgendwo im Haus weinte ein Kind.

»Das muß ich wohl, aber Gott weiß, wo. So sind Kinder, die gehen an alles dran. Tut mir leid, aber ich muß mich jetzt um sie kümmern.«

Dinah wußte, daß sie nicht mehr herausfinden würde.

Vor beinahe vier Jahren waren die Greens mit Sarah in ein gemietetes Haus in Cromer gezogen.

»Könnte sich Ihr Mann vielleicht daran erinnern?«

»Ha. Wenn Sie ihn kennen würden, würden Sie nicht fragen.« Die Tür schloß sich.

Dinah dankte ihr so freundlich, wie sie konnte, und lief durch den Nieselregen den Weg zurück ins Café.

Jack und Merlin saßen am Tisch und warteten auf sie. Das Geld für den Flipperautomaten war ihnen ausgegangen.

»Wo bist du gewesen?« Ihre Besorgnis drückte sich in Wut aus. Die Kellnerin wischte Tische ab und hörte ihnen zu.

»Nur ein Spaziergang. Können wir jetzt gehen?«

Draußen hielt Jack sie fest. »Mum, ist mit dir alles in Ordnung?«

Sie legte ihnen die Arme um die Schultern, als sie gingen, und zog sie an sich. Sie fühlte sich wund vor Schuld und Enttäuschung.

»Aber natürlich.«

Die dunklen fadenscheinigen Dekorationen im Hotel und der Geruch nach altem Essen deprimierte sie alle.

Dinah versprach: »Morgen fahren wir woandershin. Wie wäre es mit dem Meer?«

Später lag sie im Bett und lauschte durch die papierdünnen Wände auf das Wasserrauschen in den angrenzenden Zimmern und das asthmatische Steigen und Sinken des Liftes. Gelegentlich hörte man Gelächter oder Geschrei vom Parkplatz. Sie dachte an Milly, die erst mürrisch und dann wütend darüber gewesen war, daß Dinah sie verließ und nach England fuhr. Am Ende hatte Milly ihr jedoch viel Glück gewünscht. Dinahs Suche identifizierte sie mit ihrer eigenen. Falls Dinah fand, wonach sie suchte, würde sie das vielleicht auch.

»Ich glaube, ich kenne jemanden, der dir helfen könnte«, hatte Dinah ihr versprochen, als sie fuhr. »Eine Freundin von mir, eine Anwältin, die sich auf Familienrecht und Adoptionen spezialisiert hat.

Ich könnte Lavinia fragen, wo du anfangen solltest. Aber ich finde, du solltest zuerst ernsthaft mit Sandra und Ed darüber reden.«

»Ja«, hatte Milly geantwortet. »Aber Sie werden Wie-heißt-sie-noch-gleich, Ihre Freundin, fragen, nicht wahr?«

Milly saß am großen Tisch im Eßbereich des Hauses in Franklin. Ihr Privatlehrer, ein liebenswürdiger Absolvent der Geisteswissenschaften, hatte den Vormittag mit ihr verbracht und sie reichlich mit Aufgaben versehen zurückgelassen. Bücher und Blätter lagen auf beiden Seiten neben ihr ausgebreitet.

Milly zupfte an den Ringen in ihrer Nase. Sie schob den Stuhl zurück und machte dabei mit Absicht gräßlichen Lärm. Sie ging zum nächsten Fenster und lehnte sich mit dem Gesicht gegen die Scheibe. Vor kurzem war Schnee gefallen, und das auf verwirrende Weise veränderte Licht spiegelte sich im Haus wider.

Sie dachte an etwas, das Ed den Gästen immer mit seiner freundlichen Stimme erzählte. *All dieses Glas ist so wichtig. Es läßt jeden Wechsel der Jahreszeiten direkt ins Haus hinein. Wenn Schnee liegt, ist es phantastisch.*

Millys Schultern zuckten ungeduldig. Sie haßte Schnee.

Das Haus war so ruhig.

Sandra war in ihrem Arbeitszimmer und schrieb Briefe, und Ed arbeitete in seinem Arbeitszimmer. Milly wußte, daß er vor dem Computer saß. Die massiven Umrisse seines dicken Kopfes und des breiten Rückens zeichneten sich gegen das weißliche Leuchten des Bildschirms ab. Als sie an ihn dachte, kam ihr in den Sinn, daß sie gar nicht wußte, woher diese Vorstellung kam. Ed durfte nie bei der Arbeit gestört werden. Seine Arbeit war heilig.

Die Stille wurde bedrückend. Milly wandte sich vom Fenster ab. Sie nahm ihr Arbeitsbuch auf und knallte es wieder zurück auf den Tisch. Das Geräusch war nur schwach. Alle Oberflächen um sie herum leuchteten oder absorbierten das verführerische blaue Licht. Alles war ordentlich, gepflegt, teuer. Auf dem Sideboard stand eine Kristallschale – an der Stelle, wo sie den Thanksgiving-Puter hingestellt hatte, bevor sie ihn mit Farbe salbte. Die Schale reflektierte kleine harte Lichtpunkte. Milly schlurfte über den Boden und legte ihre Hände um die wulstigen Wölbungen der Schale. Behutsam hob sie sie auf Augenhöhe und ließ sie dann auf den Schieferboden fallen.

Das klingende Krachen ließ Sandra aus ihrem Arbeitszimmer stürmen.

»Tut mir leid«, murmelte Milly. »Unfall.«

Kleine Splitter zertrümmerten Kristalls funkelten meterweit um sie herum auf dem Boden. Sandras Finger flattern, ihre Diamanten bildeten einen Widerschein des zerbrochenen Glases.

»Hol einen Besen, Milly.«

Eds massiger Körper tauchte aus seinem Arbeitszimmer auf.

»Jesus Christus. Was ist denn hier los, Sandra?«

»Ein Mißgeschick«, beschwichtigte ihn Sandra. »Da kann man nichts machen.«

Milly blickte ihrem Vater in die Augen, bevor er sie dazu zwang, indem er ihr das Kinn hochhob. Seit dem Wortgefecht nach der Truthahnepisode hatten sie kaum miteinander gesprochen.

»Tut mir leid«, wiederholte Milly mit ausdrucksloser Stimme.

»Geh ruhig zurück an deine Arbeit. Es gibt nichts, worüber man sich Sorgen machen müßte. Milly und ich räumen das schon auf. Geh nur, Ed.«

Sie hat Angst vor ihm, dachte Milly mit einem trostlosen Erschaudern vor Ekel, nicht weil er sie schikaniert, sondern weil sie glaubt, daß nur er etwas zu sagen hat. Als ob an ihm alles wichtig ist und an ihr nichts.

So will ich nie enden. Nie.

Nachdem Ed gegangen war, räumten sie gemeinsam das zerbrochene Glas weg. Sandra packte die Splitter in Zeitungspapier ein und legte sie sorgfältig neben den gewöhnlichen Müll.

»Hast du sie absichtlich zerschlagen?« fragte sie.

»Ja.«

»Milly. Warum?«

Das Achselzucken. »Langeweile. Dämlichkeit. Scheiße. Es war so ruhig. Ich weiß nicht, warum. Ich habe doch schon gesagt, daß es mir leid tut.«

Sandra kam zu ihr und versuchte, sie in die Arme zu nehmen. Sie tätschelte Millys Schultern und versuchte, eine Erklärung oder eine Prise Vernunft aus ihr herauszustreicheln. Milly stand da, ohne sich zu wehren. Sie empfand ein schales Gemisch aus Mitleid, Wut und Ungeduld für ihre Mutter.

»Sandra?«

»Ja, Liebling?« Die Reaktion war voller Erwartung.

»Ich will versuchen, meine leibliche Mutter zu finden.«

Sandras Hände fielen herab. »Hat Dinah Steward dir das vorgeschlagen?«

»Was meinst du damit? Warum magst du Dinah nicht? Sie ist meine Freundin. Auf jeden Fall hat sie es nicht getan. Ich möchte es einfach tun. Für *mich.*«

»Ich verstehe. Und was ist mit den Leuten, die immer deine Eltern gewesen sind? Was ist mit uns?«

»Alles dreht sich um euch, um ihn.«

Sandra seufzte, dies war vertrautes Gelände. Je privilegierter Millys Leben wurde, desto stärker haßte sie dieses Leben und den Luxus, den es ihr bot.

Wütend fragte Milly: »Wolltest du keine eigenen Babys haben, statt dich mit mir abzufinden?«

»Wir müssen uns nicht damit abfinden. Wir lieben dich sehr, beide.«

Ed war unfähig gewesen, ein Kind zu zeugen. Sandra hatte Milly dies nie erzählt. »Es ist einfach nie passiert«, sagte sie vage. »Wir waren uns einig, daß eine Adoption das beste sei. Und so kamst du zu uns.«

Als sie das Ergebnis der Spermienzählung erfahren hatten, war Ed dagegen gewesen, daß Sandra sich künstlich befruchten lassen sollte. Und sie hatte begriffen, daß die Adoption eines Kindes, mit dem sie nicht verwandt waren, Ed helfen würde, sein Versagen zu verwischen. Er konnte eine Unzulänglichkeit nicht hinnehmen.

»Warum habt ihr kein anderes Baby bekommen? Sollten keine Geschwister da sein?«

»Bei dir fanden wir alles, was wir wollten, mein Liebling.«

Das sagte Sandra immer.

Tatsächlich hatte Ed sich geweigert, an weitere Kinder zu denken.

Er bevorzugte es, die Angelegenheit als erledigt zu betrachten. Außer, dachte Sandra manchmal, daß er durch Milly selbst ständig an die Wahrheit erinnert wurde, die sein noch so dickköpfiges Verhalten nicht ändern konnte. Und dennoch liebte er seine Tochter und maskierte seine Traurigkeit über ihre Rebellion mit Wut und Zorn.

Milly riß sich los und lief ans andere Ende des Zimmers. Die Fragen und die beschwichtigenden Antworten änderten sich nie und brachten nie einen Zipfel der Wahrheit ans Tageslicht, die sie erfahren wollte. Durch das hohe Fenster sah sie, daß es wieder zu schneien begann.

Sandra war nahe daran, in Tränen auszubrechen. Milly wußte das und blieb mit dem Rücken zu ihr stehen.

»Warum bist du immer so wütend auf uns?«

Milly biß sich innen in die Wange. »Ich fühle mich so zurückgewiesen.«

»Aber wir haben dich nicht zurückgewiesen. Wie kannst du so etwas sagen?«

Die Schneeflocken waren winzige graue Pünktchen, die vor dem dräuenden Himmel dahinschwebten.

»Macht nichts. Scheiße. Ist auch egal«, fauchte Milly. »Und nein, ich werde nicht zu jemandem gehen und mir die Wut von der Seele reden, bevor du es auch nur vorschlägst, klar?«

Sie ging weg von Sandra. Sie sagte sich, daß es ja noch Dinah gab.

Dinah und die Jungen fanden ein Hotel mit Blick auf die Promenade und die Pier in Cromer. Es war ein riesiges ödes Gebäude aus roten Ziegeln, das nach Norden eine Aussicht auf das wogende, bleifarbene Meer bot und wo es in allen Zimmern nach Salz roch und feucht war. Sie waren fast die einzigen Gäste.

Dinah nahm mit großer Geste eine Ecksuite. Die zwei Schlafzimmer waren durch einen kleinen Raum verbunden, in dem ein Sofa mit Holzlehnen, zwei Sessel und ein riesiger alter Fernseher standen. Ein elektrisches Feuer mit drei Heizstäben hing an einer Wand, ein Nylonvorleger mit Brandflecken lag schräg mitten auf dem Boden. Den Jungen gefiel die Aussicht, und sie öffneten die salzbeschlagenen Fenster, um das Geräusch des Meeres hereinzulassen.

Kalte Luft strömte herein und trug das rhythmische Klatschen der Wellen, die sich auf dem Kies brachen, mit sich.

Den Nachmittag verbrachten sie damit, die Pier, die winzigen Vergnügungsarkaden und die Geschäfte im Stadtzentrum hinter dem Hotel zu erkunden. Ein durchdringender Wind peitschte vom Meer her, und nur wenige Leute waren auf den nassen Straßen unterwegs, aber die Weihnachtsdekorationen und die Musik aus den Lautsprechern verliehen dem Einkaufszentrum die schwache Illusion festlichen Wohlstands. Dimah verspürte eine Welle der Zuneigung für diesen Ort. Sie war noch nie zuvor hier gewesen, aber sie kannte Introvertiertheit, den resoluten Mangel an Erwartungen und das geduldige Englischsein von allem hier, als sei es ihr ihr ganzes Leben lang vertraut gewesen.

Sie erkannte, wie sehr sie England vermißt hatte. Und wie sich diese verleugnete Sehnsucht auf irgendeine Weise mit Sarah verbunden und das Gefühl des Verlustes noch gesteigert hatte.

Als sie durch die engen Sträßchen wanderten, sah sich Dinah eifrig jede Ecke und Biegung an. Sarah mußte dieser Ort vertraut sein. Vielleicht kannte das Mädchen hinter der Kasse bei W. H. Smith sie vom Sehen, vielleicht lieh sie sich Bücher aus der neuen Bibliothek aus oder wartete manchmal an der Bushaltestelle gegenüber von Boots.

Die Jungen beschwerten sich darüber, daß ihnen kalt war und sie sich langweilten.

»Das ist das letzte Kaff«, maulte Jack grollend.

Dinah ging mit ihnen ins Hotel zurück. Auf dem Weg besorgte sie sich im Postamt ein Exemplar des Wählerverzeichnisses.

Während die Jungen sich *Neighbours* ansahen, saß sie auf ihrem Bett neben dem Telefon. Im Verzeichnis gab es keinen Malcolm, keine Pauline Green, aber zwei M. Greens standen im Telefonbuch. Dinah wählte beide Nummern. Eines war eine Autoreparaturwerkstatt, ein irritierter Mechaniker informierte sie darüber, daß der alte Mr. Green sich zurückgezogen und sein Sohn Richard das Geschäft übernommen hatte. Der zweite Teilnehmer war eine Margaret Green.

Etliche Altenheime standen im Telefonbuch. Dinah rief alle an, aber in keinem gab es eine Krankenschwester oder Helferin namens Pauline Green, man konnte sich auch nicht daran erinnern, eine gehabt zu haben.

Sie hatte bereits einen Schlußstrich gezogen, als die *Neighbours*-Titelmusik sich wieder in ihre Gedanken einschmeichelte.

»Was sollen wir tun?« fragte Jack, als er ins Schlafzimmer kam, um sie zu suchen. »Ich wollte, ich wäre zu Hause.«

Der nächste Tag war ein Samstag, und Dinah ging mit ihnen in die große moderne Badeanstalt ein Stück weiter an der Küstenstraße zum Schwimmen. Danach besuchten sie eine Schmetterlingsfarm. Beide Jungen reagierten gehorsam, aber ohne große Begeisterung auf dieses Unterhaltungsprogramm. Sie waren mißtrauisch geworden angesichts dieser sinn- und freudlosen Ferien. Am Nachmittag bestanden sie darauf, Matthew zu Hause in der Kendrick Street anzurufen.

Traurig hörte Dinah zu, wie sie eifrig fragten, was er machte, und sich nach Ape und den Kerriganjungen erkundigten. Das war nicht ihre Absicht gewesen – sie von zu Hause abzuschneiden und ihnen ihre Sicherheit zu nehmen. Ihr Gefühl der Isolation machte es ihr unmöglich, ihnen die Vorstellung oder gar die Realität einer verlorenen Schwester nahezubringen.

Es wurde immer deutlicher, daß sie einen Fehler gemacht hatte, als sie sie nach England entführte. Sie brachte das Gleichgewicht ihrer Familie in Gefahr, beging vielleicht sogar willentlich die Sabotage, deren Matthew sie beschuldigt hatte. Und Sarah hatte sie noch nicht gefunden.

»Mom? Dad will mit dir sprechen.« Merlin hielt ihr den Hörer hin.

»Hallo, Matt.«

»Hi.«

Seine Stimme war warm, ihr Klang ließ sie beinahe lächeln, bis sie sich daran erinnerte, wie sie auseinandergegangen waren. Dinah war so daran gewöhnt, Matthew als ihren besten Freund zu betrachten, daß es sie schockierte, als ihr klar wurde, daß er das vielleicht nicht mehr war. Sie hatte sie aus ihrer Freundschaft hinausmanövriert, das war nicht Matthews Werk. Sie hatte ihre Kinder hierhergebracht und nichts entdeckt, und sie konnte nicht einmal sicher sein, daß Sarah gefunden werden wollte. Milly und Sarah waren verschieden.

Aber sie klammerte sich immer noch an ihren Vorsatz. Sie wollte nicht aufgeben.

»Prima. Uns geht es gut. Ja, es ist naß und sehr kalt. Wir haben ein paar Sehenswürdigkeiten besichtigt, aber die Jungen hatten nicht viel Lust. Was hast du denn gemacht?«

»Gearbeitet. Wir sind in einem entscheidenden Stadium.«

Dinah mußte wieder an Dr. Pang denken. Sie stellte sich vor, wie Matthew in seinem Toyota quer durch die Stadt dorthin fuhr, wo sie wohnte, über leere Kreuzungen, unter Ampelanlagen durch und schließlich in irgendeine dunkle Straße einbog und vor dem Haus parkte, wo sie auf ihn wartete.

»Hast du sie gefunden?« fragte Matthew.

»Nein, keine Spur. Sie sind weg.«

Dinah lauschte auf die Leere zwischen ihnen.

»Wie werden die Jungen damit fertig?«

»Stoisch.«

»Wann bringst du sie wieder nach Hause?«

Es ließ sich nicht vermeiden. Sie hatte sich auf ein Glücksspiel eingelassen und verloren.

»In einigen Tagen.«

»Gut. Gibst du sie mir noch einmal, damit ich ihnen gute Nacht sagen kann.«

Nachdem das Gespräch beendet war, fragte Jack sie mit gepreßter Stimme, die seine Besorgnis verriet: »Was ist eigentlich mit dir und Dad los?«

Beide Jungen starrten sie an, während sie darüber nachgrübelte, was sie sagen sollte.

»Erwachsene sind sich nicht immer über alles einig, nicht einmal verheiratete Leute. Manchmal sind die Unstimmigkeiten geringfügig, über Ferien oder über die Arbeit. Manchmal sind sie größer, über Verantwortung oder die Wahrheit oder die Vergangenheit.« Sie hoffte, daß die vagen Begriffe langweilig genug waren, um sie von schärferen Fragen abzubringen.

»Und wie ist es bei euch?«

»Einfach nur Unstimmigkeiten. Ich hoffe, daß wir das lösen können.«

»Laßt ihr euch scheiden?«

»Nein.«

Sie sagte, was sie hoffte, nicht das, was sie befürchtete.

»Wann fahren wir wieder nach Hause?«

»Wie wäre es denn mit übermorgen oder Dienstag, wenn ich die Flüge buchen kann?«

Auf beiden Gesichtern breitete sich das gleiche Lächeln voller Erleichterung und Zufriedenheit aus.

»Super.«

Wenn sie einen Tag länger Zeit hätte, dachte Dinah, könnte sie eine Liste aller Sonderschulen und Jugendzentren besorgen. Sarah mußte irgendwo zur Schule gegangen sein, als die Greens in Cromer wohnten. Jemand würde sich an sie erinnern. Und all diese Spuren konnte sie genausogut von Franklin aus verfolgen.

Die Jungen wollten nicht wieder in die Kälte hinaus. Und so ließ sie sie vor dem Fernseher zurück, während sie einen Spaziergang am Strand machte. Sie mußte nachdenken. Es schien, als sei Matthew die Frage geworden, während die Wichtigkeit, Sarah zu finden, die Gewißheit war, die ihr blieb.

Dinah wanderte an der Flutgrenze entlang, die schaumgekrönte, aufgewühlte See an der einen, die Ufermauer an der anderen Seite. Hinter der Ufermauer erhoben sich Häuser und Hotels mit erleuchteten Fenstern, zugezogenen Vorhängen und »Zimmer frei«-Schildern. Der Wind blies ihr in den Rücken, trieb sie beinahe vor sich her, und sie konnte nicht feststellen, ob Wasser, Regen oder Gischt ihr Haar durchnäßte.

Es belebte sie, im letzten Nachmittagslicht draußen zu sein. Dinah lief schnell und mit erhobenem Kopf über den Unrat an der Hochwassermarke.

Nur noch eine Person war zu sehen.

Der Mann trug einen langen dunklen Mantel. Er kam aus der entgegengesetzten Richtung, aber auf genau demselben Weg. Er schritt über den Müll aus Treibgut, Scherben von Plastikflaschen und schimmernden knochenweißen Klumpen Styropor.

Einen Moment lang verspürte Dinah Unbehagen. Sie zögerte, ihr kam spontan der Gedanke, sich abzuwenden und an der Mauer Schutz zu suchen.

Der Mann verlangsamte sein Tempo erst wenige Meter vor ihr und blieb stehen. Er war barhäuptig, sehr groß und hatte graue Schläfen. Er hatte etwas Unstimmiges an sich, vielleicht weil er einen Mantel trug statt einer Öljacke.

»Guten Tag«, sagte er.

Dinah nickte zum Gruß.

»Wir sind die einzigen tapferen Seelen in Cromer. Oder die einzigen verrückten.«

»Wie auch immer, es tut gut, draußen zu sein.«

Der Mann lächelte. »Viel Vergnügen bei Ihrem Spaziergang«, wünschte er freundlich.

Er ging an ihr vorbei, und Dinah marschierte weiter, ohne sich umzublicken. Als sie schließlich umkehrte, um zum Hotel zurückzugehen, war keine Spur von ihm zu sehen. Sie war die einzige Person, und es war beinahe dunkel.

Jack und Merlin waren an diesem Abend besonders folgsam. Beim Dinner strahlten sie und waren charmant, hinterher gingen sie ohne Widerrede ins Bett und schlangen ihr beide mit besonderer Zuneigung die Arme um den Hals, bevor sie sich ins Bett kuschelten.

»Ich freue mich auf Weihnachten«, meinte Merlin. »Dad hat mir erzählt, daß der Schnee schon richtig tief ist. Die Kerrigans haben ihren Weihnachtsbaum draußen schon geschmückt.«

Dinah umarmte ihn und strich über den Haarwirbel an seinem Hinterkopf.

»Wir fahren wirklich nach Hause, nicht wahr?« fragte Jack. Wenn er die Brille abnahm, wirkte sein Gesicht rund und schutzlos.

»Ja.«

Soviel konnte sie ihnen jedenfalls versprechen, dachte Dinah traurig.

Der vollgestopfte Raum zwischen den beiden Schlafzimmern war düster, das Fenster klapperte in seinem verzogenen Rahmen. Dinah weigerte sich, dort sitzen zu bleiben und über Einsamkeit und Niederlagen nachzugrübeln. Statt dessen ging sie in die Hotelbar, um sich einen Schlummertrunk zu bestellen.

Dinah saß mit ihrem Whisky da, der mürrische Barmann fuhr fort, Gläser durch fettiges Wasser zu ziehen, als sie den Mann am anderen Ende der Bar bemerkte. Er hatte ein halbes Pint Bier und eine gefaltete Zeitung vor sich. Eine Handvoll anderer Leute saß an Tischen in der Nähe des Gasfeuers.

»Nochmals hallo«, sagte Dinah.

»Sind Sie noch weit gegangen?« fragte er. Seine Stimme hatte einen heiseren Klang, und Dinah vermutete, daß er nicht viel redete.

»Nein, nur bis zum Ende des Strandes. Doch keine so tapfere Seele.«

Dieser Ausdruck war haftengeblieben.

»Sie sind nicht von hier.« Das war eine Feststellung, keine Frage.

»Ich bin für zwei oder drei Tage mit meinen Kindern hier. Nur ein kurzer Urlaub.«

Der Mann zog amüsiert seine Augenbrauen in die Höhe. Er war hohlwangig und wirkte ungekämmt, da sein Haar lang war. Aber sein Gesicht war lebhaft, und das Zögernde in seiner Stimme wirkte attraktiv.

»Wohnen Sie hier?«

»In der Redemption Street.«

Dinah erinnerte sich an den Namen und die doppelte Reihe kleiner Reihenhäuser mit drei Fenstern, deren Eingangsstufen direkt auf die Straße führten. Sie hatte sich gefragt, ob Malcolm und Pauline möglicherweise eines von diesen Häusern gemietet hatten.

»Darf ich Ihnen etwas zu trinken spendieren?«

Dinah stellte fest, daß ihr Glas leer war. Das Angebot des Mannes war höflich, sogar förmlich, aber sie erwiderte hastig: »Nein, nein, ich hole es. Was hätten Sie gerne?«

»Ich nehme ein halbes Pint. Danke schön.«

Sie fragte sich, ob dies aus finanzieller Knappheit oder aus einem anderen Grunde geschah. Etwas im Gesicht des Mannes sprach von Askese und vergangenen Exzessen.

»Ich habe die Straße gesehen, als ich draußen herumlief«, erzählte sie, während der Barkeeper träge ihr Glas nachfüllte. »Ich habe mich gefragt, wie sie zu ihrem Namen, Straße der Erlösung, kommt.«

»Darüber gibt es eine Geschichte. Wo jetzt die Straße verläuft, stand einstmals ein Hexenhaus. Sie war eine machtvolle Hexe, die den Leuten die Pest an den Hals wünschen konnte und sie auch wieder heilen konnte. Sie konnte die Ernten verdorren lassen, Kinder verstümmeln, das Vieh vergiften und die Zukunft vorhersagen, und die Leute lebten in Furcht und Schrecken vor ihr. Niemand näherte sich ihr oder ihrem Haus weiter als bis auf eine halbe Meile.

Dann ritt eines Tages ein Mönch vorbei. Er war hungrig, und sein Maulesel brauchte Wasser. Er bat die Hexe, ihm zu geben, was er benötigte, und sie gab ihm einen Zaubertrank und Gift. Er aß sich satt von dem, was sie ihm anbot, und tränkte seinen Esel, und statt ihrem bösen Zauber zu verfallen, waren sie erfrischt und gestärkt und bereit, ihre Reise fortzusetzen.

Der Mönch dankte der Hexe demütig für ihre großzügige Gastfreundschaft und segnete sie. Und die Hexe war von seiner Güte so überwältigt, daß sie ihr übles Treiben bereute und ihre Sünden dem Mönch beichtete. Danach wurde sie eine Heilige und widmete den Rest ihrer Tage dem Gebet und guten Werken. Nach ihrer Erlösung wurde sie als Mother Redemption bekannt.«

Dinah war näher an den Mann herangerückt, um ihn besser zu verstehen. Ihr Kinn hatte sie in die Hand gestützt und sich auf die Bar gelehnt. Es gefiel ihr, wie er die Geschichte erzählte.

»Hm«, machte sie, und der Mann lachte.

»Soweit die Legende. Ich übernehme keinerlei Verantwortung dafür.« Er streckte die Hand aus, und Dinah schüttelte sie. Sauber, wohlgeformt, keine Ringe. »Francis Ingram.«

»Dinah Steward. Kennen Sie alle Legenden hier aus der Gegend?«

» Einige. Ich bin Archivar, Teilzeithistoriker. Ich schreibe, betreibe ein wenig Journalismus.«

Während er redete, gewann Dinah den Eindruck eines Lebens, das abseits von Wahlmöglichkeiten gelebt wurde, auf die er freiwillig verzichtet hatte. Francis Ingram trank nicht etwa so wenig, weil er nicht das Geld dazu hatte, welche anderen Gründe es auch dafür geben mochte. Sie merkte, daß sie sich für ihn erwärmte, ihre Vorsicht verlor.

»Und Sie?«

»Oh, ich bin eine Ehefrau und Mutter. Im Augenblick leben wir in den Staaten, mein Mann arbeitet dort. Wir haben meine Mutter besucht, und jetzt sind wir ... bin ich auf der Suche nach einigen alten Freunden.«

Francis zog die Augenbrauen hoch. So haben wir auch begonnen, erinnerte Dinah sich. Er schätzte sie ab, und sie stellte fest, daß ihr das überhaupt nichts ausmachte.

Dann sah er auf die Uhr. Es war eine billige mit einem Armband, das auseinanderbrach.

»Ich muß gehen«, sagte Francis.

»Ich ... natürlich. Ich habe unsere Unterhaltung genossen.«

Wir sind beide einsam. Die kurzen Treffen einsamer Menschen in den Bars regennasser Städte. Die Umwege und Ausweichmanöver, das hastige Sich-weitertreiben-Lassen. Die Gebote von Angst, Stolz und Anstand. Dinah erkannte, daß ihre eigene Einsamkeit nur ein Nadelstich, eines von Matthews Molekülen in der Unendlichkeit und breiten Vielfalt anderer Einsamkeiten war. Und sie bemerkte, daß es sie stärkte, dies zu verstehen, und nicht etwa niederdrückte oder sogar bedrohte. Francis Ingram sah sie an.

Langsam sagte er: »Würden Sie gerne kommen und mit mir etwas essen? In der Redemption Street? Vielleicht morgen abend?«

»Es müßte morgen sein, denn übermorgen kehren wir nach London zurück, und dann fliegen wir wieder nach Hause nach Boston.«

»Um acht Uhr«, sagte Francis. »Nummer zwanzig.«

Er erwartete nicht, daß sie ablehnen würde, und Dinah zog es auch gar nicht in Betracht. Es erschien so einfach.

Das Haus stand am Ende einer engen Straße. Die Tür war in einer dunklen Farbe gestrichen, und die Vorhänge am Fenster waren zugezogen, so daß nicht ein Fünkchen Licht herausdrang.

Sie hatte den Jungen erzählt, was geschehen war. Francis war ein interessanter Mann, ein Historiker, der eine Menge über die Gegend wußte. Sein Haus lag nur ein paar hundert Meter entfernt, und eines der Zimmermädchen des Hotels hatte sich bereit erklärt, auf die Kinder aufzupassen.

»Mußt du denn gehen?« fragte Jack.

»Warum nicht?« Dinah lächelte in ihre mißbilligenden Gesichter.

Dinah zögerte, bevor sie den weißen Plastikklingelknopf drückte. Sie war dabei, allein in das Haus eines Mannes zu gehen, den sie kaum kannte. Aber sie war sich sicher, auch wenn sie ihn so wenig kannte, daß in Francis Ingram keine Gewalt lauerte.

Sie klingelte.

Von Francis' Haustür gelangte man direkt ins Wohnzimmer. Über seine Schulter sah sie mit Büchern gesäumte Wände, einen runden Tisch mit einem weißen Tischtuch, der für zwei Personen gedeckt war, ein offenes Feuer, in dem Treibholz knisterte, und einen zusätzlicher Stuhl, der eindeutig nicht dorthin gehörte, aber an die andere Seite des Kamins neben den einzigen Sessel gezogen worden war.

»Kommen Sie herein«, sagte Francis und hielt die Tür weit auf. »Sie müssen das etwas improvisierte Arrangement entschuldigen, ich habe nicht häufig Gäste.«

Dinah trat ein. Bei näherem Hinschauen sah sie, daß die einfachen Möbel abgenutzt waren, aussahen, als seien sie irgendwo aufgelesen worden, aber das Zimmer selbst war warm, und es duftete nach Essen. Jede freie Fläche an den weißgestrichenen Wänden, die nicht von Bücherregalen eingenommen wurde, war mit Federzeichnungen bedeckt: der Strand und die Pier und Redemption Street. Einige von ihnen waren billig gerahmt, aber die meisten waren einfach auf den Putz geheftet.

»Haben Sie die gemacht?«

»Ja. Ich habe vor vier Jahren damit angefangen. Ich habe mir schon immer Dinge angeschaut und mir gewünscht, ich könnte zeichnen. Dann habe ich mir gedacht, ich könnte es genausogut einmal versuchen, als es mir nur immer zu wünschen. Wie Sie sehen, habe ich keine Technik. Ich genieße es einfach, es zu tun.«

»Sie sind gut«, meinte Dinah.

Die Zeichnungen waren voller Energie, voll kühner Linien. Einige waren nicht mehr als Gekritzel, andere voller verschlungener Details. Mehrere zeigten Ausschnitte von Feldern und Wäldern im Winter. Dinah fragte sich, ob Francis beim Zeichnen auf einem Feldtor saß, eingepackt in seinen langen schwarzen Mantel.

»Möchten Sie gerne ein Glas Wein?«

Eine Flasche stand auf einer Seite des Kamins in der Wärme.

»Ja, bitte.«

Er zog den Korken heraus und goß den Wein ein. Sie erhoben die Gläser und lächelten. Dinah spürte, wie ihr Gesicht vom Glück erwärmt wurde.

»Haben Sie Hunger?«

Francis stand im Durchgang, der zu seiner winzigen Küche führte. Dinah sah offene Regale mit einigen Tellern und Tassen und zwei Töpfen. Ein zweiter Tisch mit einem Wachstuch stand dort. Sie erinnerte sich, daß seine Stimme rauh geklungen hatte, als sie sie das erste Mal hörte; er war es nicht gewöhnt, daß jemand bei ihm war, und war besorgt, ob er alles richtig hergerichtet hatte.

»Noch nicht. Sollen wir erst austrinken?«

Francis hatte sein Glas kaum angerührt. Dinah wandte sich um und betrachtete die Bücherregale. Dort gab es Dickens, Scott, Spenser und drei dicke Bände mit den *Paston Letters.* Francis deutete darauf.

»Die sind interessant. Haben Sie sie gelesen?«

Dinah schüttelte den Kopf, er nahm eines der Bücher herunter und reichte es ihr. Sie begann zu lesen, und Francis ging in die Küche. Sie hörte das Knallen der Ofentür, ein Löffel klapperte in Tongeschirr. Der aromatische Duft verstärkte sich, und sie merkte, daß sie ihren Hunger unterschätzt hatte.

Die *Paston Letters* waren in winzigen Buchstaben gedruckt, und die Sprache war archaisch. Dinah legte das Buch beiseite, sobald Francis wieder auftauchte.

»Ich habe nicht viel Ahnung von Geschichte.«

»Die Familie Paston lebte ganz hier in der Nähe. Die Briefe datieren ins fünfzehnte Jahrhundert, wahrscheinlich in dieselbe Epoche wie Mother Redemption. Sie sind auf Haushalt und Familienleben bezogen, beschreiben aber auch eine gewalttätige, anarchische Zeit.«

»Wie jetzt.«

Dinah mußte plötzlich an Milly denken.

»In gewisser Weise. Obwohl ich auf den ersten Blick nicht so viel Gewalt und Anarchie erkennen kann.«

Francis' Geste umfaßte das kleine Haus, Redemption Street und die verschlossene, geduldige Stadt am Meer und gab zu, daß er sich von allem, was dahinter lag, zurückgezogen hatte.

»Warum sind Sie hier?«

Dinah hatte das Gefühl, daß sie selbst nach so kurzer Zeit vertraut genug miteinander waren, um so etwas fragen zu können, ohne aufdringlich oder impertinent zu erscheinen.

Francis überlegte. »Das ist eine lange Geschichte. Wenn Sie sie wirklich hören wollen, erzähle ich sie Ihnen. Wollen wir dabei essen?«

Er stellte eine Schüssel und Folienkartoffeln auf den Tisch. Die Schüssel enthielt eine Kaninchenkasserolle mit Wintergemüse. Dinah fragte sich, ob er in seinem langen schwarzen Mantel Wildledertaschen hatte. Francis tat ihr etwas auf den Teller und schenkte ihr noch einmal Wein ein. Sein erstes Glas war noch kaum berührt, und sie war bereits beim dritten.

Dinah forderte ihn auf: »Fangen Sie an.«

»Ich war Lehrer, Geschichtslehrer. Ich war mit Alison verheiratet, wir hatten zwei Töchter. Wir lebten im Westen des Landes, nicht weit von Taunton. Ich war Alkoholiker.«

Ja, dachte Dinah. Askese in der Gegenwart, Exzesse in der Vergangenheit. Die Hinweise darauf fand sie in seinem Gesicht, aber die Züge wurden gemildert durch Toleranz, Humor und eine Art ruhiger Akzeptanz.

»Schließlich verlor ich meine Arbeit. Nicht weil ich irgend etwas Abscheuliches getan hätte, ich war nie sturzbetrunken, sondern wegen des langen erniedrigenden Voranschreitens kleiner Unzulänglichkeiten, Betrügereien und Fehlleistungen. Ich unterrichtete gerne, ich liebte die Geschichte und genoß die Arbeit mit Schulkindern, aber trinken tat ich noch viel lieber, dieses regelmäßige ernste

Geschäft, betrunken zu werden und jeden Tag bei Tagesanbruch damit zu beginnen. Anfänglich war ich sehr gut in all den Lügereien und Heimlichkeiten, die mit der Trinkerei einhergehen. Dann wurde ich weniger gut, weil es mir weniger ausmachte, und am Schluß wahrte ich nicht einmal mehr den Anschein.

Sobald ich meine Arbeit verloren hatte, wurde es schwieriger, zu trinken, weil Alison und die Mädchen immer auf mich aufpaßten. Wir hatten auch kein Geld. Dann fand Alison Arbeit, und eine Weile kamen wir zurecht.

Zwei- oder dreimal versuchte ich, trocken zu werden , aber ich wollte es nie ernsthaft genug. Einige Jahre lang gab es immer wieder Phasen, wo wir dachten, alles käme wieder ins Lot. Die Mädchen waren glücklich, Alison begann wieder zu lächeln, und dann fing ich wieder an zu trinken. Rauf und runter. Ich weckte ihre Hoffnungen und warf sie dann wieder über den Haufen.

Schließlich verließ mich Alison. Sie lebte dann mit einem meiner Kollegen zusammen, er unterrichtet Französisch. Da wollte ich nüchtern werden, um sie zurückzugewinnen. Ich hörte auf zu trinken, aber Alison war weg. Wer könnte ihr daraus einen Vorwurf machen? Sie reichte die Scheidung ein und heiratete ihn. Jess und Amy nahmen sie mit nach Frankreich, wo sie jetzt leben. Die Mädchen sind fünfzehn und sechzehn. Seit einem Jahr habe ich sie nicht mehr gesehen.«

Dinah legte Messer und Gabel hin. Francis deutete auf die Schüssel, und sie nickte. Er reichte ihr noch einmal nach.

»Sie können gut zuhören«, meinte er.

Dinah befürchtete, daß das nicht dasselbe war, wie zuhören zu wollen. Sie wollte die Geschichten anderer Leute hören, und in diesem Augenblick besonders die von Francis, um sie mit ihrer eigenen in Beziehung zu setzen. Zuzuhören und zu vergleichen, Mitgefühl zu erfahren und ihre eigene Einsamkeit und Schuld dadurch zu mildern. Sie wußte, daß dies ein Impuls war, der weniger uneigennützig war, als derjenige, den Francis ihr zugute hielt.

»Und so kamen Sie hierher?«

»Letzten Endes. Wir verkauften unser Haus und teilten den Erlös auf. Alison war sehr nett, obwohl sie es nicht hätte sein müssen. Ein

Jahr oder so zog ich umher, dachte daran, wieder zu trinken, tat es aber nie. Ich kam hierher, so weit nach Osten und weg von zu Hause wie möglich, und endete mit dem Rücken zum Meer. Ich kaufte dieses Haus, packte meine Bücher aus und begann zu zeichnen. Ich verrichte Gelegenheitsarbeiten, schreibe ein wenig. Ich lese viel und rede nicht oft mit Leuten. Ich genieße es sehr, mich mit Ihnen zu unterhalten.«

Eine gewisse Vertrautheit begann zwischen ihnen aufzuflackern wie eine winzige elektrische Ladung.

Dinah wurde sich Francis' körperlicher Gegenwart auf der anderen Seite des Tisches intensiv bewußt, der rötliche Schein des Feuers umrahmte sein Haar und seine Schultern. Sie blickte auf ihre Hände hinab und sah Eleanors Hände in der Form der Nägel und den Hautwirbeln an den Knöcheln, dann verbarg sie sie in ihrem Schoß.

»Sind Sie unglücklich?«

Francis war amüsiert.

»Nein. Und glücklich auch nicht, ehe Sie das fragen. Es ist möglich, einen Spannungszustand irgendwo zwischen beidem zu erreichen. Fast jeden Tag gibt es hundert Kleinigkeiten, die einen befriedigen.«

Im Schein des ruhigen Feuers, den Hunger gestillt, mit dem Wind und dem Meer draußen, konnte Dinah sich vorstellen, welche Freuden das waren.

»Aber sie machen insgesamt kein Glück aus. Es gibt auch keinen Grund, warum sie das sollten. Wir machen uns selbst unglücklich mit dem Glauben, wir hätten ein Recht auf Glück. Zufriedenheit wäre ein realistischeres Ziel.«

»Sehen Sie sich das an.« Francis deutete auf sein Haus. »Ich bin einsam, aber ich stelle fest, daß ich zufrieden bin, allein zu leben. Es gibt schlimme Zeiten, in denen ich meine Kinder vermisse und ich mich nach der Süße einer Frau, der Zuflucht bei einer Frau sehne, als Möglichkeit der Flucht vor dem eigenen unnachgiebigen Inneren. Aber des Selbst ist man sich gewiß, und das bedeutet Sicherheit. Es gibt Augenblicke intensiver Freude. Und lange Phasen des Ausgewogenseins, der Abwesenheit von Schmerz. Das mag sich für Sie nicht nach viel anhören.«

»Doch, das tut es.«

Dinah war bewegt. Der rote Feuerschein verschwamm am Rande ihres Blickfeldes, und sie blinzelte, um klar zu sehen. Francis streckte den Arm aus, um ihr noch mehr Wein einzuschenken, aber sie hielt das Glas zu.

» Ich trinke besser nichts mehr.«

»Auf mich wirken Sie nicht betrunken. Und ich würde das erkennen.«

Sie lachten, weil sie jetzt unbefangen waren.

Dinah dachte, daß Francis' Ruhe ohne große Erwartungen beneidenswert war. Es war augenfällig, wie sehr er sich von Matthew unterschied. Matthew war geschäftig und ehrgeizig, seine Aufmerksamkeit war stets auf ein Ziel gerichtet, dessen Bedeutung teilweise ihr Begriffsvermögen überstieg. Matthew wählte, beurteilte, verwarf und räumte dabei alle Hindernisse auf seinem Weg nach vorne aus dem Weg.

Es kam Dinah in den Sinn, daß nicht nur Sarah ihr Kummer bereitete, sondern daß sie auch von dem erbarmungslosen Voranschreiten der Familie Steward erschöpft war. Matthew hatte stets ein neues Ziel, das er anstrebte, über Cambridge hinaus, über London hinaus, und jetzt war er in Franklin. Nicht allzulange, und er hätte zweifelsohne ein neues Ziel in Sicht. Ihre Energie und ihr Optimismus waren nach und nach ganz darauf ausgerichtet worden, ihn zu unterstützen und ihn freizuhalten von den prosaischen Anforderungen, die Familie und Heim darstellen.

Für sie selbst war nichts übriggeblieben, mußte Dinah feststellen. Bis jetzt, bis zu diesem Augenblick. Nach England zu kommen, gegen Matthews Willen nach Sarah zu suchen, das befreite sie. Und hier zu sein, allein mit Francis Ingram, das bedeutete auch Freiheit.

Francis bemerkte ihren Gesichtsausdruck.

»Jetzt bin ich, glaube ich, an der Reihe. Warum sind Sie hier?«

Dinah erzählte ihm von Franklin, von Matts Forschungen, der Kendrick Street und von ihrem Gefühl, verschleppt worden zu sein aus dem Dorf, den Nischen der Arbeit und der Freundschaft und aus England selbst. Sie versuchte mit dieser Entfremdung ihren dringenden Wunsch zu erklären, alte Freunde – Pauline und Malcolm

Green –, zu denen sie den Kontakt verloren hatte, wiederzufinden. Sie erzählte Francis, daß die Greens zwei Kinder hatten, eine ältere Tochter Ende Zwanzig und eine jüngere mit Down-Syndrom.

Er hörte aufmerksam zu, ohne sie zu unterbrechen. Dinah sprach so wenig wie möglich von Sarah. Sie war so daran gewöhnt, dieses Geheimnis zu wahren, daß sie es nicht zugeben konnte, nicht einmal an diesem einsamen Ort einem Fremden gegenüber, der ihr vertraut hatte. Dann schien sie dieser Gedanke zu verblüffen. Francis war alles andere als ein Fremder für sie.

»Vor vier Jahren sind sie hierhergezogen?« fragte er.

»Dieses Frühjahr sind es vier Jahre.«

Er schüttelte den Kopf.

»Ich kenne sie nicht, und ich kenne die meisten Einheimischen vom Sehen. Sind Sie sicher, daß sie hierhergekommen sind?«

»Das ist meine einzige Spur.«

»Sie könnten Erkundigungen über das jüngere Mädchen anstellen.«

Dinah nickte. Morgen früh, am Montag, würde sie eine Liste der lokalen Sonderschulen und Jugendgruppen erstellen.

»Ich weiß. Daran hatte ich auch schon gedacht.«

»Könnte ich irgendwie helfen?«

Dinah merkte, daß es schon spät war. Sie hatten lange geredet. Das Feuer war zusammengefallen, weil Francis sie nicht unterbrechen wollte, um ein weiteres Stück zurechtgesägtes Treibholz nachzulegen.

»Halten Sie Ausschau nach ihnen«, meinte sie lächelnd. Sie knöpfte ihr Jackett zu, das sie in der Wärme ein wenig geöffnet hatte. Sie sah, wie sich seine Wangenmuskeln anspannten, das einzige Anzeichen von Enttäuschung, und verspürte als Reaktion eine schwache Angst.

»Vielen Dank für das wundervolle Dinner und für den Wein und für das Gespräch.«

Die Worte klangen unangemessen. Francis hatte seinen Wein immer noch nicht angerührt. Was würde er damit tun, wenn sie gegangen war, fragte sie sich. Er war bewunderungswürdig und ebenso liebenswert, dachte sie.

»Ich bringe Sie zum Hotel zurück«, sagte er.

Nachdem er den schwarzen Mantel angezogen und Dinah in ihren Mantel geholfen hatte, beugte er sich vor und nahm eine der Federzeichnungen von der Wand neben dem Tisch. Sie war ihr während des Essens aufgefallen, ein Blick auf den Strand, die Ufermauer und das Häuserwirrwarr, das von etwa dem Punkt aus anstieg, an dem sie sich getroffen hatten.

»Darf ich Ihnen dies geben?«

Sie nahm es und betrachtete es einen langen schweigenden Moment lang, bevor sie es ordentlich zusammenrollte und zur Sicherheit in die Innentasche ihres Jacketts gleiten ließ.

»Danke. Ich wollte, ich hätte auch etwas, das ich Ihnen schenken könnte.«

»Sie haben mir etwas geschenkt.«

Sie gingen die zweihundert Meter zur Uferpromenade und in den Wind hinein, ohne noch etwas zu sagen. Sie berührten einander nicht, nicht einmal mit den Ärmeln der Mäntel.

An der Hoteltür fragte Francis schüchtern: »Darf ich Ihnen schreiben?«

Dinah zögerte. Dann nahm sie aus ihrer Handtasche eine ihrer Karten, auf die ihr Name und die Adresse in der Kendrick Street gedruckt waren. Sie faltete sie und gab sie ihm. Francis steckte sie in eine Innentasche, ein Spiegelbild dessen, wie sie seine Zeichnung aufbewahrte.

»Danke.«

Dann berührte er sie leicht mit den Fingerspitzen an der Wange.

»Gute Nacht.«

Beide wandten sich um, so schnell sie konnten, und verloren einander aus dem Blick.

Als sie in ihrem Zimmer im Bett lag und nur das Rauschen des Meeres hörte, verfolgte Dinah ihren Weg durch diesen Abend noch einmal zurück. Sie hatte einen Freund gewonnen, und für einige leichtsinnige Momente stand sie am Rande zu mehr.

Vom Flughafenhotel in London aus telefonierte Dinah mit Eleanor.

»Ich habe sie nicht gefunden, aber ich habe die Hoffnung noch nicht aufgegeben. Es war so aufregend und so seltsam, dort zu sein, wo sie gewesen war, selbst noch vor kurzem. Vielleicht kann ich sie doch noch aufspüren.«

Eine Liste mit möglichen Anhaltspunkten war in Francis' Zeichnung eingerollt.

»Geht es dir gut, Dinah? Du hörst dich so anders an.«

»Wirklich?«

»Aufgeregt. Glücklicher.«

»Ein bißchen von beidem.«

»Fährst du nach Hause, um mit Matthew alles ins reine zu bringen?«

Dort war sie, die unerreichbare dunkle Seite; die beruhigende Topographie der Ehe, die einst so klar gewesen und dann in kleinen Schritten fremd geworden war, erschien ihr jetzt unwirklich.

»Ich weiß es nicht. Ich weiß nicht, was geschehen wird. Ich weiß nur, daß ich dies weiterverfolgen muß, oder ich verliere mich selbst.«

»Ich mache mir um euch alle Sorgen. Aber hör zu, mein Liebling. Du kannst auf mich zählen. Ich habe dich lieb.«

Eleanor in ihrem cremefarbenen Bettjäckchen mit dem Buch aus der Bücherei neben sich. Konventionell, vorsichtig, aber dennoch streckte sie die Hand nach Dinah aus, die das selbst nicht gewagt hatte. Die alte Mutter-Tochter-Beziehung. *Oh, Sarah.*

»Ich habe dich auch lieb.«

»Ruf mich an.«

»Das werde ich. Ich verspreche es.«

Die Jungen schliefen schon, in Erwartung auf zu Hause und Matthew. Morgen.

»Gute Nacht.«

»Gute Nacht, Mummy.«

8

Es war zwei Tage vor Weihnachten. Über den Arbeitstischen im Labor hingen Papiersterne und Laternen. Matthew konnte sie durch die offene Tür des stickigen Konferenzraumes sehen, wo er mit Sean

Rader, Jon Liu und zwei Technikern arbeitete. Zum Lunch hatten sie Laugenkringel gegessen, die Tüten lagen zusammen mit leeren Papierbechern und Coladosen auf dem Tisch. Matthew gab gerade Anweisungen für eine neue Serie von Tests mit isolierten Fettzellen. Er redete schnell, und die Techniker machten sich gehorsam Notizen.

Die Reihe von Erfolgen, die sie bereits erzielt hatten, fiel erfreulicherweise schwer ins Gewicht.

Das Computerprogramm, das Sean entwickelt hatte, hatte Myriaden chemischer Sequenzen durchlaufen lassen, bis es zu einem Durchbruch kam, der Entdeckung des genauen Paßstückes zwischen Insulin und den Rezeptoren an der Zelloberfläche. Danach war es Matthews Ziel gewesen, ein Protein zu kreieren, ein Peptid, das sich mit den Insulinrezeptoren verband und das Verhalten des natürlich im menschlichen Körper vorkommenden Peptids widerspiegelte. Er führte zahlreiche Versuche durch, drehte die farbigen Atome der dreidimensionalen Proteinstrukturen vor seinem inneren Auge und im schwarzen Computerraum, bis die Lösung plötzlich von allein aufgetaucht war – dort oben im Boot auf dem See in Vermont.

Seitdem hatten sie noch härter und schneller gearbeitet, da neuer Schwung sie vorwärtstrieb.

Kathrin und die anderen Biochemiker machten sich daran, das Molekül, das Matt entworfen hatte, zu synthetisieren, und der erste Satz Peptide war jetzt soweit, daß er getestet werden konnte. Sie würden radioaktive Isotope einsetzen, um das Zusammentreffen der entwickelten Moleküle mit den Fettzellen zu überwachen und um festzuhalten, wie der insulinartige Effekt im Vergleich zu wirklichem Insulin war. Das war nur der erste Schritt in einer langen Reihe von Tests, die vor ihnen lag, aber es war ein entscheidender Schritt. Voller Erwartung kamen alle Teammitglieder früh ins Labor und blieben lange. Die gemeinsame Anstrengung und die Aussicht auf die nahe bevorstehende Belohnung hielt sie zusammen. Das hatte Matt schon immer gefallen.

»In Ordnung, Jungs«, lächelte Matt, zielte mit einem leeren Papierbecher auf den Mülleimer und traf ihn genau in der Mitte. »Laßt uns weitermachen.«

»Was ist mit heute abend?« fragte Don, der jüngere der Techniker.

»Heute abend bekommt ihr frei, besondere jahreszeitlich bedingte Ausnahmegenehmigung. Um halb neun bei Pantucci.«

An diesem Abend fand die Weihnachtsfeier der Abteilung statt, und zwar in derselben Pizzeria, von der aus Matt Jon und Kathrin nach Hause gebracht hatte. Die Assoziationen, die sich mit diesem Namen und diesem Ort verbanden, führten dazu, daß Matt Jon einen schnellen Blick zuwarf, weil er sicher war, daß Jon sich dessen auch bewußt sein mußte. Aber Jon sammelte gerade seine Aufzeichnungen ein und machte mit den anderen Witze darüber, daß er diesmal die Finger vom Bier lassen wollte, damit er an Weihnachten fit war. Die Techniker gingen zu ihren Arbeitstischen zurück, und Jon und Sean hasteten auch davon. Sean rief Matt über die Schulter zu, daß er später noch mal mit ihm reden wollte. Matt blieb allein sitzen.

Er fühlte, wie die Woge der Zielstrebigkeit abebbte. Die anderen konnte er motivieren, aber ihn selbst hatte der innere Antrieb im Augenblick erschreckenderweise verlassen.

Einen Moment lang schloß er die Augen und rieb sich den Knorpel über dem Nasenrücken. Er konnte die Wichtigkeit von allem, den Aufwand an Mühe und Intellekt, was ihm einst so klar umrissen und unmittelbar einleuchtend erschien, nicht länger begreifen. Wenn es ihm und Jon und den anderen nicht gelang, ein orales Insulin zu entwerfen und zu synthetisieren, dann würde es ihren Konkurrenten am California Institute of Technology oder in Dartmouth oder in Cambridge innerhalb weniger Monate gelingen.

Daß dies nicht länger die größte Bedrohung zu sein schien, gab Matthew das Gefühl, preisgegeben zu sein, als ob eine unsichtbare Hand die Isolierschichten, die ihn schützten, weggerissen hätte.

Er öffnete die Augen und stand so abrupt auf, daß der Stuhl zur Seite kippte und er ihn auffangen mußte, damit er nicht zu Boden polterte. Er schob seine Unterlagen zu einem Stapel zusammen und ging ins Labor. Etliche Leute waren dort noch bei der Arbeit. Das Radio spielte Weihnachtslieder, und jemand pfiff. Kathrin stand in ihrem weißen Laborkittel am entgegengesetzten Ende des Raumes. In einem der Becken spülte sie Flaschen aus, ihr Kopf war vorgebeugt, augenscheinlich war sie eifrig bei der Sache. Matthew wußte, daß sie sich nicht umschauen würde.

Seit jenem verhängnisvollen Sonntag nachmittag, als sie ihn zu Hause angerufen und Dinah die Wahrheit erraten hatte, hatte Matthew sein Bestes getan, Kathrin aus dem Weg zu gehen. Während Dinah und die Jungen in England waren, hatte er dafür gesorgt, daß er nie allein in der Abteilung war, immer mit Sean oder anderen beschäftigt und somit geschützt. Er war so vorsichtig gewesen, alle Anrufe, die er zu Hause erhielt, zu überprüfen, bevor er sie beantwortete. Er fühlte sich verabscheuungswürdig, aber er hielt sich an seine Vorsätze.

Dann kam Dinah wieder nach Hause, ohne Sarah gefunden zu haben. Sie redete nicht viel über den Zusammenbruch ihrer Hoffnungen und sagte auch nicht, was sie jetzt zu tun beabsichtigte. Sie schien in sich selbst zu ruhen und mit diesem inneren Abstand fast zufrieden zu sein, so wie ein Asket mit einer immer gleichen, einfachen Kost. Matthew hatte kein Mitgefühl für sie, und Dinah bat auch nicht darum. Sie hatten begonnen, nebeneinander her zu leben – keiner vertraute dem anderen seine Bedürfnisse und Ängste an –, in einem Zustand stummen und argwöhnischen Waffenstillstands, in dem jegliche Freundschaft geleugnet wurde und man sich nicht einmal mehr an die Wärme erinnerte, die früher so selbstverständlich war.

Zur selben Zeit wurde Matt klar, daß nicht nur er Kathrin mied, sondern auch umgekehrt.

Sie schlüpfte davon, immer wenn er sich zu einer Gruppe im Labor gesellte, und wenn sie gezwungen war, ihn zu sehen und mit ihm zu sprechen, hielt sie ihr Gesicht abgewandt. Es gab keine Seitenblicke mehr. Matthew ertappte sich dabei, wie er die Linie ihres Kinns und die exquisiten komplizierten Falten ihres Ohrs mit der Strähne glänzenden Haares eingehend betrachtete und dann die Enttäuschung spürte, die von ihr ausstrahlte. Ihn befiel als Reaktion darauf ein so heftiges Gefühl des Verlustes und der Sehnsucht, daß er sich krank fühlte.

Zwei Tage lang versuchte er sich und aller Welt weiszumachen, er sei krank, woraufhin Sean Rader feststellte, daß er zuvor noch nie auch nur Kopfschmerzen gehabt habe. Aber die Verstellung und die Untätigkeit, die damit einhergingen, führten nur dazu, daß Matt sich noch schlechter fühlte. Und so zwang er sich, zur Arbeit zurückzukehren und sich wieder intensiv mit Dingen zu beschäftigen, die ihm beinahe unwichtig erschienen waren.

Er stand da und beobachtete, wie Kathrin arbeitete. Fließendes Wasser platschte in das Becken, lief über ihre Finger und das Glas und sprang in regenbogenfarbenen Tröpfchen von der Drahtbürste. Sie wandte sich nicht um.

Matthew ging in sein Büro und öffnete eine Akte über finanzielle Planungen. Das Insulinprojekt war nicht das einzige Forschungsprojekt, mit dem sich sein Team beschäftigte. Er mußte neue Ideen entwickeln und sie diesen eifrigen jungen Leuten, für die er verantwortlich war, vorschlagen. Im Augenblick war die Finanzierung gesichert, aber der Moment würde kommen, wo er neue Mittel beantragen und rechtfertigen mußte. Es gab viel zu tun. Matt beugte sich über seinen Aktenordner und versuchte, sich auf die Zahlen zu konzentrieren, die vor ihm hin und her tanzten.

Um sechs Uhr fuhr er nach Hause.

»Bis zur Party«, rief ihm seine Sekretärin fröhlich hinterher.

Die Kendrick Street lag blütenweiß und still unter einer dünnen Schicht frisch gefallenen Schnees. Matthew blieb einen Augenblick lang im Auto sitzen und blickte auf die schwarzen, eisverkrusteten Bäume und die wie mit Puder bestäubten Dächer und Veranden. Er ließ die besondere Schneestille auf sich wirken, und ihm wurde bewußt, wie müde er war. Er hätte ohne Mühe einschlafen können.

Er zwang sich, die paar Schritte vom Wagen zu den Verandastufen zu laufen. Sein Atem dampfte in einer Wolke vor ihm. Als er die Tür öffnete, duftete das Haus nach Popcorn, Tannenzweigen und Holzrauch.

»Hallo, da bin ich.«

Der Weihnachtsbaum, den er nach Hause gebracht hatte, war in einer Ecke der Diele aufgestellt worden. Dinah und die Jungen hatten ihn geschmückt, während er weg war.

Merlin und Jack erschienen oben an der Treppe und sausten zu ihm herunter.

»Dad, Dad, *Dad.*« Sie klammerten sich an seine Arme und zogen an seinen Händen.

»Gefällt dir der Baum?«

»Sieht toll aus. Wo ist Mum?«

»Im Badezimmer. Sie geht aus. Warum gehst *du* auch aus? Heidi muß zu uns kommen.«

Heidi war die Babysitterin, die eine Straße weiter wohnte.

»Ihr werdet euch prima amüsieren. Sie läßt euch sicher wieder Videos gucken, die völlig ungeeignet für euch sind. Ich muß zur Weihnachtsfeier der Abteilung gehen, überlegt euch also ein paar Witze, die ich erzählen kann, während ich nach oben gehe und mit eurer Mutter rede.«

Die Badezimmertür war zu, aber nicht abgeschlossen. Bevor er sie öffnete, hörte Matthew, wie Dinah summte. Sie lag in einem lockeren baiserartigen Schaum, das Haar oben auf dem Kopf festgesteckt. Matthew schob sich herein und setzte sich auf die Kante des Klodeckels. Der duftende Dampf, die Enge und Dinahs Haar erinnerten ihn plötzlich an das Badezimmer in der alten Wohnung über dem Gemüseladen. Es hatte irgendeine Krise gegeben, die mit Badewasser zu tun hatte, und sie mußten im Hotel übernachten. Er und seine Frau hatten sich vor einem riesigen Spiegel geliebt. Er erinnerte sich an ihr Spiegelbild, ihre blassen Beine, die um ihn geschlungen waren.

»Kommst du heute abend mit?« fragte Matt.

Einige seiner Kollegen brachten ihre Partnerinnen mit, aber Dinah hatte sich geweigert, die Einladung anzunehmen. Jetzt wollte er gerne, daß sie mitkam, als Sicherheit und um zu verkünden, wer und was er war, aber er hatte auch Angst davor.

Sie wandte den Kopf, sah ihn aber nicht richtig an.

»Natürlich nicht. Ich habe es dir doch erzählt. Ich gehe zu den Pinkhams.«

»Nimmst du die Jungen nicht mit?«

»Nein. Es ist ein Abend für Erwachsene. Ausnahmsweise.«

»Ah. Gut.«

Matthew ging ins Schlafzimmer. Dinahs rotes Kleid, ihr bestes, das die Schultern freiließ, lag ausgebreitet auf dem Bett. Er zog sein

Hemd aus und ein sauberes blaues an, das Kathrin einmal bewundert hatte. Dinah tauchte, in ein Badetuch eingewickelt, aus dem Badezimmer auf. Sie löste ihr Haar und setzte sich hin, um Lotion in die Beine zu massieren.

Diesen Duft mochte Matthew, scharf, mit einem Hauch von Eau de Cologne. Er knöpfte sein Hemd zu und stand mit locker herunterhängenden Armen da und beobachtete sie: ihre Wirbelsäule, ihre Schenkel, Handgelenke und ihre Flächen und Kurven. Sie war ihm völlig vertraut, und dennoch spürte er, daß sie einen Kern enthielt, der ihm unbekannt war. Matthew machte einen Schritt auf sie zu. Er dachte an die Jungen unten, daran, daß die Bettdecke unter dem Gewicht ihrer Hüften Falten warf, wie ihr Haar fallen würde, wenn er sich über sie beugte. Und doch, auf der Heimfahrt im Auto hatte er mit schmerzlichem, heftigem Bedauern von Kathrin, ihren winzigen Händen und ihrem geschäftigen Mund geträumt.

Er zögerte, und in dem Augenblick schaute Dinah zu ihm hoch. Ihre Augen waren klar, und sie schienen seine Verwirrung ohne Mühe und unnachgiebig zu entziffern. In der Hand hatte sie immer noch einige Tropfen weißer Lotion.

Matthew wandte sich ab. In der letzten Zeit hatten sie einander kaum berührt. Als er wieder hinschaute, war Dinahs Kopf wieder gesenkt, und sie rieb sich mit ruhigen gemächlichen Bewegungen Lotion in die Haut.

Vor Schmerz zog sich sein Magen zusammen. Matthew setzte sich auf die andere Seite des Bettes und war sich bewußt, daß sein Gewicht ebenfalls Falten auf der Bettdecke verursachte und der Platz zwischen ihnen keine Verbindung herstellte.

»Ich möchte mit dir reden«, sagte er. »Ich möchte dir erzählen, was wirklich mit Kathrin und mir geschehen ist.«

Dinahs Reaktion schockierte ihn. Sie schmiß die Flasche mit der Lotion zur Seite. Dort traf sie die Wand und zog eine dünne Spur über die Fußleiste.

»Ich will das nicht hören«, schrie Dinah. »Warum sollte ich es zulassen, daß du mir Einzelheiten aufzwingst, wenn ich es nicht ertragen kann, sie zu hören? Es verletzt mich weniger, es ohne Details zu lassen. Ich will nicht daran erinnert werden, was ihr beide getan habt und wo und wann. Warum sollte ich mir das anhören, damit du dich besser fühlst?«

»Es tut mir leid. Ich hatte es nicht als Trost für mich selbst angesehen.«

Dinah stand auf. Sie zitterte, aber sie hob die Flasche auf und schraubte den Deckel zu. Dann wischte sie die Lotion mit einem Papiertuch aus der Box auf ihrem Frisiertisch auf. Matthew beobachtete sie. Er dachte, daß sie glauben mußte, das Ende sei nahe, und daß sie keine unnötigen Geständnisse anhören wollte, um nicht noch mehr Erinnerungen zu verzerren.

Sie begann sich anzuziehen, den Rücken ihm zugewandt, während Matthew regungslos und schweigend dasaß. Als sie beim Kleid angelangt war, zog sie es über den Kopf und bewegte sich hin und her, damit sich das Gewebe glatt um ihre Hüften legte. Der lange Reißverschluß am Rücken stand weit offen.

»Könntest du bitte?« bat sie ihn kühl.

Er zog den Reißverschluß hoch und befestigte stirnrunzelnd den winzigen Haken oben in der Öse. Ähnliche kleine Dienste hatte er ihr schon so oft erwiesen vor all den Parties und Einladungen zu Essen und gemeinsamen Feiern, die den Lauf der Jahre markierten. Er und Dinah waren zusammen ausgegangen, in Abendgarderobe, bereit, es mit der Welt aufzunehmen. Es war außergewöhnlich, eigentlich undenkbar, daß sie jetzt an einem Punkt angelangt waren, an dem sie derselben Welt getrennt ihre Gesichter präsentierten.

Matthew küßte sie auf die nackte Schulter.

»Willst du heute abend nicht mit mir kommen?«

Dinah ging weg. Sie stand vor dem Spiegel, um ihre Diamantohrringe anzulegen, sie neigte den Kopf und ließ geschickt auf jeder Seite einen Schmetterling auf einen Metallstift gleiten.

»Um lächelnd dazusitzen und mit Sean Rader zu reden, während deine Freundin zuschaut?«

»Sie ist nicht meine Freundin. Das versuche ich dir ja zu sagen.«

»Und ich habe dir gesagt, daß ich es nicht hören will. Ich gehe zu Todd und Nancy.«

Sie zog jetzt ihre Schuhe an – rote Wildlederschuhe, die zu ihrem Kleid paßten. Die hohen Absätze ließen sie groß wirken. Dinah hatte tatsächlich einen inneren Kern, den er nicht kannte, dachte Matt, oder bis jetzt nicht kennengelernt hatte. Und das Fruchtfleisch, das darin verborgen lag, war ihre Wut auf ihn. Er wollte es ihr gerade sagen, um eine echte Reaktion von ihr zu provozieren, als er hörte, wie die Jungen die Treppe heraufrannten. Sie drängten ins Schlafzimmer und rempelten einander dabei an.

»Uns ist ein Witz für dich eingefallen.«

»*Mir* ist er eingefallen, Merlin.«

Dinah saß jetzt da, betrachtete ihr Gesicht im Spiegel und hielt ihre Wimperntusche in der Hand.

»Dann erzähl ihn mal«, forderte Matthew ihn auf.

»Er handelt von einer Ente, die in die Apotheke geht, um Kondome zu kaufen.«

»Tatsächlich?«

Jack erzählte seinen Witz, schmiß sich dann rückwärts aufs Bett, lachte und strampelte mit den Beinen. Merlin lachte auch, aber unsicherer.

Matthew fragte ihn: »Was meinst du, Mer? Ist das ein guter Witz für die Jungs aus dem Labor?«

»Ich weiß es nicht, weil ich ihn nicht richtig verstehe«, gestand er.

»Du weißt doch, was ein Kondom ist, du Blödmann«, machte Jack sich über ihn lustig.

»Natürlich weiß ich das. Es ist das mit der Rechnung.«

Jack erklärte es ihm.

Merlins Gesicht hellte sich auf. Die Jungen begannen Enten zu spielen, die mit Kondomen geknebelt waren. Matthew wandte sich um, um Dinahs Spiegelbild anzuschauen. Sie schien ihren wahren Gesichtsausdruck mit Make-up übermalt zu haben. Es klingelte an der Tür, und die Jungen rannten hinunter, um die Babysitterin hereinzulassen.

»Es ist Weihnachten«, sagte Matt.

»Ich weiß.«

Dinah fragte sich, wie Francis in der Redemption Street wohl Weihnachten feierte. Die Zeichnung, die er ihr geschenkt hatte, lag in ihrem Schreibtisch, ausgebreitet zwischen zwei leeren Blättern. Sie dachte auch an Sarah und versuchte sich vorzustellen, was sie in diesem Augenblick wohl tat und dachte. »Ich weiß«, wiederholte sie und hielt plötzlich schuldbewußt inne, als sie merkte, daß Matt sie verständnislos anstarrte. Sie nahm ihren Mantel und die Handtasche, dann kam sie zu ihm und berührte seinen Arm.

»Viel Spaß bei der Party«, wünschte sie ihm. »Auf dem Weg nach draußen rede ich mit Heidi.«

Nach dem, was sie durch die Fenster erspähen konnte, war das Haus der Pinkhams bereits voller Leute. Dinah stampfte den frischgefallenen Schnee von ihren Wildlederschuhen und klingelte.

Im großen Zimmer brannte ein Feuer, ein geschmückter Baum stand dort, um den sich eine gemischte Menschenmenge von Nachbarn und Medizinern drängte. Todd gab ihr einen Drink, und George Kuznik küßte sie auf beide Wangen. Er trug ein rosafarbenes Hemd und eine rotkarierte Fliege. Seine gute Laune steckte Dinah an und ließ sie daran denken, wie sehr sie ihn mochte.

»Du siehst sensationell aus«, meinte George. Er protestierte scherzhaft, als einer von Todds Kollegen vorbeikam, nachdem sie sich ein wenig unterhalten hatten, und verlangte, der Dame in Rot vorgestellt zu werden.

Es war seltsam, ohne Matthew zu sein. Aber so würde es in Zukunft wohl sein, dachte Dinah. Sie würde zu Parties gehen, sich mit Leuten unterhalten, kommen und gehen, Teil eines Musters aus Arbeit und Freundschaften sein, und dennoch würde sie allein sein, nicht die Hälfte eines Paares, und das nach so langer Zeit.

Ein Gespräch mit Francis ging ihr durch den Kopf.

Fühlst du dich so? Oder empfindest nicht einmal so viel Verbindung? Ist es dir lieber so? Du sagtest, du vermißt manchmal die Zuflucht bei jemandem, bei einer Frau ...

In den Tagen, seit sie nach Franklin zurückgekommen war, war dieses Gespräch Teil ihres Bewußtseins geworden. Francis und die Einfachheit seines Lebens standen für Klarheit und Zufriedenheit. Gemessen an Francis' Leben war ihres voller Verwirrung, aber dennoch glaubte sie, daß sie ein Stück weitergekommen war. Durch ihre Entschlossenheit war sie stärker geworden. Dinah hatte Briefe an die Behörden in Norfolk geschrieben und an alle anderen Organisationen, die möglicherweise etwas über Sarah oder die Greens wußten. Jeden Brief, den sie schrieb, empfand sie als ein neugeschmiedetes Glied einer Kette.

Dinah wußte, irgendwo am unsichtbaren Ende eines dieser Glieder saß Sarah neben einem Weihnachtsbaum. Sie würde sie finden, bald, dessen war sie sich sicher.

Dinah redete und scherzte sich ihren Weg durch die Party. Sie zog Aufmerksamkeit auf sich und akzeptierte sie auch.

Sie gehörte vielleicht nicht ganz dazu, aber sie war auch nicht so isoliert, wie sie es sich vorgestellt hatte. Daß Matthew völlig in Anspruch genommen war von seiner Arbeit und seinen Mitarbeitern, hatte ihr das Gefühl gegeben, an die Grenzen ihrer gemeinsamen Existenz gelangt zu sein.

Erst gegen Ende des Abends fand sie Gelegenheit, mit Nancy zu reden. Sie setzten sich weg von der Musik auf ein Sofa.

»War es in Ordnung?« fragte Nancy. »Haben sich alle amüsiert? Du auch?« Sie trug ein schwarzes Kleid, das eine Spur zu eng war und ihren Busen enthüllte. Hitze und Anstrengung hatten ihr flaumiges Haar feucht werden lassen, so daß Strähnen an ihren glänzenden Wangen klebten. »Ehrlich, ich hatte kaum Zeit, etwas zu trinken. Wo ist dein Glas? Hoppla, bißchen verschüttet, macht doch nichts. Sieht man auf diesen Kissen gar nicht.«

»Ich habe mich gut amüsiert.«

Todd tanzte mit einer gutaussehenden Blondine, und sie beobachteten ihn einen Augenblick lang. Er hatte kein natürliches Rhythmusgefühl, seine Knie und Ellenbogen zuckten eckig hin und her. Nancy grinste. Sie streifte ihre Schuhe ab und zog die Beine hoch, wandte sich dann Dinah zu und schloß so den Rest des Zimmers aus. Sie betrachtete sie eingehend mit zur Seite geneigtem Kopf.

»Was ich noch sagen wollte. Du siehst gut aus heute abend. Sehr hübsch. Du siehst gut aus, seit du aus England zurückgekommen bist.«

»Danke.«

»Hör mal zu, weise mich jetzt nicht ab mit diesem britischen Reserviertheitszeug. Sind wir Freunde?«

»Aber natürlich.«

Dinah wußte nicht, ob sie es waren oder nicht.

Es hatte den Anschein gehabt, als würde sich mit Sandra Parkes eine Freundschaft entwickeln, die in der Ähnlichkeit ihres Hintergrundes und in ihrem gemeinsamen Exil wurzelte. Aber Sandras feindselige Eifersucht und Dinahs Mißtrauen konnten nicht dadurch beruhigt werden, daß sie Erinnerungen an Sooty und Sweep teilten und alle Verse von »All Things Bright and Beautiful« auswendig konnten. Dinah bedauerte es, daß Sandra und sie einander mißtrauten und verdächtigten.

Dinah wußte, wieviel weniger sie mit Nancy gemeinsam hatte, aber es war bequem, neben ihr zu sitzen, während die Party an ihnen vorbeiglitt. Das Sofa fühlte sich an wie ein Boot, es schaukelte ein wenig. Das lag am Drink, und es war Weihnachten, wie Matt es für notwendig befunden hatte, sie zu erinnern. Dinah seufzte und legte ihren Kopf auf die Polster.

»Natürlich sind wir das«, wiederholte sie.

»Also los. Dann heraus damit. Du bist weggefahren und sahst aus, als würdest du von glühenden Drähten hin und her gezogen, und glücklich wiedergekommen. Seit Monaten hast du nicht glücklich ausgesehen.«

»Wirklich nicht?«

»Nein. Nicht glücklich, überhaupt nicht. Liegt es an Matt?«

»Was?«

»Scheiße. Okay, ich schnüffle herum. Es geht mich nichts an. Vergiß es.«

Genau das hatte sie getan, dachte Dinah, die versuchte, es zu vergessen, und sich mit Matt und Dr. Pang auf eine Weise beschäftigte, die sie schmerzhaft erlernt hatte: die Wahrheit zu unterdrücken und auszulöschen. Nancy beobachtete sie mit echter Besorgnis. Plötzlich die einfache Verbundenheit zwischen ihnen zu spüren, eine fest verwurzelte, weibliche Sympathie, die ihren Wert auch jenseits der Maßstäbe von Freundschaft hatte, beruhigte Dinah.

Zu lange hatte sich Dinah von anderen Frauen zurückgezogen, sich selbst die Bequemlichkeit ehrlicher Unterhaltungen versagt, weil sie nicht glaubte, daß sie sie verdiente.

»Nancy, du spionierst nicht. Ich werde dir erzählen, was los ist.

Matthew trifft sich mit einer Frau aus seiner Abteilung. Ich habe sie einige Male gesehen. Sie ist promoviert, Halbasiatin, klein, wunderschön, intelligent, aber irgendwie auch unterwürfig.«

Das war ein Teil der Geschichte. Nur ein kleiner Teil, aber wie ein Puzzlesteinchen, das zwei größere Teile verband. Welche Erleichterung, es zu erzählen.

Nancy biß ihre vollkommenen Zähne aufeinander und pfiff hindurch.

»Oh, wie originell. Eine, die für ihn arbeitet. Großer Herr und Meister, blicke auf deinen Diener, deine Magd. Dort ist er heute abend?«

»Gewissermaßen. Er ist auf der Weihnachtsfeier.«

»Wow. Bier und Frisbee.«

Sie sahen einander an und lachten. »So was in der Art. Ist das komisch? Ich weiß nicht, was ich davon halten soll. Ich habe versucht, nicht daran zu denken.«

»Nein, es ist nicht sehr komisch. Es ist traurig, und er ist ein Arschloch. Ihr seid ein tolles Paar mit tollen Kindern. Eine richtige Familie.«

Vorsichtig, achte auf deine Worte. Laß sie nicht so nahe herankommen, daß sie die Schutzschichten wegreiben können, nicht einmal heute abend, nicht einmal Nancy.

Mit Milly war das etwas anderes. Dinah hatte Milly im Geiste längst mit Sarah identifiziert, und in letzter Zeit wurden ihre Phantasien von einer Zwittertochter bevölkert, die ihr manchmal realer erschien als Jack und Merlin. Es war so leicht, mit Milly zu reden, so wichtig, mit ihr zu reden …

»Ich glaube, Matt und ich waren ein tolles Paar, aber wir haben nachgelassen. Sorge dafür, daß dir und Todd das nicht passiert.«

»Denk nicht an mich und Todd. Ist es was Ernstes, diese Affäre, die Matt hat?«

»Ich weiß es nicht. Vielleicht. Er möchte etwas, das er von mir nicht bekommt, heißt es nicht immer so?«

»Was ist in England passiert?«

Geschehen war, daß sie sich den Luxus der Freundschaft mit Francis geleistet hatte. Sein offenes Bekenntnis entsprach ihrem unausgesprochenen. Sie hatte sich ihm beinahe ebenbürtig empfunden, aber ihre eigene Schuld in sich verschlossen gehalten.

»Ich habe meine Mutter besucht und mich dann auf die Suche nach einigen alten Freunden gemacht, mit denen ich den Kontakt verloren habe. Allerdings habe ich sie nicht gefunden.«

»Und was noch? Nun komm schon, ich sehe es an deinem Gesicht.«

»Was ist das? Die Inquisition? Ich habe einen Mann kennengelernt, jemanden, mit dem es interessant war, sich zu unterhalten. Eine Zufallsbekanntschaft, ein Gespräch an einem Abend, nicht mehr.«

»Aha.« Nancy triumphierte.

»Nicht mehr, wirklich.«

»Hör zu.« Nancy legte Dinah die Hand auf den Arm. »Ich halte zu dir, okay? Letztendlich wird Matt niemals irgendein kleines Mädchen dir vorziehen. Er ist vielleicht ein Narr, aber das sind die meisten Männer, und Matt ist nicht der größte Narr. Du hast seine Jungen und dein ganzes Leben. Ich habe gesehen, wie ihr euch anschaut. Es kommt alles wieder in Ordnung. Und ich bin froh, daß du mit etwas aus England zurückgekommen bist, was es auch sein mag. Du siehst einfach so aus, als hätten sich deine Perspektiven verändert. Kann sein, daß du genau das brauchst.«

»Vielleicht. Danke, Nancy. Du bist eine gute Freundin.« Dinah meinte es auch so, und nach diesem Abend fühlte sie sich überraschend glücklich.

Sie waren mehr als zwanzig Leute, und das bedeutete zwei getrennte Tische bei Pantucci.

Matthew hatte gesehen, wie Kathrin gewartet hatte, um sicherzugehen, daß sie einen Platz am anderen Tisch fand; in letzter Minute glitt sie auf einen Stuhl zwischen zwei der Studenten. Er konnte sie von seinem Platz am Kopfende seines Tisches gerade eben sehen. Sie trug ein enges schwarzes Samtjäckchen, das er nie zuvor gesehen hatte, und eine Spange in den Haaren, die aus einer Reihe silberner Sterne bestand.

Das Essen schien Stunden zu dauern.

Er hörte, wie er Gespräche führte, Bemerkungen anderer aufgriff und eigene machte, Fragen stellte über Skiausflüge und lebhaft über das Programm des kommenden Jahres redete. Die ganze Zeit über lief eine Folge von Bildern wieder und wieder in seinem Kopf ab. Dinah mit bloßen Schultern in ihrem roten Kleid, Kathrin in ihrer Studentenbude mit Kunstplakaten an der Wand hinter ihr, die Spiegelbilder aus dem Hotelzimmer von vor langer Zeit, seine Jungen, die lachten und taten, als seien sie Enten. Er versuchte, die Bilder zu vertreiben und sich auf die Gesichter um ihn herum zu konzentrieren, aber er konnte es nicht. Alle außer Kathrins waren unscharf.

Außer Matt wechselten alle nach einem komplizierten Schema, das die Sekretärinnen ersonnen hatten, nach jedem Gang die Plätze. Nur Kathrin kam ihm nie näher. Der Lärmpegel stieg ständig. Ein Teller mit irgendeinem cremigen Pudding, den er nicht wollte, wurde Matthew vorgesetzt und später wieder fortgenommen. Sean Rader nahm auf dem Stuhl neben ihm Gestalt an. Er rollte sich gerade eine seiner ausgemergelten Zigaretten mit Tabak aus einer Old-Holborn-Dose. Sean klammerte sich hartnäckig an seine alten Gewohnheiten.

»Geht's dir gut?«

Die Zigarette brannte jetzt, und Sean blinzelte, als er heftig daran zog.

»Was? Ja, klar. Was machst du Weihnachten?«

»Du hast mich das, verdammt noch mal, schon vor 'ner Stunde gefragt, und ich habe es dir erzählt.«

Sie arbeiteten jetzt schon lange zusammen. Sean kultivierte seine schroffen Manieren und seinen Liverpooler Akzent als eine Form der Verteidigung, hauptsächlich gegen Frauen.

»Tut mir leid. Es ist so laut hier.«

»Matt. Du siehst beschissen aus.«

»Danke.«

»Liegt nicht am Job, oder?«

Matthew sah ihn finster an. Sean war überaus loyal und wirklich brillant bei seiner Arbeit. Er war Matthew nach Neuengland gefolgt, ohne Fragen zu stellen oder zu zögern. Stets dachte er nur an seinen Job und kümmerte sich um nichts anderes. Daher war es verwirrend für Matthew, als er bemerkte, daß er nicht mehr das Gleiche für ihn empfand.

»Natürlich nicht. Wir sind genau auf dem richtigen Weg, das weißt du doch.«

»Ja. Also, etwas anderes?«

In all den Jahren, die sie sich kannten, hatten sie nie über einen Witz oder ein Achselzucken hinaus darüber geredet, was sie fühlten oder fürchteten. Matthew geriet jetzt nur kurz in Versuchung. Hier konnte er nicht mit Sean diskutieren, noch konnte er sich eine andere Person oder einen anderen Ort vorstellen, wo er es versuchen könnte. Dinah war immer seine Zuhörerin und Ratgeberin gewesen, aber jetzt schien es, als sei das nur ein Teil der Verbindung gewesen. Jahrelang hatten sie mehr ungesagt gelassen, als sie dem anderen enthüllten. Quer durch den Raum erblickte er plötzlich Kathrins Silbersterne.

»Nichts anderes. Auf jeden Fall nichts Ernstes.«

Nachdenklich zupfte Sean einen Tabakkrümel von der Unterlippe.

»Dann paß gut auf dich auf, Kumpel.« Er nahm seine Old-Holborn-Dose und ließ sie in die Tasche gleiten.

Der Abend zog sich weiter hin. Matthew trank noch mehr Bier, machte bei einem Spiel mit und flog direkt in der ersten Runde heraus. Alle lachten und schrien. Diese Abende hatte er immer genossen, aber jetzt fühlte er sich in dem Team, das er zusammengestellt und angeleitet hatte, als Außenseiter. Er versuchte an die Arbeit selbst zu denken und an den Ehrgeiz, der ihn an sie und damit an all diese Leute band, und ihm wurde klar, daß ein Faden gerissen war. Seine nervöse, adrenalingespeiste Entschlossenheit war nicht mehr da.

Ich bin so müde, dachte Matthew. Es liegt nur daran, daß ich so müde bin.

Und dann kam ihm ohne Vorwarnung ein anderer Gedanke. Wäre jetzt etwas anders, wenn wir Sarah behalten hätten?

Einfach alles.

Er stand auf. Ein weiteres Spiel war im Gange. Jon Liu lag zwischen zwei Stühlen, den Kopf auf dem einen, die Fersen auf dem anderen aufgestützt. Sein Rücken war steif, das Gesicht verzerrt von der Anstrengung, waagerecht zu bleiben.

Alle anderen zählten die Sekunden, indem sie im Chor schrien: *Fünfzehn, sechzehn …*

Matthew sah, daß Kathrin an der Seite saß, das Kinn in die Hand gestützt. Er setzte sich auf den Stuhl neben ihr mit dem Rücken zu den Spielern. Schließlich wandte sie sich um und blickte ihn an.

»Es tut mir leid«, sagte er, und dann: »Anscheinend entschuldige ich mich immer bei dir. Muß sich wie eine langweilige Litanei anhören. Wie geht es dir?«

Er wollte die Hand ausstrecken und sie berühren. Etwas Einfaches tun, wie ihr Haar streicheln, mit den Fingerspitzen seinem Schwung nach innen folgen bis zur Linie ihres Kinns.

»Warum möchtest du das wissen?«

Ihre Augen waren so dunkel wie Pflaumen. Der nach außen gewölbte, doppelte Bogen ihrer Lippen war vor Schmerz zusammengekniffen.

»Weil ich weiß, daß ich dich verletzt habe. Weil du mir aus dem Weg gehst.«

Kathrin zuckte nicht mit der Wimper.

»Was genau willst du?« fragte sie.

Hinter ihnen ertönte Gebrüll. Jemand war zwischen den beiden Stühlen zusammengebrochen.

»Ich weiß es nicht.«

Es war tröstlich, das zuzugeben, obwohl er sich seiner Hilflosigkeit schämte. In seinem ganzen Leben hatte Matthew kaum je zugegeben, daß er etwas nicht wußte, und jetzt wünschte er sich, er könnte Kathrin mehr sagen. Er hätte sich gerne neben ihr im Dunkeln hingelegt und geredet, bis sein Kopf leer war. Wie lange war es her, seit er das mit Dinah getan hatte?

Kathrin beugte sich ein wenig vor. Er erinnerte sich an ihr Parfüm, ihre vorstehenden Schlüsselbeine, ihre fahle blasse Haut, die sich über ihre Hüften spannte.

»Komm heute abend mit mir nach Hause.«

Die Patchworkdecke auf ihrem Bett. Fetzen seiner eigenen Geschichte in ihrem Zimmer.

»Ich kann nicht.«

Sie zog sich wieder zurück, die Lippen in den Mundwinkeln eingezogen.

»Morgen fliege ich nach Texas. Um mit meiner Familie Weihnachten zu feiern. Zehn Tage Urlaub.«

Zehn Tage, ohne sie zu sehen, selbst mit abgewandtem Gesicht.

»Ich werde dich vermissen«, sagte Matthew unbeholfen. Das war die Wahrheit, obwohl er, selbst als er das sagte, wünschte, es wäre nicht so. Er hatte das Gefühl, einem Weg zu folgen, der in verschiedene Richtungen führte, und dabei viele unmarkierte, aber wichtige Abzweigungen zu wählen.

Da lächelte Kathrin. Ihr Gesicht strahlte vor Freude und Glück.

»Gut«, flüsterte sie.

Sie riefen sie, um beim Stuhlspiel mitzumachen.

»Das kannst du bestimmt gut, Kathy«, rief jemand.

Matthew kam vor Dinah nach Hause. Er bezahlte die Babysitterin und ging bis zum Ende des Blocks mit ihr mit, damit sie gut nach Hause kam. Als er auf dem Rückweg bei den Pinkhams vorbeikam, dachte er daran hineinzuschauen, aber er überquerte die Straße wieder, ohne es zu tun. Feiner, leichter Schnee hatte wieder zu fallen begonnen.

Es war ein seltsames Gefühl, mit den Jungen allein im Haus zu sein – ohne Dinah. Unruhig ging er nach oben, um nach ihnen zu schauen.

Beide schliefen, obwohl Jack sich umdrehte, die Augen öffnete und etwas Unverständliches murmelte. Matthew beugte sich über ihn, um ein Stück seines Traumes zu fassen zu bekommen, aber da war nur ein kurzer Seufzer ausgeatmeter Luft. Matthew kämpfte gegen den plötzlichen Impuls an, das Kind unter seiner Decke hervorzuziehen und in seine Arme zu nehmen, als ob er es dadurch in Sicherheit wiegen könnte. Statt dessen hob er Jacks Brille auf, die neben das Bett gefallen war, klappte die Bügel zusammen und legte sie wieder auf den Nachttisch.

Unten wartete Ape, sein Schwanz klopfte sanft auf den Boden. Der Hund folgte ihm ins Fernsehzimmer und sprang neben ihm aufs Sofa. Sie machten es sich gemütlich, um das Ende des Spätfilms zu sehen.

Um halb drei kam Dinah nach Hause. Matthew hörte sie draußen, wie sie den Kuzniks gute Nacht zurief und über Georges Antwort lachte.

Er wartete darauf, daß sie ins Zimmer schaute, aber das tat sie nicht. Er ging in die Küche und fand sie vor, wie sie die Überreste von Heidis Abendessen wegräumte. Die Perspektiven des Hauses verschoben sich für Matthew wieder. Dinah war da. Er verspürte einen Kloß vor Wut und Furcht, der mit der Möglichkeit zusammenhing, daß sie nicht immer dasein könnte.

Sie blieb stehen, einen pinkfarbenen Küchenschwamm in der Hand. Sie hatte strahlende Augen, war ein wenig erhitzt. Matthew wußte, wieviel sie getrunken hatte, was exakt die richtige Menge war. Dinah verlor nicht gerne die Beherrschung. Sie war vorsichtig, wachsam sich selbst gegenüber, als ob sie – das begriff er jetzt – Angst hätte, was sich andernfalls möglicherweise entladen würde.

»Nette Party?« fragte Dinah.

»Ja, so wie diese Parties nun mal sind. Ich habe mich nicht besonders amüsiert.«

»Tut mir leid.«

Sie wandte sich wieder ihrer Aufgabe zu und wischte mit sanften Strichen, die ihn an das Auftragen der Lotion erinnerten, Krümel von der Arbeitsplatte. Ihre ältere und heftigere Wut auf ihn schien Matthew greifbar, wie eine häßliche Felswand mit zerklüfteten Spalten, die er weder ersteigen noch umgehen konnte.

»Und die Pinkhams?«

»Ich habe mich gut amüsiert. Es waren einige nette Leute aus dem Krankenhaus da.«

»Und der treue George natürlich.«

»Matt, erniedrige dich nicht. Ich gehe jetzt ins Bett.«

Als er ihr folgte, war sie bereits im Bett, lag im Dunkeln auf dem Rücken. Er zog sich aus und legte sich neben sie, die Zentimeter zwischen ihnen waren zu unbekanntem Terrain geworden, auf dem alle topographischen Markierungen verschlissen waren.

Ich will nicht, dachte Matthew. Ich will diesen leeren Raum nicht zwischen uns bestehen lassen, als ob er ihn durch bloße Willensanstrengung überbrücken könnte. Er war sich der Winkel und Nischen ihres Schlafzimmers bewußt, der Kommoden, Regale und Schränke mit ihrem Inhalt wie dem Inhaltsverzeichnis zu einer komplizierten Geschichte und des draußen fallenden Schnees. Er hob die Hand und streckte sie nach Dinah aus. Seine Finger berührten den Bogen ihrer Rippen, die Knochen, die unter dem glatten Fleisch zwischen Taille und Brust vorstanden. Sie war dünner geworden. Er streichelte sanft über ihre Haut und spürte, wie sie sich beim Atmen langsam hob und senkte. Er rollte sich auf die Seite, bis er sie anschaute, und seine Hand glitt über ihren Bauch.

»Bist du wach?«

Er wußte, daß sie es war.

»Ja.«

Weder eine Einladung noch eine Zurückweisung. Seine Hand tauchte zwischen ihre Beine, und er spreizte seine Finger, um sie zu berühren. Ihr Widerstand ließ sie wie eine Fremde erscheinen. Verwirrt schob sich Matthew näher heran, seine Unsicherheit machte ihn ungeschickt.

Er lag halb auf ihr. Mit der Hand machte er eine linkische Bewegung, mehr ein Schaben als ein Streicheln ihrer Brust. Seine Erektion war bereits wieder zusammengesunken.

»Ich bin es«, fuhr sie ihn barsch an. »Dinah. Verwechselst du mich mit ihr?«

Matt rollte von ihr weg. Er hob den Arm hoch, um sich zu schützen, zum Teil gegen die schreckliche Erkenntnis, daß ihn Dinahs Fremdheit zutiefst verwirrte, selbst ihr Körper löste sich auf, als wollte er unbewußt auf eine grauenhafte Weise, daß sie Kathrin war. Und er zuckte auch zurück vor dem ersten wirklichen Hammerschlag des Unglücklichseins. Zusammenhanglos dachte er: *So wird es immer sein. Das haben wir getan.*

»Nein. Wie könnte ich dich verwechseln? Wir sind seit fünfzehn Jahren verheiratet. Mit Kathrin bin ich zweimal ins Bett gegangen, ich ...«

Er wollte sie zum Zuhören zwingen, die Wahrheit und was er sich wahr wünschte, zusammenknüpfen, um für beide einen Verband zu machen. Aber Dinah verhinderte es. Ihre Hand schoß vor, suchte sein Handgelenk und umklammerte es einen Augenblick lang wie eine Klaue. Dann schleuderte sie seinen Arm von sich.

»Nicht«, befahl sie ihm.

Es herrschte ein Schweigen, zusammengesetzt aus der Isolation und dem stetig dicker werdenden Schnee draußen.

Schließlich sagte Dinah: »Vielleicht sollten wir an Trennung denken.«

»Ich verstehe«, erwiderte Matthew. Er fragte sich, wann sie so erschreckend weit auseinandergedriftet waren, in solch einem atemberaubenden Tempo. Wie weit lag es zurück, daß sie den falschen Weg eingeschlagen hatten? Er wollte zurückgehen, versuchen, die Wegweiser zu finden, um sie wenigstens offiziell als solche anzuerkennen. Und er erinnerte sich an das Gefühl, das er vorhin bei Kathrin gehabt hatte, wichtige Abzweigungen genommen zu haben, die nicht markiert waren.

»Ich muß nachdenken«, meinte er schwerfällig.

Er setzte sich auf und schob seine Beine über die Bettkante. Er tastete nach seinem Morgenmantel und zog ihn an.

»Wohin gehst du?«

Ja, dachte er mit einem Anflug von Grausamkeit, du sollst genauso Angst haben wie ich.

In Dinahs Stimme lag ein scharfer Ton der Angst.

»Nach unten. Ich kann jetzt nicht schlafen.«

Er ging aus dem Zimmer und tappte in die Küche hinunter. Ape tauchte auf und stand mit zärtlich heraushängender Zunge da. Matthew schubste ihn zur Seite und holte sich die Whiskyflasche und ein Glas. Er schüttete sich ein Quantum ein und goß dann nochmals zwei Fingerbreit darauf. Die Kerrigans hatten die Lichter an ihrem Weihnachtsbaum draußen angelassen, und er konnte verschwommen durch den fallenden Schnee sehen, wie sich rotes und blaues Licht im Fenster spiegelte. Matthew schmeckte den Whisky säuerlich auf seiner Zunge. Er beugte sich vor, so daß er mit dem Gesicht das kalte Glas berührte.

Wenn wir Sarah behalten hätten, dachte er.

Aber das war eine Spekulation, die zu keiner Schlußfolgerung führte, weil sie es nicht getan hatten.

Oben drehte Dinah sich um mit dem Rücken zu Matthews Bettseite. Sie hatte die Worte ausprobiert, sie herausgeschleudert, und statt sie glattweg zurückzuweisen, hatte er sie geschluckt.

Sie schloß die Augen. Sie versuchte sich zum Schlafen, der vorübergehenden Lösung, zu zwingen.

9

Dinah und Milly gingen mit Ape im Wald, der an den Fluß grenzte, in der Nähe der Kendrick Street spazieren. Milly und ihre Eltern waren gerade aus den Weihnachtsferien in der Schweiz nach Franklin zurückgekehrt. Es war Ende Januar, auf leichtes Tauwetter war durchdringende Kälte gefolgt, so daß die Erde unter dem Leichentuch des frischen Schnees hart und trügerisch glatt war. Die Bäume waren schwarz, nur die Wetterseiten der Stämme waren mit Pulverschnee und Eis überkrustet. Zu beiden Seiten des Waldweges erstreckten sich konturlose, abgerundete Hügel und bläuliche Vertiefungen. Ape schlitterte voran und verfolgte irgendwelche Spuren. Sein keuchender Atem stieg wie Wolken einer kleinen Dampfmaschine auf.

Dinah erheiterte die Kälte und die Reinheit des Winterwaldes, aber Milly war weniger glücklich. Sie hatte dem Spaziergang zugestimmt, weil er die Gelegenheit bot, daß Dinah ihr eine Stunde lang ihre ungeteilte Aufmerksamkeit schenkte. Sie hatte einen Strickhut bis über die Ohren gezogen und einen langen dünnen Wurm von Schal um Hals und Kinn gewickelt. Sie ging langsam und hielt jedesmal an, wenn Ape ihren Weg kreuzte, um einen möglichst großen Abstand zwischen ihnen zu wahren.

»Winter. Anscheinend ist es immer Winter«, maulte sie. »Ich hasse Kälte und Wind, von dem einem die Augen tränen, und ich hasse es, in den Kleidern zittern zu müssen.«

»Hast du nicht genug an, um dich warm zu halten?« fragte Dinah, aber Milly zuckte nur die Achseln. Wie viele Schichten von Kleidung sie auch trug, die Neuenglandkälte schnitt durch sie hindurch und drang bis ins Mark ihrer Knochen.

Dinah fiel auf, daß Milly noch dünner geworden war. Ihr Gesicht war ein kleines farbloses Dreieck im Wirrwarr ihrer strähnigen Zotteln. Ihre Augen waren weniger herausfordernd geschminkt, und ihre Kleidung schien eher einfach nur Kleidung zu sein, die man der Anständigkeit wegen trug, als der alte wohlberechnete Antidress. Vielleicht forderten die Isolation und ihre lange Abwesenheit von London und ihren Freunden ihren Tribut, und Milly verlor langsam den Geschmack am Kampf mit Ed und Sandra. Dinah hätte ihr gerne versichert, daß sie nicht unrecht hatte oder besonders ungewöhnlich war, sondern nur zeitweilig am falschen Platz. Im Laufe der Zeit, wenn sie als Erwachsene die Möglichkeit hatte, selbst zu entscheiden, würde sich wahrscheinlich alles für sie ändern.

Dinah unterdrückte ein Lächeln, als sie daran dachte, was Milly über solch einen Vorschlag sagen würde. Sie beschränkte sich darauf, sich bei Milly einzuhängen und so etwas Wind abzuhalten, als sie weitergingen.

»Sieh nur.« Dinah deutete zur Seite.

Unter ihnen war eine Skispur, die am Fluß entlangführte. Eine Gruppe von Langläufern näherte sich ihnen aus der entgegengesetzten Richtung. Sie trugen Kleidung in knalligen Farben und flotte kleine Rucksäcke auf dem Rücken und stießen sich schwungvoll in geordneter Reihe die Loipe entlang. »Bescheuert«, meinte Milly.

Milly hat recht, dachte Dinah. Sie sahen so komisch aus wie Marionetten.

»Läufst du in Zermatt nicht Ski?«

»Nicht, wenn ich es verhindern kann. Ich fahre beschissen.«

Dinah lächelte über ihre Aufrichtigkeit. Milly fiel nicht gerne hin und riskierte dabei, verletzlich zu wirken, und deshalb tat sie die Fähigkeiten anderer voller Verachtung und Spott ab.

»Ich habe es auch nie versucht.«

»Ed liebt es. Er geht jeden Tag los mit dem ganzen Zeug, Lawinenausrüstung und Thermoohrenschützern und Thermosflasche und einem seiner fünfzehn Paar Skier. Dieser dämliche Schweizer Typ kommt zu ihm, und dann hauen die beiden Machos zusammen ab.«

»Dämlich?« Dinah warf einen Seitenblick auf Millys Profil und sah einen finsteren Gesichtsausdruck und einen Hauch von Farbe. Milly wurde rot.

»Ja. Du weißt schon. Erbärmlich.«

Der gutaussehende Skilehrer. Über diesen Beweis ihrer Normalität war Dinah entzückt.

»O ja, ich verstehe. Was ist mit Sandra?«

»Klamotten. Pelzparkas und niedliche Handschuhe und große Reißverschlüsse.«

Dinah nickte.

»Was machst du dann?«

»Nicht viel. Musik hören, darauf warten, bis es Zeit ist, woanders hinzufahren. Wie zum Beispiel hierher zurück.«

»Ich bin froh, daß du wieder da bist.«

»Hast du mich vermißt?«

»Sehr.«

Es war nicht das glücklichste Weihnachtsfest gewesen, obwohl sie sich bemüht hatten, wegen Jack und Merlin den Schein zu wahren. Sobald Weihnachten vorüber war, kehrte Matthew zu seiner Arbeit zurück und vergrub sich in die nächste Phase seiner Forschungen. Über die Möglichkeit einer Trennung hatten sie nicht wieder gesprochen, obwohl sie sich ihrer beide bewußt waren, wie eine Kluft, die sie über eine zerbrechliche Brücke täglich überquerten. Dinah wartete darauf, daß die Behörden in Norfolk auf ihre Briefe reagierten, aber bis jetzt gab es noch keine Neuigkeiten.

Dinah war froh, Milly zu sehen, zum Teil um ihrer selbst willen, zum Teil auch als die Zwittertochter, die sie in Dinahs Zwangsvorstellungen repräsentierte.

In ihren objektiven Augenblicken dachte Dinah, daß Sandra wahrscheinlich recht hatte, wenn sie ihrer Beziehung zu Milly ablehnend und mißtrauisch gegenüberstand. Sie hatten beide zu viele Bedürfnisse, Bedürfnisse, die sich widerspiegelten, ohne wirklich zusammenzupassen. Sie konnten einander nicht Mutter und Tochter sein, und die viel tiefere Sehnsucht, die sie davon träumen ließ, konnte auch nicht erfüllt werden. Noch nicht, dachte Dinah.

Ihr war bitter bewußt, daß sie gefangen war zwischen erwachsenen und kindlichen Erfordernissen, zwischen Hell und Dunkel, Wahrheit und Heimlichkeit. Ihre Geheimnisse und Wünsche machten es ihr unmöglich, Milly oder Sandra eine wirkliche Freundin zu sein.

Diese Erkenntnis ließ sie frieren, wie es Schnee und eisiger Wind nicht vermocht hatten.

Sie hatten ihren Rundgang beinahe beendet. Der Weg führte über eine hölzerne Brücke über den Fluß, durch die spärlicher werdenden Bäume zum Sackgassenende der Kendrick Street. Milly blieb auf den glitschigen Bohlen der Brücke stehen und starrte in das eisgraue Wasser hinab, das über die Felsen sprudelte.

»Was wird geschehen, was glaubst du?« fragte sie mit dünner Stimme.

Dinah hörte die Ziellosigkeit und Verdrossenheit und unbestimmte Sehnsucht, und sie und auch Sarah taten ihr leid. Nur hatte Milly nichts zu befürchten. Dinah versuchte sie mit genau den Worten zu beruhigen, die sie zuvor verworfen hatte.

»Alles wird gut werden. Du wirst erwachsen – das wird geschehen.«

Milly lachte rauh. »Oh, toll. Dann kann ich mir solche Klamotten zulegen wie Sandra.«

»Sei nicht so hart zu ihr«, erwiderte Dinah.

Milly sah überrascht aus. »Tut mir leid. Ich dachte, du wärst auf meiner Seite.«

»Das bin ich, Milly. Aber ich bin auch eine Mutter.«

Sie gingen jetzt die Kendrick Street hinauf. Es war beinahe Zeit, daß Jack und Merlin aus der Schule zurückkamen. Dinah sah, daß die Klappe am Briefkasten aufstand. Der übliche dicke Stapel von Postwurfsendungen, Katalogen und eingeschweißten Zeitschriften quoll aus der Öffnung hervor. Das meiste davon war wie gewöhnlich für Matt. Dinah schob sich die Post unter den Arm und ging schnell mit Milly ins Haus. Automatisch setzte sie Teewasser auf und steckte Brot in den Toaster. Als sie die Hände frei hatte, blätterte sie den Stapel Post durch.

In der Mitte vergraben war ein schlichter weißer Umschlag, der mit schwarzer Tinte von Hand an sie adressiert war. Mit einem Blick wußte Dinah, noch bevor sie den Stempel oder die Briefmarke gesehen hatte, daß der Brief von Francis stammte.

Sie nahm zwei Scheiben Toast aus dem Toaster, reichte sie Milly auf einem Teller und stellte ein Glas Erdbeermarmelade und einen Becher mit dem heißen Fruchtsaft, den Milly bevorzugte, neben sie auf den Küchentisch. Dann nahm sie ein sauberes Messer und schlitzte den weißen Umschlag sorgfältig auf. Ein einzelnes gefaltetes Blatt Papier steckte darin, dasselbe Papier, das er auch für seine Zeichnungen benutzte.

Francis schrieb, wie er redete. Sie konnte förmlich seine Stimme hören.

Ich habe Deine Freunde und ihre beiden Töchter gefunden. Sie leben in der Nähe von Blakeney an der Küste. Hier ist ihre Adresse.

Dinah starrte das Blatt an. Ihre Hände zitterten.

Der Brief war kurz. Francis entschuldigte sich, falls es vermessen gewesen sei, die Suche auf eigene Faust fortzusetzen. Er sagte, es sei sehr leicht für ihn gewesen, die Greens zu finden, weil er in der Nähe wohnte. Er hoffte, daß es ihr gutgehe, und fügte hinzu, daß er oft an sie denke.

Das war alles.

34 Church Walk, Wivenham, Norfolk. Der Brief war vor vier Tagen datiert worden.

»Was ist es?« fragte Milly neugierig. Als Dinah nicht sofort antwortete, wiederholte sie ihre Frage: »Was ist passiert?«

Dinah setzte sich an den Tisch und faltete den Brief sorgfältig wieder zusammen.

Ihre erste Reaktion war Erleichterung. Eine große Welle der Erleichterung durchströmte sie wie strahlendes Licht. Sarah lebte, war bei Pauline. Daß dies nicht mehr der Fall sein könnte, war eine ihrer größten Ängste.

Sie blickte auf und sah, wie Milly sie anstarrte. Sie bemerkte, daß sie lächelte, ein verrücktes, breites Lächeln, das ihr Gesicht beinahe in zwei Hälften spaltete.

»Ich weiß, wo Sarah ist. Jemand hat sie für mich gefunden.«

Milly legte ihren Toast hin und fuchtelte mit ihrem Messer herum, das auf dem Teller gelegen hatte.

»Mann. Mein Gott. Das ist echt verrückt. Was wirst du tun?«

»Nach England fahren, um sie zu sehen.«

Man mußte Milly zugute halten, daß sie ihr Bestes tat, um erfreut zu wirken.

Das seien gute Nachrichten, meinte sie. Dinah müsse jetzt sehr glücklich sein, und es sei wunderbar, daß sie nach so langer Zeit gefunden habe, was sie sich wünschte. Aber ihr Gesicht stand im Widerspruch zu ihren Worten. Ohne die undurchsichtigen Make-up-Schichten war viel leichter zu erkennen, was Milly fühlte. Ihr fiel nichts Positives mehr ein, und so saß sie einen Augenblick da und starrte vor sich hin.

»Ich wünschte, meine Mutter würde mich finden«, platzte sie heraus und verbarg ihr Gesicht in den Händen.

Dinah beugte sich über sie und hielt sie an den Schultern.

»Du wirst sie finden«, versprach sie. »Wenn die Zeit gekommen ist, dann wirst du die Antworten erhalten. Vielleicht sind es nicht die, die du hören möchtest, aber du wirst Antworten auf deine Fragen bekommen.«

Blind stand Milly auf und stürzte sich in Dinahs Arme. Sie begann zu schluchzen. Dinah schloß die Augen, als sie sie festhielt.

Sarah, Sarah.

»Du wirst mich nicht vergessen, nicht wahr?« schluchzte Milly. »Jetzt, wo du sie gefunden hast.«

Dinah streichelte ihr Haar, fuhr mit den Fingern durch die verfilzten Strähnen und spürte den kleinen Kopf darunter. Milly schien so jung, jünger noch als Merlin.

»Ich werde dich nie vergessen.«

»Ich wollte, ich könnte sie sein. Ich wollte, ich wäre die Tochter, die du gefunden hast.«

»Das geht nicht. Aber wir können etwas anderes sein.«

Sie war erleichtert und gleichzeitig ängstlich, besorgt um dieses Kind, das die Tochter einer anderen Frau war, und voller Aufregung wegen ihrer eigenen. Sie spürte einen Druck im Kopf und in der Brust. Nur Flughäfen und Straßen, Tage und Stunden trennten sie noch von ihrer Tochter. Überwindbare Hindernisse, leicht vorzustellen und zu bewältigen.

34 Church Walk, Wivenham, Norfolk. Mr und Mrs Malcolm Green und zwei Töchter.

Dinah verbarg ihr Gesicht in Millys Haar.

Sie hörten Merlin und Jack draußen an der Tür, wie sie den Kerrigans etwas zuriefen. Die Schule war aus.

Mit einem Ruck hob Milly den Kopf. Ihre Tränen hatten einen nassen Fleck auf Dinahs Schulter hinterlassen. »Warum sind sie da?«

Dinah gab ihr einige Papiertaschentücher und rieb sich auch selbst die Augen.

»Könnte sein, weil sie hier wohnen.«

Die Jungen stürmten in die Küche.

Merlin ging geradewegs auf das Essen los, aber Jack betrachtete seine Mutter und Milly.

»Was ist los?«

»Wir haben einen langen kalten Spaziergang gemacht«, antwortete Dinah. »Ist euer Tag gut verlaufen?« Milly ignorierte sie und zog einen Vorhang aus Haaren vor ihr verschmiertes Gesicht. Mürrisch zupfte sie an den Toastresten auf ihrem Teller.

»Jamie Weisner ist wegen schlechten Benehmens nach Hause geschickt worden«, verkündete Merlin. Jack zögerte und blickte eifersüchtig auf Milly, aber schließlich nahm er Teller und Tasse und folgte Merlin, um fernzusehen.

Kurz danach kam Sandra vorbei, um Milly abzuholen. Sie kam in ihrem Kaschmirmantel in die Küche und legte Schals und ein Paar cremefarbener Lederhandschuhe, die weich genug aussahen, um in der Hitze der Küche zu schmelzen, ab. Sie war beim Friseur gewesen.

»War es schön?« fragte sie Dinah und Milly. Sie nahm die Tasse Tee, die Dinah ihr reichte, wollte den Mantel aber nicht ausziehen. Dinah konnte den Zwiespalt ihrer Gefühle ermessen. Sandra brannte darauf, daß Milly eine Freundin in Franklin hatte, weil Freunde etwas Natürliches und Wünschenswertes sind. Aber wenn Dinah diese Freundin sein sollte, trat in Sandras so sicher wirkender Mütterlichkeit die verletzliche, vor Angst zitternde, menschliche Natur zutage.

Dinah seufzte innerlich. Zu diesem Rätsel wußte sie keine Lösung. Sei erzählte Sandra von dem Spaziergang, der Kälte und den Skiläufern. Milly verzog sich, schirmte sich durch das Geplapper des

Nachmittagsfernsehens ab. Sie sah ihre Mutter und Dinah nicht gerne zusammen. Es war viel leichter, wenn sie getrennt waren, sich gegenüberstanden.

»Wie erschien sie dir?« fragte Sandra und schaute dabei weg. Sie wollte es wissen, aber Dinah nicht fragen müssen.

»Sie scheint in Ordnung zu sein. Ein bißchen gedämpft, vielleicht.«

»Sie hat wieder davon geredet, ihre leibliche Mutter aufzuspüren.«

Sandra hatte angedeutet, daß Dinah ihr diese Idee in den Kopf gesetzt hatte, und Dinah hatte es abgestritten. Die Idee war bereits dagewesen, und Dinah hatte ihr nur die Möglichkeit geboten, sie auszuloten.

»Was hast du ihr gesagt?«

»Daß sie warten muß, bis sie älter ist.«

Mit den Fingerspitzen wischte sich Dinah das Lächeln aus den Mundwinkeln. »Das ist mehr oder weniger das, was ich ihr auch gesagt habe.«

»Für dich ist es leicht«, fuhr Sandra sie wütend an. »Deine Kinder gehören dir. Du mußt dich nicht um dieses ganze Durcheinander und die Geschichte einer Adoption kümmern. Das ist einfach.«

»Wenn du meinst«, entgegnete Dinah.

Sie blickten einander an. Dinah war sich bewußt, daß sie zwischen den Wegen des Zugebens und Verbergens, die von diesem Schnittpunkt des Augenblicks wegführten, schwankte. Sie konnte Sandra ihr Vertrauen schenken oder nicht. Sie könnten einander verstehen oder nicht.

Und sie sagte nichts. Die Gewohnheit, es zu unterdrücken, war ihr in Fleisch und Blut übergegangen, ebenso wie der Glaube, daß sie das Mitgefühl oder den Trost durch das Verständnis einer anderen Frau nicht verdiene.

»Stimmt etwas nicht?« fragte Sandra einen Augenblick später.

Dinah blickte auf den Umschlag mit Francis' Brief. Er lag auf der Arbeitsplatte zwischen Brotkrümeln und Safträndern, die die Becher der Kinder hinterlassen hatten. Ein einziges Tröpfchen Erdbeermarmelade glänzte wie ein Juwel. Sie griff mit der Fingerspitze danach und leckte dann die Marmelade davon ab. Francis' Zimmer in der Redemption Street stand ihr in allen Einzelheiten vor Augen. Der Gedanke an ihn tröstete sie. Francis hatte sie irgendwie zum Sprechen gebracht. In der Redemption Street war sie in der Lage gewesen zu reden.

»Nein, alles ist in Ordnung.« Mit einer großen Willensanstrengung fragte sie: »Wo ist Ed heute?«

»In New York. Besucht seine Verleger. Wie geht es Matthew?«

»Gut. Er ist gerade zurück von einer Konferenz in Florida.«

Dieses Mal blickten sie einander halb lächelnd in die Augen und gaben bitter zu, was man zugeben konnte – daß Männer taten, was sie wollten.

Sandra sammelte Schal und Handschuhe ein. »Danke für den Tee und daß Milly hier sein konnte.«

»War mir ein Vergnügen«, erwiderte Dinah kühl.

»Bis bald«, murmelte Milly an der Tür und schaute Dinah dabei nicht an. Dinah konnte nur beobachten, wie sie ging, und winkte dem Hinterteil von Eds Porsche zu, der die Kendrick Street hinabsauste.

Heute abend mußte sie an ihre eigene Familie denken. Die Frage, was sie den Jungen sagen sollte und wann. Dinah dachte die verschiedenen Möglichkeiten durch wie die Eröffnungen in einem Schachspiel.

Routinemäßig bereitete sie das Essen vor, hörte den Jungen zu und wünschte, Matthew käme nach Hause. Sie wollte, daß er erfuhr, daß Sarah gefunden worden war. Sie plante, wie sie es ihm erzählen würde, und stellte sich vor, daß er wie durch ein Wunder glücklich darüber wäre.

Matthew kam ein wenig später als gewöhnlich mit einem Stapel Arbeit nach Hause. Die Jungen gingen mit ihm nach oben, um wie immer mit ihm über ihren Tag zu reden. Dinah deckte den Tisch fürs Abendessen, legte alles viermal hin, und beim fünften Teller, Glas, Löffel zögerte sie.

»Wollt ihr jetzt essen?« fragte sie Matt, als er wieder herunterkam.

»Ja, bitte. Ich habe hinterher viel zu tun.«

Sie waren höflich zueinander, wie es ihre Gewohnheit geworden war.

Es war eine ganz normale Familienmahlzeit. Dinah dachte, daß ihr Gesicht oder ihre Stimme ihre Gefühle verraten würde, aber Matt bemerkte nichts.

Sobald sie fertig gegessen hatten, räumte er den Tisch ab und nahm dann seine Aktentasche mit in den Wohnraum. Dinah räumte die Geschirrspülmaschine ein und folgte Merlin und Jack nach oben. Sie öffnete Schränke und Schubladen und legte heraus, was die beiden morgen brauchten. All diese alltäglichen Beschäftigungen hatten eine andere Nuance bekommen. Das Zubereiten von Essen und Sortieren von Kleidern schien sich ausgeweitet zu haben, um Sarah zu berücksichtigen, die nicht länger imaginär, sondern wirklich war, an einem wirklichen Ort verwurzelt. Dinah spürte auch, wie eine ängstliche Ungeduld in ihr aufstieg. Wenn die Greens nun wieder umzögen, ohne Vorwarnung, wäre sie dann imstande, sie noch einmal zu finden?

Dinah türmte Kleidungsstücke zu Haufen auf und beeilte sich dabei völlig unnötig.

Als sie zu Jack hineinging, um ihm gute Nacht zu sagen, ergriff er ihre Hand und zog sie auf die Bettkante herunter. Dinah beherrschte ihren Drang, nach unten zu gehen, um mit Matthew zu reden.

Setzte Pauline Green sich auch so zu Sarah, um mit ihr zu reden, bevor sie einschlief?

»Was hast du heute gemacht?« wollte Jack wissen.

»Nichts sehr Aufregendes. Ich habe dir ja schon erzählt, daß ich mit Milly einen langen Spaziergang gemacht habe.«

In Gedanken wälzte er etwas hin und her und war sich unsicher, was er fragen sollte.

»Mum, lebst du nicht gerne in Franklin?«

»Ich mag es natürlich, weil du und Merlin und Daddy hier seid. Es ist wichtig wegen Daddys Arbeit. Über die Pluspunkte haben wir oft genug geredet, Jack, nicht wahr? Andere Leute, Gebräuche, Landschaften, anderes Wetter, neue Dinge, die man sehen und lernen kann. Aber auf der anderen Seite vermisse ich England.«

»So was Ähnliches fühle ich auch, so halb und halb. Ist das alles?«

»Ja, Jack.«

Er wußte, daß etwas komisch war, aber er akzeptierte ihre Versicherung mit einer Art Resignation. Langsam gewöhnte er sich an halbe Antworten und Ausflüchte.

»Was ist mit Milly? Worüber hat sie heute geweint?«

Er fragte nicht aus Mitgefühl, sondern weil er mißtrauisch war.

»Jack, ich weiß, daß du sie nicht magst, aber sie hat es im Moment nicht besonders leicht. Sie liegt mit Mutter und Vater im Streit und mit sich selbst auf eine gewisse Weise auch.«

»Sie ist schon in Ordnung. So viele Gedanken mache ich mir nicht um sie. Das ist eine verrückte Familie. Ich mag unsere Familie.«

Jack lag auf dem Rücken. Das Haar fiel ihm aus dem Gesicht, so daß man die Form seiner Stirn sah. Er sah aus wie Matt.

»Ich auch«, erwiderte Dinah. Sie beugte sich hinüber und küßte ihn.

Das war nicht die richtige Zeit, es den Jungen zu erzählen. Noch nicht. Nicht, bevor sie selbst ihre Entdeckungen über Sarah gemacht hatte.

Jack seufzte und kuschelte sich unter die Decke. »Gute Nacht«, sagte er schließlich, und damit war sie entlassen.

Dinah ging nach unten. Matthew arbeitete und sah nicht auf.

Sie ging in die Küche und goß sich einen Drink ein. Sie würde eine halbe Stunde warten, bis die Kinder eingeschlafen waren. Sie saß am Küchentisch, drehte das Glas zwischen den Fingern, bis die Minuten vergangen waren.

»Matt?«

»Ja.« Er war beschäftigt, kritzelte eine Notiz auf einen Block.

»Können wir miteinander reden?«

Ein fast hörbarer Seufzer.

»Ja, natürlich.«

Er legte seine Arbeit beiseite und schaute zu ihr auf.

»Matt, ich habe heute einen Brief bekommen von jemandem, den ich in Cromer kennengelernt habe.«

Sie wartete und sah die gespannte Aufmerksamkeit in seinem Blick.

»Er hat einige Nachforschungen angestellt und die Greens gefunden. Sie leben in Wivenham, an der Nordküste Norfolks.«

Es herrschte Schweigen. Dann nahm Matthew seinen Füller und klopfte ihn auf den Daumennagel, als ob er den Tabak in einer Zigarette zusammendrücken wollte, bevor er sie anzündete. Seit zwölf Jahren, seit vor der Geburt von Jack, hatte er nicht mehr geraucht.

»Ich verstehe.«

Dinah wartete erneut, ungläubig, und dann konnte sie den Schwall ihrer Feindseligkeiten nicht länger zurückhalten.

»Ist das alles? *Ich verstehe*? Als hätte dir gerade jemand ein unbedeutendes theoretisches Prinzip erklärt?« Ihre Stimme war barsch und viel zu laut.

Matthew lehnte sich zurück und legte den Füller beiseite. Seine leeren Hände rollten sich locker, hilflos zusammen.

Mit dünner Stimme fragte er: »Was soll ich denn sonst sagen?«

»Oh, sag doch, daß du dich freust. Sag, daß du glücklich darüber bist, daß unser Kind, *unser Kind*, lebt und wohlbehalten bei Leuten aufwächst, die sich um sie kümmern.«

»Dinah. Das wußten wir doch schon.«

»Das stimmt nicht«, schrie sie. »Wir wußten nichts. Wir haben sie gehen lassen, und das war alles.«

»Diese Entscheidung haben wir getroffen. Alles, was danach kam, war natürlich und unvermeidlich.«

Dinah konnte nicht einmal sein Gesicht noch länger ertragen. Gräßliche Farben verschwammen ihr zu einem Schleier vor den Augen, so daß sie schwankte. Sie japste nach Luft.

»Es war nicht meine Entscheidung, es war deine. Ich habe sie nicht getroffen. Nichts ist seither natürlich oder unvermeidlich gewesen, alles war voller Schmerz. Jeder Tag. Ich wollte sie behalten, aber sie war nicht gut genug für dich. Du hast mich *wählen* lassen, Matt. Du oder sie.«

Völlig überrascht hörte sie, wie die Worte aus ihr heraussprudelten. Sie hatte sie so oft gedacht und in ihrem Kopf festgeheftet, und jetzt waren sie entflohen. Sie schrie, als sei sie verrückt geworden. Ihr Mund fühlte sich schief an, und die Zunge war geschwollen, als ob sie ihre Muskelreflexe nicht länger beherrschte.

Matt war sehr ruhig.

»Das ist die Wurzel von allem, nicht wahr? Deine Wut auf mich, weil du glaubst, ich hätte dich dazu gezwungen, unser Kind aufzugeben.«

»Ja, ich bin wütend. Bist du überrascht darüber? Schockiert?«

Das schlichte Eingeständnis ihrer Wut entfachte einen Sturm in ihr. Zitternd wischte sich Dinah den Mund mit dem Handrücken ab. Am liebsten hätte sie zugeschlagen, aber sie biß sich in die geballte Faust und verletzte sich so, daß sie beinahe aufgeschrien hätte.

»Keines von beiden. Ich glaube nicht, daß du irgendeinen Grund hast, wütend zu sein. Schmerz zu empfinden vielleicht. Das kann ich verstehen. Du hättest sie behalten können, wenn du gewollt hättest. Aber du hattest auch deine Zweifel. Und so hast du mir die Last der Entscheidung überlassen, weil das einfacher für dich war.«

So erschien es Matthew, wenn er zurückschaute, den langen Tunnel der Zeit entlang bis zum Tag nach Sarahs Geburt. Er hatte getan, was getan werden mußte, für Dinah und für sich selbst.

»Nein. O nein, nein. So war das nicht.«

»Wünschst du dir, daß du anders entschieden hättest? Wenn die Wahlmöglichkeiten so waren, wie du sagst?«

Er war so verachtungswürdig kalt und sachlich. Ein Wissenschaftler, der die Fakten präsentierte, wie er sie sah, als gäbe es keine andere Möglichkeit, sie zu sehen.

»Ja«, stieß Dinah hervor. »Ich wünschte, das hätte ich.«

»Ich verstehe.« Schon wieder. »Und was beabsichtigst du jetzt zu tun?«

»Ich fahre noch einmal nach England, um sie zu sehen, weil ich sie sehen muß. Und danach – ich weiß es nicht.«

»Was ist mit den Jungen? Wir haben noch zwei andere Kinder. Was ist mit deiner Verantwortung ihnen gegenüber? Wenn du eine andere Wahl getroffen hättest, gäbe es sie überhaupt nicht.«

»Ich liebe sie. Das weißt du.«

Dinah weinte. Die Tränen und die Schwäche machten sie wütend, aber sie konnte sie nicht verhindern.

»Ich weiß es.«

Sie ging zu Matthew, packte ihn am Handgelenk und grub ihre Finger in sein Fleisch.

»Komm diesmal mit mir. Wir wissen, wo sie ist, wir können direkt zu ihr fahren. Es ist keine Jagd hinter einem Phantom her. Komm mit mir, nur um sie zu sehen«, bettelte sie.

»Nein. Das habe ich dir doch schon gesagt.«

Sie ließ seinen Arm los und machte einen Schritt rückwärts.

»Dann fahre ich allein. Jack und Merlin kann ich nicht mitnehmen. Du mußt dich um sie kümmern. Tu du, was ich sonst für sie tue. Warum nicht? Es sind deine Kinder. Die, die du wolltest.«

»Natürlich kümmere ich mich um sie.«

Dinah nickte.

»Mir ist egal, was du denkst, Matt. Mir ist sogar egal, ob es richtig oder falsch ist, sie zu sehen. Ich weiß nur, daß es die einzige Möglichkeit ist und unbedingt notwendig. Unwiderruflich.«

»Für dich. Was ist mit den übrigen Leuten? Pauline Green? Sarah selbst?«

Hitzig erwiderte Dinah: »Ich werde Sarah nicht verletzen. Ich weiß, daß ich keinerlei Recht habe, zu ihr zu gehen und um irgend etwas zu bitten. Und an dich und die Jungen habe ich vierzehn Jahre lang gedacht.«

»Wer ist das, der sie so hilfsbereit für dich gefunden hat?«

Sie wandte sich ab. »Einfach jemand, den ich kennengelernt habe.«

Nachdem Dinah wieder nach oben gegangen war, saß Matthew da und starrte auf seine Papiere.

Anstelle der Zahlenreihen sah er ein Gesicht, schrägstehende Augen mit der Hautfalte, flache Wangenknochen und die vorstehende Unterlippe und Zunge, die für das Down-Syndrom typisch waren. Aber die Züge nahmen auch eine andere Dimension an und wurden Sarahs Gesicht.

»Wann fährst du?«

»Morgen abend«, teilte Dinah Milly mit.

»Aber ... *morgen*?«

»Ich möchte es nicht aufschieben. Milly, geht es dir gut?«

»Ich möchte mit dir kommen.«

»Ich kann dich nicht mit nach England nehmen. Ed und Sandra würden das nicht wollen, abgesehen von allen anderen Gründen.«

»Es wäre ihnen egal.«

»Es ist ihnen nicht egal. Das weißt du. Wenn es anders wäre, hättest du nicht die Probleme, die du jetzt hast. Sie lieben dich.«

»Scheiße – alles. Ich hasse es hier. Ich hasse es, so einsam zu sein.« Sie verschloß ihr Gesicht und begann, ihr zu schmeicheln. »Dinah, du bist die einzige Freundin, die ich habe. Geh nicht wieder weg, laß mich nicht hier zurück. Du hast es versprochen.«

»Ich habe es dir nicht versprochen. Hör zu, hier ist die Adresse und die Telefonnummer des Hotels, in dem ich in Norfolk wohne. Du kannst mich anrufen, ich werde dich anrufen. Wir können uns einfach unterhalten wie jetzt.«

»Wirst du mir von ihr erzählen? Ich möchte hören, was passiert und wie es ist.«

»Ja. Ich werde es dir erzählen.«

»Was ist mit deiner Freundin – die alles über Adoptionen weiß?«

»Lavinia Jackson.«

»Genau die. Wirst du mit ihr über mich reden?«

»Milly, ich werde es versuchen.«

»Ich mache nur eine kurze Reise nach England, das ist alles. Um Oma wiederzusehen und einige andere Leute. Ich rufe euch jeden Abend an, wenn ihr aus der Schule nach Hause kommt. Ihr könnt mir alles erzählen, was passiert.«

»Wie lange bist du weg?«

Jack und Merlin sahen sie mit den Augen ihres Vaters an. Sie mißtrauten ihren Erklärungen, warfen ihr vor, daß sie sie verließ.

»Ich bin nicht ganz sicher. Nicht sehr lange.«

»*Welche* anderen Leute?« fragte Merlin.

»Niemanden, den du kennst, Mer. Und ich brauche auch etwas Zeit für mich. Jeder braucht das hin und wieder.«

»Zeit für dich, ohne uns?«

Nachdrücklich und unaufhörlich stellten Kinder, seien sie nun anwesend oder nicht, ihre Forderungen. Aus diesen Banden gab es kein Entrinnen.

»Ohne euch, mein Liebling.«

»Mam, kommst du bald wieder?«

»Ich will nicht, daß du gehst.«

In Merlins Augen standen Tränen, und Jack starrte sie wütend an. Dinah zog sie zu sich und bekämpfte ihren Impuls, nachzugeben, still zu sein. Sie konnte es nicht. Es würde nicht mehr funktionieren, selbst wenn es so lange geklappt hatte.

»Ich habe euch beide so lieb.« Sie beugte ihren Kopf über sie. Ihre Köpfe waren hart unter dem kindlichen Haarflaum.

Ein Taxi kam, um Dinah zum Flughafen zu bringen. Nancy und Dee winkten ihr zum Abschied zu. Die Jungen standen zwischen ihnen. Sie hatten vereinbart, daß sie sich nach der Schule abwechselnd um Jack und Merlin kümmern würden, bis Matt aus dem Labor nach Hause kam.

Vierundzwanzig Stunden später war Dinah in Norfolk.

Unter dem regenschweren Himmel war kein Anzeichen des Frühlings zu entdecken, obwohl näher an London Osterglocken und frühe Kirschbäume in den Gärten in voller Blüte gestanden hatten. Dort oben waren die Hecken noch winterschwarz, die Felder farblos und windgepeitscht.

Die kleineren Straßen hinter Norwich konnten nur langsam befahren werden und waren schlüpfrig vom Regen. Dinah fuhr beharrlich weiter, zwinkerte ihre Schläfrigkeit und die Folgen der Zeitverschiebung weg. Sie hatte vorgehabt, auf der Straße nach Cromer zu ihrem Hotel zu fahren, dort ein Bad zu nehmen und eine Nacht zu schlafen, aber statt dessen steuerte sie immer weiter Richtung Nordosten, nach Wivenham.

Sie fühlte sich, als wollte sie einen Liebhaber treffen. Es war Samstag, und der Verkehr war dicht. Die kurvenreichen Straßen und schweren Lkws waren Hindernisse auf ihrem Weg, aber kein Hindernis war unüberwindlich.

Am Nachmittag erreichte sie die Küste. Vor ihr am Horizont war eine dünne Linie sichtbar, ein Blick auf seehundgraues Wasser und von Gezeiten zerfressenes Marschland. Dinah fummelte an den ungewohnten Schaltern herum, kurbelte das Fenster am Fahrersitz herunter und ließ einen Schwall Seeluft in das Auto hereinströmen.

An einer Kreuzung stand ein alter Wegweiser. Bis Wivenham waren es nur drei Kilometer.

Dinah fuhr an den Straßenrand und hielt an einem Feldweg. Als sie ausstieg, schlug ihr der Wind voll ins Gesicht. Er nahm ihr den Atem und drückte sie einen Moment lang an die Seite des Wagens, aber er ließ einen nicht wie der Wind in Neuengland bis auf die Knochen frieren. Dinah war jetzt vierundzwanzig Stunden lang unterwegs, aber sie verspürte nicht die geringste Müdigkeit. Sie merkte, daß eine seltsame Heiterkeit sie belebte.

Um sich zu sammeln, bevor sie die letzte Strecke der Reise zurücklegte, kletterte sie auf ein Tor mit fünf Balken und hockte sich oben drauf. Sie konnte vor sich das Meer sehen und weit hinter den Feldern zu ihrer Linken den hohen Schieferturm einer Kirche. Sie zog ihren Mantel enger um sich und lauschte den Schreien der Möwen. Einmal, als der Wind ein wenig nachließ, glaubte sie, Kirchenglocken zu hören.

Zahlreiche Autos fuhren an ihr vorüber. Die Straße führte nur nach Wivenham und nicht weiter, aber an diesem Nachmittag herrschte lebhafter Verkehr von Käufern und Wochenendausflüglern.

Hier lebte Sarah.

Jetzt, da sie ihr so nahe war, wußte Dinah nicht recht, was sie empfinden würde. Es sich auszumalen, war ein so heftiger Impuls, daß sie davor zurückschreckte. Statt dessen versuchte sie, sich die Straße und das Haus, die schlichten Einzelheiten, die vielleicht die außergewöhnliche Wirklichkeit ihrer Tochter umgaben, vorzustellen.

Lange Zeit saß Dinah auf dem Tor, bis sie bemerkte, daß sie von dem kalten Wind völlig durchfroren war. Sie sprang hinunter und schlüpfte ins Auto zurück. Sie ließ den Motor laufen, bis die Heizung eine staubige Plastikhitze verbreitete und sie aufhörte zu zittern. Dann legte sie den Gang ein und fuhr langsam die letzten drei Kilometer bis zum Dorf.

Wivenham war ein kleiner Ort. Es gab eine Hauptstraße, die zum Anlegeplatz führte. Es war Ebbe, so daß Lehmbänke sichtbar wurden und einige vertäute Segelboote, die sich auf ihrem Kiel zur Seite neigten. Es gab einen Coop-Laden und eine Handvoll kleiner Geschäfte, ein Pub und einige Häuserzeilen mit winzigen schieferverkleideten Cottages. Die Kirche stand abseits der Hauptstraße an einer nichtasphaltierten Straße, die von kahlen Bäumen gesäumt war. Eine Reihe von Autos parkte unter den stacheligen Zweigen. Am entfernten Ende führte ein überdachtes Tor auf den Friedhof.

34 Church Walk. Hier in der Nähe.

Die Kirchenglocken läuteten, sie hatte sich von ihrem Platz auf dem Tor aus nicht verhört. Vielleicht übten die Glöckner für den Sonntag.

Dinah ließ den Wagen an der Seite der Hauptstraße stehen. Sie zog ihren Mantel an, knöpfte ihn bis zum Hals zu und band sich einen Schal um den Kopf. Langsam ging sie zur Anlegestelle hinunter und wieder zurück, wobei sie die Namen der kleinen Nebenstraßen kontrollierte. Sie hätte direkt zur Kirche gehen können, aber es war wichtig, die am wenigsten wahrscheinlichen Ecken zunächst auszuschließen. Jetzt, da sie hier war, handelte sie kühl und methodisch, abgesehen davon, daß sie am Kai feststellte, daß sie keuchte und ihre Fäuste in den Manteltaschen geballt waren.

Sie öffnete ihre Finger und zwang sich dazu, gleichmäßig zu atmen, bevor sie sich umdrehte, um ihren Weg zur Kirche zurückzugehen.

Viele Menschen waren auf der Straße: Rentner und Hausfrauen mit Babys in Kinderwagen, Gruppen von Kindern. Dinah blickte rasch auf die Kinder, aber sie waren alle viel jünger als Sarah. Als sie an der Metzgerei vorüberging, kam gerade eine Frau heraus, die dem Mann im Laden über die Schulter fröhlich etwas zurief. Angesichts ihrer Größe und Haarfarbe blieb Dinah plötzlich stehen. Sie gab vor, die Auslagen eines Bootsausrüsters zu betrachten, bis ihr klar wurde, daß die Frau Pauline ähnelte, wie sie vor vierzehn Jahren ausgesehen hatte.

Niemand achtete auf Dinah. In ihrem schlichten Mantel und mit dem Kopftuch wirkte sie völlig unverdächtig.

Sie erreichte das andere Ende der Hauptstraße, machte wieder kehrt und schlenderte an den Geschäften auf der anderen Straßenseite vorbei. Die Glocken hatten aufgehört zu läuten, als sie unten am Kai ankam.

Das überdachte Friedhofstor war 1919 als eine Kriegergedenkstätte errichtet worden. Dinah verharrte dort, um die Namen auf der Steintafel zu lesen, dann öffnete sie das Tor zum Friedhof. Er war gepflegt, mit ordentlichem Rasen um die alten Steine ebenso wie um die neueren Marmorgrabeinfassungen mit ihrem glänzenden Schotter. In vielen Marmorvasen standen Frühlingsblumen, deren Blütenblätter vom Wind braun geworden waren.

Als Dinah das Kirchenportal erreichte, bemerkte sie, daß sie nicht allein auf dem Friedhof war. Eine Gruppe von kleinen Kindern ließen ihre Beine von einem der alten Grabsteine baumeln, und ein Trio von abgehärtet wirkenden, alten Damen hatte im Portal Zuflucht vor dem Wind gesucht. Ein Mann, der den Kindern, die höhnische Bemerkungen machten, den Rücken zuwandte, stellte ein Stativ auf. Ein Fotograf.

Es war eine samstägliche Hochzeit, keine Übung im Glockenläuten. Dinah konnte durch die inneren Türen hindurch hören, daß Kirchenlieder gesungen wurden.

Und jenseits der Tore am anderen Ende waren die Hochzeitswagen geparkt, zwei schwarzglänzende alte Daimler mit weißen Bändern. Die Fahrer lehnten sich gegen die Motorhaube des vorderen Wagens, rauchten und unterhielten sich.

Jetzt, als sie an der Kirche vorbeischauen konnte, bemerkte sie, daß es eine zweite Dorfhälfte gab. Ein Durcheinander von Nachkriegshäusern erstreckte sich vom Meer ins Land hinein. Dinah ging vor den wartenden Autos vorbei und nickte den Fahrern im Vorübergehen zu. Die erste Straße, zu der sie kam, war die Church Walk. Es war eine kleine Anlage von Doppelhäusern aus den Sechzigern mit akkuraten Gartengevierten davor und gepflegten älteren Autos auf den Stellplätzen neben den Rosenbüschen.

Dinah schnürte es den Hals zu, und sie grub ihre Fingernägel in die Handballen. Trotz der vielen Male, die sie es sich vorgestellt und gewußt hatte, daß es ungefähr so aussehen würde, überraschte sie diese Alltäglichkeit.

Am Ende der Straße zögerte sie. Sie wollte stehenbleiben, nachdenken und dies alles in sich aufnehmen. Dies war die Straße, in der Sarah lebte. Aber sie wußte, daß sie auffallen würde, wenn sie hier herumbummelte. Sie mußte weitergehen – eine von vielen Frauen mittleren Alters, die ihren samstäglichen Erledigungen nachging. Leute, die sich anscheinend alle untereinander kannten und wußten, wo sie hingingen, hasteten an ihr vorüber. Dinah ging weiter, bemüht, gleichmäßige Schritte zu machen, und sie zählte die Hausnummern in ihrem Kopf, ohne die Türen anzuschauen.

Nummer vierunddreißig stand in einer Kurve. Es sah genauso wie alle anderen Häuser aus, mit Gardinen an den Fenstern und beschnittenen Büschen im Garten. Nur hatte Dinah den Eindruck, daß in diesem Haus heute etwas los war. Etliche Autos parkten direkt davor, und einige Kisten und Kartons stapelten sich auf der Stufe. Dinah ging weiter und wagte es kaum, den Kopf zu wenden. Welches Zimmer, welches Fenster war Sarahs?

Hinter den Stores war niemand zu sehen.

Hatten die Kisten etwas Wichtiges zu bedeuten, einen Umzug oder eine andere unvorhersehbare Bedrohung?

Sie zögerte ein oder zwei Sekunden, dann ging sie am Haus vorbei, aber es war unmöglich, sich umzuschauen.

Eine Frau kam ihr auf dem Bürgersteig entgegen. Sie hatte bemerkt, daß Dinah zögerte.

»Kein schlechter Tag für sie«, meinte die Frau herzlich.

»Nicht schlecht«, stimmte Dinah zu, ohne etwas zu verstehen.

Zu ihrer Erleichterung stellte sie fest, daß der Church Walk U-förmig verlief. Sie konnte auf die Straße zur Kirche gelangen, ohne nochmals am Haus vorbeizugehen.

Die Glocken begannen wieder zu läuten, zunächst eine nach der anderen, dann in einem feierlichen Glockenspiel in schneller Folge. Der Hochzeitsgottesdienst war vorüber. Dinah wanderte zum Kirchenportal zurück, um einen Blick auf die Braut zu werfen, froh darüber, daß es etwas anderes gab, auf das sie ihre Aufmerksamkeit richten konnte.

Ein jüngerer Mann wartete neben dem Kamerastativ. Der Fotograf selbst war weggegangen, wahrscheinlich in die Kirche, um Aufnahmen vom Brautpaar zu machen, das sich ins Hochzeitsregister eintrug. Die Menge der Zuschauer war gewachsen, die Chauffeure hatten ihre Zigaretten ausgemacht. Dinah stand ein wenig auf der

Seite und schaute zu, da sie nicht genau wußte, was sie als nächstes tun sollte.

Orgelmusik brauste auf, als die Kirchentüren sich öffneten. Braut und Bräutigam kamen das Mittelschiff entlang und traten durch das Portal hinaus. Der Fotograf ging rückwärts vor ihnen her. Die Braut war eine hübsche Brünette, ihr frischgebackener Ehemann war ein rotgesichtiger junger Mann, der aussah, als sei ihm sein Hemdkragen zu eng. Im Halbdunkel des Kircheninneren erhaschte Dinah einen Blick auf die türkisen Kleider der Brautjungfern.

Hochzeitsgäste in pastellfarbenen Hüten und Sonntagsanzügen strömten im Gefolge von Braut und Bräutigam aus der Kirche. Die Frauen hielten ihre Hüte an den Krempen fest und fummelten mit Konfettidosen herum, die Männer sammelten sich zu dunklen Gruppen, um ihre Befangenheit durch Scherze zu vertreiben. All diese gesellschaftlichen Manöver beanspruchten Dinahs Aufmerksamkeit für einen Augenblick, dann wandte sie sich dem Fotografen zu, um zu beobachten, wie er die Leute fürs Hochzeitsfoto aufstellte.

Einer der Männer, die an ihren Platz gewiesen wurden, war Malcolm Green.

Sein Haar war grau, sein Gesicht viel breiter geworden, aber es war kein Irrtum möglich.

Gesichter und Bilder spulten sich in Dinahs Kopf schneller ab, als sie sie registrieren konnte.

Die Braut war nicht irgendeine dunkelhaarige Frau, die feierlich in weißen Tüll gehüllt war.

Jennifer. Paulines Tochter. Zum letzten Mal gesehen als schwerfällige Dreizehnjährige.

Drei Brautjungfern. Zwei kleine Mädchen in Kleidern mit Puffärmeln und Sträußchen aus weißen und gelben Fresien und ein älteres Mädchen.

Pummelig in den Falten des glänzenden türkisfarbenen Satins. Ein größerer Strauß mit Bändern umwickelt für die Hauptbrautjungfer, mit zwei Händen hielt sie ihn genau in der Mitte fest. *Denk daran, deinen Strauß so zu halten.* Unter einem Kränzchen von Maßliebchen das vernünftig kurzgeschnittene Haar in derselben Farbe wie Dinahs. Und ihr Gesicht im Profil. Vor Aufregung gerötet, mit strahlenden Augen und einem breiten, entzückten Lächeln. Eifrig beobachtete sie die anderen, um zu sehen, ob sie auch alles richtig machte. Auf Geheiß des Fotografs schob sie sich an die angewiesene Stelle.

Dinah hielt die Luft an. Selbst ihr Herz schien stillzustehen.

Kein bleiches imaginäres Kind, keine Zwittertochter. Nur sie selbst. Lachend, stolz, erfreut. Die Hauptbrautjungfer ihrer Schwester schaute jetzt nach vorn, das Kinn angehoben. Die charakteristischen Züge, die Dinah sich immer übertrieben vorgestellt hatte, waren klar zu erkennen, aber andere Züge auch. Familienähnlichkeiten. Merlin. Matt. Sie selbst.

Und sie war entzückend. Sarah war schön.

Die Erstarrung löste sich auf, und die Zeit floß überraschenderweise weiter. Der Assistent des Fotografen kam nach vorn und stellte die Gruppe hektisch um.

Dinah schnappte nach Luft. Sie war von Staunen erfüllt.

Dies war ihr Kind, aber es war viel mehr als das. Da gab es all die kleinen und großen Ereignisse eines unbekannten Lebens, die um dieses Mädchen herumgewoben waren. Ereignisse, die sie nicht einmal erahnen konnte.

Sarah stand zwölf Meter von ihr entfernt. Kein Geheimnis oder etwas Abwesendes oder ein entsetzlicher Verlust, sondern eine kräftige junge Frau, rundgesichtig unter einem Blumenkranz, die über das Vergnügen dieses Tages strahlte.

Dinah dachte daran loszurennen. Sie bei der Hand zu nehmen, sie zu umarmen. Aber sie tat nichts von alledem. Statt dessen ließ sie den Blick zögernd über die Gruppe schweifen, an einer Reihe unbekannter Gesichter entlang, die für die Kameras breit lächelten. Neben dem Bräutigam, ihrem neuen Schwiegersohn, stand Pauline. In einem marineblau-gelben Zweiteiler mit einem gelben Hut, dessen Krempe marineblau verbrämt war. Fülliger, als sie früher gewesen war, mit Fältchen um die Augen. Ansonsten nicht sehr verändert. Unter der Krempe ihres Hochzeitshutes starrte sie Dinah direkt an.

Pauline hatte sie gesehen und erkannt. Ihr Gesichtsausdruck war feindselig, aber nicht überrascht.

Dinah bewegte sich ein wenig zur Seite hinter die anderen Zuschauer. Sie stand auf dem Rasen, eine Hand auf die Ecke eines Grabsteines gestützt, um sich aufrecht zu halten. Sie war ein Eindringling, aber sie hätte sich nicht von der Stelle rühren können, selbst wenn sie keine Angst gehabt hätte, sich dadurch noch verdächtiger zu machen. Unter ihren Fingern spürte sie zerfallene Flechten und von Löchern zerfressenen Stein, und ihre Augen wanderten begierig zurück zu Sarah. Sie schüttelte die Falten ihres Kleides auf und streckte dann den Kopf vor, um zu sehen, ob ihre Mutter ihr zustimmend zunickte.

Als der Fotograf endlich zufrieden war, begannen die Lippen der Braut vor Kälte langsam blau zu werden. Die Hochzeitsgesellschaft wurde entlassen, und kleine Jubelstürme und Konfettiregen brachen über sie herein, als Braut und Bräutigam Hand in Hand auf den bändergeschmückten Wagen zugingen. Sarah rannte hinter ihrer Schwester her und zog an den Falten ihres Schleiers, Jennifer lächelte ihr zu und übergab ihr Bouquet ihrem Mann, damit sie eine Hand frei hatte, um Sarah bei der Hand zu nehmen. Dinah sah, wie sich Papierschneeflocken aus Konfetti in ihrem Haar fingen.

Die kleineren Brautjungfern folgten ihnen, dann kamen Malcolm und Pauline gemeinsam mit einem Paar, offensichtlich die Eltern des Bräutigams. Pauline schaute nicht wieder in Dinahs Richtung.

Die Wagen rollten davon. Die Gäste strömten zu ihren eigenen Fahrzeugen, in Vorfreude auf Wärme und Essen und Trinken. Nach wenigen Minuten war Dinah allein auf dem Friedhof. Der Wind trieb das Konfetti in Wirbeln und Strudeln vor sich her, ein alter Mann kam mit einem Besen und einem Sack um die Ecke.

»Pastor kann das nicht leiden«, beschwerte er sich bei Dinah, während er fegte. »Aber sie machen's alle trotzdem.«

Langsam ging Dinah weg, durch das überdachte Friedhofstor unter den Bäumen entlang zur Hauptstraße. Sie konnte noch nicht denken, konnte nur die Bilder in ihrem Kopf abspulen lassen. Sie waren wie Fotos in einem Album angeordnet – mit Sarahs Gesicht in der Mitte.

Das Hotel in Cromer war genauso leer wie vor Weihnachten.

Das letzte Licht des Nachmittags verblaßte, als Dinah ihre Taschen in einem Zimmer mit Blick aufs Meer auspackte. Sie legte sich aufs Bett und schloß die Augen. Sie war müde, aber es stand außer Frage, daß sie jetzt nicht schlafen konnte. Sie sah immer nur Sarah mit ihrem vor Stolz berstenden Lächeln und den Konfettisternen im Haar vor sich. Immer wieder kam Dinah in den Sinn, daß sie Glück gehabt hatte, gerade an diesem Tag anzukommen und diesen Augenblick mitzuerleben – nach all den anderen, die sie verpaßt hatte. Unglücklich war nur, daß Pauline sie so schnell entdeckt hatte, als hätte sie Dinah die ganze Zeit erwartet, ihr Erscheinen gefürchtet. Wenn Dinah hätte wählen können, unsichtbar zu sein, um ihr das zu ersparen, hätte sie es getan.

Aber es tat ihr nicht leid, daß sie an der Kirche gewesen war.

Diese Bilder konnte ihr niemand mehr nehmen.

Sie lag still, solange sie konnte. Dann stand sie auf, duschte, wechselte die Kleidung und ging durch die frühe Dunkelheit in die Redemption Street.

Sie hatte sich bei Francis nicht angemeldet. Sie hatte nicht einmal auf seinen Brief geantwortet, dazu war keine Zeit gewesen. Aber als er die Tür öffnete, war es, als hätten sie schon lange vereinbart, sich zu dem Zeitpunkt zu treffen.

»Komm herein«, sagte er einfach.

Der Raum war genauso schlicht und einladend, wie sie ihn in Erinnerung hatte. Das Feuer war angezündet, aber es stand nur ein Sessel daneben. Der Tisch war mit Papier und Malutensilien bedeckt.

»Schön, dich zu sehen. Komm herein und setz dich. Ist dir kalt?«

»Nein, überhaupt nicht.«

»Ich fürchte, ich habe keinen Wein ...«

»Francis, es tut mir leid, ich hätte welchen mitbringen sollen. Aber ich hätte lieber eine Tasse Tee.«

»Also Tee.«

»Ich bin gerade erst angekommen. Heute morgen. Von Heathrow bin ich direkt nach ... Wivenham gefahren.«

»Warte, bis ich den Tee gemacht habe.«

Während er in der Küche war, saß Dinah da und blickte ins Feuer. Hier zu sein machte sie ruhiger. Sie war erschöpft, und ihre widerstreitenden Gefühle zerrten an ihr, aber ihr wurde auch klar, daß sie glücklich war. Ein schlichtes und befriedigendes Glück, das sie seit langer Zeit nicht mehr erfahren hatte.

Es war richtig hierherzukommen, dachte sie. Was auch immer geschehen wird, es war richtig zu kommen.

Francis brachte den Tee, und sie trank ihn dankbar, als ihr klar wurde, daß sie seit dem Frühstück im Flugzeug nichts mehr zu sich genommen hatte. Er drängte sie nicht, zu reden, bis sie dazu bereit war. Eine von Francis' Fähigkeiten war es, Schweigen genauso behaglich zu machen wie eine Unterhaltung.

Er saß auf der Kaminplatte, gegen den Kaminvorsprung gelehnt, und blickte ins Feuer. Seine Hände hingen locker zwischen seinen Knien in abgetragenen Jeans. Er verfügte auch über die Gabe des Schweigens.

»Danke, daß du die Greens für mich gefunden hast.«

»Das war nicht schwierig. Eine Angelegenheit von ein paar Fragen. Ich hatte Angst, du könntest es als Einmischung auffassen. Nachdem ich den Brief aufgegeben hatte, wünschte ich, ich könnte ihn zurückholen.«

Selbst der Gedanke daran war peinigend. »Gott sei Dank, du hast es nicht getan.«

Dann sah er sie an, und Dinah erwiderte seinen Blick.

»Die Greens sind mehr als nur Freunde der Familie«, sagte sie.

»Ich denke, das war mir klar.«

»Ich habe dir die Geschichte nicht erzählt, obwohl du mir deine erzählt hast. Das jüngere Kind ist meine Tochter.«

»Ich verstehe.«

Es ihm zu erzählen war leicht. Es war, wie eine schwere Last abzusetzen. Dinahs Glück wurde groß, stieg auf, erfüllte den Raum, färbte auf Francis ab. Sie schaute ihn an, und die Freude, daß er hier war, um diesen Zeitpunkt mit ihr zu teilen, daß er ihn ermöglicht hatte, überwältigte sie beinahe.

Francis stand auf und berührte sie leicht an der Schulter.

»Ich würde dir gerne etwas zu essen geben. Du mußt hungrig sein.«

Plötzlich fühlte Dinah sich wie ausgehungert.

Es gab einen Gemüseeintopf mit Brotstücken. Dinah aß und redete und redete. Sie erzählte ihm alles vom Beginn ihrer Beziehung zu Matt. Francis gab ihr zu essen und hörte aufmerksam und ohne sie zu unterbrechen zu.

»Ich kann gar nicht beschreiben, wie es war, sie heute zu sehen«, meinte Dinah schließlich. Am Ende ihrer Geschichte war sie sprachlos, durchlebte noch einmal das Wunder des Augenblicks. »In einem türkisblauen Satinkleid mit einen Kranz aus Maßliebchen auf dem Kopf. Sie sah aus wie ...« Es schnürte ihr die Kehle zu. Ein Krampf der Erleichterung, des Staunens, der Sehnsucht durchlief sie, und sie schloß die Augen und senkte den Kopf, als sie flüsterte: »*Sie sah aus wie eine Königin.*«

Francis beobachtete ihr Gesicht.

»Das muß sie wohl«, sagte er schließlich. »Ich kann es dir ansehen.«

Eine Weile saßen sie einander gegenüber. Jeder von ihnen dachte, wie vertraut das Gegenüber aussah, geliebt wie ein alter Freund. Und dann stand Francis auf und kam um den Tisch herum zu Dinahs Stuhl. Er nahm sie bei der Hand und half ihr aufzustehen. Dann legte er seine Arme um sie und hielt sie fest.

Dinah lehnte ihren Kopf an seine Schulter, ohne Widerstand zu leisten oder nachzugeben.

Es war tröstlich, so gehalten zu werden. Seine Wärme und Unterstützung beschwichtigten sie. Sie war jetzt sehr müde und auch zufrieden.

»Danke für das, was du getan hast«, murmelte sie. Er mußte den Kopf beugen, um ihre Worte zu verstehen.

Er hob ungeschickt die Hand und streichelte ihr übers Haar.

»Ich bin sehr müde«, sagte Dinah. Sie dachte, daß sie direkt hier, wo sie stand, den Kopf gegen Francis' Schulter gelehnt, einschlafen könnte, während er ihr Haar streichelte.

»Ich bringe dich nach Hause.«

Der Wind blies immer noch durchdringend und roch nach Salz.

An der Hoteltür beugte sich Francis vor und küßte sie auf den Mund. Bevor er sich umdrehte, hob er einen Arm und ging dann schnell weg.

»Gute Nacht«, flüsterte Dinah hinter ihm her.

Sie ging zu Bett und schlief tief und traumlos.

10

»Laß mich erst einmal mit den Jungen reden.«

Dinah saß mit hochgezogener Schulter, um den Hörer festzuklemmen, auf ihrem ungemachten Hotelbett in Cromer. In Franklin war es acht Uhr morgens. Fünftausend Kilometer weit entfernt rief Matthew ihre Kinder.

»Jack? Merlin? Kommt, Mummy ist am Telefon.«

Sie kamen sofort angerannt, ihre Füße polterten über die Treppe des Hauses in der Kendrick Street. Matt hielt ihnen den Hörer hin.

»Mummy? Mom? Warum hast du gestern nicht angerufen?«

»Ich hatte keine Gelegenheit, mein Liebling.«

»Wir haben gestern am Flughafen angerufen, um uns zu vergewissern, daß dein Flugzeug sicher gelandet ist.«

»Aber natürlich ist es das. Jetzt bin ich im Hotel und kann das Meer sehen, genau wie von unserem anderen Zimmer. Was habt ihr gestern gemacht?«

»Oh, wir sind mit Dad zum Bowling gegangen und ins Kino.«

Merlin drängelte, wollte auch an die Reihe kommen. Matt versuchte ihn zurückzuhalten, bis Jack fertig war.

»Mum?« Merlin hatte das Gerangel gewonnen. »Was machst du?«

»Mit dir reden.«

»Ich kann gar nicht glauben, wie weit weg du bist.«

Entfernungen hatten ihn nie beunruhigt, wenn Matt von Konferenzen am anderen Ende der Welt anrief.

»Aber wir können miteinander reden, als wäre ich direkt neben dir.«

»Wie funktioniert das? Wie gelangen die Schallwellen von mir zu dir?«

»Hm, weißt du, daß ich mir da nicht ganz sicher bin? Es hat etwas mit Schwingungen zu tun. Frag Daddy, wenn ich mit ihm gesprochen habe.«

Merlin wollte den Hörer nicht abgeben, bis sie versprochen hatte, ihn am nächsten Tag wieder anzurufen.

»Ich verspreche es, ich verspreche es«, rief Dinah.

»Ich vermisse dich, Mum.«

»Ich vermisse dich auch.«

Matthew nahm wieder den Hörer. Er hörte die letzten Worte, als er ihn ans Ohr hob.

»Erzähl, was ist los?« fragte er. Diese Worte weckten die Erinnerung an die Nähe zwischen ihnen, an Momente in all den Jahren, in denen sie einander vertraut hatten.

»Ich habe sie gesehen.«

Matthew hatte gewußt, daß sie das sagen würde, aber dennoch war er überrascht. Er hatte erwartet, daß er nichts dabei empfinden würde, aber statt dessen erwachten Angst, Freude und Befürchtungen in ihm. Dieser Gefühlsansturm machte ihn stumm.

»Sie war Brautjungfer bei der Hochzeit ihrer Schwester.«

Dinah erzählte ihm, was sie gesehen hatte. Die nackten Worte waren unzureichend, aber Matthew saß regungslos da und nahm sie in sich auf. Unauslöschlich entfaltete sich das ganze Bild in ihm. Eine Kirche in Norfolk mit ihrem eckigen Turm und einem winddurchtosten Friedhof, die festlich geschmückte Hochzeitsgesellschaft und das Kind in seinem türkisblauen Kleid.

»Sie sah so stolz aus, Matt. Und vollkommen.«

Vollkommen.

Seltsam, daß Dinah dieses Wort benutzte, dachte Matt, und dennoch vermittelte es ihm, was er gleichzeitig zu hören gefürchtet und gewünscht hatte.

Sarah war etwas Unbeholfenes und Unfertiges gewesen, und er war zwar in der Lage gewesen, sich anderen Herausforderungen zu stellen und sie alle zu meistern, aber dieser war er ausgewichen, weil er von Anfang an an die Möglichkeit, sie zu meistern, nicht geglaubt hatte. Er hatte sie als unlösbar klassifiziert. Das Bild, das er im Inneren von Sarah mit sich herumtrug, war das von etwas Unfertigem und Angsteinflößendem, weil es unbekannt war. Er konnte sich ihr Gesicht oder ihre Stimme nicht mehr vorstellen. Etwas von dieser Angst stand seitdem zwischen Dinah und ihm, und er hatte diese Angst durch Arbeit verdrängt. Jetzt mußte er allerdings lernen, daß Sarah ohne sie zu Vollkommenheit gelangt war. Ohne ihn.

Der Gedanke war unendlich traurig.

»Matthew?«

»Wie sieht sie aus?« Er meinte, wem gleicht sie. Wessen Augen, wessen Haar hat sie.

»Sie sieht wie sie selbst aus.«

»Ja, das denke ich mir. Was wirst du jetzt tun?«

»Ich werde sie besuchen.«

»Sei vorsichtig.«

»Matt, wir sind vorsichtig gewesen. Das hat zu nichts geführt.«

Nachdem sie aufgelegt hatte und damit die Verbindung unterbrach, ging Matthew nach unten, um sich eine Tasse Kaffee zu machen.

In Dinahs Abwesenheit sah die Küche unordentlich und daher wenig einladend aus. Während der Kaffee durchlief, stellte er schmutzige Teller und Tassen zusammen und wischte die Krümel weg, die die Jungen zurückgelassen hatten, wohl wissend, daß er diesen Vorgang später noch einmal wiederholen mußte. Diese Arbeit ärgerte ihn und auch die banale Tatsache, daß er Dinah genau hierbei vermißte, als den guten Geist des Hauses. Er schob eine Handvoll Kleidungsstücke der Jungen in die Waschmaschine und knallte die Tür zu. Mit reger Geschäftigkeit konnte er die übelkeiterregende, wachsende Angst vor Sarahs Nähe und die bedrohliche Traurigkeit gerade eben eindämmen.

Sobald die Küche einigermaßen aufgeräumt war, setzte Matthew sich hin, um seinen Kaffee zu trinken. Mit voller Wucht schwappten die Erinnerungen über ihn hinweg.

Dinahs Zimmer im Krankenhaus, er selbst, wie er Sarah in diesen weißen Tüchern hielt. Das winzige runzelige Gesichtchen, schlafend, undurchdringlich. Die Ärztin, die zu ihnen kam und sich neben Dinah setzte. Die Hand des Babys, die ihm hingestreckt wurde, eine Anklage.

Es stand ihm so klar vor Augen, als sei es erst heute morgen gewesen, und er dachte, er hätte alles vergessen.

Eleanor war mit einem Armvoll Blumen gekommen.

Er hatte es nicht vergessen. Er hatte es nur weggeschlossen, das Licht ausgesperrt, damit es nicht eine dieser Erinnerungen beleuchten konnte.

Die zwei Frauen saßen beieinander, die Köpfe über das Baby gebeugt.

Dinah sah aus wie ihre Mutter; manchmal, in einem bestimmten Licht, war die Ähnlichkeit groß. Es schien ihm, als hätte Dinah durch den Akt des Gebärens eine weibliche Schwelle überschritten, die er nicht vorhergesehen hatte, so daß ihr Gesicht nicht nur dem ihrer Mutter glich, sondern daß es beinahe dasselbe Gesicht geworden war.

Hier fand allerdings eine Verschiebung statt. Der Bruch der ordnungsgemäßen Abfolge von Mutter zu Tochter war brutal. Dieses arme Baby würde nie, könnte nie eine Nachbildung von Dinah werden, so wie Dinah ihrer Mutter glich. Und Dinah liebte er mit einer wilden, eifersüchtigen Liebe, die ihn jetzt ebenso quälen würde, wie sie ihn zuvor befreit hatte.

Dinah und ihre Mutter sollten sich nicht so über das Baby beugen, es in ihren Gesichtern widerspiegeln, es in sich hineinsaugen.

Die beiden Frauen murmelten einander zu, Worte der Erklärung und des Trostes. Er wußte, daß Bande geknüpft wurden, alarmierende Bande, die man nicht zulassen sollte, weil sie ja doch wieder gekappt werden müßten.

Seine kühle Selbstbeherrschung verließ ihn. Matthews Herz hob sich in seiner Brust, brachte säuerlichen Speichel in seinen Mund, als er schrie: »Nicht. Schaut sie nicht so an. Es ist nicht richtig, versteht ihr das denn nicht?«

Er taumelte auf die Frauen zu, und seine Hände, die ihm selbst riesig erschienen, fleischige Schaufeln mit knöchernen Höckern, senkten sich. Er schnappte das Baby mit beiden Händen und hob es hoch, aus ihrer Reichweite. Es begann aus Protest zu weinen.

Er hatte keine Ahnung, was er tun wollte.

Er stieß die Tür auf und hörte, wie Eleanor hinter ihm herrief. Mit dem Baby an der Schulter rannte er den Gang entlang. Er fühlte sich riesengroß, seine Beine bizarr verlängert, als er Frauen in Morgenmänteln und Schwestern, denen der Mund offenstand, überholte.

Der Gang war lang, erstreckte sich über die ganze Länge des Viktorianischen Krankenhauses bis zu den Fenstern am entgegengesetzten Ende. Er sah blaue und weiße Schilder, Rollstühle, die an einer Wand geparkt waren, Treppenhäuser und Wägelchen, die mit Metallbechern beladen waren. Niemand versuchte ihn anzuhalten. Der Kopf des Babys schwankte hin und her, und er legte seine Hand darauf.

Zu seiner Rechten war ein Aufzug. Auf dem handgeschriebenen Schild daneben stand *Nur für Pflegepersonal*, aber die Türen standen offen, und er war leer. Matthew ging hinein und drückte mit dem Ellenbogen den einzigen Knopf. Die Türen schlossen sich, und der Aufzug sank nach unten. Das Baby weinte leise, und er versuchte, es durch Schaukeln zu trösten, während sie nach unten glitten.

Als er ausstieg, sah er, daß sie sich im Erdgeschoß befanden, in der Unfallstation. Reihen von roten Plastikstühlen erstreckten sich vor ihm. Es herrschte eine Atmosphäre resignierter Geduld, man rechnete damit, daß lange Zeit nichts geschah.

Ein Ort zum Nachdenken, sagte sich Matthew. Hier konnte er sich ruhig hinsetzen, und niemand würde ihn beachten.

Sobald er sich mitten in diesem Meer von Stühlen hingesetzt hatte, hörte das Baby auf zu weinen. Er warf ihm einen verstohlenen Blick zu. Er sah, daß auf ihrem Schädel unter dem schwarzen Haar immer noch geronnenes Blut klebte. Unsicher legte er seine Finger auf die weiche Stelle oben auf ihrem Kopf, wo ein energischer Puls klopfte.

Sein Atem wurde gleichmäßiger. Er versuchte sich selbst einzureden: *Mein Kind, meine Tochter.* Aber es lag keine Wärme darin. Alles, was er sehen konnte, waren die typischen Züge ihres Zustandes. Eine Reihe von Bildern rollte vor ihm ab, sein Kind in verschiedenen Altersstufen, das nie Preise wie er oder Dinah gewinnen würde, nie gefährliche Spiele spielen würde, nie unabhängig würde, nie heiraten und Kinder kriegen würde. Immer beschützt werden mußte.

»Brauchen Sie Hilfe? Haben Sie sich schon angemeldet?« Eine Schwester war am Ende der Stuhlreihe stehengeblieben. Er war doch nicht so unauffällig, wie er gedacht hatte.

»Ich warte auf meine Frau.«

Sie ging weiter. Matthew sah sich um. In einer Ecke döste ein alter Obdachloser mit zerschlagenem Gesicht; sein Mund zitterte bei seinen rasselnden Atemzügen. Ein Junge in einer Läuferweste starrte ausdruckslos vor sich hin. Ein Arbeiter hielt seine Hand, die mit einem blutgetränkten Verband umwickelt war, in der Beuge seines anderen Armes. Während die Zeit weiterkroch, prägten sich ihm die Gesichter dieser Menschen ein. Er dachte, er würde sich immer daran erinnern, wie sie dort gesessen hatten, und an die Geräusche und Gerüche dieses Warteraumes.

Als er auf dem roten Stuhl saß und das Kind ansah, ließen die ersten Wellen des Schocks nach. Er zwang sich, aus der Qual seiner Gefühle die logischen Zusammenhänge von Reaktion und Absicht bewußt und methodisch herauszulösen.

Natürlich war das ein Kind, das er in seinen Armen hielt.

Aber es konnte nicht Dinahs und seines sein. Er wollte nicht jeden Tag Kompromisse schließen, nur kleine Teilerfolge feiern. Diese Liebe hatte er nicht in sich, diese Art selbstloser Liebe, die er bei anderen beobachtet hatte. Es war ein großes Glück, daß Dinah und er zu einer Art Perfektion gelangt waren. Das konnte er nicht zerstören, es nicht einmal in Gefahr bringen, indem er dieses unvollkommene Kind zuließ.

Konnte nicht ...

Eilige Schritte näherten sich von hinten. Automatisch drehte sich Matthew um. Er sah eine Schwester und einen Pförtner, die ihn ganz offensichtlich suchten. Der Pförtner kam auf die eine Seite, die Schwester blieb auf der anderen. Sie lächelte ihn an, als sei er gefährlich.

Die Schwester streckte die Hände aus. »Soll ich sie für Sie nehmen, Mr. Steward?«

Der Pförtner rückte näher an ihn heran. Matthew konnte den muffigen Schweiß in den Falten seines Overalls riechen.

»Sie haben Himmel und Hölle nach Ihnen abgesucht.«

»Sie war völlig sicher«, sagte er.

»Natürlich ist sie das.«

Sie nahmen ihm Sarah weg. Mehr als vierzehn Jahre später erinnerte sich Matthew genau daran, was er damals empfand: Erleichterung.

Matt stützte den Kopf in die Hände. Der Kaffee neben ihm war kalt geworden. Er wartete, bis die Wellen der Erinnerung ein wenig abebbten, und hatte das Gefühl, an einer Stelle an Land gespült worden zu sein, die er nicht kannte. In der Küche war es ruhig, nur die Küchengeräte summten leise vor sich hin, und aus dem Wasserhahn tropfte es rhythmisch in eine Schüssel.

Er wäre gerne ins Labor gefahren. Das Gefühl von Ordnung und Kontrolle, das die Arbeit ihm bot, führte ihn, wie immer, stark in Versuchung. Aber er war sich nicht sicher, ob er Jack und Merlin allein lassen oder die Pinkhams oder die Kerrigans bitten konnte, auf sie aufzupassen. Er verwarf diese Möglichkeit und beschloß, es sei auf jeden Fall besser für sie drei, den Tag gemeinsam zu verbringen, so wie gestern. Gestern war es ganz gut gelaufen, abgesehen davon, daß sie nicht schon wieder zum Bowling und ins Kino gehen konnten.

Matthew hatte schon viel Zeit allein mit seinen Söhnen verbracht, aber das war immer bei Ausflügen zum Fischen, Skilaufen oder Camping gewesen, wenn er der Führer und die Jungen seine eifrigen Stellvertreter waren. Fast nie hatte er sich in den eintönigen Stunden des alltäglichen Lebens um sie gekümmert. Normalität und Alltäglichkeit bedeuteten, daß Dinah da war.

Was würde geschehen, wenn sie nicht länger hier war?

Die Vorstellung war schrecklich, und das Gefühl der Angst machte Matthew wütend. Er war wütend auf Dinah, weil sie die Folge von Ereignissen, die zu diesem Punkt geführt hatten, angezettelt hatte. Es war unvernünftig, wie ihr erfolgreiches Leben dadurch aufgelöst und schließlich zerstört wurde. Sie waren es einander schuldig, vernünftig zu handeln. Vernunft war das Fundament, auf dem alles andere basierte, und Vernunft hatte in erster Linie die Entscheidung über Sarah bestimmt.

»Dad? Was machen wir?«

Jack stand in der Tür. Es war neun Uhr morgens, und der Tag wartete. Sie hatten viel Zeit.

»Hallo, Jack. Wie wäre es heute morgen mit einer Radtour? Wir könnten nach Bear Ridge fahren.«

»In Ordnung.« Ohne große Begeisterung drehte er sich um.

Es war ein schöner Tag mit blauem Himmel. In der Luft lag ein Duft von Pinienharz, der an den Frühling erinnerte. Die Jungen folgten Matthew gehorsam auf ihren neuen Mountainbikes, die sie zu Weihnachten geschenkt bekommen hatten, aber sie waren niedergeschlagen und lehnten seinen Vorschlag, die Tour noch weiter auszudehnen, ab. Auf dem Nachhauseweg hielten sie bei Burger King an der Hauptstraße an. Nancy Pinkham, mit Laura und Brooke auf den Rücksitzen des Caravan, hupte, als sie vorüberfuhr. Es war kaum ein Uhr, als sie zu Hause ankamen.

»Ich werde jetzt eine Stunde arbeiten«, kündigte Matt an.

Er mußte einen Vortrag vorbereiten, und wenn er schon nicht ins Labor fahren konnte, um einen Blick auf die Vorbereitungen für die Fettzellenanalyse zu werfen, konnte er wenigstens etwas anderes Nützliches tun. Wenn er an seine Arbeit dachte, konnte er die Erinnerungen und die Gedanken an Sarah und seine Ängste um Dinah abblocken.

»Möchtet ihr beide eine Weile draußen spielen?«

Matthew war sich nicht sicher, wie lange er sich in seine Arbeit vertieft hatte, als er hörte, wie Schritte über die Veranda trommelten und jemand heftig gegen die verschlossene Haustür hämmerte. Die Jungen waren durch den Garten hinausgegangen. Er rannte durch den Flur und sah, wie Jack durch die Scheibe linste.

»Dad? Komm schnell. Merlin hat sich verletzt.«

»Wo?«

»Am Fuß. Er ist auf etwas gesprungen.«

»Wo ist er?«

Sie rannten aus dem Haus, die Stufen hinunter.

»Hinter dem Haus vom alten Mr. Dershowitz.«

Matthew raste hinter Jack her. Merlin lag unbeholfen auf der Seite, klein inmitten eines holprigen Stücks Erde. Über ihm erhob sich ein riesiger Baum mit tiefhängenden Zweigen. Als Matthew sich hinkniete, sah er ein rostiges Metallstück zwischen den verwelkten Blättern.

Merlin weinte.

»Laß mich mal sehen.«

Matthews Mund wurde trocken. Merlins Schuh war auf einer

dicken Eisenspitze aufgespießt. Das Metall sah aus, als sei es einmal Teil eines Zauns gewesen, dessen Holz schon verrottet war. Die Spitze war durch die Gummisohle des Schuhs gedrungen und an einer Seite des Leinenobermaterials wieder ausgetreten.

»Es ist alles gut, es ist alles gut. Halt jetzt still, mein Schatz. Ich muß den Schnürsenkel öffnen.« Er konnte kein Blut sehen.

»Es tut weh«, stöhnte Merlin. Sein Gesicht war weiß. Jack kniete auf der anderen Seite und sah seinen Vater hilfesuchend an.

Matthew öffnete den Schuh und ließ den Finger hineingleiten. Dort war Blut. Er sah jetzt, daß die mörderische Spitze aus einem Zementblock, der unter den Blättern verborgen war, hervorstand. Er lockerte vorsichtig mit der anderen Hand die Ferse des Schuhs und beobachtete dabei Merlins Gesicht, der schon vorher zusammenzuckte. Matthew zog die Schnürsenkel heraus und öffnete den Schuh. Dann drehte und zog er den Fuß schnell heraus. Merlin schrie auf, und Matthew hielt ihn fest.

»Ist schon gut.«

Er beugte sich so vor, daß Merlin die Wunde nicht sehen konnte, und untersuchte sie. Die Socke war zerrissen und blutdurchtränkt, aber die Wunde war nicht tief. Die Eisenspitze hatte einen Schnitt an der Seite des Fußes verursacht, aber nichts Schlimmeres. Erleichtert atmete Matthew tief auf.

»Dein Schuh hat's hinter sich, fürchte ich. Aber dein Fuß wird noch weiterleben und bald wieder herumlaufen.«

Während er das sagte, hob er Merlin hoch und legte ihn sich über die Schulter.

»Schon lange her, daß ich dich nach Hause tragen mußte.«

Langsam gingen sie die Kendrick Street entlang.

Leise meinte Jack: »Mummy erlaubt uns nicht, da unten zu spielen.«

»Warum habt ihr's denn dann getan?«

»Der Baum hat gute Äste zum Runterspringen.«

»Bloß weil sie nicht da ist, könnt ihr nicht einfach alles tun, was ihr nicht dürft.«

George Kuznik kam vom Golfspielen zurück. Matthew rief ihm eine beruhigende Antwort auf seine erschrockene Frage zu und trug

Merlin ins Haus. Er setzte ihn in einen Sessel, badete den Fuß in einem Antiseptikum und ließ ihn das Ausmaß des Schadens untersuchen. Beide Jungen sahen blaß und unglücklich aus. Jemand klopfte an die Haustür, und Jack öffnete sie. George kam zurück mit Todd Pinkham in Sonntagssweater und Kordhose.

»Hallo. George sagte, es hätte einen Unfall gegeben.« Er kniete sich neben Merlins Sessel hin. »Wie geht's dir, Kumpel?«

»Danke, Todd. Nett von dir. Es ist nicht allzu ernst«, erklärte Matt ihm.

»Hm. Ja. Schätze, damit kannst du weiterleben. Du solltest besser hinschauen, wo du das nächste Mal hinspringst. Das hätte auch durch den Fuß durchgehen können, weißt du.«

Merlin nickte, seine bleichen Lippen fest zusammengepreßt.

»Du solltest ihn zur Notaufnahme bringen, damit er eine Tetanusspritze bekommt, falls er nicht gerade eine bekommen hat, Matt.«

Matthew dachte nach und schüttelte dann den Kopf. »Ich weiß es nicht.«

»An solche Dinger erinnern sich immer die Frauen. Noch eine schadet auf keinen Fall.« Todd boxte eine Finte gegen Jack. »Wie wär's, wenn du rüberkommst und ein wenig fernsiehst, während dein Daddy mit Merlin ins Krankenhaus fährt?«

Jack schüttelte den Kopf. »Nein danke«, sagte er entschieden. »Ich fahre mit ihnen.«

Die Fahrt zum Krankenhaus und zurück, das Warten auf die Spritze und den Verband dauerte beinahe zwei Stunden. Als sie wieder nach Hause kamen, war es Zeit fürs Abendessen. Hunger, Müdigkeit und Erleichterung, daß der Fuß nicht schlimm verletzt war, machten Matthew reizbar. Er stellte eine Mahlzeit zusammen, und Jack deckte für drei.

Sie setzten sich an den Tisch, aber die Jungen stocherten nur in ihrem Essen herum.

Als er zu Merlin hinübersah, bemerkte Matthew, daß seine Augen rot waren und ihm Tränen über das Gesicht liefen. Er unterdrückte einen irritierten Seufzer.

»Was ist los, mein Sohn? Tut der Fuß weh?«

»Ich vermisse Mummy.«

»Mer*lin*«, fauchte Jack ihn an.

»Tu ich aber.«

»Heulen hilft doch nicht, du Baby.«

»Das reicht, Jack«, wies Matt ihn scharf zurecht. Jack drehte sich zu ihm um. Seine Augen waren rund, hart und glänzten hinter den Brillengläsern.

»Merlin weiß, was ich meine. Ich wünsche mir auch, daß Mummy hier ist.«

Sie blickten einander über die Teller mit den kalt gewordenen Essensresten an. Matthew war bestürzt, wie seine Kinder in ihrer Feindseligkeit ihm gegenüber plötzlich zusammenhielten. Er wollte etwas Tröstliches und Unverfängliches sagen, aber Jack stieß heftig mit dem Zeigefinger gegen den Steg seiner Brille und wollte wissen: »Was ist eigentlich los? In der letzten Zeit war nichts mehr in Ordnung. Warum ist Mummy weggefahren?«

Merlin neben ihm nickte und schnüffelte.

»Wollt ihr euch scheiden lassen?«

»Nein, nein, natürlich …«

»Wollt ihr es?« Jacks Stimme und sein Verhalten waren aggressiv, aber sein zitternder Mund verriet ihn. »Warum glaubst du eigentlich, du müßtest uns nicht die Wahrheit sagen, bloß weil wir Kinder sind?«

»Das glaube ich gar nicht«, erwiderte Matthew ergeben. Er fragte sich, wie die Wahrheit wohl aussah.

Jack begann zu schreien. »Ich hasse es, wenn man mir Dinge nicht sagt. Ich hasse es, zum Schweigen gebracht zu werden, und ihr beide seht wütend aus und schweigt, und unten brüllt ihr euch dann an. Ich will lieber wissen, was wirklich los ist, als daß man mir wie einem dummen Baby etwas vormacht.«

»Ich auch«, stimmte Merlin zu.

Mit gebeugtem Kopf saß Matthew da und spreizte seine Hände auf dem Tisch. Etwas Klebriges haftete in der Maserung des Holzes.

»Manchmal erscheint Erwachsenen die Welt genauso unerklärlich wie Kindern. Ich würde euch gerne die Wahrheit erzählen, aber ich glaube, ich kenne sie nicht.«

Beide Jungen weinten jetzt. Jacks Mund war wütend verzogen, und Tränen liefen ihm über das Gesicht. Da kam Matthew plötzlich ein Gedanke. Es gab eine Wahrheit, die er ihnen erzählen konnte. Es war nicht seine Absicht gewesen, es jetzt zu sagen, er hatte es nicht einmal in Betracht gezogen, aber sobald er daran gedacht hatte, war er davon überzeugt, daß er es nicht aufschieben sollte.

Er stand auf, legte die Arme um sie und spürte dabei, wie hart ihre Schultern waren.

»Hört mal zu. Kommt mit und setzt euch mit mir hin, damit ich mit euch reden kann.«

Er führte sie, einen an jeder Seite, zum Sofa im Wohnzimmer und setzte sich, seine Arme immer noch um ihre Schultern gelegt. Merlin kuschelte sich an und legte den bandagierten Fuß auf ein Kissen, aber Jack blieb steif sitzen und starrte geradeaus.

»Es gibt etwas Wichtiges, das ich euch erzählen möchte. Etwas, das Dinah und ich vor langer Zeit getan haben und das heute immer noch Auswirkungen hat. Deshalb ist Mummy jetzt weg, und deshalb habt ihr das Gefühl, daß in letzter Zeit etwas nicht stimmte.«

Er versuchte nicht, seine Worte und Formulierungen zu planen. Jack wandte langsam den Kopf, so daß er Matt ins Gesicht sehen konnte.

»Vor langer Zeit, lange, bevor du geboren wurdest, Jack, sogar noch bevor wir in unserem Haus in Sheldon wohnten, war Dinah schwanger.«

Die Jungen hörten mit weitaufgerissenen Augen konzentriert zu, ohne sich zu bewegen oder zu stören.

»Habt ihr schon mal vom Down-Syndrom gehört?«

»Nein«, antwortete Merlin. Jack sagte: »Ich glaube schon.«

»Das Baby hatte es. Es war ein kleines Mädchen namens Sarah. Die Kinderärztin, eine Babyspezialistin, kam am Tag nach der Geburt, um es uns zu sagen.«

Seine Kinder schmiegten sich jetzt an ihn, diese Kinder mit großen Augen, die sich der Wichtigkeit dieses Augenblicks bewußt waren.

Matthew erzählte ihnen die Geschichte genauso, wie sie in seiner Erinnerung abrollte.

Schließlich sagte er: »Diesen September wird es fünfzehn Jahre her sein, daß sie geboren wurde.«

»Dann ist sie also unsere Schwester. Eine *ältere* Schwester«, meinte Jack staunend.

»Ja.«

Sie waren eifrig damit beschäftigt, die Fakten aufzunehmen, zu bewerten, was er ihnen erzählt hatte, und es mit sich selbst in Verbindung zu bringen. Zweifelsohne fällten sie auch ihr Urteil über ihn und Dinah. Wie wir unsere Kinder doch unterschätzen, dachte Matthew.

»Was bedeutet dieses Down-Dings eigentlich?« fragte Merlin.

So einfach wie möglich erklärte Matthew es ihm.

Jack fragte: »*Warum* habt ihr sie adoptieren lassen?«

Matthew hörte eine Spur von Selbstgerechtigkeit in seiner Stimme. Jack war drauf und dran, sich im Namen einer Schwester, von der er vor einer halben Stunde zum ersten Mal gehört hatte, zu entrüsten.

Er versuchte, ehrlich zu antworten: »Weil wir Angst hatten.« Dann korrigierte er sich: »Weil ich Angst hatte.«

Jack nickte. Er war in der Lage, die Wahrheit zu erkennen, wenn er sie hörte. »Hast du jetzt auch Angst?«

»Nein.«

»Werden wir sie sehen, jetzt wo Mummy sie wiedergefunden hat?«

»Jack, sie gehört nicht zu uns. Sie gehört zu der Mutter und dem Vater, die sich die ganze Zeit über um sie gekümmert haben.«

Als Matthew die Jungen ins Bett brachte, fragte Merlin: »Wenn ich auch Down gehabt hätte, hättet ihr mich dann auch adoptieren lassen?«

Auf diese Frage war er gefaßt.

»Nein. Du weißt doch, wie wir im Labor arbeiten? Wir machen Entdeckungen, indem wir versuchen, unsere Ideen zu beweisen. Erst haben wir eine Theorie, und dann machen wir Experimente, die die Theorie beweisen oder widerlegen. Ich habe dir doch erzählt, daß Sean Rader und ich ein sogenanntes d-deca-Peptid entworfen haben, das, glaube ich, der Wirkung von Insulin auf die Oberfläche menschlicher Zellen entspricht?«

Merlin nickte glücklich. Er hörte es gerne, wenn Matthew über seine Arbeit redete. Die Worte gewannen Bedeutung, wenn er sie hinterher stolz wiederholte. *Pipette, Zentrifuge, Lösung.*

»Wir haben Proben von diesem Molekül angefertigt, und jetzt wollen wir testen, welchen Effekt es auf einige bestrahlte Fettzellen hat, die wir männlichen Ratten entnommen haben. Wenn ich recht habe, stehen wir vor einem großen Durchbruch bei der Behandlung von Diabetes. Und wenn ich falschliege, müssen wir noch einmal ganz von vorne anfangen, um das Problem des Insulins auf andere Weise zu lösen. Der Punkt ist, daß wir aus unseren Fehlern genauso wie von unseren Erfolgen lernen. Einen Fehler zu machen ist schmerzlich, aber einmal sollte reichen.«

»Du meinst, es war ein Fehler, das Baby adoptieren zu lassen, und du hättest es bei Jack oder mir nicht gemacht?«

»Als wir es taten, hielt ich es nicht für falsch. Ich habe gelernt, ich lerne immer noch aus dem, was hinterher geschah, daß es wahrscheinlich falsch gewesen war. Zwei der Dinge, die hinterher geschahen und mich verstehen ließen, daß Menschen sie selbst sind, unabhängig von ihren Fähigkeiten, waren du und Jack.«

»Sagst du es auch Mummy?«

»Nein. Das sollte ich, nicht wahr?«

»Streitet ihr euch deshalb?«

»Zum Teil.«

»Kannst du es jetzt wieder in Ordnung bringen?«

»Ich hoffe es«, antwortete Matthew. Er ließ seine Stimme überzeugend klingen. »Ich möchte es sehr gerne.«

»Weißt du, du hättest es ja auch andersherum probieren und das Experiment machen können, Sarah zu behalten.«

»Ja, du hast völlig recht. Das Leben und die Wissenschaft sind nicht ganz dasselbe. Du kannst das wirkliche Leben nicht beiseite schieben und wieder neu anfangen, mein Vergleich ist also nicht besonders gut.«

Merlin hob seine Arme, und Matthew gab ihm einen Gutenachtkuß.

»Habe ich dir zuviel zum Nachdenken gegeben?« fragte er.

»Es ist 'ne Menge. Aber ich weiß es lieber, so wie Jack gesagt hat. Glaubst du, sie ist glücklich?«

»Ja. Dinah sagte, sie sah so stolz aus. Und vollkommen.«

»Das ist doch gut, oder?«

»Ja, Merlin.«

»Vermißt sie uns?«

»Nein. Weil sie uns nicht kennt.«

Wieder unten, bemerkte Matthew durch das Auge der Waschmaschine, daß die Wäsche drinnen immer noch trocken und schmutzig war. Seit dem Morgen schien sehr viel Zeit vergangen zu sein.

Er fand das Waschpulver, füllte es in den Schlitz und stellte die Maschine auf das, wie er hoffte, richtige Programm. Wenn die Jungen morgen schon nicht die gewünschten Kleider zur Schule anziehen konnten, sollten sie wenigstens für Dienstag fertig sein.

Nach ihrem Besuch bei Francis wartete Dinah bis Montag nachmittag. Die Zwischenzeit war in schmerzhafte Abschnitte zerteilt, in denen sie am Strand spazierenging und geistesabwesend durch die schlecht besuchten Geschäfte im Stadtzentrum wanderte. Sie fühlte sich einsam und mehr als ein bißchen verrückt und fragte sich, ob die Leute auf den Straßen und in der grabmalartigen Hotelhalle sie anstarrten.

Als der Nachmittag kam – sie hatte sich selbst gut zugeredet, daß sie anständigerweise nicht früher gehen konnte, aber länger wollte sie es auch nicht aufschieben, als sei es irgendeine belanglose Besorgung –, fuhr sie nach Wivenham zurück.

Dinah fuhr einmal an dem Haus im Church Walk vorbei.

Sie konnte keine Anzeichen von Leben entdecken. Die sauberen Stores waren zugezogen, und neben den Rosenbüschen war kein Auto geparkt. Auf gewisse Weise war das gut. Malcolm mußte bei der Arbeit sein.

Dinah parkte ihr Auto am Ende der Straße in Richtung auf die Hauptstraße. Dann ging sie langsam den Bürgersteig entlang zu Paulines Haus. Am niedrigen Holztörchen zögerte sie eine oder zwei Sekunden. Dann öffnete sie entschlossen das Tor und spürte, als es aufschwang, unter ihren Fingern das gesplitterte Holz. Der Weg war aus Beton gegossen und in einer schrägen ausgefransten Linie gebrochen.

Dinah hob den Blick und sah die Türklingel und das undurchsichtige Glas in der Tür. Sie war jetzt atemlos, konnte sich die Herausforderung und ihre Reaktion nicht länger vorstellen oder sie einüben. Von der Kraft ihrer Entschlossenheit ließ sie sich bis zur Türschwelle tragen. Die Hand hatte sie bereits erhoben, um zu klingeln, als die Tür aufschwang und man ihr zuvorkam.

Pauline stand im Türrahmen, im Hintergrund war ein Stückchen des Flurs zu sehen: eine steile Treppe, ein Barometer aus Holz und Messing hing an der Wand. Sie mußte die ruhige Straße von hinter den Stores aus beobachtet und auf Dinah gewartet haben, wohl wissend, daß sie kommen würde.

Jetzt, da ihr Gesicht nicht im Schatten der Krempe des Hochzeitshutes lag, sah Dinah, daß Pauline viel älter aussah. Ihr ordentlich dauergewelltes Haar hatte die Farbe verloren, um ihren kleinen Mund und die Augen waren neue Falten. Sie war viel rundlicher als früher, und die Gewichtszunahme ließ sie kleiner erscheinen. Zu Dinah mußte sie aufschauen. Ihre kleinen runden Augen waren hart.

Dinah wartete auf der Stufe. Pauline hielt die Tür fest, der Spalt war nicht breit genug, um einladend zu sein. Ihr Gesicht war vor Feindseligkeit erstarrt, und unter der Feindseligkeit verbargen sich Angst und Wut.

»Könnte ich hereinkommen?« fragte Dinah schließlich.

Eine Pause folgte.

»Sie können schlecht da draußen stehen bleiben, nehme ich an«, erwiderte Pauline.

Dinah folgte ihr, erleichtert, den unsichtbaren Augen der Straße ins Haus zu entkommen.

Rechts vom Flur war das Wohnzimmer.

Sofort nachdem Pauline sie hereingeführt hatte, umschloß Dinah seine Vertrautheit. Nie zuvor war sie hier gewesen, aber der Grundriß, die Möbel, selbst der Geruch strömte wieder auf sie ein. Das Nachmittagslicht verschwamm blaß durch die Falten der Stores. Alles war ordentlich und abgestaubt. Die Kissen standen genau in den Ecken des grünen Sofas. Sie konnte hören, wie ihr Herz in der gedämpften Stille klopfte.

»Setzen Sie sich doch«, forderte Pauline sie auf.

»Danke.«

Dinah setzte sich auf die Ecke des Sofas. Der braun-cremefarbene Teppich hatte ein Muster aus lockeren Wirbeln. Vor dem Kamin lag ein cremefarbener Vorleger in Form eines Halbmondes. Pauline stand auf dem Vorleger, die Füße fest geschlossen. Dinah starrte zu Boden, dann hob sie den Kopf. Paulines Hände waren ineinandergefaltet. Es waren rissige, verarbeitete Hände mit roten Knöcheln. Dinah erinnerte sich.

»Ich mache Ihnen besser eine Tasse Tee.«

»Danke«, wiederholte Dinah.

Pauline wandte sich um und ging hinaus, und sie riskierte eine genauere Betrachtung des Zimmers.

Es war dem so ähnlich, daß es dasselbe hätte sein können, in dem sie und Eleanor Sarah zum letzten Mal gesehen hatten. In einem Ring von Kissen hatte sie aufrecht dagesessen und Pauline voller Stolz und Vergnügen angelächelt. Und Dinah war nach Hause gekrochen wie ein krankes oder waidwundes Tier. Nach Hause zu Matthew, der sie zärtlich gepflegt hatte, als sei sie krank, und sie hatten nie darüber gesprochen, warum. Nie, nie …

Dinah schloß die Augen. Sie preßte die Knöchel an den Mund und biß sich innen in ihre Wangen.

An die Besuche bei Sarah und den Greens, als sie noch ihre Pflegeeltern waren, erinnerte sie sich. Nicht an den Tag, an dem sie sie im Krankenhaus zurückgelassen hatten. Damals war sie zu geschockt und verwirrt gewesen. Sarah war das Paket gewesen, das sie nicht auspacken konnte, das anscheinend mehr den Schwestern und Kinderärzten gehörte als Matthew und ihr. Aber jeder einzelne Besuch bei den Pflegeeltern war ein neuer scharfer Schmerz gewesen. Dann der letzte Besuch. Plötzlich war Sarah nicht länger ein Baby, sondern ein Kind, das sich ängstlich umsah, wenn Pauline das Zimmer verließ, und vor Freude strahlte, wenn sie zurückkam. Dinah hatte begriffen, daß es bereits zu spät war. Sarah war nicht als Leihgabe bei den Schwestern oder bei Pauline. Sie gehörte einer anderen Frau. Das hatte sie getan – für Matt.

Sie öffnete die Augen und sah sich nochmals im Zimmer um.

In diesem Augenblick schwanden ihr Eifer und ihre Vorfreude dahin, und sie fühlte sich so einsam und verlassen wie vor vierzehn Jahren. Es war falsch gewesen hierherzukommen. Sie hatte keinerlei Rechte, und es stand ihr nicht zu, den Schaden, den sie ihren eigenen Bedürfnissen angetan hatte, und ihre Unsicherheit Pauline Green aufzubürden.

Aber sie konnte nicht anders.

Dinah blickte nervös um sich. Sie fürchtete sich vor sich selbst und dem, was sie noch tun würde, da sie bereits so viel getan hatte.

Ein Klavier stand an der Wand gegenüber dem Erkerfenster. Ein Sofa mit zwei passenden Sesseln, ein glänzender Couchtisch, niedrige Bücherregale, die in die Kaminnische gebaut waren. Pflanzen mit fleischigen Blättern auf Porzellanuntertassen oben auf dem Regalen. Ein großer Fernseher stand in der Ecke, oben auf den Fernsehschrank waren gerahmte Fotografien arrangiert. Dinah erhob sich von ihrem Platz, um sie zu betrachten. Jennifer mit ihrem Verlobten, jetzt ihrem Ehemann, ihre Gesichter im gleichen Winkel der Kamera zugewandt. Die Hände linkisch umklammert, um den Ring am Ringfinger zu zeigen: das Verlobungsfoto. Natürlich noch keine Hochzeitsfotos. Und in einem vergoldeten Rahmen Sarah. Sie saß auf einer Schaukel, in dem Bruchteil der Sekunde aufgenommen, als die Schaukel ihren höchsten Punkt erreichte. Ihr Haar war verschwommen, aber das Gesicht messerscharf, die Augen weit aufgerissen, Zunge zwischen den Zähnen, den Mund zu einem freudigen Strahlen verzogen. Vielleicht sieben oder acht Jahre alt.

Rasch stellte Dinah das Foto wieder hin und wandte sich ab.

Als Pauline mit einem Tablett zurückkam, war sie am anderen Ende des Zimmers und schaute sich die Noten auf dem Klavier an.

»Es tut mir leid«, platzte Dinah heraus. »Es tut mir leid, daß ich gekommen bin. Ich weiß, was Sie denken müssen. Ich … ich wollte sie einfach sehen.«

»Nun gut, Sie haben sie gesehen«, entgegnete Pauline leise. Lauter fügte sie hinzu: »Sie liebt Musik. Liebt sie wirklich. Pop, Klassik, alte Lieder, alles. Jenny kann spielen, dann singen wir hin und wieder zusammen.«

Zu Weihnachten, an Geburtstagen, bei Festen.

»David, Jennys frischgebackener Ehemann, hat ihr als Brautjungferngeschenk einen Walkman gekauft. Wir hatten an eine Kette oder ein Armband oder so etwas gedacht, aber sie wollte einen Walkman haben, und den hat sie bekommen.«

Dinah ging zur Ecke des Sofas zurück. Sie nahm die Tasse, die Pauline ihr reichte. Ein Schweigen, das dem fahlen Licht entsprach, drang durch den Raum. Sie fühlte sich hier fehl am Platze, verraten durch ihre Kleidung und ihre teuren Freizeitschuhe und die Tasche, obwohl sie sich so unverfänglich wie möglich gekleidet hatte. Angemessene Worte der Entschuldigung fielen ihr nicht ein. Und Pauline bombardierte sie absichtlich mit diesen Einzelheiten, um zu betonen, wie dicht der Kreis war, aus dem Dinah ausgeschlossen war. Dinah wußte das, und mit dem Gefühl ihrer Schuld kam unwillkürlich ein Schwall von Eifersucht in ihr hoch.

Sie tranken ihren Tee. Pauline saß mit abgewandtem Gesicht steif da. Sie schaute Dinah nicht einmal direkt an, als sie sie voller Bitterkeit fragte: »Warum mußten Sie von allen Tagen, die Sie sich hätten aussuchen können, ausgerechnet am Samstag auftauchen?«

Ihre Bitterkeit war gerechtfertigt. Dinah akzeptierte das.

»Ich wußte es nicht, Pauline, glauben Sie mir. Ich habe es mir nicht ausgesucht. Es ist einfach passiert. Es tut mir leid. Es tut mir leid, daß Sie mich an Jennifers Hochzeitstag sehen mußten.«

»Haben Sie gedacht, ich würde Sie nicht sehen? Daß ich vergessen hätte, wie Sie aussehen?« Paulines schneller Blick umfaßte Dinahs Kleidung und Schuhe ebenso wie ihr Gesicht.

»Ich habe überhaupt nicht gedacht. Ich bin einfach stehengeblieben, um die Braut zu sehen. Und dann sah ich Malcolm und Sie, und dann war Sarah da.« Dinah konnte die Wahrheit nicht unterdrücken. Die Worte strömten aus ihr hervor, als sei sie eine andere Person. »Aber ich bin froh, daß ich es getan habe, trotzdem. Ich bin so froh, daß ich sie gesehen habe. Sie sah so …«

Dinah unterbrach sich und senkte den Blick. Sie würde und könnte hier vor Pauline nicht weinen.

Paulines Gesicht wirkte noch angespannter.

»Aber Sie müssen doch nach uns gesucht haben. Warum sind Sie gekommen? Was wollen Sie?«

»Sie nur sehen.«

Irgendwo tickte laut eine Uhr. Dinah starrte auf den Teppich, auf die Stickerei auf Paulines Hausschuhen und konzentrierte sich darauf, die Augen trocken zu halten und weit aufzureißen, um die Tränen zurückzuhalten.

»Was bedeutet das?«

»Genau das.« Sie hob den Kopf und begegnete Paulines starrem Blick. Natürlich war Pauline mißtrauisch und aggressiv. Würde sie es nicht genauso empfinden?

»Sie einfach nur sehen, um zu wissen, daß es ihr gutgeht. Ich bin nicht gekommen, um irgend etwas Bedrohliches zu tun. Wie könnte ich auch? Welches Recht habe ich schon, nach dem … nach dem, was ich getan habe und was Sie für sie getan haben?«

Pauline saß da und dachte nach.

»Wie haben Sie uns gefunden?«

»Das war nicht so schwierig. Ich fuhr nach Thetford und dann nach Cromer. Folgte Gliedern in einer Kette.«

»Und warum sind Sie jetzt gekommen? Nach so langer Zeit?«

Weil ich nicht kommen konnte. So einfach ist das. Ich konnte nicht anders.

»Ich war zufällig in England, auf Besuch. Wir leben jetzt in den Staaten. Wir haben zwei Kinder. Jungen.«

»Sind sie normal?« Pauline stieß das Wort hervor, als spuckte sie einen Kirschstein auf einen Löffel.

»Ja.«

»Und das genügt nicht?«

»Pauline, ich weiß – nein, das ist nicht richtig –, ich kann mir vorstellen, was Sie denken müssen über mich und darüber, daß ich zurückgekommen bin, und was Sie empfinden müssen. Das überrascht mich nicht. Ich verdiene es nicht, daß Sie anders denken.

Aber seit ich sie zuletzt gesehen habe, ist kein Tag vergangen, an dem ich nicht an Sarah gedacht habe, mich gefragt habe, was sie wohl tut, mir ihr Gesicht und ihre Stimme vorgestellt habe. Ich mußte sie sehen, um mit diesen Dingen klarzukommen. Nicht mehr.«

Aber als Dinah hörte, wie sie diese letzten Worte aussprach, wußte sie mit einem Schaudern der Furcht, daß es nicht die Wahrheit war – oder nur ein Stückchen davon, eine Sichel des Mondes, während der Rest unsichtbar bleibt. Verzweiflung verlieh ihr in diesem Augenblick Schlauheit.

Die andere Frau stellte ihre Tasse beiseite. Sie hielt den Kopf schief und dachte nach.

Schließlich sagte sie: »Nun gut. Der Bus bringt sie jeden Nachmittag um halb vier aus der Schule zurück.«

Genau wie Dinah es vermutet hatte.

»Darf ich heute hier bleiben, um sie zu sehen?«

Es folgte eine weitere Pause. Pauline mochte feindselig und voller Angst sein, sie genoß aber auch ihre Macht. Ergeben wartete Dinah.

»Sie können sagen, Sie seien eine Freundin von mir aus London. Sarah liebt London oder die Vorstellung davon. Sie ist erst zwei- oder dreimal dort gewesen, bei Schulausflügen. Versuchen Sie nicht, ihr irgend etwas anderes zu erzählen. Ich will nicht, daß sie verwirrt oder aufgeregt wird, von Ihnen oder sonst jemandem.«

Dinah empfand nicht mehr Sympathie für Pauline als vor Jahren, aber sie spürte, wie Dankbarkeit sie durchzuckte. In einer halben Stunde würde Sarah durch die Tür kommen, und sie wäre hier, um sie zu begrüßen. Ihre ganze Energie hatte sich auf diesen Augenblick gerichtet. Noch konnte sie nicht darüber hinausdenken.

»Natürlich. Ich verstehe.«

Pauline lehnte sich in ihrem Sessel zurück. Etwas von ihrer Starrheit war jetzt, da die Grenzen abgesteckt worden waren, verschwunden.

»Möchten Sie noch etwas Tee?«

Dinah reichte ihr die Tasse. Es war bizarr und ebenso unausweichlich, daß sie beide in diesen gesellschaftlichen Zwängen festgenagelt waren und das beste Porzellan hin und her reichten. Sie unterdrückte das plötzliche Bedürfnis zu lachen, und fragte sich, wie verrückt sie wohl wirklich sein mochte.

»Es tut mir leid, daß ich vor der Kirche aufgetaucht bin. Ich hoffe, es hat Ihnen nicht den Tag verdorben.«

»Es ging alles ganz gut.«

»Jennifer sah entzückend aus.« Obwohl sich Dinah in Wahrheit gar nicht mehr erinnern konnte, wie sie ausgesehen hatte. »Und Sarah auch.«

»Wir sind sehr stolz auf sie.«

»Das können Sie auch«, flüsterte Dinah.

»Wir haben die Fotos natürlich noch nicht.«

»Nein.«

Pauline taute noch ein wenig mehr auf. Sie warf einen Blick zur Seite und meinte dann: »Aber da gibt es all die anderen Fotos in den Alben. Würden Sie sie gerne sehen? Während wir warten, daß sie zurückkommt?«

»O ja. Bitte ...« Sie wollte es mehr als alles andere.

Pauline kniete sich vor das unterste Regal in der Nische und hob einen Stapel dicker, in rotes und grünes Kunstleder eingebundener Bücher hoch. Es war die Art Album, in denen die Bilder in durchsichtigen Plastiklaschen stecken. Sie legte ein Album auf Dinahs Schoß und hockte sich dann neben sie auf das Sofa.

»Sie werden außer der Familie natürlich niemanden erkennen.«

Dinah öffnete es. Ihre Hände zitterten.

Sie waren wie alle Familienfotos, die von einem unerfahrenen Fotografen mit einer billigen Kamera aufgenommen werden. Rote Gesichter und breites Lächeln rund um Tische, rote Augen, verschwommene Gärten und Strände, unerklärliche Landschaften. Nur in der Mitte der meisten Bilder war Sarah – im Badeanzug, im Festtagskleid, im Schneeanzug, im Karnevalskostüm. Händchenhaltend, winkend, auf einem Esel. Beim Paddeln, schlafend, wie sie die Kerzen auf der Geburtstagstorte auspustet.

Dinah starrte auf die Bilder wie ein Geizhals, der seine Schätze zählt, und versuchte sich jedes einzuprägen, damit sie darauf zurückgreifen könnte.

»Da ist sie in einem Kinderstück. In dem Jahre haben sie *Postman Pat* aufgeführt. Sie ist hier in die Grundschule gegangen, bis sie zu sehr zurückfiel.«

Die Plastiklaschen klappten um.

»Hier ist sie in Skegness mit unserer Familie. Jean und Stephen und ihre drei. Sie nehmen sie manchmal übers Wochenende. Dann können Malcolm und ich mal ein wenig Pause machen. Das ist ihre Klasse bei einem Ausflug.«

Ein Minibus mit einer Gruppe von Kindern und Erwachsenen im Vordergrund. Einige der Kinder saßen in Rollstühlen, die Köpfe zu einer Seite geneigt.

Hunderte von Fragen brannten Dinah auf der Zunge, aber sie nickte nur.

Die Schnappschüsse waren so gewöhnlich und gleichzeitig so erstaunlich. Dinah hatte das Gefühl, als würde sich die ganze fehlende Geschichte von Sarahs Kindheit vor ihr auftun wie ein unwiderstehliches Geheimnis, das sie in einem Augenblick ergründen und auswendig lernen mußte, bevor es wieder vor ihr verschlossen wurde.

Dann kam eine ganze Serie von Sarah-Bildern mit einer Reitkappe und einem Anorak auf einem gutmütigen Pony.

»Hier. Sie macht Reiten für Behinderte. Ich habe dafür gesorgt, daß sie da reingekommen ist.«

Der Stolz in Paulines Stimme, eine Mischung aus Liebe, Befriedigung und Triumph. Sarah tat diese Dinge. Sarah war in Paulines Obhut mit Paulines Hilfe und Hingabe vom Baby im gesmokten rosa Kleidchen zu einer beinahe Erwachsenen herangewachsen. So viel hatten sie erreicht, und langsam zogen all diese Meilensteine vorüber.

Genau das sollte Dinah beim Durchblättern der Fotos demonstriert werden. Pauline war jetzt nicht mehr ängstlich oder wütend. Sie genoß den Augenblick, wiegte sich in der Sicherheit, alle Karten fest in der Hand zu haben. Vielleicht hatte Pauline sich sogar vorgestellt, daß sie das eines Tages tun würde, als sie die neuesten Fotos in ihre Plastikhüllen schob: ihre Triumphe der anderen Mutter zu präsentieren, die bei Sarah versagt hatte und Pauline ihren Erfolg ermöglichte.

Benommen akzeptierte Dinah auch dies. Für den Augenblick war es genug, die Geschichte hier zu sehen, zufällig eingefangen in durch

Überbelichtung bleichen Farben und den roten Augen der Leute bei eingefrorenen Feiern.

Hungrig griff sie nach jedem Album, das Pauline ihr reichte. Das letzte war nur halb voll. Auf dem letzten Schnappschuß war Sarah in Leggings und einem glänzend blauen Oberteil zu sehen. Ihre Hände hielt sie vor sich ausgestreckt. Sie sah aus, als tanzte sie.

»Nicht daß sie immer einfach wäre«, sagte Pauline. »Weit gefehlt. Sie hat einen eigenen Kopf.« Sie nahm einen Stapel Alben, die neben Dinah gelegen hatten, und legte sie ins unterste Regal zurück. Dinah folgte ihnen mit den Augen, sehnte sich danach, sie wieder herauszunehmen. Einen Augenblick lang hatte sie die Vision, sie zu packen und zu verstecken und mit den roten und grünen Einbänden wegzulaufen.

Ungewollt stammelte sie die Summe all ihrer Fragen hervor.

»Sagen Sie. Wie ist sie?«

»Wie? Also, sie ist, wie diese Kinder sind. Und sie ist auch einfach sie selbst. Sie ist wunderbar.«

Natürlich.

Draußen war ein Geräusch zu hören. Pauline erhob sich halb und spähte über das Fensterbrett auf die Straße.

»Jetzt können Sie es selbst sehen. Sie ist da.«

Dinah war ganz still.

»Ich gehe immer zur Haustür, um sie zu begrüßen. Sie hat es gerne, wenn ich sie öffne, bevor sie zum Tor kommt.«

Von draußen hörte man wirren Lärm von Stimmen, die auf Wiedersehen riefen, und dann hörte Dinah einen Bus geräuschvoll anfahren. Dinah blickte hinaus und sah einen blauen Minibus mit zwei oder drei Passagieren. Ein Mann winkte vom Fahrersitz aus. Das Tor schwang in seinen Angeln.

Dinah hörte, wie die Haustür zugeknallt wurde. Sie spürte ein Dröhnen in den Ohren und eine Beklemmung in der Brust, als ob Sarahs Ankunft den Druck der Umgebung verändert hätte.

Sie konnte ihre Stimme hören; laut, die einzelnen Worte waren nicht verständlich, sie sprudelte Pauline einige Neuigkeiten entgegen.

Pauline sagte: »Das ist nett, nicht wahr? Und eine Freundin ist zum Tee gekommen. Komm herein und sag ihr guten Tag.«

Dinah wartete reglos, selbst der Atem war ihr in der Kehle steckengeblieben.

11

Eine Sekunde später war Sarah da.

Pauline hatte einen Arm um ihre Schultern gelegt. Sarah trug eine Stonewashed Jeans und eine gefütterte Jacke aus einem glänzenden dunkelrosa Material.

Pauline sagte: »Das ist Dinah. Sag ihr guten Tag.«

Sarah lächelte eifrig mit prallen Pausbacken, und die Augenbrauen waren nach oben gezogen. Ihre Zunge stand zwischen kleinen ungleichmäßigen Zähnen hervor

Niemand hätte sie für einen normalen Teenager halten können.

Sie bewegte sich unbeholfen mit einer Art Satz nach vorne, ihre Hände waren wie kleine Flossen vor ihrem Magen gefaltet.

Alle diese Eindrücke formten sich in Dinah in klarer Folge. Das Bild, das sie am Samstag gewonnen hatte, wurde jetzt schärfer und grausam klarer. Sarah hatte zarte, reine Haut und dickes glänzendes Haar – in genau demselben Farbton wie Dinahs. Ihre Augen hinter der rosagerahmten Brille sahen aus wie Merlins, aber als ob sie aus weichem Ton geformt und dann nach oben und außen gezogen worden seien.

»Deia? Hal-*lo*.«

Sie packte Dinah am Arm, blickte ihr genau ins Gesicht und sagte mit lauter Stimme ein halbes Dutzend verwischter Silben, die Dinah nicht interpretieren konnte.

Da ihr eine unmittelbare Antwort verweigert wurde, wiederholte Sarah die Worte noch lauter.

Beschämt wurde Dinah klar, daß sie nicht wußte, was sie tun sollte, weil sie mit dieser Behinderung keine Erfahrung hatte. Sie wollte Kontakt aufnehmen, sehnte sich danach, hatte aber Angst davor, es irgendwie falsch zu machen. Über Sarahs Schulter blickte sie zu Pauline.

Pauline lächelte ein wissendes Lächeln, das die Mundwinkel dünn erscheinen ließ.

»Sie erzählt Ihnen, daß sie einen neuen Walkman hat. Du hast einen Walkman, Sarah, nicht wahr? Wer hat ihn dir gegeben?«

»*Da*-id.«

»Das stimmt. David hat ihn dir gegeben. Weil du eine Brautjungfer warst, nicht wahr?«

Sarah zog jetzt kräftig an Dinahs Arm und wies auf die Tür.

»Sie will ihn Ihnen zeigen«, sagte Pauline. »Gehen Sie mit ihr, wenn Sie möchten.«

»Ich möchte ihn gerne sehen«, sagte Dinah zu Sarah. Ihre Belohnung war ein weiteres Lächeln, verbunden mit einem lobenden Seitenblick von überraschender Klarheit.

Sarahs Zimmer lag an der Frontseite des Hauses mit Blick auf die Straße. Auf Regalen lagen Kuscheltiere, Stapel von Kassetten und Büchern; Vorhänge, Tagesdecke und Kissen waren rosafarben. Es war ein Zimmer für ein Kind, das viel jünger war als Sarah, obwohl zwischen den Bildern von Hunden und Kätzchen auch Poster von Keanu Reeves und Take That hingen. Eine rötlichbraune Katze lag zusammengerollt auf der Bettdecke.

»*Meine* Katze«, Sarah zeigte auf sie.

»Sie gehört dir, nicht wahr? Die ist aber wirklich schön.«

»Arthur.«

Dinah konnte ihre Worte allmählich verstehen.

»Hallo, Arthur.«

Sarah nahm einen gelben Walkman in die Hand. Über eine Minute fummelte sie daran herum und betrachtete eingehend die Knöpfe, und Dinah hätte ihr gerne geholfen. Aber Sarah wickelte die Kopfhörer selbst ab und drückte sie in die Ohren. Sie begann zu summen, ihr Kopf bewegte sich zur Musik hin und her, die laut genug aufgedreht war, daß auch Dinah sie hören konnte.

Dinah sah sich um, die Haarbürste auf dem Frisiertisch, die Muscheln, der Schmuck, der unschuldige Krimskrams. Unzählige Male hatte sie versucht, sich dieses Zimmer vorzustellen. Die Einzelheiten unterschieden sich in der Wirklichkeit nicht sehr von ihren Vorstellungen – was anders war, so sehr anders, daß es ihr den Atem raubte, war das Wesen von Sarah selbst. Sobald Dinah sie in ihrem Brautjungfernkleid gesehen hatte, war ihr klargeworden, daß Sarah kein Zustand oder eine Reihe von Charakteristika oder ein leerer Behälter war, der nur die geplanten Wünsche und Versäumnisse der Menschen um sie herum enthielt. Sarah war Sarah, wie Dinah sie in ihrer Vorstellung nicht hatte erschaffen können.

Jetzt war sie da und erfüllte das Haus mit ihrer Gegenwart.

Sarah nahm die Kopfhörer ab und hielt sie an Dinahs Ohr. Die Attacke blechernen Lärms ließ Dinah aufschreien, und Sarah brach in entzücktes Gelächter aus.

Aufgestört sprang die Katze vom Bett und stolzierte mit erhobenem Schwanz davon.

Pauline rief von unten.

»Meine *Mama*«, erklärte Sarah.

Dinah folgte ihr wieder nach unten. Im Wohnzimmer umarmte Sarah Pauline, legte den Kopf an ihre Schulter und summte leise: »Meine Mama, *meine* Mama.«

»Sei doch nicht so gefühlvoll«, wies Pauline sie zurück. Aber der Blick, den sie Dinah zuwarf, sagte: *Sehen Sie? Was könnten Sie sonst auch erwarten?*

»Nun komm. Willst du dir jetzt dein Programm ansehen?« Sarah zog sich zurück und ging zum Fernseher. Sobald er eingeschaltet war, machte sie es sich voller Vergnügen auf dem Sofa bequem. Zwei Kekse lagen auf einem Teller für sie bereit.

»Sie würde den ganzen Abend fernsehen, wenn ich sie ließe. Aber sie weiß, daß es nur eine Stunde Kinderprogramm gibt, und dann wird abgeschaltet. Danach machen wir zusammen etwas, oder sie hilft mir, das Essen vorzubereiten.«

Dinah nickte, nahm diese Informationskrümel auf.

Wir machen zusammen etwas.

Sarah hatte die Augen auf einen Zeichentrickfilm gerichtet, aber jetzt drehte sie sich zu Dinah um und streckte gebieterisch die Hand aus. »Schau auch.«

Dinah setzte sich neben sie. Sarah rückte näher und machte es sich bequem.

»Wieder eine neue Freundin«, bemerkte Pauline. Dinah hörte den unausgesprochenen Zusatz heraus, daß Sarah zu jedem offen und freundlich war, daß Dinah nicht die Hoffnung hegen durfte, besondere Beachtung zu finden. »Ich gehe und fange an, den Tee zu machen.«

Sarah sah ihren Zeichentrickfilm, und Dinah beobachtete sie heimlich, gierig. An dem schwachen dunklen Flaum an ihrer Oberlippe hingen Plätzchenkrümel. Ihr Mund stand ein wenig offen, während sie dem Film folgte. Sie schob ihre Brille auf ihrem weichen Nasenrücken nach oben.

Dinah mußte plötzlich an Milly denken. Milly war so darauf aus, sich aus der Kindheit herauszuboxen, war so gerissen und wild, daß es schwerfiel, sich daran zu erinnern, daß sie noch ein Kind war. Jetzt erschien es außergewöhnlich, daß sie in Dinahs Vorstellungen mit Sarah verknüpft worden war. Sarah stieß kleine Grunzlaute aus. Es kam Dinah in den Sinn, daß dies so war, wie mit Jack und Merlin fernzusehen, als sie noch kleiner waren. Sie hatten früher genau die gleiche Fähigkeit, sich kurzfristig, aber völlig hingerissen auf etwas zu konzentrieren.

Den Verlust dieser Situationen mit ihren Jungen empfand Dinah plötzlich als schmerzhaft. Jetzt waren Jack und Merlin wählerisch in ihrer Begeisterung, gescheit und rasch bereit, etwas zu kritisieren.

Der Eindruck, daß Sarah immer noch so war, wie die Jungen einst gewesen waren, berührte Dinah tief und stach eine Quelle mütterlicher Vertrautheit und Zärtlichkeit an. Sie konnte nicht anders, sondern mußte Sarah den Arm um die Schulter legen und das Kind nah an sich heranziehen. Die Kompaktheit von Sarahs Körper war verblüffend.

Unter ihren Fingern spürte Dinah den tiefen Einschnitt der Büstenhalterträger in die Haut. Das war nicht Dinahs kleines Mädchen und auch sonst niemandes. Sarah war beinahe zu einer jungen Frau herangewachsen, genau wie Milly. Sanft zog sie ihren Arm zurück, und Sarah drehte sich ungerührt halb um.

»Guh«, vertraute sie ihr an und deutete auf den Bildschirm.

»Es ist gut, nicht wahr? Lustig.«

Danach verhielt sich Dinah ruhig, begnügte sich damit, das begeisterte Profil ihrer Tochter, die Form ihres Kopfes und das kleine Ohr, das zwischen zwei dicken Haarsträhnen hervorlugte, eingehend zu betrachten. All diese Einzelheiten lernte sie auswendig, genau wie sie die Fotos innerlich abgespeichert hatte, um darauf zurückgreifen zu können, wenn sie sie brauchte.

Gerade als das Programm zu Ende ging, kam jemand über den Weg zur Haustür, und sie hörten, wie ein Schlüssel im Schloß umgedreht wurde.

Sarah raffte sich auf, und als Malcolm hereinkam, rannte sie in ihn hinein und verbarg ihr Gesicht in seinem Overall. Er schwankte und schaukelte sie hin und her, offensichtlich ein besonderes Ritual der beiden.

»Papa, Papa«, gurrte sie sanft.

»Wie geht es meinem Mädchen denn?«

»Papas Mädchen.«

Es war offenkundig, daß Sarah ihn anbetete.

In Dinah meldeten sich erneut Schuldgefühle. Es stimmte, daß sie kein Recht hatte, hier in das einfache Leben einer anderen Familie einzudringen, nur um ihren eigenen Bedürfnissen zu folgen. Ein Gefühl von Entwurzelung entstand aus der Tatsache, daß sie hier allein und fremd in diesem kleinen ordentlichen Haus war, Tausende von Kilometern von Matt und ihren Jungen entfernt. Sie vermißte Merlin und Jack, ihre solide beharrliche Gegenwart.

Matthew vermißte sie auch. Die zwei Monate seit Thanksgiving und ihrer Entdeckung der Geschichte mit Dr. Pang hatten sie auseinandergerissen. Ohne Matthew als Gegengewicht verlor sie die Balance, schwankte gefährlich zwischen Angst und Euphorie hin und her.

Warum bin ich hier? Warum bin ich so zerstörerisch? Dinahs Blick heftete sich auf Sarah. Dort lag das Rätsel und die Antwort. Jetzt, da es vorüber war, fühlte sich die Adoption und die Unwissenheit über Sarah wie ein Loch an, das in Dinahs Körper gebohrt worden war. Innerlich hatte sie vierzehn Jahre lang geblutet. Dinah ballte ihre Hände zu Fäusten und atmete langsam, um sich zu beruhigen.

Malcolm machte sich von Sarah los und schüttelte Dinah verlegen die Hand. Pauline war in einer Schürze hereingekommen. Sie mußte ihn informiert haben, da er bei Dinahs Anblick keinerlei Überraschung gezeigt hatte, obwohl er seiner Frau jetzt einen ratsuchenden Blick zuwarf. Malcolm war nie ein Mann vieler Worte gewesen.

Hastig sagte Dinah: »Ich habe Pauline gesagt, daß ich einfach so aus dem Nichts aufgetaucht bin. Ich hatte keine Ahnung, daß am Samstag Jennys Hochzeit war. Ich bin nur für kurze Zeit in England. Wir leben jetzt in den Staaten.«

»Bleiben Sie zum Tee?« fragte Malcolm und schaute wieder zu Pauline, bevor er hastig hinzufügte: »Sie sind natürlich mehr als willkommen.«

»Nein, nein«, lehnte Dinah ab. »Ich muß jetzt wieder zurück.«

Pauline, Malcolm und Sarah standen eng beieinander. Bewußt oder unbewußt bildeten sie eine malerische Szene.

»Hätten Sie gerne noch eine Tasse Tee, bevor Sie gehen?« fragte Pauline.

»Nein, danke. Ich werde nicht länger bleiben.«

Die Erleichterung in den Gesichtern der Greens war unübersehbar. Sarahs Aufmerksamkeit wandte sich wieder dem Fernsehen zu, obwohl ihre Wangen noch immer von der Freude über Malcolms Ankunft gerötet waren.

»Sarah, sag auf Wiedersehen.«

Sofort drehte sie sich um, warf Dinah einen überraschend klaren, von der Brille halb verdeckten Blick zu, bevor sie den Kopf senkte und auf Dinah losstürmte. Sie legte die Arme um sie und küßte sie geräuschvoll auf die Wange.

»Tschüs!« Sarah strahlte.

Dinah schwankte und mußte dagegen ankämpfen, Sarah auch in den Arm zu nehmen. Jetzt, als der Moment des Abschieds gekommen war, wollte sie sie festhalten und nie wieder loslassen. Der Schock der Sehnsucht und die Anstrengung, sich zurückzuhalten, ließen sie zittern. Sarah zog sich bereits wieder zu Malcolm zurück.

»Auf Wiedersehen«, murmelte Dinah. Die Unerfüllbarkeit ihrer Worte schrie wie ein Refrain in ihrem Kopf.

Aber ihr blieb nichts, als Pauline zu folgen. Sie standen im Flur, und Pauline schloß die Tür hinter ihnen.

»Sehen Sie?« fragte Pauline, und die Frage wies ein Dutzend Schattierungen auf.

»Darf ich wiederkommen? Um sie noch einmal an einem Nachmittag zu sehen, bevor ich ... bevor ich in die Staaten zurückfliege?«

Bevor etwas anderes geschieht, was immer es auch sein mag. Dinah fühlte, wie sie sich immer schneller drehte, am äußersten Rand der Selbstbeherrschung, herausgerissen aus dem Magnetfeld von Gewohnheit, Loyalität und Vernunft.

Pauline antwortete steif: »Ich glaube nicht.«

Jenseits jeglichen Stolzes bettelte Dinah: »Bitte. Nur um ein wenig Zeit mit ihr zu verbringen, um sie ein bißchen kennenzulernen.«

Natürlich waren sie Gegnerinnen, und Pauline würde Dinah kein zweites Mal willkommen heißen. Warum auch?

»Nein. Das möchte ich nicht. Ich weiß nicht, wie Sie überhaupt dazu kommen zu fragen, nachdem ich alles für sie getan habe, jahrelang für sie gekämpft habe, für sie ermöglicht habe, was wir nur konnten. Was haben Sie getan? Sie sehen, wie sie ist.«

»Ja. Sie ist wunderbar.«

»Sie gehört uns.«

Die Haustür stand offen, und irgendwie fand sich Dinah auf der Straße wieder.

»Kann ich wenigstens in Verbindung bleiben, jetzt, wo ich weiß, wo Sie wohnen?«

Pauline öffnete das Tor.

»Ich kann nicht versprechen, daß Sie eine Antwort bekommen werden.« Sie wurde entschiedener, je weiter Dinah vom Haus weggetrieben wurde.

Dinah holte tief Luft. Sie wollte brüllen: *Sie ist auch mein Kind. Genauso wie Jack und Merlin.*

Aber dazu hatte sie kein Recht. Pauline war auch eine Mutter. Sie kannte die Freuden und die schrecklichen Ängste, das unnachgiebige Bedürfnis zu beschützen und die ständige Verantwortung. Der einzige Unterschied zwischen ihnen – eine Haaresbreite und eine kilometerbreite Schlucht – war, daß Dinah sich anders entschieden hatte und Pauline Sarahs Mutter wurde.

Ihre Blicke trafen sich. Dinah dachte an Sandra und Milly, und

Traurigkeit ergriff sie, daß Sandra und sie nicht doch noch Freundinnen geworden waren.

»Ich verstehe«, sagte Dinah.

Das Tor fiel hinter ihr ins Schloß. Dinah ging fort, vorbei an Malcolms grünem Avenger, der am Bordstein geparkt war, zu ihrem eigenen Auto, das am Ende der Straße auf sie wartete.

Sie fuhr nach Cromer zurück.

Spät am Nachmittag war die Sonne herausgekommen, und jetzt ging sie hinter dünnen grünen Gitterstäben und bleifarbenen Wolken unter.

Die Verzweiflung, Sarah zurückzulassen, ließ plötzlich nach. Dinah fühlte sich auf verrückte Weise glücklich, beinahe euphorisch.

Die wirkliche, stämmige Sarah war hineingeschlüpft in die schmerzliche Lücke, die so lange wie ein Schatten über ihr gehangen hatte. Sie mußte aus Milly, aus den Erinnerungen an ihre eigene Jugend, aus ihren Ängsten, was Sarah sein könnte, keine weiteren Träume und Phantasien formen. Sie hatte die Bilder gesehen, eine Schnappschußcollage einer glücklichen Kindheit. Sie hatte mit ihr geredet, die Wärme ihrer Haut und das Gewicht ihrer Zuneigung gespürt.

Wie sie Matt gesagt hatte: Sarah war vollkommen.

Das zu erleben, hatten Pauline und Malcolm ihr geholfen. Diese Wahrheit konnte nicht geleugnet oder geschmälert werden.

Dinah wußte auch, daß ihre Sehnsucht nach Sarah etwas anderes war, wild und in sich abgeschlossen. So lange hatte sie sie geleugnet, und jetzt war sie davon besessen. Es nur zuzugeben machte sie glücklich. Und selbst in ihrem benommenen Zustand erkannte Dinah, daß ihre Sehnsucht nichts mit den Greens zu tun hatte; daß sie einen Weg finden mußte, diese Gefühle entweder zu beherrschen oder sie auszutreiben.

Schwärme von Vögeln ließen sich auf den windgebeugten Bäumen zwischen Straße und Meer nieder.

Dinah sang, während sie fuhr, Stücke aus Liedern, die ihr in den Sinn kamen, und wenn ihr die Worte nicht einfielen, summte sie die Melodie.

Sie ließ das Auto auf dem Parkplatz hinter dem Hotel stehen und dachte daran, in das ruhige Zimmer mit dem Blick aufs Meer hinaufzugehen, aber dann drehte sie sich entschlossen in die entgegengesetzte Richtung. Sie überquerte die Straße und schlüpfte gerade noch im Tesco-Supermarkt zur Tür hinein, bevor sie schlossen. Rasch lief sie durch die Gänge und belud ihren Korb mit allem, was ihr auch nur im entferntesten festlich erschien: eine Schale Erdbeeren, die ein wenig zerquetscht aussahen, eine Flasche Champagner, französischen Käse in braunen Plastikkörbchen. Sie fügte hinzu, was sie für eine einfache Mahlzeit benötigte, und mit ihren Einkäufen in zwei Plastiktüten überquerte sie die Straße vor dem Geschäft und ging schnell in Richtung Redemption Street.

Francis öffnete die Tür. Hinter ihm sah sie Feuerschein, auf dem Tisch türmten sich Bücher und Papiere.

Dinah hielt die Beutel hoch. Plötzlich war sie sich unsicher, ob sie willkommen war.

»Jetzt bin ich an der Reihe, für dich zu kochen, wenn du mich läßt.«

»Wenn?«

Sein Gesicht beruhigte sie. Hier war sie willkommen und würde es immer sein. Die Vorstellung gefiel ihr.

»Ich war gerade dabei, etwas zu schreiben.« Er deutete auf das ausgebreitete Papier.

»Mach zu Ende, was du gerade tust. Ich kümmere mich um das Essen, ja?«

Francis ließ sie in die Küche gehen. Dinah ging zuerst in das Badezimmer dahinter. Es war weißgetüncht, kalt, spartanisch, das Wasser tropfte in das Waschbecken. Francis' Rasierpinsel und Rasierseife standen auf dem gekachelten Fenstersims. Dinah ließ kaltes Wasser ins Becken laufen, beugte sich dann vor und spritzte es sich ins Gesicht. Die Kälte ließ sie nach Luft schnappen, aber sie schüttelte die Tropfen aus den Haaren und richtete sich auf, um in den schlichten Spiegel zu schauen, der an die Wand geschraubt war.

Sie konnte sich selbst nicht recht erkennen. Ihr Gesicht schien blasser, ihre Augen wilder zu sein, ihr Mund war größer und drohte sich in unvorhersehbarer Weise zu bewegen.

Dinah verbarg dieses andere Gesicht in einem weißen Handtuch und ging dann in die Küche zurück.

Sie packte ihre Einkäufe aus und legte sie auf das Wachstuch. Dann sah sie sich nach Messern, einem Hackbrett und geeigneten Töpfen um.

Sie war ganz vertieft in die Vorbereitungen, als ihr bewußt wurde, daß Francis im Türrahmen lehnte und sie beobachtete. Sofort ließ sie ihre Hände sinken und lachte entschuldigend.

»Ich hatte nicht vor, einfach herzukommen und alles an mich zu reißen.«

»Mir gefällt das. Ich sehe es gerne, wenn du die Dinge tust, die du zu Hause tun mußt.«

Dinah nickte. Zwischen ihnen herrschte Einvernehmen über ihr Leben außerhalb von Francis' Küche und über den gegenwärtigen Zeitpunkt hinaus.

»Du siehst anders aus«, sagte er.

»Tatsächlich?«

Er bewegte sich ein wenig zur Seite, in die Küche hinein, und berührte dabei den alten Herd und den Stiel der Pfanne, die sie darauf gestellt hatte.

»Ich könnte etwas Konventionelles sagen, dir ein Kompliment machen. Aber ich kann mich nicht daran erinnern, wie man das macht.«

»Tu's nicht«, erwiderte Dinah. Sie starrte auf ihre Hände, die flach auf dem Tisch ruhten. Das Wachstuch aus blau-weiß karierter Baumwolle war im Laufe der Zeit verblaßt. Kleine Stückchen von abgeschälten Möhren und geputztem Fenchel waren überall verstreut.

»Ich soll überhaupt nichts sagen?«

»Ich verdiene keine Komplimente.« Angst flackerte in ihr auf. Sie hatte keine Angst vor Francis, aber Angst, ihn zu verletzen. Sie wandte sich um, um ihn besser zu sehen, und seine Nähe verblüffte sie. Er streckte die Hand aus und hielt sie am Handgelenk fest, packte sie, bevor sie sich zurückziehen konnte.

»Doch. Du bist sehr schön. Und du erstaunst mich, weil du einfach da bist.«

»Ich bin nicht erstaunlich und nicht einmal hübsch, aber ich bin da.«

Welcher Luxus es war, bei Francis zu sein, überraschte sie. Daß es so einfach war, stand in völligem Gegensatz zu der Verwirrung, die überall sonst herrschte. An diesem ruhigen und friedlichen Ort erschien es ihr nur natürlich, daß Sarahs Entdeckung sie gleichzeitig begeisterte und bedrückte, daß sie wütend auf Matthew war und schockiert über seine Untreue und ihn dennoch liebte. Sie konnte verstehen, warum sie Jack und Merlin mit ihrer Qual und ihren Fragen im Stich gelassen hatte, um nach England zu fliehen.

Mit Francis konnte sie reden, und er hörte ihr zu. Hier bestand keine Notwendigkeit, die Vergangenheit oder die Gegenwart zu unterdrücken. Sie war hierher zu Francis gekommen, statt Matthew anzurufen.

Hatte es für Matthew mit Dr. Pang auch so angefangen? Eine unbedeutende Wahl, getroffen, ohne viel nachzudenken. Jetzt verstand sie das, und das Gleichgewicht ihrer Verletzungen durch Matthew verschob sich von Minute zu Minute.

Unsicherheit und Verwirrung, die in Francis' ruhigem Haus nicht willkommen waren, ließen Dinahs Gedanken wieder herumwirbeln.

»Was ist heute geschehen?« fragte er.

Ihre Hand glitt unter seiner heraus, und sie öffnete die Tür des schweren alten Kühlschranks. Außer ihrer Flasche Champagner war er fast leer. Als sie sie herausholte, bemerkte sie die Widersinnigkeit, aber Francis lächelte nur.

»Ich kümmere mich um die Witwe, ja?«

Routiniert entfernte er die Folie, drehte den Korken heraus und goß den Schaum in zwei Gläser.

Dinah kontrollierte das Essen: das Hühnchen schmorte im Topf.

»Können wir uns ans Feuer setzen?«

»Natürlich.« Er trug die beiden Gläser und bot Dinah den Sessel neben dem Feuer an. Als sie sich hingesetzt hatte, ließ er sich auf den Boden nieder und lehnte sich gegen den Sessel. Sein Gesicht war halb abgewandt und vom Feuer beleuchtet. Vorsichtig streckte sie die Hand aus und berührte sein Haar. Es war dünn, weich und sauber.

»Ich habe heute meine Tochter getroffen.«

Es gab kein Geheimnis mehr, dachte sie. Sie konnte einfach sagen: Ich habe sie getroffen. Es geht ihr gut, und sie ist glücklich.

Die Treibholzscheite im Kamin fielen in sich zusammen und loderten kurz auf. Mit den Fingerspitzen streichelte Dinah Francis' Kopf, folgte der sanften Kurve des Knochens hinab bis zu seinem Ohr. Diese kleine Berührung erschien ihr natürlich, ein Spiegel des Wohlbehagens zwischen ihnen.

Er kuschelte sich nicht näher an sie, wich ihr nicht aus, sondern saß still da und nahm ihre Berührung als völlig natürlich hin. Dinah mußte daran denken, wie sie Sarah beobachtet, sie berührt hatte, und einen Augenblick lang war Sarah wirklich und ihr nahe und Francis die Erinnerung.

»Was hast du empfunden?«

Dinah trank aus ihrem Glas.

»Ich spürte eine ungeheure Erleichterung und noch vieles mehr: Eifersucht und Einsamkeit und Verlust und Bedauern. Und all diese Empfindungen gehören mir, sind in mir drin. Ich kann sie in mich aufnehmen, weil ich es muß. Das ist es, was ich verdiene.

Aber bis heute hatte ich auch ein rabenschwarzes Gefühl, bei ihr versagt zu haben. Sie wurde der Vergessenheit preisgegeben, weil sie nicht unseren Vorstellungen von Vollkommenheit entsprach. Matthew und ich haben nie wieder von ihr gesprochen, und ich fing schon an zu glauben, daß unser ganzes Leben nur darauf ausgerichtet war, der Wahrheit aus dem Weg zu gehen.

Und dann sah ich sie, und jetzt weiß ich, daß unser Versagen sich nur auf uns auswirkt, auf Sarah überhaupt nicht. Ich, wir ... Matt und ich und ihre Brüder ... haben jemanden verloren, der sehr bemerkenswert ist. Nicht umgekehrt. Im Auto auf dem Weg nach Hause habe ich gesungen, weil ich so glücklich war. Hältst du das für schrecklich?«

»Nein, ich glaube nicht, daß es schrecklich ist. Erzähl mir von ihr.«

Der Trost eines Gespräches. Matthew hatte ihn ihr nicht geboten.

Wenn er es nur getan hätte, dachte Dinah. Wenn wir wenigstens diese Entscheidung getroffen hätten.

Sie ließ ihren Kopf gegen den staubigen Bezug von Francis' Sessel zurücksinken. Sie drehte ihr Glas zwischen den Fingern, beobachtete, wie die Perlen des Champagners aufstiegen, und erzählte Francis von dem Kind, das sie getroffen hatte.

Francis hörte zu. Er sagte nichts, aber sie wußte, daß er alles in sich aufnahm. Nach einer Weile goß er ihr Champagner nach, sein eigenes Glas ließ er unberührt stehen.

»Glaubst du, daß es falsch war, sie zu sehen?« fragte Dinah.

»Nein. Ich glaube, daß du getan hast, was du nicht lassen konntest. Die Frage ist, was du als nächstes tun mußt.«

»Ich weiß.«

Ihre Aufmerksamkeit hatte sich so lange darauf gerichtet, diesen Punkt zu erreichen, und jetzt bestand die Notwendigkeit, sich darüber hinaus zu bewegen.

»Dinah, du bist so sehr damit beschäftigt, dir selbst Vorwürfe zu machen. Welche Vorteile hatte denn solch eine harte Entscheidung? Oder gab es keine?«

»Natürlich gab es welche.« Es fiel nicht schwer, sie aufzuzählen: Jack und Merlin und ihre unbekümmerte Kindheit, ihr Familienleben und Matts Erfolg. »Aber es fällt schwer, das zu feiern.«

»Ich verstehe.«

Er wandte sich ihr ganz zu, und sie sah die Falten um seine Augen und die, die seine Wangen durchzogen. Dinah hatte angenommen, daß Francis um die Fünfzig sein mußte. Jetzt erschien es ihr so, als könnte er auch zehn Jahre jünger sein.

»Ja. Wie oft denkst du an deine Töchter?«

»Jeden Tag. Jeden Tag zu den verschiedensten Zeiten, und an Alison auch. Ich habe das Recht an ihnen auf eine viel zerstörerischere Art verwirkt, als du es je getan hast. Ich versuche mich daran zu erinnern, wie wir alle glücklich waren, als sie noch sehr klein gewesen waren, und die paarmal zwischen den Saufphasen. Sonst«, er drehte sich abrupt weg von ihr und stand auf, »wie könnte es sonst einen Weg geben, weiterzumachen?«

Dinah sah sich in dem kleinen Raum um, die Federzeichnungen, die Bücher auf behelfsmäßigen Regalen und das Treibholz, das in einem Korb neben dem Herd gestapelt war. Ihr erschien es wie ein Zufluchtsort. Francis hatte beim ersten Mal, als sie sich trafen, gesagt, daß niemand automatisch ein Recht auf Glück habe; daß Zufriedenheit ein realistischeres Ziel sei. Bewunderung erfüllte sie, daß er schließlich so viel erreicht hatte.

»Du hast einen Weg gefunden. Du sagtest, jeder Tag habe seine kleinen Befriedigungen.«

»Das habe ich. Und die gibt es auch.«

Auch sie erhob sich und stand ihm vor dem Feuer gegenüber. »Viele Leute würden dich um deine Art zu leben beneiden.«

Francis lächelte. »Ich glaube nicht, daß es zu jedem passen würde. Zu dir würde es nicht passen, Dinah.«

Die Scheite im Kamin bewegten sich, Funken stoben auf.

»Nein«, stimmte sie zu.

Francis war einen halben Kopf größer als sie, fast genauso groß wie Matthew. Er trug einen farblosen Sweater, der am Hals ausfranste, und darunter ein kariertes Hemd, das an den Kragenspitzen durchgescheuert war. Dinah sah dies in allen Einzelheiten und auch das Klopfen des Pulses an seiner Halsschlagader.

Ein Augenblick verging, bevor er sie küßte und seine Hand in ihren Nacken legte, um sie dicht an sich zu ziehen.

Dinah trat einen Schritt zurück. Angst seinetwegen, nicht um sich selbst, ließ sie erzittern. Sie stolperte und stieß Francis' Glas um.

»Tut mir leid.« Sie wollte den Schaden beheben.

»Laß es«, sagte er. »Bleib da.«

Sie standen still und sahen einander an.

»Ich bin froh, daß du hier bist«, sagte Francis.

Plötzlich lächelten beide.

»Laß mich dir noch ein wenig einschenken«, bot sie an.

Er schüttelte den Kopf, und Dinah bemerkte, welche Willensanstrengung es ihn kostete.

»Ich kann nicht. Champagner viel weniger als alles andere. Bier mochte ich nie besonders gerne, daher kann ich ein halbes Pint davon trinken, ein oder zwei Schluck Wein. Aber keinen Champagner oder Whisky oder Wodka. Wenn ich nämlich wieder damit anfinge, könnte ich nicht mehr aufhören.«

»Es tut mir leid. Es war gedankenlos. Ich wünschte, ich hätte ihn nicht mitgebracht.«

»Du trinkst ihn und läßt mich genießen, dich anzuschauen.« Er hob sein leeres Glas hoch und stieß es gegen ihr volles. »Worauf trinken wir?«

»Auf Sarahs Gesundheit und Glück.«

»Auf Sarah.«

Er nahm sie in die Arme und kämmte die Haare mit seinen Fingern zurück, so daß er ihr Gesicht besser sehen konnte. Dinah ließ es zu, daß er sie umarmte. Sie war überrascht von der Wärme und dem Wohlbehagen, das sie fühlte.

»Sollen wir jetzt oder später essen?« murmelte Francis.

»Oh, ich glaube jetzt, meinst du nicht auch?«

Es amüsierte sie, daß ihnen beiden bewußt war, daß noch Zeit blieb, Entdeckungen zu machen.

Francis räumte die Bücher vom Tisch und deckte Teller und Besteck auf. Dann setzten sie sich zum Essen.

»Nicht annähernd so gut wie dein Kaninchen«, urteilte Dinah.

»Kannst du dir vorstellen, wie mir das schmeckt? Ich kann mich gar nicht an das letzte Mal erinnern, daß jemand Essen gekocht und es mir vorgesetzt hatte und mir dann am Tisch gegenübersaß wie du jetzt.«

Er sagte es ohne eine Spur von Selbstmitleid, aber Dinah vernahm das Echo seiner Einsamkeit. Sie erinnerte sich, daß er gesagt hatte, er sei hier mit dem Rücken zum Meer gestrandet. Aber Francis war weder schwach noch geschlagen. Sie war fasziniert von seiner in sich selbst zurückgezogenen Stärke, die in völligem Gegensatz zu Matts Ehrgeiz, Antrieb und Entschlossenheit stand. Sie glaubte letztendlich nicht, daß Francis verletzlich war.

Nachdem die Mahlzeit beendet war, saßen sie noch eine lange Zeit da. Sie erzählten einander von ihrem Leben, schlichte Einzelheiten und unbeabsichtigte Geständnisse. Sie lachten auch viel. Dinah vergaß ihre Unsicherheiten und Ängste, und die verwirrende Hochstimmung dieses Tages dauerte an.

Ihr Gespräch spann sich fort, verband sie beide.

Dinah dachte: Genau das habe ich bei Matt vermißt. Die Gewißheit, ihm sagen zu können, was ich will, und daß er mich anhören würde. Matt und ich haben zuviel Zeit damit verbracht, behutsam mit dem anderen umzugehen, unsere Worte auf die Goldwaage zu legen, bevor wir sie aussprachen, damit nicht etwas zu tief ging. Ob Matt sich wohl so unbeschwert mit Dr. Pang unterhielt, lange Ausflüge in Erinnerungen unternahm und Bekenntnisse ablegte?

Vielleicht tat er das, dachte sie. Wenn das der Fall war, konnte sie sein Bedürfnis jetzt besser verstehen.

Als die Treibholzscheite zu einem Haufen Asche heruntergebrannt waren, war es zu spät, um sich um das Feuer zu kümmern. Es war spät, und keiner von ihnen hatte bemerkt, wie die Zeit verging.

Francis stand mit dem Rücken zum Feuer, die Schultern ein wenig gebeugt.

»Möchtest du, daß ich dich zum Hotel zurückbringe?«

Dinah hatte den Champagner ausgetrunken. Sie wußte, daß sie ihm für den Abend danken, ihm vielleicht voller Bedauern einen Gutenachtkuß geben und sich dann von ihm durch den kalten Wind zur Hoteltür begleiten lassen sollte. Das wäre vernünftig, so würde es sich gehören, und es würde auch die Vertraulichkeit, die sich zwischen ihnen entsponnen hatte, lösen. Entspannt durch die Wärme und das Gespräch und das Ende der schmerzlichen Verwirrung, wollte sie genau das nicht.

Sie war sich ihres Körpers und ihrer Haut lebhaft bewußt wie auch der Tatsache, daß sie nicht mehr jung war und daß niemand außer Matthew sie seit fast zwanzig Jahren so berührt hatte.

Und sie wollte, daß Francis sie berührte.

Eine Wahl, dachte Dinah, zu bleiben oder zu gehen, sich zu verbinden oder den Wunsch nach Verbindung zu leugnen.

Für Francis mußte es das Gleiche sein.

Francis' übliche Ruhe schien sich verstärkt zu haben. Er stand wie eine Statue da. Sie streckte die Hand nach ihm aus und war überrascht, als sie die Wärme seiner Haut spürte.

»Ich würde gerne bleiben«, sagte sie. »Aber nur heute nacht. Ich kann ... dir nicht mehr anbieten. Ich möchte nicht, daß du das falsch verstehst.«

Er erwiderte: »Bitte bleib.«

Er hielt sie eng an sich gepreßt, so daß sie den fremden Geruch seiner Haut wahrnahm. Dinah schloß die Augen. Der kleine Raum war sehr vertraut geworden. Hier war sie sicher.

»Komm mit mir«, flüsterte Francis.

Eine steile Treppe führte neben der Küche nach oben. Die Luft roch kalt und feucht nach der Wärme des Feuers. Francis ging voran und hielt sie bei der Hand, Dinah stolperte hinter ihm her.

Francis drehte das Licht an und zog die schlichten Baumwollvorhänge zu. Das Schlafzimmer mit Blick auf die Redemption Street hatte dieselbe Größe und denselben Schnitt wie das Wohnzimmer unten. Das Messingbett war ordentlich gemacht, daneben standen eine Kiefernkommode und ein weiteres Bücherregal. Auch hier war es kalt, so daß Dinah fast erwartete, den Hauch des Atems zu sehen. Das Zimmer erinnerte sie an Ferienhäuser am Meer, die sie in ihrer Kindheit gemietet hatten, so daß sie das Rumoren der Stimmen ihrer Eltern unten zu hören glaubte. Bei diesem Gedanken mußte sie lachen, aber sie hielt inne, weil sie nicht riskieren wollte, Francis zu verletzen.

Er legte ihr die Hände auf die Schultern und blickte ihr ins Gesicht.

»Es ist komisch, ich weiß.«

»Ich meinte nicht, daß es komisch ist. Ich dachte an all die Geschichten, die hinter uns liegen. Ich dachte an meine Eltern. In unserem Alter ist Sex nicht mehr etwas ganz Neues, was es noch ist, wenn man jung ist. Alles, was wir jetzt tun, bezieht sich auf etwas anderes, auf jemand anders.«

»Das weiß ich.« Er öffnete den obersten Knopf ihrer Bluse. »Ist es wichtig, wenn das, was du willst, hier und jetzt passiert?«

»Nein, es ist nicht wichtig«, antwortete Dinah.

»Leg dich mit mir hin.«

Sie legten sich einander zugewandt hin, die Lippen nur wenige Zentimeter voneinander entfernt. Dinah studierte sein Gesicht. Die winzigen Veränderungen des Ausdrucks schienen direkt unter der Oberfläche stattzufinden, kaum bedeckt von einer dünnen Schicht Haut. Sie küßte seine Mundwinkel und öffnete dann ihre Lippen.

Er knöpfte ihre Bluse auf und ließ ihre Brust in seine Hand gleiten. Als sie ihn berührte, spürte sie seine langen Arme, die Brust und den harten Grat der Hüfte, bevor ihre Finger nach innen wanderten.

Die Kleidung wurde hinderlich. Sie setzten sich keuchend auf und zogen sich aus. Die Blässe von Francis' Haut leuchtete in der Dunkelheit. Dinah bemerkte, wie weiß sie selbst war, und auch die ungeschützte Verletzlichkeit ihres Körpers. Sie hatte Alter und Zeit vergessen, aber jetzt stürzte die Erinnerung über sie herein, so daß ihr Körper der einer Fremden zu sein schien. Sie machte eine kleine Bewegung, um sich zu bedecken, aber er fing ihre Hand ein.

»Nein«, flüsterte Francis. »Ich will dich sehen.«

Sie richtete sich wieder auf und bot sich dar. Francis hielt die Luft an.

»Dinah.«

Unwillkürlich zitterte sie bei dem Ton in seiner Stimme. Es war lang her, seit sie sich auf diese Weise begehrt gefühlt hatte. Ihre Gedanken huschten kurz zu Matthew und Dr. Pang. Nicht jetzt! Es war ihre Entscheidung, diesen Moment mit Francis zu genießen.

»Dir ist kalt. Hier.«

Er schlug die Bettdecke zurück, und sie schlüpften darunter. Hitze erwärmte die Laken, als sie einander festhielten. Francis' Hand glitt über ihren Bauch und zwischen ihre Schenkel. Sie erforschten einander unter der Decke, zunächst unsicher, ließen aber schnell ihre Geschichte hinter sich.

Francis drängte seinen Mund gegen ihren. »Es ist sehr lange her. Und Betrunkene sind nicht die tollsten Liebhaber.«

Seine Unsicherheit rührte Dinah und erregte sie. Sie wollte ihn noch dringender als zuvor.

Sex war ein Paradox: Sie vergaß ihre eigene Unsicherheit, die Tatsache, nicht mehr jung zu sein, Francis' verwüstetes Gesicht.

»Jetzt«, flüsterte sie.

Es war genau der gleiche Akt, dachte Dinah, als es vorüber war.

Dasselbe, trotz aller Unterschiede von Ort und Person. Für Matthew und seine Kollegin, für sie selbst und Francis, für Ed und Sandra Parkes, für die Pinkhams. Die Möglichkeit menschlicher Vertrautheit und ihre Reichweite erschien wunderbar und kompliziert und klar und einfach.

Dinah dachte an Matt und an das erste Mal, als sie sich geliebt hatten.

Es war in ihrer engen Anderthalb-Zimmer-Dachgeschoßwohnung in Notting Hill, auf dem Höhepunkt ihrer Pflanzen-und-Körbe-Inneneinrichtungsphase gewesen. Alles stand voller Weidengeflecht und wucherndem Grünzeug.

»All dieses verdammte Blätterzeug«, hatte Matt sich beschwert, als er es beiseite schubste, um sie ins Bett zu dirigieren. »Bekommst du davon keinen Heuschnupfen oder Nesselfieber?«

Etwas später hatte er einen Feigenbaum umgestoßen, und die Laken waren voller Erde. Als sie hineinrollten, hatte er einen Witz erzählt, der irgend etwas mit Erde zu tun hatte, worüber sie sehr lachen mußte; gleichzeitig wurde ihr mit einem Schock des Entzückens klar, wie sehr sie diesen Mann mochte.

Seit jener Nacht war er kaum noch weggegangen, und kurze Zeit später waren sie gemeinsam in die Wohnung über dem Gemüseladen gezogen. Sie war nicht viel größer als die alte in Notting Hill, aber von Matts Labor aus viel bequemer zu erreichen. Und zwischen diesem Zeitpunkt und der Gegenwart erstreckte sich ihre gemeinsame Zeit, die Schritte und die Fehlentscheidungen, die sie hierhergebracht hatten und fast an den Punkt der Trennung.

Sie hatten Fehler gemacht, aber die Verantwortung dafür lag bei beiden gleichermaßen. Sie wollte nicht, daß ihre Ehe ein Ende fand. Wie war es gekommen, daß sie das erst hier, im Bett eines anderen Mannes, begriff?

Oder vielleicht, dachte Dinah, steckt in jedem Ende ein Neuanfang.

»Fühlst du dich wohl?« flüsterte Francis. Sie lagen einander in den Armen und hörten das Rauschen des Meeres, das durch die Schichten des nächtlichen Schweigens gerade noch vernehmbar war.

»Ja«, erwiderte Dinah wahrheitsgemäß. Sie fühlte sich wohler als seit langem.

Als sie am Dienstag morgen erwachte, war das Bett leer. Schwaches graues Licht drang durch die Baumwollvorhänge, und ihre Kleider lagen gefaltet auf einem Stuhl. Eine Digitaluhr auf dem Nachttisch informierte sie, daß es neun Uhr fünfzehn war. Jetzt hörte man den Verkehr, nicht mehr das Meer.

Sie setzte sich auf und hörte, wie Francis sich unten bewegte. Einen Augenblick später hörte sie seine Schritte auf der Treppe. Er kam mit einem blau-weiß gestreiften Becher Tee herein.

»Danke.« Sie lächelte ihn an. Er war bereits angezogen und rasiert und erweckte so den Eindruck, als sei er schon seit geraumer Zeit auf. »Habe ich verschlafen?«

»Nein. Es war schön, unten zu sein und sich vorzustellen, daß du hier oben noch schläfst.«

Er zog die Vorhänge auf, und Dinah sah einen schmalen Streifen blaßgrauen Himmels.

»Es wird ein schöner Tag. Wenn die Sonne durch den Nebel bricht. Ich habe mich gefragt ...«

Er zögerte.

»Ja?«

»Ob du gerne mit mir einen Spaziergang machen möchtest. Es gibt einen sehr schönen Wanderweg, der nach Süden am Meer entlangführt, sich dann landeinwärts wendet und schließlich in einem Bogen zurückführt. Es würde den ganzen Tag dauern, aber wir könnten in einem Pub zu Mittag essen oder ein Picknick machen.«

Dinah dachte nach. Heute mußte sie Matthew anrufen und mit den Kindern sprechen. Sie mußte Entscheidungen über die Zukunft treffen. Aber dieser Verantwortung wich sie aus, weil alles, was getan werden mußte, mit Sarah verknüpft war. Sarahs Nähe führte Dinah wie eine Droge in Versuchung, das Gewirr ihrer Sehnsucht und ihres Schuldgefühls zog sich nach dem Treffen noch fester zusammen, statt sich aufzulösen.

»Ich möchte gerne spazierengehen«, antwortete Dinah bedächtig.

Francis setzte sich auf die Bettkante und nahm ihr den Becher aus der Hand.

»Danke für letzte Nacht«, sagte er.

Dinah bemerkte, daß sein Gesicht weicher aussah. Sie begann zu fürchten, daß er doch mehr wollte und brauchte, als sie ihm geben konnte. In ihrem unausgeglichenen Zustand hatte die Einfachheit vielleicht nur in ihrer Vorstellung bestanden. Vielleicht hatte Matt dasselbe empfunden und wollte sich, sobald er seine Affäre begonnen hatte, nur noch befreien ...

Dinah sah ihm in die Augen.

»Es war wundervoll«, sagte sie wahrheitsgemäß. »Aber es kann nicht wieder geschehen. Beim zweiten Mal beginnt es, weh zu tun.«

Francis senkte den Kopf. Dann hob er ihn wieder und lächelte sie an.

»Ich weiß. Komm, wir machen unseren Spaziergang, ja?«

Später ging sie zum Hotel zurück, um sich umzuziehen und feste Schuhe anzuziehen. Sie beeilte sich, und nach wenigen Minuten war sie auf dem Weg zurück zu Francis.

Dinah schaute sich nicht um und bemerkte deshalb nicht, daß in ihrem Fach in dem altmodischen Holzgestell hinter der Rezeption eine Telefonnotiz steckte.

Am Montag morgen ging Matthew in Franklin ans Telefon. Er machte Jack und Merlin gerade ihr Frühstück und fragte sich, woher er ein anderes Paar Schuhe für Merlin nehmen sollte, das er tragen konnte, ohne daß sein Fuß schmerzte. Er dachte auch an den Fettzellentest, den Kathrin und die anderen diese Woche beginnen sollten. Das ganze Team hatte auf diesen Augenblick gewartet, und er hatte weder die Zeit noch die Geduld, Sandra Parkes zuzuhören.

»Nein, wir haben sie nicht gesehen.« Er wußte, daß er sich kurz angebunden anhörte, aber es war bereits zu spät, Besorgnis vorzutäuschen, die er nicht empfand.

»Nein, auch nichts von ihr gehört. Ich glaube sowieso nicht, daß sie hier auftaucht. Sie weiß, daß Dinah in England ist.«

Er seufzte, sah auf die Uhr und bestrich einen Toast mit Butter, während er den Hörer mit der Schulter ans Ohr preßte.

»Das hat sie doch schon mal gemacht, oder? Ich würde mir keine Sorgen machen. Sie ist sicher mit ihren Freunden unterwegs und wird wieder auftauchen, wenn sie soweit ist.« Er reichte Jack den Toast quer über die Arbeitsplatte und zog die Augenbrauen ungeduldig hoch.

»Ja. Ja, natürlich werde ich das, Sandra. Ruf mich heute abend an und sag mir Bescheid, in Ordnung? Klar. Mach dir keine Sorgen. Tschüs.«

Er legte auf und trank einen Schluck Kaffee.

»Wer war das?« fragte Jack. »Als ob ich es nicht erraten könnte.«

»Du hast recht. Milly ist wieder verschwunden. Gestern war sie den ganzen Tag fort, und gestern abend ist sie nicht nach Hause gekommen.«

Merlin sah nicht auf von seinen Cornflakes.

»Camilla mit Vanillesoße wird schon nichts passieren. Die ist aus Stahl und Eisen. Sie sollten sich lieber Sorgen darüber machen, was sie anderen Leuten antut. Sie selbst ist doch unbesiegbar.«

»Gut gesprochen. Und ich glaube, du hast recht. Achtet auf die Zeit, hört ihr? Wir kommen noch alle zu spät, und ich muß ins Labor. Los jetzt, ihr beiden.«

Die drei befanden sich an beinahe genau derselben Stelle, als Sandra am Abend wieder anrief. Sie aßen gerade Pizza aus der Mikrowelle, und die Jungen hatten angefangen, sehnsüchtig von Dinahs Essen zu reden.

»Wann kommt sie zurück?« fragte Merlin. Abwechselnd stellten ihm die beiden dieselbe Frage ein dutzendmal am Tag.

Matt griff von seinem Stuhl aus zum Telefon.

»Sandra. Ja. Hallo. Wirklich? Nein, keine Spur. Aber sie würde nicht hierherkommen, da bin ich mir sicher, da sie nicht damit rechnen kann, Dinah zu sehen.«

Er machte den Jungen mit der Hand ein Zeichen, ruhig zu sein.

»Was? Oh, Sandy, sieh mal. In England ist es – was? – beinahe Mitternacht. Ich kann sie jetzt nicht anrufen. Sie wird schon schlafen.«

Die Jungen konnten das panische Kreischen der Stimme am anderen Ende hören.

»Also gut, wenn du unbedingt möchtest … In Ordnung. Gib mir mal Ed.«

Matthew hörte ernst zu.

»Klarer Fall. Wenn du glaubst, sie sei mit Dinah in Verbindung gewesen. Man weiß es natürlich nie genau. Paß auf, ich rufe sie sofort an, und dann melde ich mich direkt bei dir.«

Jack und Merlin saßen erwartungsvoll da. »Kann ich auch mit Mom reden? Bitte?«

Matthew suchte die Nummer und wählte sie, dann sprach er mit dem Nachtportier des Hotels in Cromer. Darauf folgte eine längere Pause.

»Danke schön. Könnten Sie ihr bitte eine Nachricht hinterlassen, daß ihr Ehemann angerufen hat.«

Er legte auf. Jack und Merlin starrten ihn an.

»Wo ist Mom?«

»Wie ich euch gesagt habe. Sie besucht Sarah.«

»Wieviel Uhr ist es dort? Kann sie mit Down-Syndrom so lange aufbleiben?«

»Du lebst wohl hinterm Mond, Mer. Was macht das denn für einen Unterschied?«

»Ruhig, ihr beiden.« Matthew wählte gerade die Nummer der Parkes'. »Ed? Tut mir leid, Dinah ist nicht in ihrem Zimmer. Ich rufe sie morgen früh noch einmal an. Macht keine Umstände. Nein, mach dir keine Sorgen. Ich bin sicher, Milly geht es gut. Gute Nacht.«

»Ist mit Mom alles in Ordnung?« fragte Merlin

»Aber natürlich. Sie ist nur gerade nicht in ihrem Zimmer. Wahrscheinlich genehmigt sie sich einen Schlummertrunk an der Bar. Wir werden morgen mit ihr reden. Kommt, ihr beiden. Helft mir, die Teller wegzuräumen.«

»Ich wollte, sie wäre hier«, sagte Merlin. »Ich wollte, sie wäre nicht nach England gefahren, um Sarah zu suchen. Sie gehört doch hierher zu uns, oder?«

»Natürlich tut sie das«, versicherte Matthew ihm, aber geistesabwesend und wenig überzeugend, weil er mit seinen Gedanken anderswo war. Um Mitternacht war Dinah nicht in ihrem Zimmer. Das Schreckgespenst eifersüchtiger Angst rührte sich in ihm, bis er dachte: *Ich kann ihr keinen Vorwurf machen.*

Wenn mit ihr nur alles in Ordnung war, wenn sie in Sicherheit war, das allein zählte.

12

Matthew fuhr mit dem Toyota auf den Parkplatz der Fakultät. Er kam zu spät, ausgerechnet an dem Tag, an dem er gerne so früh wie möglich im Labor gewesen wäre. Aber als er den Motor abgeschaltet hatte, blieb er, statt aus dem Auto zu springen, regungslos mit den Händen am Steuerrad sitzen und starrte auf die Reihe von Bäumen zwischen dem Gebäude der Naturwissenschaften und dem Campus. Er konnte gerade noch den Turm der Collegekapelle dahinter sehen.

Heute morgen hatte in Dinahs Zimmer niemand abgehoben. Die Frau an der Rezeption hatte ihm mitgeteilt, daß seine erste Nachricht immer noch im Fach steckte. Sie konnte sich nicht daran erinnern, Mrs. Steward seit gestern morgen gesehen zu haben.

»Würden Sie sie bitten, mich anzurufen, sobald sie kommt?« hatte Matthew unbeteiligt gebeten.

Der Jungen wegen wollte er nicht mehr Aufhebens um ihre Abwesenheit machen, obwohl ihre empfindlichen Antennen bereits viel zuviel aufgefangen hatten. Und auf dem Weg zur Schule waren sie unnatürlich ruhig.

Matthew rief die Parkes' an und teilte ihnen mit, daß er Dinah nicht erreicht hatte. Von Milly gab es auch keine Neuigkeiten. Dann war er auf dem gewohnten Weg zum Campus gefahren.

Das leise metallische Klicken und Knacken des abkühlenden Wagens wurde übertönt vom Dröhnen eines VW-Käfer, der auf den Parkplatz fuhr. Eine Gruppe von Studenten quoll aus ihm hervor und schlenderte davon. Ihren Wagen ließen sie auf einem Platz für Institutsangehörige stehen. Verstöße der Studenten gegen die Parkregelung waren ihm gleichgültig, aber der Lärm, der plötzlich die Stille zerriß, ließ seine Besorgnis erneut aufflackern. Er merkte, daß er das Steuerrad fest umklammert hielt und mit leerem Blick auf die Kirchturmspitze starrte.

Dinah verschwand nicht einfach. Sie rief an und sagte Bescheid, wenn sie zu spät kam.

Sie tat in ihrer vernünftigen Art immer das, was erwartet wurde. Entweder war sie zu Hause oder in Reichweite. Er verließ sich darauf und die Jungen auch. Und die Tatsache, daß sie ihn nie zuvor veranlaßt hatte, Fragen zu stellen, ließ dieses Verschwinden um so beunruhigender erscheinen.

Es hatte etwas mit Sarah zu tun. So mußte es sein. Matthew spürte, wie Angst in ihm aufstieg. Er schätzte das Unbekannte nicht, wenn ihm keine Formeln und Ziffern zur Verfügung standen, um die Kluft dorthin zu überbrücken.

Jemand klopfte gegen die Heckscheibe des Toyota. Matthew war so in seine Gedanken versunken gewesen, daß er beinahe vor Überraschung aufschrie. Im Rückspiegel sah er, wie Jon Liu hineinspähte. Er kurbelte das Fenster herunter und sammelte sich mühsam.

»Alles in Ordnung?« fragte Jon.

»Klar.«

Es war zwanzig vor zehn, und Matthew war fast immer um neun in seinem Büro. Er griff nach seiner Aktentasche und stieg aus dem Auto. Die beiden Männer überquerten den Platz in Richtung auf das Biochemiegebäude.

»Heute könnte es passieren«, meinte Jon und stellte damit das Offensichtliche fest, wie es seine nervöse Art war.

»Ja.«

In der Abteilung herrschte eine gespannte Atmosphäre, die Matthew sofort auffiel. An Tagen wie diesen, wenn es zu entscheidenden Ergebnissen kommen konnte, saugte er normalerweise die Atmosphäre in sich auf und schwelgte in der Aufregung, die seine Arbeit erzeugte. Ein orales Insulin. Ein begehrenswerter Preis, seit Jahren hatte er darauf hingearbeitet. Heute spürte er zwar, wie das Adrenalin in seinem Team am Werke war, konnte bei sich selbst aber nichts spüren. Er spürte nur, wie die Wut auf Dinah in ihm aufflammte. Dafür hatte er gearbeitet, und wenn es wirklich klappte, verdiente er auch das Vergnügen am Ergebnis. Die Angst um Dinah jedoch ließ seine Vorfreude schwinden. Matt war überrascht, wie sehr das eine das andere überwog.

Wenn Dinah nun etwas zugestoßen war, wenn er sie verlieren würde. Der Gedanke ließ ihn erstarren. Die Aussicht auf einen Erfolg im Labor schrumpfte zur Bedeutungslosigkeit. Er konnte sich nicht einmal mehr daran erinnern, daß dies alles ihm etwas bedeutet hatte.

»Hallo, Prof«, rief ihm einer der Doktoranden zu, als er vorbeiging. Matt nickte nur.

In seinem Büro wartete Sean Rader auf ihn. Matt stellte seine Aktentasche ab und hängte sein Jackett über die Rückenlehne seines Stuhls.

»Alles bereit?« fragte er vage.

»Nee. Ich dachte, wir schieben's 'n paar Tage auf.« Sean grinste. »Entweder das, oder wir fangen ohne dich an.«

»Jetzt bin ich hier. Laß uns gehen.«

»Okay, Boß.«

Das Labor war voller Leute. Automatisch suchte Matt nach Kathrin und entdeckte dann ihren dunklen Schopf. Das Radio spielte Rockmusik, aber jemand griff hoch und schaltete es aus, sobald er hereinkam. Zwei Techniker warteten am Arbeitstisch vor Ständern mit Dutzenden von Reagenzgläsern, die mit einer undurchsichtigen Flüssigkeit halb gefüllt waren.

»Morgen, alle zusammen«, grüßte Matt.

Als Antwort ertönte ein leises Gemurmel.

»Dann wollen wir mal sehen, was wir da haben.«

Er stand mit den Händen in den Taschen vor der Gruppe. Die anderen Techniker, Studenten und Wissenschaftler drängten sich hinter ihm und stellten sich so hin, daß sie auf die Leuchtdiodenanzeige sehen konnten.

Ein Techniker begann, Reagenzgläser in das Laufband der Maschine zu stecken. Im Raum wurde es still.

In den Reagenzgläsern waren Fettzellen, die aus den Nebenhoden männlicher Ratten extrahiert und sorgfältig in einer Pufferlösung aufbereitet worden waren, um danach die Reagenzien hinzufügen zu können – Insulin und in den Vergleichsgläsern verschiedene Mengen des von Matt manipulierten Moleküls. Schließlich war Glukose in einer schwach radioaktiven Form hinzugefügt worden. Der Test würde durch das Zählen kleiner Lichtblitze aufzeigen, wieviel Glukose übriggeblieben und wieviel in Fett umgewandelt worden war.

Die Ziffern auf der Leuchtdiode würden ganz klar anzeigen, ob das neue Molekül seine heikle Aufgabe erfüllte oder nicht. Das erste Reagenzglas auf dem Laufband erreichte den Zähler. Ein Klicken und ein scharfes Zischen der Hydraulik, als das Reagenzglas in einen Bleibehälter gesenkt wurde, um Strahlung von außen bei der Zählung auszuschließen. Ziffern leuchteten träge auf der Anzeige auf und stabilisierten sich nach zwei Minuten bei vierzig, vierzigmal pro Minute. Niemand rührte sich. Die ersten zehn Reagenzgläser, die weder Insulin noch die neue Substanz enthielten, dienten der Bestimmung der Basisdaten. Das Fließband rappelte eifrig vorwärts und tat seine Arbeit, während Matt und die anderen zum Zusehen und Warten verdammt waren.

Kathrin stand am Ende des Laufbandes. Stundenlang hatte sie abgemessen und mit der Pipette umgefüllt, um die Zellen für den Versuch vorzubereiten. Jetzt reichte sie dem Techniker den nächsten Ständer mit den Nummern 11 bis 20. Insulin in sorgfältig errechneten Konzentrationen würde ihnen eine Standardkurve liefern, anhand derer sie ihre Ergebnisse messen konnten. Sie schaute Matthew nicht an, als die Maschine weiterklapperte.

Kleine Zahlen flackerten auf und verloschen. Mit wachsender Insulindosis stiegen die Werte höher und höher. Die Fettzellen arbeiteten gut.

Sean holte seine Old-Holborn-Dose aus der Tasche seiner Lederjacke und rieb sehnsüchtig mit dem Daumen über den Deckel. In den Labors war Rauchen verboten.

Der Ständer mit den Nummern 21 bis 30 sah genauso aus wie seine Vorgänger und die anderen, die noch auf dem Arbeitstisch warteten. Diese Gläser enthielten das neue Molekül in der ersten Versuchslösung, das Fließband trug sie ihrer Bestimmung entgegen.

Matt dachte, ich werde um die Mittagszeit wieder anrufen. Sechs Uhr abends in England. Wenn ich sie dann nicht erreichen kann, werde ich entscheiden müssen, was ich tun soll. Die Menschenmenge hinter ihm rückte näher an den Zähler heran; die Leute reckten die Hälse, um besser sehen zu können. Er hörte, wie Sean neben ihm die Luft anhielt, als zöge er tief an einer seiner selbstgedrehten Zigaretten.

Reagenzglas 21 sank in den Bleibehälter.

Ein schwereloser, lautloser, erstarrter Augenblick.

Der Zähler klickte, die Ziffern blitzten in einem verschwommenen Grün auf. Die Zahlen sprangen anscheinend bis ins Unendliche: mehr als fünfzehntausend.

Ein gewaltiges gemeinsames Triumphgeschrei ertönte.

»Wartet«, rief jemand.

22 sank außer Sichtweite und brachte dasselbe Ergebnis.

Wieder erscholl Gebrüll. Sean warf seine Dose in die Luft und fing sie mit erhobener Faust wieder auf.

»Verdammt noch mal, ausgezeichnet«, murmelte er.

Bei 23 und 24 geschah dasselbe.

Alle schrien jetzt, und ein halbes Dutzend Hände klopfte Matthew auf die Schulter. Er blickte zur Seite und sah, wie Kathrin triumphierend einen Studenten umarmte.

»Das sieht gut aus«, meinte Jon Liu. Feierlich schüttelte er Matt die Hand. Ein Chor von Gelächter und Hochrufen erscholl.

»Wir haben es noch nicht ganz geschafft«, entgegnete Matt. Er beobachtete immer noch die Ziffern, während die Reagenzgläser weiterratterten. Es war seltsam. Er hatte das Gefühl, daß er seinen eigenen Triumph nicht für sich in Anspruch nehmen und genießen konnte.

»Was willst du denn noch?« rief Sean ungläubig. »Eine schriftliche Beglaubigung des Allmächtigen?«

Die Leute hinten in der Gruppe drängten nach vorn, um einen genaueren Blick auf die Zahlen zu werfen. Die Euphorie ließ alle laut reden und lachen. Zwei oder drei Leute, die am Labor vorübergingen und nicht für Matt arbeiteten, hatten bereits die Köpfe hereingesteckt. Die Neuigkeit würde sich rasch verbreiten.

Der jüngste Doktorand stieß seinen Nebenmann mit dem Arm an. »Mensch«, grinste er. »Später können wir mal sagen, daß wir damals in den Neunzigern im Team von Steward waren, der den Nobelpreis gewonnen hat.«

Matt rieb sich das Kinn und zwang sich zu einem Lächeln. Die Ergebnisse waren gut. Als sich die Reagenzgläser in fröhlichem Gerüttel weiterbewegten, gab es keinen Zweifel mehr. Das Team verdiente seinen Dank. Er erhob die Hand.

»Hört mal alle zu. Das sieht phantastisch aus, ich bin hoch erfreut. Niemand kann natürlich vorhersagen, wie das Zeug sich in klinischen Tests verhalten wird …«, seine Stimme ging in Stöhnen und

Ausrufen fast unter, »aber ihr habt gut gearbeitet, damit wir so weit kommen konnten. Ihr alle. Gut gemacht, und vielen Dank.«

Matt schüttelte jedem die Hand, sagte jedem ein persönliches Wort.

Ihr begeisterter Stolz bewegte ihn, und er war sich, wie immer bei solchen Gelegenheiten, bewußt, zu einer Gruppe zu gehören, die mehr war als die Summe der Individuen. Aber er fühlte sich auch von ihnen getrennt. Ihm kam erneut in den Sinn, daß sein Forschungsteam für ihn seine Familie gewesen war und daß diese Gleichsetzung ein Fehler war. Erneut ergriff ihn heftige Angst, daß Dinah etwas zugestoßen sein könnte.

Kathrins Hand fühlte sich leicht und trocken wie ein gefallenes Blatt an, als er sie schüttelte. Er bat sie, einen Ausdruck der Daten in sein Büro hinüberzubringen, sobald der Test abgeschlossen war.

Matthew ging an seinen Schreibtisch zurück. Er mußte eine Reihe Anrufe erledigen und Besuche von Kollegen anderer Teams vereinbaren. Er nahm ihre Glückwünsche entgegen, gestand sich selbst auch ein, gute Arbeit geleistet zu haben, aber der Erfolg färbte nicht länger seine Sicht der Welt und erfüllte ihn nicht mehr so, wie es früher der Fall gewesen war.

Der Morgen verging ohne einen einzigen freien Augenblick.

Sean steckte den Kopf zur Tür herein und teilte ihm mit, daß sie zur Feier des Tages mittags bei Pantucci essen gehen wollten und daß alle hofften, Matt werde den Vorsitz der Tafel übernehmen.

»Ich werde versuchen zu kommen. Aber erst muß ich ein dringendes Gespräch nach England führen.«

Um ein Uhr, sechs Uhr abends englischer Zeit, wählte er erneut die Nummer in Cromer. Jetzt muß sie dasein, dachte er.

Was würde er tun, wenn es nicht der Fall wäre?

Die mittlerweile vertraute Stimme der Dame am Empfang meldete sich, und er fragte wieder nach Dinah.

»Bitte warten Sie«, bat die Frau. Er hörte, wie es in Dinahs Zimmer klingelte. Sieben, acht, neun, zehn doppelte Summtöne.

»Es tut mir leid, sie ist nicht zu erreichen.«

»Ich habe gestern abend angerufen und eine Nachricht hinterlassen. Hat sie die erhalten?«

»Einen Moment bitte.« Einen Augenblick später teilte sie ihm mit: »Es sind noch weitere Nachrichten für Mrs. Steward hier.«

»Hat irgend jemand sie in den letzten zwei Tagen gesehen?«

»Einen Moment.«

Man hörte eine gedämpfte Beratung. »Ich glaube, niemand hat sie gesehen, sie hat sich aber auch nicht abgemeldet. Und Mrs. Steward hat Besuch. Er wartet hier in der Halle.«

Matthew versuchte nachzudenken. Wen sollte er jetzt anrufen? Eleanor? Die Polizei? Freunde in Sheldon? Langsam drang der zweite Teil der Information in sein Bewußtsein.

»Besuch? Wer ist es?«

»Eine junge Frau.«

Es klopfte an Matthews Tür, und Kathrin erschien, ohne seine Aufforderung, hereinzukommen, abzuwarten. Sie hielt den Computerausdruck in der Hand, um den er gebeten hatte. Wütend bedeckte Matt die Sprechmuschel mit der Hand.

»Könntest du später wiederkommen? Ich bin beschäftigt.«

Ihr Gesicht verzog sich zu einer kleinen dunklen Maske. Aber sie ging gehorsam hinaus.

»Oh, warten Sie einen Augenblick ... Mr. Steward?«

»Hallo? Ich bin hier.«

»Ich sehe gerade Ihre Frau. Sie kommt die Treppe herauf. Wenn Sie dranbleiben möchten ...«

»Danke«, sagte Matt. Er lehnte sich in seinem Drehstuhl zurück und stellte plötzlich fest, daß sein Hemd am Rücken und unter den Armen durchgeschwitzt war.

Dinah war angenehm müde. Ihre Beine und Füße schmerzten, und sie freute sich auf eine Tasse Tee und ein heißes Bad und danach auf einen Drink und ein gutes Essen.

Francis und sie waren beinahe dreißig Kilometer gelaufen, hatten auf halbem Wege angehalten, um in einem Pub mittags Käse und Mixed Pickles zu essen und ein Bier dazu zu trinken, und die ganze Zeit über hatten sie geredet. So frei zu reden war für Dinah wie klares Wasser nach einer langen Durststrecke.

Die Sonne schien auf das sich kräuselnde steingraue Meer, und als sie sich landeinwärts wandten, glitt sie Richtung Westen vor ihnen her über riesige Felder, wo Schwärme von Möwen hinter dahinkriechenden Traktoren herabsausten. Francis kannte das Land und die lokalen Legenden gut, die sich um alte, einsam gelegene Bauernhöfe und kleine Hügel mit verkrüppelten Bäumen rankten. Sie nahm ihn und die Landschaft und die Sonne, wie sie sich ihr darboten, an – jetzt, heute. Für ein paar Stunden schob sie die Notwendigkeit, aus diesem Gewirr Entscheidungen herauszupicken, auf.

Als sie am späten Nachmittag wieder nach Cromer gelangten, fragte Francis: »Heute abend?«

Sanft erwiderte sie: »Ich muß anrufen und mit Matt und den Jungen sprechen. Und ich muß auch nachdenken.«

Seine Gesellschaft hatte sie glücklicher gemacht, als sie lange gewesen war. Die Nacht und der Tag, die sie miteinander verbracht hatten, erschienen ihr jetzt wie ein kurzes friedliches Zwischenspiel in einem verwirrenden Krieg. Aber dieses Intermezzo dauerte nur eine begrenzte Zeit, hatte begonnen und wieder geendet.

»Es war nur für einen Tag. Du wußtest das, nicht wahr?«

Er nickte.

»Der glücklichste Tag, an den ich mich erinnern kann«, sagte er.

Er wollte mehr, Dinah begriff das. Aber er würde nicht versuchen, sie dazu zu zwingen, ihre Meinung zu ändern. Er berührte ihre Wange und trat dann zurück.

»Gute Nacht«, sagte er. Und dann ging er schnellen Schrittes fort, die Redemption Street hinunter. Ein hochgewachsener Mann in einem langen schwarzen Mantel. Ein einsamer Mann, der es gelernt hatte, noch mehr darauf zu achten, seine Gefühle zu verbergen, als Dinah.

Dinah schlug einen Bogen zur Vorderfront des Hotels. Ein kalter Wind, der vom Meer kam, trieb sie die Stufen hinauf und durch die altmodische Drehtür hinein.

»Mrs. Steward? Mrs. Steward?« rief die Frau an der Rezeption ihr quer durch die nach Politur riechende Eingangshalle zu. »Anruf für Sie.«

Sie ging hin und nahm den Hörer auf. Als sie ihn hochhob, sah sie den Stapel Nachrichten in ihrem Fach.

»Ja? Matt? Ist alles in Ordnung?«

»Mehr oder weniger. Ich habe dich gestern morgen und gestern abend angerufen.«

Dinah war atemlos, sie fühlte sich ertappt. Bilder des Tages und der Nacht, die sie gerade verbracht hatte, gingen ihr durch den Kopf, und ihr Glanz erlosch abrupt. Jetzt war sie genauso schuldig wie Matt und beschämt über die Vorstellung, daß sie, und sei es nur unbewußt, die Notwendigkeit empfunden hatte, seinen Betrug mit ihrem eigenen heimzuzahlen.

Nein. Sie hatte sich zu Francis um seinetwegen hingezogen gefühlt, nicht wegen kindischer Rachegefühle. Ihr eifersüchtiger Groll gegen Matthew und Kathrin Pang verschob sich und legte sich ein wenig.

»Matt, bist du da? Ich ... ich bin gerade gekommen. Ich habe die Nachrichten nicht gesehen.« Es waren mehr als zwei.

»Wo warst du?«

Eine Sekunde des Schweigens verstrich zwischen ihnen. Dinah dachte, so hat er es auch gemacht: verschweigen und ausweichen. Ihre Wut auf ihn legte sich und verschwand.

»Sarah besuchen. Matt, sie ist erstaunlich. Ich habe bei ihr gesessen und beobachtet ...«

Brutal unterbrach Matthew sie: »Sandra hat angerufen. Milly ist am Sonntag morgen verschwunden, und seither ist sie nicht mehr gesehen worden.«

Dinah sah das Gesicht der Frau an der Rezeption. Etwas veranlaßte sie, sich umzudrehen und dem Blick der Frau durch die Halle zu folgen.

Unter einem Plastikschild mit den grünen Großbuchstaben »Salon« stand Milly. Ihr Haar war zu einer schwarzen Kuppel geformt, ihre Augen und ihr Mund bildeten schwarze Schlitze in ihrem weißen Gesicht. Ihre Kleidung sah aus, als hätte sie eine Woche lang draußen übernachtet. Die Wirkung war genauso extrem und wohlberechnet wie beim ersten Mal, als Dinah sie getroffen hatte. Im Dämmerlicht dieses Provinzhotels verursachte ihre Fremdartigkeit einen Schock.

»Sie ist hier.«

»*Dort?*«

»Ich habe sie gerade gesehen. Du mußt mir zehn Minuten Zeit geben, Matt. Warte, ich rufe dich zurück.«

Benommen legte Dinah den Hörer auf.

»Besuch für Sie, Mrs. Steward«, verkündete die Frau an der Rezeption unnötigerweise. »Sie wollte *unbedingt* warten.«

Dinah ging zu ihr. Milly lächelte grimmig und hielt ihren schwarzen Mund dabei geschlossen. Dinah begriff, daß sie auf diese Weise alles für sich behielt.

»Geht es dir gut?«

»Ja. Ist mir noch nie bessergegangen.«

»Komm mit.«

Auf einem Stuhl im Salon lagen eine Reisetasche und eine Plastiktüte. Dinah nahm sie mit, und Milly folgte ihr gehorsam. Als sie an der Rezeption vorbeikamen, sagte Dinah: »Meine Freundin wird bei mir bleiben. Sie braucht ein Einzelzimmer neben meinem. Und schicken Sie uns bitte eine große Kanne Tee für zwei hinauf und einige Sandwiches. Keine Butter, irgendeine Füllung außer Fleisch, Fisch, Käse oder Eiern.«

»Gewiß, Mrs. Steward.«

Sie zogen sich nach oben in die Sicherheit von Dinahs Zimmer zurück.

»Ich habe angerufen. Aus Heathrow und vom Haus meiner Freunde in London. Du warst nicht da. Da bin ich einfach hergekommen.« Milly sprach vorwurfsvoll.

»Warte einen Augenblick. Fang noch einmal von Anfang an.«

Milly hatte Franklin am Sonntag morgen, als Ed Golf spielte und Sandra in ihrem Heilbad war, verlassen. Sie hatte ihren Paß mitgenommen und Bargeld, das Ed immer vorrätig im Hause hatte. Mit Taxi und Zug war sie zum Flughafen in Boston gefahren und hatte sich ein Standby-Ticket für den ersten American-Airways-Flug nach Heathrow gekauft. Am Montag morgen war sie von Heathrow aus mit der U-Bahn zu ihren Freunden nach Camden Town gefahren.

»Wer? Wer sind diese Freunde?«

»Ich habe dir doch von ihnen erzählt, meine Kumpels. Ich hab' bei Caz übernachtet, das war okay.« Milly bewegte ihre Haarkuppel ruckartig. »Das ist ein guter Laden. Bei ihm können die Leute kommen und bleiben, wenn sie 'nen Platz brauchen. Ich hab' Spaß gehabt.«

Millys Gesicht zeigte denselben Ausdruck schüchternen Trotzes, den sie auch hatte, als sie Dinah von dem Skilehrer in Zermatt erzählte. Dinah begriff, warum Milly plötzlich wieder bis in die schwarzen Spitzen ihrer Haare und Nägel lebendig war. Sie hatte die Verbindung mit Leuten und Orten, die sie vermißte, wieder aufgenommen und auch mit Caz, wer immer das sein mochte.

»Ich verstehe. Und was dann?«

»Also, das ist doch offensichtlich. Du hast mir doch die Telefonnummer und die Adresse von hier gegeben.«

Am Dienstag morgen hatte sie, da sie Dinah telefonisch nicht erreichen konnte, von Liverpool Street aus den Zug nach Norwich genommen und war den Rest der Strecke nach Cromer per Anhalter gefahren.

»Ganz einfach. Das einzige Problem war das letzte Stück. Ich mußte stundenlang warten, bis mich einer mitnahm, und dann war es so ein Kotzbrocken.«

Triumphierend erzählte Milly ihre Geschichte. Dinah war beeindruckt, obwohl sie das vor Milly verbarg, und außerdem fiel ihr auf, daß Milly sie wie selbstverständlich duzte. Dinah nahm den Hörer des Zimmertelefons ab und reichte ihn ihr hinüber.

»In Ordnung. Ruf jetzt deine Mutter an. Sag ihr, daß du bei mir bist, in Sicherheit.«

»Ich weiß nicht, wer meine Mutter ist. Ich will sie finden.«

»Jetzt sei du kein Kotzbrocken. Sag Sandra, wo du bist, und zwar vernünftig. Oder ich drehe dich auf dem Absatz um und schicke dich nach Boston zurück.«

Milly wählte. Beim ersten Klingeln nahm jemand ab. Matt hatte bereits mit den Parkes' gesprochen.

»Ja. Ich bin okay. Ich sagte, ich bin okay. Ich habe es einfach getan, und das ist alles. Hör mal, das brauchst du nicht. Ich will nicht, daß du das tust, und Dinah ...«

Dinah ging ins Badezimmer und schloß die Tür. Sie drehte das Wasser voll auf und wusch sich das Gesicht. Ein neues Spiegelbild blickte ihr aus dem Spiegel entgegen. Als sie glaubte, daß sie Milly genug Zeit gegeben hatte, alles zu erklären, ging sie ins Schlafzimmer zurück. Milly lag der Länge nach ausgestreckt auf dem Bett.

»Sie sind jetzt auf dem Weg zu dem verdammten Flughafen. Morgen sind sie im Haus in Hampstead. Weißt du, wo wir wohnten, als ich in London zur Schule ging? Sandra wollte mit dir sprechen, aber ich habe gesagt, du wärst wieder ausgegangen.

Natürlich waren Ed und Sandra auf dem Weg hierher. Mühelos bewegten sie sich zwischen ihren Häusern hin und her. Nur Milly, die in ihren Gewohnheiten so konservativ war wie jedes Kind, hatte Schwierigkeiten mit dem ständigen Herumziehen.

»Milly ...«

Es klopfte an der Tür. Es war der Tee, Kanne und Wasserkrug aus Edelstahl, Gurkensandwiches auf einem Papierdeckchen arrangiert. Dinah seufzte, aber sie hatte im Augenblick keine Lust, mit Sandra zu reden.

»In Ordnung. Iß etwas, und dann kannst du mir erzählen, warum du mir über den Atlantik zum Seaview Hotel in Cromer hinterhergejagt bist.«

Milly biß in ein Sandwich, ohne es vorher zu untersuchen. »Das habe ich doch gesagt. Ich wollte anfangen, nach meiner Mum zu suchen. Wenn es für dich in Ordnung ist, dein Kind zu suchen und zu finden, warum sollte ich dann nicht das gleiche tun?«

Matthew stützte sein Kinn in die Hand. Sandras ungläubiges *In Norfolk?* klang ihm noch in den Ohren. Sie hörte sich verwirrt und verletzt und auch wütend an. Sie tat ihm leid.

Auf dem Gang draußen war es ruhig geworden. Es mußten wohl alle schon zu Pantucci gegangen sein.

Einen Augenblick später rief er im Büro am anderen Ende der Abteilung an, das Kathrin mit einem anderen Wissenschaftler teilte.

»Ja?«

»Ich habe jetzt Zeit.«

Einen Augenblick später erschien sie. Die Tür öffnete sich ein Stückchen, gerade weit genug, um sie durchzulassen. Sie trug Jeans und ein weißes Oberteil aus einem dehnbaren Material mit einem tiefen runden Ausschnitt, der die winzigen Flügel ihres Schlüsselbeins frei ließ. Ihre Haut war von einem matten weichen Oliv, das sich gegen den Bogen der helleren Schultern abhob.

Matt sagte noch einmal: »Tut mir leid.«

Sie legte den Computerausdruck vor ihn hin. Dann kam sie näher und setzte sich auf die Kante seines Schreibtisches. Sie stützte sich auf ihre gestreckten Arme. Auf ihrem Unterarm wuchs ein zarter seidiger Flaum. Sie war sehr schön, aber Matthew bemerkte, daß er sie verwirrt betrachtete. Er kannte sie, aber er spürte auch, daß er überhaupt nichts über sie wußte. Hatten sie all jene Dinge zusammen getan, innerhalb der Wände ihres Zimmers, das beunruhigende Erinnerungen wachrief? Sie war ein junges Mädchen, das auf seinem Schreibtisch hockte, nur dreißig oder vierzig Zentimeter entfernt, aber Dinah schien ihm näher und wirklicher zu sein. Befürchtungen und Irritationen prickelten wie winzige elektrische Entladungen unter Matthews Haut.

»Es hatte ein Problem gegeben. Eine junge Freundin von uns war verschwunden, und ich konnte Dinah in England nicht erreichen. Ich habe mir heute morgen Sorgen um sie gemacht, und dann rief sie gerade an, als du hereinkamst.«

Kathrin hatte den Kopf nach vorne geneigt, aber jetzt bog sie ihn nach hinten, so daß sie an die Decke schaute. Ihr kurzes Haar flog wie ein schwarzglänzender Flügel, sie kämmte es mit ihren Fingerspitzen von der Stirn nach hinten.

Matthew beobachtete all dies. Dann drehte sie sich, um ihn von der Seite anzuschauen, und saugte die Lippen in einer Geste des versonnenen Nachdenkens zwischen die Zähne.

»Es lohnt sich nicht, daß ich auf irgend etwas hoffe? Zwischen uns?«

»Du und ich?« wiederholte Matthew mit belegter Stimme. Einen Moment war er unvorsichtig gewesen.

»Ja. Daß es wirklich das bedeuten könnte, was es für mich von Anfang an bedeutet hat.«

»Für dich ...«

»Ich habe dir gesagt, daß ich dich liebe. Das war die Wahrheit. Und ich dachte wegen dem, was du tatest und wie du es tatest, daß du mich vielleicht auch liebst. Daß eine Zeit kommen könnte, in der wir zusammensein könnten.«

O Gott, dachte Matthew. »Kathrin ...«

»Aber natürlich hatte ich unrecht. Du wolltest mich nur bumsen, Professor, nicht wahr?«

Aus ihrem Mund hörten sich die Worte schockierend an. Matthew machte mit den flachen Händen eine verzweifelte Geste.

»Nein, das stimmt nicht. Dich wollte ich. Den Verstand und die Seele genauso wie den Körper. Aber ich hätte nicht einmal daran denken dürfen, weil ich nicht frei war. Weder damals noch jetzt. Was ich getan habe, tut mir leid. Ich bedauere mehr, als ich ausdrücken kann, daß ich dich verletzt habe.«

Kathrins Blick war auf die Bäume vor dem Fenster geheftet.

»Ich vermute«, sagte sie fast träumerisch, »ich vermute, was du getan hast, kann man als Belästigung darstellen. Meinst du nicht? Ein Leiter eines Instituts, der zu einem Mitglied seines Teams kommt mit keiner anderen Absicht als schmutzige sexuelle Befriedigung?«

Matthew bewegte sich in seinem Stuhl. Kathrin blickte noch immer ausdruckslos nach draußen in das blauweiße Nachmittagslicht.

»Das ist nicht ganz so, wie ich es in Erinnerung habe«, erwiderte er sanft.

Kathrin schob die Lippen vor. Es war seltsam, daß es im Institut so ruhig war, keine Stimmen, kein Pfeifen, keine Schritte, die auf dem Linoleum quietschten.

»Du kannst behaupten, was immer du möchtest«, fügte Matthew weniger sanft hinzu. »Aber ich würde sagen müssen, daß es damit begann, daß du zu mir kamst. Ich frage mich, an wieviel vom Ende dieses Abends Jon sich erinnert.«

Kathrin grinste.

»An nicht viel, könnte ich wetten.« Sie stand auf, straffte die Schultern und warf das Haar zurück. »Hier sind die ausgedruckten Zahlen. Ich schätze, ich hätte gratulieren sollen.«

»Danke. Deine Arbeit war ein wesentlicher Beitrag.«

Zu seiner Überraschung streckte sie ihm die Hand mit ausgestreckten Fingern und geradem Handgelenk entgegen wie ein Mann.

Er schüttelte sie und spürte wieder die widersprüchliche Zerbrechlichkeit. Dr. Pang war schließlich doch kein gefallenes Blatt. Sie begriff, daß sie nicht bekommen würde, was sie haben wollte, und vergalt es, indem sie ihm drohte. Genug, daß er sich unbehaglich fühlte, ergriffen von der Schuld der mittleren Jahre, seine Erleichterung gepaart mit Bedauern. Zögernd bewunderte er sie.

»Ich gehe jetzt zu Pantucci zu den anderen«, sagte sie.

»Sag ihnen, daß es mir leid tut, daß ich hier festgehalten werde. Ich muß mich um Familienangelegenheiten kümmern. Bestell jedem eine Cola auf meine Rechnung und sag ihnen, daß sie um Punkt zwei Uhr wieder bei der Arbeit sein müssen.«

Kathrin lächelte nicht über diesen müden Witz.

»Auf Wiedersehen«, sagte sie ganz ernst. Sie schlüpfte durch den gleichen schmalen Spalt zur Tür hinaus und schloß sie hinter sich.

Matthew ließ sich in seinem Stuhl zurückfallen und atmete schwer, als sei er eine Treppe hinaufgerannt.

Auf der Außenleitung auf seinem Schreibtisch klingelte es.

»Matt? Ich bin's.«

»Oh, was ist los? Ich habe mit Sandra gesprochen. Die Ärmste.«

»Ja. Ich habe Milly veranlaßt, sie direkt zurückzurufen. Jetzt ist sie nebenan im Bad. Ich hoffe, sie hat in ihrer Reisetasche noch was Sauberes zum Anziehen.«

»Was für ein Monster dieses Kind ist.«

»Nein, das ist sie nicht. Sie ist nur voller Wut und Widersprüche und gespielter Tapferkeit. Jack und Merlin werden wahrscheinlich genauso, wenn sie in ihrem Alter sind.«

»Großer Gott. Ich hoffe nicht.«

Vierzehn. Verständnis flackerte zwischen ihnen auf.

»Erzähl mir von ihr.«

Dinah wollte das jetzt nicht, obwohl sie sich danach gesehnt hatte, daß Matt sie das fragte. Sarah war zu nahe, und ihre Reaktion auf die Ereignisse war zu frisch, um sie in einem Transatlantikgespräch mit seinen hohlen Echos zur Sprache zu bringen.

»Ich habe sie gesehen und bei ihr gesessen, und sie hat mir ihr Zimmer und ihre Sachen gezeigt. Sie ist erstaunlich. Aber jetzt kann ich nicht reden. Matt? Du hörst dich irgendwie gequält an.«

»Heute morgen haben wir die Fettzellentests gemacht. Sieht so aus, als wär's gut gelaufen.«

»Matt! Warum hast du nichts davon gesagt? Wunderbar. Ich freue mich, ich freue mich so für dich. Du hast es verdient. Das bedeutet doch, daß du Korner und das California Institute of Technology geschlagen hast, oder?«

»Ich glaube schon. Soweit ja.«

Sie lachte vor Vergnügen.

»Gut gemacht«, sagte Dinah. »Ich bin stolz auf dich.«

»Wirklich? Ich weiß nicht, ob ich auf mich selbst so besonders stolz bin.«

Wieder kam es zu einer Pause. Die Entfernung zwischen Cromer und Franklin schien sich zu verringern und dann wieder zu wachsen. Dinah hörte, wie Milly im Badezimmer herumpolterte. Jeden Augenblick würde sie herauskommen. Es gab im Moment nichts mehr zu sagen.

»Was wirst du jetzt tun?« fragte Matthew. Wieder diese Frage. »Wann kommst du nach Hause?«

»Ich weiß es nicht. Noch nicht.«

Sie wußte nur, daß sie in bezug auf Sarah immer noch ein dringendes, unbefriedigtes Bedürfnis hatte. Es hatte von ihr Besitz ergriffen und brachte sie aus dem Gleichgewicht. Es führte dazu, daß ihr Spiegelbild sie anstarrte.

»Wie geht es den Jungen?«

Matthew erzählte ihr von Merlins Fuß und fügte schnell hinzu, daß es nichts Ernstes sei. Er erzählte ihr die kleinen häuslichen Vorkommnisse, so daß sie nickte, ihn tröstete und gleichzeitig erschrocken bemerkte, wie sehr sie sich davon gelöst hatte. Der Gedanke an zu Hause zerrte an ihr, ließ das Hotelzimmer fremd und die Stunden, die sie mit Francis verbracht hatte, in ihrer Erinnerung noch anstößiger erscheinen. Der beißende Rauch der Verwirrung stieg Dinah in Augen und Mund, so daß sie nur mühsam sprechen konnte.

Sie brachte es fertig zu sagen: »Grüß sie von mir. Ich rufe, sobald ich kann, an, um mit ihnen zu reden.«

Milly kam aus dem Bad, rosig, mit ungeschminktem Gesicht, ein weißes Handtuch um den Kopf geschlungen.

»Ich lege jetzt besser auf. Warte mal, Matt, noch mal: Gut gemacht.«

»Danke. Ich liebe dich.«

»Ja«, sagte Dinah. »Ich werde dich bald anrufen.«

Dinah und Milly aßen im Speisesaal des Hotels. Auf den Tischen standen kleine Lampen mit roten Schirmen, zwei Kellnerinnen im pensionsreifen Alter bedienten sie, im Hintergrund lief leise Musik. Das Essen war auf fast komische Weise schlecht. Milly stocherte auf ihrem Teller mit Dosenmöhren und vegetarischer Lasagne herum und schob ihn dann beiseite. Voller Genuß zündete sie sich eine Marlboro an.

Dinah ermahnte sie nicht. Sie hatte gesehen, wie die Kellnerinnen bei Millys Erscheinen die Augenbrauen hochgezogen und an der Tür zur Anrichte miteinander getuschelt hatten, und fühlte sich ganz entschieden auf Millys Seite. Während sie die Mahlzeit durchlitten, entstand zwischen ihnen die Atmosphäre von Komplizinnen. Als ob sie gemeinsam die Schule schwänzten. Sie blickten einander durch den roten Schein der Lampe an, während Milly den Rauch ausstieß.

Milly nannte ihr Gefühl beim Namen. »Mit dir hier zu sein ist wie Urlaub auf Ehrenwort oder so was. Und morgen bin ich wieder drinnen bei Ed und Sandra in Gainsborough Gardens. Vermutlich in Handschellen.«

Dinah lachte. »Handschellen sind schon nötig, oder du tauchst demnächst in Ulan Bator oder Port Stanley auf.«

»Das ist nicht komisch.«

»Kein bißchen? In Ordnung. Du hast etwas bewiesen, indem du einfach hier bist. Laß uns darüber reden, was du tun möchtest.«

»Erzähl mir zuerst von dem Kind.«

»Sie ist im selben Alter wie du.«

Dinah beschrieb, was geschehen war, wie sie es bei Matthew nicht konnte. Milly hörte zu und ließ ihre Zigarette im Glasaschenbecher kreisen, um die Asche abzustreifen. Schließlich meinte sie: »Kann ich sie auch sehen? Das würde ich wirklich gerne.«

Dinah war überrascht, denn sie hatte eher von Verachtung verhüllte Eifersucht erwartet.

»Ich weiß nicht. Ich weiß nicht einmal, ob ich sie selbst noch einmal zu sehen bekomme, obwohl ich es möchte. Ich muß einfach.«

»Es gibt immer eine Möglichkeit«, meinte Milly weise. »Es muß erstaunlich gewesen sein, sie nach all der Zeit so zu sehen.«

»Erstaunlich? Ja, das war es.«

»Ist sie sehr – zurückgeblieben?«

»Nein. Und ja.«

Milly zündete sich eine neue Zigarette an, obwohl sie an der letzten gerade einen Zug gemacht hatte.

»Ich hab's satt, in Franklin mit Sandra und Ed und all dem üblichen Mist unterrichtet zu werden in Kram, der mir scheißegal ist, und die ganze Zeit durch das Fenster die Bäume anzustarren und mich zu fragen, was mit mir los ist. Das ist ihre Masche: ›Was ist los mit dir? Du hast so ein wunderbares Leben, so viele Privilegien, und wir lieben dich so sehr, warum kannst du nicht ein bißchen nett sein?‹ Also frage ich mich das mittlerweile auch.

Und seit du abgereist und hierhergekommen bist, denke ich auch über dich nach. Was du gesagt hast darüber, daß du das Kind sehen mußt und nicht weißt, was passieren wird, wenn du sie gefunden hast, du aber trotzdem das Bedürfnis hast, sie zu finden? Und daß du das Gefühl hast, so nicht weitermachen zu können, alles geheimzuhalten und alles weiterlaufen zu lassen, obwohl es von Anfang an auf der falschen Basis aufgebaut ist? War das nicht das, was du gesagt hast?«

Milly machte mitten in einem Zug eine Pause und sah Dinah stirnrunzelnd an.

»Ja, genau.«

»In Ordnung. Also begann ich zu denken, vielleicht ist mit mir ja dasselbe los wie mit dir. Ich wollte wegrennen, und ich wußte nicht, wohin oder warum, nur daß ich es wollte. Daß ich platze oder verrückt werde oder irgendwas, wenn ich es nicht tue.

Hast du jemals diesen wirklich traurigen Tiger im Londoner Zoo gesehen? Da haben sie mich immer hingeschleppt, als ich noch klein war, Kindermädchen und seltsame Au-pair-Mädchen und andere Leute. Der Tiger lief immer auf und ab, hin und her den ganzen Tag. Ich hätte am liebsten geheult, weil er nicht im Dschungel war. Und jetzt denke ich, Scheiße, das ist genau wie bei mir.

Da hab' ich mich entschlossen, diesmal was Vernünftiges zu tun, statt mich eine Nacht lang in einer Scheune zu verstecken oder was anderes Sinnloses.

Ich hab' mir gedacht, wenn ich hierher zu dir komme, kannst du mir wirklich helfen, mit der Suche nach ihr anzufangen. Meine richtige Mutter. Wie du es mit dem Kind gemacht hast. Und das ist dann kein endloses Auf- und Abtigern und keine Geheimniskrämerei mehr, die Dinge kommen ans Licht des Tages, und alles wird besser. Ich weiß genau, wie ich mit Ed und Sandra und dem ganzen Kram fertig werde, weil wir dann alle wissen, wo wir stehen, klar? Kapierst du, was ich sage? Sonst kann ich ihnen nämlich weiterhin sagen: ›Ich will sie suchen‹ und sie: ›Was ist mit uns?‹ und ›Du bist nicht alt genug‹, und ›Geben wir dir nicht alles, was du willst?‹ Sie glauben, daß ich das will, ist wieder nur ein Teil des üblichen Krams mit mir, statt zu begreifen, daß dieser Kram nur deswegen so ist.

Wenn ich also etwas tue, weißt du, dann muß es ein richtiger Schritt sein, wo auch immer er mich hinführt. Statt mich mit Mum und Dad immer nur im Kreise zu drehen.«

Es war das erste Mal, daß Dinah je gehört hatte, wie Milly sie so nannte, statt Ed und Sandra.

Sie nickte. »Ich glaube, das ist wahrscheinlich sehr scharfsinnig von dir.«

Milly seufzte: »Großer Gott. Das ist das Problem mit euch allen. Ihr benutzt beschissene Wörter wie scharfsinnig. Was ich wissen will, ist, ob ich *recht* habe oder was?«

»Milly, ich weiß, glaube ich, nicht, ob du recht hast oder nicht. Ich weiß überhaupt nichts mehr.«

Daraufhin folgte eine verblüffte Pause. Dann erschien auf Millys Gesicht dieses Lächeln, das es völlig verwandelte. Ihr war etwas klargeworden.

»Du weißt es wirklich nicht, stimmt's? Und du würdest einem nicht einfach auftischen, was richtig ist, und vorgeben, du hättest es schon immer gewußt und die ganze Zeit geglaubt. Das ist erstaunlich.«

»Ob's erstaunlich ist, weiß ich nicht. Es ist ehrlich.«

Milly lächelte noch immer. »Sobald mir der Gedanke gekommen

war, hierherzukommen, ließ er mich nicht mehr los. Stückchen für Stückchen habe ich meinen Plan ergänzt, ihn gewissermaßen aufpoliert. Ich wußte genau, wie ich vorgehen wollte. Ich wußte, daß ich es tun mußte. Es war aufregend.«

»Das kann ich mir denken.«

Milly war eine Überlebenskünstlerin, das erkannte Dinah. Mehr als das – sie war großartig. Etwas von ihrer Wut mußte daher rühren, daß Ed und Sandra nicht bereit waren, ihre Stärke so anzuerkennen, wie sie es sich gewünscht und es verdient hätte.

»So«, Milly hob ihre geballten Fäuste hoch und zog sie auseinander, als wollte sie demonstrieren, daß sie keine Handschellen trug. »Hier bin ich. Willst du mir helfen, meine Mutter zu finden?«

Sie schauten einander an und hatten wieder das Gefühl, als schwänzten sie gemeinsam die Schule. Sie waren beide auf der Flucht.

Dinah sagte: »Ich habe es dir ja gesagt. Am besten fragst du meine Freundin Lavinia Jackson, wo man anfangen soll. Bis jetzt hatte ich noch keine Gelegenheit, sie deinetwegen anzurufen. Ich weiß, daß ich es versprochen habe.«

Lavinia hatte damals in Sheldon gewohnt und war dann nach dem Scheitern ihrer Ehe zurück nach London gezogen. Sie war Rechtsanwältin und hatte sich auf Pflege- und Adoptionsfälle spezialisiert. Dinah hatte schon einmal daran gedacht, sie bei ihrer Suche nach Sarah um Rat zu fragen. Aber dann hatte sie sie nie darum gebeten, aus dem alten Gefühl heraus, Hilfe oder Sympathie nicht zu verdienen wegen dem, was sie getan hatte.

»Wir werden es tun«, sagte Dinah jetzt.

Milly stand auf. Sie kam um den Tisch herum und küßte Dinah, bevor sie sie ungestüm umarmte.

»Wann?«

»Morgen, wenn du möchtest. Aber du mußt dich darauf gefaßt machen, zu hören, daß du nichts ohne Eds und Sandras Hilfe tun kannst, bis du achtzehn bist.«

Milly ließ sie los und trat einen Schritt zurück.

»Hm. Aber wir können es versuchen, nicht wahr? Und wir können auch morgen das Kind noch einmal besuchen.«

»Sie ist genauso alt wie du«, wiederholte Dinah mechanisch. »Und ich weiß nicht, ob wir da noch einmal hingehen können. Wir sind nicht eingeladen, eher das Gegenteil.«

»Nun komm schon. Weißt du, wir müssen ja nicht zu ihnen hingehen. Bring mich einfach in den Ort, in die Stadt oder was es ist. Vielleicht sehen wir sie ja zufällig. Du willst sie mir doch zeigen, oder nicht?«

Das war es. Dinah wollte es. Wivenham zog sie an, als würde sie an einem Draht dorthin gezogen. Sie hatte es Milly erzählen wollen, und jetzt wollte sie mit ihr dorthin fahren. Als ob Millys Gegenwart es für später beglaubigen würde, wenn Sarah und ihr Aufenthaltsort, wie sie befürchtete, wie ein Trugbild zur Unwirklichkeit verblassen würde.

Die Zwittertochter, jetzt zwei Individuen. Die eine von der anderen bestätigt.

Bin ich verrückt, fragte sich Dinah, oder befreie ich mich selbst aus einem langen Wahn? Zu welchem Gemütszustand gehörte Francis?

»Wir könnten«, hörte sie sich bedächtig sagen, »einen Spaziergang machen. Ich will da nicht herumlungern und wie eine Drohung über ihnen schweben. Ich bin keine Bedrohung für sie, weißt du.«

Milly betrachtete sie mit unschuldigem Gesichtsausdruck.

»Natürlich nicht.«

Der Termin war festgelegt.

Am Morgen erwachte Dinah von einem Klopfen an der Tür. Es war sehr früh, das Licht im Zimmer noch undurchdringlich mit kaum einer Spur von Grau. Verwirrt setzte sie sich auf und schlüpfte dann in ihren Morgenmantel. Als sie die Tür öffnete, stand zu ihrer Überraschung Milly davor, angezogen und in voller Kriegsbemalung.

»Was ist los? Was ist passiert?«

Ihre bisherigen Erfahrungen mit Millys Gewohnheiten hatten sie zu der Annahme verleitet, für sie beginne der Tag nicht vor Mittag.

Milly zuckte die Achseln. »Ich dachte, wir hätten einen Plan.«

»Was? Wieviel Uhr ist es? Es ist noch nicht mal hell.«

»Viertel vor acht. Draußen ist Nebel. Hör bloß mal.«

Unsicher tastend öffnete Dinah die Vorhänge. Das Meer lag unsichtbar hinter einem feuchten, farblosen Vorhang. Irgendwo in der

Nähe, vom Nebel so verzerrt, daß sie nicht sagen konnte, aus welcher Richtung, ertönte das klagende Tuten eines Nebelhorns.

»Macht nichts«, meinte Milly fröhlich. »Wir können trotzdem fahren. Dann sind wir unsichtbar, nicht wahr?«

Ohne den Blick auf Felder und Meer wirkte die Straße völlig verändert.

Dinah fuhr sehr langsam, die Augen auf den naßglänzenden Asphalt vor sich gerichtet. Der dichte Nebel wurde regelmäßig vom verschwommenen gelben Schein eines entgegenkommenden Fahrzeugs durchbrochen. Nur die Verkehrsschilder, die vor ihr auftauchten, gaben Dinah einen Hinweis darauf, wie weit sie gekommen war. Entfernungen und Geräusche erschienen gespenstisch verzerrt. Von der Anstrengung, auf die weiße Fahrbahnmarkierung zu starren, begannen ihre Augen zu brennen. Milly neben ihr spielte mit dem Autoradio herum und drehte von Sender zu Sender.

»Wie weit sind wir?« fragte sie schließlich.

»Sechs bis acht Kilometer, glaube ich. Die Abzweigung nach Wivenham liegt noch einige Kilometer vor uns.«

Hinter dem nächsten Paar Nebelscheinwerfer tauchte ein großer dunkler Schatten auf und entpuppte sich als hochwandiger Viehtransporter. Er blendete zweimal auf. Eine Reihe von Autos kroch hinter ihm er. Dinah zog den Wagen zur Seite, schätzte die Entfernung falsch ein und stieß gegen die Böschung, bevor sie wieder die Spur hielt.

»Weshalb hat er aufgeblendet?« murmelte sie, irritiert, weil sie nichts sehen konnte

Einen Augenblick lang war die Straße frei. Sie machte eine scharfe Biegung nach rechts. Dinah kroch auf dem Scheitelpunkt der Straße vorsichtig um die Kurve.

Sofort bremste sie, nachdem sie den Grund für die Warnung des LKW-Fahrers entdeckt hatte. Ein blauer Bus lag auf der gegenüberliegenden Seite fest. Er mußte seitlich weggerutscht und dann mit der Schnauze in einem flachen Graben zum Halten gekommen sein; das Heck ragte auf die Straße hinaus. Zwei weitere Autos hielten hinter ihm an.

Auf der Böschung befand sich eine kleine Gruppe von Leuten. Ein Kind hockte in einer seltsamen Position auf dem nassen Gras. Über den Schock angesichts des Unfalls hinaus schossen Dinah für den Bruchteil einer Sekunde Gedanken durch den Kopf, bevor sie den Bus identifizierte. Dann sah sie das Grafschaftsemblem und die Initialen an der Seite des Fahrzeugs. Es war Sarahs Schulbus.

Sie umklammerte das Steuerrad und fuhr an den gegenüberliegenden Straßenrand, weg vom entgegenkommenden Verkehr. Sie sprang aus dem Auto und rannte über die Straße auf den Bus zu.

Der Fahrer im marineblauen Anorak stand am Fahrbahnrand. Er hatte einen Rollstuhl aus dem Gepäckraum gehoben. Die Chromgriffe und -räder glänzten matt im Nebel. Sie sah, daß sein Gesicht besorgt wirkte, aber nicht niedergeschlagen. Eine kleine Krise, keine Tragödie. Aber Dinah eilte an ihm vorbei, bis sie die Passagiere, die aus dem Bus herausgeklettert waren, sehen konnte.

Dinah erblickte als erstes Sarahs pinkfarbene Jacke. Es ging ihr gut. Ihre gefalteten Hände hielt sie teilnahmslos vor sich. Sie schaute in die andere Richtung, in die, aus der Dinah gekommen war. Ihre Schultern waren gebeugt.

Alle sechs Kinder waren von einer jungen Frau in einem Regenmantel, die einen Jungen fest an der Hand hielt, zur Böschung getrieben worden.

»Wage es ja nicht wegzulaufen, Paul«, sagte sie.

Zwei andere Autofahrer standen dabei, beides Männer in Arbeitskleidung.

»Ist jemand verletzt?« rief Dinah.

Beim Klang ihrer Stimme drehte Sarah langsam den Kopf in Dinahs Richtung.

»Nein, nein, bei uns ist alles in Ordnung«, antwortete die Frau. »Liegengeblieben, das ist alles. Nicht wahr, Paul? Jemand holt Hilfe.«

Der Fahrer stellte den Rollstuhl auf den Grasstreifen und klappte ihn auseinander. Einer der Autofahrer hob das Kind vom Gras auf, seine Beine hingen wie die einer Marionette herab. Dinah nahm dies alles in sich auf. Ihr Blick war auf Sarah geheftet.

In Sarahs Gesicht erblühte ein Lächeln.

Sie rannte vorwärts, unsicher auf dem nassen buschigen Gras.

Dinah hielt ihre Arme auf.

»Hal-*lo*«, gurrte Sarah.

Dinah fing sie auf und hielt sie fest. Eine Welle der Überraschung, Erleichterung und Freude über dieses unerwartete Geschenk durchlief Dinah.

Sarah war hier. Sie war in ihre Arme gelaufen.

»Hallo, mein Liebling«, flüstere sie mit den Lippen an ihrem dicken Haar. Sie spürte den rosa Plastikbügel von Sarahs Brille an ihrer Wange.

Sie waren im Nebel isoliert. Es gab keine sichtbaren Orientierungspunkte, nicht einmal Vergangenheit oder Zukunft. Nur dieser Augenblick, der Kreis von Gesichtern, die Männer, die junge Frau und die verständnislos blickenden Kinder.

»Ich kenne Sarah. Ich bin eine Freundin der Familie. Ich war gerade auf dem Weg nach Wivenham. Ich nehme sie mit mir zurück.«

»Wir dürfen wirklich ...«, begann die Frau zu protestieren.

»Nein. Wirklich. Ich nehme sie mit.«

Sie hakte Sarahs Arm in ihren eigenen ein.

»Komm jetzt mit, Sarah. Ich bringe dich in meinem Auto nach Hause. Achte auf die Straße.«

Sie gingen schnell zurück zu den Scheinwerfern von Dinahs Wagen. Sarah trottete gehorsam neben ihr her. Dinahs Schultern waren ganz steif, weil sie erwartete, daß jemand sie zurückriß oder zumindest hinter ihnen herrief. Aber nichts geschah.

Sie gelangten zum Auto. Dinah öffnete die Hintertür und blickte in Millys verblüfftes Gesicht.

Sie half Sarah auf den Rücksitz. Gemeinsam nestelten sie herum, um den Sicherheitsgurt zu befestigen. Der Anblick von Sarahs kurzen ungeschickten Fingern prägte sich Dinah ein.

Sie krabbelte auf den Fahrersitz.

»In Ordnung. Auf geht's.«

Der Wagen holperte vom Randstreifen zurück auf die Straße. Als sie beschleunigte, sah Dinah im Rückspiegel, wie der Bus und die Passagiere kleiner wurden und dann verschwanden. Niemand folgte ihr. Nebelschwaden trieben zwischen sie, und sie waren weg.

Die ganze Episode hatte nicht mehr als drei oder vier Minuten gedauert.

»Also«, sagte Milly. Sie drehte sich auf ihrem Sitz herum und streckte ihre Hand aus: »Hallo, Sarah. Ich bin Milly.«

Sarah ergriff ihre Hand und drehte sie um, um fasziniert die schwarzlackierten Nägel anzuschauen. Mit einem breiten Lächeln stieß sie einen Schwall aufgeregter Silben hervor, in dem das Wort *Bus* zwei- oder dreimal vorkam.

Milly nickte mitfühlend. »Ja. Das ist schon ein Drama für einen langweiligen Mittwochmorgen. Besser als Fingermalerei oder was ihr sonst so gemacht hättet, stimmt's?«

»Malen. Schön.«

»Genau. Malen ist in Ordnung.«

Der Nebel schien dichter als je zuvor.

In der Sicherheit ihres Autos waren sie völlig abgeschirmt. Dinah bekam nur mit halbem Ohr mit, wie Milly locker mit Sarah plauderte. Die glänzende Straße entrollte sich vor ihrem Blick nie weiter als einen Meter, und sie fuhr wie hypnotisiert.

»He«, sagte Milly.

Dann wiederholte sie es. »He, Dinah?«

»Was?«

Dinahs Stimme klang gebrochen und gedämpft.

»Da war die Abzweigung. Ich habe den Wegweiser gesehen. Du hast sie verpaßt.«

»Ich weiß.«

Es war leicht gewesen. Das Blut brauste in Dinahs Kopf. Sie fuhr mit steifen Armen, den Blick starr nach vorn gerichtet. Eine lange, lange Pause folgte.

»Wir fahren nicht nach Wivenham, nicht wahr, Dinah?« fragte Milly staunend.

»Nein.«

»Wohin fahren wir?«

»Deia«, rief Sarah und klatschte in die Hände. »Deia.«

Dinah hatte eine Karte von Norfolk im Kopf. Sie sah, wie die Straße, auf der sie sich befanden, sich nach Westen schlängelte und dann den Wash entlang Richtung Süden nach King's

Lynn. Und dann, noch weiter südlich, nach Ely, Cambridge, London.

»Weg von hier«, sagte Dinah mit derselben fremden Stimme. Die Worte kamen ohne Überlegung aus ihr heraus.

Milly ließ sich in ihrem Sitz zurückfallen. Sie schob ihre Haarsträhnen über die Schulter zurück und lachte dann unsicher.

»Scheiße. Das ist eine verdammte Entführung.«

Sie war voller Bewunderung und Respekt.

13

»Wann hast du beschlossen, das zu tun?« fragte Milly.

»Ich habe es nicht beschlossen. Ich habe es einfach getan.«

Die drei saßen in einem Little Chef an der Straße, die südlich von King's Lynn durch das Marschland führte. Dinahs wildem Blick erschien diese banale Umgebung mit Essig- und Ölfläschchen und Tischen aus Plastik und karierten Vorhängen völlig surreal.

Als die Kellnerin ihre Bestellung brachte, legte Sarah die Lippen um den Trinkhalm in ihrem Coca-Cola-Glas und blies laut. Blasen stiegen zwischen den Eiswürfeln auf, und mit sanftem Gesicht sah sie blinzelnd hoch, als erwartete sie einen Verweis. Dinah begriff, daß Pauline sie ermahnen würde, wenn sie unanständige Geräusche mit dem Strohhalm machte.

Statt dessen lächelte sie sie an. »Ist das gut?« fragte sie zu eifrig. Sarahs runde Augen hinter ihren dicken Brillengläsern wurden undurchdringlich. Dinah konnte ihren Gesichtsausdruck nicht ergründen. Sie wußte nicht, wie sie mit ihr reden sollte. Dennoch erschien Dinah im Aufruhr ihrer Verwirrung ihr Kind der einzig feste Orientierungspunkt zu sein. Dinah war überrascht über Sarahs Gegenwart. Das gerippte, pinkfarbene Bündchen ihrer Jacke, die Grübchen an den Knöcheln, die glänzenden Colatropfen in den Mundwinkeln, alles schien in einer Art Überrealität zu erglühen. Ihr rundlicher Körper und ihre Gesichtszüge nahmen bereits die Patina geliebter Vertrautheit an.

Alles andere, das Restaurant, die Straße und selbst Milly, erschien ihr so unwirklich wie der Nebel.

Dinahs Kaffeetasse klapperte auf der Untertasse.

Sie blickte auf ihre Hände hinab und sah, daß sie zitterten.

Jetzt konnte sie nicht umkehren, soviel war klar. Bereits nach der kurzen Strecke, die sie zurückgelegt hatten, schien Dinah einen Abgrund aufgerissen zu haben zwischen Sarah und sich selbst und Wivenham.

Pauline würde im Church Walk warten. Und als sei sie irgendwie Pauline geworden, konnte sie die Abfolge deren Gefühle von beginnender Unruhe über Angst zu voll erblühter Furcht und Wut nachvollziehen.

Der Busfahrer und die Begleiterin würden Dinah natürlich beschreiben. Pauline würde wissen, wer Sarah mitgenommen hatte. Mittlerweile, in diesem Augenblick, würde sie es wissen. Vielleicht konnte sie sich umgekehrt vorstellen, wie Dinah handeln würde: sich sehnen, jubeln, es voller Furcht in die Tat umsetzen.

Ich weiß nicht, welches Recht Sie zu haben glauben, nachdem ich alles für sie getan habe. Das hatte Pauline gesagt. Dinah glaubte allerdings nicht, daß sie irgendwelche Rechte hatte. Was sie wollte, mußte sie sich heimlich oder mit Gewalt nehmen.

Was habe ich getan?

Dinah sagte zu Milly: »Ich habe die Abzweigung gesehen und sie nicht genommen.«

Sie schüttelte den Kopf, als sie sich daran erinnerte, wie ihre Arme, ihr Hals und ihre Schultern durch die Anstrengung steif wurden.

»Ich wußte nicht, daß es passieren würde. Mein Ehrenwort.« Sie lachte unsicher, ihre Stimme klang brüchig.

Milly lächelte, aber in ihre Augen war ein neuer wachsamer Ausdruck getreten.

»Hast du Angst?«

»Ja. Es ist, als ob ich mich selbst nicht mehr kenne.« Ich wünschte, Matt wäre hier, dachte sie, und schimpfte dann mit sich. Was sie getan hatte, hatte sie allein zu verantworten.

»Für mich ist es sowieso okay. Du bist schließlich ihre Mutter.«

Sarah hörte auf, in ihren Strohhalm zu blasen.

»Mama«, sagte sie. Mit ihrem kurzen Zeigefinger schob sie ihre Brille auf dem Nasenrücken hoch. Sie überflog die leeren Tische außen herum und musterte die jugendlichen Kellnerinnen, die in der Nähe der Kasse standen. Ihr Mund schien sich unheilvoll zu verziehen.

Dinah und Milly warfen sich warnende Blicke zu.

Schnell nahm Dinah Sarahs Hand und rieb sie zwischen ihren Fingern. Sie fühlte sich sehr an Jack und Merlin erinnert, als sie noch kleiner waren. Sarah rutschte auf der Bank näher an sie heran.

»Also. Was würdest du gerne tun?« Milly beugte sich zu ihr vor, und Sarah strahlte. Sie zog ihre Hand aus Dinahs und tätschelte Millys Rastalocken.

»Fahren«, sagte Sarah. »Mit dem Auto.«

»Hey. Tolle Idee. Und soll ich dir mal was sagen. Wir könnten sogar bis nach London fahren.«

»London!«

Bei Sarahs Aufschrei drehten die Kellnerinnen sich um. Die Zunge steckte zwischen den Zähnen, und sie sah wieder einfältig aus.

»Ja. Hab' mir doch gedacht, daß dir die Idee gefällt.« Und Dinah murmelte Milly zu: »Ist doch offensichtlich, nicht? Wir können nicht ewig hier herumhängen, oder sie finden uns. In London verschwinden wir wie die Nadel im Heuhaufen. Besonders, wenn wir dorthin gehen, woran ich denke.«

»Warte ...«

Milly schüttelte sie grob am Arm. »Nein, wir können nicht warten. Was ist los? Es ist passiert, oder? Du hast sie. Jetzt sind wir auf der Flucht.«

Wie im Wahn dachte Dinah, sie hörte bereits die Sirenen, Schritte, die sie verfolgten. Hinter ihnen lagen Wivenham und Cromer mit einem Hotelzimmer, in dem sich einige Kleidungsstücke befanden. Sie hatte einen Wagen, die Geldbörse voller Kreditkarten und die Straße nach London vor sich.

Natürlich war es Matthews Geld. Sie hatte nichts, was ihr selbst gehörte ...

Sie starrte Milly an: »Du hast recht.«

»Also, wohin?«

»Ich weiß es nicht. In ein Hotel vielleicht. Eines von diesen Dingern an der Cromwell Road.«

»Du bist doch blöd, Dinah. Wir können sie nicht mit in eines dieser Dinger nehmen. Sie wissen, daß sie vermißt wird, und Leute werden nach ihr suchen. In Hotels und Flughäfen und überall.«

»Sie wissen, daß ich ihren Paß nicht habe«, sagte Dinah, als ob diese Pedanterie ihr helfen würde, den Kontakt mit der Wirklichkeit zu behalten. Aber Milly hatte recht. Sie hatte eine Übelkeit erregende Vorstellung von Leuten an der Rezeption und von Kellnern, die Sarah anstarrten und sich zutuschelten, ob sie etwas zu tun hätte mit dem *»entführten Teenager mit Down-Syndrom«*. Wohin konnten sie denn gehen? Zu Freunden? Zurück nach Sheldon? Zu Eleanor?

Dinah wurde von kindlicher Sehnsucht nach ihrer Mutter geschüttelt. Wenn sie doch nur wieder ihre Rollen tauschen könnten, sie wäre ein Kind, und ihr würde vergeben. Wäre es sicher, Sarah zu ihrer Großmutter zu bringen?

Der Bungalow in Eastbourne und der Beginn dieser Suche schienen räumlich und zeitlich weit entfernt. Sei vorsichtig, hatte Eleanor sie vor Weihnachten gewarnt. Ich habe Angst davor, welchen Schmerz dies verursachen könnte.

Nein. Eleanor würde sagen, daß sie Sarah Pauline zurückgeben müßte. Dinah konnte niemanden bitten, auch nur eine Teilverantwortung für das, was sie getan hatte, zu übernehmen. All ihre Verbindungen zur äußeren Welt verschlissen sich. Sie fühlte sich nackt, benommen, bloßgestellt. Aber sie wollte Sarah behalten. Die Sehnsucht danach war wie eine Wehe, unter der sie sich krümmte, bis sie ihr den Atem raubte. Dinah keuchte und versuchte, die Tränen zurückzuhalten.

»Also?« beharrte Milly kaltblütig.

»Ich weiß nicht. Ich kann nicht denken.«

»Hör zu. Wir können nach Camden Town fahren. Zu Caz. Er wird uns bei sich übernachten lassen.«

»Wirklich?« Dinah war unsicher, aber ein Teil von ihr griff impulsiv nach diesem Vorschlag. Es war eine Lösung, als keine andere sich anbot.

»Klar. Kein Problem.«

»In Ordnung. Dann werden wir das machen.«

Sie fingen an zu lachen, aber in Dinahs Lachen war derselbe gebrochene Ton, der Milly veranlaßt hatte, sie scharf anzusehen. Sarah stimmte zuvorkommend ein, ihre Augen hinter den Brillengläsern waren glänzend und undurchsichtig.

Sie rannten über den Parkplatz mit Sarah in der Mitte und hielten sie an den Händen, als sei sie ein Kleinkind.

Auf der Straße sangen sie. Milly drückte auf die Knöpfe des Radios, um Musik zu finden, Sarah saß auf dem Rücksitz und klatschte in die Hände. Mit offenkundigem Vergnügen folgte sie dem Rhythmus.

Und als sie weiterfuhren, hob sich der Nebel.

Im ersten Moment rollte immer noch dieselbe dichte Wolke über das Auto, dann lichtete sie sich. Das Licht wurde zitronengelb und öffnete sich vor ihnen wie eine himmlische Autobahn. Einen Augenblick später tauchten Felder und Hochspannungsmasten auf, die in den schwachen Dunst eines Sommermorgens gehüllt waren, und dann war selbst der verschwunden. Der Himmel war stahlblau, es herrschte wenig Verkehr, und man hatte einen freien Blick Richtung Süden, nach Cambridge.

Sarah wurde schläfrig. Dinah beobachtete sie im Rückspiegel, wie ihr die Augen zufielen und der Mund sich weiter öffnete.

Ich passe auf dich auf, versprach sie stumm. *Ich will lernen, wie. Das kann ich doch, oder?*

Aber als sie London erreichten, erwachte Sarah wieder. Sie preßte ihr Gesicht gegen die Heckscheibe und jubelte laut auf, als sie Geschäfte und rote Busse sah und, als sie nach Camden kamen, einen Mann, der, bekleidet mit einem Zylinder und einer Union-Jack-Weste, auf einem Einrad fuhr.

»Lustiger Mann«, rief sie. »Hal-*lo.*«

»Verrückte Stadt.« Milly lächelte sie an.

Milly gab Dinah überraschend exakte Anweisungen, wie sie durch das Labyrinth der Einbahnstraßen und verstopften Straßen fahren sollte. Ihr Ziel war das Hinterland zwischen Camden und Chalk Farm am äußersten Ende einer rußigen Straße oberhalb der Haupteisenbahnlinien, die von Euston wegführten. Dort befand sich ein großes verlassenes Gebäude aus glänzendrotem Ziegelstein, das einst ein kleiner Block mit Mietwohnungen gewesen war.

»Das ist es.« Milly deutete darauf.

Auf der Treppe draußen saßen zwei Jungen und rauchten, neben sich einen Haufen Kartons, den Teil eines Fahrrads und einen dünnen schwarzen Hund, der mit einem Stück Schnur am Geländer angebunden war. Ein Kühlschrank, auf dem schief ein Fernseher balancierte, stand unten an der Treppe. Auf dem Bürgersteig verstreut lagen Alufolienverpackungen aus dem Schnellimbiß, Essensreste und weitere Kisten.

»Hier?« wunderte sich Dinah.

Milly sprang aus dem Auto. Sie stieß einen Pizzakarton beiseite, schlug einen großen Bogen um den räudigen Hund und ging zur Treppe hinüber. Einer der Jungen ignorierte sie, aber der andere sah auf und grinste bescheuert. Sein Gesicht war grau vor Schmutz. Milly verschwand im Gebäude. Dinah begriff, daß sie und Sarah im Auto warten sollten.

Sie spähte nach oben zu den verdreckten Fenstern. Über dem Türbogen stand in schwarzen Art-nouveau-Buchstaben *Fortinbras Mansions.*

Zwei oder drei Minuten vergingen, bevor Milly wieder auftauchte und sie zu sich winkte.

»Komm, wir gehen und schauen mal, was da los ist, ja?« sagte Dinah zu Sarah. Sie schloß den Wagen sehr sorgfältig ab.

»Hey«, rief der grinsende Junge ihr zu. »Ich paß auf Ihr schönes Auto auf. Kostet Se nur 'n Heiermann.«

»Der ist schon sicher so, danke.«

»Wie Sie meinen«, antwortete er gleichmütig.

»Los jetzt«, befahl Milly. »Caz wartet.«

Sie folgten ihr in die Fortinbras Mansions. Ein unangenehmer charakteristischer Geruch aus Rauch, verrottenden Gemüseabfällen und Curry schlug ihnen entgegen. Auf dem Boden türmten sich weitere Kisten und überquellende Mülltüten, dazwischen lagen aufgeweichte Reklamezettel, Postwurfsendungen und kostenlose Zeitungen. Auf der Treppe fehlten einige Stufen, aber die massiven, viktorianischen, gedrechselten Geländerpfosten aus Mahagoni befanden sich immer noch an Ort und Stelle. An die Wand hatte jemand die Worte: »Die Luft ist rein – erst einmal« gesprüht. Es gab noch viel mehr Graffiti, zumeist kunstvolle Reime und Initialen.

»Hier herauf«, befahl Milly. In ihrem Gefolge stiegen sie die Treppe hoch. Je weiter sie nach oben kamen, desto weniger Dreck lag herum. Der oberste Treppenabsatz war kahl, aber sauber.

Eine Tür stand offen, und es roch nach brennenden Räucherstäbchen. Dinah sah indianisch bedruckte Tagesdecken, schmuddelige Kissen und Glühbirnen, deren Licht durch Schirme aus Taschentüchern gedämpft wurde.

Caz stand mitten in seinem Reich. Er war ein junger Schwarzer Anfang Zwanzig, bekleidet mit einer ausgemusterten Armeehose und einer schmierigen Weste. Er hatte Haare genau wie Milly oder, wie Dinah plötzlich klar wurde, Milly hatte Haare genau wie er. Er legte den Arm um Milly, und Milly war näher daran, vor Vergnügen rot zu werden, als Dinah es je für möglich gehalten hätte.

»Das sind deine Kumpel?«

»Ja, Dinah und Sarah.«

Caz musterte sie kühl. Er verfügte über eine angeborene Autorität, und Dinah bemerkte auch, daß er äußerst gut aussah. Sein Blick huschte über Dinahs Tasche und Jacke und glitt dann zu Sarah.

»Sie sind in Ordnung«, verkündete Caz. »Ihr könnt alle hierbleiben, wenn ihr wollt.«

Dinah konnte durch die Verbindungstüren sehen, daß die Wohnung im obersten Stock groß war. Die Zimmer waren behelfsmäßig eingerichtet, und es sah eigentlich ziemlich durchschnittlich aus, so wie in einer vernachlässigten Studentenwohnung. Der untere Teil des Hauses war es, der einen aus der Fassung brachte.

»Habt ihr das Haus besetzt?« fragte Dinah. Sie hörte, wie Milly die Luft anhielt angesichts ihrer Kühnheit, Caz ins Kreuzverhör zu nehmen. Er grinste sie freundlich an.

»Nee, ich zahle Miete, offen und ehrlich. Also, wir haben ein

Übereinkommen. Ich habe einige Stände auf dem Markt, und der Vermieter kennt mich. Ihr könnt das Zimmer auf der anderen Seite des Ganges haben.«

Dinah drehte sich um, eifrig bemüht, die Mädchen wegzubringen.

»Augenblick noch. Für zwanzig geht das in Ordnung mit Strom und so was.«

Dinah nahm die Geldbörse aus der Tasche und reichte ihm eine Zwanzig-Pfund-Note.

»Super«, sagte Milly. »Danke, Caz.«

Er zwinkerte ihr zu.

Wände und Boden des Zimmers waren kahl, an den Fenstern hingen keine Vorhänge. Zwei Matratzen waren gegen eine Wand geschoben, in einer Ecke stand ein auseinanderfallender Sessel.

»Es ist nicht besonders hübsch hier, oder?« flüsterte Dinah.

Milly fuhr zu ihr herum. »Zum Teufel, was willst du eigentlich? Es ist trocken, es ist sicher, es gibt Licht und heißes Wasser. Caz ist in Ordnung, er ist ein guter Kerl. Ich bin immer hierhergekommen, wenn ich in der Schule blaugemacht habe. Der Dreck bleibt draußen, niemand stellt uns irgendwelche Fragen. Wir können doch losgehen und all das Zeug kaufen, das wir brauchen, um es in Ordnung zu bringen. Oder? Wenn du willst, gehe ich los. Du kannst hierbleiben.«

Dinah zitterte. Aber wo konnte sie sonst hingehen? Es war beängstigend, sich klarzumachen, wie leicht man durch das Netz des alltäglichen Lebens hindurchfiel. Dadurch, daß sie Sarah mitgenommen hatte, waren sie binnen weniger Stunden obdachlos geworden.

»Nein, das mache ich schon.« Matts Geld, Matts Kreditkarten. Wo war ihre Unabhängigkeit geblieben?

Sie fügte mit einer Entschiedenheit, die sie gar nicht empfand, hinzu: »Ich besorge Essen und etwas Sauberes, auf dem man liegen kann. Bleib hier und kümmere dich um Sarah.«

»Bist du sicher?« Milly musterte sie erneut voller Zweifel, als müßte sie sich davon überzeugen, daß Dinah dazu imstande war.

»Ja. Warum nicht?«

Als Dinah hinausging, blickte sie in die Zimmer zwischen ihrem und dem von Caz. Sie fand eine Küche und ein Badezimmer, das ebenfalls heruntergekommen, aber nicht unhygienisch war.

Sie ließ das Auto stehen und ging zu Fuß zum Markt in der Inverness Street, zu Marks & Spencer und einem altmodischen Wäschegeschäft im Parkway. Sie fühlte sich ohne Konturen, ohne Verbindung zu der Menge der anderen Einkäufer, wie eine Stadtstreicherin, mehr als nur ein wenig verrückt. Sie fragte sich, wie lange es noch dauern würde, bis sie den Passanten etwas zurief.

Am oberen Ende der Straße kam Dinah an einer Telefonzelle vorbei. Sie zögerte. Matt würde sich Sorgen machen, wo sie geblieben war, und seine Angst würde sich auf die Jungen übertragen. Vierzehn Ziffern würden sie mit ihm im Labor verbinden.

Aber sie konnte nicht mit ihm reden. Er würde wütend sein, schockiert über das, was sie getan hatte. Wie Eleanor würde er darauf bestehen, daß Sarah nach Hause zurückgebracht würde. Dinah wurde klar, daß sie sich jeden, den sie kannte, zum Gegner machte, indem sie Sarah festhielt. Dennoch klammerte sie sich mit ihrer wilden verdrehten Logik an die eine Gewißheit: Sie wollte Sarah behalten.

Dinah blinzelte auf ihre Uhr, versuchte, sich über den Zeitunterschied klarzuwerden. Dann steckte sie Geld in den Schlitz und hob den Hörer hoch. Sie wählte die Nummer des Hauses in der Kendrick Street und hörte, was sie erwartet hatte, Matts ruhige Stimme auf dem Anrufbeantworter. Sie hinterließ eine Nachricht. Mit ihr sei alles in Ordnung, das solle er auch den Jungen sagen. Sie sei bei Sarah und Milly. Es täte ihr alles leid. Ihre Stimme verklang, weil sie nicht wußte, was sie ihm sonst noch sagen sollte. Zwei oder drei Sekunden lang starrte sie auf das verschmierte Glas rundherum, und dann drückte sie auf die Gabel.

Den Hörer hielt sie noch immer in der Hand. Dinah griff in ihre Tasche und holte ihr Adreßbuch heraus, ein Geschenk von Matt, das in dunkelblaues, weiches Leder eingebunden war. Sie schaute die Nummer von Lavinia Jacksons Büroanschluß nach. Sie hatte es Milly versprochen, und diesen Kontakt mußte sie jetzt herstellen, sofort, bevor die Nachricht über das Kidnapping öffentlich verbreitet wurde. Mit übertriebener Entschlossenheit steigerte sie sich in die Wichtigkeit dieser Aufgabe hinein, obwohl ein Teil von ihr erkannte, daß sie dabei war, den Verstand und das Gefühl für Verhältnismäßigkeit zu verlieren.

Aber Lavinia war erfreut, von ihr zu hören. Ja, es war viel zu lange her. Sie müßten zusammen essen. Aufmerksam hörte sie zu, als Dinah ihr wortreich von Milly erzählte. Ja, sie verstand das Problem. Ja, sie würde Milly morgen abend in ihrer Wohnung in der Wigmore Street empfangen. Von den Fortinbras Mansions nur quer durch den Park.

Dinah war dankbar, daß die andere Frau so forsch war. Sie fühlte sich selbst weit und endgültig außerhalb jeglicher Struktur. Als sie aufgelegt hatte, zitterte sie so sehr, daß sie ihre Tasche fallen ließ und der Inhalt sich über den Boden ergoß. Während sie die Sachen wieder zusammensammelte, wurde sie plötzlich von einer Angst um Sarah ergriffen. Sie hatte sie an diesen Ort gebracht und sie dort allein gelassen. Welcher Schlechtigkeit war sie noch fähig?

Sie raffte ihre Einkäufe zusammen und rannte los, schlängelte sich ungestüm den Weg durch die Menge. Sie rannte, bis sie nach Luft japste und wegen der schrecklichen Seitenstiche stehenbleiben mußte. Leere Taxis fuhren an ihr vorüber, aber es kam ihr nicht in den Sinn, eines herbeizuwinken. Taxis waren für Kriminelle und Flüchtige nicht geeignet.

Schließlich erreichte sie die Fortinbras Mansions. Alles sah ganz genauso aus, selbst der Hund und die beiden Jungen, die auf der Treppe saßen. Sie warfen einen Blick auf ihre Einkäufe, aber Dinah eilte an ihnen vorbei und rannte die Treppe hinauf. Laute Hardrockmusik mit dröhnenden Bässen ertönte hinter Caz' geschlossener Tür.

Zu ihrer großen Erleichterung saß Sarah teilnahmslos auf einer der Matratzen. Dinah stellte die Tüten ab und fiel vor ihr auf die Knie. Sie küßte sie, strich ihr übers Haar und mußte widerstrebend erkennen, daß Sarahs Regungslosigkeit nicht Ruhe bedeutete, sondern das Gegenteil. Ihr Kind war verwirrt und verständnislos, und Dinah konnte ihre Situation nicht verbessern, außer wenn sie sie zu Pauline zurückbrachte. In Dinah eröffnete sich ein Fenster des Schmerzes, das das Licht der Logik, der sie sich verweigert hatte, hereinließ.

»Alles ist in Ordnung«, flüsterte Dinah – vergeblich.

Störrische Hoffnung und Befürchtungen hämmerten gleichermaßen in ihrem Kopf, als Dinah sich einredete, daß sie und Milly und Sarah es heute abend warm haben würden und daß sie satt würden. Irgendwie würde sie schon einen Weg finden, sich um den nächsten Tag zu kümmern. In der Küche bereitete sie den Mädchen ein einfaches Mahl zu, Suppe und Sandwiches, und half Sarah behutsam beim Essen.

Mit Einbruch der Dunkelheit veränderten sich die Fortinbras Mansions. Caz' Wohnung füllte sich mit Leuten und stampfender Musik, die immer lauter wurde. Neuankömmlinge strömten die Treppe herauf. Sie waren fast alle sehr jung, obwohl auch ein oder zwei Männer unbestimmten Alters darunter waren. Sie saßen mit ihren Bierdosen und selbstgedrehten Zigaretten auf dem Boden oder wanderten ziellos in den verschiedenen Räumen umher, sogar in Dinahs. Dinah unternahm einen wirkungslosen Versuch, sie davon abzuhalten, begriff aber bald, daß sie in diesem Königreich keinerlei Gebietsansprüche hatte.

»Was meinst du damit, ob das jeden Abend so ist?« fragte Milly. Ihre Gesichtszüge schienen geschrumpft, die Augen größer geworden zu sein. Dinah fragte sich, was sie wohl genommen hatte. »Es ist nur eine Fete. Ich kenne diese Leute, klar? Ich freue mich, sie zu sehen.«

Sarah war auf ihre unberechenbare Weise heiter geworden. Sie saß mit weitaufgerissenen Augen und Mund in der Küche und beobachtete die Szenerie. Dinah wollte ihren Blick auffangen, selbstsüchtig alle Aufmerksamkeit auf sich ziehen, mußte aber erkennen, daß das nicht funktionierte. Sarah war mehr an Milly interessiert und reagierte eher auf den umherstolzierenden Caz.

Also beobachtete Dinah gemeinsam mit Sarah die Szene. Es gab viele rasierte und verfilzte Köpfe, Stiefel, Tätowierungen und Ringe in Ohren und Nasen. Milly schien die meisten Leute zu kennen. Sie begrüßten einander einsilbig, ohne große Erwartung. Es gab ein Dutzend Beinahe-Millys beiderlei Geschlechts, einige davon nicht älter als Milly selbst, und bei jeder beobachtete Dinah Millys Aggression und Unschlüssigkeit. Dinahs Gefühl der Entfremdung wurde dadurch verstärkt, daß sie erkannte, daß Millys Erscheinungsbild und Verhalten hier die Norm waren und daß sie auffiel. Sie fühlte sich alt, fremd und ängstlich.

Aber sie verstand auch, daß auf diesem kleinen Eiland der Fortinbras Mansions, mitten im Verfall der feindlichen Stadt, fast nichts bizarr genug war, um Aufmerksamkeit zu erregen. Ganz gewiß nicht ein eigenartiges Trio aus drei flüchtigen Frauen, wer immer sie auch waren, wo immer sie auch hinwollten.

Die Fortinbras Mansions, so bedrohlich sie erschienen, waren auch der Ort, an dem sie sicher waren.

Dinah mußte plötzlich über diese Eigentümlichkeit lachen. Jede Perspektive hatte sich verändert, riß die Vernunft mit den Wurzeln aus und ließ sie ohne Sicherheit zurück.

Milly und Caz tauchten aus dem größten Trubel auf. Milly klammerte sich beinahe an den Saum seiner Weste. Caz setzte sich neben Dinah, Milly hockte sich auf die andere Seite und lächelte Sarah wirr an.

»Hier«, sagte Caz. Er reichte Dinah eine kleine bauchige Flasche mit Cider, und sie trank daraus, da sie sich nicht weigern wollte.

»Sie ist von dir?« fragte er und nickte zu Sarah hin.

»Ja.«

»In Ordnung. Was machst du wirklich hier?« Er betrachtete eingehend ihre dunklen, geröteten Augen. Sie spürte seine Gefährlichkeit, das empfindliche Gleichgewicht zwischen Freundlichkeit und Aggression.

»Bin nur auf der Durchreise«, antwortete Dinah.

»Ja. He.« Plötzlich beugte er sich an ihr vorbei. Dinahs Muskeln spannten sich an, aber sie bemerkte, daß er lächelte. »Baby. Willst du mit mir tanzen?«

Er redete mit Sarah.

»Tanzen«, antwortete Sarah mit belegter Stimme. Unsicher blickte sie zu Dinah, und dann wackelte sie in langsam erwachendem Vergnügen mit dem Kopf hin und her. »Tanzen.«

»Dann komm.«

Caz zog sie hoch. Sie folgte ihm schwerfällig in die Mitte des Raums. Ein halbes Dutzend Leute hatte bereits begonnen zu tanzen. Einer von ihnen war der schweigsame Junge von der Treppe, seinen

Hund hatte er immer noch an der Leine. Ein anderer war ein alter Pennbruder, der hin und her schwankte und vor sich hin kicherte, seine Flasche Newcastle Brown hielt er fest umklammert, damit er nicht einen Tropfen vergoß. Respektvoll machten sie Caz Platz. Caz hob seine Arme über den Kopf und bewegte seinen Körper rhythmisch hin und her. Millys Augen folgten jeder seiner Bewegungen, und nach einer Weile tat Sarah das auch. Sie ahmte ihn nach, den Schwung seiner Hüften, die Art, wie er die breiten Schultern drehte und beugte, die Haltung seiner Hände in der rauchigen Luft.

Bald, nach ein oder zwei Minuten, tanzten alle. Der Raum füllte sich, die Möbel wurden beiseite getreten.

Der dröhnenden Musik konnte man ebensowenig entrinnen wie dem beißenden Rauch, der Dinah in Lungen und Gehirn drang. Sie ließ sich von der Menge aufnehmen und tanzte ebenfalls.

In der Mitte des Raumes, anderthalb Meter entfernt, konnte sie Sarah sehen.

Sarah tanzte mit all den anderen. Ihre Arme wedelten, und ihre Hüften schwangen hin und her. Sie würde nie so aussehen wie diese wilden unabhängigen Kind-Erwachsenen oder so wie einer von ihnen sein. Sie würde nie dazu in der Lage sein, für sich selbst zu sorgen, so wie sie es taten. Sie würde nie in einem Türeingang schlafen müssen, nur mit einer Promenadenmischung als Schutz. Sie hatte Pauline und Malcolm gehabt, war sicher gewesen in ihrem ruhigen Dorf am Meer, und dort hatte Dinah sie herausgerissen.

Aber jetzt tanzte sie auch. Heute abend war sie eine von ihnen.

Dinah schaute in Sarahs Gesicht. Sie strahlte verklärt und sah aus wie bei der Hochzeit ihrer Schwester. Vollkommen.

Der Lärm ging immer weiter, und bald bekam Dinah rasende Kopfschmerzen. Milly war in Caz' Gefolge verschwunden.

Sarah tanzte noch eine Weile weiter und schien es nicht zu bemerken, daß Caz sich von ihr abwandte. Aber nach kurzer Zeit wurde sie müde. Ihre Schultern hingen herunter, und sie drängelte sich in die Ecke des Zimmers. Mit aufsteigender Angst starrte sie die schemenhaften Gestalten vor sich an. Als sie Dinah ansah, blieb ihr Blick nicht an ihr haften. Ihre zusammengefalteten Hände bildeten einen kleinen blassen Knoten vor ihrem Bauch, und sie drehte den Kopf von einer Seite zur anderen.

Dinah nahm sie am Arm.

»Setz dich hin und ruh dich aus.«

Sarah schien sie nicht zu erkennen. Sie riß sich los.

»Wo ist meine *Mama*?«

»Deiner Mama geht es gut. Du bist in London, mit mir und Milly.«

»Milly ...«

Sarah machte eine kleine streichelnde, tätschelnde Geste.

»Wir wollen uns ein bißchen ausruhen. Es war ein aufregender Tag.« Dinah führte sie zu den Matratzen in ihrem Raum. Der grinsende Junge von draußen stand einen Augenblick über ihnen.

»Habt ihr euch eingerichtet?« murmelte er zwinkernd.

»Laß uns einfach in Ruhe«, fuhr Dinah ihn an.

Im Flur draußen nahm der schweigende Junge ein Streichholz nach dem anderen aus der Schachtel. Er zündete es an und beobachtete, wie es aufflackerte, dann blies er es mit einem Atemzug aus und ließ es zu Boden fallen, bevor er das nächste entzündete. Sein Freund packte ihn an der Schulter, und sie gingen gemeinsam weg.

Dinah schloß die Tür und breitete die neuen Decken auf den Matratzen aus. Sie zwängte ihre paar Habseligkeiten und ihre Geldbörse hinter die Matratze, in die Ecke, die am weitesten von der Tür entfernt war. Sie goß Sarah Saft ein aus den Vorräten, die sie mitgebracht hatte, und machte es ihr dann unter der Decke bequem.

Sarah nahm die Brille ab, legte sie sorgfältig zusammen und klopfte mit den Fingern behutsam die Stelle ab, wo sie sie hinlegen wollte, um sicherzugehen, daß sie dort auch gut lag. Genau wie Jack.

In Dinahs Augen brannten plötzlich Tränen der Hilflosigkeit. Sie wandte den Kopf ab und schaltete die Lampe neben ihnen aus. Das Zimmer versank in Schatten, die vom orangefarbenen Licht der Straßenlaternen draußen durchbrochen wurden. Die Dunkelheit war erfüllt vom Knacken und Rascheln der Wohnung. Die Musik war abgeflaut zu einem bloßen Vibrieren der Bässe, das man eher spürte als hörte.

Sarah seufzte und schnüffelte ein bißchen. Sehr vorsichtig legte Dinah sich neben sie.

»Mama«, sagte Sarah verloren.

»Ich weiß, ich weiß.«

Dinah streckte die Hand im Schutze der Dunkelheit aus und fand ihre Hand. Sie hatte sagen wollen: *Ich bin hier.* Aber ihre Gegenwart war kein Trost.

Sie konnte nicht einfach den Platz einer anderen Frau einnehmen.

Pauline war Sarahs Mutter. Es war falsch, daß sie hier waren. Alles war falsch. Sie war blind gewesen und hatte nur ihren Bedürfnissen nachgegeben, um zu verstehen, wie es sein würde.

Dinah konnte nicht darauf vertrauen, daß Sarah nichts sagen würde, ihrem Kind durch Geburt, das unwissend war, mit dem sie keine gemeinsame Geschichte oder Sprache verband. Das war das Glied in der Kette, die sich von Sarahs Empfängnis bis zu diesem Augenblick erstreckte, das Dinah übersehen hatte. Jetzt wärmte sie ihr die Hand, liebkoste fieberhaft, aber völlig nutzlos die kurzen dicken Finger.

Sarah schlief fast sofort ein. Dinah wußte, sie mußte erschöpft gewesen sein, und bald döste sie auch selbst ein.

Sie wußte nicht, wieviel später es war, als sie wieder aufwachte. Die Dunkelheit mit der orangefarbenen Patina schien noch tiefer geworden zu sein, aber sie konnte gerade noch feststellen, daß die Tür sich langsam öffnete. Sie erstarrte und war bereit aufzuspringen, als sie Milly erkannte. Selbst in der Dunkelheit konnte man Verletztheit und Trotz aus ihrem Schatten ablesen. Arme Milly, dachte Dinah. Von ihrem Helden zurückgewiesen. Aber Milly war kein kleines Mädchen mehr, ja nicht einmal mehr ganz die Tochter mit den Bedürfnissen, die Dinah in sie hineininterpretiert hatte. Sie war dem Erwachsensein nahe, schon beinahe eine Frau.

Und *ich* habe mir Sorgen um *sie* gemacht, dachte Dinah verwirrt.

Milly war die verantwortliche Erwachsene geworden, die ihre eigenen Entscheidungen treffen konnte, und Dinah war das Kind, bei dem man nie genau wußte, wie es reagierte.

Alle Pfeiler von Dinahs Kraft und Vernunft, alles, was sie sich aufgebaut hatte, um sich in der Welt aufrecht zu halten, und das irgendwo auch Sarah enthielt, bröckelte auseinander.

Milly hatte die entfernte Ecke der Matratze gefunden. Sie setzte sich hin und schnürte ihre schweren Stiefel auf. Als sie sich ausgezogen hatte, saß sie einen Augenblick da, die Arme um die Beine geschlungen, und ließ den Kopf auf den Knien ruhen. Dinah blieb still und versuchte, gleichmäßig zu atmen. Sie konnte hören, daß Milly weinte. Und Milly wäre nicht erfreut darüber, daß sie sie belauschte.

Dann schnüffelte Milly noch einmal heftig und setzte sich gerade hin. Dinah hörte das sanfte Knistern ihrer Haarsträhnen, als sie den Kopf schüttelte und behutsam ertastete, wo ihr Platz auf der Matratze war. Schließlich streckte sie sich aus und zog die Decke hoch, die Dinah ihr hingelegt hatte.

Es war wieder später, als Dinah noch einmal erwachte. Die rötlichgelbe Schwärze begann zu einem schmutzigen Grau zu verblassen, obwohl es noch Nacht war.

Die Decken waren verdreht, aber sie speicherten die weiche Wärme des Schlafs. Dinah lauschte, ob sie Musik oder den trägen Tonfall fremder Stimmen hörte, aber da war nichts. Ganz sanft, die Wolle der Decken kratzte an ihren Knöcheln, tastete sie nach beiden Seiten. Ihre Fingerspitzen stießen gegen verknitterte Kleidung, die warm war und nach Moschus roch, und den festen Widerstand schlafender Körper.

Sie lauschte noch angestrengter und konnte sie beide atmen hören.

Dinah lag auf dem Rücken und blickte hinauf an die Decke des unbekannten Raums. Die gleichmäßigen Atemzüge ertönten weiter in einem süßen Wechselgesang.

Zärtlichkeit und Ruhe kamen über sie. In dem Augenblick empfand Dinah weder Schuld noch Bedauern. Sie hörte einfach zu, wie ihre Tochter schlief. Ihr Mund verzog sich zu einem Lächeln, Tränen rannen ihr übers Gesicht und sickerten durch die Haare in die Decke.

Nachdem die Jungen eingeschlafen waren, spielte Matt wieder und wieder Dinahs Nachricht auf dem Anrufbeantworter ab und versuchte, den Worten eine weitere Bedeutung zu entlocken, und drückte dann den Knopf, um sie noch einmal zu hören, wieder und wieder.

Er hatte noch nie gehört, daß Dinah so sprach.

Mit ihr sei alles in Ordnung, das solle er auch den Jungen sagen. Sie sei bei Sarah und Milly. Es täte ihr alles leid. Und dann ein langes Schweigen, das beendet wurde durch das Auflegen des Hörers. Das Schweigen flößte ihm Angst ein.

Matthew saß da mit dem Kopf in den Händen. Sie war nicht im Hotel. Sie hatten sie seit dem frühen Morgen nicht gesehen.

Es tut mir alles leid. Wo war sie, und was brauchte sie?

Irgend etwas war fürchterlich falsch gelaufen. Er spürte, wie es ihm in den Gliedern zuckte. Sein Impuls riet ihm, aufzuspringen, loszurennen, etwas zu tun, um sie zu finden, obwohl er vernünftigerweise nur dasitzen und warten konnte. Die Minuten dehnten sich aus, während er neben dem Telefon saß.

Dinah wurde schließlich von Sarah geweckt. Sie kroch von der Matratze herunter und zog die Decken mit sich. Alles, was von Milly zu sehen war, war ein Büschel Haare und ein Haufen Decken. Es war jetzt richtig hell.

Sarah hockte mitten auf dem Boden. Alle runden Konturen ihres Gesichtes hatten sich zu roten Knoten zusammengezogen, und dann öffnete sie den Mund und begann zu heulen. Sie ballte die Fäuste und trommelte auf den Boden.

»Mama, Mamamamamamama*mama.*«

Dinah sprang zu ihr. Sarah schleuderte sie mit einem Schlag ihres Armes weg.

»Mama«, schrie sie.

»Alles ist gut. Sarah, Sarah, still jetzt. Du bist bei mir und Milly, kannst du dich nicht erinnern?«

Sarahs Körper war starr. Sie brüllte, schlug mit den Fäusten, und Tränen der Enttäuschung liefen ihr über das Gesicht.

»Sei still«, fuhr Milly sie an. Dinah versuchte, den steifen Körper festzuhalten und ihn durch Umarmen und Streicheln zu trösten, aber sie hätte genausogut eine Fliege auf einem Elefanten sein können. Sarah wollte sich nicht beruhigen lassen. Sie wand sich heftig in Dinahs Griff, und die Kraft ihrer Wut war nicht zu bremsen.

Dinah hatte keine Ahnung, wie sie mit ihr umgehen sollte. Als Jack und Merlin als Kleinkinder Wutanfälle hatten, war sie immer in der Lage gewesen, mit ruhigen Argumenten zu ihnen durchzudringen. Aber Sarah war anders, und ihre Andersartigkeit wurde plötzlich offenkundig, als habe man sie vorher kaum feststellen können. Sie schrie weiter mit zunehmender Lautstärke.

Milly krabbelte aus dem Bett. Sie kniete sich auf den Boden vor Sarah hin. Sie sagte nichts, kniete einfach da und wartete.

Sarahs Kopf wackelte von einer Seite zur anderen, ihr Körper erzitterte von gewaltigen Schluchzern. Mit geschwollenem Gesicht starrte sie Milly an.

»Hallo«, sagte Milly ruhig. Sarah griff nach ihrer Hand, blickte auf sie nieder und entdeckte die tätowierte Blume. Plötzlich verzog sich ihr Gesicht wieder, diesmal zu einem Lächeln. Mit dem Daumen rieb sie über die Blume.

Milly fragte: »Möchtest du etwas essen? Hast du Hunger?«

Sarah schnüffelte und nickte. Dinah verfluchte sich für ihren eigenen Mangel an Initiative und ging schnell zu dem Platz, wo sie ihre Einkäufe versteckt hatte. Aber alles war weg. Auch ihre Handtasche mit dem Portemonnaie war verschwunden, alles Geld, Matts Geld, und die Kreditkarten.

Dinah hatte das Gefühl zu fallen. Durch das Netz ins Nichts.

»Ist doch in Ordnung.« Ängstlich schaute Milly sie an. »Das macht doch nichts. Schau, ich habe doch all diese Dollars von Ed, Hunderte.« Die im Leben auf der Straße erfahrene Milly trug die Geldscheine in einem Gürtel unter ihrer Kleidung. »Wir gehen jetzt und kaufen im Café am Markt etwas zu essen.«

Gegenüber der U-Bahn-Station war eine Wechselstube für Touristen. Die Straße draußen war voller Gemüseabfälle, Kartons und Obstverpackungen und erinnerte Dinah an ihre alte Wohnung über dem Gemüseladen.

Das Café war halbvoll, Händler vom Markt und einzelne Männer, die allein dasaßen und über einem Becher Tee rauchten. Dinah und

Sarah drängten sich in eine Ecke am Fenster, bis Milly mit dem Rest von Eds Dollar wiederkam, die sie in Pfund gewechselt hatte. »Mehr als drei Riesen«, flüsterte Milly.

Sarah verspeiste hungrig ein Schinkensandwich, und Milly knabberte an einem Toast. Dinah trank Tee. Als sie hereinkamen, hatte sie ihr Spiegelbild in der verspiegelten Wand hinter dem Tresen gesehen. Sie waren schmutzig, sahen grau und müde aus, als ob sie schlecht geschlafen hätten. Was mehr oder weniger auch stimmte, dachte Dinah, ihretwegen.

Es roch nach gebratenem Essen und Zigarettenrauch. Schwaches Sonnenlicht kämpfte sich durch die Scheiben und erwärmte sie, funkelte auf Besteck und Chrom. Der Mann am Nebentisch las die *Sun*. Dinah neigte den Kopf, um die Titelseite zu sehen. Irgend etwas mit ihr? Nichts über eine Entführung, noch nicht, natürlich. Aber wie lange noch? Die Polizei war bereits unerbittlich hinter ihnen her, dessen war sie sich sicher.

Milly hatte ihren Toast gegessen. Sie stützte ihr Kinn in beide Hände und sah zu Dinah hinüber. Sarah kaute und starrte ausdruckslos auf die Straße.

Ich weiß, dachte Dinah.

»Was willst du tun?« fragte Milly.

Ohne Geld, außer dem, das Milly Ed Parkes gestohlen hatte, ohne Verbündete außer Milly, selbst ohne die Ankerkette ihres eigenen gesunden Urteils – Dinah ließ sich die Frage wieder durch den Kopf gehen.

Langsam entgegnete sie: »Ich werde sie wieder nach Hause bringen.«

Sarah wandte den Kopf: »Mama.«

Dinah lächelte, das künstlich strahlende und sprachlose Lächeln, das sie für Sarah entwickelt hatte und sich am liebsten selbst aus dem Gesicht geschlagen hätte. »Genau. Zurück zu deiner Mama.«

Voller Panik dachte Dinah, ich will sie nur noch heute haben – einen einzigen Tag miteinander. Danach bringe ich sie zu Pauline zurück, wo sie hingehört.

Sie wartete einen Augenblick und spürte den Schmerz. Aber jetzt war es anders, ein dumpfer Schmerz des Unausweichlichen statt der Schmerz der Sehnsucht.

»Ja.« Milly nickte ihr zustimmend zu wie eine Mutter ihrem gehorsamen Kind. »Ja, ich glaub', das ist richtig. Wann?«

Dinah starrte angestrengt auf die Oberfläche des Tisches. Sie konnte noch andere Bilder dort sehen, aber sie weigerte sich, ihr inneres Auge darauf verharren zu lassen.

»Morgen«, antwortete Dinah. »Und wir müssen auch Ed und Sandra anrufen und ihnen sagen, wo du bist. Ich nehme an, sie sind mittlerweile in Hampstead, nicht wahr?«

Es war ein Zeichen für ihre Orientierungslosigkeit, daß sie die Zeitunterschiede nicht mehr richtig berechnen konnte oder nicht wußte, wie viele Stunden seit dem Nebel auf der Straße nach Wivenham vergangen waren.

»Ich schätze, schon«, sagte Milly. Unter ihrem schwarzen Augen-Make-up blickte sie Dinah kühl an.

Dinah dachte gerade: Ich will sie nur heute haben. Es kann doch nicht zuviel sein, um einen einzigen Tag zu bitten.

Das Schwimmbad war Sarahs Idee. Als sie mit dem Frühstück fertig waren, fragte Milly sie, was sie gerne tat außer malen und tanzen. Auf Sarahs Gesicht breitete sich ein unerwartetes Lächeln aus.

»Ich schwimme gerne«, sagte sie klar und deutlich.

Sie gingen zu Marks & Spencer und kauften von Eds Geld drei Badeanzüge.

Das Schwimmbad war neu, der Stolz des städtischen Freizeitamtes. Zum Wasser abfallende Strände aus gelbbemaltem Beton, Fontänen, Plastikpalmen, gigantische Rutschen und eine Wellenmaschine, die jede halbe Stunde für zehn Minuten Brecher gegen die Strände krachen ließ. Die Temperaturen unter dem gewaltigen Glasdach waren tropisch. Die kochendheißen Duschen ließen die drei genauso rosa aussehen wie alle anderen Schwimmer.

Sarah rannte in ihrem rot-weißen Badeanzug, den sie sich selbst ausgesucht hatte, in die Brecher. Sie legte sich ins seichte Wasser zwischen die planschenden Kleinkinder, breitete sich aus wie ein Seestern und ließ die Wellen über ihren gewölbten Bauch schlagen.

Dinah folgte ihr und blieb genauso ängstlich in ihrer Nähe wie irgendeine der anderen Mütter. Glänzende Wassertröpfchen reihten sich wie Perlen auf der glatten weißen Haut an Sarahs Schultern und Schenkeln. Ohne ihre Brille blinzelte sie zur blaugrauen Kuppel des künstlichen Himmels über ihrem Kopf hinauf.

Die hallenden Rufe, das klatschende Wasser, die nach Chemie riechende Hitze verstärkten in Dinah das Gefühl, in einer anderen Welt zu sein. Sie ging mit ihrer Tochter schwimmen. Hier war es sauber und warm, sie waren eingeschlossen in ein tropisches Paradies. Eine Unwirklichkeit ließ alle anderen zu, im Augenblick.

Die Wellenmaschine wurde abgeschaltet, und das Wasser wich langsam zurück. Überrascht stand Sarah auf und stürzte sich nach vorne, schäumte diamantenfunkelnde Bögen von Gischt auf. Dann fiel sie mit ausgestreckten Armen hin. Dinah hielt vor Schreck den Atem an, bis sie sah, daß Sarah schwamm. Sie drehte und wendete sich, und im Wasser war ihre Ungelenkigkeit verschwunden. Sie war geschmeidig und fest und voller Selbstvertrauen.

Dinah und Milly schwammen neben ihr her. Millys Haar saugte sich voller Wasser und bildete dünne schwarze Schwänzchen, Sarah lachte und zog an ihnen.

»Du bist eine wunderbare Schwimmerin«, rief Dinah Sarah zu. Sie empfand Stolz und gleichzeitig eine zögernde, neidische Bewunderung für Pauline. Pauline hatte sie schwimmen gelehrt. Was noch alles, von dem sie keine Ahnung hatte?

Pauline war plötzlich bei ihnen, in ihrer tropischen Zuflucht. Dinah konnte ihr sorgfältig geschütztes Haar, ihren Badeanzug mit Stäbchen sehen.

»Fein«, gurrte Sarah. »Fein, fein.«

Mitten im Becken im tiefsten Wasser war eine Insel, die von einer einzelnen Palme gekrönt wurde. Sie gelangten dorthin und kletterten triumphierend die Stufen hoch. Es war gerade genug Platz für drei, um sich auf den gelben Sims zu hocken und die Beine ins Wasser hängen zu lassen. Dinah saß in der Mitte, einen Arm um jedes Mädchen geschlungen. Millys Schultern waren steif und knochig, die Sarahs fleischig und glatt vom Wasser.

»Ausgestoßene«, sagte Dinah.

Matthew wurde vom Telefon geweckt. Er stützte sich auf einen Ellenbogen und versuchte den Blick auf den Wecker zu richten. Sechs Uhr morgens.

Eine Männerstimme am anderen Ende, britisch mit einem regionalen Akzent, stellte sich selbst als Polizist vor, ein Detective Sergeant Soundso. Es tue ihm leid, so früh anzurufen.

Matthew setzte sich auf, die Angst hatte ihn abrupt geweckt.

»Was ist? Was ist passiert?«

Der Polizist erklärte es.

Ein vermißter Teenager. Eine Frau, auf die Mrs. Stewards Beschreibung zutraf. Gestern morgen. Hatte Mr. Steward irgendeine Ahnung, wo seine Frau sich aufhielt?

Matt begriff sofort. Während er aufrecht dasaß, die Kälte des frühen Morgens auf den nackten Schultern spürte, erinnerte er sich an einen Krankenhausflur, durch den er mit dem weißen Babybündel im Arm rannte. Er wußte, was Dinah getan hatte. Ein kalter Pfeil der Bestürzung durchdrang ihn. Bestürzt war er nicht über Dinah, sondern daß er nicht bei ihr gewesen war.

Dinah hatte einen Nervenzusammenbruch gehabt oder erlitt ihn gerade. Wie konnte seine Aufmerksamkeit nur so von seiner Arbeit und Kathrin Pang und seinen eigenen Belangen gefesselt werden, daß er das nicht begriffen hatte?

Sie braucht mich jetzt, dachte er. Und im selben Augenblick wurde ihm klar, daß er schon seit langer Zeit nicht bei ihr gewesen war, daß seine Abwesenheit sich verfestigt hatte zu einer Mauer zwischen ihnen.

»Nein«, murmelte er. »Ich habe seit Dienstag abend nicht mehr mit ihr gesprochen. Ja, da war sie in ihrem Hotel in Cromer. Eine junge Freundin von uns war gerade bei ihr angekommen.«

Sei vorsichtig, warnte er sich.

Entschlossenheit ergriff ihn. Dinah und er gegen den Rest der Welt, die Polizei oder wer es auch sonst sein mochte. Dinah hatte Sarah mitgenommen, weil sie nicht anders konnte. Das war ihm so klar wie nur irgend etwas, und er begriff, daß jeder einzelne Schritt, den sie seit der Geburt Sarahs unternommen hatte, unwiderruflich zu diesem Augenblick geführt hatte.

»Das werde ich«, versprach er dem Polizisten. Er nahm einen Notizblock vom Nachttisch und schrieb sich eine Nummer in Ipswich auf. »Sobald ich irgend etwas höre.«

Nach dem Schwimmen verlor Milly plötzlich die Geduld. Sie warf sich ihre Kleidungsstücke viel schneller über, als Dinah Sarah helfen und sich selbst anziehen konnte.

»Bis bald«, murmelte sie am Eingang der Umkleidekabine.

»Wo gehst du hin?«

Dinah wollte nicht allein gelassen werden. Sie drei sollten zusammenbleiben. Sie war sich nicht sicher, welche Richtung sie ohne Milly einschlagen sollte.

»Nirgendwo. Einfach so, weißt du.«

»Warte ...«

Milly schlich sich bereits davon.

»Du mußt zu Lavinia gehen, du hattest mich gebeten, es abzumachen ...«

In ihren eigenen Ohren hörte sich das kindisch an, vorwurfsvoll.

»Ja. Kein Problem. Ich gehe dahin, in Ordnung? Hier, sieh mal, nimm das.«

Sie warf Dinah etwas Geld zu, und Dinah nahm es niedergeschlagen an. Milly ging. Sarah saß auf einer Lattenbank und hielt ihre klatschnassen Socken in der Hand. Sie waren auf den Boden gefallen.

»Jetzt sind nur wir beide da«, sagte Dinah fröhlich zu ihr. Sie wrang soviel Wasser wie möglich aus den Socken und zog sie über Sarahs breite Füße. Ohne sich zu beklagen, saß Sarah mit hängender Unterlippe da.

Zu Mittag aßen sie Hamburger in der Cafeteria des Schwimmbades.

Der Londoner Nachmittag draußen war trüb. Es regnete nicht richtig, aber das Pflaster, die Taxis, die Fronten der Geschäftshäuser schwitzten einen glänzenden Film kalter Feuchtigkeit aus. Dinah stand unter dem Vordach des Eingangs zum Schwimmbad und hielt Sarahs Hand.

»Sollen wir noch einmal mit dem Auto fahren?«

Sarah nickte ohne große Begeisterung.

Es war nicht weit. Die Straße war fast genauso, wie Dinah sie in Erinnerung hatte. Einige der Ziegelfassaden waren mit Rauhputz oder Kunststein verkleidet worden, andere hatten einen neuen Vorbau, Erker oder Türen im Regencystil bekommen. Aber da war immer noch dieselbe Reihe winziger Vorgärten, die durch niedrige Mäuerchen und Gebüsch von der Straße getrennt waren, dieselbe ansteigende Silhouette, die auf das hochaufragende Fußballstadion zulief. Sie fuhr bis zu dem Ende, an dem Matt und sie gelebt hatten.

Dort war das Haus.

Die Haustür hatte noch dieselbe Farbe, signalrot, die aber unter dem Straßenstaub verblaßt war. Auf den unteren Fensterbrettern standen Kästen mit Blumen, die nicht gegossen waren und vernachlässigt wirkten, braune eingetrocknete Stengel mit verwelkten gekräuselten Blättern. Die Vorhänge des Schlafzimmers zur Straße waren zugezogen, so daß man den zerrissenen Stoff erkennen konnte.

Dinah schaltete den Motor ab. In der Stille, die darauf folgte, hörte sie, wie Sarah durch den Mund atmete und daß ihr bei jedem Atemzug Schleim im Hals steckenblieb.

»Ist dir kalt?« fragte Dinah sanft.

Sarah schüttelte den Kopf. Sie schien sich zurückzuziehen, noch weiter von Dinah wegzubewegen an einen Ort der Sicherheit in ihr selbst. Das Glück der Schwimmstunde war verflogen. Seit sie ihre Hamburger gegessen hatten, hatte sie kein Wort gesprochen.

»Komm, wir steigen aus und gehen ein bißchen spazieren.«

Mit ineinandergeschlungenen Händen bewegten sie sich langsam vom Auto weg. Dinah blickte hoch zu den verschlossenen Fenstern des Hauses. Sie wollte Sarah zeigen: Hier, dies ist Teil deiner Geschichte. Dort oben in dem Zimmer in unserem Bett wurdest du gezeugt. Du bist ein Teil von uns, jede deiner Zellen, jedes deiner siebenundvierzig Chromosomen in diesen Zellen – die dich zu dem machen, was du bist.

Nachdem du geboren worden warst, kam ich hierher zurück in die vier Wände, zu den Vorhängen und derselben Aussicht – ohne dich.

Ich gab dich an Pauline weiter. Das habe *ich* getan und mich einem unendlichen Schuldgefühl ausgeliefert.

Ich weiß, daß ich dich nach Hause bringen muß.

Als sie langsam Hand in Hand herumliefen, wurde Dinah von einem Gefühl für die formlose Unendlichkeit der Welt heimgesucht. Es war Zufall, ganz und gar Zufall. Was geschehen war, war Geschichte, es war kein Urteil oder eine Bestrafung. Matt und sie hatten gewählt, und mit dem, was dabei herausgekommen war, mußte sie leben.

Sarah ging mit hängendem Kopf, den Blick auf den Boden gerichtet. Dinah schaute sich um, sah auf die anderen Häuser, ihre Tore, Fenster und Türen, aber niemand kam heraus. Falls von den alten Nachbarn noch jemand hier lebte, waren sie jetzt nicht zu sehen. Diesen Weg war sie so oft gegangen, zum Bus, zur U-Bahn, zu den Geschäften. Es war leicht, sich vorzustellen, daß diese Zeit von der Gegenwart nicht durch fünfzehn Jahre getrennt war. Nur daß da Sarahs Hand in ihrer lag, die Frucht ihres eigenen Fleisches und das Kind einer anderen Frau.

Sie erreichten das entgegengesetzte Ende der Straße. Die letzten Schritte war Sarah nur noch schleppend gegangen, und jetzt begann sie zu stöhnen. Beunruhigt blieb Dinah stehen. Sarah stöhnte lauter. Sie stand mit weit gespreizten Beinen da, ihr Gesicht wurde rot. Dann heulte sie laut auf vor Bestürzung und Wut.

In Panik schrie Dinah: »Was ist? Was ist? Sag mir, was los ist.«

Dann sah sie es. Ein dunkler Fleck breitete sich vorne und an den Beinen von Sarahs Jeans aus.

Als Sarah aufhörte zu heulen, begann sie zu weinen. Scham und Verwirrung waren in ihrem Gesicht zu lesen. Ihre Wangen schlotterten, die Augen preßte sie fest zu. Das Schlimmste war passiert.

Dinah versetzte es einen Schlag. Sie war so sehr mit ihren eigenen Grübeleien beschäftigt gewesen, daß sie Sarahs grundlegendstes Bedürfnis vernachlässigt hatte. Einen Augenblick lang war sie starr vor Verzweiflung. Sie wünschte, Milly mit ihrem gesunden Menschenverstand würde kommen und sie retten. Milly würde damit fertig.

Dann tauchte glücklicherweise in Dinah ein Bild auf, wie sie wohl aussehen mußten. Ein schluchzender verzweifelter Teenager und eine Frau in mittleren Jahren, die hilflos wie angewurzelt dastand und sich an dem Mädchen festhielt, als müsse es sie unterstützen und die Frau sei leidend.

Sie führte Sarah zum Auto zurück. Sie flüsterte ihr zu, daß niemand es gesehen habe, die Straße sei leer, daß es egal sei, daß sie in einer Minute trockene Sachen bekommen würde, daß es ihr Fehler sei und nicht Sarahs. Daß es ihr leid tue – dieses nutzlose Postskriptum.

Sarah weinte jämmerlich. Dinah schob sie auf den Beifahrersitz, verfluchte Sarahs Unbeweglichkeit und ihre eigene Ungeschicklichkeit. Im Wagen breitete sich der scharfe Geruch frischen Urins aus.

Dinah hielt an der nächsten Geschäftszeile an, rannte in ein Sportgeschäft und dann in eine Drogerie. Sie kam zurück mit Jogginghosen, Socken, Wegwerfhöschen und Handtüchern. In einer verlassenen Sackgasse half sie Sarah aus ihren durchnäßten Sachen heraus, trocknete sie ab und zog sie frisch an.

Es war gleichermaßen ein Vorwurf und ein Trost, diese intimen Dienste zu leisten. Sarah fügte sich den Handreichungen mit einer demütigen und drückenden Resignation. Es war, als hätte man Dinah ein Baby ausgehändigt, und sie pflegte es mit ungeschickter Fürsorge und stummer hoffnungsloser Liebe, die nie mit Leben erfüllt würde.

Als diese Aufgabe erledigt war, stopfte Dinah die nassen Sachen in einen Plastikbeutel und steckte ihn in einen Mülleimer am Straßenrand.

»Siehst du«, tröstete sie Sarah. »Nichts passiert.«

Am Gesicht des Mädchens war allerdings klar zu erkennen, daß es nicht vergessen war. Dinah hielt Sarahs Kopf zwischen den Händen.

»Es tut mir leid«, flüsterte sie.

Langsam fuhren sie zu den Fortinbras Mansions zurück. Dinah konnte hören, wie der Chor der Vernunft in ihr anschwoll: Matts Stimme, Eleanors, Francis', selbst die von Lavinia Jackson. Sie rieten ihr, sofort umzukehren und Sarah zurück zu ihrer Mutter und ihrem Vater zu bringen.

Nein. Dinah schlug mit den Händen aufs Steuerrad. Der Wagen brach aus, und sie zwang ihn wieder geradeaus.

Sie starrte geradeaus auf den Verkehr. Sie wollte sie nur noch heute. Sie würde Sarah nie wiedersehen, denn die anderen würden es nicht zulassen. Sie wollte noch einmal neben ihr schlafen. Ihr gleichmäßiges Atmen in der Nacht hören.

Diesen ganzen Tag und morgen dann die Buße.

Die Fortinbras Mansions schlossen sie ein wie ein Heiligtum. Noch eine Nacht, wiederholte Dinah, dann können sie sie zurückhaben. Dann können sie es. Dann.

Milly kam später zurück. Ihr Gesicht hatte einen grimmigen Ausdruck, der ihre Enttäuschung verbarg.

»Also?«

»Deine Freundin war in Ordnung, für jemanden wie sie. Sie bot mir Tee und *Scones* an.«

»Ja«, meinte Dinah nickend, als sie an Lavinia dachte. »Das paßt zu ihr.« Die Welt der Teetabletts, warmen Scones und gefalteten Servietten schien sehr weit weg zu sein.

»Aber sie sagte mir, ich könnte nichts tun, bis ich volljährig bin. Dieser Alles-zu-seiner-Zeit-Kram. Wenn ich achtzehn bin, sagte sie, kann ich eine vollständige Geburtsurkunde beantragen, die auch den Namen meiner Mutter enthält und wo ich adoptiert worden bin. Dann kann ich versuchen, sie aufzuspüren. Sie erzählte mir, wie man das macht. Es gibt Leute, die einem helfen können, wenn man will.«

Milly zuckte bei diesen Worten die Achseln und wandte sich ab, um ihr Gesicht zu verbergen. Sarah saß teilnahmslos auf ihrer Matratze und beobachtete die beiden.

»Ist das eine zu lange Wartezeit?« fragte Dinah.

»Das ist es nicht«, antwortete Milly schließlich mit gedämpfter Stimme. »Was ist, wenn sie nicht will, daß ich sie finde?«

Dinahs Überzeugungen zerbrachen und lösten sich auf. »Das könnte sein«, gab sie zu.

Milly sah genauso aus wie damals, als Dinah sie zum ersten Mal gesehen hatte. Sie war wieder dazu übergegangen, sich Augen und Lippen schwarz zu schminken, und die Fortinbras Mansions hatte noch ein oder zwei Schichten echten Dreck hinzugefügt. Sie drehte sich jetzt schwungvoll um und ging zum Fenster, um hinauszuschauen. Sie stand da, ihre dünnen Arme vor der Brust verschränkt.

»Es ist seltsam. Es ist dasselbe wie für dich mit ihr – nur umgekehrt, nicht wahr?« Ihr Kinn ruckte in Richtung Sarah.

»Ja.«

»Und du kannst damit fertig werden.«

Fertig werden? War das alles?

»Bis jetzt noch nicht. Vielleicht von jetzt an.« Sie dachte an Matthew, und im selben Augenblick schwankten die Wände der Fortinbras Mansions und das schäbige Zimmer, als habe ein schreckliches Erdbeben gedroht, sei dann aber wieder abgeflaut. Ihr wurde klar, daß sie nicht verrückt war. Die Fäden und Knoten der Realität fingen sie auf und hielten sie fest.

»Wenn du das kannst, kann ich das auch.« Milly seufzte und drehte sich wieder im Zimmer um. »Du wirst sie wieder zurückgeben, nicht wahr?«

»Ja.«

Milly ging an ihr vorbei.

»Ist mit dir alles in Ordnung?« Da war wieder dieser abschätzende Blick, der Dinah verriet, daß sie nicht so aussah.

»Ja.«

Milly wartete, aber Dinah ging nicht darauf ein. Da zuckte sie auf charakteristische Weise die Achseln. »In Ordnung. Können wir jetzt was zu essen haben?«

»Aber natürlich.«

Dinah kochte ein Essen und fütterte Sarah, und damit wiederholte sich der Ablauf des vorherigen Abends. Dieser Bruchteil einer festen Routine schien sie zu beruhigen, und sie plauderte und lachte mit Milly.

Am Abend kamen wieder Leute in die Fortinbras Mansions, aber diesmal waren es weniger, und sie drangen nicht in Dinahs Zimmer ein. Milly schlüpfte noch einmal fort. Sarah war so teilnahmslos und müde, daß Dinah ihr ins Bett half und sie sich dankbar zwischen den Decken ausstreckte.

»Morgen siehst du deine Mama wieder«, versprach Dinah ihr. Sarahs Lächeln brach durch den Nebel ihrer Verwirrung. Sobald sie eingeschlafen war, setzte Dinah sich neben sie auf die Matratze. Sie rieb ihr Schultern und Rücken, beobachtete sie und bereitete sich darauf vor, auf Wiedersehen zu sagen.

Dinah konnte sich später nicht daran erinnern, ob sie bereits aufgewacht war oder ob das Geräusch ihren Schlaf durchdrang. Sie öffnete in der Dunkelheit die Augen, war beruhigt, Sarah und Milly neben sich zu haben, und war sich sofort sicher, daß etwas nicht stimmte. Sie wandte den Kopf und versuchte herauszufinden, was es sein konnte, da die beiden Mädchen sicher schliefen. Dann hörte sie es: ein dringendes Klopfen irgendwo tiefer im Gebäude, gefolgt von wirrem Geschrei. Sie konnte die Worte nicht unterscheiden, aber die furchteinflößende Heiserkeit genügte. Sie saß kerzengerade da und lauschte, gleichzeitig stieg ihr beißender Rauchgeruch in die Nase.

Feuer. Etwas brannte.

Dinah krabbelte über Milly und kroch zur Tür. Als sie sie auch nur einen Spalt öffnete, drang eine dicke Rauchwolke ins Zimmer. Keuchend vor Schreck schlug Dinah sie wieder zu. Sie stürzte sich quer durch das Zimmer zu den schlafenden Mädchen. Milly murmelte und fluchte über Dinahs Anstrengungen, sie zu wecken. Sarah schlief tief und fest.

Auf Händen und Knien kauerte Dinah neben den Matratzen, schüttelte die Mädchen und schrie sie an. Lange Minuten schienen zu verstreichen, bis Milly auch nur halb wach war. Dinah befahl ihr, Kleider, Bettzeug, alles zusammenzusuchen, das Wasser aufsaugte. Milly rappelte sich hoch und tastete im Halbdunkel herum, um Dinahs Anordnungen zu folgen. Dinah zog Sarah in ihre Arme und stolperte mit ihr zur Tür. Sie wehrte sich die ganze Zeit gegen Dinahs Bemühungen, stieß überall mit Armen und Beinen an und gab kleine ängstliche Grunzlaute von sich.

Alles in Ordnung, versuchte Dinah sie zu beruhigen, wenn sie nicht gerade selbst nach Luft schnappte. *Alles in Ordnung,* obwohl das nicht stimmte.

Im Badezimmer tauchte sie die Wäsche ins Wasser und zerrte das triefende Bündel zurück zu den Mädchen. Dinah hüllte Sarahs Kopf und Gesicht ein.

»Mach es genauso«, rief sie Milly zu.

Dann zog sie Sarah auf Hände und Knie herunter. Milly machte es nach. Caz' Tür stand offen. Das Zimmer war leer und der Rest der Wohnung auch.

Dinah legte den Handrücken auf den Holzrahmen der Wohnungstür. Sie konnte keine Hitze spüren.

»Bist du fertig?« Sie konnte nur Millys angsterfüllte Augen sehen. Milly nickte.

»Du als erste. Kriech runter.«

Dinah öffnete die Tür einen Spalt breit. Dichter Rauch zog über ihre Köpfe, erfüllte den Raum, brannte in Augen und Kehle.

»Los«, schrie Dinah Milly zu. *»Runter.«*

Dinah schob Sarah an. Hustend und halb blind, krochen sie los, zur Tür hinaus und die Treppe hinunter.

14

Der Rauch war überall.

Er drang ihnen in Augen und Hals, drohte sie zu ersticken, eine blindmachende, stinkende Rauchglocke.

Als Dinah in dieser ersten unendlichen Sekunde auf der Treppe in der Falle saß, begriff sie: *so passiert es.*

Sie würden hier in den Fortinbras Mansions ersticken.

Dinah hörte, wie Sarah nach dem ersten Atemzug würgte. Der Laut ließ sie hochfahren, und ihr wurde klar, daß sie vor Angst erstarrt auf allen vieren zusammengebrochen war.

Mit einer Hand preßte sie die feuchten Tücher gegen Mund und Nase und senkte den Kopf. Die Tränen, die ihr in den Augen brannten, hielten sie zurück. Vielleicht war direkt über den Dielenbrettern die Luft ein wenig besser. Mit der anderen Hand packte sie Sarahs Arm und zog sie auf den Bauch herunter. Hinter sich erhaschte sie einen Blick auf Milly. Ihre Augen waren weit aufgerissen, weiß in ihrem geschwärzten Gesicht.

Dinah bemerkte, daß irgendwo ein Licht brannte. Unglaublich, durch die Düsterkeit sah sie, daß immer noch eine schwache Birne brannte. Schnell. Nur schnell. Bevor das Dunkel auf sie zusprang, um sie zu verzehren.

Zu atemlos zum Sprechen, glitt Dinah rückwärts auf den Knien kriechend die Treppe hinunter. Sarah, die von Milly geschoben wurde, zerrte sie hinter sich her.

Dinah hatte den Eindruck gehabt, als ertönte Lärm von innen gegen ihre Ohren. Jetzt wurde ihr klar, daß dies das Trommeln ihrer Panik war. In dem Rauch herrschte Stille, kein Klopfen oder Rufen mehr. Keine Hilfe. Alle waren entkommen, außer ihnen. Nein, das stimmte nicht, da war etwas. Das furchterfüllte Heulen und Kratzen eines Hundes. Irgendwo unter ihnen.

Wie viele Stufen noch? Dinah schüttelte den Kopf, rang nach Luft. Sarah hustete schwächer.

Nach unten, wo der Rauch dichter erschien.

Dinah verlor völlig die Orientierung. Sie konnte kaum sagen, ob sie hinauf- oder hinuntergingen. Bei jedem Atemzug brannten ihre Lungen, und jede Bewegung kostete sie mehr Kraft und Entschlossenheit, als sie zu besitzen glaubte. Jeder Zentimeter schien der letzte zu sein. Sarah wimmerte, ein leises zitterndes Geräusch, das zu einem Stöhnen wurde.

Dinah hatte keine Worte, keinen Atem übrig.

Ein langer ausgedehnter Raum. Der Treppenabsatz des ersten Stocks. Es war entsetzlich heiß. Ihre Knie brannten auf den Dielenbrettern. Sarah bewegte sich jetzt aus eigenem Antrieb schneller. Einmal stießen sie im Qualm mit den Köpfen aneinander, Milly hinter ihnen fluchte mit einer Geläufigkeit, die Dinah ein wenig überraschte. Und dann begann wieder eine Treppe.

Plötzlich wurde der Rauch dünner.

Der Geruch fast frischer Luft ließ Dinah kraftlos tief durchatmen. Rauch kratzte in ihrer Lunge, und sie würgte, spuckte und erbrach sich auf den Boden.

»Weiter«, schrie Milly sie an.

Gehorsam und ohne eigenen Antrieb begann Dinah wieder: zerren, rutschen, tiefer und tiefer. Sie wußte nicht, ob es dreizehn Stufen waren oder dreihundert. Nur die Luft mußte klarer geworden sein, da Sarah jetzt lauter stöhnte, ein Heulen des schieren Entsetzens.

Keine Stufen mehr. Hindernisse überall. Die Kartons und der Abfall, mit dem die Eingangshalle vollstand.

Und wieder der Hund, ein Kratzen und ein panisches Jaulen.

Dinah mobilisierte ihre letzten Kraftreserven, bahnte sich ihren Weg über den Schutt. Sie wußte, wo die Tür war, und dahinter war Luft und Leben.

Die letzten zwei Meter ging sie aufrecht, stolpernd, mit angehaltenem Atem. Sie erreichte die schwere Tür und zog daran.

Die Tür schwang nach innen auf. Ein frischer Luftzug blies ihr ins Gesicht. Draußen leuchtete orangerotes Licht von den Straßenlaternen. Und da war ein Kreis von Gesichtern, aus denen alle Farbe gewichen war.

Sarah und Milly krochen anderthalb Meter hinter ihr auf Händen und Knien aus dem Haus. Dinah packte beide und zerrte sie heraus in die nasse, kalte Nacht.

Dinah stolperte die Stufen hinunter und zog die Mädchen mit sich. Hände griffen nach ihnen, boten Hilfe und Unterstützung an, aber sie schüttelte sie heftig ab. Mit einem warnenden Knurren zog sie ihre aufgesprungenen Lippen von den Zähnen zurück. Sie überquerte das Pflaster und versuchte zu rennen, als die Beine unter ihr nachgaben.

Dinah sank in die Knie und kauerte sich zusammen. Die nassen Platten unter ihren versengten Knien und Handflächen fühlten sich wundervoll an, kalt und glitschig. Sarah und Milly taumelten neben sie. Sie husteten und rieben ihre Augen mit den Fäusten. Sie streckte die Hände aus und zog sie dicht an sich heran. Sie preßte ihren Mund abwechselnd gegen jedes Gesicht. Blind vor Tränen konnte sie nichts sehen, aber mit ihren Lippen spürte sie die Spannkraft von Sarahs Wangen und die knochigen Stege von Millys Nasenrücken und Brauen. Sie wickelte ihre Haare um die Finger, zog ihre Köpfe näher an sich heran. Sie küßte sie und weinte.

Dinah weinte. Sie weinte wortlos vor Entsetzen und Erleichterung, die Schluchzer brachen wie platzende Blasen aus ihr heraus.

Jemand war zu ihnen gerannt, helfende Hände griffen wieder ein. Sie stieß sie beiseite und hielt die Mädchen dichter umfaßt. Sarah war schwerfällig und hilflos, und Milly fühlte sich steif an. Einen Augenblick später riß sich Milly aus ihrem Griff los.

Sie war auf den Beinen und blickte zurück zu den Mansions. Instinktiv erkannte Dinah, wozu ihr Verstand noch zu verwirrt war und wovor er zurückschreckte.

Der Hund. Der schreckliche, jaulende, panische Hund, der irgendwo da drinnen in der Falle saß.

»Nein«, schrie Dinah zu Milly hin. Sie zog an ihrem dünnen Handgelenk. »Nein. Nein. Nein.«

Milly zögerte. Dann war sie fort, aus Dinahs Griff ausgebrochen, und rannte zurück über die Straße in die Gruppe vor den Mansions. Rauch quoll jetzt aus den oberen Fenstern.

Dinah nahm die kleine Gruppe von Leuten, die sich um sie versammelt hatte, nicht wahr. Caz war unter ihnen und der Junge, der jetzt nicht mehr grinste. Dinah hatte nur Sarahs Wuschelkopf vor Augen und den Ort, zu dem Milly gelaufen war, zurück in den Rauch. Dinah öffnete den Mund, hielt eine Tochter fest, schaukelte sie in ihren Armen und hielt verzweifelt nach der anderen Ausschau.

Dinah waren weder Selbstbeherrschung noch Vernunft oder Würde geblieben. Sie war weder Mutter noch Mentorin, alles hatte sich aufgelöst und war verschwunden.

Sie stöhnte und versuchte, Sarahs Ohren mit den Händen zu bedecken. Es gab keine Worte oder Gedanken, nur Stöhnen. Sie hörte sich an wie ein Tier, das vor Erleichterung weinte. Dünner Regen fiel ihr auf Lippen und Zunge, und sie wandte ihr hohlwangiges Gesicht dem Himmel zu. Jemand legte ihr unbeholfen den Arm um die Schulter.

Dieser Augenblick, als Dinah vor dem Gebäude kauerte, schien sich unendlich auszudehnen. Die Zeit stand still, war bedeutungslos. Nichts im Universum bewegte sich außer Sarah, und Sarah weinte leise, ihren Mund schluchzend verzogen, ihr rundes Gesicht verdreckt vom Rauch.

Dann ging eine Bewegung durch die Gruppe auf den Stufen. Mitten aus den Leuten tauchte Milly wieder auf. Sie zerrte den räudigen Hund am Ende seiner Leine hinter sich her. Er rutschte auf den Rinnstein, stand steifbeinig da und winselte.

Milly ließ die Schnur fallen und rannte zu Dinah und Sarah zurück. Als sie halb über die Straße war, schnappte Caz sie.

»Was tust du?« brüllte er sie an. »Wir sind doch alle hier.«

»Wo ist Mick?«

Mick, der schweigsame Junge.

»Ist Fritten holen gegangen oder Fluppen oder irgendwas.«

Milly schrie ihm ins Gesicht: »Du hast uns da drin zurückgelassen. Du wußtest, daß wir da waren, und hast uns dort gelassen.« Sie holte mit ihrer Faust aus und versuchte, ihn zu treffen. Caz hielt sie fest und stieß sie dann mürrisch von sich.

Milly fiel neben Dinah und Sarah auf die Knie. Zuerst schwach, dann immer lauter hörten sie das Heulen der ersten Sirenen durch die feuchte Luft.

»Wir müssen weg von hier«, murmelte Milly.

Dinah klammerte sich an sie. Ihre Finger krampften sich in Millys Kleidung, zu fest, um sich ein zweites Mal loszureißen.

»Hör mir zu, Dinah. Tu, was ich dir sage.«

Dinah war nutzlos. Sie spürte ihre Ohnmacht, ihre Schwäche. »Bleib hier«, flüsterte sie. »Milly, bleib bei uns.«

»Jesus, kapierst du denn nicht? Du bist genauso schlimm wie sie. Los. Komm schon.«

»Ich kann nicht.« Sie war zu schockiert.

Milly holte aus und schlug Dinah hart mit der Hand ins Gesicht. Dinahs Kopf flog zurück. Sie wurde sich des Kreises von Zuschauern, der lauter werdenden Sirenen, des Übelkeit erregenden Rauches bewußt. Sie raffte sich auf und zog Sarah mit hoch.

»Laß uns nicht allein.«

»Jesus. Verdammt noch mal.«

Sie begannen sich zu bewegen, die Arme um die Schultern der anderen gelegt. Ihre Schritte wurden länger, trugen sie weg von den Fortinbras Mansions. Am Ende der Straße raste das erste Feuerwehrauto an ihnen vorbei. Eine weitere Biegung, und die Chalk Farm Road erstreckte sich vor ihnen. Dinah hatte keinerlei Vorstellung, wo sie hingingen. Sie vertraute Milly völlig. Milly war die Mutter. Milly war das, was sie nicht war.

Ein gelbes Licht kam auf sie zu. Milly warf den Arm hoch. Das Taxi bremste und fuhr an den Straßenrand. Der Türgriff glatt und kühl, die Tür, die für sie geöffnet wurde. Drinnen der vertraute Taxigeruch. Sie sanken in die wunderbare, sachlich-nüchterne Sicherheit.

»Wohin?« fragte der Mann über die Schulter hinweg.

Milly antwortete deutlich: »Gainsborough Gardens, Hampstead.«

Dinah lehnte ihren Kopf zurück. Auf jeder Seite saß ein Mädchen. Sarah atmete schnell, blickte um sich, die Augen in ihrem schmutzigen Gesicht weit aufgerissen. In dem schwarzen Taxi waren sie geschützt, kein Rauch oder Feuer. Kein Tod.

Die Welt trat wieder in Verbindung zu ihr. Noch war sie entfernt und erschien zerbrechlich, aber sie glitt an den Fenstern vorbei, gewann an Tiefe und Klarheit.

Gainsborough Gardens. Ed und Sandra.

Wohin wandte sich Milly, die privilegierte Tochter, wenn sie wirklich in Not geriet?

Natürlich. Sie wandte sich an ihre Eltern.

Dinah war schwach und geschockt. Um so mehr, als sie hörte, wie ein gebrochenes Lachen aus ihr heraussickerte. Milly drehte ihr den Kopf zu.

»Und du magst Hunde nicht einmal«, keuchte Dinah.

»Halt verdammt noch mal die Schnauze«, fauchte Milly sie an.

Milly half Dinah aus dem Auto. Der riesige dunkle Schemen des Hauses in Gainsborough Gardens hing drohend über ihnen. Dinah zog Sarah hinter sich her. Ihre Hand fühlte sich glühend heiß an.

»Sie müssen warten, bis ich meine Eltern geweckt habe«, sagte Milly zu dem Fahrer.

Einen Augenblick später stand Ed in seinem pflaumenfarbenen Seidenmorgenmantel unter dem Licht des Portals. Er blickte auf die drei herab.

»Jesus«, flüsterte er und rannte die Stufen herunter.

Er streckte seine Arme aus, und Milly warf sich hinein. Mühelos hob er sie hoch und drückte sie an sich.

»Schatz, alles ist in Ordnung, mein Schatz. Dein Dad ist hier. Nichts kann dir passieren.«

Über ihren Kopf hinweg blickte er auf Dinah, die das Kind mit dem Down-Syndrom an der Hand hielt.

»Wer ist das?«

»Das ist meine Tochter.«

Vor Erstaunen riß er den Mund auf, aus seiner Selbstsicherheit aufgeschreckt. Dann murmelte er unsicher: »Kommt. Kommt doch herein.«

In der Küche der Parkes' erstreckten sich weiße Kacheln und grauer Marmor, soweit Dinah sehen konnte. Die Lampen waren strahlend hell, alle Oberflächen sauber und glatt. Es erinnerte sie an ein Krankenhaus, und sie fragte sich, ob sie dort nicht auch gelandet waren. Zur Sicherheit – ohne sich klarzumachen, wem zuliebe das geschah – hielt sie Sarah fest. Sie hatte das Gefühl, ihre Hände wären schwarze Klauen, die sie in sie geschlagen hatte. Bis jetzt hatte noch keiner viel gesagt.

Ed und Sandra waren da, bewegten sich in ihrer Nachtwäsche und ihren Morgenmänteln hin und her. Sandras Morgenmantel war aus eisblauem Satin. Natürlich war es kein Krankenhaus. Irgendwie waren sie aus den Fortinbras Mansions entkommen. Sie waren nicht verletzt, in Sicherheit. Die Großartigkeit dieser Tatsache und die Vorstellung, was alles hätte geschehen können, ließ Dinah unkontrolliert zittern.

Ed brachte ihr ein Glas mit einem Fingerbreit Whisky, aber Sandra nahm es wieder weg.

»Kein Alkohol«, flüsterte sie ihm zu. »Nicht jetzt, der Schock.«

Dinah sollte dies eigentlich nicht hören, aber ihr Gehör und ihre anderen Sinne waren schmerzhaft geschärft. Licht sprang ihr in die Augen. Sarahs runde Schultern bewegten sich, sobald Dinah sich nur ein klein wenig rührte, wie ein Teil ihres eigenen Körpers, als seien die beiden ein einziger unbeholfener Mischling.

Milly kuschelte sich an Ed. Sie hielt sich zitternd an seiner Hand fest und kaute auf ihrem Mundwinkel herum. Das verschmierte schwarze Make-up und der Rauch machten aus ihrem Gesicht ein gschecktes Chaos.

Sandra brachte ihnen Becher mit heißer Milch. Dinah nahm ihren und trank. Der Geschmack in ihrem Mund war von kalkiger Unschuld, das Aroma der Kindheit.

»Besser erzählst du uns, was passiert ist«, sagte Ed laut zu Dinah und übernahm damit wieder einmal die Kontrolle. »Gestern morgen kommen wir hier an, und du bist weg. Niemand ist im Hotel, kein Wort zu irgend jemandem außer einer Nachricht für Matt, daß ihr zusammen irgendwo seid. Jetzt taucht ihr hier auf und seht aus, als kämt ihr aus einem Kriegsgebiet.«

Milly wandte plötzlich ihr Gesicht ab und verbarg es an Eds Schulter.

»Tut mir leid. Es ist alles mein Fehler. Wir waren bei Caz, und da war, da war ein schreckliches Feuer. Wir mußten raus ... all der Rauch ... es war ... so ... schrecklich.«

Eds Entsetzen war noch größer als seine Wut.

»Ich habe dir doch gesagt, du sollst dich von dort fernhalten. Und von diesen Kids, die da draußen rumlungern. Sie sind verrückt, und sie sind gefährlich.«

»Das weiß ich jetzt«, flüsterte Milly.

Sie schmiegte sich an ihren Vater, als wolle sie die Erinnerung durch seinen mächtigen Körper auslöschen. Er streichelte ihre zarten Schultern, seine Wut legte sich.

»Es war nicht Millys Schuld«, sagte Dinah deutlich. Ed und Sandra drehten sich rasch zu ihr um. »Nichts ist Millys Schuld. Nur dank Milly sind wir jetzt sicher hier.«

Die Wanduhr verriet ihr, daß es zehn nach zwei war, erst vierzig Stunden, seit sie auf der nebelverhangenen Straße auf den Bus gestoßen waren. Bilder der letzten Stunden glitten an ihrem inneren Auge vorüber, als sie zu erklären versuchte, was geschehen war.

»Ich habe meine, habe Sarah nicht gesehen, seit sie ein Baby war. Ich war in Norfolk auf der Suche nach ihr, als Milly kam. Am nächsten Tag nahm ich Sarah einfach mit. Ich habe sie gestohlen. Wir drei fuhren nach London. Dort, wo wir Unterschlupf gefunden hatten, brach ein Feuer aus. Wir sind nur ganz knapp ... entkommen.«

Sie hatte ihre Hülle verloren. Der Stoff ihres Inneren quoll hervor, eine Zelle ohne Membran. All ihre sorgfältigen Verteidigungsanlagen, mit denen sie ihr Erwachsenenleben lange aufrechterhalten, und die schuldigen Ausflüchte, mit denen sie sich hindurchgeschmuggelt hatte, waren weggerissen, jetzt, wo Ed und Sandra Parkes ihr zuhörten. Ihr war keinerlei Stolz geblieben. Alles, was Dinah verspürte, war Dankbarkeit, daß sie und Milly und Sarah in diesem großen sauberen Haus sicher waren.

Ed und Sandra hörten zu, bis die Geschichte erzählt war. Ed drückte Milly fester an sich. Er sagte ihr mit gedämpfter Stimme: *Mach dir keine Sorgen mehr, niemand ist böse. Wir haben dich lieb.*

Und von seinem Gesicht ließ sich deutlich ablesen, wie sehr er sie liebte.

Sandra löste Sarah aus Dinahs Griff und führte sie zum Tisch, um sie neben Milly und Ed zu setzen. Sarah ging, ohne sich zu beklagen, mit und runzelte nur ein wenig verwirrt die Stirn. Milly rieb sich das Gesicht und machte Platz. Ed streckte ihr seine freie Hand entgegen. Sarah kuschelte sich an ihn.

Sandra zog Dinah mit sich. Von der Küche weg führte ein anderer Raum mit schwarzem Dach, ausgestattet mit üppigen Ranken grünschwarzen Blattwerks; es war eine Art Wintergarten. Dinah setzte sich in einen quietschenden Korbstuhl. Die Rippen der Armlehnen schmerzten an ihren wunden Fingern.

»Du mußt mir erzählen, was vor all dem, vor gestern, geschehen ist«, sagte Sandra.

Mußt. Die zärtlich-strenge Stimme der Autorität. Dinah schreckte davor zurück, und gleichzeitig öffnete es sie auch. Sie verbarg ihr Gesicht in den Händen. Quälend langsam kamen die Worte heraus und ergossen sich dann immer schneller in den Raum zwischen ihnen.

»Nachdem Sarah als Baby adoptiert worden war, konnten Matthew und ich nie darüber reden. Ich konnte mit niemandem darüber reden. Und dabei dachte ich die ganze Zeit an sie. Als wir nach Franklin zogen, wuchs das Gefühl des Verlustes in mir, bis ich es nicht mehr ertragen konnte. Dann lernte ich dich und Milly kennen, und sie erzählte mir, daß sie adoptiert worden sei, und ich stellte auf einmal überrascht fest, daß ich ihr erzählte, was ich getan hatte. Irgendwie verschmolzen Sarah und sie in meinem Gehirn. Du wußtest, daß an meinen Gefühlen für Milly etwas Falsches, Verborgenes war, nicht wahr? Da verstand ich, daß ich zurückkommen mußte, um Sarah zu suchen. Und als ich sie dann sah, beging ich diese schreckliche Tat.

Ich glaube, ich bin verrückt geworden.«

Es folgte ein langes Schweigen.

Dann kam Sandra zu Dinah und umarmte sie, dabei kniete sie in ihrem blauen Morgenmantel auf dem Boden. Dinah hatte kein Mitgefühl erwartet.

»Ich verstehe dich«, sagte Sandra.

Der schwere Duft der feuchtwarmen Gewächshausluft mischte sich mit den Resten von Sandras Parfüm, aber dennoch hing der Rauchgestank noch in der Luft. Dieser Geruch würde immer Entsetzen mit sich bringen, und wenn das bei ihr schon so war, was würde es für Sarah bedeuten? Dinah wollte reflexartig Richtung Küche laufen, aber Sandra hielt sie fest.

»Ihr geht es gut. Ed kümmert sich um sie. Sie trinkt jetzt ihre Milch.«

Dinah betonte noch einmal: »Du mußt mir glauben, daß das, was ich getan habe, nichts mit Milly zu tun hatte. Sie war so stark und entschlossen und am Schluß so tapfer. Alles Dinge, bei denen ich in den letzten Tagen versagt habe. Sie ist bemerkenswert.«

»Ich wußte, daß du und sie ein Geheimnis vor mir hattet. Ich war eifersüchtig auf dich. Ich dachte, du versuchtest, dich zwischen mich und Milly zu schmeicheln. Ich habe nicht viel Selbstvertrauen als Mutter. Ich bin wirklich keine sehr gute Mutter, nicht wahr?«

Dinah hatte sie falsch beurteilt. Sie hatte Sandra abgewehrt, hatte es vorgezogen, sie wegen ihrer spröden Art und ihrem protzigen Reichtum abzutun, weil sie Angst hatte, daß jemand in sie drang und sie bloßstellte. Jetzt, wo es keine Schuld mehr zu verbergen und keine größere Scham mehr zu erleiden gab, brauchte Dinah eine Freundin.

Sie sagte ihr die Wahrheit, die sie klar erkannte.

»Sandra, du bist eine gute Frau und eine gute Mutter. Du bist genauso bemerkenswert wie Milly.«

Sandra erwiderte: »Ich habe mir oft vorgestellt – Angst davor gehabt, wie man etwas Unbekanntes fürchtet –, daß Millys leibliche Mutter auftauchen würde. Ein Gesicht, das eines Tages zum Fenster hereinschaut. Ich habe sie nie kennengelernt, aber ich würde sie mit einem Blick erkennen.«

So wie ich bei der Hochzeit aufgetaucht bin, dachte Dinah. Ein Gesicht am anderen Ende des Friedhofs. Es war auch Paulines Angst gewesen, und sie hatte recht gehabt, sich zu fürchten.

»Jetzt, wo du mir von Sarah erzählt hast, verstehe ich viel besser, wie man sich fühlt, wenn man das Gesicht am Fenster ist, draußen zu sein und einer anderen Frau mit ihrem Kind zuzuschauen.« Leise fügte Sandra hinzu: »Milly redet oft davon, ihre wirkliche Mutter aufzuspüren. Das macht mich eifersüchtig und bitter. Ein Fehlschlag, als ob wir beide wüßten, daß ich nicht gut genug für sie bin. Verstehst du?«

»Du bist besser als gut genug«, wiederholte Dinah. »Ich weiß das, weil ich Milly kenne. Aber ich verstehe dich.«

»Milly fühlt sich von ihren beiden Müttern betrogen. Sie ist fortgegeben worden, und ihr ist vorenthalten worden, was sie zu verdienen glaubt. Deshalb ist sie immer so wütend.« Sandra stand auf. Auf dem Boden zu knien hatte ihre Beine steif werden lassen, so daß sie ein wenig taumelte. Dinah stützte sie mit ihren rußigen Händen. Einen langen Augenblick sahen sie einander an.

»Ich habe Milly einer Anwältin, die ich kenne, vorgestellt. Sie wollte einen Rat haben, wie sie ihre Mutter aufspüren kann. Lavinia sagte ihr, daß sie nichts tun kann, bis sie achtzehn ist. Es tut mir sehr leid. Es war falsch von mir, mich da einzumischen.«

»Vielleicht war es das. Aber ich glaube, du hast vielleicht auch recht. Ed und ich sollten sie lassen und ihr helfen, ihre Mutter zu finden, wenn sie das so schrecklich gerne möchte. Wir müssen sie vielleicht sogar ... gehen lassen, wenn wir etwas von ihr behalten wollen.«

Sandra stand vor der Fensterscheibe, blickte in den dunklen Garten hinaus.

»Wir lieben sie sehr.«

»Ja«, sagte Dinah.

Sie konnte hören, wie Sarah in der Küche etwas sagte, ein Strom flüssiger Silben. Sie hörte sich wie sie selbst an, neugierig auf diesen neuen Ort.

»Ich möchte nicht, daß Sarahs Mutter sich noch länger Sorgen macht, wo sie ist«, sagte Dinah.

»Wir werden sie anrufen«, beruhigte Sandra sie. »Wir werden ihr sagen, daß Sarah bei uns sicher ist.«

In der Küche saßen Ed und die beiden Mädchen immer noch am Tisch.

Für Milly hatte ihr Vater das zerknautschte Mitten-in-der-Nacht-Aussehen, das sie daran erinnerte, wie sie als kleines Mädchen getröstet und wieder zum Schlafen gebracht worden war, wenn sie aufwachte.

»Es tut mir leid, daß ich weggelaufen bin«, murmelte sie.

»Du bist ja auch wieder zurückgelaufen. Wie bist du überhaupt allein nach England gekommen? Es überrascht mich nicht, daß du es geschafft hast, ich würde nur gerne die Details hören.«

Milly erzählte es ihm, genau wie sie es Dinah beschrieben hatte.

»Nicht schlecht«, gab Ed zu. »Hätte ich selbst nicht besser machen können.«

»Ich habe dir viel Geld weggenommen. Etwas ist noch übrig, aber nicht viel.«

Milly wühlte in ihren Kleidern herum und holte den Gürtel mit dem Geld heraus. Sie öffnete den Reißverschluß, zog einige zerknitterte Geldscheine heraus und drückte sie ihrem Vater in die Hand.

»Danke. Ich habe es immer gerne, wenn ich bei einem Geschäft etwas zurückbekomme.«

Milly starrte ihn an. Sie schüttelte den Kopf.

»Das Feuer war so schrecklich. Ich dachte, wir würden sterben. Was hätten wir bloß getan, wenn du und Mum nicht hier auf uns gewartet hättet?«

»Wir sind immer da«, beschwichtigte Ed sie.

Plötzlich legte Milly ihre Arme auf den Tisch und ließ den Kopf darauf sinken. Tränen der Erschöpfung liefen ihr übers Gesicht.

Betroffen formte Sarah mit den Lippen ein rundes O. Sie beugte sich vor, um besser zu sehen, und blinzelte ohne ihre Brille. Dann berührte sie Millys zitternde Schultern, tätschelte sie sanft mit ihren dicken Fingern.

»Mach dir nichts draus«, murmelte sie. »Mach dir nichts draus.« Einen Augenblick später erregte ein Satz Kupfertöpfe, die hinter Milly an der Wand hingen, ihre Aufmerksamkeit. Sie sprang auf, um sie anzufassen, und lachte erstaunt auf.

»Es klingelt jetzt«, sagte Sandra. Sie hatte wegen der Nummer der Greens die Auskunft angerufen und dann gewählt. Sie hielt Dinah den Hörer hin und ging dann weg.

»Hallo?«

Pauline war beim ersten Klingeln erwacht. Ihre Stimme klang dumpf vor angstvoller Befürchtung.

»Hier ist Dinah Steward«, flüsterte sie. »Sie ist in Sicherheit, Pauline. Sie ist hier bei mir in London. Morgen früh wird sie wieder bei Ihnen zu Hause sein.«

»O Gott«, schluchzte Pauline. »O Gott, Gott sei Dank.«

»Es tut mir so leid. Alles, was ich getan habe, tut mir so leid.«

Sandra kam zurück und umarmte Dinah. Sie legte den Hörer wieder in Dinahs schmutzige Hand zurück.

»Jetzt erzähl Matthew, daß alles in Ordnung ist. In Franklin ist es erst zehn Uhr.«

Nach dem Anruf des Polizisten am Donnerstagmorgen rief Matthew noch einmal im Hotel in Cromer an.

Diesmal teilte ihm die Frau an der Rezeption mit beißender Schärfe mit, daß Mrs. Steward und ihre junge Freundin sich ganz bestimmt nicht abgemeldet hätten, aber auch nicht mehr gesehen worden seien, nachdem sie nach dem Frühstück am Mittwochmorgen ausgegangen waren. Genau wie sie es der Polizei erklärt habe, fügte die Frau hinzu.

Matthew knirrschte mit den Zähnen, brachte seinen ganzen Charme auf und beruhigte sie. Er entlockte ihr das Versprechen, daß sie ihn sofort anrufen würde, wenn sie etwas Neues erführe, sei es von der Polizei oder Mrs. Steward selbst.

Danach wappnete er sich und sprach mit den Parkes' in Hampstead. Er erzählte ihnen, daß Milly und Dinah zusammen wären, irgendwo, weil Dinah ihm eine Nachricht hinterlassen habe. Er sei sich nicht sicher, wo sie jetzt genau waren, aber er sei sicher, daß Dinah bald wieder anrufen werde.

Auf jeden Fall sollten sie sich keine Sorgen machen.

»Sich Sorgen zu machen um Milly gehört für Sandra und mich zu den Tatsachen des Lebens, Matt. Ich bin nur froh, daß sie im Augenblick mit Dinah zusammen ist.«

»Gut«, sagte Matthew und legte, so schnell er konnte, auf.

Er wußte nicht, wie er es den Parkes' beibringen sollte, was wirklich geschah. Er hätte so viel von sich selbst und Dinah Eds anmaßenden, kritischen Blicken preisgeben müssen.

Matthew stellte sich diesen Teil ihrer Geschichte als Koffer vor, der lange Zeit geschlossen gewesen war, und er glaubte fast, die glatten Messingschnallen unter den Fingern zu spüren. Die Kleidungsstücke darin – traurig und ungetragen, nicht länger in Mode und verknittert – müßten aus dem Seidenpapier genommen werden und an der Luft ausgebreitet werden, damit Ed den Kopf darüber schütteln könnte.

Die Vorstellung, sich so bloßzustellen, breitete sich in ihm aus wie ein Schmerz.

Matt rollte sich in dem leeren Bett auf die andere Seite, krümmte sich zusammen, um den Schmerz einzudämmen. Er lag quer über der Stelle, wo Dinah liegen sollte. Das Bettlaken auf ihrer Seite fühlte sich an seiner erhitzten Haut kühl und glatt an. Auf der Uhr auf dem Nachttisch sah er, daß es sechs Uhr dreißig morgens war. Er fühlte sich, als hätte er bereits einen ganzen Tag hinter sich, aber er schob die Bettdecke zurück und machte sich daran, sich anzuziehen.

Die Jungen würden erst in einer Stunde aufwachen.

Unten fütterte Matthew Ape und ließ ihn zur Hintertür hinaus. Er stand am Küchenfenster und beobachtete, wie der Hund im frostigen Zwielicht quer durch den Garten lief. Sein Schwanz wehte hinter ihm wie eine Fahne.

Als Matt sich wieder umdrehte, bemerkte er, wie schmutzig die Küche aussah. Auf dem Tisch herrschte ein Chaos aus Zeitungen,

Krümeln und Kaffeebechern; dreckige Töpfe, Getränkekartons und Verpackungen von Lebensmitteln waren auf der Arbeitsplatte zwischen Herd und Spüle verteilt. Vor dem Kühlschrank klebte der Boden, weil irgend etwas vergossen worden war, und überall auf dem Boden waren Fußabdrücke und die Spuren von Apes Pfoten.

Dinah war noch keine Woche weg.

Matthew vermißte sie jede Stunde des Tages. Wenn er an die Möglichkeit dachte, daß sie vielleicht nicht zurückkam, saß ihm die Panik wie ein Kloß im Hals.

Wenn, dachte er. Wenn er gewußt hätte, daß er Dinah aufs Spiel setzte, sogar ihre Sicherheit und Gesundheit aufs Spiel setzte, hätte er nie auch nur einen Blick auf eine andere Frau geworfen. Seine Rücksichtslosigkeit schockierte ihn.

Mit betäubender Angst erinnerte er sich an ihre telefonische Nachricht. Es war unverkennbar Dinahs Stimme, und dennoch hatte es sich überhaupt nicht wie Dinah angehört. *Mit mir ist alles in Ordnung, sag das auch den Jungen. Es tut mir alles leid.* Und dann Schweigen, bevor sie auflegte.

Es tut mir leid. Das könnte bedeuten, daß sie ihn nicht mehr liebte und die Worte noch nicht gefunden hatte, es ihm zu sagen. Oder vielleicht hatte irgend etwas, irgendein Grauen, das er sich nicht einmal vorzustellen wagte, sie überrascht.

Matthews Arme und Beine zitterten von der Anstrengung, seine Furcht zu unterdrücken. Er war es gewöhnt, etwas zu tun, zu lösen, zu veranlassen, was seiner Meinung nach geschehen sollte, und jetzt verdammte ihn die Ungewißheit zur Untätigkeit.

Ich werde sie nicht verlieren, redete er sich selbst ein. Ich werde sie nicht gehen lassen. Wenn sie krank ist, braucht sie mich. Wenn sie verletzt ist … wenn ihr etwas Schlimmes widerfahren ist …

Dinah.

Das Telefon, das an der Küchenwand befestigt war, funkelte ihn in vorwurfsvollem Schweigen an.

Matthew ging zum Spülbecken. Er zog die gelben Gummihandschuhe an, die Dinah an der Innenseite der Tür festklemmte, und füllte einen Eimer mit Putzmittel und heißem Wasser. Er fegte den Dreck vom Tisch in einen Müllbeutel und ließ die schmutzverkrusteten Pfannen einweichen, bevor er mit dem Putzen des Bodens begann.

Die Beschäftigung war eine Wohltat, und während er arbeitete, dachte er an sie. Ein- oder zweimal sah er aus dem Augenwinkel sein verschwommenes Spiegelbild in der Glastür des Backofens oder in den erleuchteten Fenstern. Während er in ihren Gummihandschuhen diese Hausarbeiten verrichtete, hätte er sein Spiegelbild für Dinahs halten können. Es war beinahe so, als ob ihre Körper verschmolzen wären. Er begann zu denken wie Dinah und wie sie sich fühlen mußte, hierher nach Franklin gekommen zu sein, dachte über die Vereinbarung nach, die sie getroffen hatten, seiner Arbeit den Vorzug zu geben, und über die andere stillschweigende Vereinbarung wegen Sarah.

Matthew hielt einen Moment atemlos inne und stützte sich auf den Gummiwischer. Dann begann er wieder, arbeitete schneller, als könne er viel mehr als die Flecken auf dem Boden wegwischen.

Wie stark Dinah gewesen war, dachte er. Sie hatte soviel aufgenommen und alles für sich selbst behalten. Sie blieb gefaßt, logisch und unerschütterlich.

Er konnte sich nicht einmal daran erinnern, daß sie jemals krank gewesen war. Nur einmal, es mußte eine ganze Zeit – ein paar Monate – nach Sarahs Geburt gewesen sein. Dinah blieb eine Woche im Bett, lag dort und starrte hinaus auf den Himmel jenseits des Fensters.

Es war die Grippe, hatte sie gesagt.

Er erinnerte sich noch, wie dankbar er für ihre Selbstdiagnose gewesen war. Er hatte ihr Aspirin und heiße Getränke gebracht, und nach ein paar Tagen hatte sie erklärt, daß es ihr bessergehe.

Aber abgesehen davon, konnte er sich nicht daran erinnern, daß Dinah jemals geschwankt hätte. Dinah erstellte Listen und befestigte sie mit witzigen Magneten an der Kühlschranktür. Sie ging einkaufen und kochte für sie alle und machte ihr Haus gemütlich. Sie schnitt Halloween-Kostüme aus, organisierte Weihnachtsfeiern, Picknicks und Geburtstagsüberraschungen.

Und viel mehr als das, wies Matthew sich selbst zurecht. Das waren nur die oberflächlichen Dinge. Dinah sicherte ihm und den Kindern und sich selbst das Leben in einem Netz aus Liebe und Großzügigkeit.

Erst kürzlich, als sie begonnen hatte, mehr über Sarah zu reden, war sich Matthew des Abgrundes bewußt geworden, der unter dem Netz gähnte. Da er wußte, daß er da war, begann die Gefahr, ihn teilweise zu bedrohen und teilweise zu locken. Beinahe hätte er sich selbst in den Abgrund gestürzt.

Matthew stopfte den Wischer in den Hausarbeitsraum und ging nach oben, um die Jungen zu wecken. Jack fragte ihn als erstes, nachdem er die Augen geöffnet hatte: »Hat Mom gestern abend angerufen?«

»Nein. Sie hatte doch erst gestern um die Mittagszeit angerufen, weißt du nicht mehr? Ich bin sicher, sie ruft später an. Los jetzt, sonst kommt ihr zu spät in die Schule.«

Jack schaute ihn wütend an. Matt wußte, daß die Jungen ihm die Schuld an Dinahs Abwesenheit gaben. Er polterte im Zimmer herum und führte vor, wie er aufräumte und hingeschmissene Kleidungsstücke aufhob, als ob sie das trösten könnte oder ein Ersatz wäre.

»Sieht gut aus hier unten«, meinte Merlin, als er die Küche begutachtete. Er versuchte, nett zu sein und Jacks Schweigen zu füllen.

»Ja. Ich hab' mir gedacht, ich mach' mal ein bißchen sauber«, antwortete Matthew und nahm die Cornflakes aus dem Schrank.

Während die Jungen aßen und Matthew seinen Kaffee trank, kam Ape durch die offene Tür des Hausarbeitsraums hereingeschossen. Es war matschig und feucht im Garten, und der Hund hinterließ eine Spur von Pfotenabdrücken quer über den frischgeputzten Boden.

Matthew knallte die Kaffeetasse hin und sprang hoch. Er jagte Ape durch den Raum, und der bellte vergnügt, da er ein Spiel erwartete. Er wedelte mit dem Schwanz gegen die Schränke und warf eine offene Milchpackung um, die Merlin auf einem Stuhl stehengelassen hatte. Die Milch floß über den Sitz, rann die Stuhlbeine hinab und breitete sich wie suchende Finger über die Pfotenabdrücke aus. Matt hörte, wie er mit denselben wütenden und nutzlosen Wörtern auf Ape fluchte wie Dinah. *Verdammter Köter. Nervensäge. Scheußlich.* Er schlug auch nach dem Hinterteil des Hundes, ohne das sich sträubende Fell zu berühren, genau wie Dinah.

Die Jungen starrten ihn an, die Löffel auf halbem Weg zum Mund.

Ape sprang mit einen Laut zwischen Winseln und wütendem Schnauben davon und verschwand dorthin, woher er gekommen war.

Matt kniete sich auf alle vier, um die Milch aufzuwischen.

»Du hast dich gerade wie Mum angehört«, sagte Merlin.

Matt wrang die Milch aus dem Lappen ins Spülbecken.

»Tatsächlich?«

Ihre Abwesenheit machte ihm zu schaffen, und die gerade entdeckte Leere der Küche pochte in seinem Kopf.

»Das war ein dämlicher Platz, um die Milch abzustellen. Kommt jetzt, Jungs. Macht euch fertig für die Schule.«

Nachdem er die Jungen abgesetzt hatte, schlug er nicht wie gewöhnlich den Weg zum Labor ein. Statt dessen fuhr er, ohne es geplant zu haben, wieder nach Hause. Franklin war ein anderer Ort geworden, nicht länger die ruhige, friedliche akademische Gemeinschaft, in die er so gut hineinpaßte, sondern irgendwie andersartig. Fremd, dachte er, als er mit dem Toyota an der Ampel am Hauptplatz anhielt. Das war es, es war ein fremdes Land geworden.

Als die Ampel umsprang, mußte er einen Augenblick überlegen, bis ihm wieder einfiel, welcher Weg zur Kendrick Street führte.

Das Haus war still und roch abgestanden. Ape schmollte draußen im Garten. Matthew räumte das Frühstücksgeschirr ab und schaltete die Geschirrspülmaschine ein. Das Telefon klingelte, und er hob hastig ab, aber es war nur eine Nachricht einer Mutter aus Jacks Klasse wegen eines Ausflugs. Matthew war bereits dabei, die Informationen für Dinah aufzuschreiben, als er daran dachte, daß sie gar nicht da war und was das bedeutete. Er schrieb die Nachricht für sich selbst zu Ende und heftete sie an die Küchenpinnwand.

Er wußte nicht, was er mit sich in seinem Haus anfangen sollte, also ging er nach oben ins Schlafzimmer. Er hob die Hemden und Zeitungen auf und räumte sie weg. Dann machte er das Bett, zog das Laken straff und schüttelte die Kissen auf, wie er es normalerweise nur tat, bevor er sich wieder hinlegte. Aus einem Fenster konnte er den Seitengiebel des Hauses der Kerrigans sehen. Das Holz war frisch gestrichen und die Fensterläden sicher befestigt. Die Familienburg, dachte Matthew.

Dinah hatte ihm einmal erzählt, daß ein Heim immer wie eine Burg ist, gegen die Welt draußen gesichert durch die Zugbrücke der Eingangstür. Und wenn etwas falsch lief mit der Ehe in dieser Burg, war es wie eine unsichtbare Fäulnis, die sich weiterfraß, bis die Wände von innen zu bröckeln anfingen.

Matthew ging quer durch das Schlafzimmer. Er öffnete die Tür des Kleiderschranks und betrachtete Dinahs Kleider auf den Bügeln. Er erinnerte sich an verschiedene Gelegenheiten, bei denen sie die Kleider getragen hatte. Das rote zur Weihnachtseinladung bei den Pinkhams, am Abend der Weihnachtsfeier des Instituts. Am selben Abend hatte Kathrin ein schwarzes Samtjäckchen getragen und Sterne in den Haaren gehabt.

Als Matthew mit den Fingern in die Falten des Stoffes glitt, wurde Dinah lebendig. Er atmete ihren Duft ein, der unter dem Kragen im Futter am Hals bewahrt worden war. Kathrin war blasser, vergänglicher. Er konnte sich nicht mehr daran erinnern, wie sie duftete oder sich anfühlte, noch hatte er das Verlangen danach, obwohl es Zeiten gegeben hatte, wo er dies nur allzuleicht heraufbeschwören konnte.

Matthew kniete sich hin. Auf den Gestellen am Boden des Schrankes standen Dinahs Schuhe. Da war ein Paar roter Wildlederschuhe mit hohen schmalen Absätzen, die Spitzen der Absätze waren kleiner als der Nagel seines kleinen Fingers. Er drehte den Schuh in der Hand. Vor seinem inneren Auge konnte er sehen, wie sie in diesen Schuhen ging. Der Schwung aus den Hüften mit gestreckten Waden und Spann.

Den Schuh hielt er in der einen Hand, mit der anderen ließ er das rote Kleid vom Bügel gleiten. Er setzte sich auf das Bett und rieb die dünne Seide zwischen den Fingern.

Er hatte gehofft, daß er in eine Phantasie eintreten könnte. Mit dem Kleid in den Armen lehnte er sich zurück und atmete das Mosaik aus Gerüchen ein. Er dachte an Dinah, wie sie in den Wildlederschuhen ging, die lange Furche von der Leiste bis zum Knie innen an ihrem Oberschenkelmuskel, die sich mit jedem Schritt zusammenzog und ausdehnte. Aber es war eine liebevolle Vorstellung, eher zärtlich als sexuell. Es steckte zu tief in ihm, um nur erotisch zu sein. Er drückte das Kleid an sich, lag still da und ließ die Gedanken zurücktreiben.

Etwas an dem schwindenden Duft, der in den Falten des Kleides eingefangen war, ließ ihn an Eleanor denken. Dinahs Ähnlichkeit mit ihrer Mutter war eine Zeitlang frappierend gewesen; als Eleanor dann älter wurde, ließ diese ein wenig nach. Matthew hatte Eleanor einige Zeit nicht gesehen, aber er vermutete, daß die Ähnlichkeit wieder stärker wurde.

Und dann, als sei die ganze Träumerei nur eine Vorbereitung auf sie gewesen, kam ihm Sarah in den Sinn. Er verdrängte den Gedanken nicht, wie er es sonst immer getan hatte. Sah sie wie Dinah aus und damit wie ihre Großmutter? Führte sie die Linie fort? Matthew hatte nur noch schwache Erinnerungen an sie als Baby, ein kleines rosiges Gesichtchen in einer weißen Decke, und im Laufe der Zeit hatten sich über die Down-Syndrom-Züge die Gesichter von Jack und Merlin geschoben.

Sie war vollkommen, hatte Dinah gesagt. Sie selbst, nicht ein Schatten oder eine Erinnerung.

Und genauso klar, wie Matthew wußte, daß er Dinah liebte, wußte er, daß er seine Tochter sehen wollte. Diese Erfahrung hatte Dinah also auch gemacht. Er begriff, warum sie sich nicht dagegen hatte wehren können.

Nach einer Weile döste Matthew ein. Er ergriff Zuflucht zu dem für ihn ungewohnten Schlaf bei Tage, weil er sein eigenes Unbehagen und seine Ängste um Dinah in Schach halten wollte. Aber er wachte bald wieder auf und machte sich Sorgen.

Der Tag zog sich endlos hin.

Am Nachmittag arbeitete er im Garten, schnitt die Sträucher und band sie hoch, als er hörte, daß es an der Haustür klingelte. Dee Kerrigan brachte die Jungen aus der Schule zurück und paßte auf sie auf, bis Matthew nach Hause kam. Aber jetzt fand er alle drei am Hauseingang vor.

»Dad, geht es dir gut?« Die angespannten winterblassen Gesichter der Jungen blinzelten ihm entgegen. Ihre Angst war ein Vorwurf an ihn und entfachte seine eigene Besorgnis erneut.

»Wir haben gesehen, daß das Auto hier ist, und da mußten sie sofort herüberkommen«, erklärte Dee. »Du bist doch nicht krank, oder?«

»Nein, nein, nichts dergleichen. Heute arbeite ich zu Hause. Danke, Dee. Kommt doch rein, ihr beiden. Ihr könnt mir im Garten helfen.«

»Was von Dinah gehört?« fragte Dee.

»Ja, sie hat gestern angerufen. Ihr geht es gut.«

Wie lange konnte er das noch behaupten, fragte sich Matt. Wem zuliebe heuchelte er überhaupt – den Jungen, sich selbst oder den Nachbarn?

Lustlos schlichen die Jungen ins Haus – Merlin humpelte übertrieben – und ließen ihre Taschen fallen, bevor sie den Fernseher einschalteten. Als Matt sah, wie niedergeschlagen sie waren, fühlte er sich bis zum Zerreißen angespannt.

Dinah war diejenige, die die Fäden zusammenhielt. Ohne Dinah schienen sie getrennt voneinander zu sein, ohne erkennbares Muster, geschwächt in ihrer Singularität.

Zum Abendessen briet Matthew ein Hähnchen. Er machte sich die Mühe, Gemüse und Bratkartoffeln zuzubereiten, aber keiner der Jungen aß viel. Der Abend schleppte sich hin, und selbst Jack protestierte nicht, als er zu früh ins Bett gesteckt wurde. Um halb zehn schliefen beide. Matt saß mit einem Glas Scotch im Wohnzimmer und versuchte, wütend auf Dinah zu sein, weil sie schwieg, weil sie sich soviel Sorgen machen mußten. Aber seine Wut verpuffte sofort. Er wußte, daß ihr etwas geschehen war, etwas, das sie über die Grenzen dessen, was sicher, vernünftig und überlegt war, hinausgetragen hatte.

Um zehn Uhr klingelte das Telefon.

»Matthew. Ich bin hier bei Ed und Sandra. Matt, ich habe etwas so Schreckliches getan …«

Sein Kopf flog zurück, so überwältigte ihn die Dankbarkeit, nur ihre Stimme zu hören, und seine Erleichterung war so groß, daß er ihr nicht einmal zuhörte.

»Dinah, sag, daß du in Sicherheit bist. Es ist völlig egal, was passiert ist, solange du nur in Sicherheit bist.«

Ihre Stimme klang schwach, erschöpft, weit weg.

»Du solltest es dir besser erst anhören.«

Sie erzählte ihm alles, und er hörte mit geschlossenen Augen zu. Entsetzen und Bedauern erfüllten ihn. Das hätte nicht geschehen müssen.

Er würde sie nicht noch einmal im Stich lassen.

»Hör zu, mein Liebling. Hör mir zu. Bleib, wo du bist. Bleib bei Ed und Sandra, bis wir zu dir kommen. Die Jungen und ich werden ...«, er überschlug im Kopf Stunden und Kilometer, »... am Samstag morgen da sein.«

»Komm bitte. Ich warte auf euch.«

Dinah lag in der Badewanne. Ihre Arme und Beine schienen losgelöst von ihr unter der Wasseroberfläche zu treiben – so wie sich auch ihr rationales Wesen von ihr gelöst hatte. Wasser erinnerte sie an das Schwimmbad und Sarahs majestätisches Schwimmen. War das erst fünfzehn Stunden her?

Das Gästebad der Parkes' war prächtig, was nicht überraschte. Es gab Ebenen aus blaßgrauem Marmor und kleine weiße Klippen aus gefalteten Handtüchern, Seifen in Glasschalen und unendlich viele reflektierende Spiegel, Rundungen aus poliertem Chrom und sich darin spiegelnde Lichtpunkte und den süßen Duft eines Farnölbades. Sandra hatte das Bad für sie eingelassen.

Die Üppigkeit dieses Bades ließ die Erinnerung an die Fortinbras Mansions und die letzten beiden Tage noch krasser und furchteinflößender erscheinen. Dinahs ruinierte Kleidung lag in einem Haufen an der Tür. Sandra hatte ihr ein Nachthemd und einen Morgenmantel gegeben.

Dinah hatte nichts mehr: kein Geld, keine Kleider, nichts, was ihr gehörte. Als ihr das klar wurde, fühlte sie sich einen Augenblick lang eigenartig leicht, als sei sie frei, etwas Neues zu beginnen.

Dinah setzte sich auf. Wasser floß ihr von den Schultern. Sie drehte die Hände um und betrachtete die geröteten Handflächen. Es gab keine Blasen, nur versengte Stellen auf der Haut, die wieder verblassen würden.

Sie hatte Sarah in dem Zimmer neben Millys ausgezogen und ihre verrußte Kleidung außer Sichtweite auf einen Haufen geworfen. Sarah war teilnahmslos, ihre Arme hingen schwer vor ihren Oberschenkeln herab. Ohne Brille blinzelte sie und tastete herum, ihr rundes Gesicht wirkte verschüchtert und verletzlich. Dinah untersuchte sie so sorgfältig, wie sie es wagte.

»Tut etwas weh?« fragte sie. »Bist du irgendwo wund?«

Sarah schüttelte den Kopf.

Dinah zog ihr ein weites T-Shirt von Milly an und schlug die weiße Bettdecke zurück. Mit einem kleinen Seufzer kuschelte Sarah sich unter die Decke, und Dinah strich sie glatt. Sie setzte sich auf die Bettkante neben Sarah.

»Du hast doch keine Angst?« flüsterte Dinah.

Keine Antwort.

»Soll ich bei dir bleiben?«

Wieder keine Antwort. Aber Sarah drehte den Kopf ein wenig auf dem Kissen, so daß sie zu Dinah aufsah. Es war ein abschätzender Blick, anscheinend ganz klar und kühl, aber es lag weder Wiedererkennen noch Anerkennung darin.

Dinah berührte sanft ihre Schulter. Dann stand sie auf und ging leise zum Stuhl am Fußende des Bettes. Dort setzte sie sich hin, bis sie sicher war, daß Sarah schlief.

Im Badezimmer seifte Dinah sich mit einem Stück Seife aus der Glasschale ein. All dieses war wirklich – Marmor, Duft und Seife. Irgendwie hatte das Netz sich unter ihr wieder geschlossen. Die schreckliche Verwirrung flaute ab und ließ ein Gefühl von Dankbarkeit zurück.

Sandra und Ed waren so freundlich. Freundlicher, als sie je verdient hatte.

Sie stieg aus der Badewanne heraus und wickelte sich in ein wohlriechendes Badetuch. Sie sah, daß ihre Kleidung einen schwachen Rußfleck auf dem Marmor hinterlassen hatte. Dinah preßte das Handtuch gegen ihr Gesicht, um die Tränen zurückzuhalten.

Die einzige andere Person, die sie anrufen wollte, um zu erklären, was unerklärlich war, und um getröstet zu werden, war Eleanor.

Aber es war beinahe vier Uhr morgens. Dinah erinnerte sich daran, daß sie die Schwelle zwischen versorgt zu werden und sich selbst um jemanden zu kümmern überschritten hatte. Sie konnte ihre Mutter nicht mitten in der Nacht wecken.

Morgen, tröstete Dinah sich. Morgen das und alles andere.

15

Am Morgen wurde Sarah abgeholt.

Eine Polizistin und ein Sozialarbeiter kamen in einem nicht normalen Wagen, um sie abzuholen. Sarah trug Sachen von Milly, einen marineblauen Jogginganzug, der neu aussah, und einen langen Skianorak. Der Anzug war ihr zu eng und spannte über ihrem Bauch.

An diesem Morgen verriet ihr Gesicht keine Spur von Kummer. Ihre Kurzsichtigkeit schien die Dimensionen ihres Bewußtseins noch weiter einzuschränken und gestattete ihr die Sicherheit einer inneren, tröstlichen Welt. Während sie frühstückte, sah sie einen gelben Walkman auf einem Stapel Hochglanzmagazinen in einem Korb.

Mit einem entzückten Schrei des Wiedererkennens deutete sie darauf. »Mein Womer. Meiner.«

Sandra wickelte den Kopfhörer ab, legte eine Kassette ein und gab ihn ihr.

Danach zog sich Sarah mit rhythmisch wackelndem Kopf in die Musik zurück.

Dinah saß am entgegengesetzten Ende des Tisches. Sie war erneut an einem anderen, fremden Ort erwacht, aber mit einem Gefühl, sich erholt zu haben. Sie fühlte sich dünnhäutig, zerbrechlich, als sei sie ernsthaft krank gewesen, aber völlig klar im Kopf. Verstohlen beobachtete sie Sarah, als sie auf das wartete, was als nächstes passieren würde. Und sie dachte mit einer neuen scharfsichtigen Klarheit, die aus ihrem völligen Unvermögen erwachsen zu sein schien: *Ich kenne sie überhaupt nicht.*

Ihr Gesicht kannte sie jetzt genausogut wie Jacks oder Merlins, die runden, rosigen Gesichtszüge, den Geruch und die Struktur ihrer Haut, aber Sarah wirklich zu kennen blieb ihr so vollkommen verwehrt wie eh und je.

Die zwei Tage, die sie miteinander verbracht hatten, all die bitteren Stunden, die Wunden aufgerissen hatten und voller Angst gewesen waren, hatten nicht mehr enthüllt als die erste halbe Stunde im Hause der Greens in Wivenham.

Dinah begriff, daß es irrationales, anmaßendes Wunschdenken von ihr gewesen war, sich vorzustellen, daß sie dieses Wissen je hätte erlangen können. Als ob die längst vergangene Verbindung durch die Nabelschnur ihr irgendein Recht – über die realen und durch Nähe gewachsenen Bande hinaus – gäbe.

Kein Wunder, daß Pauline so wütend auf sie war.

Dinah empfand eine tiefe, komplizierte Traurigkeit für Sarah. Die Verbindung mit ihrer Tochter war wie Sand in einer Stundenuhr, die letzten Körner, die an diesem strahlenden Morgen noch im durchsichtigen Flaschenhals zusammengepreßt waren, rieselten stetig und lautlos davon.

Aber sie begriff auch noch etwas anderes. Ein langanhaltender, stählerner Zwang war endlich von ihr genommen. Sie fühlte sich schwach und unsicher ohne ihn, aber sie war auch frei.

Als sie kamen, um Sarah abzuholen, führte Sandra die Polizistin und ihren Begleiter in die Küche. Sie sahen den riesigen strahlendweißen Raum, die Küchenschränke mit den Glasfronten, die Sonnenstrahlen, die vom Wintergarten hereinfielen, und dann Sarah, die den Walkman mit beiden Händen festhielt wie ihren Brautjungfernstrauß.

Ich bin froh, daß Pauline nicht hier ist, um das alles zu sehen, dachte Dinah, denn hier in den Gainsborough Gardens war alles zu üppig.

»Komm jetzt, Sarah«, sagte die Polizistin mit einer munteren Stimme, die Dinah daran erinnerte, daß sie auch so mit Sarah gesprochen hatte. »Wir fahren jetzt nach Hause zu deiner Mum, ja? Sie wartet schon auf dich.«

Aber Sarah konnte mit den Kopfhörern auf den Ohren nichts hören.

Als sie sie fortführten, folgten Dinah und die Parkes' ihnen zur Haustür. Sandra stand in Dinahs Nähe, weil sie befürchtete, daß sie sie brauchte, und Dinah verstand das und rückte nicht von ihr ab. Dankbar akzeptierte sie Sandras Fürsorge.

Als Sarah auf dem Rücksitz angeschnallt wurde und ihr klar wurde, daß man sie wegbrachte, streckte sie nach Milly die Hand aus. Ihre Finger bewegten sich in der Luft auf und ab wie die eines Babys. Nach einem Blick auf Dinah sprang Milly die Stufen hinunter und beugte sich in den Wagen. Als sie wieder zurücktrat, schloß der Sozialarbeiter die Tür, und das Auto fuhr ab. Dinah beobachtete alles, mit Sandra und Milly neben sich. Ihr Gesicht verriet nichts, in ihrem Herzen hatte sie Sarah bereits gehen lassen.

Als das Auto um die Ecke gebogen war, hakten sich Sandra und Milly bei Dinah ein, und die drei gingen gemeinsam die Treppe hinauf.

Im Haus sagte Dinah: »Ich würde gerne noch einmal telefonieren, wenn ich darf.«

»Natürlich«, antwortete Sandra.

Eleanor war zu Hause. Beim zweiten Klingeln ging sie ans Telefon, und Dinah wußte, daß sie in ihrem Sessel am Fenster saß, von dem aus man in den Garten schauen konnte. In den Blumenrabatten zeigte sich jetzt das erste knospende Wachstum des Frühjahrs.

Eleanor sagte: »Liebling, ich habe so viel an dich gedacht. Geht es dir gut? Wo bist du, zu Hause?«

Eleanor wußte nicht einmal, daß sie in England war.

Als sie mit Sarah zusammen war, war Eleanor außerhalb ihrer Reichweite gewesen. Dinah hatte sich nach ihrer Mutter gesehnt und sich gleichzeitig vor ihrer Einmischung gefürchtet. Alles, was sie tat, machte Eleanor zu einem ihrer Feinde, zu einer der Stimmen, die darauf beharrten: *Du mußt sie nach Hause bringen.*

Sie hatte Dinah gewarnt: *Sei vorsichtig. Ich habe Angst, daß jemand verletzt wird.*

Dinah zögerte. Es waren Leute verletzt worden, der Schaden war angerichtet und würde wiedergutgemacht werden müssen. Aber selbst als sie dessen Ausmaß abmaß, erkannte sie, wie erleichtert sie war. Das richtige Gleichgewicht war wiederhergestellt, vorläufig zumindest. Jetzt drängte ihr Instinkt sie, ihre Mutter zu beruhigen, nicht länger ein Kind zu sein, das Eleanors Schutz brauchte. Irgendwie hatte sie ihre Selbstbeherrschung wiedergefunden, und neue Kraft durchströmte sie. Die Stimme ihrer Mutter zu hören half ihr.

»Nein, ich bin in London. Bei Freunden.«

»Sind Matthew und die Jungen auch da?«

»Nein, sie kommen morgen.« Dafür empfand sie Dankbarkeit. Aus dem Schweigen hörte sie, daß Eleanor darauf wartete, was sie als nächstes sagen würde.

»Ich habe sie gesehen«, sagte Dinah einfach.

»Wirklich? Wie ist sie denn?«

Nicht wie oder warum, kein Ausdruck des Erstaunens oder der Angst; nur der Wunsch, es zu wissen. Dinah begriff, wie bewundernswert ihre Mutter war.

»Sie ist wie sie selbst.«

Eleanor hörte zu, während Dinah erzählte. Sie hörte von der Hochzeit und dem Besuch bei den Greens und dann von dem Nebel, der sich über die Küste gelegt hatte.

»Mummy. Ich habe sie mitgenommen. Ich habe sie in mein Auto gesetzt und bin zusammen mit Milly Parkes mit ihr nach London gefahren.«

Wieder breitete sich Schweigen aus. Dinah starrte mit leerem Blick in dem kleinen Arbeitszimmer umher, in das Sandra sie geführt hatte. Weiße Kissen, Regale mit Kunstbüchern, weiße Lilien in einer Vase. Eine Uhr auf einem marmornen Kaminsims. Dinah würde nicht viel länger sprechen können.

»Erzähl's mir«, forderte Eleanor sie mit ruhiger Stimme auf.

Und als Dinah fertig war, sagte sie sofort: »Ich komme nach London. Gib mir die Adresse, heute nachmittag bin ich da.«

Da lächelte Dinah. Genau das hatte sie von ihrer Mutter erwartet.

»Dazu besteht keine Notwendigkeit. Ich verspreche es, alles wird gut.«

Eleanor dachte einen Moment nach. »Es ist sehr seltsam. Es hört sich tatsächlich an, als ginge es dir bereits gut. Besser als vorher.«

»Ich weiß, und das tut es auch. Ich verspreche dir, ich rufe dich heute abend oder morgen an.«

»Du brauchst natürlich einen Rechtsanwalt. Hast du einen?«

»Eine sehr gute Anwältin.«

»Dinah, was ist mit Matt?«

»Er wird morgen hiersein. Es dauert nicht mehr lange.«

»Ihr braucht einander«, sagte Eleanor. Das war ihr einziger Kommentar.

»Das weiß ich.«

Ein wenig später kam, wie ihr angekündigt worden war, ein weiteres Auto nach Gainsborough Gardens. Dinah fuhr mit der Polizei zur Wache nach Hampstead.

Lavinia Jackson reagierte sofort auf Dinahs Anruf. Sie kam direkt zur Polizeiwache und saß neben Dinah im Verhörzimmer, während sie ihre Aussage machte. In dem fensterlosen Raum konnte Dinah riechen, wie das blumige Parfüm der anderen Frau sich mit abgestandenem Zigarettenrauch und dem Geruch von Desinfektionsmitteln mischte. Die Polizei behandelte Dinah mit gönnerhafter Sympathie. Dinah begriff, daß sie als harmlose Hausfrau betrachtet werden sollte, die wahrscheinlich von ihren Hormonen angetrieben worden war.

Nach zwei Stunden war Dinah mit Lavinias Hilfe wieder frei, bis Sarah medizinisch untersucht worden war und die Greens entschieden hatten, ob sie auf einer Strafverfolgung bestehen würden oder nicht.

Sie standen im Sonnenschein auf dem Rosslyn Hill. Dinah hatte sich in ein beiges Outfit von Sandra gezwängt und trug dazu schmale Wildlederschuhe, die drückten. Autos und Busse strömten an ihnen vorbei. Dinah war von dieser Geschäftigkeit ganz benommen, als ob sie sich außerhalb der normalen Welt befunden oder sie sehr lange Zeit nicht beachtet hätte.

Sie begannen den Hügel hinabzugehen, um von der Polizeiwache wegzukommen. Eine anmutige Kirche mit einem weißen Turm erhob sich gegen den muschelweißen Himmel, an den Zweigen der Bäume spähte unsicher das erste Grün hervor. Die Absätze von Lavinias schwarzen Gerichtspumps klickten auf dem Pflaster.

»Danke«, sagte Dinah.

»Dafür bin ich hier«, antwortete Lavinia forsch.

Dinah kannte sie nicht sehr gut, selbst zu der Zeit nicht, als sie Nachbarn in Sheldon gewesen waren, aber obwohl es irritierend war, Lavinia auf diese Art und Weise wiederzutreffen, spürte sie einen

Unterschied, eine Leichtigkeit bei sich selbst. Die kalte Luft fühlte sich wie Seide auf ihrem Gesicht an, und trotz Sandras zu engen Schuhen ging sie leichtfüßig, wie befreit. Sie mußte nicht länger ein Geheimnis in sich verborgen halten. Sie war ein Teil der Welt, sie konnte sich helfen lassen.

»Muß ich mit einer Anklage rechnen?«

Lavinia überlegte. »Natürlich kenne ich die Eltern nicht. Aber ich glaube, es ist unwahrscheinlich. Du mußt vermutlich eine formelle Erklärung abgeben, daß du die Familie in Zukunft in Ruhe läßt.«

Dinah senkte den Kopf. »Das könnte ich jetzt.«

Die olivgrüne Heide erhob sich vor ihnen, und die Sonne am bleichen Himmel schien auf ihre Gesichter.

Sie blieben am Rand der Heide stehen. Dinah dachte, wie sehr sie Lavinia Jackson mochte und ihr vertraute. Es tat gut, die Anpassungsfähigkeit von Freundschaft zu spüren.

»Ich könnte dich bitten, zu den Parkes' zum Essen mitzukommen«, bot sie unsicher an.

Lavinia lächelte. »Ich muß zurück. Und es wäre vielleicht peinlich, falls ich Milly vertrete, wenn die Zeit gekommen ist, nach ihrer leiblichen Mutter zu suchen. Wie geht es ihr übrigens?«

»Milly ist außergewöhnlich. Ich kenne niemanden, der auch nur im entferntesten so ist wie sie.«

»Ja, sie hat ein bißchen was Einmaliges, nicht?«

Lavinia hob die Hand, um ein Taxi anzuhalten. Als es an der Bordsteinkante neben ihnen bremste, küßte sie Dinah auf die Wange.

»Paß gut auf dich auf«, befahl sie ihr in ihrer autoritären Art.

»Das werde ich«, murmelte Dinah, obwohl Lavinia sie schon nicht mehr hören konnte.

Als sie in die Gainsborough Gardens zurückwanderte, dachte sie über Matthew nach.

Sie wollte ihn sehen. Sehnsucht nach ihm durchzuckte sie. Sie beugte und streckte ihre Finger in der Tasche von Sandras Mantel und erinnerte sich daran, wie seine Hand in ihre paßte, an den genauen Höhenunterschied zwischen seiner Schulter und ihrer, wenn sie im Gleichschritt gingen. Und andere Dinge, die meisten waren schon sehr lange her: wie er sie zum Lachen brachte; wie seine Hände sie berührten. Diese Dinge erschienen ihr jetzt weniger weit entfernt, als es noch vor kurzem der Fall gewesen war.

Unbehagen bereitete ihr nur die Aussicht, sich in Eds und Sandras Haus wiederzusehen. Matthew war kein Mensch, der Öffentlichkeit liebte. Er würde nicht wollen, daß ihre private Wiedervereinigung an einem Ort stattfand, wo andere sie beobachten konnten, und Dinah wußte auch, daß er gesellschaftlich nicht gewandt genug war, um die Umstände anders zu handhaben.

Als sie in die Gainsborough Gardens einbog und hinüberblickte auf den protzigen roten Klotz von Haus, war sie sicher, daß ihr Instinkt sie nicht trog.

Im Hotel in Cromer mit Blick aufs Meer waren ihre Kleider, und den Jungen war es ein wenig vertraut. Seine sichere Anonymität zog sie an, und Francis war auch dort. Als sie bei ihm war, hatte sie bereits an das Ende ihrer beginnenden Beziehung gedacht, aber das Ende mußte noch richtig festgelegt werden mit Schlußakkord und Schlußpunkt. Das schuldete sie Francis.

Dinah entschloß sich, während sie die Stufen hochstieg, nach Norfolk zurückzufahren und dort auf Matt und die Jungen zu warten. Dann könnten sie wieder einmal gemeinsam am Meer spazierengehen.

»Zurück nach *Norfolk?*« wies Ed sie zurecht.

Er war mit einer Brille an einer Schnur um den Hals aus seinem Arbeitszimmer herausgekommen. Im Zimmer hinter ihm konnte Dinah das blasse Rechteck eines Computerbildschirms erkennen. Ed war bei der Arbeit. Sandra stand an einer Tür, und Milly war nirgends zu sehen. Der Status quo im Haushalt der Parkes' war wiederhergestellt.

»Ja. Wenn ich jetzt sofort mit Matt rede, bevor sie nach Boston fahren, kann er es arrangieren, daß er hier einen Mietwagen abholt und hinter mir herfährt. Es macht alles viel einfacher.« Dinah war selbst überrascht von ihrer forschen Überzeugungskraft.

»Nein, bleib doch hier bei uns. Sieh mal, hier ist doch genug Platz. Wir können uns um euch alle kümmern, da willst du doch nicht zu irgendeinem trostlosen Hotel fahren.«

Ed war freundlich, und Dinah wußte, daß sein guter Wille von Herzen kam. Aber sie schüttelte den Kopf.

»Ich finde, sie sollte tun, was sie möchte«, widersprach Sandra sanft. »Nimm doch das Telefon im Wohnzimmer, Dinah.«

Dinah sprach mit Matt und den Jungen. Nachdem sie ihre Stimme gehört hatten, konnten sich Jack und Merlin richtig auf ihre unvorhergesehene Reise nach England freuen.

»Bis morgen«, schrien sie ins Telefon.

»In Ordnung«, stimmte Matt ihr sofort zu. Er war erleichtert, daß er bei seinen Plänen die Parkes' nicht berücksichtigen mußte. »In Cromer also.« Er war sich nicht sicher, was Dinah von ihm wollte, und diese Unsicherheit ließ seine Stimme fremd klingen.

»Ich liebe dich«, sagte er, bevor er einhängte.

»Das weiß ich«, antwortete Dinah.

Ed konnte sein Organisationstalent nur darauf verschwenden, den besten Mechaniker zu finden, der Dinah zurück nach Camden Town zum Mietwagen begleitete. Er war noch vor den Fortinbras Mansions geparkt, wo sie ihn am Vortag zurückgelassen hatte.

Während der Mechaniker mit dem Zündschlüssel herumfummelte, stand Dinah auf dem gegenüberliegenden Bordstein und sah an dem Häuserblock hinauf. Im ersten Stock waren die Fensterscheiben geborsten und die Ziegel schwarz vom Rauch. Als ihr der Geruch in die Kehle drang, durchlebte Dinah ihre Angst noch einmal. Im Genick und an den Schultern bekam sie eine Gänsehaut, sie zitterte und schlang die Arme um sich, und in ihrem Kopf entstanden Bilder, was hätte geschehen können.

Dinah wandte sich abrupt um. Sie würde lernen müssen, mit der Erinnerung an das Feuer zu leben. Der Mechaniker blickte sie über die Schulter an. Die Tür des Gebäudes war bereits mit groben Brettern versperrt worden. Wie durch ein Wunder waren alle entkommen. Die Polizei hatte ihr das mitgeteilt.

Niemand saß jetzt auf den Stufen. Caz und die anderen waren verschwunden. Selbst ein Teil des Mülls war fortgeschafft worden.

Eine reine Quelle der Erleichterung sprudelte in Dinah. Sie waren entkommen, und mittlerweile war Sarah wieder bei Pauline zu Hause. Es war alles in Ordnung. Es war in Ordnung, glücklich zu sein.

Als sie wieder zum Wagen kam, sprang der Motor gerade an.

»Jetzt geht's los«, rief der Mechaniker. »Hier ist der Zündschlüssel.«

Dinah bedankte sich bei ihm. Sie setzte sich in den Wagen und wendete vorsichtig, ohne im Rückspiegel auf die Fortinbras Mansions zu schauen, und fuhr den Hügel hinauf zurück nach Hampstead.

Milly war in ihrem Zimmer. Es war aufgeräumt, beinahe kahl. Vor dem Fenster stand ein riesiger Baum, durch die Zweige hatte man einen Blick auf Dächer und Gärten. Dinah stützte sich auf das Fensterbrett, lehnte den Kopf gegen die Scheibe und blickte hinaus. Sie sah auf die Rückseiten der Häuser hinab, auf rötliche Ziegeldächer, Fenster mit dichten Vorhängen und Balkone, auf denen schon Töpfe mit Frühlingsblumen standen. Ordentlich und erfolgreich wie alles, was Ed und Sandra umgab.

»Du fährst also?« fragte Milly.

Dinah sah sie an. »Ja. Zurück zum Hotel, um meine restlichen Sachen abzuholen und mich mit Matt und den Jungen zu treffen.«

Milly nickte.

»Wirst du sie vermissen?« fragte Milly abrupt.

»Ja. Aber ich bin froh, daß Pauline sie zurück hat.«

Einen Augenblick später murmelte Milly: »Es tut mir leid, daß ich, also, daß sie mir auf Wiedersehen gesagt hat. Deshalb fühle ich mich beschissen. Was sie wirklich wollte, war, sich das hier noch mal anzusehen, klar?«

Sie streckte ihre Hand aus, um ihr die tätowierte Blume zu zeigen. »Sie rieb mit dem Daumen darüber und blinzelte sie an. Sie konnte sie nicht sehr gut sehen. Jedenfalls tut es mir leid.«

Dinah wollte gerade sagen, dazu gäbe es keinen Grund, aber dann sah sie Millys Gesicht. Es war finster und angespannt, zuerst dachte Dinah, vor Wut, aber dann hob Milly die Hände, um ihre Augen zu bedecken.

»*Ich* werde sie vermissen«, stöhnte sie. »Dinah, ich hatte so eine verdammte Angst. Ich hatte so eine verdammte Angst in der Bude. Ich dachte, wir würden alle sterben.«

Dinah nahm sie in die Arme.

Milly schüttelte heftig den Kopf. »Die arme, fette, alte Sarah, halb blind ohne ihre Brille. Dieses Geräusch, das sie machte. Und wie wir alle gewürgt haben.«

Dinah drückte sie an sich. Mit der Hand umfaßte sie ihren Nacken unter den Haaren. Er fühlte sich zerbrechlich an, ein dünner Stiel, und ihre Schultern waren so schmal und dünn. Also auch Milly spürte die Nachwehen des Schreckens.

»Es ist alles gut. Du warst sehr tapfer, Milly. Wir sind zusammen rausgekommen. Du bist sogar noch mal zurückgegangen wegen des verdammten Hundes.«

»Ich dachte, es sei meine Schuld, daß wir dort waren. Selbst daß der verdammte Köter da drin war. Ich hatte solche Angst, daß ich zurückgerannt bin, um ihn rauszuholen.«

»Es war nicht deine Schuld. Wenn es irgend jemandes Schuld war, dann meine. Ich bin die Erwachsene. Ich hätte sagen sollen, daß wir nicht dort bleiben, und euch beide dann irgendwohin bringen sollen, wo es sicher war.«

»Ja«, schluchzte Milly in plötzlicher Wut und rollte ihren Kopf auf Dinahs Schulter hin und her. »Warum hast du das nicht getan? Warum?«

»Weil ich zerfallen war. Kannst du dir vorstellen, was das bedeutet? Ich schämte mich dessen, was passiert war. Aber ich dachte, du hättest die Verantwortung für mich übernommen.«

»Ich?«

»Ja. Und das hattest du auch getan, nicht wahr?«

»Weiß nicht.« Aber die Vorstellung war irgendwie wichtig für sie. Milly schaute auf, schnüffelte und rieb sich die Nase mit dem Handrücken ab. »Ich glaube, irgendwie schon.«

Sanft meinte Dinah: »Stimmt. Du warst bewunderungswürdig. Und wir hatten auch Glück. An diese beiden Dinge mußt du dich erinnern, wenn du an das Feuer denkst. Du hast dich bewunderungswürdig verhalten, und wir haben Glück gehabt. Niemand ist verletzt worden. Wirst du dich daran erinnern können?«

Bedächtig nickte Milly.

»Was ist mit dir?« fragte Dinah sie.

Wieder das Achselzucken. »Ich schätze, ich bleibe hier, weil sie es gerne möchten.«

Dinah konnte sie jetzt besser verstehen. Milly war verwirrt vom Gegensatz zwischen diesem Haus und den Fortinbras Mansions. Um sie herum war alles voller unauflöslicher Widersprüche, und sie schützte sich durch Gleichgültigkeit oder Aggression.

»Möchtest du das?«

»Vergangene Nacht auf jeden Fall. Ich konnte ja nicht schnell genug nach Hause kommen.«

»Und?«

»Ich weiß nicht. Also, ja, ich denke schon, ich will es wirklich. Irgendwie war es ja so: Was wäre gewesen, wenn es dieses Haus nicht gegeben hätte – und sie? Was würde ich tun?

Im Grunde genommen sind Ed und Sandra okay. Auch wenn sie mich manchmal echt ankotzen. Heute morgen, als du auf der Polizeiwache warst, haben wir uns unterhalten, weißt du? Eine von diesen *Unterhaltungen.*«

Milly zog die Augenbrauen bis unter die Haare hoch. Sie konnte die Geschichte nicht einmal erzählen.

»Ich weiß.«

»Auf jeden Fall sagten sie mir, daß, wenn ich meine Mutter wirklich suchen wollte, sie mich nicht daran hindern würden. Sie würden mir helfen, wenn ich das wollte. Wenn es mir soviel bedeutet.«

»Das ist doch gut, oder?«

»Ich weiß nicht. Ja, ich glaube schon. Ich werde auf jeden Fall darüber nachdenken. Sehen, was passiert. Ich habe jetzt irgendwie ein anderes Gefühl, nachdem ich dich und Sarah gesehen habe. Es war nicht so, als wärst du ihre Mutter, oder?«

»Nein«, bestätigte Dinah. »Es war nicht so, als wäre ich ihre Mutter.« Plötzlich lächelte sie Milly an und ließ sie los. »Ich muß jetzt gehen.«

»Ich weiß. Werden wir uns wiedersehen?«

Dinah war verblüfft. »Natürlich werden wir das. Wahrscheinlich ständig. Versuche, uns daran zu hindern.«

»Also dann okay.« Milly beugte sich vor und gab Dinah einen unbeholfenen Kuß auf die Wange. »Macht es was aus, wenn ich nicht runterkomme, um auf Wiedersehen zu sagen?«

»Nein, das macht überhaupt nichts aus.«

»Also, dann bis bald.«

Dinah ließ sie allein, wie sie die Ellenbogen auf das Fensterbrett stützte und auf die Häuser am Hügel hinunterstarrte.

Ed und Sandra waren eifrig bemüht um Dinah. Eds herrische Art erschien jetzt als Sorge, und die Reserviertheit zwischen den beiden Frauen war verschwunden. Dinah küßte sie zum Abschied mit wirklicher Zuneigung und Dankbarkeit.

Irgendwie hatten die Parkes' die Wahrheit, daß nicht Dinah ihre Tochter gerettet hatte, sondern umgekehrt, nie kapiert. Zu einem späteren Zeitpunkt, dachte Dinah, verdienten sie es, die Wahrheit zu erfahren.

Sie kamen hinaus auf die Straße, um ihr zum Abschied zu winken, nötigten ihr immer noch Geld, weitere Kleidung und Telefon- und Faxnummern für den Notfall auf.

»Ich komme schon klar«, versicherte Dinah ihnen. »Danke für alles.«

Sie fuhr ab, durch den Londoner Verkehr und nach Nordosten, zurück in die Richtung, aus der sie gekommen war.

Am Morgen lag die Redemption Street verlassen da, vom kalten salzigen Wind, der von der glatten schiefergrauen See her wehte, farblos gebleicht. Selbst das Tabakgeschäft an der Ecke hatte geschlossen, und die von der Sonne ausgebleichten blauen Rollos waren vor den Plastikautos, die im Schaufenster ausgestellt waren, heruntergezogen.

Im Hotel hatte Dinah zwei Nachrichten von Francis vorgefunden. Konnten sie sich wieder treffen? Er begann sich Sorgen zu machen. Niemand wußte, wo sie war. Aber sie war erschöpft. Heute konnte sie nicht länger über sich Rechenschaft ablegen. Sie ging zu Bett und schlief zwölf Stunden lang traumlos, dann wurde sie vom Klingeln des Telefons geweckt. Matthew und die beiden Jungen waren in Heathrow. Am späten Nachmittag würden sie in Cromer sein.

Langsam ging sie die stille Straße entlang zu Francis' Haus. Sie bemerkte, daß sich die ersten grünen Speerspitzen der Löwenzahnblätter vor den Haustüren in den Spalten zwischen den Stufen und den sandigen Pflastersteinen auszurollen begannen. Selbst in den letzten vier Tagen hatte der Frühling Fortschritte gemacht. Als sie dies erkannte, fühlte sie sich leicht und optimistisch, obwohl der Wind kalt war. Sie war auf dem Weg zu ihm, aber sie wußte nicht, was sie Francis sagen würde, wenn sie ihn wiedersah.

Die Haustür schien noch verwitterter und zersplittert durch Wind und Salz. Als sie klopfte, öffnete er sofort, und als sich ihre Blicke trafen, sah Dinah, wie Freude in seinen Augen aufflackerte, und schaute weg. Er wollte mehr, als sie geben konnte, und hatte dies von Anfang an getan. Was konnte sie ihm sagen?

»Komm herein«, sagte Francis.

Der kleine Raum, die Asche im Kamin, der Tisch vollgestapelt mit Büchern. Weiter hinten war die steile Treppe und darüber das Schlafzimmer. Dinah erinnerte sich an die Einzelheiten der Nacht, die sie miteinander verbracht hatten. Sie wollte Francis noch mal anschauen, um etwas wiedergutzumachen, um etwas zu erklären, um ihr Verständnis wiederherzustellen. Aber sie vertraute sich selbst nicht.

»Vielleicht könnten wir ausgehen? Eine Tasse Kaffee trinken oder so was?«

»Wenn du das vorziehst.«

Er nahm seinen langen Mantel vom Haken hinter der Haustür. Er zog die Tür zu, schloß sie ab und drehte sich dann um. Er bot Dinah seinen Arm an. Sie zögerte einen Moment, schob dann aber ihre Hand unter seinen Arm.

Sie gingen zum Strand hinunter. Möwen hockten auf den Bohlen und blickten auf die ölglatten Wellen. Der Kies war naßglänzend, gelegentlich hatte sich dicker Schaum im Tang an der Flutlinie verfangen.

»Du bist weg gewesen«, sagte Francis.

Dinah spürte Fäden gegenseitiger Verantwortung und des Vertrauens, das jetzt fehl am Platze war, und ein brennendes Gefühl des Begehrens und der Sehnsucht, das sich zwischen ihnen regte, aber keine Verbindung schaffen konnte.

Sie holte tief Luft. Mit leiser Stimme erzählte sie Francis alles, was passiert war, seit sie Cromer mit Milly verlassen hatte.

»Ich verstehe«, sagte er schließlich und blickte auf das Meer hinaus. »Das ändert alles, nicht wahr?«

»Ja«, gab Dinah zu. Jetzt gab es kein Geheimnis mehr, nur noch eine Geschichte. Sie verbarg nichts mehr, hoffte nicht mehr auf ein Wunder.

Sie begriff, daß er bereits vorwärtsgegangen war und sie sich zurückgezogen hatte. Bevor sie Sarah gesehen hatte, hatte ein Knoten aus Schmerz und Verwirrung in ihr Wurzeln geschlagen und alles, das sie sah oder berührte, beeinflußt. Fälschlicherweise hatte sie es für Ruhe und Stärke gehalten. Und dann war der Knoten zerschlagen, die Fäden getrennt worden, und das trennte auch sie.

Am Ende der Promenade stand ein hölzerner Kiosk mit einem Leinwandvorzelt. Die Schlagläden, die die Front den ganzen Winter über schützten, standen optimistisch offen, Tuben mit Sauce und ein gläserner Zuckerstreuer mit einem Chromausgießer standen auf der Theke. Außer der Bedienung, Dinah und Francis waren in dieser Zuflucht mit Blick aufs Meer nur ein paar Fischer und einige Rentner.

»Der Sommer ist gekommen«, zitierte Francis ein mittelalterliches Gedicht.

Er kaufte zwei Tassen Kaffee in blumenbedruckten Pappbechern. Da sie ahnten, wie der Kaffee schmeckte, lächelten sie einander an und bedienten sich nacheinander mit dem Zuckerspender.

Sie saßen auf der Befestigungsmauer des Ufers, ihre Finger auf dieselbe Weise um die Pappbecher gelegt. Die Stelle, die sie sich ausgewählt hatten, lag nicht weit von der entfernt, wo sie einander zum ersten Mal begegnet waren, und dieser Teil der Mauer und die Häuser im Hintergrund tauchten auch auf der Tuschzeichnung auf, die er ihr gegeben hatte. Die Zeichnung lag noch in ihrer Schublade in Franklin zwischen schützenden Papierblättern.

Dinah dachte zurück an die Nacht und den Tag, die sie miteinander verbracht hatten.

Es schien lange her zu sein, obwohl die Erinnerung an jede Einzelheit lebendig war, als ob sie für diese Stunden ein besonders scharfes Bewußtsein erlangt hätte. Sie warf Francis einen vorsichtigen Blick zu. Er starrte geradeaus auf das Meer. In seinen Mundwinkeln hatten sich dünne Spuren von Kaffee abgesetzt, als er die Hand hob und sie mit dem Handrücken wegwischte. Dinah sah, daß er die weiße Gestalt eines großen Schiffes am Horizont beobachtet hatte, vielleicht eine Fähre von Harwich nach Esbjerg oder Göteborg. Francis wüßte das sicher genau.

»Was nun?« fragte er, ohne den Kopf zu bewegen.

Für eine Weile manövrierte Dinah an der eigentlichen Absicht der Frage vorbei. Sie mochte ihren Mangel an Direktheit, wo sie zuvor ganz direkt gewesen war, überhaupt nicht.

»Sarah ist bereits wieder bei den Greens zu Hause. Wenn ich nicht unter Anklage gestellt werde, muß ich wahrscheinlich eine Erklärung abgeben, daß ich mich in Zukunft nicht mehr in ihr Leben einmischen werde.« Und dann fügte sie deutlich hinzu: »Ich bin nicht stolz auf das, was ich getan habe, aber ich bereue es auch nicht.«

Das war die unverblümteste Version der Wahrheit, wie sie sie jetzt sah – abgesehen vom Feuer.

»Gut«, Francis nickte. Dann, nach einer Pause, die gerade lang genug war, um den Anstand zu wahren: »Und?«

Er war voller Erwartung, die ihr viel stärker auffiel als zuvor. Das veränderte Francis und die Weise, wie sie ihn wahrnahm. Schuldgefühle wisperten wieder in ihr, aber sie erinnerte sich daran, daß jeder von ihnen genommen hatte, was der andere anbot, und auch nicht mehr versprochen hatte.

»Matthew und die Kinder werden heute nachmittag hiersein.«

»Ist es das, was du möchtest?«

Im Flüstern des glatten Meeres und in den Schreien der Möwen schienen seine schwindenden Hoffnungen enthalten zu sein. Francis' Traurigkeit wurde spürbar, aber Dinah wollte nicht, daß er traurig war. Sie hatte seine augenscheinliche Zufriedenheit und seine Selbstgenügsamkeit so sehr bewundert.

»Ja«, antwortete sie mit viel mehr Überzeugung, als sie wirklich besaß, um ihren Standpunkt klarzumachen.

Francis zerknüllte seinen leeren Becher und zielte auf einen grünen städtischen Mülleimer.

»Hast du noch Zeit für einen Spaziergang?«

Dinah zwang sich, nicht automatisch einen Blick auf die Uhr zu werfen.

»Ja. Gerne.«

Er führte sie auf einem anderen Weg zu dem Punkt, an dem der Strand allmählich überging in eine gestrüppreiche Landzunge. Sie nahmen einen Weg an den niedrigen Klippen entlang zwischen Stechginsterbüschen und verkrüppelten Bäumen, einer hinter dem anderen, weil nicht genug Platz war, um nebeneinander zu gehen. Nach einer kurzen Weile wandte Francis sich landeinwärts über ein Feld. Sie mußten ein schwieriges Gelände meistern und über Stacheldrahtzäune klettern.

»Tut mir leid«, sagte er. »Keine besonders gute Route.«

Dinah sah zu ihm auf, ein wenig atemlos durch die Geschwindigkeit, die er angeschlagen hatte.

»Keine Entschuldigungen, in Ordnung?«

Er erschien plötzlich größer, gespenstisch dünn und in seinem schwarzen Mantel mit dem blassen Sonnenlicht hinter sich beinahe bedrohlich. Dinah hielt die Luft an, machte dann einen Schritt zur Seite, so daß das Licht aus Osten ihm ins Gesicht fiel, wenn er sich umwandte, um sie anzuschauen. Und sie sah ihn ganz genau mit einem kleinen Schock des Wiedererkennens.

Francis war müde, und in ihm war ein Hunger, den ihre Verbindung für kurze Zeit verborgen hatte.

Dinah hatte seine Stärken bemerkt und sich dann darauf verlassen, weil sie das waren, was sie brauchte und sehen wollte. Aber sie waren nicht alles an ihm. Er hatte es ihr sogar gesagt: Er war hier nahe am Meer gestrandet, weil er nicht weitergehen konnte. Nichts war geradeaus oder einfach, dachte Dinah, außer ihrem eigenen Wunsch danach. Es gab nur Schichten und Falten und Bögen der Wahrheit, und darin lagen Halbwahrheiten und Geheimnisse und Täuschungen verborgen.

Dinah begriff, daß nicht Francis sie bedrohte, sondern ihre eigene Furcht und Schuld. Und sie wollte nicht länger furchtsam oder voller Schuldgefühle sein.

Sie lächelte und mußte plötzlich blinzeln, weil die Sonne ihr in die Augen schien.

Die Spannung zwischen ihnen schmolz mit dem Lächeln dahin. Dinah streckte die Hand aus, um seinen Arm zu berühren, und gleichzeitig beugte Francis den Kopf, um sie auf den Mund zu küssen. Ihre Lippen berührten sich kurz, bevor sie sich zurückzogen. Dann nahm er ihr Gesicht in seine Hände und blickte ihr in die Augen, betrachtete sie eingehend.

»Hast du mehr als das erwartet?« fragte Dinah.

»Nein«, antwortete Francis schließlich, wobei sie den Unterschied zwischen Erwartung und Hoffnung nicht näher bestimmten.

»War es denn genug?«

Sie gingen weiter zu einem Tor, das auf die Straße führte.

Sie bat ihn, ihr zu versichern, daß kein Schaden angerichtet worden war, aber das tat er nicht.

»Du erwartest ausgerechnet von mir, daß ich erkenne, wann ich genug habe von dem, was ich mag?«

Er stellte die Frage leichthin, und sie lachten beide. Dinah begriff, daß sie abgewiesen worden war.

Die Straße hinter dem Tor führte in Kurven zur Stadt zurück. Bald waren sie in den Außenbezirken mit ihren Tankstellen und anonymen Lagerhallen. Einmal zögerte Francis bei einem noch nicht fertiggestellten Kreisverkehr, und ein anderes Mal nahm er eine Abzweigung, die in eine Sackgasse aus neuerbauten Ziegelhäusern führte. Es war zu einer Wanderung der Hindernisse und Sackgassen geworden.

»Es tut mir leid«, sagte Francis noch einmal. »Normalerweise komme ich hier nicht entlang.«

Und auch in Zukunft würde er nicht diesen Weg nehmen und dort abbiegen, wo sie es heute getan hatten, das wußte Dinah.

Schließlich sahen sie das Meer, das sich vor ihnen erstreckte. Sie gingen am Ende der Redemption Street vorbei, ohne hineinzuschauen. Als sie um das Hotel herum zum Haupteingang an der Seeseite gingen, packte sie unverhofft der Wind.

Auf den Stufen des Hotels blieben sie stehen. Ein Paar kam heraus, der Mann knöpfte seinen Mantel zu, die Frau schob ihr Haar unter ein gemustertes Kopftuch. Sie nickten Francis und Dinah zu und gingen die Häuserfront entlang – nicht ganz im Gleichschritt. Nach fünfzehn Metern drehte sich der Mann voller Ungeduld halb um und wartete darauf, daß die Frau ihn einholte.

Francis sagte: »Werden wir uns wiedersehen?«

Er fragte genau wie Milly. Dinah hatte eine kurze Vision einer Familienfeier, der offiziellen Vorstellungen: Mein Mann, mein Liebhaber ... war Francis das gewesen – ein Liebhaber? Nicht ganz. Ein bißchen weniger als das vielleicht und auch mehr, insgesamt aber weniger, als Matthew ihr immer gewesen war. Francis hatte ihr Glück und Einsicht verliehen, und dafür liebte sie ihn genauso wie für das, was er über sich selbst enthüllt hatte. Aber jetzt war sie sich plötzlich sicher, daß sie von ihm wegwollte. Der Anfang und dann das Ende und keine weiteren Versprechungen.

»Ich glaube, wir werden bald in die Staaten zurückreisen.«

Selbst jetzt brachte sie es nicht über sich, die schlichte Wahrheit zu sagen.

»Ist das alles? Ist das alles?« fragte Francis plötzlich mit unglaublicher Bitterkeit.

Er brauchte mehr von ihr, und Dinah war sich sicher, daß sie ihm nicht mehr geben konnte. Wie unvermeidlich das war, dachte sie, daß diese ungleichen Erwartungen das ewige Muster bildeten zwischen Männern und Frauen. Überraschender war eigentlich, daß je jemand die Befriedigung fand, in gleichem Maße zu geben und zu empfangen. Wahrscheinlich hatte es selbst für Matthew und Kathrin Pang weniger an verbotenem Vergnügen gegeben, als Dinah sich vorgestellt hatte, und mehr ungeschicktes Scheitern, Wünsche und Bedürfnisse, sich anzupassen.

Dinah nickte. Der Wind stach ihr in die Augen und ließ sie tränen.

Francis war enttäuscht von ihr, endgültig und unausweichlich.

Er trat einen Schritt zurück und schaute sie dabei immer noch an. Sie widerstand dem Drang, ihm zu folgen, um sicherzugehen, daß es ihm trotz allem gutging.

»Ich habe immer noch dein Bild«, sagte sie.

Er hob die Hand. Er sagte nicht auf Wiedersehen. Dinah beobachtete, wie er schnell zur Ecke ging und der Saum seines Mantels ihm dabei um die Beine schlug. Er bog um die Ecke, ohne sich umzuschauen.

Francis überquerte die Straße hinter dem Hotel und ging quer durch den Park zu den Türen des Supermarkts. Drinnen nahm er einen Drahtkorb vom Stapel hinter der Kasse und arbeitete sich methodisch durch die Gänge. Er ging an jeder Seite auf und ab, ein- oder zweimal nahm er eine Dose oder eine Packung aus dem Regal und las die Liste der Inhaltsstoffe. Jedes Mal stellte er das Teil zurück und ging weiter. Einmal nickte er einem Bekannten zu, der ihn grüßte, aber seine geistesabwesende Miene lud nicht zu beiläufigem Geplauder ein.

Im Gang, der am weitesten vom Eingang entfernt war, befand sich die Wein- und Spirituosenabteilung.

Hier ging Francis langsamer, musterte die Reihen der Flaschen mit einem kritischen Blick. Aber erst ganz am Ende hielt er an, nahm zwei Flaschen Bell's Whisky aus dem Regal und legte sie in den Korb. Dann stellte er den Korb behutsam auf den Boden und nahm seine Brieftasche heraus. Einen Augenblick lang studierte er den Inhalt und schien beim Anblick der Fotos in einer durchsichtigen Lasche zu zögern. Aber einen Moment später nahm er den Korb und trug ihn zur nächsten Kasse. Er bezahlte seine Einkäufe und steckte sie in einen Plastikbeutel. Die Flaschen im Beutel hielt er in der Armbeuge, drückte sie fest gegen die Brust und ging nach Hause in die Redemption Street.

Jemand klopfte zart an die Tür von Dinahs Zimmer. Es hörte sich an, als klopfte eines der Zimmermädchen mit dem Plastikschlüsselanhänger gegen eines der Paneele. Dinah legte das Buch hin, das sie zu lesen vorgegeben hatte, und stand auf, um die Tür zu öffnen.

Matthew stand da mit Jack auf der einen und Merlin auf der anderen Seite.

Eine Sekunde lang starrte Dinah sie an wie ein Bild oder eine Fata Morgana, die sie in ihrer Wüste am Meer heraufbeschworen hatte. Dann bewegten sie sich, strömten in das Zimmer hinein wie eine Flutwelle und umschlossen sie mit Wärme und Leben.

»Mom, bist du überrascht?«

»Merlin ist im Auto eingeschlafen, ich nicht.«

»Willst du mal meinen Fuß sehen? Es war ein Loch drin von der Eisenspitze, aber das geht schon wieder zu.«

»Natürlich will sie das Loch in deinem Fuß nicht sehen, Mer. Sei doch nicht solch ein Trampeltier.«

Die Lebhaftigkeit der Jungen erinnerte Dinah daran, wie sie sich ständig veränderten, beinahe von Stunde zu Stunde. Sie schienen größer, stärker, ungestümer zu sein als noch vor einer Woche. Eine Woche lang hatte sie ihre Vorstellung von ihnen eingefroren in ihrem Gedächtnis. Jetzt erschienen ihr diese üppig gewachsenen und veränderten Kinder nicht nur lebendig, sondern wirklich erstaunlich. Sie liefen auf sie zu, und sie umarmte sie, ließ sich bereitwillig von ihnen auf den Füßen herumtrampeln und von ihren harten Ellenbogen stupsen.

Und dann trafen sich über ihre Köpfe hinweg Matthews und ihre Blicke.

»Du bist viel früher da, als ich erwartet hatte.«

»Wir haben auf der Straße Zeit gutgemacht.«

Er lächelte, aber mit einer Spur Verlegenheit. Er war unrasiert, müde und verknittert.

Es ertönten keine Fanfaren. Dinah war froh, daß sie keine erwartet hatte, und noch froher, daß dies nicht in Gainsborough Gardens stattfand. Matthew war ihr Ehemann. Unter seinen Augen waren dunkle Ränder, und die kurzen Haare über dem Bartansatz waren sichtbar grau. Sein Gesicht war ihr völlig vertraut. Sein Atem, als er sie küßte, war nicht ganz frisch. Dinah ließ ihre Wange an seiner ruhen. Sie legte ihre Hand auf seinen Kopf und hielt ihn fest.

Aufmerksamer, als ihre Eltern zugeben mochten, beobachteten die Jungen sie und blieben einen Augenblick mucksmäuschenstill. Dann warfen sie einander triumphierende Blicke zu.

»Ich habe Hunger«, sagte Jack. »Können wir einen Tee haben?«

Der Tee wurde im Salon des Hotels serviert, wo Milly auf Dinah gewartet hatte. Zweier- und Dreiergruppen alter Lederohrensessel und Plüschsofas standen um Couchtische; Paare und Gruppen, die einen Samstagsausflug machten, wurden von den Kellnerinnen bedient. Der Tee, zu wenig, wurde in einer Chromkanne gebracht, dazu heißes Wasser in der gleichen Kanne. Die Jungen stürzten sich auf den Teller mit dreieckigen Weißbrotsandwiches. Und Matt und Dinah blickten einander über die Teetassen an. Beide lächelten. Der Raum mit den höflichen Menschen, das leise Gemurmel der Unterhaltungen, das Nachmittagslicht auf den Lampenschirmen und blassen Aquarellzeichnungen, all dies war wenig bemerkenswert und bedeutete Sicherheit.

Sie waren eine Familie beim Tee.

Matt schaute Dinah an. Sie trug ihr Haar jetzt anders. Die dicke Strähne vorne hatte sie gedreht und hastig aus dem Gesicht zurückgesteckt. Das ließ sie jung und eifrig wirken. Sie trug keine Ohrringe. Dinah trug sonst immer Ohrringe. Sie meinte, ohne sie fühle sie sich nicht angezogen, und auch dieser Unterschied schien bemerkenswert. Ihre linke Hand mit den Ringen ruhte in ihrem Schoß. Die vier Sehnen, die fächerartig vom Handgelenk zu den Fingern führten, standen scharf hervor. Matthew wollte die Hand ausstrecken und die Sehnen mit dem Finger entlangfahren, um die Wärme ihrer Haut zu spüren und zu sehen, wie sie dort, wo sie ihre Spannkraft verlor, kleine Fältchen bildete. Statt dessen saß er regungslos in seinem quietschenden Ledersessel.

Dies war ein guter Augenblick, dachte er.

Einer der Augenblicke, in denen das Leben sich verlangsamt und dann Kraft sammelt, um in eine andere Richtung weiterzulaufen.

Jack hatte sein letztes Sandwich aufgegessen und stellte seinen Teller auf den Tisch zurück.

»Mum? Wo ist Sarah?«

Die Unterhaltung am Nachbartisch plätscherte weiter; eine Kellnerin schlurfte mit einer frischen Kanne heißen Wassers für eine Gruppe amerikanischer Touristen, die am Kamin saßen, vorbei.

»Sie ist bei ihrer Familie. Sie wohnen nicht weit von hier in einem Ort namens Wivenham.«

»Hast du sie noch einmal gesehen?«

»Ja.«

Dinah blickte Matt flehentlich an. *Sag ihnen nicht, was ich getan habe.*

»Werden wir sie sehen?«

Matt beugte sich vor, die Polster quietschten unter seinem Gewicht. Er nahm Dinahs Hand, wartete aber darauf, daß sie die Frage beantwortete.

»Nein, Jack. Es war ein Fehler zu glauben, daß ein Teil von ihr zu uns gehörten könnte.

Die Wahrheit ist, daß sie nicht zu uns gehört, auch wenn wir es noch so sehr wünschten – jetzt, da wir euch haben und wissen, was es bedeutet, eine Familie zu sein. Aber Matt und ich haben vor langer Zeit entschieden, Sarah zu den Leuten zu geben, die jetzt ihre Mutter und ihr Vater sind. Sie lieben und verstehen sie, und bei ihnen ist sie glücklich.

Das mag richtig oder falsch gewesen sein. Ich weiß es nicht. Aber der entscheidende Punkt ist, daß es geschehen ist. Ich – wir fühlen uns jetzt vielleicht wohler, wenn wir sie sehen und uns davon überzeugen, daß alles, wie es jetzt ist, richtig ist. Aber das ist nicht das, was Sarah oder ihre Familie wollen.

Es ist wirklich sehr einfach. Sie entbehrt nichts. Sie hat nicht darum gebeten, gefunden zu werden. Das war allein mein Bedürfnis, und ich habe einen Fehler gemacht.«

Jack blinzelte ernst hinter seiner Brille.

»Würde sie verstehen, daß wir ihre Brüder sind, wenn wir es ihr erzählten?«

»Nein, das würde sie nicht. Sie weiß, daß sie eine eigene erwachsene Schwester hat.«

Merlin malte mit den Fingerspitzen Pfeile in die Luft.

»Ist sie wie Jack und ich?«

»Überhaupt nicht. Sie ist wie sie selbst.«

»Wir wären einfach andere Leute für sie?«

»Ja, Merlin, das wären wir.«

Die Jungen sahen einander an. Nach einem Moment des Nachdenkens meinte Merlin: »Ich will sie nicht sehen, wenn sie mich nicht sehen will. Ich würde lieber das Bild von ihr im Kopf behalten, ganz für mich allein.«

»Die Vorstellung von ihr«, korrigierte Jack ihn.

»Jack?« half Dinah ihm.

Er antwortete langsamer. »Ja. Ich glaube, ich auch. Wir können auf jeden Fall nicht einfach hingehen, nicht wahr? Eine ganz andere

Familie? Es wäre, als wenn wir sagten: ›He, guckt mal. Hier sind wir, und da seid ihr.‹«

Sein Einfühlungsvermögen traf sie tief, und sie senkte den Kopf.

Matthew sprach zum ersten Mal. »Ich finde, ihr habt beide recht mit dem, was ihr sagt.«

Und Merlin und Jack schienen damit zufrieden zu sein, da sie immer noch in dem Alter waren, in dem Beteuerungen von Erwachsenen endgültig und vertrauenswürdig waren. Wie lange noch? fragte sich Matt.

Als die Jungen fertig waren mit dem Tee, verkündeten sie, daß sie im Fernsehen die Fußballergebnisse des Tages in Erfahrung bringen wollten.

Matt hielt immer noch Dinahs Hand. Jetzt ließ er den Finger über den Handrücken gleiten.

»Danke«, sagte er.

»Wofür?«

»Daß du ihnen gesagt hast, wir hätten gemeinsam die Entscheidung getroffen.«

»Das haben wir auch, Matt.«

»Sollen wir nach oben gehen?«

Dinah nickte. Er versuchte, ihre Hand unter seinen Arm zu ziehen, als sie zum Aufzug gingen, aber sie wich ein klein wenig zurück. Er dachte, daß sie sich vielleicht nicht wie eine Invalidin fühlen wollte, die Unterstützung brauchte.

In ihrem Schlafzimmer saßen sie auf dem Bett, gegen das Kopfpolster gelehnt. Sie fühlten sich beide erinnert an Wochenendmorgen, wenn die Zeitungen auf dem Bett ausgebreitet lagen, an Abende, als sie sich ins Bett zurückgezogen hatten, um rührselige Filme im Fernsehen zu sehen, an Zeiten, als die Jungen noch Babys waren und zwischen ihnen auf der Decke herumkrabbelten. Matthew zog Dinah die Schuhe aus und rieb ihr geduldig die Füße.

»Zeit für die Inquisition?« fragte sie.

»Nein. Erzähl mir einfach nur das, was du möchtest.«

Er hörte ihr zu, als sie beschrieb, was sie getan hatte, und versuchte, die Lücken auszufüllen.

»Ich verstehe«, sagte er einmal, und Dinah blickte ihn scharf an, um abzuschätzen, ob er das tat oder nicht.

Am Ende lag sie mit zurückgelehntem Kopf und geschlossenen Augen da. Er konnte an ihrem Hals das stetige Schlagen ihres Pulses sehen. Er rieb ihre Füße, spreizte die Zehen und knetete sie in seinen Fingern. Sie seufzte und ließ den Atem aus sich herausströmen.

»Ich fühle mich schwach«, gestand sie.

Matthew war überrascht. »Nein. Du bist sehr stark.«

Später, als sie im Dunkeln im Bett lagen, nahm er sie in die Arme. Sie blieben so liegen, daß ihre Gesichter sich gerade eben berührten.

»Bist du zu müde?« fragte er sie. Er wollte das Zusammenziehen ihrer Muskeln, das Gleiten ihrer Haut unter ihm, das Arbeiten ihrer Hände und ihrer Zunge spüren. Seine Frau.

»Nein. Und du?«

»Für mich ist die Teezeit gerade erst vorüber, vergiß das nicht.« Für die Wirkungen der Zeitverschiebung war es noch zu früh, obwohl er begann, sich ein wenig losgelöst, wie von einer anderen Welt, zu fühlen.

»Das ist sie ja auch.«

Seine Hand glitt über ihre Schulter nach unten und blieb auf ihrer Taille liegen.

»Interessierst du dich dafür, worauf ich noch Appetit habe?«

»Könnte sein.« Er spürte mit seinem Mund, wie sie lächelte.

16

»Ich möchte es gerne«, sagte Matthew.

Matt und Dinah wanderten die Marsch entlang, eine große gebogene Landzunge voller Sand und Seegras, die bei Ebbe dem weiten bleichen Himmel ausgesetzt war. Die Luft roch stark nach Salz, Schlick und Unkraut, die Stimmen ihrer Kinder wurden in der Entfernung schwach und verhallten. Jack und Merlin hatten ein Paar Kanus herausgeholt, um im braunen Wasser des Flußbettes zu paddeln. Das Wasser war kaum tief genug, daß die Kanus schwimmen konnten, und die Jungen schrien und schimpften, als sie auf einer sandigen Untiefe aufliefen. Jetzt waren sie weiter weg, folgten den sich landeinwärts windenden Biegungen des Flußbettes mit der ersten zögernd hereinkommenden Flut.

Die Weite des Himmels verkleinerte Matthew und Dinah zu winzigen Figuren, die entschlossen immer weiter über den gerippten Sand voranschritten. Sie hatten ihren eigenen Gedanken nachgehangen, ihre Kinder waren auf dem Fluß von ihnen weggetragen worden. Und dann hatten sie begonnen, wieder zu reden – über Sarah.

»Ich möchte sie sehen«, wiederholte er mit wachsender Heftigkeit. »Ich kann hier nicht wegfahren, ohne sie gesehen zu haben. Du kannst das verstehen, nicht wahr?«

»Ja, das kann ich«, erwiderte Dinah.

Und dann ahmte sie unwillkürlich Eleanor nach und bekannte: »Ich habe Angst, das ist alles. Ich habe Angst vor dem, was du empfinden könntest und was die Greens tun könnten.«

»Hab keine Angst. Du bist stark. Ich war schwach.«

Matthew schmerzte die Einsicht, Dinah im Stich gelassen zu haben, und jetzt hatte er das Gefühl, daß eine neue harte Haut über der Wunde wuchs. Diese Haut wollte er nicht verletzen. Wenn er es jetzt nicht fertigbrachte, seine Bedürfnisse zuzugeben, würde dann nicht erneut der Schmerz beginnen?

»Ich werde einfach hingehen, um sie zu sehen. Nur das.«

Von dieser Absicht war er ganz besessen. Es war für ihn lebenswichtig geworden, nach Wivenham zu fahren, um Sarah und ihre Eltern zu sehen.

Es geschah nicht nur seinetwegen. Er wollte auch Dinah verteidigen. Wenn er die Greens sehen und kurz mit ihnen reden könnte, dachte Matthew, könnte er die Wahrheit deutlicher machen als hundert Unterredungen zwischen Rechtsanwälten und Polizei. Und er könnte ihnen sein eigenes Versagen klarmachen, Dinah zuliebe.

Dinah nickte. »Ich kann mit dir nicht über dein Bedürfnis, sie zu sehen, streiten. Was ist mit Jack und Merlin? Wird Sarah für sie ein Geist, wie sie es für uns war, wenn sie sie nicht sehen?«

Matthew dachte mit neuer Zärtlichkeit und Stolz an seine Söhne. Die Tage allein mit ihnen im Haus in der Kendrick Street hatten sie einander nähergebracht, wie es in all den Jahren zuvor nie geschehen war. Sie schienen jetzt Widerstandskraft und Verständnis zu besitzen, das er nicht hoch genug eingeschätzt hatte. Und sie schienen jetzt auch voll und ganz zu ihm zu gehören.

Sie blieben stehen. Die Landzunge war schmaler geworden, vor ihnen war gut zu erkennen, wie das Meer in einer weißen Wellenlinie Schaumkronen auf dem Kiesstrand hinterließ. Es war Zeit umzukehren, bevor die Flut hereinkam. Matthew legte den Arm um Dinahs Taille und zog sie an sich, so daß ihr Kopf auf seiner Schulter ruhte. Sie waren wieder miteinander verbunden.

Den Blick auf die brechenden Wellen gerichtet, antwortete Matthew bedächtig: »Sie sind Kinder. Ein Geist entsteht aus Verlust und Sehnsucht und Schuld.«

»Ich glaube, du hast recht«, erwiderte Dinah schließlich.

Sie kehrten um und gingen an der Sandbank entlang zurück.

Matthew hatte immer gewußt, daß es zwischen ihnen und den Greens nie eine Brücke geben würde. Es bestand keine Hoffnung, daß die beiden Familien Sarah zuliebe eine Art Freundschaft pflegen würden. Wie könnten er und Dinah ihre Söhne nehmen und sie vorstellen und dann neben den Greens stehen und gemeinsam ihre Kinder beobachten?

Es gab zwei Familien, es gab Sarah, und es gab die beiden Jungen. Daß diese Trennung überhaupt bestand, hatte er zu verantworten. Als Matthew mit Dinah über den glitzernden Sand ging, akzeptierte er das Gewicht dieser Verantwortung.

»Wann willst du hinfahren?« fragte sie.

»Heute nachmittag.«

»Ich gehe mit den Jungen in das große Schwimmbad. Es gefällt ihnen dort.«

Er hakte sich bei ihr unter, und diesmal zog Dinah ihren Arm nicht weg.

Sie erreichten das Ende der Ufermauer und kletterten die Stufen empor. Sie hörten das Geräusch trommelnder Schritte: Jack und Merlin kamen auf sie zugestürzt. Sie hatten ihre Kanus auf den Kiesstrand hinaufgezogen. Jack führte, aber Merlin rannte in höchstem Tempo, um ihn einzuholen. Seine Fußverletzung war vergessen.

Matthew fuhr nach Wivenham, ohne sich vorher zu überlegen, was er tun würde, wenn er dort angekommen war. Zuerst beobachtete er den niedrigen Horizont und die Bäume, die sich gegen den Wind krümmten, und das Muster von Acker- und Weideland auf den riesigen Feldern.

Das Dorf war voller Besucherautos und Sonntagsausflüglern in wetterfesten Anoraks. Sein eigenes Auto ließ er unten am Kai stehen und spazierte ein Stück am Ufer entlang. Die Flut stieg, die vertäuten Dingis hüpften auf und ab, und die Taue der Takelage schlugen dabei rhythmisch gegen die Masten. Gruppen von Kindern spähten über die Kaimauer in das wirbelnde Wasser, Leute, die zum Segeln gingen, und ältere Paare genossen die Wärme der Nachmittagssonne. Matt ging langsamer. Weiter draußen in der Flußmündung flogen weiße Segel über das Wasser.

Am Ende der Kaimauer führten halb unter Wasser stehende Holzstufen hinab zum braunen Wasser der Flußmündung. Dort hatte sich eine größere Gruppe von Leuten mit Netzen und Eimern versammelt. Als Matthew näherkam, hörte er einen triumphierenden, aufgeregten Schrei. Drei oder vier Leute, die Leinen von hölzernen Rahmen hinabhängen ließen, hockten auf den Stufen. Sie angelten Krebse mit geköderten Haken. Er wartete und sah, wie eine der Leinen vorsichtig aus dem Wasser gehoben wurde. Ein fetter dunkler Krebs klammerte sich mit seinen gierigen Scheren an den Speckköder.

»Vorsichtig jetzt, dann hast du ihn«, rief jemand.

Ein Mädchen hievte den Krebs hoch. Er rutschte und drehte sich am Ende der Leine, und den Zuschauern stockte der Atem. Ein Mann kniete sich auf die Stufen, um den Krebs mit einem Garnelennetz hochzuholen.

Matthew starrte in das Gesicht des Mädchens.

Sie hob den Krebs am Haken noch ein paar Zentimeter hoch. Vor Anstrengung runzelte sie die Stirn. Ihre rosafarbene Zungenspitze spitzte wie bei einer Katze zwischen ihren zusammengebissenen Zähnen hervor.

Der Mann mit dem Netz streckte sich so weit wie möglich vor und verlor beinahe das Gleichgewicht. Die Öffnung des Netzes glitt gerade in dem Moment unter den Krebs, als er den Köder losließ. Er fiel direkt in das Netz, und der Mann zog rasch die Bambusstange hoch über die Kaimauer. Der Krebs plumpste in den wartenden Eimer, und es ertönte ein Freudengeschrei.

Das Mädchen blickte zu ihrem Vater hoch. Ihre Augen waren beinahe zu Schlitzen geschlossen, ihre Zunge lugte noch weiter zwischen den Zähnen vor, als es vor Freude strahlte. Sie ließ den Angelhaken fallen und klatschte in die Hände. Einige Zuschauer tätschelten ihr den Rücken.

»Du hast ihn erwischt. Gut gemacht, Mädchen.«

»Das ist ein Prachtexemplar, wirklich.«

Matthew wußte, daß der Mann bei Sarah Malcolm Green war, obwohl er nur seinen Rücken in einem grauen Anorak sehen konnte. Malcolm hob den Eimer hoch, damit Sarah sich ihren Fang ansehen konnte.

»Groß«, sagte sie.

Matthew stand still, nur anderthalb Meter entfernt von ihr.

Die anderen Krebsangler fischten weiter. Ein Motorboot sauste am Kai vorüber, das Tuckern des Dieselmotors wurde durch die Mauern verstärkt, und die Kreise der Heckwelle schlugen gegen die tropfenden Holzstufen.

Es gab keine Pause oder einen Zeitsprung, damit er Gelegenheit gehabt hätte zu staunen.

Er sah ein gesundes aufgeregtes Mädchen mit Down-Syndrom. Ihre Gesichtszüge waren charakteristisch, ihm sogar vertraut, aber er konnte bei ihr keine Ähnlichkeit mit jemand anderem erkennen.

Manchmal hatte Matthew sich voller Pein in den innersten Schlupfwinkeln seiner Phantasie eine verzerrte Version von Dinah vorgestellt. Aber Sarah sah überhaupt nicht aus wie ihre Mutter oder wie Jack oder Merlin. Während der Augenblick sich ausdehnte, die Passanten vorübergingen und das Aufheulen des Motorbootes verhallte, sah Matthew, daß Sarah wie sie selbst aussah. Sie war, wie Dinah gesagt hatte, vollkommen.

Malcolm hatte sich umgedreht, weil er Matts Blick spürte.

Mit einer Hand packte er den Krebseimer, mit der anderen zog er Sarah an sich. Matt und er starrten einander an, bis Matt einen

Schritt nach vorne machte. Eine beruhigende Floskel lag ihm bereits auf der Zunge.

»Nein, tun Sie's nicht«, sagte Malcolm laut. Ein oder zwei Leute ganz in ihrer Nähe starrten sie an. »Sarah, es ist Zeit, daß du und ich zum Tee nach Hause gehen.«

Er führte sie schnell fort, den Krebseimer und das Netz hielt er unbeholfen in einer Hand. Matthew sah, daß Sarahs Krebshaken noch auf den Pflastersteinen lag, wo sie ihn hatte fallen lassen. Er hob ihn auf, wobei einer der Widerhaken sich in seinen Daumenballen grub, und rannte hinter ihnen her.

»Wartet«, rief Matthew.

Weiter weg von der Uferpromenade waren weniger Leute in Hörweite. Malcolm blieb stehen und drehte sich zögernd um. Matt sah einen freundlichen Mann mit hängenden Schultern in einem selbstgestrickten Pullover unter dem offenen Mantel. Sarah zog seinen Arm immer noch in die andere Richtung.

»Ich habe mich gefragt, ob wir miteinander reden könnten«, sagte Matthew.

»Hat es nicht schon genug Ärger gegeben?«

Malcolm war nicht wütend oder aggressiv, das sah Matthew. Er war ängstlich und fürsorglich, ein schüchterner Mann, der zu einer Auseinandersetzung gezwungen wurde. Er gab Matt das Gefühl, ein Eindringling zu sein, der seine großstädtische Hartnäckigkeit dort in die Waagschale warf, wo sie nicht hingehörte.

»Ich will keine Schwierigkeiten machen. Bitte. Nur fünf Minuten.«

Sarah ließ die Hand ihres Vaters los, kam um ihn herum und stellte sich zwischen ihn und Matthew. Sie wendete Matthew den Rücken zu und rieb ihr Gesicht an Malcolms Schulter, dabei murmelte sie ihm etwas zu. Dann versuchte sie ihn die Straße hinauf und vom Kai und Matt wegzuschieben.

»Sie möchte nach Hause gehen«, sagte Malcolm.

»Darf ich Sie begleiten?«

»*Nein.*«

Matt sah, wie sich die roten Hände des Mannes ungeschickt zu Fäusten ballten. Auch wenn es Malcolm völlig gegen den Strich ging, er würde Sarah und Pauline beschützen, so gut er konnte.

»Ich will nicht, daß sie Sie sehen muß.«

Malcolm meinte seine Frau. Er baute sich sogar vor ihm auf, als könne er die Dorfstraße absperren. Matthew nickte verständnisvoll. Malcolms Entschlossenheit gab ihm noch mehr das Gefühl, selbst kläglich versagt zu haben.

Er bemerkte, daß er immer noch Sarahs Angelhaken in der Hand hielt. Er wickelte die orangefarbene Nylonkordel auf und hakte die drei Widerhaken in den Kordelstrang; dann gab er ihn ihr zurück.

Er streckte die Hand aus und ließ sie einen Augenblick lang auf ihrer Schulter ruhen.

Und Sarah belohnte ihn mit einem Lächeln, das ihren eulenhaften Ernst durchbrach und ihr Gesicht in Kreise reinen Glücks verwandelte.

»Meiner«, sagte sie.

»Deiner«, bestätigte er.

Abrupt sagte Malcolm: »Ich bringe sie nach drinnen. Wenn Sie wollen, komme ich dann zu Ihnen zurück. Aber halten Sie sich vom Haus fern.«

»Das werde ich.«

»Am anderen Ende des Kais ist eine Bank. Sie steht um die Ecke, außer Sicht, mit Blick aufs Meer.«

»Ich werde dort auf Sie warten.«

Malcolm nahm Sarahs Hand. Den Angelhaken hatte sie bereits in ihre Jackentasche gesteckt. Es war eine Skijacke mit Kapuze, auf deren Rücken ein fliegender Ski und *SkiFun Aspen* gestickt war. Die beiden gingen weiter die Straße hinauf, vorbei am Andenkenladen, an der Kneipe und am Café, in dem die ersten Cream Teas der Saison serviert wurden. Keiner von beiden schaute sich nach Matthew um, obwohl er dastand und Sarah beobachtete, bis sie außer Sichtweite war.

Die Bank stand in einer geschützten Ecke. Matthew lehnte den Kopf gegen die Steinmauer dahinter und schloß die Augen.

Er dachte an Dinah und stellte sich vor, daß sie Sarah so gesehen hatte wie er gerade. Er hatte ihr sorgfältig, sogar ergeben zugehört, als sie ihm von der Hochzeit erzählte und von dem Moment, als Sarah in das Haus im Church Walk kam. Und er wußte, daß er einen Mangel hatte, irgendein Defizit, weil er nicht in der Lage war, denselben überraschten Stolz und die Erleichterung zu empfinden wie Dinah. Alles, was er spürte, war eine Leere, eine schwache Regung des Bedauerns wegen dieser Gefühllosigkeit.

Sarah hatte ausgesehen, wie er es erwartet hatte. Sie war glücklich und umsorgt.

Er hörte ein schwaches Räuspern. Er öffnete die Augen und sah Malcolm vor sich stehen. Matt rutschte auf der Bank ein wenig zur Seite.

»Setzen Sie sich.«

Sie setzten sich und blickten auf das Meer hinaus. Matt war sich des Mannes neben ihm in allen Einzelheiten bewußt. Er blickte auf dessen graue Hose und graue Wollsocken, auf die soliden Schnürschuhe. Selbst sein Atmen konnte er hören, ein regelmäßiges, ruhiges und tiefes Ein- und Ausatmen, das Matt aus irgendeinem Grund an seinen Vater erinnerte.

Malcolm brach das Schweigen mit plötzlicher, überraschender Heftigkeit.

»Es war sehr schlimm für sie. Sarah bedeutet alles für sie, wissen Sie. Und als Ihre Frau sie mitgenommen hat, tja. Selbst als die Polizei uns sagte, daß ihr nichts passieren würde, daß wir sie zurückbekommen würden, dachte ich, Pauline würde sich was antun. So hab' ich sie noch nie erlebt, in all den Jahren, die wir verheiratet sind, nicht.

Als ich Sie da drüben sah, am liebsten hätte ich ... Also, ich werde Ihnen nicht sagen, was ich am liebsten getan hätte.«

Seine schlichte Aufrichtigkeit und seine Unfähigkeit, sich auszudrücken, berührten Matthew tief. Zwischen ihnen war ein Raum, der angefüllt schien mit dem verstaubten, nutzlosen Ballast des Wissens, der Ansichten und Einstellungen, die Matthew erworben hatte. Er dachte an das Labor in Franklin und an Jon und Sean und sein Team und das Insulinprogramm und die hellbeleuchtete, summende Technologie der Welt, aus der er kam, und fragte sich: *Was bedeutet das?*

»Es tut mir leid«, sagte er. Und dann rieb er sich mit dem Handballen über den Mund. Nutzlose Worte. »Wissen Sie, Dinah wußte sich nicht zu helfen. Sie hat es nicht getan, um Sie oder Ihre Frau zu verletzen, am allerwenigsten sollte Sarah zu Schaden kommen. Es war einfach so, daß sie nicht anders konnte.

Sie hat mir erzählt, daß sie fast sofort, nachdem sie Sarah mitgenommen hatte, wußte, daß sie sie wieder nach Hause bringen sollte. Aber sie wollte nur einen Tag mit ihr verbringen. Einen Tag.«

Malcolm drehte den Trauring an seinem Ringfinger.

»Weiß sie, daß Sie hier sind?«

»Ja, ich habe ihr gesagt, daß ich herkomme. Sie wollte nicht, daß ich es tue. Sie meinte, Sie und Pauline hätten genug durchgemacht. Aber ich wollte versuchen, Ihnen etwas zu erklären.«

»Für Leute wie Sie ist das ganz einfach«, sagte Malcolm mit aufflackerndem Groll, der seine Wangen fleckig werden ließ. »Bei Ihnen geht immer alles glatt, was?«

»Nein, nichts geht glatt. Glauben Sie mir.«

Als Malcolm Matthews leise Stimme hörte, wendete er den Kopf. Ihre Blicke trafen sich.

»Da gibt es noch eine Sache, die ich sagen wollte«, fügte Matthew hinzu. »Wenn es einen Schurken gibt, wenn Sie mit dem Finger auf jemanden zeigen wollen, dann bin ich das.«

»Das will ich nicht.« Malcolm betrachtete die Sache als erledigt.

»Wie auch immer. Ich möchte Ihnen die Wahrheit sagen.« Matthew betrachtete die Lehne der Bank eingehend. Das Holz war zu einem Silbergrau verwittert, und die Spalten in der Maserung waren weiß vom Salz. Als er mit dem Finger daran entlangfuhr, spürte er, wie sich die winzigen Körner auflösten. Er legte Malcolm Green seine Beichte ab.

»Ich zwang Dinah zu wählen.

Sobald man uns gesagt hatte, was mit Sarah nicht stimmte, hatte ich das Gefühl, daß es um eine Wahl ging. Ich glaubte, dieses Kind, das sie nun einmal war, nicht akzeptieren zu können. Und dann stellte ich dort neben ihrem Krankenhausbett alle möglichen Vermutungen an, wie unsere Zukunft aussehen würde. Ich sah alle Enttäuschungen und Kompromisse, die uns erwarteten, vor uns aufgereiht.

Ich wollte das nicht erleben müssen. Ich glaubte, wir würden versagen und Gefahr laufen, alles zu verlieren, was uns so wertvoll erschien.

Also stellte ich Dinah vor die Wahl. Das Baby oder ich. Das ist die Wahrheit, wenn Sie es wissen wollen.«

Malcolm sagte: »Und alle halten Sie für einen brillanten Mann. Sie sind jetzt Professor, stimmt's?« Er sprach ohne Häme, nur voller Unverständnis.

Matthew lächelte. Er spürte, welch komplizierter Mechanismus das war, seine Lippen und Wangenmuskeln bewegten sich, die dünne Haut in seinem Mund glitt gegen die Zähne. Es war, als ob alles, das Funktionieren seines Körpers wie auch seine Fehler, Malcolm Greens kritischem Blick preisgegeben war.

»Es ist nicht immer ein Vorteil«, sagte er und meinte damit die Intelligenz. »Sie ist nicht immer eine Garantie für Mut, Einsicht oder Demut.

Aber ich liebte meine Frau. Unvollkommenheit nicht zuzugestehen, sie nicht einmal einen drohenden Schatten auf den Kreis, den wir geschlagen hatten, werfen zu lassen, schien für mich der Weg zu sein, sie und mich zu schützen und unsere Liebe zu erhalten. Und nachdem wir Sarah zurückgewiesen hatten, blieb als einziger Weg, mit dem fatalen Fehler selbst umzugehen, ihn nicht einzugestehen. Nie, nie. Dinah und ich nahmen an einer vierzehnjährigen Verschwörung des Schweigens teil.«

Matthew blickte auf und wandte Malcolm sein Gesicht zu. Seine Kiefer- und Halsmuskeln waren plötzlich so angespannt, daß er sich voller Scham und Panik fragte, ob er vielleicht drauf und dran war, zu weinen.

»Ich will nicht entschuldigen, was Dinah getan hat, und mich selbst noch viel weniger. Aber der Verlust ihres Kindes blieb in ihr begraben, weil ich darin für uns beide den Weg sah, damit fertig zu werden. Und zuletzt schwoll ihre Verzweiflung an und platzte aus ihr heraus.

Sie kam hierher und sah, wie Sarah im dichten Nebel neben einem Bus auf der Landstraße stand. Da nahm sie sie mit.«

Malcolm nickte ganz langsam.

Matt fuhr hastig fort, als habe er Angst, er könnte nicht alles sagen, was er sagen wollte.

»Ich liebe Dinah und unsere beiden Jungen sehr. Das ist die zentrale Wahrheit, die offensichtlichste Wahrheit, der ich irgendwie nicht das richtige Gewicht beigemessen habe. Und alles, was seit Sarahs Geburt geschehen ist, all das Schweigen und die kleinen und großen Versäumnisse haben beinahe dazu geführt, daß ich sie verliere.«

»Ich verstehe.«

Malcolms Hände ruhten auf seinen Knien. Obwohl er schmächtig war, hatte er etwas Solides an sich, einen beruhigenden Mangel an Nuancen und Vielfältigkeiten, der Matthew an seinen Vater erinnerte.

»Wissen Sie, Sarah bedeutet meiner Frau alles. Und mir auch.« Die Berücksichtigung seiner Gefühle stellte er entschieden an zweite Stelle. »Sie ist ein großartiges Mädchen. Sie ist ...« Er spreizte seine Finger über den Knien, als er versuchte, ihre Qualitäten in Worte zu fassen, und scheiterte.

»Großartig«, sagte er sanft.

»Ich weiß.«

Matthew hörte noch einmal das Wispern des Verlustes, das Echo von einem Ort, den er nicht sehen konnte – sein eigenes Versagen, sie kennen und lieben zu lernen.

Malcolm rückte in wenig hin und her und stand dann abrupt auf.

»Sie glaubt, ich sei nur wegen ein paar Kleinigkeiten ins Geschäft gegangen. Ich sollte besser nach Hause zurückgehen.«

Auch Matthew stand auf. Sie blickten einander an. Verlegenheit hatte sich zwischen ihnen eingeschlichen wie bei Fremden, die mehr von sich preisgegeben haben, als der Anstand gestattete.

»Wir werden es nicht weiter verfolgen. Pauline und ich, bei der Polizei, meine ich. Wir wissen beide, warum es passiert ist, und wir wissen auch, daß es damit erledigt ist.«

»Danke«, sagte Matthew. Er wollte Malcolm die Hand schütteln, aber der hatte seine Linke bereits in die Innentasche seines Anoraks gleiten lassen und zog eine rechteckige cremefarbene Karte hervor. Während er die Karte noch in der linken Hand hielt, streckte er die freie, rechte Hand aus. Die Männer schüttelten sich hastig und voller Unbehagen die Hände.

Malcolm sagte: »Das habe ich mitgebracht. Es ist eigentlich für Ihre Frau.« Und hielt es ihm hin.

Matthew nahm das Ding, was immer es war, ohne es näher zu betrachten.

»Dann bin ich weg«, kündigte Malcolm an. Er zog den Reißverschluß seiner Jacke bis zum Hals hoch und stopfte die Hände in die Taschen.

»Auf Wiedersehen«, rief Matthew hinter ihm her.

Nach einer ganzen Weile, nachdem er verschwunden war, stand Matthew mit dem Papier in der Hand da. Dann setzte er sich wieder auf die Bank. Er sah, daß Malcolm ihm ein Faltblatt gegeben hatte. Die äußere Ecke war ein wenig kleiner als die darunterliegende. Er klappte es auf, um zu sehen, was drinnen war.

Es war eine Fotografie, eine Vergrößerung, die in die diagonalen Schlitze der Karte gesteckt worden war.

Das Foto zeigte eine Hochzeitsgesellschaft in konventioneller Pose, anscheinend vor einem Kirchenportal. Die Braut war dunkelhaarig, in einem bauschigen weißen Kleid mit einem luftigen Schleier. Der rotgesichtige Bräutigam trug einen engen hohen Kragen. Da waren noch zwei andere Paare, die Eltern, in Hochzeitskleidung. Und die älteste Brautjungfer in einem Kleid aus glänzendem türkisfarbenem Satin war Sarah. Sie hielt einen Strauß vor den Falten ihres Rockes und trug einen Kranz aus gelben Maßliebchen.

Sie strahlte unbefangen. Für Matthew sah sie genauso aus, wie sie es getan hatte, als sie den Krebs aus dem kakaobraunen Wasser unterhalb der Kaimauer gezogen hatte.

Matthew blickte auf ihr Gesicht auf dem glänzenden Papier und wartete auf einen Moment des Wiedererkennens.

Aber er sah nur ihr Lächeln und ihr Strahlen, weil es ihr gut ging, und das Lächeln der anderen Leute, die ihm auch unbekannt waren.

Er faltete das Blatt Papier wieder über ihrem Gesicht. Das Foto war für Dinah, nicht für ihn. Er ließ es in die Tasche gleiten und bemühte sich, es nicht zu knicken. Einen Augenblick blieb er noch dort sitzen, strich mit den Fingerspitzen über die salzverkrustete Lehne der Bank. Dann erhob er sich steifbeinig.

Den Blick auf die graue Linie, wo Meer und Himmel sich trafen, gerichtet, ging er den Kai entlang zum Auto zurück und zu Dinah.